GEORGE R. R. MARTIN

Die Saat des goldenen Löwen

Buch

Zwietracht, Hass und Verrat herrschen in den Sieben Königslanden, in denen ein heftiger Krieg um die Erbfolge entbrannt ist. Dem bösartigen Tyrannen Joffrey, fast noch ein Kind, gefällt sein Platz auf dem Thron, und er denkt nicht daran, ihn wieder zu räumen. Während er von seiner mächtigen, intriganten Familie, den Lannisters, unterstützt wird, sind seine Widersacher heillos zerstritten. Obgleich Lady Catelyn Stark von Winterfell von dem düsteren Geheimnis um Joffreys Herkunft weiß, fehlen ihr die Beweise, und so scheitert ihr Versuch, ein Bündnis gegen den Tyrannen zu schmieden. Einzig ihr junger Sohn Robb, der Gegenkönig des Nordens, leistet dem goldenen Löwen, dem Banner der Lannisters, erfolgreich Widerstand. Doch auch gegen ihn hat Joffrey noch einen Trumpf in der Hand: Er hält Robbs Schwester Sana als Geisel gefangen. Und während sich eine gewaltige Entscheidungsschlacht anbahnt, ziehen in weiter Ferne bereits neue Gefahren auf, die das kriegsgeschüttelte Land endgültig in den Untergang reißen könnten. Im Süden zieht die Tochter des vertriebenen Tyrannengeschlechts ihre Drachenbrut auf und plant zurückzukehren; und zugleich rückt der gefürchtete Winter immer näher, und mit ihm die finsteren Wesen, die bislang hinter dem gewaltigen Wall im Verwunschenen Wald hausen ...

Autor

George R. R. Martin hat längere Zeit als Dramaturg an der TV-Serie »The Twilight Zone« gearbeitet. Seine Romane wurden vielfach ausgezeichnet. Das »Lied von Eis und Feuer« ist sein erstes Werk auf dem Gebiet der Fantasy. Es wurde von der Kritik begeistert aufgenommen und von den etablierten Kollegen neidlos als Meisterwerk anerkannt. George R. R. Martin lebt in Santa Fe, New Mexico.

Von George R. R. Martin sind bereits erschienen:

Das Lied von Eis und Feuer: 1. Die Herren von Winterfell (24729), 2. Das Erbe von Winterfell (24730), 3. Der Thron der Sieben Königreiche (24923) 4. Die Saat des goldenen Löwen (24934)

Weitere Bände sind in Vorbereitung.

George R. R. Martin

Die Saat des goldenen Löwen

Das Lied von Eis und Feuer 4

Aus dem Amerikanischen von Andreas Helweg

BLANVALET

Die amerikanische Originalausgabe erschien 1999
unter dem Titel »A Clash of Kings« (Pages 332–728)
bei Bantam Books, New York

Umwelthinweis:
Alle bedruckten Materialien dieses Taschenbuches
sind chlorfrei und umweltschonend.

Blanvalet Taschenbücher erscheinen im Goldmann Verlag,
einem Unternehmen der Verlagsgruppe Bertelsmann.

Deutsche Erstveröffentlichung 10/2000

Umschlaggestaltung: Design Team München
Umschlagillustration: Agt. Schlück/Maitz
Satz: DTP Service Apel, Hannover
Druck: GGP Media GmbH, Pößneck
Verlagsnummer: 24934
Redaktion: Marie-Luise Bezzenberger
V. B. · Herstellung: Peter Papenbrok
Printed in Germany
ISBN 3-442-24934-1
www.blanvalet-verlag.de

1 3 5 7 9 10 8 6 4 2

Für John und Gail,
in Erinnerung an das Fleisch und den Met,
den wir teilten . . .

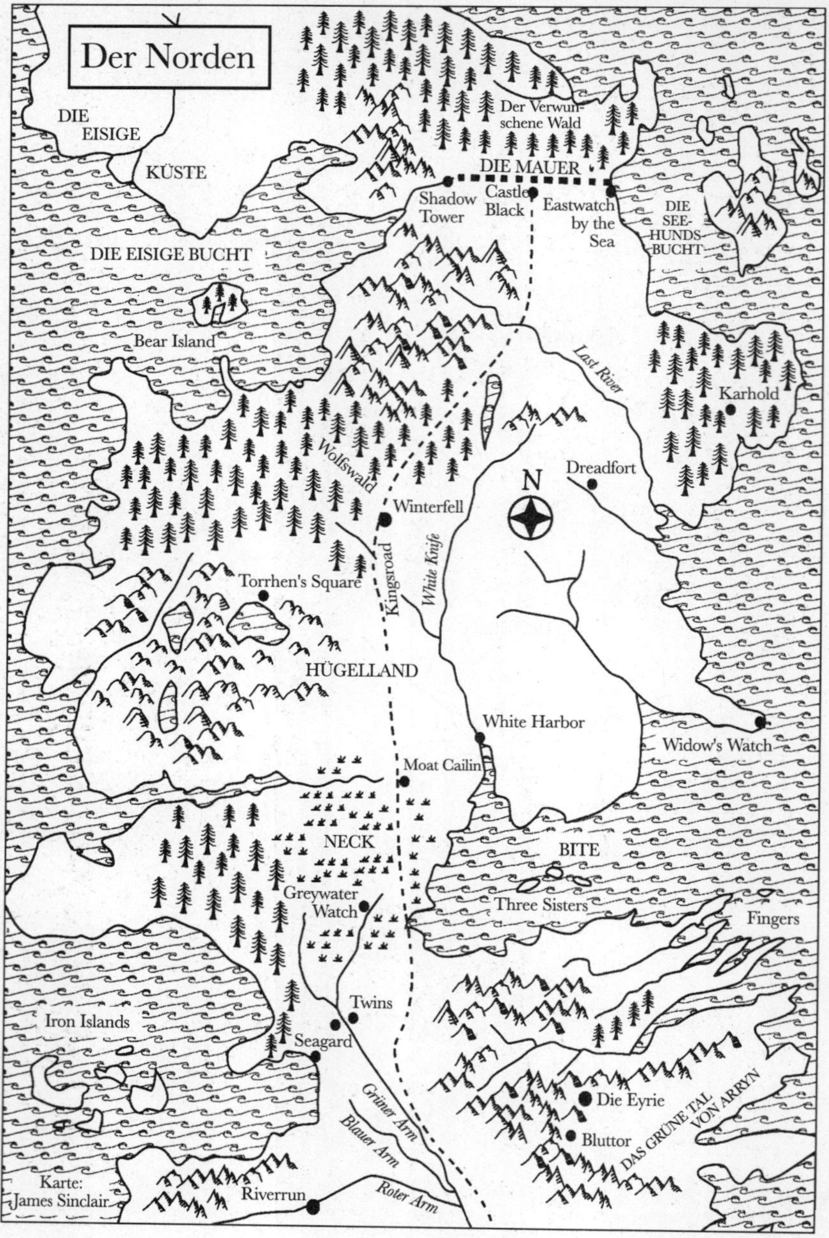

Der Norden
DIE EISIGE
KÜSTE
DIE EISIGE BUCHT
Bear Island
Der Verwunschene Wald
DIE MAUER
Shadow Tower
Castle Black
Eastwatch by the Sea
DIE SEEHUNDSBUCHT
Last River
Karhold
Wolfswald
Dreadfort
N
Winterfell
White Knife
Kingsroad
Torrhen's Square
HÜGELLAND
White Harbor
Widow's Watch
Moat Cailin
NECK
BITE
Three Sisters
Greywater Watch
Fingers
Twins
Iron Islands
Seagard
Die Eyrie
Bluttor
DAS GRÜNE TAL VON ARRYN
Grüner Arm
Blauer Arm
Roter Arm
Riverrun
Karte: James Sinclair

Der Süden
Three Sisters
Fingers
Kingsroad
Iron Islands
Seagard
Grüner Arm
Blauer Arm
DAS GRÜNE TAL VON ARRYN
Die Eyrie
Pyke
Der Trident
Bluttor
Gulltown
Roter Arm
Tumblestone
Riverrun
Bay of Crabs
Harrenhal
Golden Tooth
God's Eye
Kingsroad
Dragonstone
Casterly Rock
Lannisport
Goldroad
King's Landing
Blackwater Rush
DIE WEITE
N
Kingswood
Searoad
Roseroad
Tarth
Mander
Storm's End
SHIPBREAKER BAY
Die Dornischen Marschen
Highgarden
Rainwood
Cape Wrath
DAS DORNISCHE MEER
Oldtown
Starfall
DORNE
Broken Arm
Sunspear
Arbor
Karte:
James Sinclair

TYRION

Die Binsen fühlten sich unter seinen nackten Füßen rau an. »Mein Vetter hat eine eigenartige Zeit für einen Besuch gewählt«, sagte Tyrion dem verschlafenen Podrick Payne, der zweifelsohne erwartet hatte, geröstet zu werden, weil er seinen Herrn geweckt hatte. »Führe ihn in mein Solar und teile ihm mit, ich sei in Kürze unten.«

Mitternacht musste längst vorüber sein, schätzte er angesichts der Dunkelheit vor seinem Fenster. *Denkt Lancel, er würde mich wegen der späten Stunde müde und schwer von Begriff vorfinden?*, fragte er sich. *Nein, Lancel denkt überhaupt nicht, das übernimmt Cersei.* Seine Schwester würde enttäuscht sein. Selbst im Bett arbeitete er noch, und zwar für gewöhnlich bis weit in die Morgenstunden hinein. Beim flackernden Licht einer Kerze las er, führte sich die Berichte von Varys' Ohrenbläsern zu Gemüte und studierte Littlefingers Kontobücher, bis die Zahlen und Buchstaben vor seinen müden Augen tanzten.

Im Becken neben seinem Bett wusch er sich mit lauwarmem Wasser das Gesicht und ließ sich Zeit, während er, wegen der kalten Nachtluft fröstelnd, auf dem Abtritt hockte. Ser Lancel war sechzehn und nicht gerade für seine Geduld bekannt. Mochte er warten und dabei noch nervös werden. Nachdem Tyrion sich entleert hatte, schlüpfte er in einen Morgenmantel und zerzauste sich das flachsblonde Haar mit den Fingern, bis es aussah, als wäre er gerade aufgestanden.

Lancel schritt vor der Asche im Kamin auf und ab. Er war in ein grelles rotes Samtgewand mit schwarzem Seidenfutter gekleidet, dazu hingen ein juwelenbesetzter Dolch und eine vergoldete Scheide von seinem Schwertgürtel. »Vetter«, begrüßte Tyrion ihn. »Ihr besucht mich zu selten. Welchem Umstand habe ich dies unverdiente Vergnügen zu verdanken?«

»Ihre Gnaden, die Königliche Regentin, hat mich geschickt, um euch zu befehlen, Grand Maester Pycelle freizulassen.« Ser Lancel zeigte Tyrion ein scharlachrotes Band, das Cerseis Löwensiegel in goldenem Wachs trug. »Hier ist die Vollmacht.«

»Tatsächlich.« Tyrion tat das Siegel mit einer Handbewegung ab. »Ich hoffe, meine Schwester überschätzt ihre Kräfte nicht, so kurz nach ihrer Erkrankung. Es wäre ein Jammer, wenn sie einen Rückfall erlitte.«

»Ihre Gnaden haben sich erholt«, erwiderte Ser Lancel knapp.

»Das klingt wie Musik in meinen Ohren.« *Wenngleich mir diese Melodie nicht sonderlich gut gefällt. Ich hätte ihr eine größere Dosis geben sollen.* Tyrion hatte gehofft, einige Tage länger von Cerseis Störungen verschont zu bleiben, dennoch war er über ihre Genesung nicht allzu sehr überrascht. Schließlich war sie Jaimes Zwillingsschwester. Er setzte ein freundliches Lächeln auf. »Pod, zünde das Feuer an, mir ist es hier ein wenig zu kalt. Trinkt Ihr einen Becher mit mir, Lancel? Ich finde, nach ein wenig gewürztem Wein schläft man besser ein.«

»Ich kann auch ohne Wein gut schlafen«, gab Lancel zurück. »Außerdem bin ich auf Geheiß Ihrer Gnaden gekommen und nicht, um mit Euch zu trinken, Gnom.«

Die Ritterschaft hatte den Jungen kühner werden lassen, ging es Tyrion durch den Kopf – und ebenso die traurige Rolle, die er bei dem Mord an Robert gespielt hatte. »Wein birgt so seine Gefahren.« Er lächelte, während er einschenkte. »Was Grand Maester Pycelle angeht . . . wenn meine Schwester sich solche Sorgen um ihn macht, hätte ich gedacht, sie würde persönlich kommen. Stattdessen schickt sie Euch. Was soll ich davon halten?«

»Haltet davon, was Ihr wollt, solange Ihr den Gefangenen freilasst. Der Grand Maester ist ein treuer Freund der Königlichen Regentin und steht unter ihrem persönlichen Schutz.« Ein Hohnlächeln huschte über die Lippen des Jungen; das Ganze machte ihm Spaß. *Er lernt seine Lektionen von Cersei.* »Ihre Gnaden werden dieser Gräueltat niemals zustimmen. Sie möchte Euch daran erinnern, dass *sie* Joffreys Regentin ist.«

»Und ich bin Joffreys Hand.«

»Die Hand dient«, teilte ihm der junge Ritter herablassend mit. »Die Regentin *herrscht,* bis der König das rechte Alter erreicht hat.«

»Vielleicht könntet Ihr mir das aufschreiben, damit ich es nicht vergesse.« Das Feuer im Kamin knisterte fröhlich. »Du darfst gehen, Pod«, sagte Tyrion zu seinem Knappen. Erst nachdem der Junge den Raum verlassen hatte, wandte er sich wieder an Lancel. »Noch etwas?«

»Ja. Ihre Gnaden bitten mich, Euch mitzuteilen, dass Ser Jacelyn Bywater sich einem Befehl widersetzt hat, der im Namen des Königs erteilt wurde.«

Demnach hat Cersei Bywater bereits befohlen, Pycelle freizulassen und wurde abgewiesen. »Ich verstehe.«

»Sie besteht darauf, dass der Mann aus seinem Amt entfernt und wegen Verrats unter Arrest gestellt wird. Ich warne Euch –«

Tyrion setzte den Weinbecher ab. »Von Euch höre ich mir keine Warnungen an, Junge.«

»Ser«, beharrte Lancel steif. Er griff an sein Schwert. Vielleicht wollte er Tyrion daran erinnern, dass er eines trug. »Achtet darauf, wie Ihr mit mir sprecht, Gnom.« Zweifellos wollte er bedrohlich klingen, doch dieser absurde Flaum von einem Schnurrbart verdarb die ganze Wirkung.

»Oh, lasst die Finger von Eurem Schwert. Ich brauche nur zu schreien, und im nächsten Moment ist Shagga hier und bringt Euch um. Mit einer Axt, nicht mit einem Weinschlauch.«

Lancel errötete; war er wirklich so dumm zu glauben, seine Rolle bei Roberts Tod wäre unbemerkt geblieben? »Ich bin ein Ritter –«

»Das ist mir schon aufgefallen. Sagt mir – hat Cersei Euch zum Ritter geschlagen, bevor oder nachdem Ihr das Bett mit ihr geteilt habt?«

Das Flackern in Lancels grünen Augen genügte als Eingeständnis. Also hatte Varys ihm die Wahrheit gesagt. *Nun, niemand kann behaupten, meine Schwester würde ihre Familie nicht lieben.* »Was denn, keine Antwort? Keine weiteren Warnungen, *Ser?*«

»Ihr nehmt diese schmutzigen Anschuldigungen zurück, oder –«

»Bitte. Habt Ihr Euch schon einmal Gedanken darüber gemacht, was Joffrey tun wird, wenn ich ihm berichte, Ihr hättet seinen Vater ermordet, um mit seiner Mutter zu schlafen?«

»So war es überhaupt nicht!«, protestierte Lancel entsetzt.

»Nein? *Wie* war es denn, bitte schön?«

»Die Königin hat mir den Starkwein gegeben! Euer eigener Vater Lord Tywin hat mir aufgetragen, alles zu tun, was sie mir befiehlt, als ich zum Knappen des Königs ernannt wurde.«

»Hat er Euch auch aufgetragen, sie zu vögeln?« *Sieh ihn dir nur an. Nicht ganz so groß, kein so hübsches Gesicht, und sein Haar ist eher sandfarben und glänzt nicht wie gesponnenes Gold, dennoch ... sogar ein schlechter Ersatz für Jaime ist besser als ein leeres Bett, nehme ich an.* »Nein, das kann ich mir nicht vorstellen.«

»Ich wollte nie ... ich habe nur getan, was man mir sagte, ich ...«

»... Ihr habt jede einzelne Minute verabscheut, wollt Ihr mir das einreden? Ein hoher Rang am Hof, Ritterschaft, und des Nachts macht meine Schwester die Beine für Euch breit. Oh ja, das muss schrecklich für Euch gewesen sein.« Tyrion erhob sich. »Wartet hier. Seine Gnaden werden das hören wollen.«

Lancels Trotz löste sich plötzlich in Luft auf. Der junge Ritter fiel wie ein verängstigter Knabe auf die Knie. »Gnade, Mylord, ich flehe Euch an.«

»Spart Euch das für Joffrey auf. Ihm gefällt es, angebettelt zu werden.«

»Mylord, es geschah nur auf Wunsch Eurer Schwester, der Königin, wie Ihr selbst gesagt habt, aber Seine Gnaden ... er würde es nicht verstehen ...«

»Soll ich dem König etwa die Wahrheit verschweigen?«

»Um meines Vaters willen! Ich verlasse die Stadt, und dann ist es, als wäre nichts passiert! Ich schwöre, ich werde die Sache beenden ...«

Es fiel Tyrion schwer, sich das Lachen zu verkneifen. »Ich glaube nicht.«

Jetzt sah der Junge verwirrt aus. »Mylord?«

»Ihr habt mich gehört. Mein Vater hat Euch aufgetragen, meiner Schwester zu gehorchen? Sehr gut, gehorcht ihr. Bleibt an ihrer Seite, sorgt dafür, dass sie Euch weiterhin vertraut, und stellt sie so oft zufrieden, wie sie es begehrt. Niemand muss irgendetwas erfahren ... solange Ihr mir die Treue haltet. Ich will wissen, was Cersei tut. Wohin sie geht, wen sie besucht, worüber sie spricht, was für Pläne sie ausheckt. Alles. Und Ihr werdet derjenige sein, der es mir erzählt, nicht wahr?«

»Ja, Mylord.« Lancel zögerte nicht eine Sekunde. Das gefiel Tyrion. »Ich schwöre es. Wie Ihr befehlt.«

»Steht auf.« Tyrion füllte den zweiten Becher und drückte ihn dem Jungen in die Hand. »Trinken wir auf unser Abkommen. Ich verspreche, dass es in der Burg keine Keiler gibt.« Lancel hob den Becher und trank, wenn auch steif. »Lächelt, Vetter. Meine Schwester ist eine wunderschöne Frau, und Ihr tut alles nur zum Besten des Reiches. Ihr könntet bei dieser Angelegenheit viel gewinnen. Eine Ritterschaft ist gar nichts. Wenn Ihr Euch klug anstellt, werde ich Euch den Titel eines Lords verleihen.« Tyrion schwenkte den Wein in seinem Becher. »Auf jeden Fall muss Cersei Euch vertrauen. Geht zurück und sagt ihr, ich bitte sie um Verzeihung. Ihr hättet mich eingeschüchtert, ich wolle keinen Streit zwischen uns, und von nun an würde ich nichts mehr ohne ihre Zustimmung veranlassen.«

»Aber ... ihre Forderungen ...«

»Ach, Pycelle schenke ich ihr.«

»Wirklich?« Lancel war erstaunt.

Tyrion lächelte. »Ich lasse ihn morgen frei. Gern würde ich schwören, dass ihm kein einziges Haar gekrümmt wurde, doch entspricht das nicht ganz der Wahrheit. Immerhin geht es ihm nicht allzu schlecht, auch wenn ich mich für seine Robustheit nicht verbürgen mag. Die schwarzen Zellen sind kein gesunder Ort für einen Mann seines Alters. Mag Cersei ihn als Schoßhündchen behalten oder ihn zur Mauer schicken, mir ist es einerlei, nur möchte ich ihn nicht mehr im Rat sehen.«

»Und Ser Jacelyn?«

»Erzähl meiner Schwester, Ihr glaubt, dass Ihr ihn auf Eure Seite ziehen könnt, wenn sie Euch nur ein wenig Zeit lässt. Das sollte sie für eine Weile zufrieden stellen.«

»Wie Ihr befehlt.« Lancel trank seinen Wein aus.

»Eines noch. Da König Robert tot ist, wäre es höchst peinlich, wenn seine trauernde Witwe plötzlich mit einem Kinde schwanger ginge.«

»Mylord, ich ... wir ... die Königin hat mir befohlen, nicht zu ...« Seine Ohren nahmen das Scharlachrot der Lannisters an. »Ich ergieße meinen Samen auf ihren Bauch, Mylord.«

»Ein hübscher Bauch, daran will ich nicht zweifeln. Befeuchtet sie so oft Ihr wünscht ... bloß achtet darauf, dass Euer Tau nirgendwo anders landet. Ich möchte keine weiteren Neffen, ist das klar?«

Ser Lancel verneigte sich steif und verließ den Raum.

Tyrion gestattete es sich, einen Augenblick lang Mitleid für den Jungen zu empfinden. *Noch so ein Narr, und ein Schwächling dazu, aber was Cersei und ich ihm antun, hat er nicht verdient.* Glücklicherweise hatte sein Onkel Kevan noch zwei weitere Söhne, denn dieser würde das Jahr vermutlich nicht überleben. Cersei würde ihn sofort töten lassen, wenn sie von dem Verrat erfuhr. Und falls die Götter Gnade gewährten und Cersei es aus welchem Grund auch immer nicht tat, hätte Lancels letztes Stündchen an dem Tag geschlagen, an dem Jaime Lannister nach King's Landing zurückkehrte. Die Frage war nur, ob Jaime ihn aus Eifersucht ermordete oder ob Cersei ihn umbrachte, damit Jaime erst überhaupt nichts erfuhr. Tyrion würde sein Silber eher auf Cersei setzen.

Ruhelosigkeit hatte ihn gepackt, und er wusste, heute Nacht würde er keinen Schlaf mehr finden. *Auf jeden Fall nicht hier.* Podrick Payne schlief auf einem Stuhl vor dem Solar, und Tyrion rüttelte ihn an der Schulter. »Ruf Bronn, und dann lauf hinunter zu den Stallungen und lass zwei Pferde satteln.«

Der Knappe riss die verschlafenen Augen auf. »Pferde?«

»Diese großen braunen Tiere, die so gern Äpfel fressen. Bestimmt hast du schon einmal eins gesehen. Vier Beine und ein Schwanz. Aber zuerst holst du Bronn.«

Der Söldner erschien kurze Zeit später. »Wer hat Euch denn in die Suppe gepisst?«, fragte er.

»Cersei, wie immer. Man möchte meinen, inzwischen hätte ich

mich an diesen Geschmack gewöhnt, aber was soll's. Meine liebe Schwester scheint mich mit Ned Stark zu verwechseln.«

»Ich habe gehört, der soll ein Stück größer gewesen sein.«

»Aber nicht mehr, nachdem Joffrey ihm den Kopf hat abschlagen lassen. Du solltest dich wärmer anziehen, die Nacht ist kalt.«

»Gehen wir aus?«

»Sind alle Söldner so schnell von Begriff wie du?«

Die Straßen der Stadt waren gefährlich, doch mit Bronn an seiner Seite fühlte sich Tyrion sicher. Die Wachen ließen ihn durch ein Seitentor in der Nordmauer hinaus, und sie ritten die Schattengasse hinunter zum Fuß von Aegons Hohem Hügel und dann weiter durch die Schweinestraße vorbei an geschlossenen Fensterläden und Fachwerkhäusern, deren Giebel sich so weit vorneigten, dass sie sich beinah berührten. Der Mond schien ihnen zu folgen und spielte hinter den Schornsteinen mit ihnen Verstecken. Außer einem alten Weib, das eine tote Katze am Schwanz trug, begegneten sie niemandem. Die Alte warf ihnen einen ängstlichen Blick zu, als fürchte sie, die beiden würden ihr Abendessen stehlen, und verschwand ohne ein Wort in einem düsteren Winkel.

Tyrion dachte über die Männer nach, die vor ihm die Hand gewesen waren und die unter Beweis gestellt hatten, dass sie es mit den Listen und Schlichen seiner Schwester nicht aufnehmen konnten. *Wie denn auch? Solche Männer . . . zu ehrlich zum Leben, zu edel zum Scheißen. Cersei verschlingt solche Narren zum Frühstück. Meine Schwester kann man nur auf eine Art schlagen, indem man ihr Spielchen mitspielt:, und darauf hätten sich die Herren Lords Stark und Arryn niemals eingelassen.* Wen wunderte es da, dass beide tot waren, während sich Tyrion Lannister noch nie zuvor so lebendig gefühlt hatte. Mochten ihn seine verkrüppelten Beine auch zu einem grotesken Narren machen, den auf dem Erntefest alle angafften, *diesen* Tanz beherrschte er.

Trotz der späten Stunde ging es im Bordell noch lebhaft zu. Chataya begrüßte ihn freundlich und geleitete die beiden in den Schankraum. Bronn ging mit einem dunkelhaarigen Mädchen aus Dorne nach oben, doch Alayaya hatte zu tun. »Sie wird sich freuen, dass Ihr hier seid«, sagte Chataya. »Ich lasse das Turmzimmer für Euch vorbereiten. Würde Mylord einen Becher Wein trinken, während er wartet?«

»Er würde«, antwortete er.

Der Wein war im Vergleich zu den edlen Tropfen vom Arbor, die ihm sonst eingeschenkt wurden, ein armseliges Gesöff. »Ihr müsst verzeihen, Mylord«, entschuldigte sich Chataya. »In letzter Zeit bekommt man keinen guten Wein mehr, gleich zu welchem Preis.«

»So ergeht es Euch gewiss nicht allein, fürchte ich.«

Chataya leistete ihm kurz Gesellschaft, ehe sie davonschwebte. *Eine wunderbare Frau,* dachte Tyrion und sah ihr nach. Selten hatte er bei einer Hure derartige Eleganz und Würde erlebt. Sie selbst betrachtete sich eher als eine Art Priesterin. *Vielleicht liegt darin das Geheimnis. Es geht nicht so sehr darum, was wir tun, sondern darum, warum wir es tun.* Der Gedanke tröstete ihn.

Einige der anderen Gäste warfen ihm verstohlene Seitenblicke zu. Als er sich das letzte Mal aus der Burg gewagt hatte, hatte ihn ein Mann angespuckt . . . nun, er hatte es versucht. Stattdessen hatte er Bronn getroffen, und in Zukunft würde er ohne Zähne spucken müssen.

»Fühlen Mylord sich ungeliebt?« Dancy setzte sich auf seinen Schoss und knabberte an seinem Ohr. »Ich wüsste ein Mittel dagegen.«

Lächelnd schüttelte Tyrion den Kopf. »Du bist zu schön für Worte, Süße, aber ich habe mich an Alayayas Kuren gewöhnt.«

»Meine habt Ihr noch nicht probiert. Mylord wählen immer nur 'Yaya. Sie ist gut, aber ich bin besser, wollt Ihr es nicht ausprobieren?«

»Beim nächsten Mal vielleicht.« Zweifellos hatte Dancy etwas zu bieten. Sie war ein munteres Mädchen mit Sommersprossen und einer Stupsnase, und ihr dichtes rotes Haar hing ihr bis zur Hüfte herab. Doch Shae wartete auf ihn.

Kichernd schob sie die Hand zwischen seine Schenkel und liebkoste ihn durch die Hose. »Ich glaube, *er* will gar nicht bis zum nächsten Mal warten«, verkündete sie, »er will herauskommen und meine Sommersprossen zählen.«

»Dancy.« Alayaya stand in durchscheinende grüne Seide gehüllt, düster und kühl in der Tür. »Seine Lordschaft will zu mir.«

Tyrion löste sich sanft von dem anderen Mädchen und stand auf. Dancy schien es nichts auszumachen. »Nächstes Mal«, erinnerte sie ihn. Sie steckte einen Finger in den Mund und saugte daran.

Während ihn das schwarzhäutige Mädchen die Treppe hinaufführte, erklärte es: »Die arme Dancy. Sie hat noch vierzehn Tage Zeit, um Mylord zu verführen. Sonst verliert sie ihre schwarzen Perlen an Marei.«

Marei war ein kühles, blasses und zartes Mädchen. Tyrion war sie ein- oder zweimal aufgefallen. Grüne Augen, Haut wie Porzellan, langes glattes, silbriges Haar, sehr hübsch, doch einfach zu ernst. »Es würde mir nicht gefallen, wenn das arme Mädchen meinetwegen seine Perlen verliert.«

»Dann nehmt sie nächstes Mal mit nach oben.«

»Vielleicht.«

Sie lächelte. »Ich glaube nicht, Mylord.«

Sie hat Recht, dachte Tyrion, *ich werde sie nicht mitnehmen. Shae ist zwar auch nur eine Hure, trotzdem bin ich ihr auf meine Weise treu.*

Im Turmzimmer öffnete er die Tür zum Schrank und sah Alayaya neugierig an. »Was machst du eigentlich, während ich unterwegs bin?«

Sie rekelte sich wie eine schlanke schwarze Katze. »Schlafen. Ich bin viel ausgeruhter, seit Ihr begonnen habt, uns zu besuchen, Mylord. Und Marei lehrt uns Lesen, vielleicht werde ich mir bald die Zeit mit einem Buch vertreiben können.«

»Schlafen ist gut«, sagte er, »und Bücher sind noch besser.« Er drückte ihr einen raschen Kuss auf die Wange. Dann stieg er den Schacht hinunter und ging durch den Tunnel.

Als er den Stall auf seinem gescheckten Wallach verließ, hörte er Musik über den Dächern. Dass Menschen inmitten von Gemetzel und Hungersnot noch immer sangen, war schön. Er erinnerte sich an eine Melodie, und einen Augenblick konnte er fast Tysha hören, die sie ihm vor einem halben Leben vorgesungen hatte. Er zügelte das Pferd und lauschte. Die Melodie war falsch, die Worte konnte er nicht verstehen. Vielleicht war es ein anderes Lied. Warum nicht? Seine süße, unschuldige Tysha war von Anfang bis Ende eine Lüge gewesen, nur eine Hure, die sein Bruder Jaime bezahlt hatte, um ihn zum Mann zu machen.

Von Tysha habe ich mich inzwischen befreit. Sie hat mich mein halbes Leben verfolgt, doch jetzt brauche ich sie nicht mehr, nicht mehr als Alayaya oder Dancy oder Marei oder die Hunderte anderen, mit denen ich im Laufe der Jahre ins Bett gestiegen bin. Heute habe ich Shae. Shae.

Das Tor des Anwesens war verrammelt und verriegelt. Tyrion klopfte, bis die verzierte Bronzetürluke geöffnet wurde. »Ich bin es.« Der Mann, der ihm aufmachte, gehörte zu Varys' besseren Funden, ein Braavosi mit Hasenscharte, schief stehenden Augen und einer ganzen Reihe von Dolchen. Tyrion wollte keine hübschen jungen Wachen für Shae. »Sucht mir hässliche, alte, vernarbte Kerle, die möglichst auch noch impotent sind«, hatte er dem Eunuchen aufgetragen. »Oder solche, die Jungen bevorzugen, meinetwegen auch Schafe.« Mit Schafliebhabern hatte Varys nicht aufwarten können, doch er hatte einen Eunuchen und zwei übel riechende Männer aus Ibben aufgetrieben, die ihre Äxte ebenso sehr liebten wie einander. Die anderen waren Söldner von solcher Anmut, wie sie nur ein Kerker entstehen lassen konnte, einer hässlicher als der andere. Varys hatte sie vor ihm aufmarschieren lassen und hatte schon gefürchtet, er sei zu weit gegangen, doch Shae beschwerte sich nie. *Warum sollte sie auch? Sie hat sich auch über mich niemals beschwert, und ich bin abstoßender als alle ihre Wachen zusammen. Vielleicht bemerkt sie Hässlichkeit überhaupt nicht.*

Trotzdem hätte Tyrion lieber einige seiner Clansmänner aus den Bergen eingesetzt; Chellas Black Ears vielleicht, oder die Moon Brothers. Er vertraute ihrer Treue und ihrem Ehrgefühl mehr als der Gier der Söldner. Doch das Risiko war zu groß. Ganz King's Landing wusste um die Anwesenheit der Wildlinge. Würde er die Black Ears hierherschicken, wäre es nur eine Frage der Zeit, bis die Stadt von der Konkubine der Rechten Hand des Königs erfuhr.

Einer der Männer aus Ibben nahm ihm das Pferd ab. »Hast du sie geweckt?«, fragte Tyrion.

»Nein, Mylord.«

»Gut.«

Das Feuer im Schlafzimmer war heruntergebrannt, doch im Raum war es noch warm. Shae hatte im Schlaf die Decke und Laken zur Seite geworfen. Nackt lag sie auf der Matratze, und die sanften Konturen ihres jungen Körpers zeichneten sich im schwachen Lichtschein ab. *Jünger als Marei, süßer als Dancy, schöner als Alayaya. Sie ist alles, was ich brauche.* Wie konnte eine Hure so rein und anmutig und unschuldig aussehen, fragte er sich.

Er hatte sie nicht stören wollen, doch allein ihr Anblick genügte, um seine Männlichkeit anschwellen zu lassen. So ließ er seine Kleidung auf den Boden fallen, kroch zu ihr ins Bett, drückte sanft ihre Beine auseinander und küsste sie zwischen die Schenkel. Sie murmelte etwas im Schlaf. Er küsste sie erneut, dann leckte er an ihrer geheimen Süße, weiter und weiter, bis sowohl sein Bart als auch ihre Scham feucht waren. Sie stöhnte leise und erschauerte. Er kletterte auf sie, drang in sie ein und kam fast sofort.

Sie hatte die Augen aufgeschlagen, lächelte, streichelte seinen Kopf und flüsterte: »Ich hatte gerade einen wunderschönen Traum, Mylord.«

Tyrion knabberte an ihrer kleinen, harten Brustwarze und legte den Kopf an ihre Schulter. Er zog sich nicht aus ihr zurück; oh, müsste er sich doch niemals aus ihr zurückziehen. »Das ist kein Traum«, versprach er ihr. *Es ist wirklich, alles,* dachte er, *die Kriege, die Intrigen, das ganze große blutige Spiel, und ich mitten darin . . . ich, der Zwerg, das Ungeheuer, der, den sie verhöhnen und auslachen, doch jetzt halte ich die Macht in Händen, die Stadt, dieses Mädchen. Dafür wurde ich geboren, und mögen die Götter mir vergeben, aber ich liebe es über alles . . .*

Und sie. Und sie.

ARYA

Welche Namen Harren der Schwarze seinen Türmen auch gegeben haben mochte, sie waren seit langem vergessen. Heute hießen sie der Turm der Angst, der Witwenturm, der Klageturm, der Turm der Geister und der Königsbrandturm. Arya schlief in einer schmalen Nische in den höhlenartigen Gewölben unter dem Klageturm auf einem Strohbett. Sie hatte Wasser und ein Stück Seife und konnte sich waschen, wann immer sie wollte. Die Arbeit war hart, jedoch nicht härter, als jeden Tag meilenweit laufen zu müssen. Wiesel und sie brauchten keine Würmer und Käfer zum Essen mehr zu suchen; jeden Tag gab es Brot und Gerstensuppe mit Karotten und Rüben, und alle zwei Wochen sogar ein Stück Fleisch.

Heiße Pastete bekam sogar noch besseres Essen; er war dort gelandet, wo er hingehörte, in der Küche, einem runden Steingebäude mit kuppelförmigem Dach. Die Küche bildete eine Welt für sich. Arya nahm ihre Mahlzeiten mit Weese und ihren Kameraden in den Gewölben ein, doch manchmal wurde sie ausgewählt, um das Essen zu holen, und dann konnte sie sich kurz mit Heiße Pastete unterhalten. Er vergaß ständig, dass sie jetzt Wiesel hieß und nannte sie weiterhin Arry, obwohl sie ein Mädchen war, das nicht zu übersehen war. Einmal wollte er ihr ein Stück heiße Apfeltorte zustecken, doch er stellte sich dabei fürchterlich ungeschickt an, und zwei Köche bemerkten es. Sie nahmen ihm die Torte weg und verprügelten ihn mit einem großen Holzlöffel.

Gendry war in die Schmiede geschickt worden; Arya sah ihn nur selten. Was diejenigen betraf, mit denen sie ihren Dienst tun musste, so wollte sie ihre Namen gar nicht erst wissen. Das schmerzte dann nur noch ärger, wenn sie starben. Die meisten waren älter als sie und ließen sie in Ruhe.

Harrenhal war riesig, allerdings befand sich ein großer Teil der Burg in sehr schlechtem Zustand. Lady Whent hatte die Burg als Vasallin des Hauses Tully gehalten, doch sie benutzte nur die unteren Drittel von zweien der fünf Türme, und der Rest verfiel. Jetzt war sie geflohen, und der kleine Haushalt, den sie zurückgelassen hatte, schaffte es nicht, alle Ritter, Lords und hochgeborenen Gefangenen zu bedienen, die Lord Tywin hergebracht hatte, und so mussten sich die Lannisters neben dem Brandschatzen und der Vorratssuche auch um neues Personal kümmern. Gerüchten zufolge plante Lord Tywin, den alten Glanz von Harrenhal wiederherzustellen und es zu seinem neuen Sitz zu machen, wenn der Krieg vorbei war.

Weese ließ Arya Botengänge erledigen, Wasser und Essen holen, und manchmal musste sie in der Halle der Kaserne über der Waffenkammer bedienen, wo die Soldaten ihre Mahlzeiten einnahmen. Der größte Teil ihrer Arbeit bestand hingegen aus Putzen. Im untersten Stockwerk des Klageturms befanden sich Lagerräume und Getreidespeicher, in den beiden Stockwerken darüber hauste ein Teil der Soldaten, doch die Geschosse darüber waren seit achtzig Jahren nicht mehr benutzt worden. Jetzt hatte Lord Tywin befohlen, sie wieder bewohnbar zu machen. Fußböden mussten geschrubbt, Dreck von den Fenstern gewaschen, zerbrochene Stühle und verfaulte Betten hinausgeschleppt werden. Im obersten Stock hatten sich die riesigen Fledermäuse niedergelassen, die sich auf dem Wappen des Hauses Whent fanden, und in den Kellern lebten Ratten ... und Geister, sagten manche, die Geister von Harren dem Schwarzen und seinen Söhnen.

Arya hielt das für dummes Geschwätz. Harren und seine Söhne waren im Königsbrandturm gestorben, deshalb trug dieser schließlich diesen Namen, warum sollten sie also den Hof überqueren, um hier zu spuken? Der Klageturm klagte nur, wenn der Wind von Norden her wehte, und dieses Geräusch entstand dadurch, dass die Luft durch die Risse blies, die sich durch die Hitze im Stein gebildet hatten. Falls es tatsächlich Gespenster in Harrenhal gab, so war sie noch nie von ihnen belästigt worden. Die Lebenden fürchtete sie wesentlich mehr, Weese und Ser Gregor Clegane und Lord Tywin Lannister selbst, der Gemächer im Königsbrandturm bezogen hatte, dem Größten und Mächtigsten der fünf Türme, obwohl er sich unter dem Gewicht des schlackigen Steins geneigt hatte und aussah wie eine riesige, halb geschmolzene Kerze.

Sie fragte sich, was Lord Tywin wohl tun würde, wenn sie einfach zu ihm marschierte und gestand, dass sie Arya Stark war; allerdings käme sie niemals nahe genug an ihn heran, um mit ihm zu sprechen, und glauben würde er ihr sowieso nicht. Zudem würde Weese sie hinterher grün und blau prügeln.

Auf seine eigene angeberische Art war Weese beinahe so Furcht einflößend wie Ser Gregor. Der Berg erschlug Menschen wie Fliegen, die meiste Zeit über schien er die Fliegen jedoch überhaupt nicht zu bemerken. Weese dagegen wusste immer, dass man da war und was man tat, und manchmal sogar, was man dachte. Bei der kleinsten Frechheit schlug er zu, und er hatte einen Hund, der beinahe ebenso gemein war wie er selbst, eine hässliche gescheckte Hündin, die schlimmer stank als alle Hunde, die Arya je gesehen hatte. Einmal hatte er den Köter auf einen Latrinenjungen gehetzt, der ihn verärgert hatte. Während Weese lachte, riss das Tier dem Jungen ein großes Stück Fleisch aus der Wade.

Der Unterhaushofmeister brauchte nur drei Tage, bis er einen Ehrenplatz in ihren nächtlichen Gebeten gefunden hatte. »Weese«, flüsterte sie. »Dunsen, Chiswyck, Polliver, Raff der Liebling. Der Kitzler und der Bluthund. Ser Gregor, Ser Armory, Ser Ilyn, Ser Meryn, König Joffrey, Königin Cersei.« Wenn sie auch nur einen von ihnen vergaß, wie sollte sie ihn dann wieder finden, um ihn zu töten?

Unterwegs auf der Straße hatte sich Arya wie ein Schaf gefühlt, Harrenhal verwandelte sie in eine Maus. Sie war in ihrem kratzigen Wollkittel grau wie eine Maus, und wie eine Maus verkroch sie sich in den Nischen und Spalten und dunklen Löchern der Burg und huschte aus dem Weg, wenn sie den Mächtigen begegnete.

Manchmal dachte sie, alle in diesen dicken Mauern seien Mäuse, auch die Ritter und die großen Lords. Angesichts der Größe der

Burg wirkte selbst Gregor Clegane klein. Harrenhal besaß eine dreimal größere Grundfläche als Winterfell, und die Gebäude waren so riesig, dass man sie kaum mit ihrem Zuhause vergleichen konnte. In den Stallungen standen tausend Pferde, der Götterhain umfasste zwanzig Morgen, die Küchen waren so groß wie Winterfells Große Halle, und die Große Halle hier, die so hochtrabend Halle der Hundert Kamine hieß, obwohl es nur dreißig und ein paar mehr waren (Arya hatte sie zweimal gezählt und war beim ersten Mal auf dreiunddreißig, beim zweiten auf fünfunddreißig gekommen), war so riesig, dass Lord Tywin sein ganzes Heer zum Festmahl hätte einladen können, was er allerdings niemals tat. Mauern, Türen, Hallen, Stufen, einfach alles war gigantisch, was Arya an Old Nans Geschichten über die Riesen jenseits der Mauer erinnerte.

Da die Lords und Ladys die kleinen grauen Mäuse unter ihren Füßen nicht bemerkten, hörte Arya viele Geheimnisse mit, wenn sie die Ohren aufsperrte, während sie ihrer Arbeit nachging. Die hübsche Pia aus der Vorratskammer war eine richtige Schlampe, die offensichtlich das Ziel hatte, sich durch die Betten sämtlicher Ritter der Burg zu schlafen. Die Frau des Kerkermeisters ging mit einem Kinde schwanger, dessen richtiger Vater jedoch entweder Ser Alyn Stackspear oder ein Sänger namens Weißlächelnder Wat war. Lord Lefford spottete bei Tisch immer über die Gespenster, ließ jedoch nachts eine Kerze neben seinem Bett brennen. Ser Dunavers Knappe Jodge konnte im Schlaf sein Wasser nicht halten. Die Köche verabscheuten Ser Harys Swyft und spuckten immer in sein Essen. Einmal hatte sie Maester Tothmures Dienstmädchen belauscht, das ihrem Bruder von einem Brief erzählte, in dem es hieß, Joffrey sei ein Bastard, und er sei gar nicht der rechtmäßige König. »Lord Tywin hat ihm befohlen, den Brief zu verbrennen und solchen Unflat nie wieder auszusprechen«, flüsterte das Mädchen.

König Roberts Brüder Stannis und Renly waren nun ebenfalls in den Krieg gezogen, hörte sie. »Und beide sind jetzt Könige«, sagte Weese. »Im Reich gibt es mehr Könige als Ratten in dieser Burg.« Sogar Anhänger der Lannisters zweifelten, ob Joffrey sich lange auf dem Eisernen Thron würde halten können. »Der Junge hatte keine

Armee außer den Goldröcken, und er wird von einem Eunuchen, einem Zwerg und einer Frau beherrscht«, hörte sie einen der geringeren Lords nach ein paar Bechern Wein murmeln. »Wie werden die sich schlagen, wenn es zur Schlacht kommt?« Ständig wurde über Beric Dondarrion geredet. Ein Bogenschütze sagte einmal, er sei vom Blutigen Mummenschanz ermordet worden, doch die anderen lachten nur. »Lorch hat den Mann bei Rushing Falls getötet, und der Reitende Berg hat ihn schon zweimal erschlagen. Ich wette einen Silberhirschen, dass er auch diesmal nicht tot bleiben wird.«

Arya hatte bis vor zwei Wochen keine Ahnung gehabt, was der Blutige Mummenschanz war, bis die eigentümlichste Gruppe von Männern, die sie je gesehen hatte, in Harrenhal eintraf. Unter dem Banner einer schwarzen Ziege mit blutroten Hörnern ritten kupferfarbene Männer mit Glöckchen in den Zöpfen herein; Lanzenträger saßen auf schwarz-weiß gestreiften Pferden; Bogenschützen hatten gepuderte Wangen; dicke, haarige Kerle trugen verbeulte Schilde; braunhäutige Männer trugen Umhänge aus Federn; ein schmächtiger Narr war in grüne und rosafarbene Karos gekleidet; Schwertkämpfer hatten die gekerbten Bärte grün und purpurn und silbern gefärbt; Speerträger zeigten auf den Wangen bunte Narben. Außerdem gehörten dazu noch ein schlanker Bursche in der Robe eines Septons, ein väterlicher Mann im Grau eines Maesters und ein kränklicher Kerl, an dessen Lederumhang lange blonde Haarsträhnen befestigt waren.

An ihrer Spitze ritt ein sehr großer, stockdürrer Mann mit ausgemergeltem Gesicht, das durch den zotteligen langen schwarzen Bart, der vom spitzen Kinn bis fast zur Hüfte reichte, noch länger wirkte. Der Helm, der am Sattelknauf hing, war aus schwarzem Stahl geschmiedet und wie ein Ziegenkopf geformt. Um den Hals trug er eine Kette, die aus vielen Münzen unterschiedlicher Größen, Formen und Metalle bestand, und sein Pferd war auch eines dieser seltsamen Schwarzweißen.

»Mit diesem Haufen willst du bestimmt nichts zu tun bekommen«, sagte Weese, als er bemerkte, dass sie den Ziegenhelmmann beobachtete. Zwei seiner Trinkkumpane standen bei ihm, Waffenbrüder in Diensten von Lord Lefford.

»Wer ist das?«, fragte sie.

Einer der Soldaten lachte. »Das Fußvolk, Mädchen. Die Zehen der Ziege. Lord Tywins Blutiger Mummenschanz.«

»Erbsen statt Hirn. Wenn sie die Haut abgezogen kriegt, kannst du die verdammten Treppen an ihrer Stelle schrubben«, sagte Weese. »Das sind Söldner, Wiesel, Mädchen. Nennen sich die Tapferen Kameraden. Wag es nicht, sie bei diesem anderen Namen zu nennen, wenn sie in der Nähe sind, sonst ergeht's dir übel. Der Ziegenhelm ist ihr Hauptmann, Lord Vargo Hoat.«

»Der ist kein verfluchter Lord«, widersprach der zweite Soldat. »Ich habe gehört, wie Ser Armory das gesagt hat. Er ist bloß ein Söldner mit einem sabbernden Maul und einer zu hohen Meinung von sich selbst.«

»Klar«, meinte Weese, »aber sie sollte ihn besser Lord nennen, wenn sie in einem Stück bleiben will.«

Arya betrachtete Vargo Hoat erneut. *Wie viele Ungeheuer hat Lord Tywin denn noch?*

Die Tapferen Kameraden wurden im Witwenturm untergebracht, daher brauchte Arya sie nicht zu bedienen. Darüber war sie froh; in der Nacht ihrer Ankunft brach ein Streit zwischen den Söldnern und einigen Männern der Lannisters aus. Ser Harys Swyfts Knappe wurde dabei erstochen, und zwei vom Blutigen Mummenschanz trugen Verletzungen davon. Am nächsten Morgen ließ Lord Tywin beide zusammen mit einem von Lord Lyddens Bogenschützen an der Torhausmauer aufhängen. Weese erzählte, der Bogenschütze habe den Streit angefangen, weil er die Söldner mit Beric Dondarrion aufgezogen habe. Nachdem die Gehängten nicht mehr zappelten, umarmten sich Vargo Hoat und Ser Harys und küssten sich und schworen sich brüderliche Liebe, während Lord Tywin zusah. Arya fand Vargo Hoats Lispeln und Sabbern komisch, hütete sich jedoch zu lachen.

Der Blutige Mummenschanz blieb nicht lange in Harrenhal, doch ehe die Söldner wieder hinausritten, hörte Arya einen von ihnen sagen, eine Armee im Norden unter Roose Bolton habe am Roten Arm des Trident Stellung bezogen. »Wenn er ihn überquert, wird Lord Tywin ihn erneut zermalmen, wie am Grünen Arm«, erwiderte einer der Lannister-Bogenschützen, und seine Gefährten brüllten ihn nieder. »Bolton wird den Fluss niemals überqueren, nicht bis der Junge Wolf sich mit seinen wilden Nordmännern und den Wölfen von Riverrun aus in Marsch gesetzt hat.«

Dass ihr Bruder so nah war, hatte Arya nicht gewusst. Riverrun war wesentlich näher als Winterfell, obwohl sie keine Ahnung hatte, in welcher Richtung es von Harrenhal aus gesehen lag. *Das könnte ich herausfinden, bestimmt, wenn ich nur irgendwie fliehen könnte.* Beim Gedanken, Robb wieder zu sehen, musste sie sich auf die Lippe beißen. *Und Jon will ich sehen, und Bran und Rickon, und Mutter. Sogar Sansa . . . ich werde sie küssen und sie wie eine richtige Dame um Verzeihung bitten. Das wird ihr gefallen.*

Durch den Klatsch auf dem Hof erfuhr sie auch von den drei Dutzend Gefangenen im Turm der Angst, die während einer Schlacht am Grünen Arm des Trident gemacht worden waren. Die meisten durften sich in der Burg frei bewegen, nachdem sie geschworen hatten, nicht zu fliehen. *Sie haben geschworen, nicht zu fliehen,* dachte Arya, *aber nicht, mir nicht bei der Flucht zu helfen.*

Die Gefangenen aßen an ihrem eigenen Tisch in der Halle der Hundert Kamine und waren oft auf dem Hof zu sehen. Vier Brüder übten sich jeden Tag im Kampf, fochten mit Stangen und Holzschilden im Fließsteinhof. Drei von ihnen waren die Freys vom Kreuzweg, der Vierte ihr Bastardbruder. Sie waren jedoch nur kurze Zeit da; eines Morgens trafen zwei weitere Brüder unter dem Banner des Waffenstillstands ein und brachten Truhen mit Gold, um die Ritter auszuzahlen, die sie gefangen genommen hatten. Die sechs Freys ritten gemeinsam zum Tor hinaus.

Niemand zahlte das Lösegeld für die Nordmannen. Ein fetter kleiner Lord triebe sich immer in der Küche herum, erzählte Heiße Pastete ihr, und sei auf kleine Häppchen aus. Sein Schnurrbart war so buschig, dass er den ganzen Mund bedeckte, und seine Mantelschnalle war ein Dreizack aus Silber und Saphiren. Er gehörte Lord

Tywin, der grimmige, bärtige junge Mann hingegen, der so gern auf den Wehrgängen spazieren ging und einen schwarzen Mantel mit weißen Sonnen trug, war von einem hinterwäldlerischen Ritter gefangenen genommen worden, der an ihm Geld verdienen wollte. Sansa hätte gewusst, wer er und auch der Fette waren, doch Arya hatte sich nie viel aus Titeln und Wappen gemacht. Wann immer Septa Mordane sich über die Geschichte dieses oder jenes Hauses ausgelassen hatte, hatte sie nur verträumt aus dem Fenster geschaut und das Ende der Stunde herbeigesehnt.

Allerdings erinnerte sie sich an Lord Cerwyn. Seine Ländereien lagen nahe bei Winterfell, deshalb hatten er und sein Sohn Cley sie oft besucht. Doch wie das Schicksal es wollte, war er der einzige Gefangene, der sich nie blicken ließ; er lag in einer Zelle des Turms im Bett und erholte sich von einer Verletzung. Tagelang überlegte Arya wie sie sich an den Türwachen vorbeistehlen könnte. Wenn er sie erkannte, wäre er durch seine Ehre verpflichtet, ihr zu helfen. Ein Lord würde bestimmt Gold haben, das hatten sie alle; vielleicht würde er ein paar von Lord Tywins eigenen Söldnern bestechen, um sie nach Riverrun zu bringen. Vater hatte immer gesagt, für genügend Gold würden die meisten Söldner selbst ihre Mutter verkaufen.

Dann erblickte sie eines Morgen drei Frauen in den grauen Roben der Schweigenden Schwestern. Sie luden gerade einen Leichnam auf ihren Wagen. Der Tote war in einen Umhang aus feinster Seide gehüllt, der das Wappen der Streitaxt trug. Auf ihre Frage hin, wer das sei, erklärte eine der Wachen ihr, Lord Cerwyn sei gestorben. Die Worte trafen sie wie ein Tritt in den Bauch. *Er hätte dir sowieso nicht helfen können,* dachte sie, während die Schwestern den Wagen durch das Tor zogen. *Er hätte dir nicht helfen können, du dumme Maus.*

Danach hieß es wieder schrubben und umherhuschen und an Türen lauschen. Bald werde Lord Tywin nach Riverrun marschieren, hörte sie. Oder er werde in südlicher Richtung nach Highgarden aufbrechen, was niemand erwartete. Nein, er müsse King's Landing verteidigen, denn Stannis stelle die größte Bedrohung dar. Er habe Gregor Clegane und Vargo Hoat ausgeschickt, um Roose

Bolton zu vernichten und so die Gefahr in seinem Rücken zu bannen. Er habe Raben zur Eyrie geschickt, weil er Lady Lysa Arryn ehelichen wolle und auf diese Weise das Grüne Tal zu gewinnen gedenke. Er habe eine Tonne Silber gekauft, aus dem magische Schwerter geschmiedet werden sollten, mit denen er die Warge der Starks niedermetzeln wolle. Nein, er habe Lady Stark vorgeschlagen, Frieden zu schließen, und der Königsmörder werde bald freigelassen.

Obwohl den ganzen Tag Raben eintrafen und abflogen, verbrachte Lord Tywin seine Zeit überwiegend hinter verschlossenen Türen beim Kriegsrat. Arya erhaschte manchmal einen Blick auf ihn, doch stets nur aus der Ferne – einmal ging er in Begleitung von drei Maestern und des dicken Gefangenen mit dem buschigen Schnurrbart auf der Mauer entlang, ein andermal ritt er mit seinen Gefolgsleuten hinaus, um die Lager zu inspizieren, doch meist stand er in einem Bogen der überdachten Galerie und beobachtete die Männer im Hof bei den Waffenübungen. Er stand einfach da und hielt die Hände über dem goldenen Heft seines Langschwerts gefaltet. Man sagte, Lord Tywin liebe Gold über alles; er scheiße sogar Gold, hörte sie einen Knappen scherzen. Der Lannister sah kräftig aus für einen alten Mann, seine goldenen Barthaare waren borstig, sein Kopf kahl. Etwas in seinem Gesicht erinnerte Arya an ihren Vater, obwohl die beiden sich ansonsten überhaupt nicht ähnelten. *Er hat das Gesicht eines Lords, das ist alles,* redete sie sich ein.

Ihre Hohe Mutter hatte einmal zu Vater gesagt, er solle sein Lordgesicht aufsetzen und sich um irgendeine Angelegenheit kümmern. Vater hatte darüber gelacht. Sie konnte sich nicht vorstellen, dass Lord Tywin jemals über etwas lachte.

Eines Nachmittags, während sie wartete, bis sie an der Reihe war, Wasser aus dem Brunnen zu holen, hörte sie die Angeln des Osttores knarren. Eine Gruppe Reiter ritt im Schritt unter dem Fallgitter hindurch. Als sie den Mantikor auf dem Schild ihres Anführers entdeckte, erfüllte sie schlagartig brennender Hass.

Im Tageslicht wirkte Ser Armory Lorch weniger Furcht einflößend als bei Fackelschein, trotzdem hatte er die Schweinsäuglein, an die sie sich erinnerte. Eine der Frauen erzählte, er und seine Männer seien um den ganzen See geritten, um Beric Dondarrion zu jagen und Aufrührer zu erschlagen. *Wir waren keine Aufrührer,* dachte Arya. *Wir waren die Nachtwache; und die Nachtwache ergreift keine Partei.* Jedenfalls hatte sich die Zahl der Soldaten verringert, und viele waren verletzt. *Hoffentlich eitern ihre Wunden. Hoffentlich krepieren sie alle.*

Dann sah sie die drei am Ende der Kolonne.

Rorge hatte einen schwarzen Halbhelm aufgesetzt, dessen Nasenschutz kaum erkennen ließ, dass er keine Nase mehr besaß. Beißer ritt schwerfällig neben ihm auf einem Schlachtross, das unter seinem Gewicht zusammenzubrechen drohte. Halb verheilte Brandwunden bedeckten seinen Körper und machten ihn noch hässlicher.

Doch Jaqen H'ghar lächelte wie immer. Seine Kleidung war zerlumpt und dreckig, doch er hatte sich gewaschen und sein Haar gekämmt. Es hing ihm bis auf die Schultern, rot und weiß und glänzend, und Arya hörte das bewundernde Kichern der Mädchen um sie herum.

Ich hätte sie alle im Feuer verrecken lassen sollen. Gendry hat das auch gesagt, und ich hätte auf ihn hören sollen. Wenn sie ihnen nicht die Axt zugeworfen hätte, wären sie alle tot. Einen Augenblick bekam sie es mit der Angst zu tun, doch sie ritten vorbei, ohne Interesse an ihr zu zeigen. Nur Jaqen H'ghar schaute einmal in ihre Richtung, und sein Blick schweifte über sie hinweg. *Er erkennt mich nicht,* dachte sie. *Arry war ein verbitterter kleiner Junge mit einem Schwert, und ich bin nur eine graue Maus mit einem Eimer.*

Den Rest des Tages über schrubbte sie Treppen im Klageturm. Am Abend waren ihre Hände wund und bluteten, und ihre Arme schmerzten und zitterten, als sie den Eimer zurück in den Keller schleppte. Zu erschöpft zum Essen, bat Arya Weese darum, sich zurückziehen zu dürfen, und krabbelte auf ihre Strohmatratze. »Weese«, gähnte sie. »Dunsen, Chiswyck, Polliver, Raff der Liebling. Der Kitzler und der Bluthund. Ser Gregor, Ser Armory, Ser Ilyn, Ser Meryn, König Joffrey, Königin Cersei.« Sie überlegte, ob sie ihrem Gebet drei weitere Namen hinzufügen sollte, entschied jedoch, dass sie dafür heute zu müde war.

In der Nacht träumte sie von Wölfen, die frei durch den Wald liefen, als sich eine starke Hand fest und unnachgiebig über ihren Mund legte wie ein warmer Stein. Sie erwachte sofort, wand und wehrte sich. »Das Mädchen sagt nichts«, flüsterte ihr eine scharfe Stimme ins Ohr. »Das Mädchen hält die Lippen geschlossen, niemand hört etwas, und Freunde können sich heimlich unterhalten. Ja?«

Mit klopfendem Herzen brachte Arya ein winziges Nicken zu Stande.

Jaqen H'ghar nahm seine Hand fort. Im Keller war es stockfinster, und sie konnte sein Gesicht, das nur wenige Zoll von ihrem entfernt war, nicht sehen. Doch sie konnte ihn *riechen;* seine Haut roch sauber und nach Seife, und er hatte sich Öl ins Haar geschmiert. »Der Junge wird zum Mädchen«, murmelte er.

»Ich war schon *immer* ein Mädchen. Ich dachte, du hättest mich nicht gesehen.«

»Der Mann sieht. Der Mann weiß.«

Sie erinnerte sich daran, dass sie ihn hasste. »Du hast mich erschreckt. Du bist jetzt einer von denen, ich hätte dich verbrennen lassen sollen. Was machst du hier? Geh weg, oder ich rufe nach Weese.«

»Der Mann bezahlt seine Schulden. Der Mann schuldet drei.«

»Drei?«

»Der Rote Gott will seinen Anteil, süßes Mädchen, und nur mit dem Tod kann man für das Leben zahlen. Das Mädchen hat ihm drei genommen, die schon sein waren. Das Mädchen muss ihm drei an ihrer Stelle geben. Sag die Namen, und der Mann wird den Rest erledigen.«

Er will mir helfen, erkannte Arya, und Hoffnung keimte in ihr auf. »Bring mich nach Riverrun, das ist nicht weit, wenn wir Pferde stehlen, könnten wir ...«

Er legte ihr den Finger auf die Lippen. »Drei Leben sollst du von mir bekommen. Nicht mehr, nicht weniger. Drei, und wir sind quitt.

Deshalb muss das Mädchen nachdenken.« Er küsste sie sanft aufs Haar. »Aber nicht zu lange.«

Als Arya den Kerzenstumpf neben ihrem Bett angezündet hatte, erinnerte nur noch ein schwacher Geruch an ihn, ein Hauch von Ingwer und Nelken in der Luft. Die Frau im nächsten Bett wälzte sich herum und beschwerte sich über das Licht, also blies Arya die Kerze aus. Sie schloss die Augen, und vor ihrem inneren Auge tanzten Gesichter. Joffrey und seine Mutter, Ilyn Payne und Meryn Trat und Sandor Clegane . . . doch die waren in King's Landing und Hunderte von Meilen entfernt, und Ser Clegane hatte nur ein paar Nächte in der Burg verbracht, ehe er wieder auszog, und Raff und Chiswyck und den Kitzler mitgenommen hatte. Ser Armory Lorch war hier, und den hasste sie am meisten. Nicht wahr? Ganz überzeugt war sie nicht. Und dann noch Weese.

Er kam in die engere Wahl, als sie am nächsten Morgen gähnte, weil sie so wenig geschlafen hatte. »Wiesel«, schnurrte Weese, »nächstes Mal, wenn du den Mund so weit aufsperrst, reiße ich dir die Zunge heraus und verfüttere sie an meinen Hund.« Er zog sie heftig am Ohr und trug ihr auf, sie solle mit den Treppen weitermachen. Heute Abend müssten sie bis zum dritten Absatz sauber sein.

Während der Arbeit dachte Arya darüber nach, wem sie den Tod wünschte. Sie stellte sich vor, Gesichter auf den Stufen zu sehen, und schrubbte fester, um sie auszulöschen. Die Starks lagen im Krieg mit den Lannisters, und sie war eine Stark, daher durfte sie so viele Lannisters wie möglich töten, das war es schließlich, was man im Krieg tat. Dennoch glaubte sie, es sei besser, Jaqen nicht zu vertrauen. *Ich sollte sie mit eigener Hand umbringen.* Wann immer Vater einen Mann zum Tode verurteilt hatte, richtete er ihn selbst hin, mit Ice, seinem Großschwert. »Wenn du einem Mann das Leben nehmen willst, bist du es ihm schuldig, ihm in die Augen zu blicken und seine letzten Worte zu hören«, hatte er Robb und Jon einmal erklärt.

Am nächsten Tag ging sie Jaqen H'ghar aus dem Weg, und am Tag darauf ebenso. Das fiel ihr nicht schwer. Sie war sehr klein, und

Harrenhal war sehr groß und voller Orte, an denen sich eine Maus verstecken konnte.

Und dann kehrte Ser Gregor Clegane früher als erwartet zurück und trieb eine Herde Ziegen an Stelle von Gefangenen vor sich her. Lord Beric hatte ihn überfallen, und er hatte dabei vier Mann verloren, doch die, die Arya hasste, trafen unversehrt ein und nisteten sich im zweiten Stock des Klageturms ein. Weese kümmerte sich darum, dass sie zu trinken bekamen. »Dieser Haufen hat immer anständigen Durst«, murmelte er. »Wiesel, geh rauf und frage, ob jemand seine Kleider flicken lassen will, dann können sich die Frauen darum kümmern.«

Arya lief ihre geschrubbten Treppen hinauf. Niemand zollte ihr Beachtung als sie eintrat. Chiswyck saß mit einem Horn Bier in der Hand am Feuer und erzählte eine seiner lustigen Geschichten. Sie wagte es nicht, ihn zu unterbrechen, denn damit würde sie nur eine blutige Lippe ernten.

»Nach dem Turnier der Hand, das war, ehe der Krieg begann«, sagte Chiswyck gerade, »waren wir auf dem Rückweg nach Westen, wir sieben und Ser Gregor. Raff war dabei, und der junge Joss Stilwood, der beim Turnier der Knappe des Sers gewesen war. Nun, wir sind an diesen Pissfluss gekommen, der wegen des Regenwetters Hochwasser führte. Die Furt war nicht zu passieren, aber in der Nähe lag ein Gasthaus, also sind wir dort eingekehrt. Der Ser hat den Wirt gerufen und ihm gesagt, er solle unsere Hörner immer nachfüllen, bis der Regen aufhöre, und ihr hättet die Schweinsäuglein des Mannes beim Anblick des Silbers sehen sollen. Er holt uns also Bier, er und seine Tochter, und das Zeug ist dünn, braune Pisse, die mich nicht glücklich macht, und den Ser auch nicht. Die ganze Zeit redet dieser Wirt daher, er sei froh, weil wir da seien, bei diesem Regen sehe er nicht viele Gäste. Der Narr kann einfach das Maul nicht halten, obwohl der Ser kein Wort sagt und nur an diesen Burschen denkt, der ihn besiegt hat, und zwar mit einem fiesen Trick. Man sieht richtig, wie er die Lippen aufeinander presst, und ich und die anderen, wir wissen natürlich, dass wir schweigen müssen, aber dieser Wirt will schwatzen, er fragt Mylord sogar, wie es ihm im Turnier ergangen ist. Der Ser wirft ihm nur einen Blick zu.« Chiswyck kicherte, stürzte sein Bier hinunter und wischte sich den Schaum vom Mund. »Inzwischen bringt uns seine Tochter, ein fettes Ding von vielleicht achtzehn Jahren –«

»Eher dreizehn«, meinte Raff der Liebling.

»Mag sein, auf jeden Fall war sie nicht sehr hübsch anzuschauen, aber Eggon hat gesoffen und betätschelt sie, und ich selbst patsche auch bisschen an ihr herum. Raff meint zum jungen Stilwood, dass er das Mädchen mit nach oben nehmen soll, damit er endlich zum Mann wird, und ermutigt den Jungen nach Kräften. Schließlich greift Joss ihr unter den Rock, und sie schreit und lässt den Krug fallen und rennt in die Küche. Also, hier wäre die Geschichte eigentlich zu Ende, aber der alte Narr von Wirt geht doch glatt zu unserem Ser und bittet darum, das Mädchen in Ruhe zu lassen, und er sei doch ein ehrenwerter Ritter.

Ser Gregor hat unsere Späße bisher gar nicht beachtet, aber jetzt setzt er diesen Blick auf, den kennt ihr alle, und er befiehlt, dass das Mädchen zu ihm gebracht werden soll. Der alte Mann muss sie also aus der Küche zu uns hereinzerren und kann nur sich selbst die Schuld geben. Der Ser betrachtet sie und meint: ›Das ist also die Hure, um die du dir solche Sorgen machst‹, und dieser vertrottelte Dummkopf sagt: ›Meine Layna ist keine Hure, Ser‹, und zwar Gregor mitten ins Gesicht. Der Ser blinzelt nicht einmal und sagt nur: ›Ab jetzt schon‹, wirft dem Wirt ein Silberstück zu, reißt dem Mädel das Kleid vom Leib und nimmt sie mitten auf dem Tisch, vor den Augen ihres Vaters. Sie zappelt und schreit und windet sich wie ein Kaninchen. Den Blick des alten Wirtes müsst ihr euch vorstellen, ich habe gelacht, dass mir das Bier aus der Nase kam. Dann hört dieser Junge den Lärm, der Sohn, nehme ich an, und kommt aus dem Keller raufgerannt, also muss Raff ihm mit dem Dolch ein bisschen in den Bauch pieken. Inzwischen ist der Ser fertig und trinkt weiter, und wir anderen kommen an die Reihe. Tobbot, ihr kennt ihn ja, der dreht sie auf den Bauch und nimmt sie durch den Hintereingang. Als ich endlich dran bin, hatte das Mädchen aufgehört, sich zu wehren, vielleicht hat sie ja am Ende Spaß dran gefunden, obwohl mich ein bisschen Zappeln nicht gestört hätte, um die Wahrheit zu sagen. Und jetzt kommt das Beste ... nachdem wir alle durch sind, sagt der Ser dem alten Mann, er wolle sein Wechselgeld haben. Das Mädchen sei kein Silberstück wert gewesen ... und verflucht, der Alte holt tatsächlich eine Hand voll Kupferstücke, bittet Mylord um Verzeihung, und *dankt ihm für die Ehre.*«

Die Männer brüllten und johlten, und Chiswyck lachte am lautesten über seine eigene Geschichte, bis ihm der Rotz aus der Nase in den verfilzten grauen Bart lief. Arya stand im Schatten des Treppenhauses und beobachtete ihn durch die offene Tür. Sie schlich zurück in den Keller, ohne ein Wort zu sagen. Als Weese herausfand, dass sie seinen Auftrag nicht ausgeführt hatte, zog er ihr die Hosen herunter und prügelte sie, bis ihr das Blut an den Beinen herunterlief, doch Arya schloss die Augen und dachte an das, was Syrio sie gelehrt hatte, und so spürte sie die Schläge kaum.

Zwei Nächte später schickte er sie in die Halle der Kaserne, um an den Tischen zu bedienen. Sie trug gerade einen Krug Wein herum und schenkte ein, als sie Jaqen H'ghar bemerkte, der auf der anderen Seite des Gangs beim Essen saß. Arya biss sich auf die Unterlippe und schaute sich vorsichtig um, ob Weese in der Nähe sei. *Angst schneidet tiefer als Schwerter,* sprach sie sich selbst Mut zu.

Sie machte einen Schritt und noch einen, und mit jedem fühlte sie sich weniger wie eine Maus. Sie arbeitete sich die ganze Bank hinunter vor und füllte Weinbecher. Rorge saß rechts neben Jaqen; er war sturzbetrunken und nahm sie nicht zur Kenntnis. Arya beugte sich vor und flüsterte Jaqen ins Ohr: »Chiswyck.« Der Mann aus Lorath ließ sich nicht anmerken, ob er etwas gehört hatte.

Als ihr Krug leer war, eilte Arya hinunter in den Keller, um ihn am Fass neu zu füllen, und kehrte rasch nach oben zurück. Niemand war in der Zwischenzeit an Durst gestorben oder hatte ihre kurze Abwesenheit auch nur bemerkt.

Am nächsten Tag geschah nichts, und auch am darauf folgenden nicht, doch am dritten Tag ging Arya mit Weese zur Küche, um das Essen zu holen. »Einer der Männer des Reitenden Bergs ist gestern

Nacht vom Wehrgang gefallen und hat sich das Genick gebrochen«, erzählte Weese einer der Köchinnen.

»War er betrunken?«, fragte die Frau.

»Nicht mehr als sonst. Manche sagen, es sei Harrens Geist gewesen, der ihn hinuntergestoßen hat.« Er schnaubte und deutete damit an, was er von solchen Bemerkungen hielt.

Harren war es nicht, hätte Arya am liebsten geschrien, *ich war es.* Sie hatte Chiswyck mit einem Flüstern getötet, und sie würde noch zwei weitere Männer umbringen, ehe sie fertig war. *Ich bin der Geist von Harrenhal,* dachte sie. Und an diesem Abend gab es einen Namen weniger zu hassen.

CATELYN

Der Treffpunkt war eine Wiese, die von grauen Pilzen und Stümpfen gefällter Bäume übersät war.

»Wir sind die Ersten, Mylady«, sagte Hallis Mollen und zügelte sein Pferd inmitten der Stümpfe, wo sie sich ganz allein zwischen den Armeen befanden. Das Schattenwolfbanner des Hauses Stark flatterte an der Lanze, die er hielt. Catelyn konnte das Meer zwar von hier aus nicht sehen, doch sie spürte, wie nah es war. Der Wind trug den schweren Geruch von Salz aus dem Osten heran.

Stannis Baratheons Männer hatten den Wald abgeholzt, um Belagerungstürme und Katapulte zu bauen. Catelyn fragte sich, wie alt die Bäume gewesen waren und ob Ned hier wohl gerastet hatte, als er sein Heer nach Süden geführt hatte, um die letzte Belagerung von Storm's End zu beenden. An jenem Tag hatte er einen großen Sieg errungen, umso größer, da er unblutig gewonnen worden war.

Mögen die Götter geben, dass mir das Gleiche gelingt, betete Catelyn. Ihre Lehnsmänner glaubten, sie sei verrückt geworden, weil sie überhaupt hier erschien. »Dieser Kampf ist nicht der unsere, Mylady«, hatte Ser Wendel Manderly gesagt. »Ich weiß, der König würde nicht wünschen, dass sich seine Mutter einer solchen Gefahr aussetzt.«

»Uns allen droht Gefahr«, entgegnete sie, vielleicht ein wenig zu scharf. »Glaubt Ihr, ich wäre gern hier, Ser?« *Ich gehöre nach Riverrun zu meinem sterbenden Vater, nach Winterfell zu meinen Söhnen.* »Robb hat mich nach Süden geschickt, um an seiner Stelle zu sprechen, und das werde ich auch tun.« Zwischen diesen Brüdern einen Frieden zu schmieden, würde nicht leicht werden, doch zum Wohle des Reichs musste der Versuch unternommen werden.

Jenseits der vom Regen getränkten Felder und steinigen Anhöhen ragte die große Burg von Storm's End mit dem Rücken zum Meer in den Himmel. Vor der Masse des hellgrauen Steins wirkte die Armee von Lord Stannis Baratheon klein und unbedeutend, wie Mäuse mit Bannern.

In den Liedern hieß es, Storm's End sei in uralten Zeiten von Durran, dem ersten Sturmkönig errichtet worden, der die Liebe der schönen Elenei gewonnen hatte, der Göttin des Windes und Tochter des Meergottes. In ihrer Hochzeitsnacht hatte Elenei ihre Jungfräulichkeit der Liebe eines Sterblichen geopfert und sich dadurch selbst zum Tode einer Sterblichen verurteilt, und ihre trauernden Eltern hatte ihrem Zorn freien Lauf gelassen und Wind und Wellen gegen Durrans Festung geworfen. Seine Freunde und Brüder und Hochzeitsgäste wurden von den einstürzenden Mauern erschlagen oder hinaus ins Meer geweht, doch Elenei barg Durran in ihren Armen, und so geschah ihm kein Leid. Und als endlich der Morgen graute, erklärte er den Göttern den Krieg und schwor, die Burg wieder aufzubauen.

Fünf weitere Burgen errichtete er, jede größer und mächtiger als die Letzte, nur um mit anzusehen, wie sie von den Stürmen aus der Shipbreaker Bay zerschmettert wurden, die riesige Wassermauern vor sich her trieben. Seine Lords flehten ihn an, weiter im Binnenland zu bauen; seine Priester verlangten von ihm, er solle die Götter besänftigen, indem er Elenei dem Meer zurückgebe; sogar das Volk bat ihn einzulenken. Durran hörte auf keinen von ihnen. Er errichtete eine siebte Burg, die Mächtigste von allen. Manche behaupten, die Kinder des Waldes hätten ihm dabei geholfen und die Steine mit ihrer Magie behauen; andere sagten, ein kleiner Junge habe ihm erklärt, was er zu tun habe, ein Junge, der später zu Bran dem Erbauer heranwachsen sollte. Ganz gleich, wie man die Geschichte erzählte, am Schluss lief sie auf dasselbe hinaus. Obwohl die Götter Sturm auf Sturm gegen die siebte Burg schleuderten, trotzte sie den Winden, und Durran und die schöne Elenei lebten bis ans Ende ihrer Tage dort.

Götter vergessen nichts, und noch immer tosten die Orkane durch die Meerenge. Dennoch hielt Storm's End Jahrhunderte und stand wie keine andere Burg. Die große Außenmauer war über dreißig Meter hoch und weder von Schießscharten noch Seitentoren unterbrochen, überall rund und geschwungen, glatt. Die Steine waren so geschickt zusammengefügt, dass der Wind an keiner Ecke oder Ritze ansetzen konnte. Angeblich war die Mauer an ihrer dünnsten Stelle dreizehn Meter, auf der Seeseite fast fünfundzwanzig Meter dick, eine doppelte Steinwand, die im Inneren mit Sand und Geröll gefüllt war. Innerhalb des mächtigen Bollwerks waren Küchen und Ställe und Höfe vor Wind und Wellen geschützt. Es gab nur einen Turm, einen riesigen Rundturm, der zum Meer hin fensterlos war, und in dem die Vorratskammern, die Kaserne, die Festhalle und die Gemächer des Lords untergebracht waren und der von großen Zinnen gekrönt wurde, sodass er aus der Ferne aussah wie eine in die Höhe gereckte, mit Nägeln gespickte Faust.

»Mylady«, rief Hal Mollen. Zwei Reiter aus dem kleinen Lager unterhalb der Burg ritten im Schritt auf sie zu. »Das dürfte König Stannis sein.«

»Ohne Zweifel.« Catelyn beobachtete ihr Herannahen. *Ja, das muss Stannis sein, doch er führt nicht das Banner der Baratheons.* Stattdessen war es gelb, nicht golden wie Renlys Fahne, und der Gegenstand darauf war rot, nur konnte sie ihn von hier aus noch nicht erkennen.

Renly würde als Letzter eintreffen. Das hatte er ihr bereits bei ihrem Aufbruch mitgeteilt. Er würde sein Pferd nicht eher satteln lassen, als bis sein Bruder unterwegs sei. Der Erste, der ankam, musste auf den anderen warten, und das wollte Renly nicht. *Solche Spielchen treiben Könige miteinander,* sagte sie sich. Nun, sie war kein König, daher brauchte sie sich daran nicht zu beteiligen. Catelyn hatte Übung im Warten.

Als Stannis näher kam, sah sie die rotgoldene Krone auf seinem Kopf, deren Zacken in Form von Flammen gestaltet waren. Sein Gürtel war mit Granaten und Topasen verziert, und im Heft seines Schwertes war ein großer, viereckiger Rubin eingearbeitet. Ansonsten trug er schlichte Gewänder: eine mit Nieten beschlagene Lederweste über einem gesteppten Wams, abgetragene Stiefel und eine Hose aus derbem Stoff. Das Symbol auf seinem Banner war ein rotes Herz inmitten von orangefarbenem Feuer. Den gekrönten Hirsch fand Catelyn ebenfalls ... zusammengeschrumpft und von dem Herz umschlossen. Noch ungewöhnlicher war der Reiter, der das Banner trug – eine ganz in Rot gekleidete Frau, deren Gesicht in der tiefen Kapuze ihrer scharlachroten Robe verschwand. *Eine rote Priesterin,* dachte Catelyn verwundert. Die Sekte war in den Freien Städten und im fernen Osten weit verbreitet und einflussreich, in den Sieben Königslanden stieß man dagegen selten auf ihre Anhänger.

»Lady Stark«, grüßte Stannis Baratheon kühl, nachdem er sein Pferd gezügelt hatte. Er neigte den Kopf, der kahler war, als sie es in Erinnerung hatte.

»Lord Stannis«, erwiderte sie.

Unter dem kurz geschorenen Bart schob er das schwere Kinn vor, doch er wies sie nicht wegen des Titels zurecht. Dafür war sie ihm dankbar. »Ich habe nicht erwartet, Euch in Storm's End vorzufinden.«

»Ich hatte auch nicht beabsichtigt, hierher zu kommen.«

Seinen tief liegenden Augen entging ihr Unbehagen nicht. Dieser Mann war nicht für seichte Höflichkeiten geschaffen. »Mein Beileid zum Tod Eures Lords«, sagte er, »wenngleich Eddard nicht mein Freund war.«

»Er war auch nicht Euer Feind, Mylord. Als die Lords Tyrell und Redwyne Euch in dieser Burg festsetzten und aushungerten, war es Eddard Stark, der die Belagerung beendete.«

»Auf Befehl meines Bruders und nicht aus Liebe zu mir«, antwortete Stannis. »Lord Eddard hat seine Pflicht getan, das will ich nicht leugnen. Habe ich je weniger getan? *Ich* hätte Roberts Hand sein sollen.«

»Es war der Wunsch Eures Bruders. Ned wollte die Aufgabe nicht.«

»Dennoch hat er sie übernommen. Dabei stand sie mir zu. Dennoch, darauf gebe ich Euch mein Wort, sollt Ihr Gerechtigkeit für den Mord an ihm erhalten.«

Wie sehr es ihnen gefällt, Köpfe zu versprechen, diesen Männern, die sich Könige nennen. »Euer Bruder hat mir das Gleiche zugesagt. Um bei der Wahrheit zu bleiben, hätte ich lieber meine Töchter zurück. Die Gerechtigkeit würde ich dann den Göttern überlassen. Cersei hat meine Sansa noch immer in ihrer Gewalt, und von Arya habe ich seit Roberts Todestag keine Nachricht mehr erhalten.«

»Falls Eure Kinder gefunden werden, wenn ich die Stadt einnehme, werde ich sie zu Euch zurückschicken.« *Tod oder lebendig,* schwang in seinem Ton mit.

»Und wann wird das sein, Lord Stannis? King's Landing liegt nahe an Eurem Dragonstone, stattdessen finde ich Euch hier vor.«

»Ihr sprecht offen, Lady Stark. Sehr wohl, ich werde Euch offen antworten. Um die Stadt einzunehmen, brauche ich den Beistand der südlichen Lords, die ich auf der anderen Seite dieses Feldes sehe. Zurzeit verfügt mein Bruder über sie. Das gedenke ich zu ändern.«

»Männer schwören die Treue, wem sie wollen, Mylord. Diese Lords waren Robert und dem Hause Baratheon treu ergeben. Wenn Ihr und Euer Bruder Euren Streit schlichtet –«

»Ich habe keinen Streit mit Renly, wenn er seine Pflichten anerkennt. Ich bin der ältere Bruder und sein König. Ich will nur das, was mir dem Recht nach zusteht. Renly schuldet mir seine Treue und seinen Gehorsam. Die werde ich bekommen. Von ihm und von diesen anderen Lords.« Stannis musterte ihr Gesicht. »Und welcher Grund führt Euch auf dieses Feld, Mylady? Hat das Haus Stark sein Schicksal an meinen Bruder gebunden?«

Er wird sich niemals beugen, dachte sie, doch sie musste es trotzdem versuchen. Zu viel stand auf dem Spiel. »Mein Sohn regiert als König des Nordens durch den Willen unserer Lords und unseres Volkes. Er verneigt sich vor keinem Mann, doch streckt er allen die Hand zur Freundschaft entgegen.«

»Könige haben keine Freunde«, entgegnete Stannis, »nur Untertanen und Feinde.«

»Und Brüder«, rief eine fröhliche Stimme hinter ihr. Catelyn blickte über die Schulter und entdeckte Lord Renlys Zelter, der zwischen den Stümpfen hindurch herantrabte. Der jüngere Baratheon sah in seinem grünen Samtwams und dem pelzgesäumten Satinumhang prächtig aus. Die Krone der goldenen Rosen saß auf seinem Kopf, der Hirschkopf aus Jade ragte über seiner Stirn auf und das schwarze Haar hing lang herab. Schwarze Diamanten schmückten seinen Schwertgurt, und eine Kette aus Gold und Smaragden hing ihm um den Hals.

Renly hatte ebenfalls eine Frau gewählt, um sein Banner zu tragen, allerdings verbarg Brienne Gesicht und Körper hinter einer Rüstung, die keine Aufschlüsse über ihr Geschlecht erlaubte. An ihrer vier Meter langen Lanze prangte der gekrönte Hirsch Schwarz auf Gold und flatterte im Meerwind.

Sein Bruder grüßte knapp: »Lord Renly.«

»*König* Renly. Bist du es wirklich, Stannis?«

Stannis runzelte die Stirn. »Wer sollte es sonst sein?«

Renly zuckte nur die Achseln. »Als ich das Banner sah, war ich mir nicht sicher. Wessen Banner führst du?«

»Mein eigenes.«

Die rote Priesterin ergriff das Wort. »Der König hat sich das flammende Herz der Herrn des Lichts zum Siegel erwählt.«

Das schien Renly zu amüsieren. »Das ist sicherlich besser. Wenn wir beide die gleiche Fahne hätten, würde es in der Schlacht ein fürchterliches Durcheinander geben.«

»Hoffentlich gibt es gar keine Schlacht«, sagte Catelyn. »Wir drei haben einen gemeinsamen Feind, der uns alle vernichten will.«

Stannis betrachtete sie, lächelte jedoch nicht. »Der Eiserne Thron steht dem Rechte nach mir zu. Alle, die das verneinen, sind meine Feinde.«

»Das ganze Reich verneint es, Bruder«, erwiderte Renly. »Alte Männer verneinen es mit ihrem Todesröcheln, und ungeborene Kinder verneinen es im Leib ihrer Mütter. Sie verneinen es in Dorne und auf der Mauer. Niemand will dich als König.«

Stannis' Gesicht spannte sich. »Ich habe mir geschworen, niemals mit dir zu verhandeln, solange du die Krone des Verräters trägst. Hätte ich mich nur daran gehalten.«

»Das ist töricht«, warf Catelyn scharf ein. »Lord Tywin sitzt mit zwanzigtausend Mann in Harrenhal. Die Reste der Armee des Königsmörders haben sich am Golden Tooth neu formiert, ein weiteres Heer der Lannisters versammelt sich im Schatten von Casterly Rock, und Cersei und ihr Sohn halten King's Landing und sitzen auf Eurem kostbaren Thron. Und jeder von Euch beiden nennt sich *König*, während das Königreich blutet, und keiner erhebt das Schwert, um es zu verteidigen – außer meinem Sohn.«

Renly zuckte die Achseln. »Euer Sohn hat ein paar Schlachten gewonnen. Ich werde den Krieg gewinnen. Die Lannisters können warten, bis es mir beliebt, sie anzugreifen.«

»Falls du einen Vorschlag unterbreiten möchtest, dann raus damit«, verlangte Stannis schroff, »oder ich gehe wieder.«

»Na schön«, antwortete Renly. »Ich schlage vor, dass du absteigst, dein Knie beugst und mir die Treue schwörst.«

Stannis würgte seinen Zorn hinunter. »Den Tag wirst du niemals erleben.«

»Du hast Robert gedient, warum nicht auch mir?«

»Robert war mein älterer Bruder. Du bist der jüngere.«

»Jünger, verwegener und viel besser aussehend . . .«

». . . und außerdem ein Dieb und Thronräuber.«

Erneut zuckte Renly mit den Schultern. »Die Targaryens nannten Robert einen Thronräuber. Er hat sich scheinbar mit der Schande abgefunden. So wie ich.«

Das führt zu nichts. »Hört Euch doch bloß selbst an! Wenn Ihr meine Söhne wärt, würde ich Euch mit den Köpfen zusammenstoßen und Euch in Euren Zimmern einsperren, bis Ihr Euch wieder daran erinnert, dass Ihr Brüder seid.«

Stannis runzelte die Stirn. »Ihr werdet anmaßend, Lady Stark. Ich bin der rechtmäßige König, und Euer Sohn ist genauso ein Verräter wie mein Bruder. Auch sein Tag wird kommen.«

Die unverhüllte Drohung entfachte ihre Wut. »Ihr seid so frei und nennt andere Verräter und Thronräuber, Mylord, aber wie unterscheidet Ihr Euch von ihnen? Ihr behauptet, der rechtmäßige König zu sein, und doch scheint es mir, als habe Robert zwei Söhne gehabt.

Dem Gesetz der Sieben Königslande nach ist Prinz Joffrey der rechtmäßige Erbe, und Tommen nach ihm ... und wir *alle* sind Verräter, mögen wir noch so gute Gründe dafür haben.«

Renly lachte. »Du musst Lady Catelyn verzeihen, Stannis. Sie ist gerade den langen Weg von Riverrun heruntergekommen. Ich fürchte, sie hat deinen kleinen Brief nicht gelesen.«

»Joffrey entstammt nicht dem Samen meines Bruder«, sagte Stannis offen heraus. »Und auch Tommen nicht. Sie sind Bastarde. Ebenso das Mädchen. Alle drei sind abscheuliche Frucht der Inzucht.«

Kann irgendjemand, selbst Cersei, so verrückt sein? Catelyn war sprachlos.

»Ist das nicht eine hübsche Geschichte, Mylady?«, fragte Renly. »Ich habe am Horn Hill gelagert, als Lord Tarly den Brief erhielt, und ich muss zugeben, er hat mir die Sprache verschlagen.« Er lächelte seinen Bruder an. »Solche Schlauheit hätte ich nie von dir erwartet, Stannis. Wenn das wahr wäre, wärst du tatsächlich Roberts Erbe.«

»*Wäre?* Nennst du mich einen Lügner?«

»Kannst du ein einziges Wort dieses Märchens beweisen?«

Stannis knirschte mit den Zähnen.

Robert hat nichts davon gewusst, dachte Catelyn, *sonst hätte Cersei sofort ihren Kopf eingebüßt.* »Lord Stannis«, fragte sie, »wenn Ihr um diese ungeheuerlichen Verbrechen der Königin wusstet, warum habt Ihr Schweigen bewahrt?«

»Ich habe nicht geschwiegen«, verkündete Stannis, »ich habe meinen Verdacht Jon Arryn gegenüber geäußert.«

»Und nicht gegenüber Eurem Bruder?«

»Mein Bruder hat mir nicht mehr Aufmerksamkeit entgegengebracht, als ihm die Pflicht gebot«, sagte Stannis. »Wäre ich mit diesen Anschuldigungen zu ihm gegangen, hätte er geglaubt, ich wolle mich in der Thronfolge nach vorn drängen. Ich war der Überzeugung, Robert wäre eher geneigt zuzuhören, wenn der Vorwurf aus Lord Arryns Mund käme, denn ihn hat er geliebt.«

»Aha«, meinte Renly, »da haben wir also das Wort eines Toten.«

»Glaubst du, er sei durch Zufall gestorben, du blinder Narr? Cersei hat ihn vergiften lassen, weil sie fürchtete, er könne ihr Geheimnis aufdecken. Lord John hatte gewisse Beweise gesammelt –«

»Die zweifellos mit ihm ins Grab gesunken sind. Wie ärgerlich.«

Catelyn kramte in ihren Erinnerungen und setzte verschiedene Teilchen zusammen. »Meine Schwester Lysa hat die Königin des Mordes an ihrem Gemahl beschuldigt, und zwar in einem Brief, den sie mir nach Winterfell geschickt hat«, sagte sie. »Später auf der Eyrie hat sie den Mord Tyrion vorgeworfen.«

Stannis schnaubte. »Wenn man in ein Schlangennest tritt, ist es gleichgültig, welche zuerst zustößt.«

»Diese Geschichte mit den Schlangen und der Inzucht ist ja sehr hübsch, aber sie ändert nichts. Vielleicht hast du den größeren Anspruch, Stannis, aber ich habe die größere Armee.« Renly schob die Hand in seinen Umhang. Stannis bemerkte die Bewegung und griff nach seinem Schwert, doch bevor er die Klinge ziehen konnte, holte sein Bruder einen ... Pfirsich hervor. »Möchtest du einen, Bruder?«, fragte Renly lächelnd. »Aus Highgarden. So etwas Süßes hast du noch nie gegessen, das verspreche ich dir.« Er biss hinein. Der Saft rann ihm aus den Mundwinkeln.

»Ich bin nicht hergekommen, um Obst zu essen.« Stannis kochte vor Zorn.

»Mylords!«, rief Catelyn. »Wir sollten lieber die Bedingungen für ein Bündnis besprechen und uns nicht gegenseitig verhöhnen.«

»Dem Geschmack eines Pfirsichs sollte sich kein Mann verweigern«, sagte Renly, während er den Kern fortwarf. »Möglicherweise ist das seine letzte Chance. Das Leben ist kurz, Stannis. Denk dran, was die Starks sagen: Der Winter naht.« Er wischte sich den Mund mit dem Handrücken ab.

»Ich bin auch nicht hergekommen, um mich bedrohen zu lassen.«

»Wurdest du auch nicht«, fauchte Renly zurück. »Wenn ich dir drohe, wirst du es schon merken. Um der Wahrheit willen, ich habe dich nie gemocht, Stannis, aber du bist von meinem Blut, und deshalb möchte ich dich nicht töten. Wenn du also Storm's End möchtest, nimm es . . . als Geschenk eines Bruders. So wie es Robert einst mir gab, reiche ich es an dich weiter.«

»Es gehört dir gar nicht. Mir steht es dem Recht nach zu.«

Seufzend drehte sich Renly halb im Sattel um. »Was soll ich bloß mit diesem Bruder anfangen, Brienne. Er nimmt meinen Pfirsich nicht an, meine Burg auch nicht, er ist sogar nicht einmal zu meiner Hochzeit erschienen . . .«

»Wir wissen beide, dass deine Hochzeit ein Mummenschanz war. Vor einem Jahr wolltest du das Mädchen noch zu einer von Roberts Huren machen.«

»Vor einem Jahr wollte ich sie zu Roberts Königin machen«, entgegnete Renly, »aber was zählt das schon? Der Keiler hat Robert bekommen, und ich Margaery. Und sie ist als Jungfrau zu mir gekommen.«

»In deinem Bett wird sie vermutlich auch als solche sterben.«

»Oh, ich erwarte, dass ich im nächsten Jahr einen Sohn von ihr bekommen werde. Und nun, Stannis, wie viele Söhne hast du? Ach ja – keinen.« Renly lächelte unschuldig. »Und was deine Tochter betrifft, so kann ich dich verstehen. Wenn meine Frau so aussähe wie deine, würde ich auch lieber den Narren zu ihr schicken.«

»Genug!«, brüllte Stannis. »Ich lasse mich nicht verhöhnen, verstanden?« Er riss das Schwert aus der Scheide. Der Stahl glänzte seltsam hell im fahlen Sonnenlicht, mal rot, mal gelb, mal blendend weiß. Die Luft um die Klinge herum schien zu flimmern.

Catelyns Pferd wieherte und trat einen Schritt zurück, doch Brienne, die ebenfalls das Schwert gezogen hatte, ritt zwischen die beiden Brüder. »Steckt Eure Klinge ein«, schrie sie Stannis an.

Cersei Lannister lacht sich tot, dachte Catelyn müde.

Stannis deutete mit der schimmernden Klinge auf seinen Bruder. »Es ist nicht so, als würde ich keine Gnade kennen«, donnerte ausgerechnet er, der niemals Gnade walten ließ. »Und ich will Lightbringer nicht mit dem Blut meines Bruders besudeln. Im Namen der Mutter, die uns beide zur Welt gebracht hat, werde ich dir eine Nacht Zeit lassen, um deine Torheit zu überdenken. Komm vor der Dämmerung zu mir, und ich werde dir Storm's End und deinen alten Sitz im Rat geben und dich sogar zu meinem Erben ernennen, solange ich keinen Sohn habe. Verweigerst du dich mir, werde ich dich vernichten.«

Renly lachte. »Stannis, das ist ein sehr hübsches Schwert, das versichere ich dir, aber ich glaube, sein Glanz hat deine Augen getrübt. Schau einmal über das Feld, Bruder. Kannst du all die Banner dort sehen?«

»Meinst du, ein paar Ballen Tuch machen dich zum König?«

»Tyrells Schwerter machen mich zum König. Rowan und Tarly und Caron machen mich zum König, mit Axt und Streithammer und Morgenstern. Pfeile aus Tarth und Lanzen von Penrose, Fossoway. Cuy, Mullendore, Estermont, Selmy, Hightower, Oakheart, Crane, Caswell, Blackbar, Morrigen, Beesbury, Shermer, Dunn, Footly ... sogar das Haus Florent, die Onkel und Brüder deiner eigenen Frau, sie alle machen mich zum König. Alle Ritter des Südens reiten an meiner Seite, und das ist noch der kleinste Teil meiner Macht. Meine Fußsoldaten folgen ihnen, hunderttausend Schwerter und Speere und Piken. Und du willst mich vernichten? Womit, bitte schön? Mit dem armseligen Pöbel, der sich dort vor den Mauern der Burg drängt? Ich schätze sie großzügig auf fünftausend, Kabeljaulords, Zwiebelritter und Söldner. Die Hälfte des Haufens wird vermutlich zu mir überlaufen, ehe die Schlacht beginnt. Du hast nicht einmal vierhundert Berittene, berichten meine Kundschafter – freie Ritter in Lederharnischen, die meinen Lanzen nicht eine Minute standhalten werden. Mir ist es gleichgültig, für wie erfahren du dich als Krieger hältst, Stannis, dieses Heer wird nicht einmal den ersten Angriff meiner Vorhut überstehen.«

»Wir werden ja sehen, Bruder.« In der Welt schien es ein wenig dunkler zu werden, als Stannis sein Schwert in die Scheide zurückschob. »Im Morgengrauen werden wir es sehen.«

»Ich hoffe, dein neuer Gott kennt Gnade, Bruder.«

Stannis schnaubte und galoppierte voller Verachtung davon. Die rote Priesterin verweilte noch kurz. »Ihr solltet besser auf Eure eigenen Sünden schauen, Lord Renly«, sagte sie und riss ihr Pferd herum.

Zusammen kehrten Catelyn und Lord Renly ins Lager zurück, wo seine Tausende und ihre Wenigen warteten. »Es hat zwar nichts eingebracht, war aber wenigstens amüsant«, bemerkte er. »Ich frage mich, wo ich ein solches Schwert bekommen kann. Nun, ohne Zweifel wird Loras es mir nach der Schlacht zum Geschenk machen. Ich bedauere, dass es so weit kommen musste.«

»Ihr habt eine fröhliche Art zu bedauern«, sagte Catelyn, die ihren Kummer nicht verbergen konnte.

»Ja?« Renly zuckte die Achseln. »Mag sein. Stannis war mir nie der liebste Bruder, das will ich gern zugeben. Glaubt Ihr, diese Geschichte ist wahr? Falls Joffrey wirklich der Sprössling des Königsmörders ist –«

»– wäre Euer Bruder der rechtmäßige Erbe.«

»Solange er lebt«, gab Renly zu. »Trotzdem ist es ein dummes Gesetz, stimmt Ihr mir da nicht zu? Warum der älteste Sohn und nicht der am besten geeignete? Die Krone passt mir, wie sie Robert nie passte und Stannis nie passen wird. Ich trage es in mir, ein großer König zu werden, stark und großzügig, klug, gerecht, gewissenhaft, meinen Freunden treu und Furcht erregend meinen Feinden gegenüber, dabei jedoch geduldig und zur Vergebung bereit –«

»– bescheiden«, ergänzte Catelyn.

Renly lachte. »Einen kleinen Makel müsst Ihr einem König schon zugestehen, Mylady.«

Catelyn fühlte sich sehr müde. Alle Mühe war vergeblich gewesen. Die beiden Baratheons würden sich gegenseitig zerfleischen, während ihr Sohn den Lannisters allein entgegentreten musste, und sie konnte nichts tun, um das zu verhindern. *Höchste Zeit, dass ich nach Riverrun zurückkehre, um meinem Vater die Augen zu schließen. Wenigstens das kann ich tun. Wenn ich auch ein schlechter Unterhändler bin, so kann ich gut trauern, mögen die Götter mich beschützen.*

Das Lager lag auf einem steinigen Hügel, der sich in Nord-Süd-Richtung erstreckte. Es war weit ordentlicher als das ausgedehnte Lager am Mander, allerdings auch nur ein Viertel so groß. Als Renly von dem Überfall seines Bruders erfahren hatte, hatte er das Heer geteilt, wie Robb es bei den Twins getan hatte. Die Fußsoldaten waren in Bitterbridge bei seiner jungen Königin geblieben, die Wagen, Karren, Zugtiere und die sperrigen Belagerungsmaschinen, während Renly die Ritter und berittenen Söldner persönlich in einem schnellen Marsch nach Osten geführt hatte.

Wie er seinem Bruder Robert ähnelte, sogar in dieser Hinsicht, nur hatte Robert stets Eddard Stark gehabt, der seine Verwegenheit mit Vorsicht dämpfte. Ned hätte gewiss darauf bestanden, dass Robert seine gesamte Streitmacht herbrachte, Stannis umzingelte und den Belagerer belagerte. Diese Möglichkeit hatte Renly außer Acht gelassen und war einfach Hals über Kopf losgestürzt. Der Versorgungstross lag mehrere Tage hinter ihm, und so musste es bald zur Schlacht kommen, oder er würde sein Heer nicht ernähren können.

Catelyn bat Hal Mollen, ihr Pferd zu versorgen, während sie Renly zum königlichen Pavillon im Herzen des Lagers begleitete. Im Inneren der grünen Seidenwände warteten seine Lords und Hauptmänner auf Nachrichten von der Unterredung. »Mein Bruder hat sich nicht verändert«, verkündete ihnen ihr junger König, derweil Brienne ihm den Mantel und die Krone aus Gold und Jade abnahm. »Burgen und Höflichkeiten genügen ihm nicht, er will Blut sehen. Nun, ich bin in der Stimmung, ihm diesen Wunsch zu gewähren.«

»Euer Gnaden, ich sehe keinen Grund, hier eine Schlacht zu schlagen«, warf Lord Mathis Rowan ein. »Die Burg ist gut bemannt und verfügt über reichlich Vorräte. Ser Cortnay Penrose ist ein erfahrener Kommandant, und bis heute wurde kein Katapult gebaut, welches die Mauern von Storm's End brechen könnte. Gönnt Lord Stannis seine Belagerung. Er wird daran keine Freude haben, und während er hier hungrig und sinnlos in der Kälte herumsitzt, nehmen wir King's Landing ein.«

»Und die Männer werden sagen, ich fürchte mich, Lord Stannis entgegenzutreten.«

»Nur Narren werden das behaupten«, widersprach Lord Mathis.

Renly sah die anderen an. »Was meint Ihr?«

»Ich meine, Stannis stellt eine Gefahr für Euch dar«, erklärte Lord

Randyll Tarly. »Wenn Ihr ihn jetzt in Ruhe lasst, wird er nur stärker werden. Eure eigene Stärke wird jedoch durch die Schlacht vermindert. Die Lannisters können nicht in einem Tag besiegt werden. Bis Ihr mit ihnen fertig seid, ist Stannis vielleicht so stark geworden wie Ihr . . . oder stärker.«

Andere stimmten zu. Der König wirkte zufrieden. »Dann werden wir also kämpfen.«

Ich habe Robb genauso enttäuscht wie Ned, dachte Catelyn. »Mylord«, rief sie, »wenn Ihr zur Schlacht entschlossen seid, ist meine Aufgabe hier beendet. Ich bitte um Eure Erlaubnis, nach Riverrun zurückzukehren.«

»Die werde ich Euch nicht erteilen.« Renly setzte sich auf einen Feldstuhl.

Sie erstarrte. »Ich hatte gehofft, Euch bei einem Friedensschluss behilflich zu sein. Im Krieg werde ich Euch nicht unterstützen.«

Renly zuckte mit den Schultern. »Ich wage die Voraussage, dass wir auch ohne Eure fünfundzwanzig Mann siegen werden, Mylady. Ihr sollt nicht an der Schlacht teilnehmen, Ihr sollt sie lediglich beobachten.«

»Ich war im Flüsterwald, Mylord. Dort habe ich genug Metzeleien gesehen. Zu Euch kam ich als Gesandte –«

»– und als Gesandte werdet Ihr abreisen«, unterbrach Renly sie. »Allerdings klüger als vor Eurer Ankunft. Ihr sollt mit eigenen Augen sehen, auf welche Weise ich mit Aufrührern verfahre, damit Euer Sohn es aus Eurem Munde hört. Um Eure Sicherheit braucht Ihr Euch keine Sorgen zu machen.« Er wandte sich von ihr ab, um seinen Schlachtplan zu erläutern. »Lord Mathis, Ihr werdet den Hauptstoß des Angriffs führen. Bryce, Ihr übernehmt die linke Flanke. Die Rechte gehört mir. Lord Estermont, Ihr habt den Befehl über die Reserve.«

»Ich werde Euch nicht enttäuschen, Euer Gnaden«, antwortete Lord Estermont.

Lord Mathis Rowan ergriff das Wort. »Wer führt die Vorhut an?«

»Euer Gnaden«, meldete sich Ser Jon Fossoway, »ich bitte um die Ehre.«

»Bittet nur«, sagte Ser Guyard der Grüne, »dem Recht nach steht der erste Angriff einem der Sieben zu.«

»Man braucht mehr als einen hübschen Mantel, um einen Wall aus Schilden anzugreifen«, erklärte Randyll Tarly. »Ich habe Mace Tyrells Vorhut schon geführt, als Ihr noch an der Mutterbrust lagt, Guyard.«

Im Pavillon brach ein Tumult aus, als weitere Männer ihre Ansprüche geltend machten. *Die Ritter des Sommers,* dachte Catelyn. Renly hob die Hand. »Genug, Mylords. Wenn ich ein Dutzend Vorhuten hätte, würdet Ihr jeder eine bekommen, aber die größte Ehre steht dem größten Ritter zu. Ser Loras soll den ersten Angriff führen.«

»Aus ganzem Herzen gern, Euer Gnaden.« Der Ritter der Blumen kniete vor dem König nieder. »Gewährt mir Euren Segen und einen Ritter, der an meiner Seite reitet und Euer Banner trägt. Hirsch und Rose ziehen gemeinsam in die Schlacht.«

Renly blickte sich um. »Brienne.«

»Euer Gnaden?« Sie trug immer noch ihre blaue Rüstung, hatte den Helm jedoch abgesetzt. Im Zelt war es wegen der vielen Anwesenden heiß, und Strähnen ihres gelben Haars klebten ihr schweißnass im breiten, schlichten Gesicht. »Mein Platz ist an Eurer Seite. Ich habe einen Eid geschworen, Euer Schild zu sein . . .«

»Einer von Sieben«, erinnerte der König sie. »Macht Euch keine Sorgen, vier Eurer Kameraden werden mich in den Kampf begleiten.«

Brienne kniete nieder. »Wenn ich schon in der Schlacht nicht bei Euch sein darf, Euer Gnaden, so gewährt mir die Ehre, die Rüstung anzulegen.«

Catelyn hörte jemanden hinter sich kichern. *Sie liebt ihn, die Arme,* dachte sie traurig. *Sie spielt den Knappen, damit sie ihn berühren darf, und es ist ihr gleichgültig, wenn sie deshalb für eine Närrin gehalten wird.*

»Gewährt«, sagte Renly. »Jetzt lasst mich allein, Ihr alle. Sogar Könige müssen sich vor einer Schlacht ausruhen.«

»Mylord«, wandte sich Catelyn an ihn, »im letzten Dorf, das wir passierten, gab es eine kleine Septe. Da Ihr mir schon nicht gestattet, nach Riverrun aufzubrechen, lasst mich wenigstens dorthin reiten und beten.«

»Wie Ihr wünscht. Ser Robar, eskortiert Lady Stark sicher zu dieser Septe . . . aber sorgt dafür, dass sie bis zum Morgengrauen zurück ist.«

»Ihr solltet ebenfalls beten«, sagte Catelyn.

»Um den Sieg?«

»Um Weisheit.«

Renly lachte. »Loras, bleibt hier und helft mir beten. Es ist schon so lange her, ich glaube, ich habe vergessen, wie es geht. Was den Rest betrifft: Beim ersten Licht sitzt jeder von Euch bewaffnet und gerüstet auf seinem Pferd. Stannis soll einen Morgen grauen sehen, den er so schnell nicht wieder vergisst.«

Die Dämmerung legte sich über das Lager, als Catelyn den Pavillon verließ. Ser Robar Royce gesellte sich zu ihr. Sie kannte ihn – er war einer von Bronze Yohns Söhnen, sah auf derbe Art gut aus und war als Turnierkämpfer recht bekannt. Renly hatte ihn mit einem Mantel seiner Regenbogengarde und einer blutroten Rüstung beschenkt und ihn zu einem seiner Sieben ernannt. »Ihr seid ein hübsches Stück vom Grünen Tal entfernt, Ser«, sagte sie.

»Und Ihr weit von Winterfell, Mylady«, erwiderte er.

»Ich weiß, was mich hierhergeführt hat, aber weshalb seid Ihr gekommen? Dies ist nicht Eure Schlacht, genauso wenig wie meine.«

»Ich habe sie zu meiner Schlacht gemacht, als ich Renly zu meinem König erkoren habe.«

»Die Royces sind Gefolgsleute des Hauses Arryn.«

»Mein Hoher Vater schuldet Lady Lysa die Treue, und ebenso sein Erbe. Der zweitgeborene Sohn muss die Ehre suchen, wo er sie finden kann.« Ser Robar zuckte die Achseln. »Eines Tages ist man die Turniere leid.«

Er war höchstens einundzwanzig, dachte Catelyn, im gleichen Alter wie sein König . . . doch *ihr* König, ihr Robb, besaß mit fünfzehn mehr Weisheit als dieser junge Mann je erwerben würde.

In Catelyns kleiner Ecke des Lagers schnitt Shadd Karotten in einen Topf, Hal Mollen würfelte mit dreien seiner Männer aus Winterfell, und Lucas Blackwood wetzte seinen Dolch. »Lady Stark«, grüßte Lucas, »Mollen sagt, bei Tagesanbruch wird es eine Schlacht geben.«

»Hal hat Recht«, antwortete sie. *Und außerdem ein loses Mundwerk.*

»Kämpfen wir oder fliehen wir?«

»Wir beten, Lucas«, gab sie zurück. »Wir beten.«

SANSA

»Je länger du ihn warten lässt, desto schlimmer wird es für dich«, warnte Sandor Clegane sie.

Sansa versuchte sich zu beeilen, doch ihre Finger verfingen sich in den Knöpfen und Knoten. Der Bluthund sprach immer so grob, doch die Art, wie er sie anschaute, erfüllte sie mit Entsetzen. Hatte Joffrey etwas über ihre Treffen mit Ser Dontos herausgefunden? *Bitte nicht,* schoss es ihr durch den Kopf, während sie ihr Haar bürstete. Ser Dontos war ihre einzige Hoffnung. *Ich muss hübsch aussehen, Joff mag es, wenn ich schön bin, er hat mich immer in diesem Kleid, in dieser Farbe gemocht*. Sie strich den Stoff glatt. Über der Brust spannte er sich.

Nachdem sie hinausgetreten waren, ging Sansa auf der linken Seite des Bluthundes, der von den Brandnarben in seinem Gesicht abgewandten. »Sagt mir, was ich getan habe.«

»Nicht du. Dein königlicher Bruder.«

»Robb ist ein Verräter.« Sansa kannte den Satz in- und auswendig. »Was immer er auch getan haben mag, ich habe keinerlei Anteil daran.« *Götter, seid gnädig, bitte nicht der Königsmörder.* Wenn Robb dem Königsmörder etwas angetan hatte, würde sie das ihr Leben kosten. Sie dachte an Ser Ilyn und seine schrecklichen blassen Augen, die aus dem unbarmherzigen, pockennarbigen Gesicht hervorstarrten.

Der Bluthund schnaubte. »Sie haben dich gut abgerichtet, kleiner Vogel.« Er führte sie über den unteren Hof, wo sich bei den Zielscheiben der Bogenschützen eine große Menschenmenge versammelt hatte. Männer traten zur Seite, um sie durchzulassen. Sie hörte Lord Gyles husten. Herumlungernde Stallburschen musterten sie dreist, doch Ser Horas Redwyne wandte den Blick ab, als sie vorbeigingen, und Ser Hobber gab vor, sie überhaupt nicht zu bemerken. Eine gelbe Katze lag auf dem Boden; sie verendete gerade an einem Armbrustbolzen, der aus ihren Rippen ragte, und miaute erbärmlich. Sansa wurde übel, und sie wich dem armen Tier aus.

Ser Dontos näherte sich auf seinem Steckenpferd; nachdem er beim Turnier zu betrunken gewesen war, um sein Schlachtross zu besteigen, hatte der König erlassen, dass er sich fortan nicht mehr ohne sein Steckenpferd zeigen dürfe. »Sei tapfer«, flüsterte er und drückte ihren Arm.

Joffrey stand in der Mitte der Versammlung und spannte eine reich verzierte Armbrust. Ser Boros und Ser Meryn waren bei ihm. Der Anblick der beiden genügte, damit sich ihr der Magen umdrehte.

»Euer Gnaden.« Sie fiel auf die Knie.

»Knien wird Euch nicht retten«, sagte der König. »Steht auf. Ihr seid hier, um Euch für den jüngsten Verrat Eures Bruder zu verantworten.«

»Euer Gnaden, was immer mein verräterischer Bruder getan hat, ich habe mich daran nicht beteiligt. Ihr wisst es, daher bitte ich Euch .«

»*Stellt sie hin!*«

Der Bluthund zog sie nicht unsanft auf die Beine.

»Ser Lancel«, sagte Joff, »erzählt ihr von seiner Gräueltat.«

Sansa hatte Lancel Lannister immer für einen gut aussehenden und höflichen Mann gehalten, doch in dem Blick, den er ihr jetzt zuwarf, ließen sich weder Mitleid noch Milde entdecken. »Mithilfe irgendeiner abscheulichen Magie hatte Euer Bruder Ser Stafford Lannister mit einer Armee aus Wargen überfallen, keine drei Tagesritte von Lannisport entfernt. Tausend brave Männer wurden im Schlaf niedergemacht, ohne jede Chance, selbst das Schwert zu erheben. Nach dem Gemetzel haben die Nordmannen sich am Fleisch der Opfer gelabt.«

Entsetzen drückte Sansa die Kehle zu.

»Habt Ihr nichts zu sagen?«, fragte Joffrey.

»Euer Gnaden, das arme Kind ist zutiefst schockiert«, murmelte Ser Dontos.

»Still, Narr.« Joffrey legte die Armbrust an und zielte auf ihr Gesicht. »Ihr Starks seid genauso widernatürlich wie Eure Wölfe. Ich habe das Ungeheuer nicht vergessen, das mich angefallen hat.«

»Aber das war Aryas Wolf«, widersprach sie. »Lady hat Euch nie etwas zu Leide getan, und doch habt Ihr sie getötet.«

»Nein, dein Vater hat sie getötet«, sagte Joff, »und ich habe deinen Vater getötet. Hätte ich es nur mit eigener Hand getan. Letzte Nacht habe ich einen Mann getötet, der größer war als Euer Vater. Ein paar Leute sind zum Tor gekommen, haben meinen Namen gerufen und wollten Brot, als wäre ich ein Bäcker, aber ich habe sie eines Besseren belehrt. Den, der am lautesten geschrien hat, habe ich durch die Kehle geschossen.«

»Und ist er gestorben?« Angesichts des Bolzens, der auf ihr Gesicht gerichtet war, fiel ihr nichts anderes ein.

»Natürlich ist er gestorben, ich habe ihn schließlich in den Hals getroffen. Und eine Frau hat mit Steinen geworfen, auf die habe ich auch geschossen, sie aber nur am Arm erwischt.« Stirnrunzelnd senkte er die Armbrust. »Ich würde Euch auch erschießen, aber Mutter sagt, dann würden sie meinen Onkel Jaime töten. Stattdessen werdet Ihr bestraft werden, und anschließend werden wir Eurem Bruder schreiben, was mit Euch passiert, wenn er sich nicht endlich ergibt. Hund, schlagt sie.«

»Ich möchte sie verprügeln!« Ser Dontos drängte sich vor. Seine Zinnrüstung klapperte. Er war mit einem Morgenstern bewaffnet, dessen Kugel aus einer Melone bestand. *Mein Florian.* Sie hätte ihn küssen mögen, fleckige Haut hin, geplatzte Äderchen her. Er trabte auf seinem Steckenpferd um sie herum, schrie: »Verräterin, Verräterin«, und ließ die Melone über ihrem Kopf kreisen. Sansa schützte sich mit den Händen und taumelte jedes Mal, wenn die Melone sie traf. Beim zweiten Hieb klebte ihr Haar bereits vom Saft. Die Zuschauer lachten. Die Melone zerbrach in Stücke. *Lach, Joffrey,* betete sie, während ihr der Saft über das Gesicht und das blaue Kleid rann. *Lach und gib dich zufrieden.*

Doch Joffrey kicherte nicht einmal. »Boros. Meryn.«

Ser Meryn Trant packte Dontos am Arm und stieß ihn fort. Der rotgesichtige Narr landete der Länge nach auf dem Boden. Ser Boros ergriff Sansa.

»Verschont ihr Gesicht. Es gefällt mir, wenn sie hübsch ist.«

Boros rammte ihr die Faust in den Bauch und trieb ihr die Luft aus den Lungen. Als sie sich krümmte, packte der Ritter sie am Haar und zog das Schwert, und einen grauenhaften Augenblick lang fürchtete sie, er würde ihr die Kehle durchschneiden. Doch er schlug ihr mit der Flachseite der Klinge auf die Schenkel, dass sie glaubte, die Wucht breche ihr die Beine. Sie schrie auf. Tränen traten ihr in die Augen. *Bald ist es vorbei.* Binnen kurzem konnte sie die Hiebe nicht mehr zählen.

»Genug«, hörte sie den Bluthund fauchen.

»Nein, noch nicht«, entgegnete der König. »Boros, zieh sie aus.«

Boros schob ihr die fleischige Hand in den Ausschnitt und riss an ihrem Kleid. Die Seide riss in Fetzen, und Sansa war bis zur Taille entblößt. Sie bedeckte ihre Brüste mit den Händen. Wie aus weiter Ferne hörte sie grausames Kichern. »Schlagt sie blutig«, befahl Joffrey, »wir wollen sehen, wie gut ihrem Bruder das gefällt –«

»Was hat das zu bedeuten?«

Die Stimme des Gnoms klang wie ein Peitschenhieb, und plötzlich war Sansa frei. Sie fiel auf die Knie, kreuzte die Hände vor den Brüsten und keuchte. »Haltet Ihr das für Ritterlichkeit, Ser Boros?«, donnerte Tyrion Lannister wütend. Sein Lieblingssöldner und einer der Wildlinge, der mit dem ausgebrannten Auge, standen neben ihm. »Was für ein Ritter verprügelt hilflose Mädchen?«

»Der, der seinem König dient, Gnom.« Ser Boros hob das Schwert, und Ser Meryn trat ihm zur Seite und zog scharrend seine Klinge aus der Scheide.

»Seid vorsichtig damit«, warnte der Söldner des Zwergs. »Ihr wollt doch kein Blut auf Eure hübschen weißen Umhänge kriegen.«

»Gebt dem Mädchen etwas, um sich zu bedecken«, verlangte der Gnom. Sandor Clegane löste seinen Umhang und warf ihn ihr zu. Sansa drückte ihn sich vor die Brust und krallte die Hände in die weiße Wolle. Der raue Stoff kratzte, doch kein Samt hatte sich je so wunderbar angefühlt.

»Dieses Mädchen soll einmal Eure Königin werden«, schalt der Gnom Joffrey. »Habt Ihr denn gar keinen Respekt vor ihrer Ehre?«

»Ich bestrafe sie.«

»Für welches Verbrechen? Sie hat nicht mit ihrem Bruder in der Schlacht gekämpft.«

»In ihr fließt das Blut eines Wolfes.«

»Und in Euch wohnt der Verstand einer Gans.«

»So dürft Ihr nicht mit mir reden. Der König kann tun, was er will.«

»Aerys Targaryen hat getan, was er wollte. Hat Euch Eure Mutter nicht erzählt, was mit ihm geschehen ist?«

Ser Boros räusperte sich laut. »Niemand bedroht Seine Gnaden in Gegenwart der Königsgarde.«

Tyrion Lannister zog eine Augenbraue hoch. »Ich bedrohe den König nicht, Ser, ich belehre meinen Neffen. Bronn, Timett, wenn Ser Boros das nächste Mal den Mund aufreißt, bringt ihn um.« Der Zwerg lächelte. »Das war eine Drohung, Ser. Erkennt Ihr den Unterschied.«

Ser Boros wurde dunkelrot. »Die Königin wird davon erfahren!«

»Ohne Zweifel. Und warum sollen wir warten? Joffrey, sollen wir Eure Mutter rufen?«

Das Gesicht des Königs lief rot an.

»Keine Antwort, Euer Gnaden?«, fuhr sein Onkel fort. »Gut. Lernt, Eure Ohren mehr und Euren Mund weniger zu benutzen, sonst wird Eure Herrschaft kürzer dauern, als ich an Körpergröße messe. Mutwillige Brutalität ist nicht die Art, mit der man die Liebe des Volkes gewinnt . . . oder die Eurer Königin.«

»Furcht ist besser als Liebe, sagt Mutter.« Joffrey zeigte auf Sansa. »*Sie* fürchtet mich.«

Der Gnom seufzte. »Ja, das sehe ich. Schade, dass Stannis und Renly nicht ebenfalls zwölfjährige Mädchen sind. Bronn, Timett, nehmt sie mit.«

Sansa bewegte sich wie in einem Traum. Sie dachte, die Männer des Gnoms würden sie zu ihrem Zimmer in Maegors Bergfried zurückbringen, doch stattdessen wurde sie zum Turm der Hand geführt. Seit dem Tag, an dem ihr Vater in Ungnade gefallen war, hatte sie ihn nicht mehr betreten, und als sie jetzt die Treppe hinaufstieg, wurde ihr fast schwarz vor Augen.

Ein paar Dienstmädchen nahmen sich ihrer an und murmelten tröstende Worte, damit sie zu zittern aufhörte. Eines zog ihr die Überreste des Kleides und der Unterwäsche aus, ein Zweites badete sie und wusch ihr den klebrigen Saft vom Gesicht und aus dem Haar. Während man sie mit Seife abschrubbte und ihr Wasser über den Kopf goss, sah sie ständig nur die Gesichter vom Hof vor sich. *Ritter schwören, die Schwachen zu verteidigen, Frauen zu beschützen und für das Recht zu kämpfen, und keiner von ihnen hat auch nur einen Finger gerührt.* Allein Ser Dontos hatte versucht, ihr zu helfen, und der war kein Ritter mehr, genauso wie der Gnom oder der Bluthund . . . der Bluthund hasste Ritter . . . *Ich hasse sie auch,* dachte Sansa. *Sie alle waren keine echten Ritter, keiner von ihnen.*

Nachdem sie wieder sauber war, kam der rundliche rotblonde Maester Frenken zu ihr. Er bat sie, sich bäuchlings auf die Matratze zu legen, während er Salbe auf die hässlichen roten Striemen strich, die die Rückseite ihrer Beine bedeckten. Danach goss er ihr einen Becher Traumwein ein, den er mit Honig mischte, damit er angenehmer schmeckte. »Schlaft ein wenig, Kind. Wenn Ihr erwacht, erscheint Euch das alles wie ein böser Traum.«

Nein, bestimmt nicht, du dummer Mann. Trotzdem trank sie den Traumwein und schlief.

Es war dunkel, als sie erwachte und nicht recht wusste, wo sie sich befand. Das Zimmer erschien ihr gleichzeitig vertraut und fremd. Beim Aufstehen verspürte sie einen stechenden Schmerz in den Beinen, und damit kehrte auch die Erinnerung zurück. Tränen stiegen ihr in die Augen. Jemand hatte einen Morgenmantel für sie neben das Bett gelegt. Sansa schlüpfte hinein und öffnete die Tür. Draußen stand eine Frau mit hartem Gesicht, lederartiger brauner Haut und drei Ketten um den hageren Hals. Eine war aus Gold und eine aus Silber gefertigt, die letzte bestand aus menschlichen Ohren. »Was glaubt sie, wo sie hingehen will?«, fragte die Frau und lehnte sich auf ihren langen Speer.

»In den Götterhain.« Sie musste Ser Dontos finden und ihn bitten, sie jetzt nach Hause zu bringen, ehe es zu spät war.

»Das Halbmann sagt, du solltest nicht fortgehen«, erwiderte die Frau. »Bete hier, die Götter werden dir schon zuhören.«

Widerstandslos senkte Sansa den Blick und ging in das Zimmer zurück. Plötzlich begriff sie, weshalb dieser Ort ihr so vertraut war. *Sie haben mich in Aryas altes Zimmer gesteckt. Hier hat Arya gewohnt, als Vater noch die Hand des Königs war. Alle ihre Sachen sind nicht mehr da, und die Möbel haben sie auch umgestellt, aber es ist dasselbe Zimmer . . .*

Kurze Zeit später brachte ihr ein Dienstmädchen einen Teller mit Käse, Brot und Oliven sowie einen Krug kaltes Wasser. »Nimm es wieder mit«, forderte Sansa es auf, doch das Mädchen ließ das Essen auf dem Tisch stehen. Dann bemerkte Sansa, dass sie tatsächlich durstig war. Jeder Schritt fühlte sich an, als würden ihr Dolche ins Bein gebohrt, doch sie zwang sich, das Zimmer zu durchqueren. Sie trank zwei Becher Wasser und knabberte an einer Olive. Es klopfte.

Erschrocken fuhr sie zur Tür herum und strich die Falten ihrer Robe glatt. »Ja?«

Die Tür öffnete sich, und Tyrion Lannister trat ein. »Mylady. Hoffentlich störe ich Euch nicht?«

»Bin ich Eure Gefangene?«

»Mein Gast.« Er trug seine Amtskette, die aus miteinander verbundenen goldenen Händen bestand. »Ich dachte, vielleicht könnten wir uns ein wenig unterhalten.«

»Wie Mylord befiehlt.« Sansa fiel es schwer, ihn nicht anzustarren; sein Gesicht war so hässlich, dass es sie mit eigentümlicher Faszination anzog.

»Waren Kleidung und Essen nach Eurem Geschmack?«, fragte er. »Falls es Euch an irgendetwas mangelt, so sagt es nur.«

»Ihr seid zu freundlich. Und heute Morgen . . . es war sehr edel von Euch, mir zu helfen.«

»Ihr habt ein Recht zu erfahren, warum Joffrey so wütend war. Vor sechs Nächten hat Euer Bruder meinen Onkel Stafford überfallen, der mit seinem Heer nahe bei einem Dorf namens Oxcross lagerte, keine drei Tage von Casterly Rock entfernt. Eure Nordmannen haben einen triumphalen Sieg davongetragen. Erst heute Morgen ist die Nachricht eingetroffen.«

Robb wird euch alle umbringen, dachte sie frohlockend. »Das ist … schrecklich, Mylord. Mein Bruder ist ein gemeiner Verräter.«

Der Zwerg lächelte schwach. »Nun, er ist jedenfalls kein Speichellecker, so viel hat er deutlich gemacht.«

»Ser Lancel sagte, Robb hätte eine Armee von Wargen geführt …«

Der Gnom lachte verächtlich. »Ser Lancel ist ein Krieger, der am tapfersten mit dem Weinschlauch ringt, der kann einen Warg nicht von einer Warze unterscheiden. Dein Bruder hatte seinen Schattenwolf bei sich, aber das war vermutlich auch schon alles. Die Nordmannen haben sich ins Lager meines Onkels geschlichen und die Leinen der Pferde durchgeschnitten, woraufhin Lord Stark seinen Wolf zwischen sie gehetzt hat. Sogar diese schlachterprobten Streitrosse sind wild geworden. Ritter wurden in ihren Pavillons zu Tode getrampelt, und der Pöbel erwachte und hat die Waffen beiseite geworfen, damit er schneller rennen konnte. Ser Stafford wurde getötet, während er hinter seinem Pferd herlief. Lord Rikkard Karstark hat ihm mit einer Lanze die Brust durchbohrt. Ser Rubert Brax ist ebenfalls tot, und auch Ser Lymond Vikary, Lord Crakehall und Lord Jast. Ein weiteres halbes Hundert wurde gefangen genommen, darunter Jasts Söhne und mein Neffe Martyn Lannister. Die, die überlebt haben, haben diese wilden Märchen verbreitet, dass die Götter des Nordens an der Seite Eures Bruders marschieren.«

»Dann … dann war gar keine Zauberei im Spiel?«

Lannister schnaubte. »Zauberei ist die Soße, die Dummköpfe über ihre Fehler gießen, um damit den Geschmack ihrer Unfähigkeit zu überdecken. Mein schafsköpfiger Onkel hatte anscheinend nicht einmal Wachposten aufgestellt. Sein Heer bestand aus einfachen Leuten – Lehrlingen, Minenarbeitern, Landarbeitern, Fischern und dem Abschaum von Lannisport. Das einzige Geheimnis ist, wie Euer Bruder ihn erreichen konnte. Unsere Streitkräfte halten den Golden Tooth noch immer, und sie schwören, dort sei er nicht entlang gekommen.« Der Zwerg zuckte gereizt die Achseln. »Nun, mit Robb Stark soll sich mein Vater herumplagen. Und ich mich mit Joffrey. Sagt mir, was empfindet Ihr für meinen königlichen Neffen?«

»Ich liebe ihn von ganzem Herzen«, erwiderte Sansa sofort.

»Wirklich?« Er klang kaum überzeugt. »Sogar jetzt noch?«

»Meine Liebe für Seine Gnaden ist größer als jemals zuvor.«

Der Gnom lachte laut. »Nun, da hat Euch jemand beigebracht, sehr gut zu lügen. Eines Tages werdet Ihr dafür dankbar sein, Kind. Ihr *seid* doch noch ein Kind, oder? Oder seid Ihr bereits zur Jungfrau erblüht?«

Sansa errötete. Die Frage war unverschämt, doch gegenüber der Schande, vor der halben Burg entblößt zu werden, war sie nichts. »Nein, Mylord.«

»Das ist gut. Falls es Euch tröstet, ich beabsichtige nicht, Euch jemals mit Joffrey zu vermählen. Keine Heirat, fürchte ich, kann nach allem, was geschehen ist, die Starks und Lannisters wieder versöhnen. Zu schade auch. Diese Verbindung gehörte zu König Roberts besseren Einfällen, allerdings hat Joffrey die Sache gründlich verdorben.«

Sie wusste, dass sie darauf etwas antworten sollte, doch die Worte blieben ihr im Hals stecken.

»Ihr seid auf einmal so still«, merkte Tyrion Lannister an. »Ist es das, was Ihr wünscht? Ein Ende Eures Verlöbnisses?«

»Ich . . .« Noch immer wusste sie nicht, was sie sagen sollte. *Ist das eine List? Wird er mich bestrafen, wenn ich die Wahrheit sage?* Sie betrachtete die vorgewölbten Brauen des Zwergs, das harte schwarze und das scharfsinnige grüne Auge, die schiefen Zähne und den drahtigen Bart. »Ich will nur treu sein.«

»Treu«, wiederholte der Zwerg nachdenklich, »und weit von den Lannisters entfernt. Ich kann es Euch nicht verübeln. Als ich in Eurem Alter war, wollte ich das Gleiche.« Er lächelte. »Wie mir zu Ohren kam, besucht Ihr jeden Tag den Götterhain. Wofür betet Sansa?«

Ich bete für Robbs Sieg und Joffreys Tod … und dafür, dass ich nach Hause darf. Nach Winterfell. »Ich bete für ein Ende der Kämpfe.«

»Das werden wir bald erreicht haben. Zwischen Eurem Bruder Robb und meinem Hohen Vater wird es noch eine weitere Schlacht geben, mit der die Angelegenheit entschieden wird.«

Robb wird ihn besiegen, dachte Sansa. *Er hat Euren Onkel und Euren Bruder geschlagen, und er wird auch Euren Vater schlagen.*

Es war, als wäre ihr Gesicht ein aufgeschlagenes Buch, so einfach konnte der Zwerg ihre Hoffnungen davon ablesen. »Setzt nicht zu sehr auf Oxcross, Mylady«, warnte er sie, wenngleich nicht in unfreundlichem Ton. »Eine Schlacht macht keinen Krieg, und mein Hoher Vater ist gewisslich nicht mit meinem Onkel Stafford zu vergleichen. Bei Eurem nächsten Besuch im Götterhain betet dafür, dass Euer Bruder die Weisheit besitzt, das Knie zu beugen. Sobald der Norden sich wieder dem Königsfrieden fügt, beabsichtige ich Euch heimzuschicken.« Er hüpfte auf die Fensterbank. »Ihr könnt heute Nacht hier schlafen. Ich werde Euch einige meiner eigenen Männer als Wache abtreten, ein paar Stone Crows vielleicht –«

»Nein«, entfuhr es Sansa. Wenn sie im Turm der Hand eingesperrt war und von den Männern des Zwerges bewacht wurde, wie sollte Ser Dontos ihr jemals zur Freiheit verhelfen?

»Würdet Ihr die Black Ears bevorzugen? Ich gebe Euch Chella, wenn Ihr Euch in Gegenwart einer Frau wohler fühlt?«

»Bitte, nein, Mylord, die Wildlinge machen mir Angst.«

Er grinste. »Mir auch. Aber besser noch, sie machen Joffrey und diesen hinterhältigen Vipern und speichelleckerischen Hunden Angst, die er seine Königsgarde nennt. Wären Chella oder Timett bei Euch, würde niemand wagen, Euch auch nur ein Haar zu krümmen.«

»Ich würde lieber wieder in mein eigenes Bett zurückkehren.« Plötzlich fiel ihr eine Lüge ein, die so *richtig* erschien, dass sie herausplatzte: »In diesem Turm wurden die Männer meines Vaters niedergemetzelt. Ihre Geister würden mir schreckliche Albträume verursachen, und ich würde Blut sehen, wohin ich auch schaue.«

Tyrion Lannister musterte ihr Gesicht. »Albträume sind mir nicht fremd, Sansa. Vielleicht seid Ihr klüger, als ich dachte. Aber erlaubt mir wenigstens, Euch sicher zu Euren Gemächern zurückzugeleiten.«

CATELYN

Bis sie das Dorf gefunden hatten, war es vollständig dunkel. Catelyn fragte sich, ob der Ort wohl einen Namen hatte. Falls dem so war, hatten seine Bewohner dieses Wissen bei der Flucht samt ihren Habseligkeiten mitgenommen, sogar die Kerzen in der Septe hatten sie nicht zurückgelassen. Ser Wendel zündete eine Fackel an und führte Catelyn durch die niedrige Tür.

Im Inneren waren die sieben Mauern schief und von Rissen durchzogen. *Gott ist eins,* hatte Septon Osmynd ihr als jungem Mädchen beigebracht, *mit sieben Aspekten, so wie die Septe ein Gebäude mit sieben Wänden ist.* In den reichen Septen der Städte stand jeweils eine Statue von jedem der Sieben und davor ein Altar. In Winterfell hatte Septon Chayle geschnitzte Masken an jeder Wand aufgehängt. Hier gab es nur grobe Kohlezeichnungen. Ser Wendel steckte die Fackel in einen Halter und ging hinaus, um mit Robar Royce zu warten.

Catelyn betrachtete die Gesichter. Der Vater war wie immer bärtig. Die Mutter lächelte liebevoll und behütend. Unter dem Gesicht des Kriegers war das Schwert gezeichnet, unter dem Schmied der Hammer. Die Jungfrau war wunderschön, und das Alte Weib runzlig und weise.

Und das siebte Gesicht ... der Fremde war weder männlich noch weiblich und doch beides, stets der Ausgestoßene, der Wanderer von fernen Orten, mehr oder weniger menschlich, unbekannt und unerkennbar. Hier war sein Antlitz ein schwarzes Oval, ein Schatten mit Sternen als Augen. Catelyn fühlte sich unbehaglich. In dieser Septe würde sie nur kargen Trost finden.

Sie kniete vor der Mutter. »Mylady, betrachte diese Schlacht mit den Augen einer Mutter. Sie sind alle Söhne, jeder Einzelne. Verschone sie, wenn du kannst, und verschone auch meine eigenen Söhne. Halte Wache über Robb und Bran und Rickon. Wenn ich bloß bei ihnen sein könnte.«

Durch das linke Auge der Mutter verlief ein Riss in der Wand. Er gab ihr den Anschein, als würde sie weinen. Catelyn hörte von draußen Ser Wendels dröhnende Stimme und hin und wieder Ser Robars leise Antworten. Die beiden unterhielten sich über die bevorstehende Schlacht. *Haben deine Götter dir jemals geantwortet, Ned?*, fragte sie sich im Stillen. *Wenn du vor dem Herzbaum knietest, haben sie dich angehört?*

Das Flackern der Fackeln tanzte auf den Wänden und ließ die Gesichter fast lebendig wirken, verzerrte sie, veränderte sie. Die Statuen in den großen Septen der Städte trugen stets jene Gesichter, die die Steinmetze ihnen verliehen hatten, doch diese einfachen Kohlezeichnungen mochten wer weiß wen darstellen. Der Vater erinnerte sie an ihren eigenen Vater, der auf Riverrun im Sterben lag. Der Krieger war Renly und Stannis, Robb und Robert, Jaime Lannister und Jon Snow. Sie entdeckte sogar Arya in den Zügen, wenngleich nur für einen Augenblick. Dann fuhr ein Windstoß durch die Tür, die Fackel verlosch beinahe, und die Ähnlichkeit war verschwunden, im orangefarbenen Schein verloren.

Der Rauch brannte ihr in den Augen. Sie rieb sie mit den Ballen ihrer vernarbten Hände. Als sie erneut die Mutter betrachtete, erkannte sie ihre eigene Mutter. Lady Minisa Tully war bei der Geburt von Lord Hosters zweitem Sohn im Kindbett gestorben, zusammen mit dem Säugling. Vater war danach nicht mehr derselbe gewesen. *Sie war immer so ruhig,* dachte Catelyn und erinnerte sich an die sanften Hände ihrer Mutter und an ihr warmes Lächeln. *Wie anders wäre unser Leben verlaufen, wäre sie nicht gestorben.* Sie fragte sich, was Lady Minisa wohl denken mochte, wenn ihre älteste Tochter hier vor ihr kniete. *Ich bin so viele Meilen weit gereist, und wofür? Wem habe ich damit einen Dienst erwiesen? Ich habe meine Töchter verloren, Robb will meinen Rat nicht mehr, und Bran und Rickon halten mich wahrscheinlich für eine kalte und schlechte Mutter. Ich war nicht einmal bei Ned, als er starb . . .*

Die Welt verschwamm vor ihren Augen, die Septe drehte sich um sie. Die Schatten schwankten und bewegten sich verstohlen wie Tiere über die gerissenen weißen Wände. Catelyn hatte heute noch nichts gegessen. Vielleicht war das nicht klug gewesen. Sie hatte sich eingeredet, sie habe keine Zeit dafür, doch in Wahrheit schmeckte ihr das Essen ohne Ned nicht mehr. *Als sie ihm den Kopf abschlugen, haben sie auch mich getötet.*

Hinter ihr zischte die Fackel, und plötzlich sah sie das Gesicht ihrer Schwester auf der Wand, obwohl die Augen härter waren, sie gehörten nicht Lysa, sondern Cersei. *Cersei ist ebenfalls Mutter. Gleichgültig, wer die Kinder gezeugt hat, sie hat ihre Tritte in ihrem Bauch gespürt, sie hat sie unter Schmerzen in ihrem Blut zur Welt gebracht, sie hat sie an ihrer Brust gestillt. Wenn sie tatsächlich von Jaime stammen . . .*

»Betet Cersei zu dir, Mylady?«, fragte Catelyn die Mutter. Sie sah die stolzen, kalten, lieblichen Züge der Lannister-Königin auf der Mauer. Der Riss war nicht verschwunden; selbst Cersei konnte um ihre Kinder weinen. »Jeder der Sieben verkörpert alle der Sieben«, hatte Septon Osmynd sie gelehrt. Das Alte Weib war genauso schön wie die Jungfrau, und die Mutter konnte wilder sein als der Krieger, wenn ihre Kinder bedroht wurden. *Ja . . .*

Damals, bei Robert Baratheons Besuch auf Winterfell hatte sie genug gesehen und wusste, dass der König nicht viel Liebe für Joffrey empfand. Wenn der Junge tatsächlich durch Jaimes Samen gezeugt war, hätte Robert ihn zusammen mit seiner Mutter zum Tode verurteilen dürfen, und wenige nur hätten ihn deswegen verflucht. Bastarde waren nichts Ungewöhnliches, Inzest jedoch war sowohl den alten als auch den neuen Göttern gegenüber eine entsetzliche Sünde, und die Kinder solcher Verruchtheit wurden in Septen und Götterhainen gleichermaßen als Abscheulichkeit bezeichnet. Bei den Drachenkönigen hatte der Bruder die Schwester geheiratet, doch sie waren vom Blut des alten Valyrias, wo solche Sitten üblich gewesen waren, und wie ihre Drachen hatten sich die Targaryens weder vor Menschen noch Göttern verantworten müssen.

Ned hatte es gewusst, und vor ihm Lord Arryn. Kein Wunder, dass die Königin beide hatte töten lassen. *Würde ich nicht für meine Kinder das Gleiche tun?* Catelyn ballte die Hände zur Faust und spürte die Steifheit an der Stelle, wo der Stahl des Mörders bis auf den Knochen durchgedrungen war, während sie ihren Sohn verteidigt hatte. *»Bran weiß es auch«*, flüsterte sie und senkte den Kopf. *»Bei den guten Göttern, er muss etwas gesehen oder gehört haben, deshalb wollten sie ihn in seinem Bett töten.«*

Verwirrt und müde überließ sich Catelyn Stark den Göttern. Sie kniete vor dem Schmied, der Dinge, die zerbrochen waren, richtete, und bat ihn um Schutz für ihren süßen Bran. Sie ging zur Jungfrau und bat sie, Arya und Sansa mit Mut zu segnen und sie in ihrer Unschuld zu behüten. Den Vater betete sie um Gerechtigkeit an, um die Stärke, danach zu suchen und die Weisheit, sie zu erkennen, und den Krieger bat sie darum, Robbs Stärke zu erhalten und ihn in seinen Schlachten zu beschützen. Zum Schluss wandte sie sich an das Alte Weib, dessen Statuen es oft mit einer Laterne in der Hand zeigten. »Führe mich, weise Dame«, betete sie. »Weise mir den Weg, den ich gehen muss, und lass mich an den dunklen Orten, die vor mir liegen, nicht stolpern.«

Schließlich hörte sie Schritte hinter sich und ein Geräusch an der Tür. »Mylady«, rief Ser Robar leise, »verzeiht, aber die Zeit ist um. Wir müssen zurück sein, ehe der Morgen graut.«

Catelyn erhob sich steif. Ihre Knie schmerzten, und sie hätte viel für ein Federbett und ein Kissen gegeben. »Danke, Ser. Ich bin so weit.«

Schweigend ritten sie durch das offene Waldland, dessen Bäume sich in die vom Meer abgewandte Richtung neigten. Das nervöse Wiehern von Pferden und das Scheppern von Stahl führten sie zurück zu Renlys Lager. Die langen Reihen von Mann und Pferd waren in Finsternis gerüstet, so schwarz, als habe der Schmied selbst sie in der Nacht aus Stahl getrieben. Zur Rechten und Linken sah sie Banner, doch wegen der Dunkelheit kurz vor dem Morgengrauen konnte sie weder Farben noch Wappen erkennen. *Eine graue Armee,* dachte Catelyn. *Graue Männer auf grauen Pferden unter grauen*

Bannern. Während Renlys Schattenritter warteten, hielten sie ihre Lanzen aufrecht, sodass Catelyn durch einen Wald hoher, kahler Bäume ritt, der seiner Blätter und seines Lebens beraubt war. Wo Storm's End stand, sah sie nur tiefere Finsternis, eine Wand aus Schwärze, die kein Stern erhellte, doch dort, wo Lord Stannis das Lager aufgeschlagen hatte, bemerkte sie Fackeln, die sich hin und her bewegten.

Die Kerzen in Renlys Pavillon ließen die schimmernden Seidenwände glühen und verwandelten das große Zelt in eine magische Burg aus smaragdgrünem Licht. Zwei Männer der Regenbogengarde hielten Wache vor dem Eingang. Das grüne Licht verlieh dem Purpur von Ser Parmens Mantel einen eigentümlichen Farbton und den Sonnenblumen, die jeden Zentimeter von Ser Emmons emaillierter Rüstung bedeckten, ein kränkliches Aussehen. Die langen seidigen Federbüsche hingen von ihren Helmen, und ihre Regenbogenumhänge hatten sie um die Schultern geworfen.

Im Inneren traf Catelyn Brienne an, die ihren König für die Schlacht rüstete, während dieser sich mit den Lords Tarly und Rowan über Taktik und Schlachtaufstellung unterhielt. Es war angenehm warm hier, da in einem Dutzend kleiner eiserner Becken Kohlen glühten. »Ich muss mit Euch sprechen, Euer Gnaden«, sagte sie und gewährte ihm dies eine Mal den Titel eines Königs, alles, solange er ihr nur Gehör schenkte.

»Einen Augenblick, Lady Catelyn«, erwiderte Renly. Brienne verband gerade Rücken- und Brustpanzer über seinem gesteppten Wams miteinander. Des Königs Rüstung war dunkelgrün wie das Laub in einem Sommerwald, so dunkel, dass sie das Licht der Kerzen verschluckte. Golden glitzerten Intarsien und Schnallen wie ferne Feuer in diesem Wald und flackerten jedes Mal, wenn er sich bewegte. »Bitte fahrt fort, Lord Mathis.«

»Euer Gnaden«, sagte Mathis Rowan und warf Catelyn einen Seitenblick zu, »wie ich gerade sagte, ist unsere Streitmacht bereit. Warum sollen wir bis Tagesanbruch warten? Lasst zum Vormarsch blasen!«

»Um mir hinterher nachsagen zu lassen, ich hätte durch Verrat gewonnen, durch einen unritterlichen Angriff? Die Dämmerung war die gewählte Stunde.«

»Von Stannis gewählt«, wandte Randyll Tarly ein. »Er will, dass wir gegen die aufgehende Sonne angreifen. Wir werden halb blind sein.«

»Nur bis zum ersten Zusammenprall«, entgegnete Renly zuversichtlich. »Ser Loras wird die Reihen aufbrechen, und danach wird das reinste Chaos herrschen.« Brienne zog grüne Lederriemen straff und schloss goldene Schnallen. »Wenn mein Bruder fällt, sorgt dafür, dass seine Leiche nicht geschändet wird. Er ist von meinem Blut, deshalb wünsche ich seinen Kopf nicht auf einem Speer zu sehen.«

»Und wenn er sich ergibt?«, fragte Lord Tarly.

»Ergibt?« Lord Rowan lachte. »Als Mace Tyrell Storm's End belagerte, hat Stannis lieber Ratten gefressen, als ihm die Tore zu öffnen.«

»Daran erinnere ich mich noch.« Renly hob das Kinn, damit Brienne die Halsberge befestigen konnte. »Kurz vor dem Ende haben Ser Gawen Wylde und drei seiner Ritter versucht, sich durch ein Seitentor hinauszuschleichen, um sich zu ergeben. Stannis hat sie erwischt und hat befohlen, sie mit Katapulten von der Mauer hinausschießen zu lassen. Ich sehe noch Gawens Gesicht vor mir, als sie ihn fesselten. Er war unser Waffenmeister.«

Lord Rowan war verwirrt. »Da wurden keine Männer von den Mauern geschleudert. Daran könnte ich mich erinnern.«

»Maester Cressen hat Stannis erklärt, dass wir möglicherweise gezwungen sein würden, unsere Toten zu essen, und es liege kein Gewinn darin, gutes Fleisch zu verschwenden.« Renly strich sich das Haar zurück. Brienne band es mit einem Samtband zusammen und zog ihm die gepolsterte Kappe über die Ohren, die das Gewicht des Helms dämpfen sollte. »Dank des Zwiebelritters mussten wir niemals Leichen essen, aber es war eine knappe Angelegenheit. Zu knapp für Ser Gawen, der in seiner Zelle gestorben ist.«

»Euer Gnaden.« Catelyn hatte geduldig gewartet, doch die Zeit verstrich. »Ihr habt mir eine Unterredung versprochen.«

Renly nickte. »Trefft die letzten Vorbereitungen für die Schlacht, Mylords . . . ach, und falls Barristan Selmy bei meinem Bruder ist, so soll er verschont werden.«

»Von Ser Barristan hat man nichts mehr gehört, seit Joffrey ihn verbannt hat«, wandte Lord Rowan ein.

»Ich kenne diesen alten Mann. Er braucht einen König, den er beschützen kann. Allerdings hat er sich nie bei mir gemeldet, und Lady Catelyn sagt, auch bei Robb Stark auf Riverrun sei er nicht. Wo sollte er also sonst sein, wenn nicht bei Stannis?«

»Wie ihr befehlt, Euer Gnaden. Ihm soll kein Leid zugefügt werden.« Die Lords verneigten sich und gingen hinaus.

»Was möchtet Ihr, Lady Stark?«, fragte Renly. Brienne legte ihm den Umhang über die breiten Schultern. Er war von goldener Farbe, sehr schwer und mit dem schwarzen gekrönten Hirsch der Baratheons in Jettsplittern bestickt.

»Die Lannisters haben versucht, meinen Sohn Bran zu töten. Tausendmal habe ich mich gefragt, aus welchem Grund. Euer Bruder hat mir die Antwort gegeben. An dem Tag, an dem er abstürzte, wurde eine Jagd veranstaltet. Robert, Ned und die meisten anderen Männer haben Keiler gejagt, nur Jaime Lannister ist in Winterfell geblieben und die Königin ebenso.«

Renly erfasste die Bedeutung ihrer Worte sofort. »Ihr glaubt also, der Junge habe die beiden bei ihrer Inzucht . . .«

»Ich bitte Euch, Mylord, gewährt mir, zu Eurem Bruder Stannis zu gehen und ihm zu berichten, was ich vermute.«

»Aus welchem Grund?«

»Robb wird seine Krone absetzen, wenn Ihr und Euer Bruder das Gleiche tun«, sagte sie und hoffte, es entspräche der Wahrheit. Sie würde es durchsetzen, wenn es sein musste; Robb würde auf sie hören, selbst wenn seine Lords sich ihrem Rat verweigerten. »Beruft zu dritt einen Großen Rat ein, wie ihn das Reich seit hundert Jahren nicht mehr gesehen hat. Wir werden nach Winterfell schicken, damit Bran seine Geschichte erzählen kann und alle erfahren, dass die Lannisters die wahren Thronräuber sind. Mögen die versammelten Lords der Sieben Königslande entscheiden, wer sie regieren soll.«

Renly lachte. »Sagt mir, Mylady, wählen Schattenwölfe denjenigen, der das Rudel führen soll?« Brienne brachte die Handschuhe und den großen Helm, der mit einem goldenen Geweih verziert war und seinen Träger einen halben Meter größer machte. »Die Zeit des Redens ist vorbei. Jetzt wollen wir sehen, wer stärker ist.« Renly zog einen der gepanzerten Handschuhe über die linke Hand, während Brienne sich hinkniete und ihm den schweren Gürtel umschnallte, an dem Langschwert und Dolch hingen.

»Im Namen der Mutter, ich flehe Euch an«, begann Catelyn, als plötzlich eine Bö die Tür des Zeltes aufstieß. Sie glaubte, eine Bewegung wahrzunehmen, doch als sie den Kopf wandte, war es nur der Schatten des Königs auf den Seidenwänden. Sie hörte Renly, der mit einem Scherz antworten wollte, während sich sein Schatten bewegte, das Schwert hob, Schwarz auf grüner Seide. Die Kerzen flackerten, zitterten, irgendetwas war seltsam, falsch, und dann sah sie es: Renlys Schwert steckte noch in der Scheide, doch das Schattenschwert ...

»Kalt«, sagte Renly mit leiser, verwirrter Stimme, einen Herzschlag bevor sich der Stahl seiner Halsberge wie morscher Stoff unter dem Schatten der Klinge teilte, die gar nicht da war. Er hatte gerade noch Zeit, gurgelnd zu stöhnen, ehe das Blut aus seiner Kehle spritzte.

»Euer Gn- *nein!*«, schrie Brienne die Blaue, als sie den tödlichen Strom bemerkte, und sie klang wie ein verängstigtes kleines Mädchen. Der König taumelte in ihre Arme, ein Blutschwall rann über seine Rüstung, eine dunkelrote Flut, die das Grün und das Gold überschwemmte. Weitere Kerzen erloschen. Renly versuchte zu sprechen, würgte jedoch an seinem eigenen Blut. Seine Beine gaben nach, und allein Briennes Kraft hielt ihn noch aufrecht. Sie warf den Kopf in den Nacken und schrie, ein wortloser Laut der Pein.

Der Schatten. Etwas Düsteres und Böses war hier geschehen, das wusste sie, etwas, das sie nicht verstehen konnte. *Renly hat diesen Schatten nicht geworfen. Der Tod ist zur Tür hereingekommen und hat sein Leben ausgeblasen wie der Wind die Kerzen.*

Robar Royce und Emmon Cuy stürmten nur wenige Augenblicke

später herein, obwohl es Catelyn vorkam wie die halbe Nacht. Zwei Soldaten folgten ihnen mit Fackeln. Als sie Renly in Briennes Armen sahen, die über und über mit dem Blut des Königs besudelt war, stieß Ser Robar einen entsetzten Schrei aus. »Verfluchtes Weibstück!«, brüllte Ser Emmon mit dem Sonnenblumenstahl. »Fort von ihm, abscheuliches Geschöpf!«

»Bei den guten Göttern, Brienne, *warum?*«, fragte Ser Robar.

Brienne blickte von der Leiche ihres Königs auf. Der Regenbogenumhang, der ihr von den Schultern hing, hatte sich rot gefärbt, wo er das Blut des Königs aufgesogen hatte. »Ich ... ich ...«

»Dafür wirst du sterben.« Ser Emmon ergriff eine Streitaxt von dem Waffenstapel nahe am Eingang. »Für das Leben des Königs wirst du mit deinem eigenen bezahlen!«

»*NEIN!*«, schrie Catelyn gellend, nachdem sie endlich ihre Stimme wieder gefunden hatte, doch es war zu spät. Der Blutrausch hatte die Männer übermannt, und sie stürzten mit Gebrülle vor, das ihre schwache Stimme übertönte.

Brienne bewegte sich schneller, als Catelyn hätte glauben mögen. Ihr eigenes Schwert hatte sie nicht zur Hand, daher zog sie Renlys aus der Scheide und hob es, um Emmons Axthieb abzuwehren. Ein blauweißer Funke blitzte auf, als Stahl klirrend auf Stahl traf, und Brienne sprang auf und stieß den Leichnam des Königs zur Seite. Ser Emmon stolperte über den Toten, und Briennes Klinge durchtrennte den hölzernen Schaft der Axt, deren Kopf davonflog. Ein zweiter Mann stieß Brienne eine brennende Fackel in den Rücken, doch der Regenbogenumhang war nass vom Blut und fing kein Feuer. Brienne fuhr herum und schlug zu, und Hand und Fackel flogen durch die Luft. Die Flammen krochen über den Teppich. Der verstümmelte Mann brüllte auf. Ser Emmon ließ den Axtschaft fallen und griff nach seinem Schwert. Der zweite Soldat griff an, Brienne parierte, und die Schwerter tanzten und klangen. Als Emmon Cuy sich dazugesellte, war Brienne zum Rückzug gezwungen, trotzdem hielt sie beide in Schach. Auf dem Boden fiel Renlys Kopf zur Seite, und ein zweiter Mund klaffte in seinem Hals, aus dem das Blut nun in langsamen Stößen quoll.

Ser Robar hatte unsicher gezögert, doch jetzt griff er nach dem Heft seines Schwertes. »Robar, nein, hört zu!« Catelyn packte seinen Arm. »Ihr tut ihr Unrecht, sie war es nicht. *Helft Ihr!* Hört mich an, es war Stannis.« Der Name war ihr über die Lippen gegangen, ehe sie darüber nachdenken konnte, doch indem sie ihn aussprach, wusste sie, es stimmte. »Ich schwöre es, Ihr kennt mich, es war *Stannis,* der ihn getötet hat.«

Der junge Regenbogenritter starrte die Verrückte, die vor ihm stand mit weit aufgerissenen Augen an. »Stannis? Wie?«

»Ich weiß es nicht. Zauberei, dunkle Magie, da war ein Schatten, ein *Schatten.*« Selbst in ihren eigenen Ohren klang ihre Stimme wahnsinnig, doch die Worte sprudelten aus ihr heraus, während die Klingen hinter ihr weiter aufeinander prallten. »Ein Schatten mit einem Schwert, ich schwöre es, ich habe ihn gesehen. Seid Ihr denn blind, das Mädchen hat ihn *geliebt! Helft ihr!*« Sie blickte über die Schulter, sah den zweiten Soldaten fallen, die Klinge löste sich aus seinen tauben Fingern. Draußen hörte man Geschrei. Jeden Augenblick würden weitere zornige Männer hereinstürmen. »Sie ist unschuldig, Robar. Ihr habt mein Wort darauf, beim Grabe meines Gemahls und meiner Ehre als Stark!«

Das erlöste ihn. »Ich werde sie aufhalten«, sagte Ser Robar. »Bringt sie fort.« Er drehte sich um und ging hinaus.

Das Feuer hatte die Wand erreicht und kroch daran hinauf. Ser Emmon bedrängte Brienne hart, er in emailliertem Stahl gerüstet, sie in Wolle. Er hatte Catelyn vollkommen vergessen, bis das eiserne Kohlenbecken krachend auf seinem Hinterkopf landete. Da Emmon einen Helm trug, richtete der Hieb keinen bleibenden Schaden an, doch der Mann ging in die Knie. »Brienne, kommt mit mir«, befahl Catelyn. Das Mädchen erkannte seine Chance sofort. Ein Schnitt, und die grüne Seide teilte sich. Sie traten hinaus in die Kälte und Dunkelheit der Dämmerung. Auf der anderen Seite des Pavillons wurden Stimmen laut. »Hier entlang«, drängte Catelyn, »und langsam. Wir dürfen nicht rennen, sonst fragt man uns, warum. Tut, als sei nichts geschehen.«

Brienne schob die Klinge durch ihren Gürtel und ging neben

Catelyn. Die Nachtluft roch nach Regen. Hinter ihnen stand der Pavillon des Königs in Flammen, die hoch in die Dunkelheit hinaufloderten. Niemand machte Anstalten, die beiden Frauen aufzuhalten. Männer rannten an ihnen vorbei, schrien »Feuer!«, »Mord!« und »Zauberei!« Andere standen in kleinen Gruppen zusammen und unterhielten sich leise. Einige beteten, und ein junger Knappe war auf die Knie gefallen und schluchzte laut.

Renlys Schlachtreihen lösten sich auf, während sich das Gerücht ausbreitete und von Mund zu Mund ging. Die Lagerfeuer waren niedergebrannt, und als der Himmel im Osten heller wurde, tauchte Storm's End riesig wie ein Traum aus Stein auf, während bleicher Nebel über das Schlachtfeld zog und auf den Flügeln des Windes vor der Sonne floh. *Morgengeister,* hatte Old Nan die Nebelfinger einmal genannt, Geister, die in ihre Gräber zurückkehren. Und Renly war jetzt einer von ihnen, tot, wie sein Bruder Robert, tot, wie ihr geliebter Ned.

»Ich habe ihn nur ein einziges Mal in den Armen halten dürfen, nur als er starb«, sagte Brienne leise, während sie sich einen Weg durch das Chaos suchten. Ihre Stimme klang gebrochen. »Eben hat er noch gelacht, im nächsten Augenblick war überall Blut . . . Mylady, ich verstehe das alles nicht. Habt Ihr es gesehen . . .?«

»Ich habe einen Schatten gesehen. Zuerst dachte ich, es sei Renlys Schatten, aber es war der seines Bruders.«

»Lord Stannis?«

»Ich habe ihn *gespürt.* Das ergibt keinen Sinn, ich weiß . . .«

Für Brienne ergab es genug Sinn. »Ich werde ihn töten«, verkündete das hoch gewachsene reizlose Mädchen. »Mit dem Schwert meines Herrn werde ich ihn töten. Das schwöre ich. Ich schwöre es. Ich schwöre es.«

Hal Mollen und der Rest ihrer Eskorte warteten mit den Pferden. Ser Wendel Manderly war völlig außer sich und wollte augenblicklich wissen, was passiert war. »Mylady, im Lager ist ein Aufruhr ausgebrochen«, platzte er heraus, als er sie sah. »Lord Renly, ist er –« Er hielt abrupt inne und starrte Brienne und das Blut, das sie bedeckte, an.

»Tot, aber nicht durch unsere Hand.«

»Die Schlacht –« setzte Hal Mollen an.

»Es wird keine Schlacht geben.« Catelyn stieg auf, und ihre Eskorte formierte sich, Ser Wendel zu ihrer Linken, Ser Perwyn Frey zu ihrer Rechten. »Brienne, wir haben genug Pferde. Wählt eins und begleitet uns.«

»Ich habe mein eigenes Pferd, Mylady. Und meine Rüstung –«

»Lasst sie zurück. Wir müssen fort sein, ehe sie nach uns suchen. Wir waren beide beim König, als er ermordet wurde. Das wird man nicht vergessen.« Wortlos drehte sich Brienne um und tat, wozu sie aufgefordert worden war. »Vorwärts«, befahl Catelyn ihrer Eskorte, nachdem alle aufgesessen hatten. »Falls uns jemand aufzuhalten versucht, macht ihn nieder.«

Während die langen Finger der Dämmerung über die Felder krochen, kehrte die Farbe in die Welt zurück. Wo zuvor graue Männer auf grauen Pferden gesessen hatten, glitzerten jetzt Zehntausende Lanzenspitzen silbern und kalt, und auf unendlich vielen Bannern sah Catelyn Rot, Rosa und Orange, tiefes Blau und Braun, helles Gold und Gelb. Die ganze versammelte Streitmacht von Storm's End und Highgarden, die Macht, die Renly noch vor einer Stunde dargestellt hatte. *Jetzt gehören sie Stannis,* erkannte sie, *auch wenn die Männer es selbst noch nicht wissen. Wem sonst sollen sie sich zuwenden, wenn nicht dem letzten Baratheon? Stannis hat mit diesem einen bösen Streich alles gewonnen.*

Ich bin der rechtmäßige König, hatte er verkündet und dabei das eisenharte Kinn vorgereckt, *und Euer Sohn ist genauso ein Verräter wie mein Bruder. Auch sein Tag wird kommen.*

Ein Schauer durchfuhr sie.

JON

Der Hügel ragte einsam aus dem dichten Wald auf, und die windumtoste Anhöhe war meilenweit zu sehen. Die Wildlinge nannten ihn die Faust der Ersten Menschen. Und wirklich erinnerte er an eine Faust, dachte Jon Snow, die sich durch Erde und Wälder in den Himmel reckte, die kahlen braunen Hänge mit Knöcheln aus Felsbrocken bedeckt.

Zusammen mit Lord Mormont und den anderen Offizieren ritt er zur Spitze hinauf. Ghost ließ er unten zwischen den Bäumen zurück. Der Schattenwolf war während des Aufstiegs dreimal davongelaufen und zweimal auf Jons Pfiff hin widerwillig zurückgekehrt. Beim dritten Mal verlor der Lord Commander die Geduld und fauchte: »Lass ihn laufen, Junge. Ich will die Spitze vor Einbruch der Dämmerung erreichen. Such den Wolf später.«

Der Weg war steinig und steil, die Spitze von einer brusthohen Mauer aus Felsen gekrönt. Sie mussten an dieser entlang eine Weile nach Westen weiterziehen, ehe sie eine Lücke fanden, durch die die Pferde hindurchpassten. »Das ist eine gute Stelle, Thoren«, verkündete der Alte Bär, als sie schließlich oben angekommen waren. »Eine Bessere dürfen wir uns kaum erhoffen. Wir schlagen hier das Lager auf und warten auf Halbhand.« Der Lord Commander schwang sich aus dem Sattel und scheuchte den Raben von seiner Schulter. Der Vogel beschwerte sich laut und erhob sich in die Luft.

Die Aussicht von hier oben war atemberaubend, doch die Ringmauer interessierte Jon noch mehr, die verwitterten grauen Steine mit ihren Flecken aus weißen Flechten und den grünen Mooskissen. Wie es hieß, war die Faust im Zeitalter der Dämmerung eine Rundfeste der Ersten Menschen gewesen. »Dieser Ort ist alt, und mächtig dazu«, sagte Thoren Smallwood.

»*Alt*«, kreischte Mormonts Rabe, der laut flatternd über ihren Köpfen kreiste. »*Alt, alt, alt.*«

»Ruhe«, knurrte Mormont den Vogel an. Der Alte Bär war zu stolz, um Schwäche zuzugeben, doch Jon ließ sich nicht täuschen. Die Anstrengung, mit den jüngeren Männern mitzuhalten, forderte ihren Tribut.

»Dieser Berg ist leicht zu verteidigen, falls es notwendig wird«, meinte Thoren und ließ sein Pferd an dem Steinring entlanggehen, wobei sein mit Zobel gesäumter Mantel im Wind wehte.

»Ja, dies ist ein guter Lagerplatz.« Der Alte Bär hielt eine Hand in den Wind, und der Rabe landete auf dem Unterarm und krallte sich in das Kettenhemd.

»Was ist mit Wasser, Mylord?«, erkundigte sich Jon.

»Am Fuß des Hügels haben wir einen Bach überquert.«

»Ziemlich viel Kletterei für etwas zu trinken«, sagte Jon, »und zudem außerhalb des Steinrings.«

»Bist du zu faul, um einen Hügel hinaufzusteigen, Junge?«, fragte Thoren.

Daraufhin fügte Lord Mormont hinzu: »Wir werden keinen besseren Platz finden. Wir tragen das Wasser herauf, und zwar einen ausreichenden Vorrat.« Jon wusste, dass es keinen Zweck hatte zu widersprechen. Der Befehl wurde erteilt, und die Brüder der Nachtwache errichteten ihr Lager in dem mächtigen Steinring, den die Ersten Menschen gebaut hatten. Schwarze Zelte sprossen wie Pilze nach einem Regen aus der Erde, und überall auf dem kahlen Boden lagen Decken. Die Pferde wurden in langen Reihen angepflockt, gefüttert und getränkt. Die Grenzer nahmen ihre Äxte und schlugen im bleichen Licht des Nachmittags genug Holz für die Nacht. Eine Gruppe entfernte Buschwerk, grub Latrinen und packte die zugespitzten feuergehärteten Pfähle aus. »Jede Öffnung in der Ringmauer muss bis Einbruch der Dunkelheit mit einer Palisade und einem Graben gesichert sein«, hatte der Alte Bär befohlen.

Nachdem Jon Snow das Zelt des Lord Commanders aufgebaut und sich um ihre Pferde gekümmert hatte, stieg er den Hügel hinunter und suchte nach Ghost. Der Schattenwolf kam sofort angeschlichen. Eben schritt Jon noch pfeifend und rufend zwischen den Bäumen hindurch über Tannenzapfen und Laub; im nächsten lief der Schattenwolf bleich wie der Morgennebel neben ihm.

Doch als sie die Rundfeste erreichten, wollte Ghost abermals nicht folgen. Er tappte wachsam zu einer Lücke in den Steinen, schnüffelte, und wich zurück. Was er roch, schien ihm nicht zu gefallen. Jon wollte ihn am Nackenfell packen und ihn in den Ring zerren, was jedoch keine leichte Aufgabe war; der Wolf wog ebenso viel wie er selbst, und er war bei weitem kräftiger. »Ghost, was hast du denn?« Diese Ängstlichkeit sah ihm gar nicht ähnlich. »Wie du willst«, sagte er, »dann geh jagen.« Die roten Augen beobachteten ihn, während er durch die moosigen Steine zurückging.

Hier sollten sie eigentlich sicher sein. Der Hügel bot einen guten Ausblick, die Hänge im Norden und Westen waren sehr steil, und die im Osten nur wenig flacher. Die Dämmerung unter den Bäumen wurde von der Dunkelheit verdrängt, und Jons Gefühl, dass Unheil drohte, nahm noch zu. *Dies ist der Verwunschene Wald,* sagte er sich. *Vielleicht gibt es Gespenster hier, die Geister der Ersten Menschen. Einst hatte dieser Ort ihnen gehört.*

»Hör auf, dich wie ein kleiner Junge zu benehmen«, wies er sich selbst zurecht. Er kletterte auf die Mauer und schaute zur untergehenden Sonne. Das Licht glänzte wie gehämmertes Gold auf dem Wasser des Milkwater, der sich nach Süden schlängelte. Stromaufwärts war das Land zerklüfteter, der dichte Wald wich einer Reihe kahler felsiger Hügel, die im Norden und Westen hoch aufragten. Gegen den Horizont zeichneten sich die Berge mit klarer Silhouette ab, und Höhenzug um Höhenzug verloren sie sich in der blaugrauen Ferne; die rauen Gipfel waren in ewigen Schnee gehüllt. Sogar aus dieser Entfernung wirkten sie riesig, kalt und unwirtlich.

Im Vordergrund dagegen herrschten die Bäume. Nach Süden und Osten setzte sich der Wald fort, so weit Jon sehen konnte, ein riesiges Gewirr von Wurzeln und Ästen, die in tausend verschiedenen Grüntönen bemalt waren, und nur hier und dort stach das Rot eines Wehrholzbaumes oder das Gelb eines herbstwelken Breitblattes aus den Kiefern und Wachbäumen hervor. Im Wind konnte er das Ächzen und Stöhnen von Ästen hören, die weit älter waren als er. Tausend Blätter raschelten, und einen Augenblick war der Wald ein tiefgrünes, ewiges Meer, das sich sturmumtost und unendlich fremd hob und senkte.

Ghost war dort unten bestimmt nicht allein, dachte er. Alles Mögliche konnte in diesem Meer leben und von den Bäumen verborgen durch die Dunkelheit des Waldes auf die Rundfeste zuschleichen. *Alles Mögliche.* Wie sollten sie das jemals erfahren? Lange stand er da, während die Sonne hinter den Sägezähnen der Berge versank und die Finsternis durch den Wald herankroch.

»Jon?«, rief Samwell Tarly zu ihm hinauf. »Ich dachte mir doch, dass du es wärst. Alles in Ordnung?«

»Ganz gut, ja.« Jon sprang hinunter. »Wie ist es dir heute ergangen?«

»Gut. Ich habe mich wacker geschlagen. Wirklich.«

Jon wollte dem Freund seine Unruhe nicht aufbürden, nicht, wenn Samwell Tarly gerade endlich etwas Mut fasste. »Der Alte Bär will hier auf Qhorin Halbhand und die Männer vom Shadow Tower warten.«

»Scheint ein gut befestigter Ort zu sein«, antwortete Sam. »Eine Rundfeste der Ersten Menschen. Glaubst du, hier wurden Schlachten geschlagen?«

»Bestimmt. Am besten machst du einen Vogel fertig. Mormont wird eine Nachricht nach Hause schicken wollen.«

»Ich wünschte, ich könnte sie alle freilassen. Sie hassen es, im Käfig zu sitzen.«

»Das würdest du auch tun, wenn du fliegen könntest.«

»Wenn ich fliegen könnte, wäre ich längst wieder in Castle Black und würde Schweinepastete essen«, sagte Sam.

Jon klopfte ihm mit seiner verbrannten Hand auf die Schulter. Gemeinsam gingen sie hinüber ins Lager. Überall wurden Feuer angezündet. Über ihnen kamen die Sterne zum Vorschein. Der lange rote Schweif von Mormonts Fackel leuchtete heller als der Mond. Jon hörte die Raben lange, bevor er sie sehen konnte. Manche riefen seinen Namen. Die Vögel waren nicht faul, wenn es darum ging, Lärm zu machen.

Sie fühlen es ebenfalls. »Ich sollte wohl mal nach dem Alten Bären schauen«, sagte er. »Der wird auch immer laut, wenn ich ihn nicht rechtzeitig füttere.«

Er ging zu Mormont, der sich mit Thoren Smallwood und einem halben Dutzend anderer Offiziere unterhielt. »Da bist du ja«, sagte der alte Mann barsch. »Bring uns ein bisschen heißen Wein, ja? Es ist kalt.«

»Ja, Mylord.« Jon zündete ein Feuer an, holte ein kleines Fässchen von Mormonts Lieblingswein, einem kräftigen Roten, aus den Vorräten, und goss ihn in einen Topf. Diesen hängte er über die Flammen und suchte den Rest der Zutaten zusammen. Der Alte Bär nahm es mit seinem heißen, gewürzten Wein sehr genau. So und so viel Zimt, so und so viel Muskat, so und so viel Honig, und kein bisschen mehr. Rosinen und Nüsse und getrocknete Beeren, jedoch keine Zitronen, das war die übelste Form südlicher Ketzerei – was eigentlich seltsam war, da Mormont sein Morgenbier mit Zitrone zu verfeinern pflegte. Das Getränk musste heiß genug sein, damit man sich daran wärmen konnte, doch der Lord Commander bestand darauf, dass es niemals kochen durfte. Jon behielt den Topf sorgsam im Auge.

Unterdessen hörte er die Stimmen aus dem Zelt. Jarman Buckwell sagte: »Am einfachsten gelangt man zu den Frostfangs, wenn man dem Milkwater bis zu seiner Quelle folgt. Falls wir jedoch diesen Weg einschlagen, wird Mance Rayder uns mit Sicherheit bemerken.«

Der Wein dampfte. Jon nahm den Topf vom Feuer, füllte acht Becher und trug sie ins Zelt. Der Alte Bär betrachtete die grobe Karte, die Sam ihm in Crasters Bergfried gezeichnet hatte. Er nahm einen Becher, nippte am Wein und nickte beifällig. Der Rabe hüpfte seinen Arm hinunter.

»Korn«, krächzte er, *»Korn. Korn.«*

Ser Ottyn Wythers lehnte den Wein mit einer Geste ab. »Ich würde überhaupt nicht in die Berge gehen«, sagte er mit dünner, müder Stimme. »Die Frostfangs sind selbst im Sommer kein Vergnügen, aber jetzt ... wenn uns dort ein Sturm überrascht ...«

»Ich werde dieses Risiko nur eingehen, falls es unbedingt sein muss«, erwiderte Mormont. »Wildlinge können genauso wenig von Schnee und Steinen leben wie wir. Sie werden bald aus den Bergen herunterkommen, und für ein Heer, gleich von welcher Größe, stellt der Milkwater den einzigen Weg dar. Insofern haben wir hier einen guten Platz gefunden. Sie können nicht hoffen, sich an uns vorbeischleichen zu können.«

»Vielleicht wollen sie das gar nicht. Sie sind Tausende, und wir sind höchstens dreihundert, wenn Halbhand uns erreicht.« Ser Mallador nahm einen Becher von Jon entgegen.

»Sollte es zur Schlacht kommen, kann ich mir keinen besseren Ort vorstellen als diesen«, verkündete Mormont. »Wir werden die Verteidigungsanlagen verstärken. Palisaden aus Gruben und Pfählen, Fußangeln auf den Hängen, jede Bresche wird wieder in Stand gesetzt. Jarman, Eure Männer mit den besten Augen sollen Ausschau halten. Postiert sie im Kreis um uns herum und entlang des Flusses, damit sich uns niemand unentdeckt nähern kann. Versteckt sie in den Bäumen. Und wir sollten auch Wasser heranholen, mehr als wir brauchen. Wir graben Zisternen. Erstens haben die Männer dann etwas zu tun, und zweitens kann das später vielleicht sehr nützlich sein.«

»Meine Grenzer –«, setzte Thoren Smallwood an.

»Eure Grenzer werden nur auf dieser Seite des Flusses ausschwärmen, bis Halbhand uns erreicht hat. Danach sehen wir weiter. Ich will nicht noch mehr Männer verlieren.«

»Mance Rayder könnte sein Heer einen Tagesritt von hier entfernt versammeln, und wir würden es nie erfahren«, wandte Smallwood ein.

»Wir wissen, wo die Wildlinge sich versammeln«, entgegnete Mormont. »Craster hat es uns erzählt. Der Mann gefällt mir zwar nicht, aber ich glaube, er hat uns nicht belogen.«

»Wie Ihr meint.« Smallwood verließ grußlos die Runde. Die anderen tranken ihren Wein aus und verabschiedeten sich ein wenig höflicher.

»Soll ich Euch das Abendessen bringen, Mylord?«, fragte Jon.

»Korn«, rief der Rabe. Mormont antwortete nicht sofort. Schließlich wollte er wissen: »Hat dein Wolf heute Wild gefunden?«

»Er ist noch nicht zurück.«

»Frisches Fleisch könnten wir gut gebrauchen.« Mormont griff in einen kleinen Sack und bot seinem Raben eine Hand voll Korn an. »Glaubst du, es ist falsch, die Grenzer in der Nähe zu behalten?«

»Eine Antwort darauf steht mir nicht zu, Mylord.«

»Wenn ich dich frage, schon.«

»Solange die Grenzer in Sichtweite der Faust bleiben, kann ich mir nicht vorstellen, wie sie meinen Onkel finden sollen«, räumte Jon ein.

»Das werden sie wohl auch nicht tun.« Der Rabe pickte das Getreide aus der Hand des Alten Bären. »Zweihundert Mann oder zehntausend, dieses Land ist zu groß.« Nachdem das Korn verspeist war, drehte Mormont die Hand um.

»Ihr wollt die Suche doch trotzdem nicht aufgeben?«

»Maester Aemon hält dich für einen klugen Jungen.« Mormont setzte den Raben auf seine Schulter. Der Vogel neigte den Kopf zur Seite, die kleinen Augen funkelten.

Die Antwort war klar. »Es ... Es erscheint mir leichter möglich, dass ein Mann zweihundert findet als zweihundert Mann einen.«

Der Rabe kreischte keckernd, doch der Alte Bär verzog den grauen Bart zu einem Lächeln. »So viele Männer hinterlassen eine Spur, der selbst Aemon folgen könnte. Von diesem Berg aus sollten unsere Feuer bis in die Ausläufer der Frostfangs zu sehen sein. Falls Ben Stark noch lebt und frei ist, wird er ohne Zweifel zu uns kommen.«

»Ja«, erwiderte Jon, »aber ... was ist, wenn ...«

»... wenn er tot ist?«, fragte Mormont nicht unfreundlich.

Jon nickte widerwillig.

»Tot«, krächzte der Rabe, *»tot. Tot.«*

»Dann könnte er trotzdem zu uns kommen«, sagte der Alte Bär. »So wie Othor und Jafer Flowers. Davor habe ich nicht weniger große Angst als du, Jon, doch wir müssen diese Möglichkeit in Betracht ziehen.«

»*Tot*«, schrie der Rabe und sträubte das Gefieder. Seine Stimme wurde lauter und schriller. »*Tot*.«

Mormont strich dem Vogel über die schwarzen Federn und verbarg ein Gähnen hinter vorgehaltener Hand. »Ich verzichte heute aufs Essen, glaube ich. Schlaf wäre besser für mich. Weck mich beim ersten Tageslicht.«

»Schlaft gut, Mylord.« Jon sammelte die leeren Becher ein und trat nach draußen. Aus einiger Entfernung hörte er Gelächter und wehmütige Dudelsackklänge. Ein großes Feuer knisterte in der Mitte des Lagers, und er roch den Eintopf, der gekocht wurde. Der Alte Bär war vielleicht nicht hungrig, Jon hingegen schon. Er ging hinüber.

Dywen hatte das Wort ergriffen und fuchtelte mit seinem Löffel herum. »Ich kenne diesen Wald wie jeder andere, und ich sag euch, ich würde es nicht wagen, heute Nacht allein da hindurchzureiten. Riecht ihr das?«

Grenn starrte ihn mit großen Augen an, doch der Schwermütige Edd erwiderte: »Was ich rieche, ist die Scheiße von zweihundert Pferden. Und den Eintopf. Der einen ganz ähnlichen Geruch hat, jetzt, wo ich's recht bedenke.«

»Ich habe deinen *ähnlichen Geruch* hier.« Hake tätschelte seinen Dolch. Knurrend füllte er Jons Schüssel aus dem Topf.

Der Eintopf bestand größtenteils aus Gerste, Karotten und Zwiebeln, mit denen ein paar Stückchen Salzfleisch weich gekocht worden waren.

»Was hast du denn gerochen, Dywen?«, fragte Grenn.

Der Waldläufer lutschte an seinem Löffel herum. Er hatte seine Zähne herausgenommen. Sein Gesicht war lederig und runzlig, seine Hände knorrig wie alte Wurzeln. »Es riecht nach ... nun ... *Kälte*.«

»Dein Kopf ist genauso aus Holz wie deine Zähne«, wies ihn Hake zurecht. »Kälte hat keinen Geruch.«

Doch, hat sie, dachte Jon und erinnerte sich an die Nacht im Zimmer des Lord Commanders. *Sie riecht wie der Tod.* Plötzlich war ihm der Appetit vergangen. Er reichte sein Essen Grenn, der aussah, als könne er eine zusätzliche Portion gut gebrauchen, um die Kälte der Nacht zu überstehen.

Der Wind wehte heftig, als er das Feuer verließ. Am Morgen würde Reif den Boden bedecken, und die Zeltleinen würden steif gefroren sein. Ein Rest gewürzter Wein war noch im Topf. Jon legte Holz nach und wärmte ihn wieder auf. Während er wartete, spreizte er die Finger und ballte sie wieder zur Faust, bis die Hand kribbelte. Die erste Wache hatte ihre Posten rund um das Lager eingenommen. Entlang der Ringmauer flackerten Fackeln. Es war eine mondlose Nacht, doch über Jon strahlten tausend Sterne.

Aus der Ferne hörte er das leise, doch unverkennbare Heulen von Wölfen. Ihre Stimmen hoben und senkten sich zu einem kalten und einsamen Lied. Jons Nackenhaare stellten sich auf. Jenseits des Feuers starrten ihn zwei rote Augen aus dem Schatten an. Das Licht der Flammen ließ sie glühen.

»Ghost«, hauchte Jon überrascht. »Bist du doch noch reingekommen, he?« Oft jagte der Wolf die ganze Nacht lang; Jon hatte ihn nicht vor Tagesanbruch erwartet. »War die Jagd so schlecht?«, fragte er. »Hierher. Zu mir, Ghost.«

Der Schattenwolf umkreiste das Feuer, schnüffelte an Jon, schnüffelte am Wind, kam jedoch nicht zur Ruhe. Er schien nicht unbedingt auf Fleisch aus zu sein. *Als die Toten auferstanden, hat Ghost es gewusst. Er hat mich geweckt und gewarnt.* Erschrocken stand er auf. »Ist dort draußen etwas? Ghost, hast du etwas gewittert?« *Dywen hatte gesagt, er rieche Kälte.*

Der Schattenwolf sprang davon, blieb stehen, blickte sich um. *Ich soll ihm folgen.* Jon zog sich die Kapuze über und verließ die Zelte und die Wärme seines Feuers. Er ging an den Reihen der kleinen zähen Pferde entlang. Eines der Tiere wieherte nervös, als Ghost vorbeitrabte. Jon besänftigte es mit einem Wort und streichelte ihm kurz das Maul. Er konnte den Wind hören, der durch die Spalten in den Steinen pfiff, während sie sich der Ringmauer näherten. Eine Stimme rief ihn an. Jon trat ins Licht der Fackel. »Ich soll Wasser für den Lord Commander holen.«

»Dann geh schon«, sagte die Wache, »und beeil dich.« Der Mann hatte sich wegen des Windes tief in seinen schwarzen Umhang gehüllt und sah gar nicht erst nach, ob Jon einen Eimer hatte.

Jon schlüpfte seitlich zwischen zwei gespitzten Pfählen hindurch. Jemand hatte eine Fackel in den Mauerspalt gesteckt, deren Flammen wie orangefarbene Banner wehten, wenn ein Windstoß sie erfasste. Jon zog sie heraus und stieg durch die Lücke zwischen den Steinen. Ghost schoss den Hügel hinunter. Langsamer folgte ihm Jon und hielt die Fackel vor sich. Die Geräusche des Lagers blieben hinter ihm zurück. Die Nacht war schwarz, der Hang steil, steinig und uneben. Ein Moment der Unachtsamkeit konnte ihm einen gebrochenen Knöchel oder einen gebrochenen Hals ... einbringen. *Was mache ich hier eigentlich?* fragte er sich.

Die Bäume standen unter ihm wie Krieger, gerüstet in Rinde und Laub, die in schweigenden Reihen darauf warteten, dass der Befehl zum Sturm auf den Hügel ertönte. Schwarz erschienen sie ... nur wenn das Fackellicht auf sie fiel, erhaschte Jon einen Blick auf etwas Grün. Leise rauschte irgendwo Wasser über Steine. Ghost verschwand im Unterholz. Jon folgte ihm mühsam und lauschte auf den Ruf des Baches und das Seufzen der Blätter im Wind. Zweige packten seinen Mantel, und über ihm wanden sich dichte Äste ineinander und verbargen die Sterne.

Ghost trank aus dem Bach. »*Ghost*«, rief Jon, »zu mir. *Sofort.*« Als der Schattenwolf den Kopf hob, glühten seine Augen rot und unheilvoll, und Wasser rann von seinen Lefzen wie Geifer. In diesem Augenblick hatte er etwas Wildes und Erschreckendes an sich. Dann sprang er an Jon vorbei zwischen den Bäumen hindurch. »Ghost, *nein,* bleib hier«, rief Jon, doch der Wolf achtete nicht auf ihn. Die schlanke weiße Gestalt wurde von der Dunkelheit verschluckt, und Jon hatte nur zwei Möglichkeiten – entweder stieg er den Hügel wieder hinauf und zwar allein, oder er folgte dem Wolf.

Wütend rannte er hinter dem Tier her und hielt die Fackel tief und weit nach vorn, weil er bei jedem Schritt über Steine oder dicke Wurzeln oder in knöcheltiefe Löcher zu stolpern drohte. Alle paar Meter rief er erneut nach Ghost, doch der Nachtwind strich durch die Bäume und übertönte seine Stimme. *Das ist doch verrückt,* dachte er und drang dann doch weiter in den Wald vor. Gerade wollte er umkehren, da entdeckte er vor sich, rechts in Richtung Hügel, einen weißen Schemen. Er lief wieder los und fluchte vor sich hin.

So jagte er den Wolf fast um ein Viertel der Faust herum, bis er ihn erneut aus den Augen verloren hatte. Endlich blieb er inmitten der Sträucher, Dornenbüsche und Felsen am Fuß des Hügels stehen, um wieder zu Atem zu gelangen. Jenseits des Fackelscheins drängte sich die Finsternis heran.

Auf ein leises Scharren hin drehte er sich um. Jon bewegte sich auf das Geräusch zu und schlich vorsichtig durch Steine und Dornensträucher. Hinter einem umgestürzten Baum fand er Ghost. Der Schattenwolf grub wie wild im Boden und warf mit den Pfoten Erde nach hinten.

»Was hast du da gefunden?« Jon senkte die Fackel und entdeckte einen runden Hügel aus weicher Erde. *Ein Grab,* dachte er, *aber wessen Grab?*

Er kniete sich hin und bohrte die Fackel in den Boden. Die Erde war locker und sandig. Mit den Händen wühlte er sie zur Seite. Keine Wurzel und kein Stein behinderten ihn. Was immer dort lag, es war erst vor kurzem vergraben worden. In etwas mehr als einem halben Meter Tiefe stieß er auf Stoff. Er hatte einen Leichnam erwartet, einen Leichnam gefürchtet, doch das hier war etwas anderes. Er drückte gegen den Stoff und ertastete kleine, harte Gegenstände, die nicht nachgaben. Auch stank es nicht nach Verwesung, und Grabwürmer waren auch nicht zu sehen. Ghost wich zurück, hockte sich auf die Hinterläufe und beobachtete ihn.

Jon fegte die lockere Erde fort und enthüllte ein rundes Bündel, das vielleicht einen halben Meter Durchmesser hatte. Er stieß die Finger unter die Kanten und zerrte daran. Als er es losbekam, bewegte sich der Inhalt und klirrte. *Ein Schatz,* schoss es ihm durch den Kopf, doch die Form der Gegenstände ähnelte nicht der von Münzen, und nach Metall hatte es auch nicht geklungen.

Das Bündel war mit einem Stück Seil zusammengebunden. Jon zog seinen Dolch und schnitt es durch, packte die Ränder des Stoffes und zog sie auseinander. Das Bündel stülpte sich um, und der Inhalt fiel düster glitzernd auf den Boden. Es waren ein Dutzend Messer, blattförmige Speerspitzen und etliche Pfeilspitzen. Jon hob eine der Dolchklingen auf, federleicht, glänzend schwarz und ohne Griff. Das Fackellicht fiel auf die Schneide, eine dünne orangefarbene Linie, die die Schärfe eines Rasiermessers versprach. *Drachenglas. Die Maester nennen es Obsidian.* Hatte Ghost ein uraltes Waffenversteck der Kinder des Waldes entdeckt, das hier seit Tausenden von Jahren verborgen lag? Die Faust der Ersten Menschen war ein alter Ort, nur . . .

Unter dem Drachenglas lag ein altes Kriegshorn, das aus dem Horn eines Auerochsen gefertigt und mit Bronzebändern verstärkt war. Jon schüttelte die Erde heraus, und eine Anzahl Pfeilspitzen kam zum Vorschein. Er ließ sie zu Boden fallen und griff nach dem Stoff, in den die Waffen eingewickelt gewesen waren. *Gute Wolle, dick, doppelt gewebt, feucht, aber nicht verrottet.* Lange konnte das nicht im Boden gelegen haben. Und das Gewebe war *dunkel.* Er hielt den Stoff näher an die Fackel. *Nicht dunkel. Schwarz.*

Noch bevor Jon aufstand und ihn ausschüttelte, wusste er, was er in den Händen hielt: den schwarzen Umhang eines Bruders der Nachtwache.

BRAN

Bierbauch fand ihn in der Schmiede, wo er die Balgen für Mikken betätigte. »Der Maester möchte Euch im Turmzimmer sprechen, Mylord Prinz. Vom König ist ein Vogel eingetroffen.«

»Von Robb?« Vor Aufregung wartete Bran nicht auf Hodor, sondern ließ sich von Bierbauch nach oben tragen. Der war ein großer Mann, wenn auch nicht so riesig wie Hodor und schon lange nicht so stark. Als sie das Turmzimmer des Maesters erreichten, schnaufte er, und sein Gesicht war puterrot. Rickon war schon da, und auch die beiden Walder Freys.

Maester Luwin schickte Bierbauch hinaus und schloss die Tür. »Mylords«, begann er ernst, »wir haben eine Nachricht von Seiner Gnaden erhalten, die Gutes und Schlechtes beinhaltet. Der König hat einen großen Sieg im Westen errungen, eine Armee der Lannisters an einem Ort namens Oxcross zerschlagen und etliche Burgen eingenommen. Er schreibt uns aus Ashemark, der früheren Festung des Hauses Marbrand.«

Rickon zupfte an der Robe des Maesters. »Kommt Robb jetzt nach Hause?«

»Noch nicht, fürchte ich. Er wird noch mehr Schlachten schlagen müssen.«

»Hat er Lord Tywin besiegt?«, fragte Bran.

»Nein«, antwortete der Maester. »Ser Stafford Lannister hat das feindliche Heer befehligt. Er ist bei den Kämpfen gefallen.«

Bran hatte den Namen Ser Stafford Lannister noch nie gehört. Diesmal musste er dem großen Walder zustimmen, der sagte: »Lord Tywin ist der Einzige, der wichtig ist.«

»Schreibt Robb, er soll nach Hause kommen«, sagte Rickon. »Dann kann er auch seinen Wolf mitbringen, und Mutter und

Vater.« Obwohl Rickon wusste, dass Vater tot war, vergaß er es manchmal . . . absichtlich, vermutete Bran. Sein kleiner Bruder war so stur, wie es nur ein vierjähriger Junge sein kann.

Bran freute sich über Robbs Sieg, war aber dennoch gleichzeitig beunruhigt. Er erinnerte sich daran, was Osha an dem Tag gesagt hatte, an dem Robb seine Armee aus Winterfell herausgeführt hatte. *Er marschiert in die falsche Richtung*, hatte die Wildlingsfrau beharrlich behauptet.

»Traurigerweise gibt es keinen Sieg ohne einen Preis.« Maester Luwin wandte sich an die Walders. »Mylords, Onkel Ser Stevron Frey gehört zu jenen, die bei Oxcross das Leben verloren. Er wurde in der Schlacht verwundet, schreibt Robb. Man hielt die Verletzung nicht für schwer, doch drei Tage später starb er im Schlaf.«

Der große Walder zuckte mit den Schultern. »Er war sehr alt. Fünfundsechzig, glaube ich. Zu alt für Schlachten. Außerdem hat er immer gesagt, er sei müde.«

Der kleine Walder lachte spöttisch. »Er war es leid, auf den Tod unseres Großvaters zu warten, meinst du wohl. Ist Ser Emmon demnach jetzt der Erbe?«

»Sei doch nicht blöd«, widersprach sein Vetter. »Die Söhne des ersten Sohnes kommen vor dem zweiten Sohn an die Reihe. Ser Ryman ist der Nächste, und dann Edwyn und der Schwarze Walder und Petyr Pimple. Und dann Aegon und alle seine Söhne.«

»Ryman ist auch schon alt«, entgegnete der kleine Walder. »Über vierzig, wette ich. Und er hat einen schlimmen Bauch. Glaubst du, er wird Lord?«

»*Ich* werde Lord. Es ist mir gleichgültig, ob er dran ist.«

Maester Luwin unterbrach die beiden brüsk. »Ihr solltet Euch schämen, so daherzureden, Mylords. Trauert Ihr denn gar nicht? Euer Onkel ist tot.«

»Ja«, sagte der kleine Walder, »wir sind sehr bekümmert.«

Aber das waren sie nicht. Bran verspürte ein ungutes Gefühl in der Magengrube. *Der Geschmack dieser Speise gefällt ihnen besser als mir.* Er bat Maester Luwin, ihn zu entschuldigen.

»Sehr wohl.« Der Maester klingelte. Hodor hatte offensichtlich in den Stallungen zu tun. Stattdessen kam Osha. Sie war stärker als Bierbauch, und ihr fiel es nicht schwer, Bran hochzuheben und ihn die Treppe hinunterzutragen.

»Osha«, fragte Bran, während sie den Hof überquerten »kennst du den Weg nach Norden? Zur Mauer . . . und darüber hinaus?«

»Der Weg ist leicht zu finden. Halt nach dem Eisdrachen Ausschau und jage den blauen Stern im Auge des Reiters.« Sie ging rückwärts durch eine Tür und nahm die Wendeltreppe in Angriff.

»Und gibt es dort immer noch Riesen . . . und den Rest . . . die Anderen, und die Kinder des Waldes?«

»Die Riesen habe ich gesehen, von den Kindern nur Geschichten gehört, und von den Weißen Wanderern . . . warum willst du das wissen?«

»Hast du je eine dreiäugige Krähe gesehen?«

»Nein.« Sie lachte. »Ich kann auch nicht behaupten, dass ich das möchte.« Osha stieß die Tür seines Zimmers mit dem Fuß auf und setzte ihn auf die Fensterbank, von wo aus er in den Hof hinunterschauen konnte.

Kaum hatte sie die Tür hinter sich geschlossen, da ging sie schon wieder auf, und Jojen Reed trat ungebeten mit seiner Schwester Meera ein. »Habt ihr von dem Vogel gehört?«, fragte Bran. Der andere Junge nickte. »Wir haben ihn nicht zum Essen bekommen, wie du gesagt hast. Es war ein Brief von Robb, und wir haben den Vogel nicht verspeist, sondern –«

»Die Grünen Träume nehmen manchmal eigentümliche Gestalt an«, gab Jojen zu. »Ihre Wahrheit ist nicht immer leicht zu verstehen.«

»Erzähl mir deinen schlimmen Traum«, sagte Bran. »Über das Böse, das nach Winterfell kommt.«

»Glaubst du mir jetzt? Vertraust du meinen Worten, gleichgültig, wie seltsam sie in deinen Ohren klingen?«

Bran nickte.

»Es ist das Meer, das kommt.«

»Das *Meer?*«

»Ich habe geträumt, das Meer würde überall um Winterfell herum plätschern. Ich habe schwarze Wellen gesehen, die gegen die Tore und Türme brandeten, und dann floss das Salzwasser über die Mauern und hat die ganze Burg gefüllt. Ertrunkene Männer sind im Hof umhergetrieben. Als ich den Traum zum ersten Mal hatte, noch in Greywater, kannte ich die Gesichter nicht, aber inzwischen schon. Dieser Bierbauch ist einer von ihnen, die Wache, die auf dem Fest unsere Namen verkündet hat. Euer Septon ist auch unter ihnen. Und euer Schmied.«

»Mikken?« Bran war gleichermaßen verwirrt und entsetzt. »Aber das Meer ist hunderte und aberhunderte Meilen weit weg, und Winterfells Mauern sind so hoch, dass es sie niemals überfluten könnte, selbst wenn es käme.«

»Im Dunkel der Nacht wird das Salzmeer diese Mauern überfluten«, sagte Jojen. »Ich habe die Toten gesehen, ertrunken und aufgedunsen.«

»Wir müssen es ihnen erzählen«, fuhr Bran auf. »Bierbauch und Mikken und Septon Chayle. Wir müssen ihnen sagen, sie sollen nicht ertrinken.«

»Das wird sie nicht retten«, entgegnete der Junge in Grün.

Meera trat zur Fensterbank und legte Bran die Hand auf die Schulter. »Sie würden es nicht glauben, Bran. Genauso wie du zuerst.«

Jojen setzte sich aufs Bett. »Erzähl mir, was du träumst.«

Selbst jetzt fürchtete er sich noch, doch er hatte geschworen, ihnen zu vertrauen, und ein Stark von Winterfell hielt ein gegebenes Wort. »Verschiedenes«, begann er zögerlich. »Die Wolfsträume sind nicht so schlimm wie die anderen. Ich laufe und jage und fange Eichhörnchen. In den anderen Träumen kommt die Krähe und befiehlt mir zu fliegen. Manchmal ist da auch dieser Baum, der meinen Namen ruft. Das macht mir Angst. Doch der schlimmste Traum ist der, in dem ich falle.« Er blickte hinunter in den Hof und fühlte sich elend. »Früher bin ich nie gefallen. Wenn ich geklettert bin. Ich war überall, auf den Dächern und auf den Mauern. Ich habe sogar die Krähen auf dem ausgebrannten Turm gefüttert. Mutter hatte immer Angst, ich könnte abstürzen, aber ich habe gewusst, dass mir das niemals passieren würde. Nun ist es doch geschehen, und jetzt falle ich ständig, wenn ich schlafe.«

Meera drückte seine Schulter. »Ist das alles?«

»Ich glaube schon.«

»*Warg*«, sagte Jojen Reed.

Bran sah ihn mit weit aufgerissenen Augen an. »Was?«

»Warg. Gestaltwandler. Tierling. So werden sie dich nennen, wenn sie jemals von deinen Wolfsträumen erfahren.«

Die Namen flößten ihm abermals Furcht ein. »*Wer* wird mich so nennen?«

»Dein eigenes Volk. Aus Angst. Manche werden dich hassen, wenn sie wissen, was du bist. Einige werden sogar versuchen, dich zu töten.«

Old Nan hatte ihm fürchterliche Geschichten über Tierlinge und Gestaltwandler erzählt. In diesen Märchen waren solche Wesen stets böse. »So etwas bin ich nicht«, erwiderte Bran. »*Nein.* Das sind nur Träume.«

»Die Wolfsträume sind keine richtigen Träume. Du hast dein Auge fest geschlossen, solange du wach bist, aber sobald du einschläfst, schlägst du es auf, und deine Seele sucht ihre andere Hälfte. Die Macht ist stark in dir.«

»Ich will sie nicht. Ich will ein *Ritter* werden.«

»Ein Ritter willst du werden. Ein Warg bist du. Daran kannst du nichts ändern, Bran, du darfst es weder leugnen noch verdrängen. Du bist der geflügelte Wolf, aber du wirst niemals fliegen.« Jojen stand auf und ging zum Fenster. »Solange du *dein Auge nicht öffnest.*« Er legte zwei Finger zusammen und stieß Bran heftig gegen die Stirn.

Als er die Hand auf die Stelle legte, spürte Bran nur glatte, unversehrte Haut. Da war kein Auge, auch kein geschlossenes. »Wie kann ich es öffnen, wenn es nicht da ist.«

»Mit den Händen findest du das Auge nie, Bran. Du musst es mit dem Herzen suchen.« Jojen musterte Brans Gesicht mit seinen seltsam grünen Augen. »Oder hast du Angst.«

»Maester Luwin sagt, in Träumen gibt es nichts, das ein Mann fürchten muss.«

»Doch«, entgegnete Jojen.

»Was denn?«

»Die Vergangenheit. Die Zukunft. Die Wahrheit.«

Sie ließen ihn verwirrter zurück als je zuvor. Nachdem sie gegangen waren, versuchte Bran das dritte Auge zu öffnen, doch er hatte keine Ahnung, wie er das anstellen sollte. Wie sehr er auch die Stirn runzelte und daran herumstocherte, er entdeckte keinen Unterschied. In den folgenden Tagen wollte er die anderen vor dem warnen, was Jojen gesehen hatte, doch es verlief ganz anders, als er sich das vorstellte. Mikken dachte, er mache Scherze. »Das Meer, wirklich? Ich wollte schon immer mal zum Meer. Aber ich bin noch nie hingekommen. Und jetzt kommt es zu mir, ja? Die Götter sind gütig, so viel Mühe für einen armen Schmied.«

»Die Götter werden mich zu sich rufen, wenn sie es für richtig halten«, sagte Septon Chayle leise, »obwohl ich es für unwahrscheinlich halte, dass ich ertrinke, Bran. Ich bin am Ufer des White Knife aufgewachsen, wie du weißt, und deshalb ein guter Schwimmer.«

Bierbauch war der Einzige, der seiner Warnung Beachtung schenkte. Er ging sogar selbst zu Jojen, und hinterher badete er nicht mehr und weigerte sich, in die Nähe des Brunnens zu gehen. Schließlich stank er so sehr, dass ihn sechs andere Wachen packten, in einen Zuber steckten und ihn grob abschrubbten, während er kreischte, sie würden ihn ertränken, wie der Froschjunge gesagt hatte. Danach warf er Bran und Jojen stets böse Blicke zu, wenn er sie irgendwo in der Burg sah, und murmelte dazu leise in seinen Bart.

Ein paar Tage nach Bierbauchs Waschung kehrte Ser Rodrick mit seinem Gefangenen nach Winterfell zurück, einem dicklichen jungen Mann mit dicken feuchten Lippen und langem Haar, der schlimmer roch als ein Abtritt. »Stinker heißt er«, erklärte Hayhead, als Bran fragte, wer das sei. »Seinen richtigen Namen kenne ich nicht. Er hat dem Bastard von Bolton gedient und ihm beim Mord an Lady Hornwood geholfen, wird überall erzählt.«

Der Bastard selbst war tot, erfuhr Bran an diesem Abend beim

Essen. Ser Rodriks Männer hatten ihn auf dem Land der Hornwoods erwischt, als er gerade etwas Schreckliches anstellte (Bran war sich nicht ganz sicher, was, aber offensichtlich war es etwas gewesen, das man ohne Kleider machte) und ihn mit Pfeilen erschossen, als er davonreiten wollte. Für Lady Hornwood hingegen war jede Hilfe zu spät gekommen. Nach ihrer Heirat hatte der Bastard sie in einen Turm gesperrt und ihr jegliche Nahrung verweigert. Bran hörte Männer berichten, Ser Rodrik hätte sie hinter der Tür ihres Gefängnisses mit blutigem Mund und abgenagten Fingern gefunden.

»Dieses Ungeheuer hat uns ein hübsches Problem hinterlassen«, sagte der alte Ritter zu Maester Luwin. »Ob es uns nun gefällt oder nicht, Lady Hornwood war seine Frau. Er hat sich vor einem Septon und einem Herzbaum das Gelübde von ihr geben lassen und sich in der gleichen Nacht vor Zeugen zu ihr ins Bett gelegt. Sie hat ein Testament unterzeichnet und mit Siegel versehen, in dem sie ihn zum Erben erklärt.«

»Gelübde unter vorgehaltenem Schwert sind nicht gültig«, wandte der Maester ein.

»Roose Bolton wird da nicht zustimmen. Nicht, wenn es um Land geht.« Ser Rodrik wirkte unglücklich. »Am liebsten würde ich seinem Dienstmann ebenfalls den Kopf abschlagen, er ist nicht besser als sein Herr. Aber ich fürchte, bis Robb aus dem Krieg zurückkehrt, muss ich ihn am Leben lassen. Er ist der einzige Zeuge der schlimmsten Verbrechen dieses Bastards. Vielleicht wird Lord Bolton seinen Anspruch fallen lassen, nachdem er die Geschichte gehört hat. Inzwischen jedoch bringen sich in den Hornwoodschen Wäldern die Ritter von Manderly und die Männer von Dreadfort gegenseitig um, und mir fehlt es an Stärke, sie daran zu hindern.« Der alte Ritter drehte sich um und warf Bran einen ernsten Blick zu. »Und was habt Ihr getrieben, während ich fort war, Mylord Prinz? Habt unseren Wachen befohlen, sich nicht zu waschen? Sollen sie vielleicht riechen wie dieser Stinker?«

»Das Meer kommt zu uns«, erwiderte Bran. »Jojen hat es in einem Grünen Traum gesehen. Bierbauch wird ertrinken.«

Maester Luwin zupfte an seiner Kette. »Der Reedjunge glaubt, er könne in seinen Träumen die Zukunft sehen, Ser Rodrik. Ich habe mit Bran über die Fehlbarkeit solcher Prophezeiungen gesprochen, aber um die Wahrheit zu sagen, am Stony Shore soll es Schwierigkeiten geben. Banditen in Langbooten plündern die Fischerdörfer. Sie schänden und brandschatzen. Leobald Tallheart hat seinen Neffen Benfred losgeschickt, um sich mit ihnen zu befassen, vermutlich werden sie allerdings beim ersten Anzeichen einer bewaffneten Streitmacht auf ihre Schiffe fliehen und das Weite suchen.«

»Ja, und anderswo zuschlagen. Die Anderen sollen diese Feiglinge holen. Das würden sie niemals wagen, auch dieser Bastard von Bolton nicht, wenn unsere Hauptstreitmacht nicht viele Meilen weit im Süden läge.« Ser Rodrik blickte Bran an. »Was hat Euch der Junge noch erzählt?«

»Er hat gesagt, Wasser würde unsere Mauern überfluten. Er hat Bierbauch gesehen, ertrunken, und Mikken und Septon Chayle auch.«

Ser Rodrik runzelte die Stirn. »Nun, wenn ich gegen diese Banditen ausziehen muss, sollte ich Bierbauch dann wohl lieber nicht mitnehmen. Er hat doch *mich* nicht ertrinken sehen, oder? Nein? Gut.«

Es ermutigte Bran, dies zu hören. *Vielleicht ertrinken sie ja doch nicht,* dachte er, *wenn sie vom Meer fortbleiben.*

Meera meinte das Gleiche, als sie sich später am Abend in Brans Zimmer trafen, um zu dritt ein Spiel mit Steinen zu spielen, doch ihr Bruder schüttelte den Kopf. »Die Dinge, die ich im Traum gesehen habe, kann man nicht ändern.«

Daraufhin wurde seine Schwester wütend. »Warum schicken uns die Götter eine Warnung, wenn wir uns vor der Gefahr nicht schützen und das, was auf uns zukommt, verändern können?«

»Ich weiß es auch nicht«, antwortete Jojen traurig.

»Wenn du Bierbauch wärest, würdest du vermutlich in den Brunnen springen, damit du es hinter dir hast! Er sollte kämpfen, und Bran ebenso.«

»Ich?« Plötzlich hatte Bran Angst. »Warum sollte ich kämpfen? Werde ich auch ertrinken?«

Meera blickte ihn schuldbewusst an. »Ich hätte das nicht sagen sollen . . .«

Er ahnte, dass sie etwas vor ihm verbarg. »Hast du mich in einem Grünen Traum gesehen?«, fragte er Jojen nervös. »Bin ich auch ertrunken?«

»Nicht ertrunken.« Jojen sprach, als würde ihn jedes Wort fürchterlich schmerzen. »Ich habe von dem Mann geträumt, der heute angekommen ist, von dem, den ihr Stinker nennt. Du und dein Bruder, ihr habt tot zu seinen Füßen gelegen, und er hat euch mit einem langen roten Messer die Haut vom Gesicht abgezogen.«

Meera stand auf. »Wenn ich in den Kerker gehe, könnte ich ihm das Herz mit einem Speer durchbohren. Wie sollte er dann noch Bran ermorden, wenn er tot wäre?«

»Die Kerkermeister würden dich zurückhalten«, antwortete Jojen. »Die Wachen. Und wenn du ihnen erklärst, weshalb du seinen Tod willst, würden sie dir niemals glauben.«

»Ich habe auch Wachen«, erinnerte Bran ihn. »Bierbauch und Poxy Tim und Hayhead und die anderen.«

Jojens moosfarbene Augen waren voller Mitleid. »Sie werden ihn nicht aufhalten können, Bran. Ich habe nicht geträumt, wieso, aber ich habe gesehen, wie die Geschichte ausgeht. Ich habe dich und Rickon in eurer Gruft gesehen, unten in der Dunkelheit, bei den toten Königen und ihren Steinwölfen.«

Nein, dachte Bran. *Nein*. »Und wenn ich fortlaufe . . . nach Greywater oder zur Krähe, irgendwohin, wo mich niemand findet . . .«

»Das würde keinen Unterschied machen. Der Traum war grün, Bran, und die Grünen Träume lügen nicht.«

TYRION

Varys stand vor dem Kohlenbecken und wärmte sich die Hände. »Es scheint, als wurde Renly auf furchtbare Weise inmitten seiner Armee ermordet. Man hat ihm die Kehle von Ohr zu Ohr aufgeschlitzt, die Klinge ist durch Stahl und Knochen gegangen wie durch weichen Käse.«

»Von wessen Hand wurde sie geführt?«, wollte Cersei wissen.

»Habt Ihr jemals darüber nachgedacht, dass zu viele Antworten das Gleiche aussagen wie gar keine? Meine Spione befinden sich leider nicht immer an so hohen Stellen, wie wir es uns wünschen würden. Wenn ein König stirbt, breiten sich Legenden aus wie Pilze im Dunkeln. Ein Stallbursche behauptet, Renly sei von einem Ritter seiner eigenen Regenbogengarde getötet worden. Eine Waschfrau sagt, Stannis habe sich mit seinem magischen Schwert durch die ganze Armee seines Bruders geschlichen. Mehrere Soldaten glauben, eine Frau habe die niederträchtige Tat begangen, aber sie können sich nicht darauf einigen, welche Frau. Eine Jungfrau, die Renly verschmäht habe, wollen manche wissen. Eine Marketenderin, die vor der Schlacht zu seinem Vergnügen bei ihm war, sagen andere. Wieder andere meinen sogar, es sei Lady Stark gewesen.«

Der Königin gefiel das gar nicht. »Müsst Ihr meine Zeit mit allen möglichen dummen Gerüchten verschwenden?«

»Ihr bezahlt mich gut für diese Gerüchte, meine gnädigste Königin.«

»Wir bezahlen Euch für die Wahrheit, Lord Varys. Vergesst das nicht, oder dieser Kleine Rat wird sich noch weiter verkleinern.«

Varys kicherte nervös. »Wenn Ihr und Euer nobler Bruder so fortfahrt, wird Seine Gnaden am Ende gar keinen Rat mehr haben.«

»Ich wage die Voraussage, dass das Reich auch mit ein paar Räten weniger überleben würde«, sagte Littlefinger lächelnd.

»Lieber, lieber Petyr«, erwiderte Varys, »fürchtet Ihr nicht, der nächste Name auf der Liste der Hand könnte der Eure sein?«

»Vor Euch, Varys? Daran glaube ich im Traum nicht.«

»Möglicherweise sind wir eines Tages Brüder auf der Mauer, Ihr und ich.« Varys kicherte erneut.

»Früher, als es Euch lieb wäre, wenn Ihr nicht demnächst etwas Brauchbares von Euch gebt, Eunuch.« Ihrem Blick nach zu urteilen, hätte Cersei Varys am liebsten noch einmal kastriert.

»Könnte es sich um eine List handeln?«, fragte Littlefinger.

»Falls ja, so ist es eine von unvergleichlicher Schläue«, sagte Varys. »Immerhin bin ich darauf hereingefallen.«

Tyrion hatte genug gehört. »Joff wird fürchterlich enttäuscht sein«, wechselte er das Thema. »Er hat eine Zinne für Renlys Kopf frei gehalten. Aber wer immer den Mord begangen hat, wir müssen davon ausgehen, dass Stannis dahinter steckt. Den Gewinn trägt er davon.« Ihm gefiel die Nachricht nicht; er hatte gehofft, die Brüder Baratheon würden sich in der Schlacht gegeneinander selbst schwächen. An seinem Ellbogen pochte die Stelle, an der ihn der Morgenstern getroffen hatte. Das geschah manchmal bei feuchtem Wetter. Er massierte den Arm, doch es half nicht. »Was ist mit Renlys Heer?«

»Der größere Teil seiner Fußtruppen ist bei Bitterbridge zurückgeblieben.« Varys verließ das Kohlenbecken und kehrte zu seinem Platz am Tisch zurück. »Die meisten Lords, die mit Renly nach Storm's End geritten sind, haben sich mit ihren Rittern Stannis angeschlossen.«

»Und die Florents als Erste, möchte ich wetten«, sagte Littlefinger.

Varys schenkte ihm ein gekünsteltes Lächeln. »Die Wette würdet Ihr gewinnen, Mylord. Lord Alester war in der Tat der Erste, der vor Stannis das Knie gebeugt hat. Viele andere sind seinem Beispiel gefolgt.«

»Viele«, hakte Tyrion nach, »aber nicht alle?«

»Nicht alle«, bejahte der Eunuch. »Weder Loras Tyrell, Randyll

Tarly noch Mathis Rowan. Und Storm's End hat sich ebenfalls noch nicht ergeben. Ser Cortnay Penrose hält die Burg in Renlys Namen, weil er nicht an den Tod seines Lehnsherrn glauben will. Er verlangt, die sterblichen Überreste zu sehen, ehe er die Tore öffnet, aber Renlys Leiche ist offensichtlich auf unerklärliche Weise verschwunden. Höchstwahrscheinlich ist sie fortgeschafft worden. Ein Fünftel von Renlys Rittern ist mit Ser Loras abgezogen. Es heißt, der Ritter der Blumen sei wahnsinnig geworden, als er den Leichnam seines Königs sah, und er habe in seinem Zorn drei von Renlys Wachen erschlagen, darunter Emmon Cuy und Robar Royce.«

Leider nur drei, dachte Tyrion.

»Ser Loras ist vermutlich nach Bitterbridge unterwegs«, fuhr Varys fort. »Dort hält sich seine Schwester auf, Renlys Königin, und außerdem eine ganze Menge Soldaten, die plötzlich keinen König mehr haben. Auf welche Seite werden sie sich jetzt stellen? Eine heikle Frage. Viele dienen den Lords, die in Storm's End geblieben sind und sich Stannis unterworfen haben.«

Tyrion beugte sich vor. »Trotzdem sehe ich dort eine Chance für uns. Wenn wir Loras Tyrell für unsere Sache gewinnen können, würden Lord Mace Tyrell und seine Gefolgsleute sich uns ebenfalls anschließen. Vielleicht haben sie zunächst Stannis die Treue geschworen, doch sie werden ihn vermutlich kaum lieben, sonst wären sie von vornherein bei ihm gewesen.«

»Ist ihre Liebe für uns größer?«, fragte Cersei.

»Kaum«, antwortete Tyrion. »Renly haben sie geliebt, aber Renly ist tot. Möglicherweise können wir ihnen einen guten Grund geben, Joffrey Stannis vorzuziehen . . . wenn wir rasch vorgehen.«

»Was für Gründe wollt Ihr ihnen geben?«

»Goldene Gründe«, schlug Littlefinger sofort vor.

Varys schnalzte nur mit der Zunge. »Süßer Petyr, gewiss glaubt Ihr nicht im Ernst, dass sich diese mächtigen Lords und edlen Ritter kaufen lassen wie Hühner auf dem Markt?«

»Wart Ihr in jüngster Zeit einmal auf dem Markt, Lord Varys?«, fragte Littlefinger. »Einen Lord zu kaufen, ist einfacher als ein Huhn, würde ich sagen. Natürlich glucken die Lords lauter, und sie nehmen es einem äußerst übel, wenn man ihnen Münzen anbietet wie ein Händler, doch selten nur lehnen sie ein Geschenk ab ... Ehrentitel, Ländereien, Burgen ...«

»Bestechungsgelder könnten ein paar der niedrigeren Lords überzeugen«, meinte Tyrion, »aber niemals Highgarden.«

»Das stimmt«, räumte Littlefinger ein. »Der Ritter der Blumen ist der Schlüssel. Mace Tyrell hat zwei ältere Söhne, aber Loras war stets sein Liebling. Wenn wir ihn gewinnen, gehört Highgarden uns.«

Ja, dachte Tyrion. »Mir scheint, wir sollten aus dem Tod von Lord Renly eine Lehre ziehen. Das Bündnis mit Tyrell können wir genauso besiegeln wie er. Mit einer Heirat.«

Varys begriff zuerst. »Ihr wollt König Joffrey mit Margaery Tyrell vermählen.«

»Genau.« Renlys junge Königin war etwa fünfzehn oder sechzehn, glaubte er sich zu erinnern ... älter zwar als Joffrey, aber diese wenigen Jahre bedeuteten nichts.

»Joffrey ist mit Sansa Stark verlobt«, wandte Cersei ein.

»Heiratsverträge kann man brechen. Welchen Vorteil bringt es uns, den König mit der Tochter eines toten Hochverräters zu verheiraten?«

Littlefinger ergriff das Wort. »Ihr könntet Seiner Gnaden sagen, die Tyrells seien wesentlich wohlhabender als die Starks, und Margaery sei von überaus großem Liebreiz ... und zudem bereits in einem Alter, in dem sie ihm im Bett Gesellschaft leisten kann.«

»Ja«, sagte Tyrion, »das dürfte Joff gefallen.«

»Mein Sohn ist zu jung, um sich über solche Dinge Gedanken zu machen.«

»Meinst du?«, fragte Tyrion. »Er ist dreizehn, Cersei. In dem Alter habe ich geheiratet.«

»Mit dieser erbärmlichen Geschichte hast du uns allen Schande bereitet. Joffrey ist aus feinerem Garn gewirkt.«

»So fein, dass er Ser Boros befohlen hat, Sansa das Kleid vom Leibe zu reißen.«

»Er war wütend auf das Mädchen.«

»Gestern Abend war er auch wütend auf den Küchenjungen, der die Suppe verschüttet hat, aber deshalb hat er ihn nicht gleich ausziehen lassen.«

»Bei dieser Angelegenheit ging es nicht um vergossene Suppe –«

Nein, es ging um zwei hübsche Titten. Nach dem Zwischenfall auf dem Hof hatte er mit Varys besprochen, wie man Joffrey zu Chataya bringen könnte. Ein wenig Honig könnte den Jungen besänftigen, hoffte er. Er wäre vielleicht sogar *dankbar*, die Götter mögen ihn bewahren, und Tyrion könnte ein wenig mehr Dankbarkeit von seinem Herrscher gut gebrauchen. Alles müsste natürlich geheim vonstatten gehen. Das Schwierigste wäre, ihn vom Bluthund fortzubekommen. »Der Hund ist niemals weit von seinem Herrn entfernt«, hatte er gegenüber Varys bemerkt, »aber alle Menschen schlafen. Und manche treiben Glücksspiele und huren und besuchen Weinschänken.«

»Der Bluthund tut das alles auch, wenn Ihr darauf hinauswollt.«

»Nein«, hatte Tyrion erwidert, »ich will auf Folgendes hinaus: wann?«

Varys hatte einen Finger an die Wange gelegt und rätselhaft gelächelt. »Mylord, ein misstrauischer Mann würde denken, Ihr sucht einen Zeitpunkt, an dem Sandor Clegane nicht über den König wacht, um dem Jungen ein Leid zufügen zu können.«

»Sicherlich kennt Ihr mich besser, Lord Varys«, entgegnete Tyrion. »Was denn, ich möchte doch nur, dass mein Neffe Joffrey mich liebt.«

Der Eunuch hatte versprochen, sich um diese Angelegenheit zu kümmern. Die Belange des Krieges gingen jedoch vor; Joffreys Einweihung in die Geheimnisse der Männlichkeit musste warten. »Ohne Zweifel kennst du deinen Sohn besser als ich«, zwang er sich, zu Cersei zu sagen, »aber trotzdem gibt es vieles, was für eine Verbindung mit den Tyrells spricht. Vielleicht ist dies die einzige Möglichkeit, dass Joffrey lange genug überlebt, damit der Junge seine Hochzeitsnacht überhaupt feiern kann.«

Littlefinger stimmte zu. »Das Starkmädchen bringt Joffrey allenfalls ihren Körper mit in die Ehe, so hübsch der auch sein mag.

Margaery Tyrell hätte fünfzigtausend Schwerter und die ganze Macht von Highgarden hinter sich.«

»In der Tat.« Varys legte der Königin seine schlaffe Hand auf den Arm. »In Euch schlägt das Herz einer Mutter, und ich weiß, Seine Gnaden schwärmt sehr für seine kleine Liebste. Dennoch muss ein König lernen, dass die Belange des Reiches über seinen persönlichen Vorlieben stehen. Dieses Angebot einer Heirat sollte unterbreitet werden.«

Die Königin zog den Arm zurück. »Ihr würdet kaum so sprechen, wenn Ihr Frauen wärt. Sagt, was Ihr wollt, aber mein Joffrey ist zu stolz, um sich mit Renlys Hinterlassenschaften abzufinden. Er wird niemals zustimmen.«

Tyrion zuckte mit den Schultern. »Wenn der König in drei Jahren das Mannesalter erreicht hat, kann er seine Zustimmung erteilen oder nicht. Bis dahin bist du seine Regentin und ich seine Hand, und er wird diejenige heiraten, die wir ihm zuführen. Hinterlassenschaft oder nicht.«

Cerseis Köcher war leer. »Dann unterbreite Ihnen das Angebot, aber mögen die Götter dich retten, wenn Joff das Mädchen nicht gefällt.«

»Ich bin überaus glücklich, dass wir zu einer Übereinkunft gekommen sind«, sagte Tyrion. »Nun, wer von uns geht nach Bitterbridge? Wir müssen Ser Loras mit diesem Angebot erreichen, ehe sein Zorn verraucht ist.«

»Ihr wollt jemanden aus dem Rat schicken?«

»Ich kann schließlich vom Ritter der Blumen nicht erwarten, sich mit Bronn oder Shagga abzugeben, oder? Die Tyrells sind stolz.«

Seine Schwester verlor keine Zeit und versuchte, die Gelegenheit zu ihren Gunsten zu nutzen. »Ser Jacelyn Bywater ist von edler Herkunft. Schick ihn.«

Tyrion schüttelte den Kopf. »Wir brauchen jemanden, der zu mehr in der Lage ist, als nur eine Botschaft zu überbringen und eine Antwort in Empfang zu nehmen. Unser Gesandter muss für den König und den Rat sprechen und die Angelegenheit rasch regeln.«

»Die Hand spricht mit der Stimme des Königs.« Das Kerzenlicht funkelte grün wie Seefeuer in Cerseis Augen. »Wenn wir dich schicken, Tyrion, wäre es, als spräche Joffrey persönlich vor. Und wer wäre besser geeignet? Du gehst mit Worten so gewandt um wie Jaime mit dem Schwert.«

Bist du so erpicht darauf, mich aus der Stadt zu haben, Cersei? »Du bist zu großzügig, Schwester, aber mir scheint die Mutter eines Jungen besser geeignet, um eine Heirat zu arrangieren. Und du hast ein Talent, Freunde zu gewinnen, das mir leider fehlt.«

Sie kniff die Augen zusammen. »Joff braucht mich an seiner Seite.«

»Euer Gnaden, Mylord Hand«, sagte Littlefinger, »der König braucht Euch beide hier. Entsendet mich an Eurer Stelle.«

»Euch?« *Welchen Vorteil sieht er darin?*, fragte sich Tyrion.

»Ich gehöre zwar zum königlichen Rat, in mir fließt jedoch nicht das Blut des Königs, und so wäre ich eine wertlose Geisel. Ich kannte Ser Loras recht gut, als er noch hier am Hof war, und ich habe ihm keinen Grund geboten, mich nicht zu mögen. Mace Tyrell hegt keinen Groll gegen mich, soweit ich weiß, und ich möchte mir dahingehend schmeicheln, dass ich, was Verhandlungen betrifft, nicht unbegabt bin.«

Er hat uns ausmanövriert. Tyrion vertraute Petyr Baelish nicht und wollte den Mann lieber nicht aus den Augen verlieren, doch welche andere Möglichkeit blieb ihm? Entweder Littlefinger oder er selbst, und er wusste nur zu gut, dass alle seine bisherigen Erfolge zunichte gemacht würden, wenn er King's Landing auch nur für kurze Zeit verließ. »Zwischen hier und Bitterbridge finden Kämpfe statt«, sagte er vorsichtig. »Und Ihr könnt sicher sein, dass Stannis seine Schäfer ausschickt, um die verlorenen Schafe zusammenzutreiben.«

»Ich habe mich nie vor Schäfern gefürchtet. Es sind die Schafe, die mich beunruhigen. Dennoch wäre eine Eskorte angemessen.«

»Ich kann etwa einhundert Goldröcke entbehren«, sagte Tyrion.

»Fünfhundert.«

»Dreihundert.«

»Und noch vierzig dazu – zwanzig Ritter und ebenso viele Knappen. Wenn ich ohne ritterliches Gefolge erscheine, werden die Tyrells mich überhaupt nicht ernst nehmen.«

Damit hatte er zweifellos Recht. »Einverstanden.«

»Ich werde Horror und Schlabber mitnehmen, damit ich sie anschließend zu ihrem Vater schicken kann. Eine Geste des guten Willens. Wir brauchen Paxter Redwyne, er ist Mace Tyrells ältester Freund und besitzt ein großes Heer.«

»Und obendrein ist er ein Verräter«, erwiderte die Königin. »Arbor hätte sich mit den anderen für Renly erklärt, nur wusste Redwyne, dass dann seine Welpen dafür büßen würden.«

»Renly ist tot, Euer Gnaden«, erinnerte Littlefinger sie, »und weder Stannis noch Lord Paxter werden vergessen haben, wie Redwynes Galeeren während der Belagerung von Storm's End den Seeweg abgeriegelt haben. Gebt ihm die Zwillinge zurück, und möglicherweise gewinnen wir seine Liebe.«

Cersei war noch immer nicht überzeugt. »Die Anderen sollen sich seine Liebe holen, ich will seine Schwerter und Segel. Und um die zu bekommen, sollten wir die Zwillinge am besten bei uns behalten.«

Tyrion fand die richtige Antwort. »Dann schicken wir Ser Hobber mit und behalten Ser Horas hier. Lord Paxter dürfte klug genug sein, um die Bedeutung dieser Geste zu begreifen, möchte ich meinen.«

Der Vorschlag wurde ohne Widerspruch angenommen, doch Littlefinger war noch nicht fertig. »Wir brauchen Pferde. Schnelle und kräftige. Wegen der Kämpfe werden wir wohl auch Ersatz benötigen. Und dazu einen guten Vorrat Gold, für die Geschenke, von denen wir vorhin sprachen.«

»Nehmt, was Ihr braucht. Falls die Stadt fällt, wird es Stannis sowieso in die Hände fallen.«

»Außerdem wünsche ich eine schriftliche Bestätigung meines Auftrags. Ein Dokument, dass bei Mace Tyrell keinen Zweifel an meiner Autorität aufkommen lässt und mir Vollmacht erteilt, in dieser Angelegenheit und in allen anderen, die daraus resultieren können, mit ihm zu verhandeln und im Namen des Königs bindende Absprachen zu treffen. Es sollte von Joffrey und allen Mitgliedern dieses Rates unterzeichnet werden und zudem unsere Siegel tragen.«

Tyrion rutschte unbehaglich hin und her. »Einverstanden. Ist das alles? Ich erinnere Euch daran, wie weit es von hier nach Bitterbridge ist.«

»Ich werde noch vor dem Morgengrauen aufbrechen.« Littlefinger erhob sich. »Bei meiner Rückkehr erwarte ich, vom König angemessen für meine tapferen Bemühungen belohnt zu werden.«

Varys kicherte. »Joffrey ist ein überaus dankbarer Herrscher. Gewiss werdet Ihr keinen Grund zur Beschwerde haben, mein guter, kühner Lord.«

Die Königin sprach frei heraus: »Was wollt Ihr, Petyr?«

Littlefinger warf Tyrion einen Blick zu und lächelte ihn verschlagen an. »Darüber muss ich noch nachdenken. Ohne Zweifel wird mir etwas einfallen.« Er verneigte sich knapp und ging so ungerührt hinaus, als wäre er unterwegs zu einem seiner Bordelle.

Tyrion schaute aus dem Fenster. Im dichten Nebel draußen konnte er nicht einmal die Außenmauer erkennen. Ein paar schwache Lichter leuchteten verschwommen im Grau. *Ein schlechter Tag für eine Reise,* dachte er. Wahrlich, er beneidete Petyr Baelish nicht. »wir sollten am besten rasch dieses Dokument verfassen. Lord Varys, würdet Ihr Pergament und Feder holen lassen. Und jemand muss Joffrey wecken.«

Es war noch dunkel, als die Versammlung schließlich zu Ende war. Varys huschte in seinen weichen Pantoffeln allein davon. Die Lannisters blieben einen Augenblick lang an der Tür stehen. »Wie geht es mit deiner Kette voran, Bruder?«, fragte die Königin, während ihr Ser Preston einen silberfarbenen Umhang um die Schultern legte.

»Glied um Glied wird sie länger. Wir sollten den Göttern danken, dass Ser Cortnay Penrose so ein sturer Kerl ist. Stannis wird niemals nach Norden marschieren, solange ihm Storm's End uneingenommen im Rücken liegt.«

»Tyrion, ich weiß, was die Politik angeht, sind wir uns nicht immer einig, aber mir scheint, ich habe mich in dir getäuscht. Du bist doch kein so großer Narr, wie ich dachte. In Wahrheit bist du sogar eine große Hilfe. Dafür danke ich dir. Du musst mir verzeihen, wenn ich in der Vergangenheit oft sehr barsch mit dir gesprochen habe.«

»Muss ich?« Er zuckte die Achseln und lächelte sie an. »Süße Schwester, du hast nichts gesagt, was ich dir verzeihen müsste.«

»Heute, meinst du?« Sie lachten beide ... und Cersei beugte sich vor und drückte ihm einen sanften Kuss auf die Stirn.

Zu erstaunt, um darauf etwas zu erwidern, blickte ihr Tyrion nach, als sie mit Ser Preston an der Seite davon schritt. »Habe ich den Verstand verloren, oder hat meine Schwester mich gerade geküsst?«, fragte er Bronn, nachdem sie verschwunden war.

»War es ein so süßer Kuss?«

»Eher ... unerwartet.« Cersei benahm sich in jüngster Zeit eigenartig. Tyrion fand das überaus beunruhigend. »Ich kann mich nicht mehr erinnern, wann sie mich zum letzten Mal geküsst hat. Da war ich kaum älter als sechs oder sieben. Jaime hat sie geneckt, sie würde sich nicht trauen.«

»Die Frau ist schließlich doch noch Eurem Charme erlegen.«

»Nein«, entgegnete Tyrion. »Nein, die Frau heckt etwas aus. Am besten finden wir heraus, was. Du weißt, wie sehr ich Überraschungen hasse.«

THEON

Theon wischte sich den Speichel mit dem Handrücken von der Wange. »Robb wird Euch den Bauch aufschlitzen, Greyjoy«, schrie Benfred Tallheart. »Euer verräterisches Herz wird er an seinen Wolf verfüttern, Ihr Stück Schafsmist.«

Aeron Feuchthaars Stimme schnitt die Beleidigungen ab wie ein Schwert, das durch Käse gleitet. »Jetzt musst du ihn töten.«

»Zuerst muss ich ihm ein paar Fragen stellen«, entgegnete Theon.

»Verflucht seien Eure Fragen.« Blutend und hilflos hing Benfred zwischen Stygg und Werlag. »Eher werdet Ihr an ihnen ersticken, als dass Ihr von mir eine Antwort hört, Feigling. Abtrünniger.«

Onkel Aeron kannte kein Erbarmen. »Wenn er dich anspuckt, spuckt er uns alle an. Und den Ertrunkenen Gott. Er muss sterben.«

»Mein Vater hat *mir* das Kommando gegeben, Onkel.«

»Und mich hat er mitgeschickt, um dich zu beraten.«

Und mich zu beobachten. Theon wagte es nicht, den Streit mit seinem Onkel zu weit zu treiben. Ja, er hatte die Befehlsgewalt, doch die Männer vertrauten dem Ertrunkenen Gott mehr als ihm, und sie fürchteten sich vor Aeron Feuchthaar. *Das kann ich ihnen nicht einmal verdenken.*

»Dafür werdet Ihr Euren Kopf verlieren, Greyjoy. Die Krähen werden Eure Augen fressen.« Erneut versuchte Benfred zu spucken, brachte jedoch nur ein wenig Blut hervor. »Die Anderen sollen Euren feuchten Gott holen.«

Tallheart, gerade habt Ihr Euer Leben verwirkt, dachte Theon. »Stygg, bring ihn zum Schweigen.«

Sie drückten Benfred auf die Knie.Werlag riss das Kaninchenfell vom Gürtel des Gefangenen und stopfte es ihm zwischen die Zähne. Stygg löste seine Axt.

»Nein«, rief Aeron Feuchthaar. »Er muss dem Gott geopfert werden. Auf die alte Weise.«

Was ändert das schon? Tot ist tot. »Dann nehmt ihn, Onkel.«

»Du kommst mit. Du hast hier den Befehl. Das Opfer sollte von dir stammen.«

Das war mehr, als Theon ertragen konnte. »Onkel, Ihr seid der Priester, und die Götter überlasse ich Euch. Gewährt mir die gleiche Freundlichkeit und überlasst die Schlachten mir.« Auf seine Geste hin zerrten Werlag und Stygg den Gefangenen zum Ufer. Aeron Feuchthaar warf seinem Neffen einen vorwurfsvollen Blick zu und folgte ihnen dann. Sie würden hinunter zum Kiesstrand gehen und Benfred Tallheart in Salzwasser ertränken. Auf die alte Weise.

Vielleicht ist es ja eine Gnade, redete sich Theon ein, während er in die andere Richtung davonstampfte. Stygg war alles andere als ein erfahrener Henker, und Benfred hatte einen Hals wie ein Eber, voller Muskeln und Fett. *Früher habe ich ihn deswegen immer verspottet, nur um zu sehen, wie sehr ich ihn reizen kann,* erinnerte er sich. Das war vor drei Jahren gewesen. Ned Stark war nach Torrhen's Square geritten, um Ser Helman zu treffen, und Theon hatte ihn begleitet und vierzehn Tage in Benfreds Gesellschaft verbracht.

Er hörte das raue Siegesgeschrei von der Biegung der Straße her, wo die Schlacht stattgefunden hatte ... wenn man es überhaupt eine Schlacht nennen konnte. *Es war eher gewesen, als würde man Schafe schlachten, um bei der Wahrheit zu bleiben. Schafe, die in Stahl gehüllt waren, jedoch nichtsdestotrotz Schafe.*

Während er über einen Haufen Felsstücke kletterte, schaute Theon hinunter auf die Toten und die sterbenden Pferde. Die Tiere hatten Besseres verdient. Tymor und seine Brüder hatten alle Pferde, die im Kampf nicht verletzt worden waren, zusammengetrieben, während Urzen und der Schwarze Lorren jene Tiere töteten, die zu schwer verwundet waren. Der Rest der Männer plünderte die Leichen. Gevin Harlaw kniete auf der Brust eines Toten und sägte ihm den Finger ab, um an den Ring zu kommen. *Den eisernen Preis bezahlen. Mein Hoher Vater würde das begrüßen.* Theon überlegte, ob er die Leichen der beiden Männer, die er erschlagen hatte, nach

Edelsteinen durchsuchen sollte, doch schon bei dem Gedanken bekam er einen bitteren Geschmack im Mund. Er konnte sich vorstellen, was Eddard Stark gesagt hätte. Das stachelte seine Wut nur noch mehr an. *Stark ist tot und verrottet, und was schert er mich?*

Der alte Botley, den sie Fischbart nannten, hockte mit finsterem Blick neben seinem Haufen Plündergut, während seine Söhne weitere Beute brachten. Einer von ihnen befand sich in einem hitzigen Streit mit einem Kerl namens Todric, der mit einem Horn Bier in der einen und einer Axt in der anderen zwischen den Erschlagenen herumtorkelte. Gekleidet war er in einen Mantel aus weißem Fuchsfell, der mit dem Blut seines Vorbesitzers befleckt war. *Betrunken*, entschied Theon, während er ihnen beim Streiten zusah. Es hieß, die Eisenmänner der alten Zeiten hätten sich in der Schlacht mit Blut betrunken, bis sie keinen Schmerz und keine Angst mehr verspürten, Todric hatte seinen Rausch hingegen vom Bier.

»Wex, meinen Bogen und meinen Köcher.« Der Junge rannte los und holte die Waffen. Theon spannte die Sehne ein, derweil Todric den Botleyjungen zu Boden stieß und ihm Bier in die Augen goss. Fischbart sprang auf und fluchte, doch Theon war schneller. Er zielte auf die Hand mit dem Trinkhorn und wollte einen Schuss zum Besten geben, den sie nicht vergessen würden, doch Todric verdarb es ihm, weil er sich gerade in dem Augenblick, in dem Theon den Pfeil losließ, umdrehte. Der Pfeil traf ihn in den Bauch.

Die Plünderer hielten inne und starrten. Theon senkte den Bogen. »Keine Betrunkenen, habe ich gesagt, und keinen Streit wegen der Beute.« Todric war in die Knie gegangen und starb geräuschvoll. »Botley, bring ihn zum Schweigen.« Fischbart und seine Söhne gehorchten rasch. Sie schlitzten Todric die Kehle auf, während dieser noch schwach um sich trat, und Ring und Mantel und Waffen hatten sie ihm abgenommen, ehe er wirklich tot war.

Jetzt wissen sie, dass ich meine, was ich sage. Lord Balon hatte ihm zwar den Befehl übergeben, doch Theon wusste, dass seine Männer in ihm einen weichen Jungen aus den grünen Landen sahen. »Hat noch jemand Durst?« Niemand antwortete. »Gut.« Er trat nach Benfreds gefallenem Banner, das noch immer von der starren Hand des Knappen umklammert wurde, der es getragen hatte. Unter der Flagge war ein Kaninchenfell befestigt. *Warum Kaninchenfelle?*, hatte er fragen wollen, doch da er angespuckt wurde, hatte er vergessen, sich danach zu erkundigen. Er warf seinen Bogen Wex zu, schritt davon und erinnerte sich an die freudige Erregung nach der Schlacht im Flüsterwald. Warum hatte dieser Kampf keinen so süßen Nachgeschmack? *Tallheart, du verdammter stolzer Narr, dich hätte man nicht einmal als Kundschafter ausschicken sollen.*

Sie hatten gescherzt und sogar *gesungen,* als sie gekommen waren. Die drei Bäume von Tallheart hatten über ihnen geflattert, während Kaninchenfelle von den Spitzen der Lanzen hingen. Die Bogenschützen hinter dem Stechginster hatten das Lied mit dem Zischen ihrer Pfeile gestört, und Theon selbst hatte seine Waffenbrüder angeführt, um das Gemetzel mit Dolch, Axt und Streithammer zu beenden. Er hatte befohlen, ihren Anführer zu verschonen, damit man ihn hinterher verhören könne.

Nur hatte er nicht Benfred Tallheart erwartet.

Dessen schlaffer Körper wurde gerade aus der Brandung gezogen, als Theon zu seiner *Seehure* zurückkehrte. Die Masten des Langschiffs hoben sich scharf vom Himmel ab. Von dem Fischerdorf war nur kalte Asche geblieben, die stank, wenn es regnete. Die Männer waren den Schwertern zum Opfer gefallen, außer einigen wenigen, denen Theon die Flucht gestattet hatte, auf dass sie die Kunde nach Torrhen's Square brachten. Ihre Frauen und Töchter wurden zu Salzweibern erklärt, jedenfalls jene, die jung und hübsch genug waren. Die Alten und Hässlichen hatte man schlicht vergewaltigt und getötet oder versklavt, wenn sie besondere Fertigkeiten beherrschten und keine Schwierigkeiten zu machen drohten.

Theon hatte den Angriff gut geplant, hatte seine Schiffe in der kalten Dunkelheit vor der Dämmerung an die Küste gebracht und war mit der Streitaxt in der Hand vom Bug an Land gesprungen, um seine Männer in das schlafende Dorf zu führen. Ihm gefiel das alles nicht, doch was sollte er tun?

Seine dreimal verfluchte Schwester segelte auf ihrer *Schwarzer Wind* gen Norden, um sich eine eigene Burg zu erobern. Lord Balon hatte nicht zugelassen, dass die Nachricht von dem Heer, das die Iron Islands verließ, nach außen gelangte, und Theons blutiges Werk entlang der Stony Shore würde Piraten zugeschrieben werden. Die Nordmannen würden die wahre Gefahr verkennen, bis die Hämmer auf Deepwood Motte und Moat Cailin herabsausten. *Und wenn alles vorbei ist und wir den Sieg davongetragen haben, werden sie diese Hure Asha in Liedern preisen und mich vergessen.* Allerdings nur, wenn er das zuließe.

Dagmer Spaltkinn stand am hochgezogenen Bug seines Langschiffes *Gischttrinker.* Theon hatte ihm die Aufgabe zugewiesen, die Schiffe zu bewachen, sonst hätten die Männer Dagmer für den Sieg gefeiert, nicht ihn. Ein empfindlicherer Mann hätte das als Herabsetzung betrachtet, doch Spaltkinn hatte nur gelacht.

»Der Tag ist unser«, rief Dagmer herunter. »Und dennoch lächelst du nicht, Junge. Die Lebenden sollten lächeln, denn die Toten können es nicht mehr.« Er lächelte selbst, um ihm zu zeigen, wie man das machte. Es war ein entsetzlicher Anblick. Unter einer schneeweißen Haarmähne trug Dagmer Spaltkinn die fürchterlichste Narbe, die Theon je gesehen hatte, das Vermächtnis einer Langaxt, die ihn als Junge beinahe getötet hatte. Der Hieb hatte Dagmer das Kinn und die Vorderzähne zertrümmert und ihm vier Lippen beschert, wo andere nur zwei hatten. Ein zotteliger Bart wuchs ihm auf Wangen und Hals, jedoch nicht über der Narbe, und so zerteilte ein Streifen knotigen Fleisches das Gesicht wie eine Gletscherspalte einen Schneehang. »Wir haben sie singen gehört«, sagte der alte Krieger. »Es war ein hübsches Lied, und sie haben es tapfer gesungen.«

»Sie konnten besser singen als kämpfen. Harfen hätten ihnen genauso viel genutzt wie Lanzen.«

»Wie viele Männer sind gefallen?«

»Von unseren?« Theon zuckte die Achseln. »Todric. Ich habe ihn getötet, weil er sich betrunken hat und um die Beute stritt.«

»Manche Männer sind zum Sterben geboren.« Ein geringerer Mann hätte sich vielleicht geschämt, dieses entsetzliche Lächeln zu zeigen, doch Dagmer grinste häufiger und breiter als Lord Balon.

Wenngleich das Lächeln hässlich war, beschwor es doch hundert Erinnerungen herauf. Theon hatte es in seiner Kindheit so oft gesehen, wenn er mit einem Pferd über eine moosige Mauer sprang oder eine Axt schwang und den Hauklotz spaltete. Er hatte es gesehen, wenn er einen Hieb von Dagmers Schwert abwehrte, wenn er eine Möwe mit einem Pfeil in den Flügel traf, wenn er das Ruder ergriff und ein Langschiff sicher durch Gischt umschäumte Felsen lenkte. *Er hat mich öfter angelächelt als Vater und Eddard Stark zusammen.* Sogar Robb … An dem Tag, an dem er Bran vor dem Wildling rettete, hatte er ein Lächeln verdient, doch stattdessen hatte man ihn gescholten wie einen Koch, der das Essen anbrennen lassen hat.

»Ich muss mit Euch reden, Onkel«, sagte Theon. Dagmer war nicht sein richtiger Onkel, sondern nur ein Gefolgsmann seines Vaters, der vor vier oder fünf Generationen ein Quäntchen Greyjoyblut mitbekommen hatte, und das zudem noch von der falschen Seite. Dennoch hatte Theon ihn schon immer Onkel genannt.

»Komm zu mir auf Deck.« Dagmer nannte niemanden Mylord, wenn er auf den Planken seines eigenen Schiffes stand. Auf den Iron Islands galt jeder Kapitän an Bord seines Langschiffes als König.

Theon stieg mit vier großen Schritten über die Planke zur *Gischttrinker* hinauf, und Dagmer führte ihn nach hinten in die enge Kabine am Heck, wo der alte Mann sich ein Horn herben Bieres einschenkte und Theon das Gleiche anbot. Er lehnte ab. »Wir haben nicht genug Pferde erbeutet. Ein paar schon, aber … nun, ich werde wohl mit dem auskommen müssen, was wir haben. Weniger Männer bedeuten größeren Ruhm.«

»Wozu brauchten wir überhaupt Pferde?« Wie die meisten Eisenmänner kämpfte Dagmer lieber zu Fuß oder vom Deck eines Schiffes aus. »Pferde scheißen uns nur auf die Planken und stehen uns im Weg herum.«

»Wenn wir segeln würden, ja«, räumte Theon ein. »Ich habe jedoch einen anderen Plan.« Er beobachtete aufmerksam, wie Dagmer das aufnahm. Ohne Spaltkinn konnte er nicht auf Erfolg hoffen. Befehlshaber hin oder her, die Männer würden ihm niemals gehorchen, wenn Aeron und Dagmer sich gegen ihn stellten, und den sauertöpfischen Priester auf seine Seite zu ziehen, hegte er nur wenig Hoffnung.

»Dein Hoher Vater hat uns befohlen, die Küste zu überfallen, mehr nicht.« Aus Augen, so bleich wie Gischt, starrte Dagmer Theon unter den buschigen weißen Brauen hervor an. Sah er Ablehnung dort, oder doch einen Funken Interesse? Das Letztere, dachte er ... hoffte er ...

»Ihr seid meines Vaters Mann.«

»Sein *bester* Mann, und der bin ich stets gewesen.«

Stolz, dachte Theon. *Er ist eitel, das muss ich ausnutzen, sein Stolz ist der Schlüssel.* »Auf den Iron Islands gibt es keinen Mann, der so gut mit Speer und Schwert umgehen kann.«

»Lange warst du fort, Junge. Als du weggegangen bist, stimmte, was du sagst, aber ich bin in Lord Greyjoys Diensten alt geworden. Die Sänger nennen jetzt Andrik den Besten. Andrik den Ernsten nennen sie ihn. Ein Hüne von einem Mann. Er dient Lord Drumm von Old Wyk. Und der Schwarze Lorren und Qarl die Jungfrau sind fast genauso Furcht einflößend.«

»Dieser Andrik ist vielleicht ein guter Kämpfer, aber die Männer fürchten ihn lange nicht so sehr wie dich.«

»Ja, das stimmt«, antwortete Dagmer. Die Finger, die das Trinkhorn hielten, waren schwer beladen mit Ringen aus Gold, Silber und Bronze, die mit riesigen Saphiren, Granaten und Drachenglas besetzt waren. Für jeden Einzelnen davon hatte er den eisernen Preis bezahlt, das wusste Theon.

»Wenn ich einen Mann wie dich in meinen Diensten hätte, würde ich meine Zeit nicht mit diesen Kindereien wie Plündern und Brandschatzen verschwenden. Das ist keine Arbeit für Lord Balons besten Mann ...«

Dagmers Lächeln zog seine Lippen auseinander und entblößte die braunen Zahnstümpfe. »Und auch nicht für seinen Sohn?« Er johlte. »Ich kenne dich zu gut, Theon. Ich habe zugeschaut, wie du Laufen gelernt hast und habe dir deinen ersten Bogen gehalten. Wenn sich hier jemand unterschätzt fühlt, dann nicht ich.«

»Dem Recht nach hätte mir das Kommando meiner Schwester

zugestanden«, räumte er ein und fühlte sich unbehaglich, da ihm klar war, wie kleinlich sich das anhörte.

»Du nimmst diese ganze Sache zu ernst, Junge. Dein Hoher Vater kennt dich einfach nicht. Nachdem deine Brüder gefallen waren und du von den Wölfen entführt wurdest, war deine Schwester sein einziger Trost. Er hat gelernt, sich auf sie zu verlassen, und sie hat ihn niemals enttäuscht.«

»Ich auch nicht. Die Starks wussten um meinen Wert. Ich habe zu Brynden Blackfishs ausgewählten Kundschaftern gehört, und ich habe im Flüsterwald in der ersten Reihe gekämpft. Beinahe hätte ich mit dem Königsmörder selbst die Klingen gekreuzt.« Theon hielt seine Hände zwei Fuß weit auseinander. »Daryn Hornwood hat sich zwischen uns gedrängt und dafür mit dem Leben bezahlt.«

»Warum erzählst du mir das?«, fragte Dagmer. »Ich war es, der dir dein erstes Schwert in die Hand gedrückt hat. Ich weiß, dass du kein Feigling bist.«

»Und mein Vater?«

Der ergraute Krieger sah aus, als habe er auf etwas gebissen, das im ganz und gar nicht schmeckte. »Es ist doch nur . . . Theon, der junge Wolf ist dein Freund, und diese Starks hatten dich zehn Jahre lang in ihren Händen.«

»Ich bin kein Stark.« *Dafür hat Lord Eddard gesorgt.* »Ich bin ein Greyjoy, und ich will der Erbe meines Vaters sein. Wie kann ich das erreichen, wenn ich mich nicht mit einer großen Tat beweise?«

»Du bist jung. Es wird noch andere Kriege geben, und da wirst du deine Großtaten vollbringen. Im Augenblick haben wir Befehl, die Stony Shore zu plündern.«

»Soll das doch mein Onkel Aeron erledigen. Gebt ihm sechs Schiffe, alle außer der *Gischttrinker* und der *Seehure,* und er kann zu Ehren seines Gottes die ganze Küste niederbrennen.«

»Der Befehl wurde dir erteilt, nicht Aeron Feuchthaar.«

»Was macht das schon für einen Unterschied, solange nur geplündert wird? Keinem Priester würde das gelingen, was ich zu tun beabsichtige und worum ich Euch bitte. Ich habe etwas vor, das nur Dagmer Spaltkinn vollbringen kann.«

Dagmer trank einen großen Schluck Bier. »Na, dann erzähl mal.«

Er ist interessiert, dachte Theon. *Dieses Brandschatzen bereitet ihm auch keine Freude.* »Wenn meine Schwester eine Burg einnehmen kann, kann ich das auch.«

»Asha hat viermal so viele Männer.«

Theon gestattete sich ein verschlagenes Lächeln. »Aber wir haben viermal so viel Verstand und fünfmal so viel Mut.«

»Dein Vater –«

»– wird mir dankbar sein, wenn ich ihm sein Königreich übergebe. Ich habe etwas vor, über das die Harfenspieler noch tausend Jahre singen werden.«

Damit konnte er Dagmer ködern. Ein Sänger hatte ein Lied über die Axt verfasst, die Dagmer das Kinn gespalten hatte, und der alte Mann hörte es nur allzu gern. Wann immer er betrunken war, wollte er ein Lied hören, einen lauten und stürmischen Vers, der von toten Helden und tapferen Taten berichtete. *Sein Haar ist weiß, seine Zähne sind verfault, aber für den Ruhm ist er noch immer zu haben.*

»Und welche Rolle spiele ich in deinem Plan, Junge?«, fragte Dagmer Spaltkinn nach langer Pause, und Theon wusste, dass er gewonnen hatte.

»Furcht in die Herzen der Feinde säen, wie es nur einer mit Eurem Namen kann. Ihr nehmt den größeren Teil der Männer und marschiert nach Torrhen's Square. Helman Tallheart ist mit seinen besten Männern nach Süden gezogen, und Benfred ist hier mit den Söhnen dieser Männer gefallen. Bleibt also noch sein Onkel Leobald mit einigen wenigen Männern.« *Hätte ich Benfred verhören können, wüsste ich genau, wie wenige.* »Mach kein Geheimnis aus deinem Vormarsch. Singt all die tapferen Lieder, die Euch so sehr gefallen. Sie sollen die Tore ihrer Burg schließen.«

»Ist Torrhen's Square eine starke Festung.«

»Ziemlich stark. Die Mauern sind aus Stein, zehn Meter hoch, an jeder Ecke steht ein Turm.«

»Steinmauern brennen nicht. Wie sollen wir die Burg einnehmen? Wir haben nicht genug Männer, um auch nur eine kleine Feste zu stürmen.«

»Ihr werdet vor den Mauern lagern und Katapulte und Belagerungsmaschinen bauen.«

»Das entspricht nicht den alten Sitten. Hast du das vergessen? Eisenmänner kämpfen mit Schwertern und Äxten und nicht, indem sie Steine durch die Luft schleudern. Wenn man einen Feind aushungert, bedeutet das keine Ehre.«

»Leobald wird das nicht wissen. Wenn er Eure Belagerungstürme sieht, wird sein Altweiberblut erstarren, und er wird laut um Hilfe rufen. Eure Bogenschützen dürfen die Raben nicht abschießen, Onkel. Der Kastellan auf Winterfell ist ein tapferer Mann, aber im Alter ist sein Verstand ebenso unbeweglich geworden wie seine Knochen. Wenn er erfährt, dass einer der Vasallen seines Königs von dem fürchterlichen Dagmer Spaltkinn bedroht wird, ruft er seine Streitmacht zusammen und reitet Tallheart zu Hilfe. Das ist seine Pflicht. Ser Rodrik liebt nichts mehr als seine Pflicht.«

»Jede Truppe, die er ruft, wird größer sein als meine«, entgegnete Dagmer, »und diese alten Ritter sind ausgesprochen listig, sonst hätten sie ihr erstes graues Haar nicht erlebt. Du schickst uns in eine Schlacht, die zu gewinnen wir nicht hoffen dürfen, Theon. Torrhen's Square wird niemals fallen.«

Theon lächelte. »Ich will auch gar nicht Torrhen's Square einnehmen.«

ARYA

Lärm und Aufregung herrschten in der Burg. Männer standen auf den Ladeflächen von Wagen und luden Weinfässer, Getreidesäcke und Bündel neuer Pfeile auf. Schmiede richteten Schwerter aus, hämmerten Beulen aus Brustpanzern und beschlugen Schlachtrösser und Packtiere. Kettenhemden wurden in Sandfässer gesteckt und über den unebenen Boden des Fließsteinhofs gerollt, um das Metall blank zu scheuern. Weeses Frauen mussten zwanzig Umhänge flicken und hundert weitere waschen. Die Edlen und die Gemeinen versammelten sich in der Septe zum gemeinsamen Gebet. Vor den Mauern wurden Zelte und Pavillons abgebrochen. Knappen löschten die Lagerfeuer mit Wasser, während Soldaten ihre Wetzsteine hervorholten und ihre Klingen schärften. Der Lärm schwoll an wie eine Flut: Pferde schnaubten und wieherten, Lords brüllten Befehle, Soldaten fluchten, die Lagerhuren zankten sich.

Lord Tywin Lannister machte sich endlich zum Marsch bereit.

Ser Addam Marbrand war der erste Hauptmann, der aufbrach, einen Tag vor den anderen. Er machte ein Schauspiel daraus, wie er auf seinem roten Streitross, dessen Mähne die gleiche Farbe wie Ser Addams schulterlanges Haar hatte, zum Tor hinausritt. Das Pferd trug eine bronzefarbene Schabracke, die zum Umhang des Reiters passte und mit dem brennenden Baum bestickt war. Ein paar der Burgfrauen schluchzten, als er davonritt. Weese behauptete, er sei ein großartiger Reiter und Schwertkämpfer, Lord Tywins wagemutigster Kommandant.

Hoffentlich stirbt er, dachte Arya, während sie seinen Auszug und die zweireihige Kolonne hinter ihm beobachtete. *Hoffentlich sterben sie alle.* Sie würden gegen Robb kämpfen, das wusste sie. Aus den Gesprächen, die sie bei ihrer Arbeit belauschte, hatte sie auch von

Robbs großem Sieg im Westen erfahren. Er habe Lannisport niedergebrannt, behaupteten manche, oder jedenfalls habe er das vorgehabt. Er habe Casterly Rock eingenommen und alle Bewohner niedergemetzelt, oder er belagere den golden Tooth ... jedenfalls war *irgendetwas* passiert, so viel war sicher.

Weese ließ sie von früh bis spät Botengänge erledigen. Ein paarmal kam sie auf diese Weise sogar aus der Burg heraus, in den Schlamm und das Durcheinander des Lagers. *Ich könnte fliehen,* dachte sie, während ein Wagen an ihr vorbeirumpelte. *Ich könnte hinten auf die Ladefläche springen und mich verstecken oder mich zu den Marketenderinnen gesellen, niemand würde mich aufhalten.* Vermutlich hätte sie es auch getan, wäre Weese nicht gewesen. Er erzählte ihnen immer wieder, was er mit jedem anstellen würde, der einen Fluchtversuch wagte. »Ihr werdet nicht verprügelt, oh nein. Ich selbst lege überhaupt nicht Hand an euch. Ich übergebe euch dem Mann aus Qohor, dem Krüppelmacher. Vargo Hoat heißt er, und wenn er zurückkommt, schneidet er euch die Füße ab.« *Vielleicht, wenn Weese tot wäre,* dachte Arya ... jedoch nicht, wenn er in der Nähe war. Er sah einen einfach nur an und wusste, was man dachte, zumindest behauptete er das immer.

Weese konnte sich allerdings nicht vorstellen, dass Arya lesen konnte, daher gab er sich nie die Mühe, die Nachrichten zu versiegeln. Arya las sie alle, doch sie waren belanglos, nur so dummes Zeug wie: Schickt diesen Wagen zum Speicher und jenen zur Waffenkammer. Mit einem der Briefe wollte er Spielschulden eines Ritters eintreiben, doch der Mann konnte nicht lesen. Als sie ihm den Inhalt erklärte, wollte der Kerl sie schlagen, doch Arya duckte sich, schnappte sich ein silberverziertes Trinkhorn von seinem Sattel und rannte davon. Der Ritter brüllte und rannte hinter ihr her, doch sie schlüpfte zwischen zwei Wagen hindurch, drängte sich durch eine Gruppe Bogenschützen und sprang über einen Latrinengraben. In seiner Rüstung würde er nicht mithalten können. Als sie Weese das Horn reichte, sagte dieser, ein schlaues kleines Wiesel wie sie habe eine Belohnung verdient. »Ich habe mir für heute Abend zum Essen einen fetten, knusprigen Kapaun ausgesucht. Den werden wir uns teilen, du und ich. Wird dir schmecken.«

Überall, wohin sie ging, suchte Arya nach Jaqen H'ghar, denn sie wollte ihm noch einen weiteren Namen zuflüstern, bevor alle, die sie hasste, außer Reichweite waren, doch inmitten des Durcheinanders war der Lorathi nirgends zu entdecken. Er schuldete ihr noch immer zwei Tote, und sie fürchtete, dass sie diese niemals bekommen würde, wenn er mit den anderen in die Schlacht zog. Schließlich brachte sie ihren ganzen Mut auf und fragte eine der Torwachen, ob er schon aufgebrochen sei. »Ist das einer von Lorchs Männern?«, fragte die Wache zurück. »Dann wird er nicht ausrücken. Seine Lordschaft hat Ser Armory zum Kastellan von Harrenhal bestellt. Der ganze Haufen bleibt hier und hält die Burg. Der Blutige Mummenschanz wird ebenfalls zurückbleiben und sich um die Vorräte kümmern. Diese Ziege Vargo Hoat wird vermutlich Gift und Galle spucken; er und Lorch können sich nicht ausstehen.«

Der Reitende Berg würde allerdings mit Lord Tywin ausziehen. Er befehligte die Vorhut in der Schlacht, und damit wären Dunsen, Polliver und Raff ihrem Zugriff entzogen, wenn sie Jaqen nicht fand und ihn einen von ihnen vor ihrem Aufbruch umbringen ließ.

»Wiesel«, sagte Weese an diesem Nachmittag, »geh zur Waffenkammer und sag Lucan, Ser Lyonel hat bei den Übungen sein Schwert beschädigt und braucht ein neues. Hier ist der Befehl.« Er reichte ihr ein viereckiges Stück Papier. »Beeil dich, er soll mit Ser Kevan Lannister reiten.«

Arya nahm das Papier und rannte los. Die Waffenkammer grenzte an die Burgschmiede, ein langes tunnelartiges Gebäude mit hohem Dach, an dessen Wänden sich zwanzig Essen, Ambosse und große Wassertröge befanden, in denen der Stahl gehärtet wurde. An der Hälfte der Essen wurde gearbeitet, als sie eintrat. Von den Wänden hallte das Scheppern der Hammerschläge wider, und stämmige Männer mit Lederschürzen standen schwitzend in der Hitze über ihre Balgen und Ambosse gebeugt. Sie entdeckte Gendry, dessen nackte Brust von Schweiß glänzte, doch die blauen Augen unter dem schwarzen Haar hatten noch immer den gleichen störrischen Blick, an den sie sich erinnerte. Arya wusste nicht recht, ob sie überhaupt mit ihm sprechen wollte. Es war seine Schuld, dass sie alle gefangen genommen worden waren. »Wer ist Lucan?« Sie streckte ihm das Papier entgegen. »Ich soll ein neues Schwert für Ser Lyonel holen.«

»Vergiss Ser Lyonel.« Er zog sie am Arm beiseite. »Letzte Nacht hat Heiße Pastete mich gefragt, ob ich gehört hätte, wie du damals bei dem Kampf im Bergfried *Winterfell* gerufen hast, als wir auf der Mauer standen.«

»Hab ich doch gar nicht.«

»Hast du doch. Ich hab's gehört.«

»Alle haben irgendetwas gerufen«, rechtfertigte sich Arya. »Heiße Pastete hat *Heiße Pastete* geschrien. Und zwar mindestens hundertmal.«

»Was mich interessiert, ist, was *du* gerufen hast. Ich habe Heiße Pastete gesagt, er solle sich mal die Ohren waschen, du hättest *Geht zur Hölle!* gerufen. Wenn er dich danach fragt, antwortest du am besten das Gleiche.«

»Gut«, erwiderte sie, obwohl sie *Geht zur Hölle!* für einen blöden Schlachtruf hielt. Dennoch wagte sie es nicht, Heiße Pastete zu erzählen, wer sie wirklich war. *Vielleicht sollte ich Jaqen Heiße Pastetes Namen zuflüstern.*

»Ich hole Lucan«, sagte Gendry.

Lucan grunzte, während er das Schreiben las (obwohl Arya eher glaubte, er könne gar nicht lesen), und holte ein schweres Langschwert. »Das hier ist zu gut für dieses Rindvieh, und richte ihm aus, dass ich das gesagt habe«, trug er ihr auf und reichte ihr die Waffe.

»Das mache ich«, log sie. Wenn sie das wirklich täte, würde Weese sie dafür grün und blau prügeln. Sollte Lucan seine Beleidigungen doch selbst loswerden.

Das Langschwert war wesentlich schwerer als Needle, doch Arya gefiel es. Mit dem Gewicht in den Händen fühlte sie sich stärker. *Ich bin zwar vielleicht keine Wassertänzerin, aber eine Maus bin ich auch nicht. Eine Maus könnte mit einem solchen Schwert nicht umgehen, ich jedoch schon.* Das Tor stand offen, Soldaten kamen und gingen, Wagen rollten leer herein und ächzten und schwankten beim Hinausfahren unter ihrer Last. Sie dachte daran, in die Stallungen zu gehen und zu behaupten, Ser Lyonel wolle ein neues Pferd. Sie hatte das Papier, und die Stallburschen konnten bestimmt nicht besser lesen als Lucan. *Mit dem Schwert und dem Pferd könnte ich einfach hinausreiten. Wenn die Wachen mich anhalten, würde ich ihnen das Papier zeigen und behaupten, ich soll die Sachen zu Ser Lyonel bringen.* Sie hatte keine Ahnung, wie dieser Ser Lyonel aussah oder wo sie ihn finden könnte. Falls man sie ausfragte, würde das herauskommen, und dann würde Weese . . . Weese . . .

Während sie auf ihrer Unterlippe herumkaute und nicht darüber nachzudenken versuchte, wie es wohl war, wenn einem die Füße abgeschnitten wurden, ging eine Gruppe Bogenschützen in Lederwams und Eisenhelmen vorbei. Die Bögen hatten sie über die Schultern geschlungen. Arya hörte Fetzen ihres Gesprächs.

». . . Riesen, sag ich dir, er hat *Riesen*, die sechs Meter groß sind und von jenseits der Mauer kommen. Die folgen ihm wie Hunde . . .«

». . . nicht natürlich, die sind so schnell über sie hergefallen, bei Nacht. Er ist mehr Wolf als Mensch, wie alle Starks . . .«

». . . scheiß auf deine Wölfe und Riesen, der Junge würde sich in die Hose machen, wenn er wüsste, dass wir kommen. Er war nicht einmal Manns genug, nach Harrenhal zu marschieren. Stattdessen ist er in die andere Richtung gezogen, oder nicht? Jetzt würde er abhauen, wenn er wüsste, was gut für ihn ist.«

»Das sagst du jetzt, aber möglicherweise weiß der Junge etwas, das wir nicht wissen, vielleicht sollten wir lieber selbst abhauen . . .«

Ja, dachte Arya. *Ja, ihr seid es, die besser davonlaufen sollten, ihr und Lord Tywin und der Reitende Berg und Ser Addam und Ser Armory und dieser dumme Ser Lyonel, wer immer das ist, ihr alle solltet lieber davonlaufen, oder mein Bruder wird euch töten, er ist ein Stark, er ist mehr Wolf als Mensch, und ich ebenso.*

»Wiesel.« Weeses Stimme knallte wie eine Peitsche. Sie sah gar nicht, aus welcher Richtung er kam, plötzlich stand er einfach vor ihr. »Gib her. Du hast lange genug gebraucht.« Er riss ihr das Schwert aus der Hand und versetzte ihr einen Schlag. »Nächstes Mal machst du ein bisschen schneller.«

Einen Augenblick lang war sie wieder ein Wolf gewesen, doch Weeses Ohrfeige machte alles zunichte und hinterließ nur den Geschmack ihres eigenen Blutes in ihrem Mund. Sie hatte sich auf die Zunge gebissen. Dafür hasste sie ihn.

»Willst du noch eine?«, wollte Weese wissen. »Kannst du haben. Solche unverschämten Blicke will ich von dir nicht sehen. Geh runter ins Brauhaus und sag Tuffleberry, ich hätte zwei Dutzend Fässer für ihn, aber er solle seine Burschen schnell schicken, sonst finde ich jemanden, der sie dringender braucht.« Arya rannte davon, doch nicht schnell genug für Weese. »Lauf schneller, wenn du heute Abend etwas zu essen haben willst«, schrie er und hatte schon vergessen, dass er ihr ein Stück knusprigen Kapauns versprochen hatte. »Und verirr dich nicht wieder, sonst schlag ich dich windelweich, das schwöre ich.«

Das wirst du nicht tun, dachte Arya. *Nie wieder.* Doch sie rannte. Die alten Götter des Nordens mussten ihre Schritte gelenkt haben. Auf halbem Weg zum Brauhaus, als sie gerade unter der Brücke zwischen dem Witwenturm und dem Königsbrandturm war, hörte sie lautes grölendes Gelächter. Rorge kam mit drei anderen Männern um die Ecke. Der Mantikor von Ser Armory war über ihren Herzen aufgestickt. Als er sie bemerkte, blieb er stehen und grinste, wobei er seine schiefen braunen Zähne zeigte. Über der Nase trug er einen Lederflicken, um das Loch zu verbergen. »Yorens kleines Flittchen«, nannte er sie. »Schätze, wir wissen, wozu dieser schwarze Bastard dich auf der Mauer haben wollte, was?« Er lachte erneut, und die anderen fielen mit ein. »Na, wo hast du jetzt deinen Stock?«, wollte Rorge plötzlich wissen, und das Lächeln war so rasch verschwunden, wie es erschienen war. »Habe ich dir nicht versprochen, dich damit zu vögeln?« Er trat einen Schritt auf sie zu. Arya wich zurück. »Ach, jetzt wo ich keine Ketten mehr trage, bist du nicht mehr so mutig, was?«

»Ich habe dich *gerettet.*« Sie hielt einen guten Meter Abstand zwischen sich und ihm und machte sich bereit, schnell wie eine Schlange davonzurennen, wenn er nach ihr greifen sollte.

»Dafür hast du dir ein zweites Mal Vögeln verdient, was? Hat Yoren deine kleine Muschi bedient, oder gefiel ihm dein enges kleines Arschloch besser?«

»Ich suche nach Jaqen«, antwortete sie. »Ich habe eine Nachricht für ihn.«

Rorge zögerte. Seine Augen flackerten . . . hatte er Angst vor Jaqen H'ghar? »Im Badehaus. Geh mir aus dem Weg.«

Arya wirbelte herum und rannte los, rasch wie ein Reh, und ihre Füße flogen über das Pflaster, während sie zum Badehaus eilte. Sie fand Jaqen in einer Wanne, und eine Dampfwolke stieg um ihn auf, als ein Dienstmädchen ihm heißes Wasser über den Kopf goss. Sein langes Haar, rot auf der einen Seite, weiß auf der anderen, fiel ihm nass und schwer über die Schultern.

Sie stahl sich leise wie ein Schatten an ihn heran, trotzdem öffnete er die Augen. »Schleicht sich auf Mäusefüßen an, aber der Mann hört es doch«, sagte er. *Warum hat er mich gehört?*, fragte sie sich, und scheinbar hatte er die Frage ebenfalls verstanden. »Das Leder deiner Schuhe singt laut wie Kriegshörner, wenn der Mann nur die Ohren aufsperrt. Kluge Mädchen gehen barfuß.«

»Ich habe eine Nachricht.« Arya beobachtete die Magd unsicher. Da sie offensichtlich nicht die Absicht hegte zu gehen, beugte sich Arya vor, bis ihr Mund fast seine Ohren berührte. »Weese«, flüsterte sie.

Jaqen H'ghar schloss abermals die Augen und schwebte träge und halb schlafend im Wasser. »Sag seiner Lordschaft, der Mann werde ihm bei Gelegenheit zu Diensten sein.« Plötzlich bewegte er die Hand und spritze heißes Wasser nach Arya, und sie musste hastig zur Seite springen, um nicht nass zu werden.

Als sie Tuffleberry die Nachricht von Weese überbrachte, fluchte der Brauer laut. »Sag Weese, meine Jungs hätten schon genug zu tun, und sag ihm dazu, er sei ein pockennarbiger Bastard und eher würden die Sieben Höllen zufrieren, als dass er noch ein einziges Horn Bier von mir bekommt. Entweder habe ich die Fässer innerhalb einer Stunde hier, oder Lord Tywin wird von der Geschichte erfahren, das wollen wir doch mal sehen.«

Weese fluchte genauso, als Arya mit der Antwort kam, obwohl sie den Teil mit dem pockennarbigen Bastard ausließ. Er rauchte vor Zorn und stieß wilde Drohungen aus, doch am Ende trieb er sechs Männer auf und schickte sie knurrend los, die Fässer ins Brauhaus zu bringen.

Das Essen an diesem Abend bestand aus Eintopf mit Gerste, Zwiebeln und Karotten, dazu gab es einen Kanten alten braunen Brotes. Eine der Frauen hatte begonnen, in Weeses Bett zu schlafen, und sie bekam ein Stück reifen blauen Käse dazu und einen Flügel von dem Kapaun, von dem Weese am Morgen gesprochen hatte. Den Rest aß er ganz allein, wobei ihm das Fett glänzend zwischen den Furunkeln in seinen Mundwinkel hinunterlief. Der Vogel war beinahe schon verspeist, als er von seinem Teller aufsah und Aryas Starren bemerkte. »Wiesel, komm her.«

Ein wenig dunkles Fleisch hing noch an dem einen Schenkel. *Er hat's vergessen, aber jetzt ist es ihm wieder eingefallen,* dachte Arya. Schon hatte sie ein schlechtes Gewissen, weil sie Jaqen aufgetragen hatte, ihn zu töten. Sie erhob sich von der Bank und ging zum Kopf des Tisches.

»Ich habe gesehen, wie du mich angestarrt hast.« Weese wischte sich die Finger an ihrer Schürze ab. Dann packte er sie mit einer Hand an der Kehle und schlug ihr mit der anderen ins Gesicht. »Was habe ich euch gesagt?« Er schlug abermals zu, diesmal mit dem Handrücken. »Haltet die Augen schön gesenkt, oder ich verfüttere euch an meine Hündin.« Er stieß sie fort, und sie landete auf dem Boden. Der Saum ihres Kleids verfing sich an einem Nagel der Bank und zerriss. »Das wirst du flicken, ehe du schlafen gehst«, befahl Weese und stopfte sich das letzte Fleisch des Kapauns in den Mund. Nachdem er fertig war, leckte er sich lautstark die Finger ab und warf die Knochen dem hässlichen Hund zu.

»Weese«, flüsterte Arya in dieser Nacht, während sie sich über den Riss ihn ihrem Kleid beugte, »Dunsen, Polliver, Raff der Liebling«, sagte sie und zählte für jeden Stich mit der Knochennadel durch die ungefärbte Wolle einen Namen auf. »Der Kitzler und der Bluthund. Ser Gregor, Ser Armory, Ser Ilyn, Ser Meryn, König Joffrey, Königin Cersei.« Sie fragte sich, wie oft sie wohl Weese noch in ihr Gebet einschließen musste, und schlief mit dem Gedanken ein, dass er morgen, wenn sie erwachte, womöglich bereits tot sein würde.

Doch es war Weeses Stiefelspitze, die sie wie immer weckte. Heute würde der Hauptteil von Lord Tywins Heer aufbrechen, erklärte er ihnen, während sie ihre Haferkekse zum Frühstück aßen. »Glaubt ja nicht, ihr könntet faul herumsitzen, wenn M'lord Lannister ins Feld gezogen ist«, warnte er. »Die Burg wird dadurch nicht kleiner, das verspreche ich euch, nur werden weniger Leute da sein, um die Arbeit zu erledigen. Jetzt werdet ihr Faulpelze endlich lernen, was richtige Arbeit ist.«

Aber du wirst es uns nicht beibringen. Arya nahm ihren Haferkeks. Weese starrte sie stirnrunzelnd an, als habe er ihr Geheimnis gerochen. Rasch senkte sie den Blick auf ihr Essen und wagte nicht, ihn noch einmal zu heben.

Bleiches Licht erhellte den Hof, als Lord Tywin Harrenhal verließ. Arya sah von einem Bogenfenster in der Mitte des Klageturms zu. Sein Streitross trug eine Decke aus emaillierten purpurroten Schuppen und einen vergoldeten Kopfschutz, während Lord Tywin selbst einen dicken Hermelinmantel angelegt hatte. Sein Bruder Ser Kevan sah beinahe genauso prächtig aus. Nicht weniger als vier Standartenträger marschierten vor ihnen her und trugen die riesigen purpurroten Banner mit dem goldenen Löwen. Hinter den Lannisters folgten ihre höchsten Lords und Hauptleute. Ihre Banner wehten und knatterten im Wind und boten dem Auge ein Schauspiel bunter Farben: roter Ochse und goldener Berg, purpurfarbenes Einhorn und Zwerghahn, gestromter Eber und Dachs, silbernes Frettchen und Jongleur in Karos, Sterne und Sonnen, Pfau und Panter, Winkel und Dolch, schwarze Haube und blauer Käfer und grüner Pfeil.

Als Letzter kam Ser Gregor Clegane in seiner grauen Rüstung auf einem Hengst, der genauso schlechte Laune zu haben schien wie sein Reiter. Polliver ritt an seiner Seite und hielt das Banner mit dem schwarzen Hund. Auf seinem Kopf saß Gendrys gehörnter Helm. Er war ein großer Mann, doch in Gegenwart seines Herrn wirkte er wie ein halbwüchsiger Junge.

Ein Schauer kroch Arya den Rücken hinunter, während sie zuschaute, wie sie unter dem großen eisernen Fallgatter von Harrenhal hindurchritten. Plötzlich wusste sie, was für einen fürchterlichen Fehler sie begangen hatte. *Ich bin so dumm,* dachte sie. Weese war nicht wichtig, und Chiswyck ebenso wenig. *Die da unten* waren die Männer, auf die es ankam, diejenigen, die sie hätte töten lassen sollen. Letzte Nacht hätte sie jeden von ihnen totflüstern können, wenn sie nur nicht so wütend auf Weese gewesen wäre, weil der sie geschlagen und wegen des Kapauns belogen hatte. *Lord Tywin, warum habe ich nicht Lord Tywin gesagt?*

Vielleicht war es noch nicht zu spät, ihre Meinung zu ändern. Wenn sie Jaqen rasch fand und es ihm sagte ...

Rasch rannte Arya die Wendeltreppe hinunter und hatte ihre Arbeit ganz vergessen. Sie hörte das Rasseln von Ketten, als das Fallgatter geschlossen wurde und seine Spitzen tief im Boden versanken ... und dann einen anderen Laut, einen Schrei der Angst und des Schmerzes.

Ein Dutzend Leute waren vor ihr da. Arya drängte sich zwischen ihnen hindurch. Weese lag mit ausgebreiteten Armen auf dem Pflaster, seine Kehle war ein einziges rotes Loch, seine Augen starrten blicklos in die grauen Wolken. Seine hässlicher gefleckter Hund stand auf seiner Brust, leckte an dem Blut, das aus der Wunde spritzte, und riss hin und wieder einen Bissen Fleisch aus dem Gesicht des Toten.

Endlich holte jemand eine Armbrust und erschoss den Hund, während er sich an einem von Weeses Ohren gütlich tat.

»Nicht zu fassen«, sagte jemand. »Er hatte die Hündin schon, als sie noch ein Welpe war.«

»Dieser Ort ist verflucht«, sagte der Mann mit der Armbrust.

»Das war Harrens Geist, der war das«, sagte Gevatterin Amabel. »Ich werde hier keine Nacht länger schlafen, das schwöre ich.«

Arya löste den Blick von der Leiche und dem toten Hund. Jaqen H'ghar lehnte an der Wand des Klageturms. Als er ihren Blick bemerkte, hob er die Hand und legte wie zufällig zwei Finger an die Wange.

CATELYN

Zwei Tagesritte vor Riverrun entdeckte sie ein Kundschafter, während sie die Pferde an einem schlammigen Bach tränkten. Catelyn war noch nie zuvor so froh gewesen, das Wappen mit den Zwillingstürmen des Hauses Frey zu sehen.

Auf ihre Bitte hin, sie zu ihrem Onkel zu führen, sagte der Mann: »Der Blackfish ist mit dem König nach Westen gezogen, Mylady. Martyn Rivers hat an seiner Stelle den Befehl über die Späher.«

»Ich verstehe.« Sie hatte Rivers auf den Twins kennen gelernt; er war ein Abkömmling von Lord Walder Frey und der Halbbruder von Ser Perwyn. Dass Robb das Heer der Lannisters angegriffen hatte, überraschte sie nicht; darüber hatte er vermutlich gerade nachgedacht, als er sie zu den Verhandlungen mit Renly geschickt hatte. »Wo hält sich Rivers im Augenblick auf?«

»Sein Lager ist zwei Stunden entfernt, Mylady.«

»Bringt uns zu ihm«, befahl sie. Brienne half ihr in den Sattel, und der Ritt ging weiter.

»Kommt Ihr von Bitterbridge, Mylady?«, fragte der Kundschafter.

»Nein.« Sie hatte den Ort gemieden. Jetzt, wo Renly tot war, hatte sie nicht gewusst, was für einen Empfang ihr die junge Witwe und deren Beschützer bereiten würden. Stattdessen waren sie mitten durch den Krieg geritten, durch die fruchtbaren Flusslande, die sich nach dem Wüten der Lannisters in eine schwarze Wüste verwandelt hatten, und jede Nacht kehrte ihre Vorhut mit Berichten zurück, bei denen sich ihr der Magen umdrehte. »Lord Renly ist ermordet worden«, fügte sie hinzu.

»Wir hatten gehofft, diese Geschichte wäre eine Lüge der Lannisters, oder –«

»Ich wollte, es wäre so. Hat mein Bruder den Befehl in Riverrun?«

»Ja, Mylady. Seine Gnaden hat Ser Edmure zurückgelassen, damit er Riverrun hält und ihm den Rücken deckt.«

Mögen ihm die Götter die nötige Kraft schenken, dachte Catelyn. *Und auch die entsprechende Weisheit.* »Gibt es Nachrichten aus dem Westen von Robb?«

»Habt Ihr es noch nicht gehört?« Der Mann schien überrascht. »Seine Gnaden haben einen großen Sieg bei Oxcross errungen. Ser Stafford Lannister ist tot, sein Heer niedergeworfen.«

Ser Wendel Manderly jubelte vor Freude, doch Catelyn nickte nur. Die zukünftigen Prüfungen interessierten sie mehr als die Triumphe der Vergangenheit.

Martyn Rivers hatte sein Lager in den Ruinen eines Bergfrieds errichtet, neben einem Stall ohne Dach und hundert frischen Gräbern. Als Catelyn abstieg, sank er auf ein Knie nieder. »Gut getroffen, Mylady. Euer Bruder hat uns aufgetragen, nach Euch Ausschau zu halten und Euch in aller Eile nach Riverrun zu geleiten, falls wir auf Euch stoßen.«

Catelyn durchfuhr ein Stich bei diesen Worten. »Wegen meines Vaters?«

»Nein, Mylady. Lord Hosters Zustand hat sich nicht verändert.« Rivers hatte ein rosiges Gesicht, er ähnelte seinen Halbbrüdern nur wenig. »Wir haben lediglich gefürchtet, Ihr könntet womöglich von Vorreitern der Lannisters überrascht werden. Lord Tywin hat Harrenhal verlassen und marschiert mit seinem ganzen Heer nach Westen.«

»Erhebt Euch«, sagte sie zu Rivers und runzelte die Stirn. Stannis Baratheon würde auch bald unterwegs sein, mochten die Götter ihnen allen helfen. »Wie viel Zeit bleibt uns, bis Lord Tywin eintrifft?«

»Drei Tage, vielleicht vier, schwer zu sagen. Wir haben überall entlang der Straßen Augen und Ohren postiert, aber es wäre besser, nicht zu verweilen.«

Das taten sie auch nicht. Rivers brach rasch das Lager ab und sattelte sein Pferd, und bald ging es weiter, nun fast fünfzig Mann, die unter dem Schattenwolf, der springenden Forelle und den Zwillingstürmen ritten.

Ihre Männer wollten mehr über Robbs Sieg bei Oxcross erfahren, und Rivers erfüllte ihnen ihren Wunsch. »Nach Riverrun ist ein Sänger gekommen, Rymund der Reimer, und er hat ein Lied über die Schlacht verfasst. Heute Abend werdet Ihr es gewiss hören, Mylady. ›Wolf in der Nacht‹ nennt Rymund es.« Er berichtet darüber, wie der Rest von Ser Staffords Heer sich nach Lannisport zurückgezogen hatte. Ohne Belagerungsmaschinen war es unmöglich, Casterly Rock zu stürmen, und der Junge Wolf zahlte den Lannisters nun die Verwüstung der Flusslande heim. Die Lords Karstark und Glover plünderten die Küste, Lady Mormont hatte tausend Rinder erbeutet und trieb sie nun nach Riverrun, derweil der Greatjon die Goldminen in Castamere, Nunn's Deep und Pendric Hills besetzt hatte. Ser Wendel lachte. »Nichts ist für einen Lannister ein größerer Schlag, als wenn man sein Gold bedroht.«

»Wie konnte der König am Tooth vorbeikommen?«, fragte Ser Perwyn Frey seinen Bastardbruder. »Die Festung ist stark und sichert die Bergstraße.«

»Er hat diese Straße gar nicht genommen. In der Nacht ist er um den Tooth herumgeschlichen. Der Schattenwolf, dieser Grey Wind, hat ihm den Weg gezeigt. Das Tier hat einen Ziegenpfad entdeckt, der sich durch einen Hohlweg und über einen Bergkamm schlängelt, ein enger und steiniger Weg, gerade breit genug, damit man in Kolonne einzeln hintereinander darauf reiten kann. Die Lannisters in ihren Wachtürmen haben Seine Gnaden überhaupt nicht zu Gesicht bekommen.« Rivers senkte die Stimme. »Manche behaupten, nach der Schlacht habe der König Stafford Lannister das Herz herausgeschnitten und an den Wolf verfüttert.«

»Solche Geschichten würde ich nicht glauben«, erwiderte Catelyn scharf. »Mein Sohn ist kein Barbar.«

»Wie Ihr meint, Mylady. Immerhin hätte es das Tier verdient gehabt. Das ist kein gewöhnlicher Wolf, bestimmt nicht. Vom Greatjon hat man gehört, dass die alten Götter des Nordens Euren Kindern diese Schattenwölfe geschickt haben.«

Catelyn erinnerte sich an den Tag, an dem ihre Jungen die Welpen im Schnee des Spätsommers gefunden hatten. Es waren fünf gewesen, drei Männchen und zwei Weibchen für die ehelichen Kinder des Hauses Stark ... und ein sechster mit weißem Pelz und roten Augen, für Neds Bastardsohn Jon. *Keine gewöhnlichen Wölfe,* dachte sie. *Nein, bestimmt nicht.*

Nachdem sie an diesem Abend das Lager aufgeschlagen hatten, suchte Brienne sie in ihrem Zelt auf. »Mylady, Ihr seid sicher wieder bei den Euren angelangt, einen Tagesritt vor der Burg Eures Bruders. Gebt mir die Erlaubnis, Euch zu verlassen.«

Catelyn hätte eigentlich nicht überrascht sein sollen. Die keineswegs hübsch zu nennende junge Frau hatte sich im Verlauf der Reise sehr zurückgezogen und sich meist mit den Pferden beschäftigt, sie gestriegelt und ihnen Steine aus den Hufen gekratzt. Sie hatte Shadd beim Kochen geholfen und auch Wild ausgenommen, und bald hatte sie sich zudem als gute Jägerin erwiesen. Jede Aufgabe, die Catelyn Brienne anvertraute, erledigte sie ordentlich und ohne zu murren, und sprach man sie an, antwortete sie höflich, doch niemals unterhielt sie sich, niemals weinte oder lachte sie. Tagsüber war sie mit ihnen geritten und hatte nachts bei ihnen geschlafen, dennoch war sie keine von ihnen geworden.

Genauso ist es ihr ergangen, als sie noch bei Renly war, schoss es Catelyn durch den Kopf. *Beim Fest, beim Turnier, sogar in Renlys Pavillon mit ihren Brüdern von der Regenbogengarde. Die Mauern um sie herum sind höher als die von Winterfell.*

»Wenn Ihr uns verlasst, wohin werdet Ihr gehen?«, fragte Catelyn sie.

»Zurück«, antwortete Brienne. »Nach Storm's End.«

»Allein.« Das war keine Frage.

Das breite Gesicht war wie ein stilles Wasser, es gab mit keiner Miene preis, was in den Tiefen dahinter vor sich gehen mochte. »Ja.«

»Ihr beabsichtigt, Stannis zu töten.«

Brienne schloss die dicken schwieligen Finger um das Heft ihres Schwertes. Die Waffe hatte einst ihrem König gehört. »Ich habe einen Eid geschworen. Dreimal. Ihr habt ihn bezeugt.«

»Ja«, räumte Catelyn ein. Das Mädchen hatte den Regenbogenmantel behalten, als sie den Rest ihrer blutbefleckten Kleider fortgeworfen hatte. Briennes Habseligkeiten waren bei der Flucht zurückgeblieben, und sie war gezwungen gewesen, sich mit Stücken aus Ser Wendels nicht eben umfangreicher Garderobe zu behelfen, da sonst niemand aus der Gesellschaft so große Kleidung trug wie sie. »Einen Eid muss man halten, dem stimme ich zu, aber Stannis hat ein großes Heer um sich versammelt, und seine Garde hat geschworen, ihn zu beschützen.«

»Ich fürchte mich nicht vor seiner Garde. Ich bin so gut wie jeder von ihnen. Wäre ich nur nie geflohen.«

»Bekümmert es Euch, dass irgendein Narr Euch einen Feigling nennen könnte?« Sie seufzte. »Renlys Tod war nicht Eure Schuld. Ihr habt ihm tapfer gedient, doch damit, ihm ins Grab zu folgen, dient Ihr niemandem.« Sie streckte die Hand aus, um dem Mädchen so viel Trost zu geben, wie eine Berührung geben konnte. »Ich weiß, wie schwer es ist –«

Brienne schüttelte ihre Hand ab. »Das weiß niemand.«

»Ihr irrt Euch«, erwiderte Catelyn scharf. »Jeden Morgen, wenn ich erwache, erinnere ich mich daran, dass Ned nicht mehr da ist. Ich kann nicht mit einem Schwert umgehen, aber deshalb träume ich trotzdem davon, nach King's Landing zu reiten, meine Hände um Cersei Lannisters weißen Hals zu legen und zuzudrücken, bis ihr Gesicht blau wird.«

›Die Schöne‹ hob den Blick, und die Augen waren das Einzige an ihr, das tatsächlich schön war. »Wenn Ihr solche Träume habt, warum wollt Ihr mich dann zurückhalten? Wegen dem, was Stannis bei der Unterredung gesagt hat?«

Ist es wirklich deswegen? Catelyn ließ den Blick über das Lager schweifen. Zwei Wachen patrouillierten mit Speeren in der Hand. »Man hat mich gelehrt, dass gute Menschen das Böse in dieser Welt bekämpfen müssen, und Renlys Tod war zweifellos etwas Böses. Doch man brachte mir ebenfalls bei, dass die Götter Könige machen und nicht die Schwerter der Menschen. Falls Stannis unser rechtmäßiger König ist –«

»Das ist er nicht. Robert selbst war nicht der rechtmäßige König, das hat sogar Renly immer gesagt. Jaime Lannister hat den rechtmäßigen König *ermordet,* nachdem Robert seinen Erben am Trident erschlagen hatte. Wo waren die Götter damals? Die Götter scheren sich nicht um die Menschen, genauso wenig wie Könige um ihre Untertanen.«

»Ein guter König doch.«

»Lord Renly ... Seine Gnaden, er ... er wäre der beste König geworden, Mylady, er war so gut, er ...«

»Er ist tot, Brienne«, sagte sie, so sanft es ihr möglich war. »Stannis und Joffrey sind noch am Leben ... und auch mein Sohn.«

»Er würde doch nie ... Ihr würdet doch nie Frieden mit Stannis schließen, nicht wahr? Das Knie beugen? Ihr würdet nicht ...«

»Ich will Euch die Wahrheit sagen, Brienne. Ich weiß es nicht. Mein Sohn mag ein König sein, aber ich bin keine Königin ... nur eine Mutter, die um die Sicherheit ihrer Kinder besorgt ist.«

»Zur Mutter bin ich nicht geschaffen. Ich muss kämpfen.«

»Dann kämpft ... für die Lebenden, nicht für die Toten. Renlys Feinde sind auch Robbs Feinde.«

Brienne starrte auf den Boden und scharrte mit den Füßen. »Ich kenne Euren Sohn nicht, Mylady.« Sie blickte auf. »Euch könnte ich dienen. Wenn Ihr mich nehmen würdet.«

Catelyn erschrak. »Warum ich?«

Die Frage schien Brienne Unbehagen zu bereiten. »Ihr habt mir geholfen. In dem Pavillon ... als sie glaubten, ich hätte ... ich hätte ...«

»Ihr wart unschuldig.«

»Trotzdem hättet Ihr das nicht zu tun brauchen. Ihr hättet zusehen können, wie sie mich töten. Was habe ich Euch schon bedeutet?«

Vielleicht wollte ich nur nicht die Einzige sein, die das dunkle Geheimnis dessen kennt, was dort geschehen ist, dachte Catelyn. »Brienne, ich habe im Laufe der Jahre viele hochgeborene Damen in meinen Diensten gehabt, jedoch nie jemanden wie Euch. Ich bin keine Heerführerin.«

»Nein, aber dennoch besitzt Ihr Mut. Wenn auch nicht den Mut, den die Schlacht erfordert ... ich weiß nicht ... eher eine Art *weiblichen* Mut. Und ich glaube, wenn die Zeit gekommen ist, werdet Ihr mich nicht zurückhalten. Versprecht mir das. Dass Ihr mich nicht von Stannis zurückhalten werdet.«

Noch immer hatte Catelyn Stannis' Worte im Ohr, auch Robb würde eines Tages an die Reihe kommen. Sie waren wie ein kalter Atemhauch in ihrem Nacken. »Wenn die Zeit kommt, werde ich Euch nicht zurückhalten.«

Das hoch gewachsene Mädchen kniete unbeholfen nieder, zog Renlys Langschwert aus der Scheide und legte es Catelyn zu Füßen. »Dann gehöre ich Euch, Mylady. Ich bin Euer Gefolgsmann ... oder was immer Ihr wünscht. Ich schütze Euren Rücken und beherzige Euren Rat und werde mein Leben für das Eure geben, wenn es erforderlich sein wird. Das schwöre ich bei den alten und den neuen Göttern.«

»Und ich schwöre, dass ich Euch stets einen Platz an meinem Feuer und Fleisch und Met an meinem Tisch gewähren werde, und ich verspreche Euch, keine Dienste von Euch zu verlangen, die für Euch unehrenhaft wären. Ich schwöre es bei den alten und den neuen Göttern. Erhebt Euch.« Während sie die Hände der anderen Frau mit den eigenen umfasste, musste Catelyn lächeln. *Wie oft habe ich Ned zugeschaut, wenn er den Diensteid eines Lehnsmannes entgegennahm?* Was er wohl sagen würde, wenn er sie jetzt sehen könnte?

Am nächsten Tag fanden sie eine Furt durch den Roten Arm, oberhalb von Riverrun, wo der Fluss eine große Schleife machte und das Wasser schlammig und seicht wurde. Der Übergang wurde von einer Truppe Bogenschützen und Pikenträgern bewacht, die das Adlerwappen der Mallisters trugen. Als sie Catelyns Banner erkannten, kamen sie hinter ihren Palisaden hervor und schickten einen Mann hinüber, der sie auf die andere Seite führte. »Langsam und vorsichtig, bitte, Mylady«, warnte er, während er ihr Pferd am Zaum nahm. »Wir haben Eisenspitzen unter Wasser angebracht, und auch Fußangeln. Auf Befehl Eures Bruders wurde an allen Furten so verfahren.«

Edmure hat vor, hier zu kämpfen. Bei dieser Erkenntnis wurde ihr flau im Magen, doch sie schwieg.

Zwischen dem Roten Arm und dem Tumblestone stießen sie auf einen Strom von Menschen, die nach Riverrun unterwegs waren, um sich in Sicherheit zu bringen. Manche trieben Tiere vor sich her, andere zogen Karren, doch alle machten den Weg frei, wenn Catelyn vorbeiritt, und jubelten ihr mit lauten Rufen wie »Tully!« oder »Stark!« zu. Eine halbe Meile vor der Stadt durchquerten sie ein großes Heerlager, wo das scharlachrote Banner der Blackwoods über dem Zelt des Lords wehte. Lucas verabschiedete sich hier und begab sich auf die Suche nach seinem Vater, Lord Tytos. Der Rest ritt weiter.

Catelyn entdeckte am Nordufer des Tumblestone ein zweites Lager, wo ebenfalls vertraute Banner im Winde knatterten – Marq Pipers tanzende Jungfrau, Darrys Pflüger, die verschlungenen rotweißen Schlangen der Paeges. Sie alle waren Gefolgsleute ihres Vaters, Lords vom Trident. Die meisten hatten Riverrun vor ihr verlassen, um ihre eigenen Ländereien zu verteidigen. Wenn sie nun wieder hier waren, konnte dies nur bedeuten, dass Edmure sie gerufen hatte. *Mögen die Götter uns schützen, es stimmt, er will gegen Lord Tywin in die Schlacht ziehen.*

Etwas Dunkles baumelte von den Mauern der Burg. Als Catelyn näher kam, erkannte sie tote Männer, die an Hanfseilen um den Hals und mit geschwollenen blauen Gesichtern von den Zinnen hingen. Die Krähen waren über sie hergefallen, doch ihre roten Umhänge hoben sich noch leuchtend vom Sandstein ab.

»Sie haben ein paar Lannisters aufgeknüpft«, merkte Hal Mollen an.

»Ein hübscher Anblick«, sagte Ser Wendel Manderly fröhlich.

»Unsere Freunde haben ohne uns angefangen«, scherzte Perwyn Frey. Die anderen lachten, nur Brienne nicht, die zu den aufgereihten Leichen hinaufschaute und keine Miene verzog, nicht lächelte und nichts sagte.

Wenn sie den Königsmörder umgebracht haben, sind meine Töchter auch bereits tot. Catelyn trieb ihr Pferd zum Galopp an. Hal Mollen und Robin Flint jagten an ihr vorbei und riefen den Wachen im Torhaus Grüße zu. Die Männer auf den Mauern hatten ihre Banner zweifellos bereits vor einiger Zeit erspäht, denn das Fallgatter war hochgezogen.

Edmure ritt ihr aus der Burg entgegen und wurde von drei Lehnsmännern seines Vaters begleitet – von Waffenmeister Ser Desmond Grell mit dem dicken Bauch, Haushofmeister Utherydes Wayn und Ser Robin Ryger, dem kahlen Hauptmann der Wache. Alle drei waren im gleichen Alter wie Lord Hoster, und alle drei hatten ihr Leben dem Dienst für ihren Vater gewidmet. *Alte Männer,* schoss es Catelyn durch den Sinn.

Edmure trug einen blau-roten Mantel über seinem Gewand, das mit einem silbernen Fisch bestickt war. Anscheinend hatte er sich nicht mehr rasiert, seit sie nach Süden aufgebrochen war; sein buschiger Bart leuchtete lodernd rot. »Cat, wie schön, dass du sicher heimgekehrt bist. Als wir von Renlys Tod hörten, haben wir um dein Leben gefürchtet. Und Lord Tywin hat sich ebenfalls in Marsch gesetzt.«

»Das wurde mir berichtet. Wie geht es unserem Vater?«

»Mal scheint er an Kraft zu gewinnen, am nächsten Tag . . .« Er schüttelte den Kopf. »Doch er hat nach dir gefragt. Ich wusste nicht, was ich ihm antworten sollte.«

»Ich werde ihn bald besuchen«, versprach sie. »Sind seit Renlys Tod Nachrichten aus Storm's End eingetroffen? Oder aus Bitterbridge?« Wenn man auf der Straße unterwegs war, erreichten einen keine Raben, und Catelyn wollte unbedingt wissen, was sich hinter ihr ereignet hatte.

»Aus Bitterbridge keine. Aber drei Vögel vom Kastellan Ser Cortnay Penrose aus Storm's End, alle mit der gleichen Bitte. Stannis hat ihn zu Lande und zu See umzingelt. Er bietet jedem König, der die Belagerung beendet, die Treue an, weil er um das Leben des Jungen fürchtet. Welchen Jungen könnte er meinen?«

»Edric Storm«, erklärte Brienne. »Roberts Bastardsohn.«

Edmure blickte sie neugierig an. »Stannis hat der Besatzung der Burg freies Geleit zugesichert, falls sie die Festung innerhalb von zwei Wochen übergeben und ihm den Jungen aushändigen, aber Ser Cortnay lässt sich nicht darauf ein.«

Er riskiert alles für einen unehelichen Jungen, der noch nicht einmal von seinem Blut ist. »Hast du ihm eine Antwort geschickt?«

Daraufhin schüttelte Edmure den Kopf. »Warum auch, wir können ihm weder Hilfe zusagen noch Hoffnung machen? Und Stannis ist nicht unser Feind.«

Ser Robin Ryger ergriff das Wort. »Mylady, könnt Ihr uns über die Umstände von Renlys Tod aufklären? Die Geschichten klangen höchst eigentümlich.«

»Cat«, sagte ihr Bruder, »mancher behauptet, *du* hättest Renly umgebracht. Andere meinen, es sei die Frau aus dem Süden gewesen.« Sein Blick blieb auf Brienne haften.

»Mein König wurde ermordet«, antwortete das Mädchen leise, »und nicht von Lady Catelyn. Das schwöre ich bei meinem Schwert und bei den alten und neuen Göttern.«

»Dies ist Brienne von Tarth, die Tochter von Lord Selwyn, dem Abendstern, die in Renlys Regenbogengarde gedient hat«, stellte Catelyn die junge Frau vor. »Brienne, ich habe die Ehre, Euch mit meinem Bruder Ser Edmure Tully, Erbe von Riverrun, bekannt zu machen. Sein Haushofmeister Utherydes Wayn. Ser Robin Ryger und Ser Desmond Grell.«

»Die Ehre ist ganz meinerseits«, sagte Ser Desmond. Die anderen antworteten das Gleiche. Schon bei dieser gewöhnlichen Höflichkeit errötete das Mädchen vor Verlegenheit. Falls Edmure sie für eine eigenartige Art von Dame hielt, so hatte er immerhin den Anstand, dies nicht auszusprechen.

»Brienne war bei Renly, als er getötet wurde, und ich ebenso«, sagte Catelyn, »aber wir waren nicht an seinem Tod beteiligt.« Sie wagte nicht, von dem Schatten zu erzählen, hier vor all den Männern, daher zeigte sie auf die Leichen. »Wer sind diese Leute?«

Edmure blickte verdrießlich nach oben. »Sie sind mit Ser Cleos gekommen, als er die Antwort auf unser Friedensangebot an die Königin überbrachte.«

Catelyn war schockiert. »Ihr habt *Gesandte* getötet?«

»Falsche Gesandte«, erklärte Edmure. »Sie haben gelobt, den Frieden zu halten und übergaben uns ihre Waffen, also habe ich ihnen Zutritt zur Burg gewährt, und drei Abende lang haben sie mein Fleisch gegessen und meinen Met getrunken, während ich mich mit Ser Cleos besprochen habe. Am vierten Abend versuchten sie, den Königsmörder zu befreien.« Er zeigte hinauf. »Der Große da hat zwei Wachen mit seinen bloßen Pranken umgebracht, sie an der Kehle gepackt und ihre Köpfe zusammengeschlagen, während der magere Kerl neben ihm Lannisters Zelle mit einem Stück Draht öffnete, mögen die Götter ihn verdammen. Der da am Ende war ein verfluchter Schauspieler. Er hat seine Stimme verstellt, sodass sie wie meine klang, und befahl, das Flusstor zu öffnen. Die Wachen beschwören es, Enger und Delp und der Lange Lew, alle drei. Wenn du mich fragst, hat sich der Mann überhaupt nicht angehört wie ich, und trotzdem haben die drei Dummköpfe das Fallgatter hochgezogen.«

Das war das Werk des Gnoms, vermutete Catelyn; es roch nach genau jener Art von Hinterlist, die er bereits auf der Eyrie an den Tag gelegt hatte. Einst hätte sie Tyrion als das am wenigsten gefährliche Familienmitglied der Lannisters bezeichnet. Heute war sie sich dessen nicht mehr so sicher. »Wie hast du sie dann erwischt?«

»Ach, zufällig befand ich mich gerade nicht in der Burg. Ich hatte den Tumblestone überquert, um ... äh ...«

»Entweder warst du bei einer Hure oder einer Magd. Fahr fort.«

Edmures Wangen flammten auf und nahmen das Rot seines Bartes an. »Es war ungefähr eine Stunde vor dem Morgengrauen, und ich kam gerade zurück. Als der Lange Lew mein Boot sah und mich erkannte, kam er schließlich doch noch auf die Idee, sich zu fragen, wer denn wohl da unten im Hof stand und Befehle brüllte. Daraufhin hat er Alarm geschlagen.«

»Sag, dass der Königsmörder wieder gefangen wurde.«

»Ja, und das war nicht ganz so einfach. Jaime hat ein Schwert in die Hand bekommen und Poul Pemford und Ser Desmonds Knappen Myles erschlagen, und Delp so schwer verwundet, dass Maester Vyman um sein Leben fürchtet. Es war eine ziemlich blutige

Angelegenheit. Als sie das Klirren des Stahls gehört haben, gesellten sich ein paar der anderen Rotröcke zu ihm, wenn auch ohne Waffen. Die habe ich neben die vier gehängt, die ihn befreit haben, und den Rest in den Kerker geworfen. Jaime ebenfalls. Der wird jedenfalls nicht noch einmal fliehen. Diesmal sitzt er im tiefsten Verlies und ist mit Händen und Füßen an die Wand gekettet.«

»Und Cleos Frey?«

»Er schwört, von dem Komplott nichts gewusst zu haben. Wer weiß? Der Mann ist ein halber Lannister, ein halber Frey und ein ganzer Lügner. Ich habe ihm Jaimes alte Zelle im Turm gegeben.«

»Du hast gesagt, er habe Bedingungen für einen Frieden gebracht?«

»Falls man es so nennen darf. Dir werden sie nicht besser gefallen als mir, das verspreche ich dir.«

»Können wir auf Hilfe aus dem Süden hoffen, Lady Stark?«, fragte Utherydes Wayn, der Haushofmeister ihres Vaters. »Dieser Vorwurf der Inzucht . . . Lord Tywin nimmt solche Herabsetzungen nicht auf die leichte Schulter. Er wird alles tun, um den Namen seiner Tochter von diesem Makel reinzuwaschen, und zwar mit dem Blut des Anklägers. Lord Stannis muss das begreifen. Er hat keine andere Wahl, als sich mit uns zu verbünden.«

Stannis hat sich mit einer größeren und dunkleren Macht als uns verbündet. »Besprechen wir diese Angelegenheit später.« Catelyn trieb ihr Pferd im Trab über die Zugbrücke und ließ die grausige Reihe der toten Lannisters hinter sich. Ihr Bruder blieb an ihrer Seite. Als sie in den oberen Hof von Riverrun einritten, rannte ihr ein nacktes Kleinkind vors Pferd. Catelyn riss an den Zügeln, um ihm auszuweichen, und blickte sich bestürzt um. Hunderten von Bannern und Pächtern war Zutritt zur Burg gewährt worden, und sie hatten einfache Hütten entlang der Mauer errichtet. Die Kinder liefen überall herum, und der Hof war voller Kühe, Schafe und Hühner. »Was ist das für Volk?«

»Mein Volk«, antwortete Edmure. »Sie haben Angst.«

Nur mein süßer Bruder würde all diese nutzlosen Mäuler in einer Burg unterbringen, die in Kürze unter Belagerung stehen könnte. Catelyn wusste, dass Edmure ein weiches Herz hatte; manchmal jedoch hatte sie den Eindruck, sein Kopf wäre noch weicher. Dafür liebte sie ihn zwar, nichtsdestotrotz . . .

»Kann man Robb durch einen Raben erreichen?«

»Er ist im Felde, Mylady«, antwortete Ser Desmond. »Der Vogel würde ihn nicht finden.«

Utherydes hüstelte. »Ehe er aufbrach, hat der junge König uns aufgetragen, Euch bei Eurer Rückkehr zu den Twins zu schicken, Lady Stark. Er lässt Euch bitten, mehr über Lord Walders Töchter in Erfahrung zu bringen, damit Ihr ihm bei der Wahl seiner Braut helfen könnt, wenn die Zeit gekommen ist.«

»Wir werden dir natürlich frische Pferde und Proviant geben«, versprach ihr Bruder. »Und gewiss willst du dich zuvor erfrischen.«

»Ich werde hier bleiben«, sagte Catelyn und stieg ab. Sie trug sich nicht mit der Absicht, Riverrun und ihren sterbenden Vater zu verlassen, um für Robb eine Braut zu suchen. *Robb will mich in Sicherheit wissen, das kann ich ihm nicht verdenken, aber sein Vorwand wird langsam ein wenig fadenscheinig.* »Bursche«, rief sie, und ein Bediensteter aus dem Stall lief herbei und nahm ihr die Zügel ihres Pferdes ab.

Edmure schwang sich aus dem Sattel. Er war einen Kopf größer als sie, trotzdem würde er stets ihr kleiner Bruder sein. »Cat«, sagte er unglücklich. »Lord Tywin ist im Anmarsch –«

»Er ist auf dem Weg nach Westen, wo er sein eigenes Land verteidigen will. Wenn wir die Tore schließen und uns hinter diesen Mauern verschanzen, können wir ihm beim Vorbeiziehen zuschauen.«

»Dieses Land gehört den Tullys«, erklärte Edmure. »Falls Tywin Lannister glaubt, er könne es ohne Blutvergießen durchqueren, so beabsichtige ich, ihm eine Lektion zu erteilen.«

Die gleiche Lektion, die du seinem Sohn erteilt hast? Ihr Bruder konnte so stur sein wie ein Felsen im Fluss, wenn es um seinen Stolz ging, doch keiner von beiden hatte vergessen, wie Ser Jaime damals Edmures Heer in blutige Stücke gerissen hatte, als sie das letzte Mal in der Schlacht aufeinander gestoßen waren. »Wir haben nichts zu gewinnen und alles zu verlieren, wenn wir gegen Lord Tywin in die Schlacht ziehen«, sagte Catelyn taktvoll.

»Der Hof ist nicht der rechte Ort, meine Kriegspläne zu besprechen.«

»Wie du wünschst. Wohin sollen wir also gehen?«

Die Miene ihres Bruders verdüsterte sich. Einen Augenblick lang fürchtete sie, er würde die Beherrschung verlieren, doch schließlich knurrte er nur: »In den Götterhain. Wenn du darauf bestehst.«

Sie folgte ihm über die Galerie zum Tor des Götterhains. Edmure hatte schon immer gern geschmollt. Catelyn tat es Leid, dass sie ihn verletzt hatte, aber die Angelegenheit war zu wichtig, um dabei Rücksicht auf seinen Stolz zu nehmen. Dann waren sie unter den Bäumen allein, und Edmure wandte sich ihr zu.

»Du hast nicht genug Männer, um gegen die Lannisters zu ziehen«, sagte sie frei heraus.

»Wenn ich alle meine Soldaten zusammenziehe, werden es achttausend Fußsoldaten und dreitausend Reiter sein«, entgegnete Edmure.

»Somit hätte Lord Tywin fast die doppelte Anzahl.«

»Robb hat seine Schlachten schon gegen größere Übermachten gewonnen«, gab Edmure zurück. »Und ich habe einen Plan. Du hast Roose Bolton vergessen. Lord Tywin hat ihn am Grünen Arm besiegt, ihn jedoch nicht weiter verfolgt. Als Lord Tywin nach Harrenhal gegangen ist, hat Bolton die Furt durch den Roten Arm genommen und ist bis zur Kreuzung gezogen. Er hat zehntausend Mann. Ich habe Helman Tallheart benachrichtigt, dass er sich mit der Truppe bei ihm einfinden soll, die Robb bei den Twins zurückgelassen hat –«

»Edmure, Robb hat diese Männer bei den Twins gelassen, damit sie die Stellung halten und dafür sorgen, dass Lord Walder uns nicht im Stich lässt.«

»Das hat er nicht getan«, sagte Edmure stur. »Die Freys haben tapfer im Flüsterwald gekämpft, und der alte Ser Stevron ist bei Oxcross gefallen, wie wir hörten. Ser Ryman und der Schwarze Walder und der Rest sind mit Robb nach Westen gezogen, Martyn hat gute Dienste als Kundschafter geleistet, und Ser Perwyn hat dich sicher zu Renly begleitet. Bei den guten Göttern, wie viel mehr können wir noch von ihnen verlangen? Robb ist mit einer der Töchter von Lord Walder verlobt, und Roose Bolton hat eine weitere geheiratet, erzählt man sich. Und hast du nicht zwei seiner Enkel als Mündel nach Winterfell geholt?«

»Ein Mündel wird leicht zur Geisel.« Von Ser Stevrons Tod und Boltons Heirat hatte sie noch nichts gewusst.

»Wenn wir zwei Geiseln haben, wird Lord Walder erst recht nicht wagen, ein falsches Spiel mit uns zu treiben. Bolton braucht die Männer der Freys, und Ser Helmans ebenfalls. Ich habe ihm befohlen, Harrenhal zurückzuerobern.«

»Das wird eine blutige Unternehmung werden.«

»Ja, aber nachdem die Burg gefallen ist, wird Lord Tywin keine sichere Zuflucht mehr haben. Meine eigenen Truppen werden die Furten des Roten Arms gegen ihn verteidigen und ihm so das Überqueren unmöglich machen. Falls er über den Fluss hinweg angreifen will, wird er so enden wie Rhaegar, der das ebenfalls versucht hat. Hält er sich jedoch zurück, sitzt er zwischen Riverrun und Harrenhal fest, und wenn Robb aus dem Westen zurückkommt, können wir ihn ein für alle Mal besiegen.«

Ihr Bruder steckte so erschreckend voller Zuversicht, und Catelyn wünschte plötzlich, Robb hätte ihren Onkel Brynden nicht mit nach Westen genommen. Der Blackfish war ein Veteran, der bereits ein halbes Hundert Schlachten hinter sich hatte; Edmure hingegen hatte erst eine erlebt, und die hatte er verloren.

»Der Plan ist gut«, schloss er. »Lord Tytos meint das ebenfalls, und Lord Jonos auch. Und wann haben Blackwood und Bracken einander je zugestimmt, frage ich dich?«

»Sei es, wie es will.« Mit einem Mal fühlte sie sich sehr müde. Vielleicht hatte sie nicht das Recht, ihm zu widersprechen. Möglicherweise war es ein hervorragender Plan, und ihre Bedenken lediglich weibliche Furcht. Wenn doch nur Ned hier wäre, oder ihr Onkel Brynden, oder ... »Hast du Vater nach seiner Meinung gefragt?«

»Vaters Zustand erlaubt es ihm nicht, Strategien zu beurteilen. Vor zwei Tagen hat er beschlossen, dich mit Brandon Stark zu vermählen! Besuch ihn selbst, wenn du mir nicht glaubst. Mein Plan wird trotzdem gelingen, Cat, du wirst es schon sehen.«

»Das hoffe ich, Edmure. Ganz bestimmt hoffe ich das.« Sie küsste ihn auf die Wange, damit er wusste, wie sie es meinte, dann machte sie sich auf den Weg zu ihrem Vater.

Lord Hoster Tully befand sich noch immer in dem gleichen Zimmer, in dem sie ihn beim letzten Mal verlassen hatte – hager, bleich und mit schweißfeuchter Haut lag er im Bett. Es roch nach Krankheit, ein schwerer Geruch nach abgestandenem Schweiß und Medizin. Als sie die Vorhänge zurückzog, stöhnte ihr Vater leise und schlug die Augen auf. Seine Lider flatterten. Er starrte sie an und schien nicht zu begreifen, wer sie war oder was sie wollte.

»Vater.« Sie küsste ihn. »Ich bin zurück.«

Jetzt erkannte er sie offenbar. »Du bist gekommen«, flüsterte er schwach, und seine Lippen bewegten sich kaum.

»Ja«, antwortete sie. »Robb hat mich nach Süden geschickt, aber ich bin so schnell wie möglich zurückgekehrt.«

»Nach Süden ... wo ... Liegt die Eyrie im Süden, Liebes? Ich erinnere mich nicht ... oh, teures Kind, ich hatte Angst ... Hast du mir vergeben, Kind?« Tränen rannen ihm über die Wangen.

»Ihr habt nichts getan, was ich Euch vergeben müsste, Vater.« Sie strich ihm über das schlaffe weiße Haar und fühlte seine Stirn. Trotz der Trünke des Maesters glühte er immer noch vom Fieber.

»Es war das Beste«, flüsterte ihr Vater. »Jon ist ein guter Mann, gut ... stark, freundlich ... Er wird für dich sorgen ... das wird er ... und hochgeboren, hör auf mich, das musst du, ich bin dein Vater ... dein Vater ... Du wirst ihn ehelichen, wenn sich Cat ebenfalls vermählt, ja, das wirst du ...«

Er hält mich für Lysa, erkannte Catelyn. *Bei den guten Göttern, er redet, als wären wir beide noch nicht verheiratet.*

Ihr Vater umklammerte mit zitternden Händen die ihren. »Dieses Jüngelchen ... elender Bursche ... sprich seinen Namen nicht in meiner Gegenwart aus ... deine Pflicht ... deine Mutter, sie würde ...«

Lord Hoster schrie während er sich vor Schmerz wand. »Oh, Götter, vergebt mir, vergebt mir, *vergebt* mir. Meine Medizin . . .«

Und dann war Maester Vyman da und hielt ihm einen Becher an die Lippen. Lord Hoster sog an dem dicken weißen Trunk wie ein Säugling an der Mutterbrust, und danach breitete sich wieder Frieden auf seinen Zügen aus. »Er wird jetzt schlafen, Mylady«, sagte der Maester, nachdem der Becher geleert war. Der Mohnblumensaft hat einen weißen Film um den Mund ihres Vaters hinterlassen. Maester Vyman wischte ihn mit dem Ärmel ab.

Catelyn konnte nicht länger zuschauen. Hoster Tully war ein starker Mann gewesen, ein stolzer Mann. Es schmerzte sie, ihn nun so zu sehen. Sie ging hinaus auf die Terrasse. Der Hof unten war von Flüchtlingen bevölkert, Lärm schallte herauf, doch jenseits der Mauern flossen die Flüsse still und rein und endlos dahin. *Dies sind seine Flüsse, und bald wird er zur letzten Reise zu ihnen zurückkehren.*

Maester Vyman war ihr nach draußen gefolgt. »Mylady«, sagte er leise, »ich kann das Ende nicht viel länger hinauszögern. Wir sollten einen Reiter zu seinem Bruder schicken. Ser Brynden würde bestimmt gern hier sein.«

»Ja«, erwiderte Catelyn mit belegter Stimme.

»Und Lady Lysa möglicherweise auch.«

»Lysa wird nicht kommen.«

»Wenn Ihr vielleicht persönlich schreiben würdet . . .«

»Ich werde es tun, gewiss.« Sie fragte sich, wer wohl Lysas »elendes Jüngelchen« gewesen war. Ein junger Knappe oder ein Ritter von niederem Stand . . . obwohl, bei der Vehemenz, die Lord Hoster Worte ausgedrückt hatten, konnte es sich auch um den Sohn eine Kaufmanns oder einen Handwerkslehrling handeln, vielleicht sogar um einen Sänger. Lysa hat stets eine Vorliebe für Sänger gehabt. *Da kann ich ihr keinen Vorwurf machen. Jon Arryn war zwanzig Jahre älter als unser Vater, ganz gleich, von welch edler Geburt er war.*

Der Turm, den ihr Bruder ihr als Quartier überlassen hatte, war der gleiche, in dem sie und Lysa als Mädchen gewohnt hatten. Es würde ihr gut tun, wieder in einem Federbett zu schlafen, wieder ein warmes Feuer im Kamin zu haben; nachdem sie sich ausgeruht hätte, würde ihr die Welt auch nicht mehr so trostlos erscheinen.

Doch vor ihren Gemächern wartete Utherydes Wayn mit zwei Frauen in grauen Gewändern, deren Gesichter bis auf die Augen verhüllt waren. Catelyn wusste sofort, aus welchem Grund sie hier waren. »*Ned?*«

Die Schwestern senkten den Blick. Utherydes sagte: »Ser Cleos hat ihn von King's Landing mitgebracht, Mylady.«

»Führt mich zu ihm«, befahl sie.

Sie hatten ihn auf einem Tisch aufgebahrt und mit einem Banner bedeckt, dem weißen Banner des Hauses Stark mit seinem grauen Schattenwolf. »Ich möchte ihn sehen«, verlangte Catelyn.

»Es sind nur die Gebeine geblieben, Mylady.«

»Ich möchte ihn trotzdem sehen«, wiederholte sie.

Eine der Schweigenden Schwestern zog das Banner herunter.

Knochen, dachte Catelyn. *Das ist nicht Ned, das ist nicht der Mann, den ich geliebt habe, der Vater meiner Kinder.* Die Hände waren über der Brust gefaltet, die Knochenfinger um den Griff eines Langschwerts geschlungen, doch es waren nicht Neds Hände, die so stark und voller Leben gewesen waren. Sie hatten das Skelett in Neds Überwurf gehüllt, in den feinen weißen Samt mit dem Schattenwolf über dem Herzen, doch von dem warmen Fleisch, auf dem ihr Kopf so oft geruht hatte, von den Armen, die sie gehalten hatten, war nichts geblieben. Der Kopf war mit einem feinen Silberdraht wieder am Hals befestigt worden, doch ein Schädel sah aus wie der andere, und in den leeren Höhlen fand sie keine Spur mehr von den dunkelgrauen Augen ihres Lords, diesen Augen, die weich wie Nebel und hart wie Stein sein konnten. *Die Augen haben sie den Krähen gegeben,* erinnerte sie sich.

Catelyn wandte sich ab. »Das ist nicht sein Schwert.«

»Ice wurde uns nicht übergeben, Mylady«, sagte Utherydes. »Nur Lord Eddards Gebeine.«

»Ich nehme an, selbst dafür muss ich der Königin dankbar sein.«

»Dankt dem Gnom, Mylady. Es war sein Werk.«

Eines Tages werde ich ihnen allen danken. »Ich bin dankbar für Eure

Dienste, Schwestern«, sagte Catelyn, »leider jedoch muss ich Euch eine weitere Aufgabe auferlegen. Lord Eddard war ein Stark, und sein Gebeine müssen unter Winterfell bestattet werden.« *Sie werden eine Statue von ihm anfertigen, ein steinernes Abbild, das mit einem Schattenwolf zu Füßen und einem Schwert über den Knien in der Dunkelheit sitzen wird.* »Utherydes, beschafft den Schwestern frische Pferde und alles Weitere, was sie für die Reise brauchen«, trug sie dem Haushofmeister auf. »Hal Mollen wird sie nach Winterfell geleiten. Das ist seine Aufgabe als Hauptmann der Wache.« Sie warf einen Blick auf die Knochen, die alles waren, was von ihrem Lord und ihrer Liebe geblieben war. »Jetzt verlasst mich bitte. Ich möchte heute Nacht mit Ned allein sein.«

Die Frauen in Grau neigten die Köpfe. *Die Schweigenden Schwestern sprechen nicht mit den Lebenden,* erinnerte sich Catelyn dumpf, *aber mancher behauptet, sie könnten mit den Toten reden.* Wie sie die Schwestern darum beneidete . . .

DAENERYS

Die Vorhänge hielten den Staub und die Hitze der Straße fern, doch gegen die Enttäuschung waren sie machtlos. Dany stieg erschöpft ein und war froh, vor den Blicken der Qarthener Zuflucht zu finden. »Macht Platz«, rief Jhogo der Menge aus dem Sattel zu und ließ die Peitsche knallen. »Macht den Weg frei für die Mutter der Drachen.«

Xaro Xhoan Daxos lehnte sich in die kühlen Satinkissen zurück und goss rubinroten Wein in zwei Kelche aus Gold und Jade, wobei er trotz des schwankenden Palankins keinen Tropfen verschüttete. »Ich sehe tiefe Traurigkeit auf Eurem Gesicht, mein Licht der Liebe.« Er reichte ihr einen Kelch. »Könnte es die Trauer um einen verlorenen Traum sein?«

»Um einen aufgeschobenen Traum.« Danys enges Silberhalsband scheuerte an ihrer Kehle. Sie öffnete es und warf es zur Seite. Das Halsband war mit verzauberten Amethysten verziert, von denen Xaro behauptete, sie würden sie gegen alle Arten von Giften schützen. Die Reingeborenen waren berüchtigt dafür, jenen, die sie für gefährlich hielten, vergifteten Wein anzubieten, doch Dany hatte nicht einmal einen Becher Wasser bekommen. *Sie erkennen mich nicht als Königin an,* dachte sie verbittert. *Für sie war ich nur eine nachmittägliche Unterhaltung, ein Pferdemädchen mit einem Aufsehen erregenden Haustier.*

Rhaegal zischte und grub die schwarzen Krallen tief in ihre nackte Schulter, als Dany die Hand nach dem Wein ausstreckte. Sie zuckte zusammen und schob ihn auf die andere Schulter, wo er sich in ihr Gewand statt in ihre Haut krallen konnte. Sie war nach Art der Qarthener gekleidet. Xaro hatte sie gewarnt, dass der Gekrönte eine Dothraki niemals anhören würde, deshalb hatte sie ein wallendes grünes Seidenkleid angelegt, welches eine Brust freiließ, silberne Sandalen angezogen und einen Gürtel aus schwarzen und weißen Perlen um ihre Taille geschlungen. *So, wie sie mir geholfen haben, hätte ich auch nackt vor sie treten können. Vielleicht hätte ich das tun sollen.* Sie nahm einen tiefen Schluck.

Die Reingeborenen waren Abkömmlinge der alten Könige und Königinnen von Qarth; sie befehligten die Bürgergarde und die Flotte der reich verzierten Galeeren, welche die Wasserstraßen zwischen den Meeren beherrschten. Daenerys Targaryen hatte diese Flotte gewollt, oder zumindest einen Teil davon, und außerdem einige Soldaten aus Qarth. Sie hatte das traditionelle Opfer im Tempel der Erinnerung dargebracht, hatte dem Hüter der Langen Liste das traditionelle Bestechungsgeld überreicht, hatte dem Öffner der Tür die traditionelle Persimone geschickt und hatte dafür am Ende die traditionellen blauen Seidenpantoffeln erhalten und war in die Halle der Tausend Throne gerufen worden.

Die Reingeborenen hörten sich ihre Bitten an und saßen derweil in den großen Holzstühlen ihrer Vorfahren auf den riesigen Marmorstufen, die vom Boden bis zur mit Bildern von Qarths Ruhm vergangener Zeiten bemalten Kuppeldecke reichten. Die Stühle waren riesig und mit fantastischen Schnitzereien verziert, glänzten von Blattgold und waren mit Bernstein, Onyx, Lapislazuli und Jade besetzt. Ein jeder unterschied sich von den anderen, und einer war prächtiger als der vorherige. Dennoch wirkten die Männer darin lustlos und der Welt müde und erweckten fast den Eindruck, als schliefen sie.

Sie haben zugehört, aber sie haben nichts aufgenommen, oder sie scheren sich nicht um mich, dachte sie. *Sie sind wirklich Milchmenschen. Eigentlich wollten sie mir gar nicht helfen. Sie sind nur aus reiner Neugier gekommen. Weil sie sich langweilen und weil der Drachen auf meiner Schulter sie mehr interessierte als ich.*

»Sagt mir die Worte der Reingeborenen«, sagte Xaro Xhoan Daxos wie auf Stichwort. »Sagt mir, was sie sprachen, um die Königin meines Herzens so traurig zu stimmen.«

»Sie haben Nein gesagt.« Der Wein schmeckte nach Granatäpfeln und heißen Sommertagen. »Sie haben es voller Höflichkeit gesagt, aber trotz der vielen lieblichen Worte war es noch immer ein Nein.«

»Habt Ihr ihnen geschmeichelt?«

»Auf schamlose Weise.«

»Habt Ihr geweint?«

»Das Blut des Drachen weint nicht«, antwortete sie gereizt.

Xaro seufzte. »Ihr hättet weinen sollen.« Den Qarthenern kamen die Tränen häufig und rasch; man betrachtete dies als Zeichen von Zivilisation. »Die Männer, die wir gekannt haben, was haben sie gesagt?«

»Mathos nichts, Wendello hat meine Rede gelobt. Der Auserlesene hat sich mir zusammen mit den anderen verweigert, hat jedoch anschließend geweint.«

»Ach, dass die Qarthener so treulos sein können.« Xaro selbst gehörte nicht zu den Reingeborenen, doch er hatte ihr erklärt, wem sie Bestechungsgeld zukommen lassen sollte, und in welcher Höhe. »Weint, weint, über die Untreue der Menschen.«

Dany hätte lieber um ihr Gold geweint. Mit den Geschenken für Mathos Mallarawan, Wendello Qar Deeth und Egon Emeros den Auserlesenen hätte sie ein Schiff kaufen oder eine große Zahl Söldner anheuern können. »Sollte ich nicht Ser Jorah schicken und die Geschenke zurückfordern?«, fragte sie.

»Ich fürchte, dann käme ein Betrübter Mann des Nachts in meinen Palast und würde Euch im Schlaf töten«, sagte Xaro. Die Betrübten Männer gehörten der uralten Gilde der Assassinen an, die ihren Namen trugen, weil sie stets flüsterten: »Es betrübt mich sehr«, während sie ihre Opfer töteten. Höflichkeit ging den Qarthenern über alles. »Es ist einfacher, die Steinkuh von Faros zu melken als aus einem Reingeborenen Geld zu quetschen.«

Dany wusste nicht, wo Faros sich befand, Qarth dagegen schien voller Steinkühe zu sein. Die Kaufleute, die durch den Handel auf den Meeren unglaublich reich geworden waren, wurden in drei einander eifersüchtig beäugende Fraktionen eingeteilt: die Alte Gilde der Gewürzhändler, die Turmalinbrüderschaft und die Dreizehn, zu denen auch Xaro gehörte. Jede wetteiferte mit den anderen um die Vorherrschaft, und alle drei lagen mit den Reingeborenen in nie enden wollendem Streit. Dazu kamen noch die Hexenmeister mit ihren blauen Lippen und entsetzlichen Kräften; die Hexenmeister zeigten sich zwar selten, wurden jedoch umso mehr gefürchtet.

Ohne Xaro wäre sie verloren gewesen. Das Gold, das sie für den Eintritt in die Halle der Tausend Throne verschwendete, hatte sie größtenteils der Großzügigkeit und dem raschen Verstand des Kaufmanns zu verdanken. Während sich das Gerücht der lebenden Drachen im Osten verbreitete, kamen immer mehr Sucher, um zu erfahren, ob die Berichte der Wahrheit entsprachen – und Xaro Xhoan Daxos sorgte dafür, dass die Mächtigen und die Geringen gleichermaßen der Mutter der Drachen Geschenke entboten.

Das Rinnsal, das er ins Fließen gebracht hatte, schwoll bald zum Strom an. Handelskapitäne brachten ihr Spitze aus Myr, Truhen voller Safran aus Yi Ti, Bernstein und Drachenglas aus Asshai. Kaufleute schenkten ihr Beutel mit Gold, Silberschmiede Ringe und Ketten. Flötenspieler spielten für sie auf, Akrobaten vollführten Kunststücke, Jongleure jonglierten, während Färber sie in Farben hüllten, von deren Existenz sie nichts geahnt hatte. Ein Paar aus Jogos Nhai überbrachte ihr eines der wilden, schwarzweiß gestreiften Pferde. Eine Witwe schenkte ihr den getrockneten Leib ihres verstorbenen Mannes, der mit einer Kruste aus Silberblättern überzogen war; solchen sterblichen Hüllen wurde große Macht nachgesagt, vor allem wenn es sich bei dem Hingeschiedenen um einen Zauberer handelte, wie in diesem Fall. Und die Turmalinbrüderschaft drängte ihr eine Krone auf, die wie ein dreiköpfiger Drache geformt war; der Körper war golden, die Flügel silbern und die Köpfe aus Jade, Elfenbein und Onyx geschnitzt.

Die Krone war das einzige Geschenk, das sie behielt. Den Rest verkaufte sie, um das Geld zu bekommen, das sie dann an die Reingeborenen verschwendete. Xaro hätte auch die Krone verkauft – die Dreizehn würden ihr eine schönere schenken, schwor er, doch Dany verbot es. »Viserys hat die Krone meiner Mutter verkauft, und die Menschen nannten ihn einen Bettler. Ich werde diese behalten, damit die Menschen mich eine Königin nennen.« Und so trug sie die Krone, obwohl ihr von dem Gewicht der Nacken schmerzte.

Wenn auch gekrönt, eine Bettlerin bin ich noch immer, dachte Dany. *Ich bin die prächtigste Bettlerin der Welt, und trotzdem nur eine Bettlerin.* Sie hasste es genauso, wie ihr Bruder es einst gehasst haben musste. *All diese Jahre, in denen wir von Stadt zu Stadt hasteten, um den Meuchlern des Thronräubers stets einen Schritt voraus zu sein, und Herrscher und Prinzen und Magister um Hilfe baten und uns das Essen mit Schmeicheleien erkauften. Er muss gewusst haben, wie sehr sie ihn verachten. Kein Wunder, dass er so wütend und verbittert wurde.* Am Ende hatte es ihn in den Wahnsinn getrieben. *Mir wird das Gleiche widerfahren, wenn ich es zulasse.* Ein Teil von ihr hätte ihr Volk am liebsten zurück nach Vaes Tolorro geführt, um die tote Stadt aufblühen zu lassen. *Nein, das würde die Niederlage bedeuten. Ich habe etwas, das Viserys nie besessen hat. Ich habe die Drachen. Die Drachen machen den Unterschied aus.*

Sie streichelte Rhaegal. Der grüne Drache biss ihr heftig in die Hand. Draußen murmelte und summte die große Stadt, und die Myriaden von Stimmen verschmolzen zu einem tiefen Laut, der an das Donnern der Brandung erinnerte. »Macht Platz, ihr Milchmenschen, macht Platz für die Mutter der Drachen«, rief Jhogo, und die Qarthener wichen zur Seite, wenn auch vielleicht eher wegen der Ochsen als wegen Jhogos Stimme. Durch die schwankenden Vorhänge konnte Dany ihn gelegentlich auf seinem grauen Hengst sehen. Von Zeit zu Zeit versetzte er dem vorderen Ochsen einen Hieb mit der Peitsche, die einen Silbergriff hatte und die sie ihm geschenkt hatte. Aggo bewachte die andere Seite, während Rakharo hinter ihnen ritt und in den Gesichtern der Menge nach Anzeichen von Gefahr suchte. Ser Jorah war heute zu Hause geblieben, um die anderen Drachen zu bewachen; der verbannte Ritter hatte sich diesem närrischen Unternehmen von Anfang an widersetzt. *Er misstraut jedem,* ging es ihr durch den Kopf, *und vermutlich aus gutem Grund.*

Als Dany den Kelch hob und Wein trinken wollte, schnüffelte Rhaegal daran, zischte und zog den Kopf zurück. »Euer Drache hat eine feine Nase.« Xaro wischte sich den Mund. »Der Wein ist sehr gewöhnlich. Es heißt, jenseits der Jadesee würde ein goldener Trunk gekeltert, von dem man nur einen Schluck trinken braucht, und alle anderen Weine schmecken wie Essig. Lasst uns meine Lustbarke nehmen und nach ihm suchen, Ihr und ich.«

»Der beste Wein der ganzen Welt stammt vom Arbor«, verkündete Dany. Lord Redwyne hatte für ihren Vater gegen den Thronräuber gekämpft, erinnerte sie sich, einer der wenigen, die bis zuletzt treu geblieben waren. *Würde er heute auch für mich kämpfen?* Dessen konnte man sich nach all den Jahren nicht sicher sein. »Kommt mit mir zum Arbor, Xaro, und Ihr werdet die feinsten Weine kosten, die Ihr je probiert habt. Aber wir werden ein Kriegsschiff brauchen und keine Lustbarke.«

»Ich besitze keine Kriegsschiffe. Krieg ist schlecht für den Handel. Wie oft habe ich es Euch nun schon gesagt? Xaro Xhoan Daxos ist ein Mann des Friedens.«

Xaro Xhoan Daxos ist ein Mann des Goldes, dachte sie, *und mit Gold kann ich alle Schiffe und Schwerter kaufen, die ich brauche.* »Ich habe nicht gemeint, dass Ihr selbst das Schwert ergreifen sollt. Wenn Ihr mir nur Eure Schiffe leiht.«

Er lächelte bescheiden. »Handelsschiffe habe ich, gewiss. Aber wer kann sagen, wie viele? Eines sinkt vielleicht gerade in diesem Augenblick in einem stürmischen Winkel des Sommermeeres. Und morgen fällt möglicherweise ein anderes Korsaren in die Hände. Am nächsten Tag betrachtet vielleicht einer meiner Kapitäne die Reichtümer im Frachtraum und denkt: *Das alles sollte mir gehören.* Solcherart sind die Gefahren des Handels. Je länger wir reden, desto weniger Schiffe habe ich wahrscheinlich am Ende. Ich werde von Moment zu Moment ärmer.«

»Gebt mir Schiffe, und ich werde Euch wieder reich machen.«

»Heiratet mich, helles Licht, und bemannt das Schiff meines Herzens. Ich kann keine Nacht mehr schlafen, weil ich stets an Eure Schönheit denken muss.«

Dany lächelte. Xaros blumige Beteuerungen seiner Leidenschaft amüsierten sie, doch sein Verhalten stand im Gegensatz zu seinen

Worten. Während Ser Jorah kaum in der Lage gewesen war, den Blick von ihrer nackten Brust abzuwenden, als er ihr in den Palankin half, gab Xaro vor, ihren Busen kaum zu bemerken, obwohl sie hier sehr nah beieinander saßen. Und sie hatte die hübschen Knaben gesehen, die den reichen Kaufmann umschwirrten und in hauchdünner Seide durch die Säle seines Palastes wandelten. »Ihr sprecht so süß, Xaro, und dennoch höre ich nur ein weiteres *Nein* heraus.«

»Dieser Eiserne Thron, von dem Ihr erzählt, erscheint mir fürchterlich kalt und hart. Ich kann den Gedanken nicht ertragen, dass die rauen Kanten Eure holde Haut zerschneiden.« Mit den Juwelen in der Nase erinnerte Xago Dany an einen aufgeplusterten bunten Vogel. Mit den langen eleganten Fingern machte er eine wegwerfende Geste. »Lasst dies Euer Königreich sein, auserlesenste aller Königinnen, und lasst mich Euer König sein. Ich werde Euch einen Thron aus Gold schenken, wenn Ihr mögt. Wenn es Euch in Qarth langweilig wird, können wir durch Yi Ti reisen und nach der geträumten Stadt der Poeten suchen, wo wir aus dem Schädel eines toten Mannes vom Wein der Weisheit trinken.«

»Ich beabsichtige, nach Westeros zu fahren und den Wein der Rache aus dem Schädel des Usurpators zu trinken.« Sie kratzte Rhaegal unter einem Auge, und der kleine Drache entfaltete kurz die Flügel und brachte die Luft im Palankin in Bewegung.

Eine einzelne Träne rann Xaro Xhoan Daxos über die Wange. »Kann ich Euch denn mit gar nichts von diesem Wahnsinn abbringen?«

»Nein«, sagte sie und wünschte sich, sie wäre sich dessen so sicher, wie ihre Stimme klang. »Wenn mir jeder der Dreizehn zehn Schiffe leihen würde –«

»Dann hättet Ihr einhundertdreißig Schiffe ohne Mannschaft. Mag Euer Anspruch noch so gerechtfertigt sein, den einfachen Männern von Qarth bedeutet er nichts. Was scheren sich meine Seeleute darum, wer auf dem Thron irgendeines Königreiches am Ende der Welt sitzt?«

»Ich werde sie bezahlen.«

»Mit welchem Geld, süßester Stern an meinem Himmel?«

»Mit dem Gold, das die Sucher bringen.«

»Das könnt Ihr natürlich tun«, bemerkte Xaro, »aber solcher Einsatz wird viel kosten. Ihr müsstet ihnen weitaus mehr bezahlen als ich, und ganz Qarth lacht bereits über meine Großzügigkeit.«

»Wenn die Dreizehn mir nicht helfen, sollte ich mich vielleicht an die Gilde der Gewürzhändler oder die Turmalinbrüderschaft wenden?«

Xaro zuckte träge die Schultern. »Von ihnen habt Ihr nichts zu erwarten außer Schmeicheleien und Lügen. Die Gewürzhändler sind Heuchler und Prahler, in der Bruderschaft gibt es sogar Piraten.«

»Dann muss ich Pyat Pree bitten, zu den Hexenmeistern zu gehen.«

Abrupt richtete sich der reiche Kaufmann auf. »Pyat Pree hat blaue Lippen, und es heißt, blaue Lippen sprächen nur die Unwahrheit. Beherzigt die Weisheit eines Mannes, der Euch liebt. Hexenmeister sind Wesen, die Staub fressen und Schatten trinken. Sie werden Euch nichts geben. Sie haben nichts zu geben.«

»Ich wäre nicht in der Zwangslage, die Hexenmeister um Hilfe anzugehen, wenn mein Freund Xaro Xhoan Daxos mir gäbe, um was ich ihn bitte.«

»Ich habe Euch mein Heim und mein Herz geschenkt, bedeutet Euch das gar nichts? Ich habe Euch Parfüm und Granatäpfel, verspielte Äffchen und Schlangen, Schriftrollen aus dem untergegangenen Valyria, den Kopf eines Idols und einen Schlangenfuß geschenkt. Ich habe Euch diesen Palankin aus Gold und Ebenholz geschenkt und dazu ein Paar Ochsen, die ihn tragen, einer weiß wie Elfenbein, der andere schwarz wie Jett, und ihre Hörner sind mit Edelsteinen verziert.«

»Ja«, erwiderte Dany. »Und dennoch waren es Schiffe und Soldaten, die ich wollte.«

»Habe ich Euch keine Armee geschenkt, holdeste aller Frauen? Eintausend Ritter in glänzender Rüstung.«

Die Rüstung war aus Silber und Gold, die Ritter aus Jade und Beryll und Onyx und Turmalin, aus Bernstein und Opal und Amethyst, und jeder war so groß wie ihr kleiner Finger. »Eintausend hübsche Ritter«, sagte sie, »die keiner meiner Feinde fürchtet. Und meine Ochsen können mich nicht über das Meer tragen, ich ... Warum halten wir an?« Die Ochsen waren deutlich langsamer geworden.

»*Khaleesi*«, rief Aggo durch die Vorhänge, als der Palankin ruckartig zum Stehen kam. Dany stützte sich auf den Ellbogen und lehnte sich hinaus. Sie befanden sich am Rand des Basars und der Weg wurde ihnen von einer Mauer aus Menschen versperrt. »Was gibt es da zu sehen?«

Jhogo ritt zu ihr zurück. »Einen Feuermagier, *Khaleesi*.«

»Ich will ihn mir anschauen.«

»Dann kommt.« Der Dothraki bot ihr die Hand. Als sie diese ergriff, zog er sie auf sein Pferd und setzte sie vor sich, von wo sie über die Köpfe der Menge hinwegblicken konnte. Der Feuermagier hatte eine Leiter aus Flammen heraufbeschworen, die sich ohne Stützen lodernd vom Boden bis hinauf zum Gitterwerk des hohen Daches erstreckte.

Die meisten Zuschauer, so fiel ihr auf, waren nicht aus der Stadt; sie sah Seeleute von Handelsschiffen, Händler, die mit Karawanen eingetroffen waren, staubige Kerle aus der roten Wüste, umherziehende Soldaten, Handwerker, Sklavenjäger. Jhogo legte eine Hand um ihre Taille und beugte sich vor. »Die Milchmenschen meiden ihn. *Khaleesi*, siehst du das Mädchen mit dem Filzhut? Dort hinter dem fetten Priester. Sie ist eine –«

»Beutelschneiderin«, beendete Dany den Satz. Sie war keine verhätschelte Lady, die von solchen Dingen nichts wusste. In den Straßen der Freien Städte hatte sie während der Jahre, die sie dort mit ihrem Bruder verbracht hatte, während sie vor den Mördern des Usurpators flohen, Beutelschneider zuhauf gesehen.

Der Magier vollführte eine Geste und schob die Flammen mit weiten Bewegungen der Arme höher und höher. Während die Zuschauer den Kopf weit in den Nacken legten, schlichen die Taschendiebe durch die Menge und hielten kleine Messer in den Händen verborgen. Sie erleichterten die Wohlhabenden mit der einen Hand um ihre Münzen, derweil sie mit der anderen nach oben zeigten.

Als die feurige Leiter fast fünfzehn Meter in die Höhe ragte, sprang der Magier hinauf und kletterte flink wie ein Affe daran hoch. Jede Sprosse, die er berührte, löste sich hinter ihm auf und hinterließ nicht mehr als einen zarten Rauchschleier. Oben angelangt, war die Leiter verschwunden, und ebenso der Magier.

»Ein hübscher Trick«, verkündete Jhogo voller Bewunderung.

»Das war kein Trick«, sagte eine Frau in der Gemeinen Zunge.

Dany hatte Quaithe bislang nicht bemerkt, doch da stand sie, und hinter der rot lackierten Maske glänzten ihre Augen feucht. »Was meint Ihr, Mylady?«

»Vor einem halben Jahr konnte dieser Mann kaum Feuer in Drachenglas erwecken. Er besaß ein wenig Geschick mit Pülverchen und Seefeuer, und es reichte gerade, um die Menge abzulenken, während seine Beutelschneider hindurchschlichen. Er konnte über heiße Kohlen laufen und brennende Rosen in der Luft erblühen lassen, aber eine flammende Leiter hinaufklettern konnte er ebenso wenig, wie ein Fischer mit seinem Netz einen Kraken fangen kann.«

Unbehaglich betrachtete Dany die Stelle, an der die Leiter in die Höhe geragt hatte. Sogar der Rauch war nun verflogen, und die Menge löste sich auf, ein jeder ging wieder seinen Geschäften nach. In einigen Augenblicken würde so mancher entdecken, dass sein Geldbeutel flach und leer war. »Und jetzt?«

»Und jetzt wachsen seine Kräfte, *Khaleesi*. Und zwar Euretwegen.«

»Meinetwegen?« Sie lachte. »Wie kann das sein?«

Die Frau trat an sie heran und legte zwei Finger auf ihr Handgelenk. »Ihr seid die Mutter der Drachen, stimmt das nicht?«

»Das ist sie, und keine Brut der Schatten darf sie berühren.« Jhogo stieß Quaithes Finger mit dem Griff seiner Peitsche fort.

Die Frau wich einen Schritt zurück. »Ihr müsst diese Stadt bald verlassen, Daenerys Targaryen, oder man wird Euch überhaupt nicht mehr gestatten fortzugehen.«

An der Stelle, die Quaithe berührt hatte, kribbelte Danys Haut. »Wohin soll ich denn gehen?«, fragte sie.

»Um nach Norden zu gelangen, müsst Ihr nach Süden ziehen. Um nach Westen zu kommen, geht nach Osten. Um vorwärts zu gelangen, geht rückwärts, und um das Licht zu berühren, müsst Ihr unter den Schatten hindurchziehen.«

Asshai, dachte Dany. *Sie schickt mich nach Asshai.* »Wird man mir in Asshai eine Armee geben?«, wollte sie wissen. »Finde ich Gold in Asshai? Oder Schiffe? Was gibt es in Asshai, das ich in Qarth nicht bekomme?«

»Die Wahrheit«, sagte die Frau in der Maske, verneigte sich und wich in die Menge zurück.

Rakharo schnaubte verächtlich durch seinen langen Schnurrbart. »*Khaleesi,* eher sollte ein Mann Skorpione schlucken, als der Brut der Schatten zu trauen, die es nicht wagen, ihr Antlitz im Licht der Sonne zu zeigen. Das ist bekannt.«

»Das ist bekannt«, stimmte Aggo zu.

Xaro Xhoan Daxos hatte die Unterhaltung von seinen Kissen aus mitverfolgt. Nachdem Dany wieder in den Palankin gestiegen war, sagte er: »Eure Wilden sind weiser als sie es selbst wissen. Die Wahrheiten, welche die Menschen von Asshai anhäufen, werden Euch nicht zum Lächeln bringen.« Daraufhin drückte er ihr noch einen Kelch Wein in die Hand und sprach über Liebe und Lust und andere Nebensächlichkeiten bis sie in seinem Haus angelangt waren.

In der Stille ihres Zimmers zog Dany die prächtigen Kleider aus und legte eine weite Robe aus purpurfarbener Seide an. Ihre Drachen waren hungrig, daher schnitt sie eine Schlange klein und röstete die Stücke über der Kohlenpfanne. *Sie wachsen,* bemerkte sie, während sie ihnen zusah, wie sie nach dem knusprigen Fleisch schnappten und sich darum stritten. *Inzwischen wiegen sie mindestens doppelt so viel wie in Vaes Tolorro.* Trotzdem würde es noch Jahre dauern, bis sie groß genug waren, um in den Krieg zu ziehen. *Und ausgebildet müssen sie auch werden, sonst legen sie mein ganzes Königreich in Schutt und Asche.* Und obwohl das Blut der Targaryens in ihren Adern floss, hatte Dany nicht die geringste Ahnung, wie man einen Drachen ausbildete.

Ser Jorah Mormont kam gegen Sonnenuntergang zu ihr. »Die Reingeborenen haben Euch abgewiesen?«

»Wie Ihr es vorausgesagt habt. Kommt, setzt Euch und gebt mir Euren Rat.« Dany zog ihn auf das Kissen neben sich, und Jhiqui brachte ein Schälchen mit purpurnen Oliven und in Wein eingelegten Zwiebeln.

»In dieser Stadt werdet Ihr keine Hilfe finden, *Khaleesi.*« Ser Jorah nahm eine Zwiebel zwischen Daumen und Zeigefinger. »Jeden Tag bin ich davon mehr überzeugt. Die Reingeborenen blicken nur bis zu den Mauern von Qarth, und Xaro . . .«

»Heute hat er mich abermals gebeten, ihn zu heiraten.«

»Ja, und ich weiß auch, warum.« Wenn der Ritter die Stirn runzelte, berührten sich die Augenbrauen über den tief liegenden Augen.

»Weil er Tag und Nacht von mir träumt.« Sie lachte.

»Vergebt mir, meine Königin, doch er träumt von Euren Drachen.«

»Xaro hat mir versichert, in Qarth würden Mann und Frau nach der Heirat ihr Eigentum behalten. Die Drachen gehören mir.« Sie lächelte, als Drogon flatternd über den Marmorboden hüpfte und auf das Kissen neben ihr kroch.

»Er sagt die Wahrheit, allerdings hat er eines nicht erwähnt. Die Qarthener haben eine eigentümliche Hochzeitszeremonie, meine Königin. Am Tag ihrer Vereinigung darf die Frau ein Pfand der Liebe von ihrem Gemahl einfordern. Was immer sie von seinen weltlichen Schätzen verlangt, muss er ihr geben. Und er darf sie um das Gleiche bitten. Um einen einzigen Gegenstand, aber was auch immer gefordert wird, darf nicht versagt werden.«

»Einen Gegenstand, der nicht versagt werden darf«, wiederholte sie.

»Mit einem Drachen würde Xaro Xhoan Daxos diese Stadt beherrschen, aber Eurem Zweck würde ein einziges Schiff wenig dienen.«

Dany knabberte an einer Zwiebel und dachte betrübt über die Treulosigkeit der Männer nach. »Auf dem Rückweg von der Halle der Tausend Throne sind wir an einem Basar vorbeigekommen«, erzählte sie. »Dort habe ich Quaithe getroffen.« Sie berichtete von dem Feuermagier und der flammenden Leiter und davon, was die Frau mit der roten Maske ihr darüber erklärt hatte.

»Um die Wahrheit zu sagen, wäre ich froh, diese Stadt zu verlassen«, erwiderte der Ritter, nachdem sie ihre Schilderung beendet hatte. »Doch nicht, um nach Asshai zu ziehen.«

»Wohin dann?«

»Nach Osten«, sagte er.

»Ich bin eine halbe Welt von meinem Königreich entfernt. Wenn ich noch weiter nach Osten gehe, finde ich den Heimweg nach Westeros vielleicht nie mehr.«

»Wenn Ihr nach Westen zieht, riskiert Ihr Euer Leben.«

»Das Haus Targaryen hat Freunde in den Freien Städten«, erinnerte sie ihn. »Treuere Freunde als Xaro oder die Reingeborenen.«

»Falls Ihr auf Illyrio Mopatis anspielt, bin ich mir da nicht so sicher. Für genug Gold würde Illyrio Euch verkaufen wie einen Sklaven.«

»Mein Bruder und ich waren ein halbes Jahr lang zu Gast bei Illyrio. Wenn er uns hätte verkaufen wollen, hätte er es damals schon tun können.«

»Er hat Euch verkauft«, sagte Ser Jorah. »An Khal Drogo.«

Dany errötete. Der Ritter hatte die Wahrheit gesprochen, doch ihr gefiel die Schärfe seines Tonfalls nicht. »Illyrio hat uns vor den Messern des Thronräubers geschützt, und er hat an die Ziele meines Bruders geglaubt.«

»Illyrio glaubt an gar nichts, außer an sich selbst. Vielfraße sind gierige Männer, und Magister sind hinterhältig. Illyrio Mopatis ist beides. Was wisst Ihr wirklich über ihn?«

»Er hat mir die Dracheneier geschenkt.«

Ser Jorah schnaubte. »Hätte er gewusst, wie man sie ausbrütet, hätte er sich selbst darauf gesetzt.«

Daraufhin musste sie lächeln. »Oh, daran zweifle ich nicht, Ser.

Ich kenne Illyrio besser, als Ihr denkt. Als ich sein Anwesen in Pentos verließ, um meine Sonne, meine Sterne zu heiraten, war ich noch ein Kind, doch ich war weder taub noch blind. Und heute bin ich kein Kind mehr.«

»Selbst wenn Illyrio der Freund wäre, für den Ihr ihn haltet«, beharrte der Ritter, »ist er nicht mächtig genug, um Euch aus eigener Kraft auf den Thron zu hieven, denn das ist ihm schon bei Eurem Bruder nicht gelungen.«

»Er ist reich«, erwiderte sie. »Vielleicht nicht so reich wie Xaro, doch reich genug, um Schiffe für mich zu mieten und Männer anzuheuern.«

»Söldner haben ihren Nutzen«, räumte Ser Jorah ein, »Dennoch werdet Ihr den Thron Eures Vaters nicht zurückerobern, indem Ihr von den Freien Städten aus zuschlagt. Nichts schmiedet ein zerbrochenes Reich so rasch wieder zusammen wie eine Armee von Eindringlingen auf seinem Boden.«

»Ich bin ihre rechtmäßige Königin«, protestierte Dany.

»Ihr seid eine Fremde, die mit einer ausländischen Armee, deren Söldner nicht einmal der Gemeinen Zunge mächtig sind, an ihrer Küste anlanden will. Die Lords von Westeros kennen Euch nicht und haben allen Grund, Euch zu fürchten und Euch zu misstrauen. Sie müsst Ihr gewinnen, ehe Ihr in See stecht. Zumindest einige von ihnen.«

»Und wie soll mir das gelingen, wenn ich auf Euren Rat hin nach Osten ziehe?«

Er aß eine Olive und spuckte den Kern in seine Handfläche. »Ich weiß es nicht, Euer Gnaden«, gestand er ein, »doch ich weiß, dass es für Eure Feinde umso leichter wird, Euch zu finden, je länger Ihr an einem Ort verweilt. Der Name *Targaryen* flößt ihnen noch immer Angst ein und deshalb haben sie jemanden geschickt, als sie von Eurer Schwangerschaft erfuhren. Was werden sie tun, wenn sie von den Drachen hören?«

Drogon hatte sich neben ihrem Arm zusammengerollt, er war so heiß wie ein Stein, der den ganzen Tag in der prallen Sonne gelegen hatte. Rhaegal und Viserion balgten sich um ein Stück Fleisch und stießen sich mit den Flügeln gegenseitig zur Seite, während aus ihren Nüstern Rauch aufstieg. *Meine wilden Kinder,* dachte sie. »Der Komet hat mich nicht ohne Grund nach Qarth geführt. Ich hatte gehofft, hier meine Armee zu finden, doch anscheinend soll es nicht sein. Was bleibt mir anderes übrig, frage ich mich?« *Ich fürchte mich,* dämmerte ihr, *doch ich muss tapfer sein.* »Morgen müsst ihr zu Pyat Pree gehen.«

TYRION

Das Mädchen vergoss keine einzige Träne. Mochte sie noch so jung sein, Myrcella Baratheon war als Prinzessin geboren. *Und als Lannister, trotz ihres Namens,* rief sich Tyrion in Erinnerung. *In ihren Ader fließt Jaimes und Cerseis Blut.*

Zugegeben, ihr Lächeln war ein wenig zaghaft, als ihre Brüder sich an Bord der *Seeschwalbe* von ihr verabschiedeten, doch das Mädchen wusste die richtigen Worte zu sagen und brachte sie voller Zuversicht und Würde hervor. Als es ans Abschiednehmen ging, war es dann schließlich Prinz Tommen, der weinte, und Myrcella tröstete ihn.

Tyrion beobachtete die Szene vom Oberdeck der *König Roberts Hammer,* einer großen Kriegsgaleere mit vierhundert Rudern. *Robs Hammer* hieß das Schiff bei den Ruderern; es war das größte der Eskorte. Die *Löwenstern,* die *Wagewind* und die *Lady Lyanna* würden es begleiten.

Es bereitete Tyrion durchaus Unbehagen, einen so großen Teil der ohnehin unzureichenden Flotte zu entbehren, die um all die Schiffe dezimiert war, welche mit Lord Stannis nach Dragonstone gesegelt und niemals wieder gesichtet worden waren, doch Cersei würde sowieso nicht auf ihn hören. Vielleicht hatte sie Recht. Falls das Mädchen auf der Fahrt nach Sunspear in Gefangenschaft geriete, würde das Bündnis mit Dorne sich in Wohlgefallen auflösen. Bisher hatte Doran Martell nicht mehr getan, als zu den Fahnen zu rufen. Nachdem Myrcella sicher in Braavos gelandet war, so hatte er gelobt, würde er seine Streitmacht in die hohen Pässe führen, wo diese Bedrohung einige der Lords aus den Marschen möglicherweise dazu bringen würde, genau darüber nachzudenken, wem sie die Treue schworen. So konnte man Stannis auf dem Marsch nach

Norden vielleicht Einhalt gebieten. Allerdings war das Ganze lediglich eine Finte. Die Martells würden nicht in die Schlacht ziehen, solange Dorne selbst nicht angegriffen wurde, und ein solcher Narr war nicht einmal Stannis. *Obwohl das auf einige seiner Gefolgsleute durchaus zutreffen könnte,* dachte Tyrion. *Das sollte ich mir durch den Kopf gehen lassen.*

Er räusperte sich. »Ihr kennt Eure Befehle, Kapitän.«

»Ja, Mylord. Wir segeln an der Küste entlang und bleiben stets in Sichtweite des Landes, bis wir Crackclaw Point erreichen. Von dort aus geht es über die Meerenge nach Braavos. Auf keinen Fall dürfen wir uns in der Nähe von Dragonstone sehen lassen.«

»Und falls Ihr zufällig doch auf Feinde trefft?«

»Wenn es ein einzelnes Schiff ist, werden wir es aufbringen und versenken. Sind es mehrere, wird die *Wagewind* bei der *Seeschwalbe* bleiben, während der Rest der Flotte die Schlacht austrägt.«

Tyrion nickte. Im allerschlimmsten Fall sollte es der *Seeschwalbe* möglich sein, ihre Verfolger abzuhängen. Sie war ein kleines Schiff mit großen Segeln und schneller als jedes andere Kriegsschiff, behauptete ihr Kapitän. War Myrcella erst einmal in Braavos eingetroffen, befand sie sich in Sicherheit. Tyrion schickte Ser Arys Oakheart mit ihr, und er hatte Braavosi angeheuert, um sie weiter nach Sunspear zu geleiten. Sogar Lord Stannis würde es sich zweimal überlegen, den Zorn der größten und mächtigsten Freien Stadt auf sich zu lenken. Zwar konnte man die Route von King's Landing nach Dorne über Braavos nicht gerade die kürzeste nennen, doch sie war die sicherste . . . hoffte Tyrion jedenfalls.

Wenn Lord Stannis von dieser Reise wüsste, könnte er sich keinen besseren Augenblick aussuchen, um seine Flotte gegen uns zu schicken. Tyrion blickte hinüber zu der Stelle, wo sich der Blackwater in die Bucht ergoss, und war erleichtert, als er keine Segel am weiten grünen Horizont entdeckte. Den letzten Berichten zufolge lag Baratheons Flotte vor Storm's End, wo sich Ser Cortnay Penrose im Namen des toten Renly weiterhin weigerte, die Festung zu übergeben. Inzwischen waren Tyrions Windentürme zu drei Vierteln fertig. Auch jetzt arbeiteten die Männer dort, hievten gerade schwere

Steinblöcke an Ort und Stelle und verfluchten ihn zweifelsohne, weil er sie während der Festtage schuften ließ. Mochten sie fluchen. *Vierzehn Tage, Stannis, mehr brauche ich nicht. Vierzehn Tage noch, und sie sind fertig.*

Tyrion beobachtete seine Nichte, die vor dem Hohen Septon kniete und den Segen für die Reise entgegennahm. Das Sonnenlicht leuchtete auf seiner Kristallkrone und warf Regenbögen auf Myrcellas nach oben gewandtes Gesicht. Wegen des Lärms am Ufer konnte er die Gebete nicht verstehen. Er hoffte, die Götter hätten schärfere Ohren. Der Hohe Septon war fett und aufgeblasen und hatte sogar noch mehr Ausdauer als Pycelle. *Genug, alter Mann, nun komm schon zum Schluss,* dachte Tyrion gereizt. *Die Götter haben Besseres zu tun, als dir zuzuhören, und ich auch.*

Nachdem das Leiern und Murmeln ein Ende hatte, verabschiedete sich Tyrion vom Kapitän der *Robs Hammer.* »Geleitet meine Nichte sicher nach Braavos, und bei Eurer Rückkehr wartet die Ritterwürde auf Euch«, versprach er.

Während er über die steile Planke zum Kai hinunterging, spürte er unfreundliche Blicke auf sich gerichtet. Die Galeere schaukelte sanft, und wegen dieser Bewegung watschelte er noch mehr als sonst. *Ich wette, am liebsten würden sie alle laut über mich lachen.* Doch getraute sich das niemand offen, wenngleich er zwischen dem Ächzen von Tauen und Holz und dem Rauschen des Flusses leises Murmeln hörte. *Nun, sie lieben mich nicht,* dachte er. *Wen wundert's? Ich bin satt und hässlich, während sie hungern.*

Bronn eskortierte ihn durch die Menge zu seiner Schwester und ihren Söhnen. Cersei ignorierte ihn und bedachte lieber ihren Vetter mit einem Lächeln. Tyrion sah zu, wie sie Lancel bezauberte, ihre Augen waren so grün wie die Smaragde an ihrem schlanken, weißen Hals. Er grinste verschlagen vor sich hin. *Ich kenne dein Geheimnis, Cersei,* dachte er. Seine Schwester hatte in letzter Zeit ein wenig zu oft den Hohen Septon aufgesucht, um den Segen der Götter im bevorstehenden Kampf mit Lord Stannis zu erbitten ... das sollte er jedenfalls glauben. In Wirklichkeit legte Cersei nach einem kurzen Besuch in der Großen Septe von Baelor einen schlichten braunen

Reisemantel an und stahl sich zu einem Treffen mit einem gewissen niederen Ritter namens Ser Osmund Kettleblack und seinen ähnlich zwielichtigen Brüdern Osney und Osfryd. Lancel hatte ihm das erzählt. Cersei wollte mit Hilfe der Kettleblacks ihr eigene Söldnertruppe aufstellen.

Nun, mochte sie sich daran erfreuen, ihre Komplotte zu schmieden. Sie war viel umgänglicher, wenn sie überzeugt war, ihn überlistet zu haben. Die Kettleblacks schmeichelten ihr, nahmen ihre Münzen und versprachen ihr alles, worum sie bat, und warum auch nicht, denn Bronn zahlte ihnen für jede Kupfermünze noch eine weitere drauf. Liebenswerte Schufte waren die drei, und in Wirklichkeit waren sie im Betrügen viel begabter als im Blutvergießen. Cersei hatte es geschafft, sich drei leere Trommeln zu kaufen; sie würden einen fürchterlichen Lärm machen, doch innen waren sie hohl. Tyrion hätte sich totlachen mögen.

Hörner erklangen, als die *Löwenstern* und die *Lady Lyanna* ablegten und sich flussabwärts bewegten, um den Weg für die *Seeschwalbe* frei zu machen. Aus der Menge, die sich an den Ufern drängte, lösten sich einige wenige Jubelrufe, die so rasch vergingen wie die dünnen, zerfetzten Wolken, die über ihre Köpfe hinwegzogen. Myrcella lächelte und winkte vom Deck aus. Hinter ihr stand Arys Oakheart in seinem wehenden weißen Mantel. Der Kapitän ließ die Leinen losmachen, und die Ruder schoben die *Seeschwalbe* in die kräftige Strömung des Blackwater Rush, wo sich die Segel im Wind blähten – Tyrion hatte auf gewöhnlichen weißen Segeln statt des Purpurrots der Lannisters bestanden. Prinz Tommen schluchzte. »Du jammerst wie ein Säugling«, zischte sein Bruder. »Prinzen dürfen nicht weinen.«

»Prinz Aemon der Drachenritter hat auch geweint an dem Tag, an dem Prinzessin Naerys seinen Bruder Aegon heiratete«, sagte Sansa Stark, »und die Zwillinge Ser Arryk und Ser Erryk sind mit Tränen auf den Wangen gestorben, nachdem sie sich gegenseitig tödliche Wunden zugefügt hatten.«

»Seid still, oder ich lasse *Euch* von Ser Meryn eine tödliche Wunde zufügen«, wies Joffrey seine Verlobte zurecht. Tyrion warf seiner

Schwester einen Blick zu, doch Cersei lauschte gerade Ser Balon Swann, der ihr etwas erzählte. *Sieht sie wirklich nicht, was er ist?*, fragte er sich.

Draußen auf dem Fluss holte man an Bord der *Wagewind* die Ruder ein und glitt im Kielwasser der *Seeschwalbe* dahin. Als Letztes folgte *König Roberts Hammer,* der ganze Stolz der königlichen Flotte ... zumindest des Teils der Flotte, der nicht mit Stannis nach Dragonstone geflohen war. Tyrion hatte die Schiffe sorgfältig ausgesucht und jene Kapitäne vermieden, deren Treue zweifelhaft sein könnte, wobei er sich auf Varys' Angaben verlassen hatte ... doch da selbst Varys ein Verbündeter von fragwürdiger Treue war, den man besser nicht aus den Augen ließ, blieben gewisse Zweifel bestehen. *Ich verlasse mich zu sehr auf Varys,* überlegte er sich. *Ich brauche meine eigenen Ohrenbläser. Nicht, dass ich denen trauen würde.* Vertrauen konnte tödlich sein.

Abermals fragte er sich, was mit Littlefinger geschehen sein konnte. Von Petyr Baelish gab es keine Nachrichten, seit er nach Bitterbridge aufgebrochen war. Das bedeutete möglicherweise gar nichts – oder auch sehr viel. Selbst Varys wusste es nicht zu sagen. Der Eunuch meinte, vielleicht habe Littlefinger ein Unglück ereilt, vielleicht sei er schon tot. Tyrion hatte nur spöttisch geschnaubt. »Wenn Littlefinger tot ist, bin ich eine Riese.« Wahrscheinlicher war, dass sich die Tyrells gegen die vorgeschlagene Heirat sträubten. *Wenn ich Mace Tyrell wäre, würde ich lieber Joffreys Kopf auf einer Lanze als seinen Schwanz in meiner Tochter sehen.*

Die kleine Flotte war bereits weit in die Bucht hinausgefahren, als Cersei fand, es sei Zeit zum Gehen. Bronn brachte Tyrions Pferd herbei und half ihm beim Aufsteigen. Das war eigentlich Podrick Paynes Aufgabe, doch sie hatten Pod im Red Keep zurückgelassen. Der hagere Söldner war eine wesentlich abschreckendere Erscheinung als der Junge.

Die schmalen Straßen waren von Männern der Stadtwache gesäumt, die die Menge mit ihren Speerschäften auf Abstand hielten. Ser Jacelyn Bywater ritt an der Spitze einer Gruppe von Lanzenreitern in schwarzen Kettenhemden und goldenen Umhängen vornweg. Hinter ihm folgten Ser Aron Santagar und Ser Balon Swann, welche die Banner des Königs trugen, den Löwen der Lannisters und den gekrönten Hirsch der Baratheons.

König Joffrey saß auf einem hohen grauen Zelter. Auf seinen goldenen Locken ruhte eine goldene Krone. Sansa Stark ritt eine Fuchsstute, blickte weder nach links noch rechts, und ihr Haar wallte unter einem mit Mondsteinen verzierten Netz auf ihre Schultern. Zwei Männer der Königsgarde flankierten das Paar, der Bluthund zur Rechten des Königs und Ser Mandon Moore zur Linken des Starkmädchens.

Als Nächster folgte der schniefende Tommen zusammen mit Ser Preston Greenfield in weißer Rüstung und Umhang, daraufhin Cersei, die von Ser Lancel begleitet und von Meryn Trant und Boros Blount beschützt wurde. Tyrion gesellte sich zu seiner Schwester. Dann kam der Hohe Septon in seiner Sänfte und ein langes Gefolge von Höflingen – Ser Horas Redwyne, Lady Tanda und ihre Tochter, Jalabhar Xho, Lord Gyles Rosby und der Rest. Eine doppelte Kolonne Wachen bildete die Nachhut.

Die Menge hinter der Reihe aus Speeren starrte die Reiter mit dumpfem Groll an. *Mir gefällt das ganz und gar nicht,* dachte Tyrion. Bronn hatte ungefähr zwanzig Söldner in der Menge verteilt, die jeden Ärger verhindern sollten, bevor er überhaupt losging. Vielleicht hatte Cersei etwas Ähnliches mit den Kettleblacks verabredet. Irgendwie hatte Tyrion das Gefühl, es würde nicht viel helfen. Wenn das Feuer zu heiß wurde, konnte man den Pudding nicht dadurch vor dem Anbrennen retten, dass man Rosinen in den Topf warf.

Sie überquerten den Fischmarkt und ritten den Schlammweg entlang, ehe es in den schmalen, gebogenen Haken ging und schließlich Aegons Hohen Hügel hinauf. Ein paar Zuschauer stimmten ein *»Joffrey! Heil! Heil!«* an, während der König vorbeiritt, doch für jeden, der mit in den Ruf einfiel, hüllten sich hundert andere in Schweigen. Die Lannisters zogen durch ein Meer von zerlumpten Männern und hungrigen Frauen, durch eine Woge verdrießlicher Blicke. Vor ihm lachte Cersei über etwas, das Lancel gesagt hatte, obwohl die Fröhlichkeit offensichtlich aufgesetzt war.

Seine Schwester konnte die Unruhe um sie herum nicht übersehen haben, wenngleich sie glaubte, Tapferkeit zur Schau tragen zu müssen.

Ungefähr auf der halben Strecke drängte sich eine jammernde Frau zwischen zwei Wachen hindurch, rannte vor dem König auf die Straße und hielt ihm ihr totes Kind entgegen. Der Säugling war blau und aufgedunsen und sah grotesk aus, doch wirklich erschreckend waren die Augen der Mutter. Joffrey schien sie einen Augenblick lang niederreiten zu wollen, doch Sansa Stark beugte sich zu ihm hinüber und sagte etwas zu ihm. Der König kramte in seinem Geldbeutel und warf der Frau einen Silberhirschen zu. Die Münze prallte von den Kind ab und rollte zwischen den Füßen der Goldröcke hindurch zwischen ein Dutzend Männer, die sofort über das Geld in Streit ausbrachen. Die Mutter blinzelte nicht einmal. Ihre mageren Arme zitterten vom Gewicht ihres toten Sohnes.

»Lasst sie, Euer Gnaden«, rief Cersei dem König zu, »wir können nichts für das arme Ding tun.«

Die Mutter hörte es. Irgendwie drang die Stimme der Königin in ihren benebelten Verstand vor. Ihr schlaffes Gesicht verzerrte sich vor Hass. *»Hure!«*, kreischte sie. *»Hure des Königsmörders! Bruderfickerin!«* Das tote Kind fiel ihr wie ein Mehlsack aus den Händen, als sie auf Cersei zeigte. *»Bruderfickerin Bruderfickerin Bruderfickerin.«*

Tyrion sah nicht, wer den Kot warf. Er hörte nur Sansas entsetztes Aufkeuchen und Joffreys Fluch, und als er den Kopf wandte, wischte sich der König bereits den braunen Dreck von der Wange. Auch sein goldenes Haar und Sansas Beine hatten etwas abbekommen.

»Wer war das?«, kreischte Joffrey. Er zog ein wütendes Gesicht und entfernte eine weitere Hand voll Schmutz aus seinen Haaren. »Ich will den Mann haben, der das war!«, rief er. »Hundert Golddrachen für denjenigen, der ihn verrät.«

»Er war dort oben!«, rief jemand aus der Menge. Der König riss sein Pferd herum und suchte die Dächer und offenen Balkone ab. Einige der Zuschauer zeigten nach oben, drängten sich nach vorn und verfluchten sich gegenseitig und den König dazu.

»Bitte, Euer Gnaden, lasst ihn«, flehte Sansa.

Der König beachtete sie nicht. »Bringt mir den Mann, der diesen Unflat geworfen hat«, befahl Joffrey. »Er wird ihn von mir ablecken, oder ich werde ihm den Kopf abschlagen lassen. Hund, holt ihn mir.«

Gehorsam schwang sich Sandor Clegane aus dem Sattel, fand jedoch keine Möglichkeit, durch die Mauer aus Menschen zu gelangen, geschweige denn das Dach zu erreichen. Die in der vordersten Reihe schoben sich nach hinten, während andere sich nach vorn drängten, um besser sehen zu können. Für Tyrion roch das Ganze nach einer bevorstehenden Katastrophe. »Clegane, lasst es sein, der Kerl ist längst geflohen.«

»Ich will ihn haben!« Joffrey zeigte auf das Dach. »Dort oben war er. Hund, haut Euch den Weg frei und holt –«

Ein Tumult übertönte seine letzten Worte, ein rollender Donner der Wut, der Furcht und des Hasses, der von allen Seiten aufbrandete. *»Bastard!«*, brüllte jemand Joffrey zu, *»Bastardungeheuer!«* Andere nannten die Königin lautstark eine *»Hure«* und ein *»Bruderflittchen«*, während man Tyrion mit *»Missgeburt«* und *»Halbmann«* titulierte. Inmitten dieser Beleidigungen hörte er ein paar Rufe wie *»Gerechtigkeit«* und *»Robb, König Robb, der Junge Wolf«*, *»Stannis!«* und sogar *»Renly!«* Von beiden Seiten der Straße drängten die Menschen gegen die Reihen der Speere, während die Goldröcke sich bemühten, ihre Stellung zu halten. Steine und Mist und noch üblere Dinge wurden über ihre Köpfe hinweg geworfen. »Gebt uns zu essen!«, kreischte eine Frau. »Brot!«, verlangte der Mann hinter ihr. *»Wir wollen Brot,* Bastard!« Augenblicke später hatten tausend Stimmen den Ruf aufgenommen. König Joffrey und König Robb und König Stannis waren vergessen, nur König Brot herrschte noch. *»Brot«*, brüllten die Menschen, *»Brot, Brot!«*

Tyrion trieb sein Pferd an die Seite seiner Schwester und rief ihr zu: »Zurück zur Burg. Sofort!« Cersei nickte nur knapp, und Ser Lancel zog sofort sein Schwert aus der Scheide. Vor der Kolonne erteilte Jacelyn Bywater Befehle. Die Reiter senkten die Lanzen und ritten in Keilformation voran. Der König drehte seinen Zelter im

Kreis, während die Menschen zwischen den Goldröcken hindurch die Hände nach ihm ausstreckten. Einem gelang es kurz, sein Bein zu ergreifen, doch nur für einen Moment. Ser Mandon schlug mit dem Schwert zu und trennte die Hand vom Arm. »*Reitet!*«, schrie Tyrion seinem Neffen zu und versetzte dem Pferd einen harten Schlag auf die Kruppe. Das Tier bäumte sich wiehernd auf und rannte los, während die Menschen vor ihm aus dem Weg sprangen.

Tyrion nutzte die Lücke hinter dem König aus. Bronn folgte und hielt sein Schwert in der Hand. Ein scharfkantiger Stein flog an seinem Kopf vorbei, und ein verfaulter Kohlkopf zerplatzte an Ser Mandons Schild. Zur Linken konnten sich drei Goldröcke nicht mehr gegen den Druck behaupten, gingen zu Boden und wurden von dem Mob niedergetrampelt. Der Bluthund war irgendwo hinter ihnen verschwunden, sein reiterloses Pferd galoppierte neben ihnen her. Tyrion sah, wie Aron Santagar, aus dem Sattel gezerrt wurde und der golden-schwarze Baratheonhirsch ihm entrissen wurde. Ser Balon Swann ließ den Lannisterlöwen fallen und zog das Langschwert. Er schlug rechts und links zu, derweil das Banner zerrissen wurde und tausend Fetzen wie purpurrote Blätter im Sturmwind trieben. Augenblicke später waren sie verschwunden. Jemand stolperte vor Joffreys Pferd und schrie, als der König ihn niederritt. Ob Mann, Frau oder Kind, konnte Tyrion nicht sagen. Joffrey galoppierte mit bleichem Gesicht neben ihm her, und Ser Mandon Moore war ein weißer Schatten zur Linken.

Plötzlich hatten sie den Aufruhr hinter sich gelassen, und ihre Hufschläge hallten über den gepflasterten Platz vor dem Vorwerk der Burg. Eine Reihe Speerträger hielt das Tor frei. Ser Jacelyn ließ seine Lanzenreiter kehrtmachen. Die Speere teilten sich, um die Gefolgschaft des Königs durch das Fallgatter zu lassen. Hellrote Mauern ragten über ihnen auf, und ihre Höhe und die Armbrustschützen auf den Wehrgängen boten einen äußerst tröstlichen Anblick.

Tyrion erinnerte sich später nicht mehr daran, dass er abgestiegen war. Ser Mandon half soeben dem König vom Pferd, als Cersei, Tommen und Lancel gefolgt von Ser Meryn und Ser Boros durch das Tor ritten. Boros' Klinge war mit Blut verschmiert, während man Meryn den weißen Umhang vom Rücken gerissen hatte. Ser Balon Swann kehrte ohne Helm zurück, sein Pferd war schaumbedeckt und blutete aus dem Maul. Horas Redwyne brachte Lady Tanda herein, die vor Angst um ihre Tochter Lollys fast von Sinnen war; das Mädchen war unterwegs aus dem Sattel geworfen worden und zurückgeblieben. Lord Gyles war im Gesicht grauer als je zuvor und erzählte, dass er gesehen habe, wie der Hohe Septon aus seiner Sänfte gestürzt sei und laut Gebete sprach, während der Pöbel über ihn herfiel. Jalabhar Xho sagte, er glaube beobachtet zu haben, dass Ser Preston Greenfield von der Königsgarde zu der umgekippten Sänfte zurückgeritten sei, doch ganz sicher war er nicht.

Die Frage eines Maesters, ob er verletzt sei, nahm Tyrion kaum wahr. Er drängte sich über den Hof zu seinem Neffen, dessen mistverkrustete Krone schief auf seinem Kopf saß. »Verräter«, stammelte Joffrey aufgeregt, »ich werde sie alle enthaupten lassen, ich –«

Der Zwerg schlug ihm so hart ins Gesicht, dass Joffrey die Krone vom Kopf fiel. Dann stieß er ihm mit beiden Händen vor die Brust und warf ihn zu Boden. »Du verdammter blinder *Narr!*«

»Sie waren Verräter«, kreischte Joffrey am Boden. »Sie haben mich beschimpft und mich angegriffen.«

»Du hast den Hund auf sie gehetzt! Was hast du denn erwartet? Dass sie widerstandslos das Knie beugen, während der Bluthund ein paar Köpfe abschlägt? Du verzogener hirnloser kleiner *Bengel*, du hast Clegane auf dem Gewissen, und mögen die Götter wissen, wie viele noch, und trotzdem bist *du* ohne einen Kratzer davongekommen. *Verflucht sollst du sein!*« Und damit trat er ihn. Es fühlte sich so gut an, am liebsten hätte er noch einmal zugetreten, doch Ser Mandon Moore zerrte ihn fort, als Joffrey aufheulte, und dann war Bronn da und hielt ihn zurück. Cersei kniete bei ihrem Sohn, während Ser Balon Swann Ser Lancel bändigte. Tyrion riss sich aus Bronns Griff los. »Wie viele sind noch draußen?«, rief er laut, an niemanden im Besonderen gerichtet.

»Meine Tochter«, schrie Lady Tanda. »Bitte, jemand muss hinaus und Lollys holen ...«

»Ser Preston ist noch nicht zurückgekehrt«, berichtete Ser Boros Blount, »und Aron Santagar auch nicht.«

»Und Tyrek Lannister fehlt ebenfalls«, sagte Ser Horas Redwyne.

Tyrion blickte sich im Hof um. »Wo ist das Starkmädchen?«

Einen Augenblick lang antwortete niemand. Schließlich sagte Joffrey: »Sie ist neben mir geritten. Ich weiß nicht, wo sie geblieben ist.«

Der Zwerg drückte die Finger auf die pochenden Schläfen. Falls Sansa Stark zu Schaden gekommen war, war Jaime ein toter Mann. »Ser Mandon, Ihr wart ihr Schild.«

Ser Mandon Moore zeigte sich unbekümmert. »Als sie über den Bluthund herfielen, habe ich zuerst an den König gedacht.«

»Das war auch richtig so«, warf Cersei ein. »Boros, Meryn, geht zurück und sucht das Mädchen.«

»Und meine Tochter«, schluchzte Lady Tanda. »Bitte, Sers . . .«

Ser Boros wirkte nicht gerade erfreut angesichts der Aussicht, die Sicherheit der Burg gleich wieder zu verlassen. »Euer Gnaden«, sagte er zur Königin, »der Anblick der weißen Umhänge könnte die Wut des Pöbels weiter anstacheln.«

Tyrion hatte genug. »Die Anderen mögen Eure verdammten Umhänge holen! *Legt sie ab,* wenn Ihr Euch so davor fürchtet, sie zu tragen, Ihr verfluchter Dummkopf . . . *aber findet Sansa Stark,* oder ich schwöre Euch, ich lasse Shagga Euren hässlichen Kopf spalten und schaue mir an, ob sich außer schwarzem Pudding noch etwas darin befindet.«

Ser Boros wurde purpurrot vor Zorn. »Ihr nennt *mich* hässlich, *Ihr?*« Er wollte bereits das blutige Schwert heben, das er noch immer in der Hand hielt. Bronn stieß Tyrion hinter sich.

»Hört auf!«, fauchte Cersei. »Boros, Ihr tut, was man Euch aufgetragen hat, oder wir werden uns jemand anderes für Euren Umhang suchen. Euer Eid –«

»Da ist sie!«, rief Joffrey.

Durch das Tor galoppierte Sandor Clegane auf Sansas Fuchs. Das Mädchen saß hinter ihm und hatte beide Arme um seine Brust geschlungen.

Tyrion rief ihr zu: »Seid Ihr verletzt, Lady Sansa?«

Blut rann aus einer tiefen Wunde an ihrem Kopf. »Sie haben … sie haben Sachen geworfen … Steine und Dreck und Eier …. Ich habe versucht, ihnen zu erklären, dass ich ihnen kein Brot geben kann. Ein Mann wollte mich aus dem Sattel ziehen. Der Bluthund hat ihn getötet, glaube ich … sein Arm …« Sie riss die Augen auf und schlug die Hand vor den Mund. *»Er hat ihm den Arm abgehackt!«*

Clegane ließ das Mädchen zu Boden gleiten. Sein weißer Umhang war zerrissen und schmutzig, und Blut quoll aus einer Wunde am linken Arm. »Der kleine Vogel blutet. Jemand soll ihn in seinen Käfig bringen und nach der Wunde schauen.« Maester Frenken eilte sofort herbei. »Santagar haben sie erledigt«, fuhr der Bluthund fort. »Vier haben ihn auf die Erde gedrückt und abwechselnd mit einem Pflasterstein auf seinen Kopf eingeschlagen. Einen konnte ich aufschlitzen, doch hat das Ser Aron nicht mehr viel geholfen.«

Lady Tanda trat näher. »Meine Tochter …?«

»Habe sie nicht gesehen.« Der Bluthund blickte sich mit finsterer Miene im Hof um. »Wo ist mein Pferd? Falls dem Tier etwas passiert ist, wird irgendjemand dafür bezahlen.«

»Es ist eine Weile mit uns mitgelaufen«, sagte Tyrion, »aber ich weiß nicht, was dann mit ihm passiert ist.«

»Feuer!«, rief eine Wache vom Turm herunter. »Mylords, in der Stadt ist Rauch zu erkennen. Flea Bottom brennt.«

Tyrion war unaussprechlich müde, doch er hatte einfach keine Zeit, seiner Verzweiflung nachzugeben. »Bronn, nimm so viele Männer du brauchst und kümmere dich darum, dass die Wagen mit dem Wasser nicht überfallen werden.« *Bei den guten Göttern, das Seefeuer, falls es in Brand gerät …* »Wir können ganz Flea Bottom verlieren, wenn es sein muss, aber auf keinen Fall darf das Feuer die Gildenhalle der Alchimisten erreichen, verstanden? Clegane, Ihr begleitet ihn.«

Für die Dauer eines halben Herzschlags glaubte Tyrion, er habe Furcht in den dunklen Augen des Bluthunds gesehen. *Feuer,* wurde ihm klar. *Die Anderen sollen mich holen, natürlich, er hasst Feuer, er hat es bereits zu gut kennen gelernt.* Der ängstliche Ausdruck war sofort wieder verschwunden und wurde durch die gewohnte mürrische Miene ersetzt. »Ich gehe«, sagte er, »wenn auch nicht wegen Eures Befehls. Ich muss mein Pferd finden.«

Tyrion wandte sich an die übrigen drei Ritter der Königsgarde. »Jeder von Euch wird einen Herold eskortieren. Befehlt den Menschen, in ihre Häuser zu gehen. Jeder, den man nach Einbruch der Dunkelheit auf den Straßen antrifft, wird mit dem Tod bestraft.«

»Unser Platz ist an der Seite des Königs«, erwiderte Ser Meryn selbstgefällig.

Cersei fuhr auf wie eine Viper. »Euer Platz ist dort, wo mein Bruder Euch hinschickt«, fauchte sie. »Die Hand spricht mit der Stimme des König, und Ungehorsam ist Verrat.«

Boros und Meryn wechselten einen Blick. »Sollen wir unsere weißen Mäntel tragen, Euer Gnaden?«, fragte Ser Boros.

»Meinetwegen könnt Ihr nackt losziehen. Dadurch würdet Ihr den Pöbel vielleicht daran erinnern, dass Ihr eigentlich Männer seid. Nachdem der Mob beobachtet hat, wie Ihr Euch dort draußen auf der Straße benommen habt, wird er das vergessen haben.«

Tyrion ließ seine Schwester toben. Sein Kopf dröhnte. Er glaubte Rauch zu riechen, doch vermutlich war das eine Sinnestäuschung. Zwei Stone Crows begleiteten ihn zum Turm der Hand. »Sucht Timett, Sohn des Timett.«

»Stone Crows laufen Burned Men nicht hinterher«, entgegnete einer der Wildlinge hochmütig.

Einen Augenblick lang hatte Tyrion vergessen, mit wem er es zu tun hatte. »Dann sucht Shagga.«

»Shagga schläft.«

Es kostete ihn große Mühe, nicht loszubrüllen. »Weckt ihn.«

»Shagga, Sohn des Dolf, zu wecken, ist nicht leicht«, beschwerte sich der Mann. »Sein Zorn ist entsetzlich.« Knurrend ging er davon.

Gähnend und sich kratzend traf der Mann von den Clans schließlich ein. »Die halbe Stadt probt den Aufstand, die andere Hälfte brennt, und Shagga schnarcht«, sagte Tyrion.

»Shagga mag Euer brackiges Wasser hier nicht, deshalb muss er

Euer schwaches Bier und den sauren Wein trinken, und danach tut ihm der Kopf weh.«

»Shae befindet sich in einem Anwesen am Eisentor. Du wirst dorthin gehen und sie beschützen, was immer auch geschieht.«

Der riesige Mann lächelte, und seine Zähne leuchteten wie eine gelbe Gletscherspalte inmitten des Bartes. »Shagga wird sie hierher holen.«

»Du passt nur auf, dass ihr nichts zu Leide stößt. Sag ihr, ich würde kommen, sobald ich kann. Heute Nacht noch, soweit möglich, aber bestimmt morgen.«

Doch am Abend herrschte immer noch Aufruhr in der Stadt, obwohl Bronn berichtete, die Brände seien gelöscht, und den größten Teil des Pöbels habe man auseinander getrieben. So sehr sich Tyrion auch nach dem Trost von Shaes Umarmung sehnte, musste er trotzdem einsehen, dass er heute Nacht nirgendwohin gehen würde.

Ser Jacelyn Bywater berichtete über den Aufruhr, während Tyrion im dämmerigen Solar einen kalten Kapaun mit braunem Brot zum Abendessen verspeiste. Das Zwielicht ging allmählich in Dunkelheit über, doch als die Diener eintraten und Kerzen sowie ein Feuer im Kamin anzünden wollten, brüllte Tyrion sie an und schickte sie hinaus. Seine Stimmung war ebenso düster wie das Zimmer, und Bywater sagte nichts, was ihn aufgeheitert hätte.

Auf der Liste der Opfer stand der Hohe Septon ganz oben; man hatte ihn in Stücke gerissen, während er seine Götter um Hilfe anrief. *Hungernde Männer mögen keine Priester, die zu fett sind,* dachte Tyrion.

Ser Prestons Leiche hatte man zunächst übersehen; die Goldröcke hatten nach einem Ritter in weißer Rüstung gesucht, und er war so grausam zerstückelt und verstümmelt worden, dass er von Kopf bis Fuß rotbraun war.

Ser Aron Santagar hatte man in der Gosse gefunden, und sein Kopf war nur noch roter Brei im Helm gewesen.

Lady Tandas Tochter hatte ihre Unbeflecktheit einem halben Hundert Männer hinter einer Gerberwerkstatt opfern müssen. Die

Goldröcke entdeckten sie, als sie nackt durch die Sauenbauchsgasse taumelte.

Tyrek wurde noch immer vermisst, ebenso die Kristallkrone des Hohen Septons. Neun Goldröcke hatten ihr Leben lassen müssen, drei Dutzend waren verwundet. Niemand hatte sich die Mühe gemacht, die Opfer unter dem Pöbel zu zählen.

»Ich will, dass man Tyrek findet, tot oder lebendig«, sagte Tyrion kurzangebunden, nachdem Bywater geendet hatte. »Er war noch ein halber Junge, der Sohn meines verstorbenen Onkels Tygett. Sein Vater war immer gut zu mir.«

»Wir werden ihn schon finden. Und die Krone des Septons auch.«

»Sollen sich die Anderen mit der Krone des Septons vergnügen!«

»Als Ihr mich zum Kommandanten der Wache ernannt habt, verlangtet Ihr, ich solle Euch stets offen die Wahrheit sagen.«

»Irgendwie beschleicht mich so ein Gefühl, dass mir das, was Ihr mir mitteilen wollt, nicht gefallen wird«, erwiderte Tyrion düster.

»Heute haben wir die Stadt gehalten, Mylord, aber für morgen kann ich Euch nichts versprechen. Der Kessel ist kurz vorm Überkochen. So viele Diebe und Mörder sind auf den Straßen unterwegs, dass kein Haus vor ihnen sicher ist, die blutige Ruhr breitet sich überall im Armenviertel aus, und man bekommt weder für Kupfer noch für Gold etwas zu essen. Hörte man vorher nur leise Flüche in dunklen Gassen, so wird inzwischen in den Gildenhallen und auf den Märkten offen über Verrat gesprochen.«

»Braucht Ihr mehr Männer?«

»Ich vertraue schon der halben Truppe nicht, die ich jetzt habe. Slynt hat die Größe der Wache verdreifacht, aber es ist mehr nötig als ein goldener Rock, um einen Mann zum Soldaten zu machen. Gewiss gibt es gute und treue Kerle unter den neuen Rekruten, aber viele sind einfach nur Schläger, Säufer, Feiglinge und Verräter. Sie sind nur halb ausgebildet, kennen kaum Disziplin, und am loyalsten sind sie ihrer eigenen Haut gegenüber. Falls es zum Kampf kommt, werden sie Fersengeld geben, fürchte ich.«

»Etwas anderes habe ich auch nie von ihnen erwartet«, sagte

Tyrion. »Sobald irgendwo eine Bresche in die Mauern geschlagen wird, sind wir verloren, das habe ich von Anfang an gewusst.«

»Meine Männer wurden vor allem aus dem einfachen Volk rekrutiert. Und sie gehen durch die gleichen Straßen, trinken in den gleichen Weinschenken, löffeln ihre Suppe in den gleichen Wirtshäusern wie der Pöbel. Euer Eunuch muss Euch längst erzählt haben, dass die Lannisters in King's Landing nicht besonders beliebt sind. Vielleicht erinnern sich viele noch daran, wie Euer Vater die Stadt geplündert hat, als Aerys ihm die Tore öffnete. Sie tuscheln, die Götter würden uns für die Sünden Eures Hauses bestrafen – für den Mord Eures Bruders an König Aerys, für die Metzelei an Rhaegars Kindern, für die Hinrichtung von Eddard Stark und Joffreys himmelschreiende Rechtsprechung. Manche sprechen darüber, wie viel besser es unter Robert war, und das nicht etwa hinter vorgehaltener Hand, und man denkt darüber nach, ob es unter Stannis auf dem Thron nicht abermals besser werden würde. In den Schänken und Bordellen hörte man solches Reden – und in den Kasernen und Wachräumen ebenfalls, fürchte ich.«

»Sie hassen meine Familie, wollt Ihr das damit sagen?«

»Ja ... Und sie werden sich gegen sie wenden, sollten sie die Möglichkeit bekommen.«

»Auch gegen mich?«

»Fragt Euren Eunuchen.«

»Ich frage Euch.«

Bywaters tief liegende Augen begegneten dem Blick der ungleichen Augen des Zwergs und blinzelten nicht. »Euch hassen sie am meisten, Mylord.«

»*Am meisten?*« Diese Ungerechtigkeit drückte ihm fast die Kehle zu. »Joffrey hat ihnen gesagt, sie sollten ihre Toten fressen, nachdem er den Hund auf sie gehetzt hat. Wie können sie mir die Schuld dafür geben?«

»Seine Gnaden sind noch ein Knabe. Auf den Straßen heißt es, er habe böse Berater. Die Königin war nie als Freund des einfachen Volkes bekannt, und Lord Varys wird auch nicht aus Liebe die

Spinne genannt . . . aber vor allem Euch beschuldigen sie. Eure Schwester und der Eunuch waren schon zu der Zeit da, als es unter König Robert noch besser war, Ihr hingegen nicht. Sie sagen, Ihr habt die Stadt mit arroganten Söldnern und ungewaschenen Wilden gefüllt, mit brutalen Kerlen, die sich nehmen, was sie wollen und nur ihren eigenen Gesetzen folgen. Dazu wird behauptet, Ihr hättet Janos Slynt nur deshalb verbannt, weil er zu schlau und ehrlich für Euren Geschmack war. Und den weisen und sanftmütigen Pycelle hättet Ihr in den Kerker geworfen, weil er es wagte, die Stimme gegen Euch zu erheben. Manche sagen sogar, Ihr wolltet den Thron für Euch selbst beanspruchen.«

»Ja, und außerdem bin ich ein Ungeheuer, scheußlich und missgebildet, vergesst das nicht.« Er ballte die Hand zur Faust. »Ich habe genug gehört. Wir haben beide jede Menge Arbeit vor uns. Lasst mich jetzt allein.«

Vielleicht hatte mein Hoher Vater Recht, mich all die Jahre lang zu verschmähen, wenn ich nicht mehr zu Stande bringe, dachte Tyrion, nachdem Bywater gegangen war. Er starrte die Überreste seines Abendessens an, und sein Bauch rumorte angesichts des kalten, fettigen Kapauns. Angeekelt schob er ihn von sich, rief Pod und schickte den Jungen los, um Varys und Bronn zu holen. *Die Berater, denen ich am meisten vertraue, sind ein Eunuch und ein Söldner, und meine Dame ist eine Hure. Was sagt das über mich aus?*

Bronn beschwerte sich über die Dunkelheit, als er eintraf, und bestand darauf, dass im Kamin ein Feuer angezündet würde. Als Varys seine Aufwartung machte, flackerte es bereits lustig. »Wo seid Ihr gewesen?«, wollte Tyrion wissen.

»Ich habe mich um eine Angelegenheit des Königs gekümmert, mein süßer Lord.«

»Ach ja, des *Königs«,* murmelte Tyrion. »Mein Neffe verdient es noch nicht einmal, auf einem Abtritt zu sitzen, geschweige denn auf dem Eisernen Thron.«

Varys zuckte mit den Schultern. »Einem Lehrling muss man sein Handwerk beibringen.«

»Die Hälfte der Lehrlinge am Stinkenden Weg könnte besser

regieren als Euer König.« Bronn setzte sich an den Tisch und riss einen Flügel von dem Kapaun ab.

Tyrion hatte sich angewöhnt, die Unverschämtheiten des Söldners zu übergehen, doch heute Abend konnte er sich nicht beherrschen. »Ich erinnere mich nicht, dir erlaubt zu haben, mein Abendessen zu verzehren.«

»Ich hatte den Eindruck, Ihr würdet es nicht mehr aufessen«, erwiderte Bronn mit vollem Mund. »Die Stadt verhungert, es wäre ein Verbrechen, Speisen zu verschwenden. Habt Ihr vielleicht etwas Wein?«

Nächstens soll ich ihm auch noch einschenken, dachte Tyrion finster. »Du gehst zu weit«, warnte er.

»Und Ihr geht niemals weit genug.« Bronn warf den Knochen in die Binsen. »Denkt nur, wie leicht das Leben wäre, wenn der andere als Erster geboren worden wäre.« Er stach mit dem Finger in den Kapaun und riss sich ein Stück Brust ab. »Der weinerliche, dieser Tommen. Der würde vermutlich tun, was man ihm sagt, wie es sich für einen guten König gehört.«

Ein Schauder kroch Tyrion den Rücken hinunter, während ihm dämmerte, was der Söldner gerade vorgeschlagen hatte. *Wenn Tommen König wäre . . .*

Es gab nur eine einzige Möglichkeit, wie Tommen König werden könnte. Nein, das konnte er nicht einmal denken. Joffrey war von seinem eigenen Blut und außerdem der Sohn von Jaime und Cersei. »Für solche Worte könnte ich dir den Kopf abschlagen lassen«, wies er Bronn zurecht, doch der Söldner lachte nur.

»Freunde«, mischte sich Varys ein, »ein Streit bringt uns auch nicht weiter. Ich bitte Euch beide, fasst Euch ein Herz.«

»Und wessen?«, fragte Tyrion säuerlich. Ihm fielen mehrere ein, die er ausgesprochen verführerisch fand.

DAVOS

Ser Cortnay Penrose trug keine Rüstung. Er saß auf einem fuchsroten Hengst, sein Bannerträger auf einem Apfelschimmel. Der gekrönte Hirsch der Baratheons und die gekreuzten Federkiele von Penrose wehten im Wind, weiß in rotbraunem Feld. Ser Cortnays eckiger Bart war ebenfalls rotbraun, und auf dem Kopf war der Mann bereits vollkommen kahl. Falls ihn die Größe und die Pracht der königlichen Gesellschaft beeindruckten, offenbarte sich davon nichts auf seinem wettergegerbten Gesicht.

Unter lautem Rasseln und Scheppern der Rüstungen trabten sie heran. Sogar Davos trug ein Kettenhemd, wenngleich er nicht recht wusste, wieso; Schultern und Rücken schmerzten ihn von dem ungewohnten Gewicht. Er fühlte sich beengt und kam sich lächerlich vor, und abermals fragte er sich, weshalb er überhaupt hier war. *Doch es steht mir nicht an, die Befehle des Königs in Zweifel zu ziehen ...*

Jeder Mann dieser Gesellschaft nahm von Geburt an einen höheren Rang als Davos Seaworth ein, und die großen Lords glitzerten in der Morgensonne. Versilberter Stahl und goldene Intarsien verzierten ihre Rüstungen, und ihre Helme waren mit Seide, Federbüschen und geschickt geschmiedeten Wappentieren mit Augen aus Edelsteinen geschmückt. Stannis selbst wirkte in dieser reichen und fürstlichen Begleitung fehl am Platze. Wie Davos trug der König ein einfaches Gewand aus Wolle und gehärtetem Leder, obwohl der Ring aus Rotgold über seiner Stirn ihm eine gewisse Erhabenheit verlieh. Das Sonnenlicht blitzte auf den flammenförmigen Zacken, wenn er den Kopf bewegte.

So nah war Davos Seiner Gnaden seit acht Tagen nicht mehr gekommen, seit die *Schwarze Betha* sich zum Rest der Flotte von

Storm's End gesellt hatte. Er hatte noch in der Stunde seiner Ankunft um eine Audienz ersucht, war jedoch mit der Begründung abgewiesen worden, der König sei beschäftigt. Der König war häufig beschäftigt, erfuhr Davos von seinem Sohn Devan, einem der königlichen Knappen. Jetzt, da Stannis Baratheon zu so großer Macht aufgestiegen war, umschwirrten ihn die Lords wie Fliegen eine Leiche. *Und er sieht auch halb wie eine Leiche aus, Jahre älter als an dem Tag, da ich Dragonstone verlassen habe.* Devan erzählte, der König schlafe wenig in letzter Zeit. »Seit Lord Renly tot ist, wird er von schrecklichen Albträumen geplagt«, hatte der Junge seinem Vater anvertraut. »Die Trünke des Maesters helfen nicht dagegen. Nur die Lady Melisandre kann ihm Schlaf bringen.«

Teilt sie deshalb den Pavillon mit ihm? wunderte sich Davos. *Um mit ihm zu beten? Oder kennt sie eine andere Methode, ihm in den Schlaf zu helfen?* Es war eine unwürdige Frage, und er wagte es nicht, sie zu stellen, nicht einmal seinem eigenen Sohn. Devan war ein guter Junge, doch er trug das flammende Herz stolz auf seinem Wams, und sein Vater hatte ihn bei den Lagerfeuern in der Abenddämmerung gesehen, wenn er zum Herrn des Lichts betete, dass er die Morgendämmerung bringen möge. *Er ist des Königs Knappe,* sagte er sich, *deshalb sollte er wohl auch den Gott des Königs annehmen.*

Davos hatte fast vergessen, wie hoch und dick die Mauern von Storm's End waren. König Stannis hielt davor an, nur wenige Meter von Ser Cortnay und seinem Bannerträger entfernt. »Ser«, sagte er höflich, wenngleich steif. Er machte keine Anstalten abzusteigen.

»Mylord.« Das war weniger höflich, allerdings durchaus nicht unerwartet.

»Es ziemt sich, einen König mit *Euer Gnaden* anzureden«, wies ihn Lord Florent zurecht. Ein rotgoldener Fuchs auf seinem Brustharnisch spähte durch einen Kreis aus Lapislazuliblumen. Sehr groß, sehr vornehm und sehr reich, war der Lord von Brightwater Keep der Erste gewesen, der sich nach Renlys Tod Stannis angeschlossen hatte, der Erste, der den alten Göttern abschwor und stattdessen den Herrn des Lichts verehrte. Stannis hatte seine Königin auf Dragonstone bei ihrem Onkel Axell zurückgelassen, doch die Männer der Königin waren zahlreicher und mächtiger als je, und Alester Florent marschierte ihnen voran.

Ser Cortnay Penrose ignorierte ihn und wandte sich lieber an Stannis. »Eine bemerkenswerte Gesellschaft habt Ihr da versammelt. Die großen Lords Estermont, Errol und Varner. Ser Jon von den Grünapfel-Fossoways und Ser Bran von den Roten. Lord Caron und Ser Guyard aus König Renlys Regenbogengarde ... *und* den mächtigen Lord Alester von Brightwater. Ist das Euer Zwiebelritter, den ich dort hinten erblicke? Seid gegrüßt, Ser Davos. Ich fürchte, nur die Dame kenne ich nicht.«

»Man nennt mich Melisandre, Ser.« Sie allein trug keine Rüstung, sondern ihre wallende rote Robe. An ihrem Hals sog der große Rubin das Tageslicht in sich auf. »Ich diene Eurem König und dem Herrn des Lichts.«

»Ich wünsche Euch alles Gute dabei, Mylady«, antwortete Ser Cortnay, »aber ich verneige mich weder vor einem anderen Gott noch vor einem anderen König.«

»Es gibt nur einen wahren König und einen wahren Gott«, verkündete Lord Florent.

»Sind wir hier, um uns über Religion zu streiten, Mylord? Hätte ich das geahnt, so hätte ich einen Septon mitgebracht.«

»Ihr wisst sehr wohl, aus welchem Grund wir hier sind«, erwiderte Stannis. »Ihr habt zwei Wochen Zeit gehabt, um mein Angebot zu überdenken. Ihr habt Raben ausgesandt. Niemand ist Euch zu Hilfe gekommen. Und das wird auch niemand tun. Storm's End steht allein, und meine Geduld ist zu Ende. Ein letztes Mal befehle ich Euch, Ser, die Tore zu öffnen und mir auszuhändigen, was dem Rechte nach mir gehört.«

»Und zu welchen Bedingungen?«, fragte Ser Cortnay.

»Sie bleiben wie zuvor«, antwortete Stannis. »Ich werde Euch für den begangenen Hochverrat begnadigen, wie ich ebenso die Lords in meinem Gefolge begnadigt habe. Die Männer Eurer Festung dürfen wählen, ob sie in meine Dienste treten oder unbehindert nach Hause zurückkehren. Ihr dürft Eure Waffen behalten, und jeder Mann darf so viel von seinen Besitztümern mitnehmen, wie er tragen kann. Eure Pferde und Packtiere werde ich allerdings für mich beanspruchen müssen.«

»Und was wird aus Edric Storm?«

»Der Bastard meines Bruders muss mir ausgeliefert werden.«

»Dann lautet die Antwort weiterhin nein, Mylord.«

Der König biss die Zähne zusammen. Er sagte nichts.

Stattdessen ergriff Melisandre das Wort. »Möge der Herr des Lichts Euch in Eurer Dunkelheit beschützen, Ser Cortnay.«

»Mögen die Anderen Euren Herrn des Lichts holen«, fauchte Penrose zurück, »und sich den Hintern mit dem Lumpen abwischen, den Ihr tragt.«

Lord Alester Florent räusperte sich. »Ser Cortnay, hütet Eure Zunge. Seine Gnaden beabsichtigt nicht, dem Jungen ein Leid zuzufügen. Das Kind ist von seinem eigenen Blut, und ebenso von meinem. Meine Nichte Delana war die Mutter, wie ein jeder weiß. Falls Ihr dem König nicht vertraut, so vertraut wenigstens mir. Ihr kennt mich als Mann der Ehre –«

»Ich kenne Euch als Mann des Ehrgeizes«, unterbrach ihn Ser Cortnay. »Als Mann, der Könige und Götter wechselt wie ich meine Stiefel. Und für die anderen Abtrünnigen hier vor mir gilt das Gleiche.«

Ein zorniges Gemurmel erhob sich unter den Männern des Königs. *Er ist nicht weit von der Wahrheit entfernt,* dachte Davos. Noch vor kurzem hatten sie alle miteinander Renly angehangen, die Fossoways, Guyard Morrigen und die Lords Caron, Varner, Errol und Estermont. Sie hatten in seinem Pavillon gesessen, mit ihm seinen Schlachtplan geschmiedet und sich überlegt, auf welche Weise man Stannis am besten niederwerfen könnte. Und Lord Florent war bei ihnen gewesen – mochte er auch der Onkel von Königin Selyse sein, so hatte dies den Lord von Brightwater jedoch nicht davon abgehalten, das Knie vor Renly zu beugen, als dessen Stern noch im Aufgehen begriffen war.

Bryce Caron ließ sein Pferd ein paar Schritte vortreten. Sein langer Regenbogenumhang flatterte im Seewind. »Keiner hier ist ein Abtrünniger, Ser. Meine Treue gehört Storm's End, und König Stannis ist dessen rechtmäßiger Herr ... und unser wahrer König. Er ist der Letzte aus dem Hause Baratheon, Roberts und Renlys Erbe.«

»Wenn das so wäre, warum befindet sich der Ritter der Blumen dann nicht unter Euch? Und wo ist Mathis Rowan? Randyll Tarly? Lady Oakheart? Warum sind sie nicht bei Euch, jene, die Renly am meisten liebten? *Wo ist Brienne von Tarth, frage ich Euch?«*

»Die?« Ser Guyard Morrigen lachte rau. »Sie ist davongelaufen. Was nicht anders zu erwarten war. Ihre Hand hat schließlich das Schwert geführt, mit dem der König erschlagen wurde.«

»Eine Lüge«, entgegnete Ser Cortnay. »Ich habe Brienne bereits als Kind gekannt, während sie noch bei ihrem Vater in Evenfall Hall lebte, und viel besser habe ich sie kennen gelernt, als der Abendstern sie hier nach Storm's End schickte. Sie hat Renly Baratheon vom allerersten Augenblick an geliebt, das hätte ein Blinder sehen können.«

»Gewiss«, erklärte Lord Florent leichthin, »und sie wäre kaum die erste Jungfer, deren Liebe sich in Wahnsinn verkehrte und die den Mann ermordete, der sie verschmäht hat. Obwohl ich für meinen Teil glaube, dass Lady Stark den Mord begangen hat. Sie war den ganzen Weg von Riverrun hierher gereist, um ein Bündnis zu erbitten, und Renly hat sie abgewiesen. Von da an hat sie ihn ohne Zweifel als Gefahr für ihren Sohn betrachtet, und deshalb hat sie ihn beseitigt.«

»Es war Brienne«, beharrte Lord Caron. »Ser Emmon Cuy hat es geschworen, ehe er starb. Darauf gebe ich Euch meinen Eid, Ser Cortnay.«

Verachtung schwang in Ser Cortnays Stimme mit. »Was soll der schon wert sein? Ihr tragt den Mantel mit den vielen Farben, sehe ich. Den Renly Euch gab, als Ihr ihm den *Eid* geleistet habt, ihn zu beschützen. Wenn er tot ist, wieso dann nicht auch Ihr?« Er wandte sich in seinem Hohn Guyard Morrigen zu. »Und Euch möchte ich das Gleiche fragen, Ser. Guyard der Grüne, nicht wahr? Von der Regenbogengarde? Unter Eid, sein Leben für seinen König zu geben? Wenn ich einen solchen Mantel besäße, würde ich mich schämen, ihn zu tragen.«

Morrigen fuhr auf. »Seid froh, dass dies eine Unterhandlung ist, Penrose, sonst würde ich Euch die Zunge herausschneiden.«

»Und sie in das gleiche Feuer werfen, dem Ihr Eure Männlichkeit geopfert habt?«

»Genug!«, schrie Stannis. »Der Herr des Lichts wollte es, dass mein Bruder für seinen Verrat starb. Wer die Tat begangen hat, spielt keine Rolle.«

»Für *Euch* vielleicht nicht«, erwiderte Ser Cortnay. »Ich habe mir Euren Vorschlag angehört. Jetzt hört meinen an.« Er zog seinen Handschuh aus und schleuderte ihn dem König mit voller Wucht ins Gesicht. »Ein Kampf Mann gegen Mann. Schwert, Lanze oder jede andere Waffe, die Ihr wählen wollt. Falls Ihr Euch scheut, Euer magisches Schwert und Eure königliche Haut gegen einen alten Mann aufs Spiel zu setzen, benennt einen Recken, der an Eurer Stelle kämpft, und ich werde das Gleiche tun.« Er blickte Guyard Morrigen und Bryce Caron von oben herab an. »Jeder von diesen Jüngelchen müsste geeignet sein, denke ich.«

Ser Guyard Morrigen wurde dunkelrot vor Zorn. »Ich würde die Herausforderung gern annehmen, wenn es dem König gefällt.«

»Und ich ebenso.« Bryce Caron sah Stannis an.

Der König knirschte mit den Zähnen. »Nein.«

Ser Cortnay schien nicht überrascht zu sein. »Ist es die Gerechtigkeit Eurer Sache, die Ihr anzweifelt, Mylord, oder die Stärke Eures Arms? Fürchtet Ihr Euch davor, dass ich auf Euer brennendes Schwert pisse und es zum Erlöschen bringe?«

»Haltet Ihr mich für einen vollkommenen Narr, Ser?«, fragte Stannis. »Ich habe zwanzigtausend Mann. Ihr werdet zu Lande und zur See belagert. Warum sollte ich mich auf ein Duell mit Euch einlassen, wo der Sieg doch am Ende mein sein wird?« Er richtete den Zeigefinger auf Cortnay. »Ich gebe Euch eine wohl gemeinte Warnung. Falls Ihr mich zwingt, meine eigene Burg zu stürmen, dürft Ihr keine Gnade erwarten. Ich werde Euch als Verräter hängen lassen, Euch und jeden, der bei Euch ist.«

»Wenn die Götter es so wollen. Beginnt Euren Sturm auf die Festung, Mylord – und vergesst, während Ihr es tut, den *Namen* der

Burg nicht.« Storm's End. Das Ende des Sturms. Ser Cortnay wendete sein Pferd und ritt zurück zum Tor.

Stannis sagte kein Wort, wendete sein Tier jedoch ebenfalls und machte sich auf den Rückweg ins Lager. Die anderen folgten ihm. »Wenn wir diese Mauern erstürmen, werden Tausende sterben«, sorgte sich der alte Lord Estermont, des Königs Großvater mütterlicherseits. »Besser wäre es, ein einzelnes Leben zu gefährden. Unsere Sache ist gerecht, daher müssten die Götter unseren Recken segnen und ihm den Sieg schenken.«

Der Gott, alter Mann, dachte Davos. *Vergesst nicht, wir haben nur noch einen, Melisandres Herrn des Lichts.*

Ser Jon Fossoway sagte: »Ich würde diese Herausforderung liebend gern persönlich annehmen, obwohl ich nicht halb so gut fechten kann wie Lord Caron oder Ser Guyard. Renly hat keine nennenswerten Ritter auf Storm's End zurückgelassen. Die Burgwache ist etwas für alte Männer und grüne Jungen.«

Lord Caron stimmte zu. »Ein leichter Sieg, ganz gewiss. Und wo läge der Ruhm darin, Storm's End mit einem einzigen Streich eingenommen zu haben.«

Stannis brachte sie mit einem Blick zum Schweigen. »Ihr schwatzt wie die Elstern, aber mit weniger Verstand. Ich wünsche Ruhe.« Der König wandte sich Davos zu. »Ser. Reitet mit mir.« Er spornte sein Pferd an und ritt den anderen voraus. Nur Melisandre hielt Schritt und trug das große Banner mit dem flammenden Herzen und dem gekrönten Hirsch, der darin eingeschlossen war. *Als wäre er ganz davon verschlungen worden.*

Davos bemerkte die Blicke, die die Lords untereinander wechselten, während er an ihnen vorbeiritt und sich zum König gesellte. Sie waren keine Zwiebelritter, sondern stolze Männer aus Häusern mit alten, ehrwürdigen Namen. Irgendwie wusste er, dass Renly sie niemals auf diese Art und Weise gescholten hatte. Der jüngste Baratheon war mit einer Gabe für leutselige Höflichkeit geboren worden, die seinem Bruder traurigerweise fehlte.

Als er den König eingeholt hatte, ließ er sein Pferd in langsamem Trab gehen. »Euer Gnaden.« Aus der Nähe betrachtet sah Stannis noch schlechter aus. Sein Gesicht war hager, und unter den Augen zeichneten sich dunkle Ränder ab.

»Ein Schmuggler muss die Menschen gut einschätzen können«, sagte der König. »Was haltet Ihr von diesem Ser Cortnay Penrose?«

»Ein starrköpfiger Mann«, antwortete Davos vorsichtig.

»Ich würde ihn eher lebensmüde nennen. Er wirft mir seine Begnadigung ins Gesicht. Ja, und dabei verwirkt er sein Leben und das Leben der Männer im Inneren dieser Mauern. *Ein Duell*?« Der König schnaubte verächtlich. »Ohne Zweifel hat er mich mit Robert verwechselt.«

»Vermutlich war er eher verzweifelt. Welche andere Hoffnung konnte er denn noch hegen?«

»Keine. Die Burg wird fallen. Nur, wie können wir das beschleunigen?« Stannis brütete einen Moment lang vor sich hin. Unter dem steten Hufschlag meinte Davos zu hören, wie der König mit den Zähnen knirschte. »Lord Alester drängt mich, den alten Lord Penrose hierher zu bringen. Ser Cortnays Vater. Ihr kennt ihn.«

»Als Euren Gesandten hat mich Lord Penrose höflicher empfangen als die meisten anderen«, sagte Davos. »Er ist ein alter Mann, Euer Gnaden, kränklich und gebrechlich.«

»Florent würde ihn noch kränker und gebrechlicher machen vor seines Sohnes Augen, mit einer Schlinge um den Hals.«

Es war gefährlich, sich gegen einen Mann der Königin zu stellen, doch Davos hatte geschworen, dem König stets die Wahrheit zu sagen. »Ich glaube, das wäre ein schlimmer Fehler, mein Lehnsherr. Ser Cortnay würde eher seinem Vater beim Sterben zusehen als seinen Treueid brechen. Es würde uns nichts einbringen und unsere Sache nur mit Schande beflecken.«

»Was für Schande?«, fuhr Stannis auf. »Soll ich vielleicht das Leben von Verrätern verschonen?«

»Das Leben jener hinter uns habt Ihr auch verschont.«

»Wollt Ihr mich dafür schelten, Schmuggler?«

»Das steht mir nicht zu.« Davos fürchtete, er habe zu viel gesagt.

Der König hakte unerbittlich nach. »Ihr schätzt diesen Penrose höher ein als meine Vasallen. Warum?«

»Er hat die Treue gehalten.«

»Fehlgeleitete Treue für einen toten Usurpator.«

»Ja«, räumte Davos ein, »aber immerhin ist er treu geblieben.«

»Und die hinter uns nicht?«

Davos hatte sich zu weit vorgewagt, um nun einen Rückzieher zu machen. »Letztes Jahr waren sie noch Roberts Männer. Vor einem Monat gehörten sie zu Renly. Und heute Morgen waren sie plötzlich die Euren. Wessen werden sie morgen sein?«

Und Stannis lachte unwillkürlich und voller Hohn. »Ich habe es Euch gesagt, Melisandre«, wandte er sich an die rote Frau, »mein Zwiebelritter spricht die Wahrheit zu mir.«

»Ihr kennt ihn gut, das sehe ich, Euer Gnaden«, antwortete die rote Priesterin.

»Davos, ich habe Euch sehr vermisst«, sagte der König. »So, da habe ich mir also einen Rattenschwanz von Verrätern aufgehalst, denn Eure Nase trügt Euch nicht. Meine Gefolgsleute sind sich noch nicht einmal in ihrem Verrat treu. Ich brauche sie, aber Ihr sollt wissen, wie sehr es mich schmerzt, sie zu begnadigen, während ich bessere Männer für leichtere Vergehen bestrafen muss. Ihr hättet alles Recht der Welt, mir Vorwürfe zu machen, Ser Davos.«

»Ihr macht Euch selbst schwerere Vorwürfe, als ich jemals könnte, Euer Gnaden. Ihr braucht diese großen Lords, um Euren Thron zu erobern –«

»Mit Fingern und allem drum und dran.« Stannis lächelte grimmig.

Ohne nachzudenken hob Davos die verstümmelte Hand an den Beutel um seinen Hals und fühlte die Fingerknochen darin. *Glück.*

Der König bemerkte die Bewegung. »Tragt Ihr sie noch immer bei Euch, Zwiebelritter? Ihr habt sie nicht verloren?«

»Nein.«

»Warum behaltet Ihr sie? Das habe ich mich schon oft gefragt.«

»Sie erinnern mich an das, was ich einmal war. Woher ich komme. Sie erinnern mich an Eure Gerechtigkeit, mein Lehnsherr.«

»Es *war* Gerechtigkeit«, sagte Stannis. »Eine gute Tat gleicht die schlechte nicht aus, und eine schlechte Tat nicht die gute. Jede hat ihre eigene Belohnung verdient. Ihr wart ein Held *und* ein Schmuggler.« Er blickte sich nach Lord Florent und den anderen um, den Regenbogenrittern und Abtrünnigen, die in einigem Abstand folgten. »Diese begnadigten Lords würden gut daran tun, darüber einmal nachzudenken. Gute und aufrichtige Männer werden für Joffrey kämpfen, weil sie ihn fälschlicherweise für den wahren König halten. Ein Nordmann würde das Gleiche über Robb Stark sagen. Aber diese Lords, die unter dem Banner meines Bruders zogen, wussten, dass er ein Usurpator war. Sie haben ihrem rechtmäßigen König den Rücken gekehrt, weil sie von Macht und Ruhm träumten, und ich habe mir genau gemerkt, was für Männer sie sind. Begnadigt habe ich sie, ja. Ihnen vergeben. Aber nichts vergessen.« Er verfiel für einen Augenblick in Schweigen und brütete über seinen Plänen für Gerechtigkeit. Dann fragte er unvermittelt: »Was hält das gemeine Volk von Renlys Tod?«

»Es trauert. Euer Bruder war sehr beliebt.«

»Narren lieben den Narren«, knurrte Stannis, »aber auch ich trauere um ihn. Um den Jungen, der er war, nicht um den Mann, zu dem er wurde.« Einen Augenblick lang schwieg er, dann fügte er hinzu: »Wie hat das Volk die Nachricht von Cerseis Inzucht aufgenommen?«

»Solange wir da waren, riefen sie nach König Stannis. Ich weiß allerdings nicht, was sie gesagt haben, nachdem wir abgefahren sind.«

»Ihr denkt also, sie könnten es nicht geglaubt haben?«

»In meiner Zeit als Schmuggler habe ich gelernt, dass manche Menschen alles glauben und andere gar nichts. Wir haben beide Sorten getroffen. Und es wird noch eine andere Geschichte erzählt –«

»Ja«, schnappte Stannis. »Selyse habe mir Hörner aufgesetzt und Narrenglöckchen an den Spitzen festgebunden. Meine Tochter soll von einem schwachsinnigen Narren gezeugt sein! Eine Geschichte, die ebenso abscheulich wie absurd ist. Renly hat sie mir ins Gesicht geschleudert, als wir uns zur Verhandlung trafen. Man müsste genauso verrückt sein wie Flickenfratz, um diese Geschichte zu glauben.«

»Das mag sein, mein Lehnsherr ... aber ob sie das Gerücht nun für bare Münze nehmen oder nicht, sie erzählen es mit großer Freude weiter.« An vielen Orten war es sogar bereits vor ihm eingetroffen und hatte den Brunnen für die eigentlich wahre Geschichte vergiftet.

»Robert konnte in einen Kelch pissen, und die Menschen haben es Wein genannt, aber ich reiche ihnen klares kaltes Wasser, und sie blinzeln misstrauisch in den Becher und beschweren sich über den eigenartigen Geschmack.« Stannis knirschte mit den Zähnen. »Falls jemand behauptete, ich hätte den Eber verzaubert, der Robert getötet hat, würden die Leute das vermutlich auch glauben.«

»Man kann ihrem Geschwätz nicht Einhalt gebieten, mein Lehnsherr«, sagte Davos, »doch wenn Ihr Rache an den wahren Mördern Eurer Brüder nehmt, wird das Reich die Wahrheit von den Lügen unterscheiden können.«

Stannis schien ihn nur halb zu hören. »Ohne Zweifel hatte Cersei bei Roberts Tod die Hand im Spiel. Ich werde Gerechtigkeit für ihn fordern. Und natürlich auch für Ned Stark und Jon Arryn.«

»Und für Renly?« Davos hatte die Frage ausgesprochen, ehe er sie sich recht überlegt hatte.

Lange Zeit erwiderte der König nichts. Dann sagte er sehr leise. »Davon träume ich manchmal. Von Renlys Tod. Ein grünes Zelt, Kerzen, eine schreiende Frau. Überall Blut.« Stannis sah auf seine Hände hinab. »Ich habe noch geschlafen, als er starb. Euer Devan kann das bezeugen. Er wollte mich wecken. Der Morgen hat bereits gedämmert, und meine Lords warteten voller Sorge. Ich hätte längst gerüstet im Sattel sitzen sollen. Renly würde vor Tagesanbruch angreifen. Devan sagt, ich habe um mich geschlagen und geschrien, aber was hat das schon zu bedeuten? Es war nur ein Traum. Ich war in meinem Zelt, als Renly starb, und als ich aufwachte, waren meine Hände rein.«

Ser Davos konnte die Phantom-Fingerspitzen spüren, die ihn juckten. Irgendetwas stimmt da nicht, ging es dem einstigen Schmuggler durch den Kopf. Dennoch nickte er. »Ich verstehe.«

»Renly hat mir einen Pfirsich angeboten. Bei unserer Unterredung. Er hat mich verspottet, sich mir widersetzt, mich bedroht und mir einen Pfirsich angeboten. Ich dachte, er würde eine Waffe ziehen, als er ihn hervorgeholt hat, und habe nach meiner gegriffen. War das Absicht, damit ich meine Furcht offenbare? Oder war es nur einer seiner belanglosen Scherze? Er sagte, der Pfirsich sei sehr süß. Hatten seine Worte eine verborgene Bedeutung?« Der König schüttelte den Kopf wie ein Hund, der einem Kaninchen das Genick brechen will. »Nur Renly konnte mich mit einem Stück Obst so rasend machen. Er hat sein Schicksal durch seinen Verrat selbst entschieden, und trotzdem habe ich ihn geliebt, Davos. Das weiß ich jetzt. Ich schwöre, ich werde bis an mein Lebensende über den Pfirsich meines Bruders nachdenken.«

Inzwischen hatten sie das Lager erreicht und ritten an den ordentlichen Reihen von Zelten, den wehenden Fahnen und den Stapeln von Schilden und Speeren vorbei. Der Gestank von Pferdemist hing in der Luft und vermischte sich mit Rauch und Kochgerüchen. Stannis zügelte sein Pferd kurz, entließ schroff Lord Florent und die anderen und befahl ihnen, sich in einer Stunde zum Kriegsrat in seinem Pavillon einzufinden. Sie neigten die Köpfe und verteilten sich, während Davos und Melisandre mit Stannis zum Pavillon des Königs ritten.

Die Größe des Zeltes war notwendig, denn hier versammelten sich die Vasallen zum Rat. Prächtig konnte man es allerdings nicht nennen. Es handelte sich um ein einfaches Soldatenzelt aus schwerer Leinwand, die in einem dunklen Gelb gefärbt war, welches man in bestimmtem Licht für Gold halten mochte. Allein das königliche Banner auf dem Pfosten in der Mitte zeichnete es als Stannis' Sitz aus. Das und die Wachen davor; Männer der Königin, die auf langen Speeren lehnten und das Wappen des flammenden Herzen über dem eigenen auf der Brust trugen.

Stallburschen liefen herbei und halfen ihnen beim Absteigen. Eine der Wachen nahm Melisandre das Banner ab und stieß es tief in den weichen Boden. Devan stand auf der einen Seite der Tür, bereit die Zeltklappe für den König zu öffnen. Ein älterer Knappe stand an seiner Seite. Stannis nahm die Krone ab und reichte sie

Devan. »Kaltes Wasser, zwei Becher. Davos, gesellt Euch zu mir. Mylady, ich lasse Euch rufen, sollte ich Euch brauchen.«

»Wie der König befiehlt.« Melisandre verneigte sich.

Nach dem hellen Morgenlicht draußen war es im Innern des Pavillons kühl und dämmerig. Stannis setzte sich auf einen einfachen Feldstuhl und bot Davos mit einer Geste einen zweiten an. »Eines Tages werde ich Euch zum Lord machen, Schmuggler. Und wenn auch nur, um Celtigar oder Florent zu ärgern. Ihr werdet mir dafür allerdings nicht dankbar sein, denn dann müsst Ihr alle Ratsversammlungen über Euch ergehen lassen und so tun, als würde Euch das Geschrei dieser Maultiere interessieren.«

»Warum habt Ihr den Rat, wenn er keinem Zweck dient?«

»Weil die Maultiere ihr eigenes Geschrei so gern hören, warum sonst? Und ich brauche sie, damit sie meinen Karren ziehen. Oh, gewiss, hin und wieder gibt jemand einen nützlichen Gedanken zum Besten. Aber heute nicht, glaube ich – ach, da kommt Euer Sohn mit unserem Wasser.«

Devan stellte das Tablett auf den Tisch und füllte zwei Tonbecher. Der König streute eine Prise Salz in seines; Davos trank das Wasser und wünschte, es wäre Wein. »Ihr spracht von Eurem Rat?«

»Ich werde Euch erzählen, wie es ablaufen wird. Lord Velaryon wird mich drängen, die Burg beim ersten Licht mit Seilen und Leitern zu erstürmen, trotz Pfeilbeschusses und siedenden Öls. Die jüngeren Maultiere werden das für eine hervorragende Idee halten. Estermont dagegen wird bevorzugen, sie auszuhungern, so, wie es Tyrell und Redwyne einst mit mir versucht haben. Das könnte zwar ein Jahr dauern, aber die alten Maultiere sind geduldig. Und Lord Caron und die anderen, die so gern ausschlagen, werden Ser Cortnays Fehdehandschuh aufnehmen und alles auf ein Duell setzen wollen. Jeder von ihnen malt sich aus, er werde der Recke sein, der sich durch einen Sieg unsterblichen Ruhm erwirbt.« Der König hatte sein Wasser ausgetrunken. »Was würdet Ihr mir raten, Schmuggler.«

Davos dachte einen Augenblick nach, ehe er antwortete. »Zieht sofort nach King's Landing.«

Der König schnaubte. »Und Storm's End soll ich nicht einnehmen?«

»Ser Cortnay hat keine Streitmacht, die Euch gefährden könnte. Die Lannisters schon. Eine Belagerung würde zu lange dauern, ein Duell ist zu riskant, und ein Angriff würde Tausende das Leben kosten, ohne eine Gewähr für Erfolg zu bieten. Und wozu überhaupt? Nachdem Ihr Joffrey entthront habt, wird die Burg doch mit allem anderen an Euch fallen. Im Lager heißt es überall, Lord Tywin Lannister wäre in Eilmärschen nach Westen unterwegs, um Lannisport vor der Rache der Nordmannen zu schützen . . .«

»Du hast einen überaus klugen Vater, Devan«, sagte der König zu dem Jungen, der an seiner Seite stand. »Da kommt in mir der Wunsch auf, ich hätte mehr Schmuggler in meinen Diensten. Und weniger Lords. Obwohl Ihr in einer Hinsicht falsch liegt, Davos. Es gäbe einen Grund. Falls ich Storm's End nicht einnehme und in meinem Rücken zurücklasse, wird man behaupten, ich sei hier geschlagen worden. Und das darf ich nicht zulassen. Die Männer lieben mich nicht so, wie sie meine Brüder liebten. Sie folgen mir, weil sie mich fürchten . . . und eine Niederlage ist der Tod der Angst. Die Burg muss fallen.« Sein Unterkiefer mahlte von rechts nach links. »Ja, und zwar schnell. Doran Martell hat zu den Fahnen gerufen und die Bergpässe befestigt. Seine Männer stehen bereit, um in die Marschen hinunterzuziehen. Und Highgarden ist weit davon entfernt, erschöpft zu sein. Mein Bruder hatte den größeren Teil seiner Streitmacht bei Bitterbridge gelassen, fast sechzigtausend Mann. Ich habe den Bruder meiner Frau, Ser Errol, mit Ser Parmen Crake losgeschickt, um das Heer unter meinen Befehl zu stellen, aber sie sind bislang nicht zurückgekehrt. Ich fürchte, Ser Loras Tyrell hat Bitterbridge vor meinen Gesandten erreicht und sich die Armee selbst angeeignet.«

»Umso mehr ein Grund, King's Landing so bald wie möglich anzugreifen. Salladhor Saan hat mir erzählt –«

»Salladhor Saan denkt nur ans Gold!«, fuhr Stannis auf. »Sein Kopf ist voller Träume von den Schätzen, die in seiner Einbildung unter dem Red Keep vergraben liegen, also möchte ich nichts mehr von ihm hören. An dem Tag, an dem ich militärischen Rat von einem

Briganten aus Lys brauche, werde ich meine Krone ab- und das Schwarz anlegen.« Der König ballte die Hand zur Faust. »Und Ihr seid hier, um mir zu dienen, Schmuggler? Oder um mich mit Euren Einwänden zu verärgern?«

»Ich bin der Eure«, sagte Davos.

»Dann hört, was ich Euch sage. Ser Cortnays Leutnant ist ein Vetter der Fossoways, Lord Meadows. Der Junge ist noch nicht trocken hinter den Ohren, keine zwanzig. Sollte Penrose irgendein Unglück widerfahren, wird dieses Jüngelchen Kommandant von Storm's End, und seine Vettern glauben, er würde sich mit den Bedingungen einverstanden erklären und die Burg übergeben.«

»Ich kann mich an ein anderes Jüngelchen erinnern, das den Befehl über Storm's End hatte. Jener Knabe kann auch nicht älter als zwanzig gewesen sein.«

»Lord Meadows ist kein solcher Sturkopf wie ich.«

»Stur oder feige, was für einen Unterschied macht das? Ser Cortnay Penrose erschien mir gesund und munter.«

»Das galt auch für meinen Bruder, noch einen Tag vor seinem Tod. Die Nacht ist dunkel und voller Schrecken, Davos.«

Davos Seaworth spürte, wie sich ihm die Nackenhaare aufstellten. »Mylord, ich verstehe nicht recht.«

»Das ist auch nicht notwendig. Ich brauche nur Eure Dienste. Ser Cortnay wird vor dem morgigen Tage tot sein. Melisandre hat es in den Flammen der Zukunft gesehen. Seinen Tod, und auf welche Weise es geschehen wird. Und bestimmt wird Penrose nicht in ritterlichem Kampf sterben.« Stannis hielt seinen Becher hoch, und Devan füllte ihn aus dem Krug. »Ihre Flammen lügen nicht. Sie hat Renlys Verhängnis ebenfalls vorhergesehen. Schon auf Dragonstone, und sie hat es Selyse erzählt. Lord Velaryon und Euer Freund Salladhor Saan wollten lieber gegen Joffrey vorgehen, aber Melisandre sagte mir, in Storm's End würde ich den größten Teil der Streitmacht meines Bruder erringen, und sie hatte Recht.«

»A-aber«, stotterte Davos. »Lord Renly kam nur hierher, weil Ihr die Burg belagert habt. Er hatte die Absicht, nach King's Landing zu marschieren, gegen die Lannisters, und er hätte –«

Stannis richtete sich auf und runzelte die Stirn. »*Hätte, wollte,* was bedeutet das schon? Er hat getan, was er getan hat. Mit Bannern und Pfirsichen kam er her, und sein Schicksal hat ihn ereilt . . . und es gereichte mir zum Heil. Melisandre hatte in ihren Flammen noch einen anderen Tag gesehen. Einen Morgen, an dem Renly in seiner grünen Rüstung nach Süden ritt, um mein Heer vor den Mauern von King's Landing zu zermalmen. Wäre ich dort auf meinen Bruder getroffen, wäre ich an seiner Stelle gestorben.«

»Oder Ihr hättet Euch mit ihm verbündet und gemeinsam die Lannisters besiegt«, protestierte Davos. »Warum nicht? Wenn sie zwei Möglichkeiten für die Zukunft gesehen hat, nun . . . *beide* können nicht wahr sein.«

König Stannis hob den Zeigefinger. »Hier irrt Ihr, Zwiebelritter. Manche Lichter werfen mehr als nur einen Schatten. Stellt Euch vor ein nächtliches Feuer und seht es Euch selbst an. Die Flammen flackern und tanzen und ruhen niemals. Die Schatten werden groß und kleiner, und jeder Mann scheint ein Dutzend davon zu werfen. Manche sind blasser als andere, das ist alles. Nun, auch in die Zukunft werfen Menschen Schatten. Einen Schatten oder viele. Melisandre kann sie alle sehen.

Ihr mögt sie nicht. Ich weiß es, Davos, so blind bin ich nicht. Meine Lords können sie ebenfalls nicht ausstehen. Estermont hält das flammende Herz für eine schlechte Wahl und bittet darum, unter dem alten gekrönten Hirsch kämpfen zu dürfen. Ser Guyard sagt, mein Bannerträger sollte keine Frau sein. Andere tuscheln, dass sie nichts in meinem Kriegsrat zu suchen habe, dass ich sie nach Asshai zurückschicken sollte, dass es sündig sei, wenn sie über Nacht in meinem Zelt bliebe. Gut, das wird getuschelt . . . und währenddessen dient sie mir.«

»Und wie?«, fragte Davos und fürchtete die Antwort.

»Wie es notwendig ist.« Der König blickte ihn an. »Und Ihr?«

»Ich . . .« Davos fuhr sich mit der Zunge über die Lippen. »Ich stehe unter Eurem Befehl. Was wünscht Ihr von mir?«

»Nichts, was Ihr nicht schon früher getan hättet. Landet im Schutz der Dunkelheit mit einem Boot vor der Burg. Könnt Ihr das tun?«

»Ja. Heute Nacht?«

Der König nickte knapp. »Ihr werdet ein kleines Boot benötigen. Nicht die *Schwarze Betha.* Niemand darf wissen, was Ihr tut.«

Davos wollte widersprechen. Er war jetzt ein Ritter, kein Schmuggler mehr, und ein Meuchelmörder war er nie gewesen. Doch als er den Mund öffnete, wollten ihm die Worte nicht über die Lippen gehen. Hier stand *Stannis,* sein Herr, dem er alles verdankte, was er darstellte. Und er musste auch an seine Söhne denken. *Bei den guten Göttern, was hat sie mit ihm gemacht?*

»Ihr seid so still?«, bemerkte Stannis.

Und das sollte ich auch bleiben, sagte sich Davos und sagte trotzdem: »Mein Lehnsherr, Ihr müsst die Burg einnehmen, das sehe ich wohl ein, aber gewiss gibt es andere Möglichkeiten. *Anständigere* Möglichkeiten. Mag Ser Cortnay den Bastard behalten, dann ergibt er sich.«

»Ich muss den Jungen bekommen, Davos. *Ich muss.* Denn Melisandre hat ihn ebenfalls in den Flammen gesehen.«

Davos suchte nach einer Antwort. »In Storm's End finden sich keine Ritter, die es mit Ser Guyard oder Lord Caron aufnehmen können, und Ihr habt noch hundert weitere in Euren Diensten. Dieses Duell ... könnte es nicht sein, dass Ser Cortnay nur nach einer Möglichkeit sucht, sich ehrenvoll zu ergeben? Selbst, wenn ihn das sein eigenes Leben kosten sollte?«

Eine besorgte Miene huschte wie eine vorbeiziehende Wolke über des Königs Gesicht. »Eher plant er irgendeine Hinterlist. Es wird keinen Kampf der Recken geben. Ser Cortnay war bereits ein toter Mann, bevor er mir diesen Handschuh hingeworfen hat. Die Flammen lügen nicht, Davos.«

Und dennoch bin ich notwendig, damit ihre Worte wahr werden, dachte er. Seit langer Zeit hatte Davos Seaworth nicht mehr solche Trauer empfunden.

Und so fuhr er ein weiteres Mal im Dunkel der Nacht durch die Shipbreaker Bay und steuerte ein winziges Boot mit schwarzem Segel. Der Himmel war genauso wie damals, und das Meer ebenfalls. Derselbe Salzgeruch lag in der Luft, und das Wasser gluckerte unter dem Kiel, wie er es in Erinnerung hatte. Tausend lodernde Lagerfeuer brannten um die Burg herum, wie die Feuer der Tyrells und Redwynes vor sechzehn Jahren gebrannt hatten. Alles andere unterschied sich sehr von damals.

Beim letzten Mal habe ich Storm's End das Leben gebracht, in Form von Zwiebeln. Dieses Mal ist es der Tod, in Gestalt von Melisandre von Asshai. Vor sechzehn Jahren hatten die Segel im Wind geknattert, bis er sie eingeholt hatte und gepolsterte Ruder einlegte. Trotzdem hatte ihm das Herz bis zum Hals geschlagen. Die Männer auf den Redwyne-Galeeren waren nach so langer Zeit unaufmerksam geworden, und so war er mit seinen Leuten geschmeidig wie schwarze Seide durch den Kordon geschlüpft. Diesmal gehörten alle Schiffe Stannis, und Gefahr drohte höchstens von einem Beobachter auf den Burgmauern. Trotzdem war Davos angespannt wie eine Bogensehne.

Melisandre hockte auf der Ducht, kaum zu erkennen in der dunklen roten Robe, die sie von Kopf bis Fuß einhüllte. Ihr Gesicht war ein bleicher Fleck unter der Kapuze. Davos liebte das Wasser. Er schlief am besten, wenn unter ihm das Deck sanft schaukelte, und das Seufzen des Windes in der Takelage war ein süßeres Lied für ihn, als es ein Sänger auf der Harfe spielen konnte. Doch auch das Meer spendete ihm heute Nacht keinen Trost. »Ich kann Eure Angst riechen«, sagte die rote Frau leise.

»Jemand hat mir gesagt, die Nacht sei dunkel und voller Schrecken. Und heute Nacht bin ich kein Ritter. Heute Nacht bin ich noch einmal Davos der Schmuggler. Wärt Ihr nur eine Zwiebel.«

Sie lachte. »Fürchtet Ihr mich? Oder das, was wir tun?«

»Was *Ihr* tut. Ich habe daran keinen Anteil.«

»Eure Hände haben das Segel gehisst. Eure Hände halten das Ruder.« Schweigend kümmerte sich Davos um seinen Kurs. Das Ufer war ein Gewirr von Felsen, deshalb steuerte er zunächst hinaus in die Bucht. Storm's End blieb hinter ihnen zurück, doch die rote Frau schien das nicht zu beunruhigen. »Seid Ihr ein guter Mann, Davos Seaworth?«, fragte sie.

Würde ein guter Mann solche Dinge tun? »Ich bin ein Mann«, antwortete er. »Ich bin freundlich zu meinem Weib, aber ich habe auch schon andere Frauen gehabt. Ich habe versucht, als Vater für meine Söhne da zu sein, damit sie ihren Platz in dieser Welt finden. Ich würde sagen, es hält sich die Waage, M'lady. Ich bin ein guter *und* ein schlechter Mann.«

»Ein grauer Mann«, sagte sie. »Weder weiß noch schwarz, doch von beidem ein bisschen. Seid Ihr das, Ser Davos?«

»Und wenn es so wäre? Mir scheint, die meisten Männer sind grau.«

»Wenn eine Zwiebel zur Hälfte schwarz gefault ist, kann man sie nur als verfaulte Zwiebel bezeichnen. Ein Mann ist entweder gut oder schlecht.«

Die Feuer hinter ihnen waren zu einem vagen Glühen verschmolzen, das sich gegen den schwarzen Himmel abhob, und das Land war schon fast außer Sicht. Es war Zeit zu wenden. »Passt auf Euren Kopf auf, Mylady.« Er legte das Ruder um, und das kleine Boot ließ Gischt aufspritzen, während es drehte. Melisandre duckte sich unter dem herumschwingenden Baum und legte eine Hand auf das Dollbord, so ruhig wie immer. Holz ächzte, Leinwand knatterte, Wasser spritzte so laut, dass man schwören mochte, es müsse auf der Burg zu hören sein. Davos wusste es besser. Das endlose Rauschen der Wellen auf dem Fels war das einzige Geräusch, das durch die massive seewärtige Mauer von Storm's End drang, und auch das nur schwach.

Gekräuseltes Kielwasser blieb hinter ihnen zurück, während sie wieder auf das Ufer zufuhren. »Ihr sprecht von Zwiebeln und Männern«, sagte Davos. »Was ist mit Frauen? Gilt für sie nicht das Gleiche? Seid Ihr gut oder böse, Mylady?«

Auf die Frage hin kicherte sie. »Oh, gut. Ich bin selbst eine Art Ritter, edler Ser. Ein Recke des Lichts und des Lebens.«

»Dennoch beabsichtigt Ihr, heute Nacht einen Mann zu töten«, erwiderte er. »So wie Ihr schon Maester Cressen getötet habt.«

»Euer Maester hat sich vergiftet. Mich wollte er ebenfalls vergiften, aber ich wurde von einer größeren Macht beschützt und er nicht.«

»Und Renly Baratheon? Wer hat ihn ermordet?«

Sie wandte den Kopf um. Unter dem Schatten der Kapuze brannten ihre Augen schwach wie rote Kerzen. »Ich nicht.«

»Lügnerin.« Jetzt war sich Davos sicher.

Abermals lachte Melisandre. »Ihr habt Euch in Dunkelheit und Verwirrung verloren, Ser Davos.«

»Dennoch ist die Dunkelheit gut für uns.« Davos deutete auf die fernen Lichter, die auf den Mauern von Storm's End flackerten. »Spürt Ihr, wie kalt der Wind ist? Die Wachen werden sich dicht an die Fackeln dort oben drängen. Ein bisschen Wärme, ein bisschen Licht bieten wenigstens einen kleinen Trost in der Nacht. Dadurch werden sie geblendet, und deshalb werden sie uns nicht sehen.« *Das hoffe ich jedenfalls.* »Der Gott der Dunkelheit beschützt uns, Mylady. Sogar Euch.«

Die Flammen ihrer Augen schienen bei diesen Worten ein wenig heller zu leuchten. »Sprecht diesen Namen nicht aus, Ser, solange Ihr sein schwarzes Auge nicht auf uns lenken wollt. Er beschützt keinen Menschen, so viel kann ich Euch versprechen. Denn er ist der Feind allen Lebens. Die Fackeln verbergen uns, Ihr habt es selbst gesagt. Feuer. Das helle Geschenk des Herrn des Lichts.«

»Wie Ihr wollt.«

»Wie Er will.«

Der Wind drehte, Davos konnte es fühlen und sah es am Kräuseln des Segeltuchs. Er griff nach den Fallen. »Helft mir, das Segel einzuholen. Den Rest des Wegs werde ich rudern.«

Gemeinsam holten sie das Segel ein, während das Boot unter ihnen schaukelte. Davos legte die Riemen ein und zog sie durch das unruhige Wasser. »Wer hat Euch zu Renly gerudert?«

»Das war nicht nötig«, antwortete sie. »Er war nicht geschützt. Aber hier ... dieses Storm's End ist ein alter Ort. In die Steine sind Zauber gewirkt. Dunkle Mauern, die kein Schatten passieren kann – uralt sind sie und vergessen, und doch noch immer vorhanden.«

»Schatten?« Davos spürte ein Kribbeln auf der Haut. »Ein Schatten ist ein Wesen der Dunkelheit.«

»Ihr seid unwissender als ein Kind, Ser Ritter. Im Dunkeln gibt es keine Schatten. Schatten sind die Diener des Lichts, die Kinder des Feuers. Die hellste Flamme wirft den dunkelsten Schatten.«

Stirnrunzelnd gebot ihr Davos daraufhin Schweigen. Sie näherten sich erneut der Küste, und über das Wasser hinweg trug der Klang von Stimmen weit. Er ruderte, und das leise Platschen verlor sich im Rhythmus der Wellen. Die Seeseite von Storm's End stand auf einer weißen Klippe, der Kalkstein war anderthalbmal so hoch wie die Mauer. In der Klippe gähnte ein Schlund, und darauf hielt Davos nun zu, genau wie vor sechzehn Jahren. Der Tunnel führte in eine Höhle unter der Burg, wo die alten Sturmlords ihre Landestelle erbaut hatten.

Die Durchfahrt war nur bei Flut passierbar und trotzdem sehr heimtückisch, doch sein Geschick als Schmuggler hatte Davos nicht verlernt. Er steuerte zwischen den zerklüfteten Felsen hindurch, bis sie den Höhleneingang erreichten und ließ sich von den Wellen hineintragen. Sie krachten um ihn herum, drängten das Boot hierhin und dorthin und durchnässten die beiden Menschen bis auf die Haut. Ein halb sichtbarer Felsen ragte plötzlich aus der Dunkelheit, und Davos konnte sie gerade noch mit einem Ruder davon fortschieben.

Dann waren sie daran vorbeigeglitten und wurden von Dunkelheit eingehüllt. Das Wasser beruhigte sich. Das kleine Boot wurde langsam. Das Geräusch ihres Atmens hallte von den Wänden wider. Solche Schwärze hatte Davos nicht erwartet. Beim letzten Mal hatten Fackeln im Tunnel gebrannt, und die Augen der hungernden Männer hatten durch die Löcher in der Decke gespäht. Das Fallgatter lag ein Stück vor ihnen, wie er wusste. Mit den Rudern verminderte Davos die Geschwindigkeit, bis sie sehr langsam dahintrieben.

»Weiter geht es nicht, es sei denn, Ihr hättet einen Mann im Inneren, der das Tor für uns öffnet.« Sein Flüstern kroch einer Kolonne Mäusen gleich auf weichen rosa Füßen über das Wasser.

»Sind wir bereits auf der anderen Seite der Mauern?«

»Ja. Wir sind darunter hindurchgefahren. Weiter kommen wir nicht. Das Fallgatter reicht bis zum Boden. Und die Gitterstäbe sitzen zu dicht aneinander. Da käme selbst ein Kind nicht durch.«

Außer einem leisen Rascheln erhielt er keine Antwort. Dann leuchtete inmitten der Finsternis ein Licht auf.

Davos hob die Hand schützend vor die Augen. Der Atem stockte ihm. Melisandre hatte die Robe abgeworfen. Darunter war sie nackt und ihr Bauch war von der Frucht darin gewaltig aufgetrieben. Die geschwollenen Brüste hingen herab, und ihr Bauch wölbte sich, als würde er im nächsten Moment platzen. *»Mögen die Götter uns beschützen«*, flüsterte er und hörte ihre Erwiderung, ein tiefes, kehliges Lachen. Ihre Augen funkelten wie heiße Kohlen, und der Schweiß auf ihrer Haut schien zu glühen. Melisandre *leuchtete.*

Keuchend hockte sie sich nieder und spreizte die Beine. Blut, schwarz wie Tinte, rann über ihre Schenkel. Ihr Schrei mochte den Qualen oder der Ekstase oder gar beidem entspringen. Und Davos sah die Spitze des Kindskopfes, der sich den Weg aus ihr heraus bahnte. Zwei Arme befreiten sich, streckten sich, umfassten mit schwarzen Fingern Melisandres angespannte Schenkel und zogen, bis der ganze Schatten hinaus in die Welt glitt und größer wurde als Davos, hoch wie der Tunnel und bis zur Decke über dem Boot aufragte. Nur ein Augenblick blieb ihm, um ihn zu betrachten, dann war der Schatten verschwunden, hatte sich zwischen den Gitterstäben des Fallgatters hindurch gewunden und huschte über die Oberfläche des Wassers. Doch dieser kurze Augenblick hatte Davos genügt.

Er kannte diesen Schatten. Und er kannte auch den Mann, der ihn geworfen hatte.

JON

Der Ton hallte durch die schwarze Nacht. Jon drückte sich auf einem Ellbogen hoch und griff aus reiner Gewohnheit nach Longclaw, während das Lager zum Leben erwachte. *Das Horn, das die Schlafenden weckt,* dachte er.

Der lange tiefe Ton hielt sich am Rande des Hörbaren. Die Wachen auf der Ringmauer standen still, ihr Atem gefror zu Raureif, und die Köpfe hatten sie nach Westen gewandt. Langsam ebbte der Klang des Horns ab, und nun hörte sogar der Wind auf zu wehen. Männer wälzten sich aus ihren Decken, griffen nach ihren Speeren und Schwertgurten, bewegten sich leise und lauschten. Ein Pferd wieherte und wurde von irgendjemandem beruhigt. Die Brüder der Nachtwache warteten auf einen zweiten Hornstoß, beteten dafür, dass sie ihn nicht hören würden, und fürchteten, genau das würde geschehen.

Nachdem die Stille unerträglich lang angedauert hatte und die Männer wussten, dass das Horn nicht erneut ertönen würde, grinsten sie einander verlegen an, als wollten sie ihre vorherige Angst leugnen. Jon Snow warf ein paar Stöcke ins Feuer, legte den Schwertgurt um, zog sich die Stiefel an, fegte Staub und Tau von seinem Mantel und warf ihn sich um die Schultern. Neben ihm loderten die Flammen auf, und die Hitze strahlte ihm angenehm ins Gesicht, während er sich anzog. Er hörte den Lord Commander, der sich im Zelt bewegte. Kurz darauf hob Mormont die Zeltklappe hoch. »Ein Ton?« Auf seiner Schulter saß still der aufgeplusterte Rabe und sah elend aus.

»Einer, Mylord«, bestätigte Jon. »Die Brüder kehren zurück.«

Mormont trat zum Feuer. »Halbhand. Wird auch Zeit.« Mit jedem Tag, den sie warteten, war Mormont nervöser geworden; viel länger hätte er das nicht mehr ausgehalten. »Kümmere dich darum, dass es für die Männer warmes Essen und für die Pferde Futter gibt. Ich will Qhorin sofort sprechen.«

»Mylord, ich werde ihn zu Euch führen.« Die Männer vom Shadow Tower waren bereits vor Tagen erwartet worden. Als sie nicht auftauchten, hatten sich die Brüder Sorgen gemacht. Jon hatte am Lagerfeuer düstere Vermutungen gehört, und nicht nur vom Schwermütigen Edd. Ser Ottyn Wythers war dafür, sich so schnell wie möglich nach Castle Black zurückzuziehen. Ser Mallador Locke wollte zum Shadow Tower aufbrechen, weil er hoffte, dabei auf Qhorins Fährte zu stoßen und herauszufinden, was ihm zugestoßen sein mochte. Und Thoren Smallwood wollte hinauf in die Berge. »Mance Rayder weiß, dass er gegen die Wache in die Schlacht ziehen muss«, hatte Thoren verkündet, »aber so weit nördlich wird er niemals Ausschau nach uns halten. Wenn wir den Milkwater hinaufreiten, können wir ihn überraschen und sein Heer niedermachen, ehe er uns bemerkt hat.«

»Sie wären immer noch zu sehr in der Überzahl«, hatte Ser Ottyn widersprochen. »Craster hat gesagt, Rayder würde ein großes Heer versammeln. Viele Tausend Kämpfer. Ohne Qhorin sind wir nur zweihundert.«

»Hetzt zweihundert Wölfe auf zehntausend Schafe, Ser, und schaut Euch an, was dann passiert«, meinte Smallwood zuversichtlich.

»Unter diesen Schafen gibt es auch Ziegen, Thoren«, warnte Jarman Buckwell. »Und möglicherweise sogar ein paar Löwen. Rasselhemd, Harma der Hundekopf, Alfyn Krähentöter . . .«

»Ich kenne sie genauso gut wie du, Buckwell«, schnappte Thoren Smallwood zurück. »Und ich habe vor, mir ihre Köpfe zu holen, jeden einzelnen. Das sind *Wildlinge.* Keine Soldaten. Ein paar hundert Helden, meist betrunken, inmitten einer riesigen Horde von Frauen, Kindern und Hörigen. Wir werden über sie herfallen, dass sie laut schreiend in ihre Hütten zurückrennen.«

So hatten sie stundenlang gestritten und waren zu keiner Einigung gekommen. Der Alte Bär war zu stur, um sich zurückzuziehen, gleichzeitig wollte er jedoch auch nicht den Milkwater hinauf in die Schlacht vormarschieren. Am Ende hatte man lediglich beschlossen, noch einige Tage auf die Männer vom Shadow Tower zu warten und die Besprechungen fortzusetzen, wenn sie bis dahin nicht erschienen waren.

Und jetzt waren sie da, und die Entscheidung konnte nicht länger aufgeschoben werden. Jon war froh darüber. Wenn sie schon gegen Mance Rayder antreten mussten, dann am liebsten bald.

Er fand den Schwermütigen Edd am Feuer, wo der sich darüber beschwerte, wie schlecht er schlafen könne, wenn irgendwer im Wald ins Horn stoße. Jon lieferte ihm einen neuen Grund zum Klagen. Gemeinsam weckten sie Hake, der die Befehle der Lord Commanders unter Flüchen entgegennahm, jedoch trotzdem aufstand und bald ein Dutzend Brüder dazu gebracht hatte, Wurzeln für eine Suppe zu schneiden.

Während Jon durchs Lager ging, kam Sam schnaufend auf ihn zu. Unter der schwarzen Kapuze wirkte sein Gesicht so bleich und rund wie der Mond. »Ich habe das Horn gehört. Ist dein Onkel zurück?«

»Das sind nur die Männer vom Shadow Tower.« Es wurde immer schwieriger, die Hoffnung aufrechtzuerhalten, dass Benjen Stark gesund zurückkehren würde. Der Mantel, den er unten an der Faust gefunden hatte, könnte gut seinem Onkel oder einem seiner Männer gehört haben, was sogar der Alte Bär einräumte, doch warum er dort zusammen mit dem Drachenglas vergraben worden war, wusste niemand zu sagen. »Sam, ich muss weiter.«

An der Ringmauer fand er die Wachen damit beschäftigt, die Palisade aus der halbgefrorenen Erde zu ziehen, um einen Durchgang zu öffnen. Es dauerte nicht lange, bis die ersten Brüder vom Shadow Tower den Hang hinaufkamen. Alle waren in Leder und Fell gekleidet, nur hier und da sah man ein Stück Stahl oder Bronze; dichte Bärte bedeckten hagere Gesichter und ließen sie ebenso struppig wirken wie ihre kleinen Pferde. Jon war überrascht, denn einige ritten zu zweit auf einem Tier. Als er genauer hinblickte, entdeckte er bei einigen der Männer Verwundungen. *Auf dem Weg hierher haben sie Schwierigkeiten gehabt.*

Jon erkannte Qhorin Halbhand sofort, obwohl er ihm noch nie begegnet war. Der hoch gewachsene Grenzer war eine Legende in der Nachtwache; ein Mann, der langsam sprach und rasch handelte, groß und gerade wie ein Speer, mit langen Gliedern und stets ernst. Anders als seine Männer hatte er sich rasiert. Sein Haar hing unter dem Helm hervor, es war mit Raureif überzogen und fiel in einem schweren Zopf auf die Schultern, und der Mantel, den er trug, war so ausgeblichen, dass er eher grau als schwarz zu nennen war. Nur Daumen und Zeigefinger waren von der Hand geblieben, die die Zügel hielt; die anderen Finger hatte er eingebüßt, als er die Axt eines Wildlings abwehrte, die ihm sonst den Schädel gespalten hätte. Es hieß, dem Axtträger hätte er die blutige Faust ins Gesicht gestoßen, sodass das Blut den Gegner geblendet habe. Seit jenem Tag war er der erbittertste Feind der Wildlinge hinter der Mauer.

Jon grüßte ihn. »Lord Commander Mormont möchte Euch sofort sehen. Ich werde Euch zu seinem Zelt führen.«

Qhorin schwang sich aus dem Sattel. »Meine Männer sind hungrig, und auch um die Pferde muss sich jemand kümmern.«

»Sie werden alle versorgt werden.«

Der Grenzer überließ sein Tier der Obhut einem seiner Leute und folgte Jon. »Du bist Jon Snow. Du hast die Augen deines Vaters.«

»Kanntet Ihr meinen Vater, Mylord?«

»Ich bin kein Lord. Nur ein Bruder der Nachtwache. Lord Eddard habe ich gekannt, ja. Und seinen Vater ebenfalls.«

Jon musste sich anstrengen, um mit Qhorins langen Schritten mitzuhalten. »Lord Rickard starb noch vor meiner Geburt.«

»Er war ein Freund der Nachtwache.« Qhorin warf einen Blick über die Schulter. »Man hört, du hättest einen Schattenwolf bei dir.«

»Ghost wird in der Dämmerung zurückkehren. Nachts jagt er.«

Der Schwermütige Edd briet eine Scheibe Schinken und kochte ein Dutzend Eier in einem Kessel über dem Feuer des Alten Bären. Mormont saß auf seinem Feldstuhl aus Holz und Leder. »Mir wurde langsam angst und bange um Euch. Habt Ihr Ärger gehabt?«

»Wir sind auf Alfyn Krähentöter getroffen. Mance hatte ihn geschickt, um entlang der Mauer auf Kundschaft zu gehen, und wir haben ihn auf dem Rückweg erwischt.« Qhorin nahm seinen Helm ab. »Alfyn wird dem Reich keinen Schaden mehr zufügen, aber ein paar aus seiner Truppe konnten uns entkommen. Wir haben sie gejagt, trotzdem haben es manche vielleicht doch bis in die Berge geschafft.«

»Und die Verluste?«

»Vier Brüder sind gefallen. Ein Dutzend verwundet. Ein Drittel dessen, was der Feind hinnehmen musste. Und wir haben Gefangene gemacht. Einer ist bald danach an seinen Wunden gestorben, aber die anderen konnten wir verhören.«

»Am besten besprechen wir das im Zelt. Jon wird Euch ein Horn Bier holen. Oder bevorzugt Ihr gewürzten Wein?«

»Heißes Wasser wäre schon angenehm. Und ein Ei und ein Stück Schinken.«

»Wie Ihr wünscht.« Mormont hob die Zeltklappe hoch und ließ Qhorin Halbhand vor sich eintreten.

Edd stand am Topf und rührte die Eier mit einem Löffel um. »Diese Eier beneide ich geradezu«, sagte er. »Ich würde jetzt auch gern ein bisschen kochen. Wenn der Topf größer wäre, könnte ich hineinspringen. Es gibt schlimmere Todesarten als Wärme und Wasser. Ich habe mal einen Bruder gekannt, der sich in Wein ersäuft hat. War aber ein schlechter Wein, und seine Leiche hat ihn nicht besser gemacht.«

»Du hast den Wein noch *getrunken?*«

»Es ist schrecklich, wenn man einen toten Bruder findet. Du hättest ebenfalls unbedingt etwas trinken müssen, Lord Snow.« Edd rührte den Topf um und fügte noch ein bisschen Muskatnuss hinzu.

Unruhig hockte sich Jon vors Feuer und stocherte mit einem Stock darin herum. Er konnte die Stimme des Alten Bären aus dem Zelt hören, auch das Krächzen des Raben und Qhorin Halbhands leisere Stimme, doch verstehen konnte er nichts. *Alfyn Krähentöter war gefallen, das ist gut.* Er war einer der blutrünstigsten Banditen der Wildlinge gewesen, und sein Name stammte daher, weil er schon so viele schwarze Brüder ermordet hatte. *Warum klingt Qhorin dann trotz des Sieges so ernst?*

Jon hatte gehofft, nach der Ankunft der Männer aus dem Shadow Tower würde sich die Stimmung im Lager verbessern. Erst letzte Nacht hatte er, als er vom Wasserlassen kam, fünf oder sechs Männer gehört, die sich flüsternd an der Glut eines Feuers unterhielten. Chett hatte gerade gemurmelt, es sei Zeit umzukehren, und deshalb war Jon stehen geblieben. »Dieser ganze Ritt ist doch die Torheit eines alten Mannes«, sagte Chett. »In den Bergen werden wir außer unseren eigenen Gräbern nichts finden.«

»In den Frostfangs gibt es Riesen, Warge und schlimmere Wesen«, sagte Lark von den Sisters.

»Ich werde nicht dorthin mitkommen, so viel verspreche ich euch.«

»Der Alte Bär wird dir keine Wahl lassen.«

»Könnte ja auch sein, dass wir ihm keine Wahl lassen«, erwiderte Chett.

In diesem Augenblick hatte einer der Hunde den Kopf gehoben und geknurrt, und deshalb hatte er sich rasch fortschleichen müssen, ehe man ihn entdeckte. *Das sollte ich bestimmt nicht hören*, dachte er. Er überlegte, ob er die Geschichte Mormont erzählen sollte, konnte sich jedoch nicht überwinden, seine Brüder zu verraten, selbst wenn es sich um solche Kerle wie Chett und die Männer von den Sisters handelte. *Ist doch sowieso nur leeres Geschwätz*, redete er sich ein. *Sie frieren, und sie haben Angst; so geht es uns ja allen.* Das Warten hier war schwer, man hockte auf einem steinigen Berg über dem Wald und fragte sich ständig, was der nächste Morgen bringen mochte. *Der unsichtbare Feind ist stets der Furchteinflößendste.*

Jon zog seinen neuen Dolch aus der Scheide und betrachtete den Feuerschein, der über das glänzende schwarze Glas spielte. Den Holzgriff hatte er selbst angefertigt und ihn mit Hanf umwickelt. Das war zwar hässlich, doch es hielt. Der Schwermütige Edd hatte gemeint, dass Glasmesser ungefähr so nützlich wären wie Brustwarzen auf dem Brustharnisch eines Ritters, allerdings war sich Jon dessen nicht so sicher. Die Drachenglasklinge war wesentlich schärfer als Stahl, wenn auch zerbrechlicher.

Sie müssen dort aus einem bestimmten Grund vergraben worden sein.

Er hatte auch einen Dolch für Grenn gemacht, und einen weiteren für den Lord Commander. Das Kriegshorn hatte er Sam gegeben. Bei näherer Untersuchung hatten sie einen Sprung entdeckt, und obwohl sie allen Dreck entfernt hatten, konnte Jon keinen Ton zu Stande bringen. Der Rand war ebenfalls abgestoßen, doch Sam gefielen alte Dinge, auch wenn sie keinen Wert besaßen. »Mach dir doch ein Trinkhorn davon«, schlug Jon ihm vor, »und jedes Mal, wenn du daraus trinkst, erinnerst du dich an deine Reise vor die Mauer und an die Faust der Ersten Menschen.« Er gab Sam eine Speerspitze und ein Dutzend Pfeilspitzen dazu, während er den Rest zwischen seinen anderen Freunden aufteilte.

Der Alte Bär hatte sich über den Dolch gefreut, doch trug er lieber ein Messer aus Stahl am Gürtel, war Jon aufgefallen. Mormont hatte ebenfalls keine Antwort auf die Frage, wer die Waffen in den Mantel eingeschlagen und beides dort vergraben oder was das zu bedeuten habe. *Möglicherweise hat ja Qhorin eine Ahnung.* Halbhand war weiter in die Wildnis vorgedrungen als jeder andere Mann.

»Willst du sie bedienen oder soll ich das machen?«

Jon schob den Dolch in die Scheide. »Ich mach das schon.« Er wollte zu gern hören, was sie besprachen.

Edd schnitt drei dicke Scheiben von einem Laib Haferbrot, legte sie auf einen Holzteller, bedeckte sie mit Schinken und Bratfett und füllte eine Schüssel mit hart gekochten Eiern. Jon nahm die Schüssel in die eine Hand und den Teller in die andere und trat rückwärts ins Zelt des Lord Commanders.

Qhorin saß mit gekreuzten Beinen auf dem Boden und hielt den Rücken so gerade wie einen Speer. Kerzenlicht beleuchtete seine harten flachen Wangen, während er sprach. ». . . Rasselhemd an und jeder andere große oder kleine Häuptling. Sie haben außerdem Warge und Mammuts und eine größere Streitmacht, als wir uns je erträumt haben. Jedenfalls hat er das behauptet. Ebben glaubt, der Mann habe uns Märchen erzählt, um sein Leben ein wenig zu verlängern.«

»Ob nun wahr oder gelogen, die Mauer muss gewarnt werden«, sagte der Alte Bär, während Jon Teller und Schüssel zwischen den beiden Männern abstellte. »Und der König.«

»Welcher König?«

»Alle. Der richtige und die falschen. Falls sie das Reich für sich erobern wollen, sollen sie es auch verteidigen.«

Halbhand nahm sich ein Ei und schlug es am Rand der Schüssel auf. »Diese Könige tun, was sie wollen«, sagte er und pellte das Ei. »Wahrscheinlich wird das nicht sehr viel sein. Unsere größte Hoffnung ist Winterfell. Die Starks müssen den Norden versammeln.«

»Ja. Unbedingt.« Der Alte Bär entrollte eine Karte, betrachtete sie stirnrunzelnd, warf sie zur Seite und öffnete eine zweite. Er dachte gewiss darüber nach, wo der Hammer wohl fallen könnte. Die Wache hatte einst siebzehn Burgen entlang der dreihundert Meilen Mauer bemannt, doch diese waren eine nach der anderen aufgegeben worden, weil die Bruderschaft kleiner und kleiner wurde. Jetzt lebten nur noch auf dreien Brüder der Wache, eine Tatsache, die Mance Rayder natürlich ebenfalls bekannt war. »Ser Alliser Thorne wird frische Rekruten aus King's Landing mitbringen. Wenn wir Greyguard vom Shadow Tower und den Long Barrow von Eastwatch aus bemannen können . . .«

»Greyguard ist zum größten Teil verfallen. Stonedoor würde uns bessere Dienste leisten, falls wir genug Männer haben. Icemark und Deep Lake vielleicht ebenfalls. Und die Mauer dazwischen muss täglich kontrolliert werden.«

»Patrouillen, ja. Zweimal täglich, falls das möglich ist. Die Mauer selbst bildet ja schon ein anständiges Hindernis. Ohne Verteidiger kann sie zwar niemanden zurückhalten, aber sie würde wenigstens aufhalten. Je größer das Heer, desto länger wird es brauchen. So leer wie das Land ist, beabsichtigen sie offenbar, ihre Frauen mitzunehmen. Und ihre Jungen und das Vieh ebenfalls . . . habt Ihr schon einmal eine Ziege gesehen, die eine Leiter hinaufklettert? oder ein Seil? Sie müssen also eine Treppe oder eine große Rampe bauen . . . Das wird mindestens einen Mondwechsel dauern, vielleicht sogar länger. Mance wird wissen, dass er am besten unter der Mauer hindurchkommt. Durch ein Tor oder . . .«

»Eine Bresche.«

Mormont hob abrupt den Kopf. »Was?«

»Sie haben nicht vor, die Mauer zu erklimmen oder sich hindurchzugraben, Mylord. Sie wollen sie brechen.«

»Die Mauer ist über zweihundert Meter hoch und am Fundament so dick, dass hundert Mann mit Hacke und Spaten ein Jahr bräuchten, um eine Bresche zu schaffen.«

»Trotzdem.«

Mormont zupfte an seinem Bart und runzelte die Stirn. »Wie?«

»Wie denn wohl? Durch Zauberei.« Qhorin biss die Hälfte von seinem Ei ab. »Warum sonst würde Mance sein Heer in den Frostfangs versammeln? Die sind öde und hart und einen langen harten Marsch von der Mauer entfernt.«

»Ich hatte gehofft, er wäre nur in die Berge gezogen, um sich vor meinen Grenzern zu verbergen.«

»Vielleicht stimmt das ja«, sagte Qhorin und aß die zweite Hälfte des Eis, »aber an dieser Sache ist noch mehr dran, glaube ich. Er suchte etwas an diesem kalten Ort im Gebirge. Etwas, das er braucht.«

»Etwas?« Mormonts Rabe hob den Kopf und krächzte. Der Schrei klang in der Enge des Zeltes so scharf wie ein Messer.

»Irgendeine Kraft. Was auch immer es ist, unser Gefangener konnte es nicht sagen. Möglicherweise sind wir beim Verhör zu heftig vorgegangen, und er hätte uns vor seinem Tod noch einiges verraten können. Dennoch bezweifele ich, dass er darüber Bescheid wusste.«

Jon hörte den Wind von draußen. Er machte ein hohes, hohles Geräusch, wenn er durch die Steine der Ringmauer pfiff und an den Zeltleinen zerrte. Mormont rieb sich nachdenklich den Mund. »Eine Kraft«, wiederholte er. »Darüber muss ich mehr erfahren.«

»Dann solltet Ihr Kundschafter in die Berge schicken.«

»Ich bin nicht willens, das Leben weiterer Männer zu riskieren.«

»Was uns erwartet, ist höchstens der Tod. Warum legen wir sonst das Schwarz an, wenn nicht, um bei der Verteidigung des Reiches zu sterben? Ich würde fünfzehn Mann entsenden, in drei Gruppen zu fünf. Eine zieht am Milkwater hinauf, eine nimmt den Klagenden

Pass, und eine die Treppe des Riesen. Jarman Buckwell, Thoren Smallwood und ich führen jeweils den Befehl. So erfahren wir wenigstens, was in den Bergen auf uns lauert.«

»Lauert«, kreischte der Rabe. *»Lauert.«*

Aus des Lord Commanders Brust löste sich ein tiefer Seufzer. »Ich sehe keine andere Möglichkeit«, gestand er, »doch wenn Ihr nicht zurückkehrt ...«

»Irgendwer wird aus den Frostfangs herunterkommen, Mylord«, antwortete der Grenzer. »Wenn wir es sind, gut und schön. Wenn nicht, wird es vielleicht Mance Rayder sein, dem Ihr mitten im Weg sitzt. Er kann nicht nach Süden weitermarschieren und Euch in seinem Rücken lassen, damit Ihr ihm folgt und ihn von hinten angreift. Er muss angreifen. Und dieser Ort ist stark befestigt.«

»So stark befestigt nun auch wieder nicht«, erwiderte Mormont.

»Möglicherweise werden wir dann alle hier sterben. Immerhin wird unser Tod unseren Brüdern auf der Mauer wertvolle Zeit verschaffen. Zeit, die leeren Burgen zu bemannen und die Tore zuzufrieren; Zeit, die Lords und Könige zu Hilfe zu rufen; Zeit, die Äxte zu schärfen und die Katapulte zu reparieren. Unsere Leben werden den Einsatz lohnen.«

»Sterben«, murmelte der Rabe und schritt auf Mormonts Schulter hin und her. *»Sterben, sterben, sterben, sterben.«* Der Alte Bär saß zusammengesunken und still da, als sei die Bürde des Sprechens plötzlich zu schwer für ihn geworden. Endlich sagte er jedoch: »Mögen die Götter mir vergeben. Wählt Eure Männer aus.« Qhorin Halbhand drehte den Kopf. Sein Blick suchte Jons, und der Mann starrte den Jungen lange an. »Sehr gut. Ich wähle Jon Snow.«

Mormont blinzelte. »Der ist noch ein halber Knabe. Und außerdem mein Knappe. Noch nicht einmal ein Grenzer ist er.«

»Tollett kann sich ebenso gut um Euch kümmern, Mylord.« Qhorin hob die verstümmelte Hand mit den zwei Fingern. »Die alten Götter sind jenseits der Mauer immer noch mächtig. Die Götter der Ersten Menschen ... und die Götter der Starks.«

Mormont schaute Jon an. »Und was sagst du dazu?«

»Ich gehe mit«, antwortete er, ohne zu zögern.

Der alte Mann lächelte traurig. »Das habe ich mir bereits gedacht.«

Die Dämmerung brach an, als Jon zusammen mit Qhorin Halbhand das Zelt verließ. Der Wind umwehte sie, drückte gegen ihre schwarzen Mäntel und scheuchte rote Funken aus dem Feuer auf.

»Wir reiten gegen Mittag los«, sagte der Grenzer. »Bis dahin solltest du am besten deinen Wolf gefunden haben.«

TYRION

»Die Königin beabsichtigt, Prinz Tommen fortzuschicken.« Sie knieten allein in der dämmerigen Stille der Septe inmitten der Schatten und flackernden Kerzen, und dennoch sprach Lancel mit gedämpfter Stimme. »Lord Gyles wird ihn nach Rosby bringen und ihn dort als Page verkleidet verbergen. Dazu wollen sie ihm das Haar dunkel färben und allen erklären, er sei der Sohn irgendeines freien Ritters.«

»Fürchtet sie den Pöbel? Oder mich?«

»Beide«, erwiderte Lancel.

»Ach.« Tyrion hatte von diesem Plan nichts gewusst. Hatten Varys' kleine Vögel dieses Mal versagt? Sogar Spinnen müssen schlafen, nahm er an . . . oder trieb der Eunuch ein subtileres Spiel, als er bislang angenommen hatte? »Ser, ich danke Euch?«

»Würdet Ihr mir eine Gunst erweisen, wenn ich Euch darum bäte?«

»Vielleicht.« Lancel wollte in der nächsten Schlacht sein eigenes Kommando. Eine glorreiche Art zu sterben, ehe der Flaum in seinem Gesicht durch einen richtigen Schnurrbart ersetzt war, doch junge Ritter glaubten stets von sich selbst, sie seien unsterblich.

Tyrion verweilte noch, nachdem sein Vetter gegangen war. Am Altar des Kriegers zündete er eine Kerze an einer anderen an. *Wache über meinen Bruder, du verdammter Bastard, er ist einer von deiner Sorte.* Bei dem Fremden steckte er eine Kerze für sich selbst an.

Als der Red Keep in dieser Nacht dunkel geworden war, traf Bronn ein, während Tyrion gerade einen Brief versiegelte. »Bring dies zu Ser Jacelyn Bywater.« Der Zwerg ließ goldenes Wachs auf das Pergament tröpfeln.

»Was steht darin?« Bronn konnte nicht lesen, deshalb stellte er stets dreiste Fragen.

»Dass er fünfzig seiner besten Männer nehmen und die Roseroad erkunden soll.« Tyrion drückte sein Siegel in des weiche Wachs.

»Stannis wird doch vermutlich eher die Kingsroad hinaufziehen.«

»Oh, das weiß ich. Sagt Bywater, er sollte das, was in dem Brief steht, nicht beachten und mit seinen Männer nach Norden ziehen. Lord Gyles wird in ein oder zwei Tagen mit einem Dutzend Soldaten, ein paar Dienern und meinem Neffen zu seiner Burg aufbrechen. Prinz Tommen ist wahrscheinlich als Page gekleidet.«

»Soll der Junge zurückgebracht werden?«

»Nein. Ich wünsche lediglich, dass er die Burg sicher erreicht.« Den Jungen aus der Stadt zu schicken, war einer der besseren Einfälle seiner Schwester gewesen, hatte Tyrion entschieden. Auf Rosby wäre Tommen sicher vor dem Mob, und wenn er von seinem Bruder getrennt war, machte dies die Sache auch für Stannis schwieriger; selbst wenn er King's Landing einnahm und Joffrey hinrichtete, gab es noch einen weiteren Lannister mit Anspruch auf den Thron. »Lord Gyles ist zu krank, um zu fliehen und ein zu großer Feigling, um zu kämpfen. Im Falle eines Falles wird er seinem Kastellan befehlen, die Tore zu öffnen. Nachdem Bywater die Burg eingenommen hat, soll er Gyles' Soldaten hinauswerfen und Tommen bewachen. Frag ihn, wie *Lord* Bywater in seinen Ohren klingt.«

»Lord Bronn würde sich besser anhören. Ich könnte mir den Jungen genauso gut für Euch schnappen. Ich würde ihn sogar auf den Schoß nehmen und ihm Schlaflieder singen, wenn ich dafür zum Lord gemacht werde.«

»Dich brauche ich hier«, sagte Tyrion. *Und dir vertraue ich auch meinen Neffen nicht an.* Sollte Joffrey irgendetwas zustoßen, würde der Anspruch der Lannisters auf den Eisernen Thron ganz allein auf Tommens jungen Schultern ruhen. Ser Jacelyns Goldröcke würden den Jungen verteidigen; Bronns Söldner würden ihn vermutlich eher an seine Feinde verkaufen.

»Was soll der neue Lord mit dem alten machen?«

»Was immer ihm gefällt, solange er nicht vergisst, ihm etwas zu essen zu geben. Seinen Tod wünsche ich nicht gerade.« Tyrion stemmte sich vom Tisch hoch. »Meine Schwester wird dem Prinzen ein Mitglied der Königsgarde mitgeben.«

Das beunruhigte Bronn nicht weiter. »Der Bluthund gehört Joffrey, er wird also nicht fortgehen. Die Goldröcke von Eisenhand sollten mit allen anderen leicht fertig werden.«

»Sagt Ser Jacelyn, falls es notwendig wird, jemanden zu töten, möchte ich nicht, dass Tommen dabei zusehen muss.« Tyrion zog seinen schweren Mantel aus dunkelbrauner Wolle an. »Mein Neffe hat ein weiches Herz.«

»Seid Ihr sicher, dass er ein Lannister ist?«

»Ich bin mir nur zweier Dinge sicher: Der Winter wird kommen und die Schlacht«, antwortete er. »Los. Ich reite ein Stück mit dir.«

»Zu Chataya?«

»Du kennst mich zu gut.«

Sie verließen die Burg durch ein Seitentor in der Nordmauer. Tyrion trieb sein Pferd die Schattengasse entlang. Der laute Hufschlag ließ einige verstohlene Gestalten in den Gässchen verschwinden, doch niemand wagte es, ihn anzusprechen. Der Rat hatte die Ausgangssperre ausgedehnt; es war bei Todesstrafe verboten, sich auf den Straßen blicken zu lassen, nachdem die Abendglocke geläutet hatte. Die Maßnahme hatte den Frieden in King's Landing zum Teil wieder hergestellt und morgens wurden nur noch ein Viertel so viele Leichen wie gewöhnlich gefunden, und doch behauptete Varys, die Menschen würden ihn dafür verfluchen. *Sie sollten dankbar sein, dass sie noch Luft zum Fluchen haben.* Zwei Goldröcke traten ihnen entgegen, als sie den Kupferschmiedweg entlangritten, doch nachdem sie begriffen, wen sie vor sich hatten, baten sie die Hand um Verzeihung und winkten sie durch. Bronn wandte sich nach Süden zum Schlammtor, und so trennten sich ihre Wege hier.

Tyrion ritt weiter zu Chataya, doch plötzlich verließ ihn die Geduld. Er drehte sich im Sattel um und suchte die Straße hinter sich ab. Anzeichen von Verfolgern waren nicht zu sehen. Alle Fenster waren dunkel oder mit Fensterläden verschlossen. Er hörte nur den Wind, der durch die Straßen fegte. *Wenn mir Cersei heute Nacht jemanden hinterher geschickt hat, muss der als Ratte getarnt sein.* »Verflucht«, murmelte er. Er hatte die übermäßige Vorsicht satt. Also riss er sein Pferd herum und gab ihm die Sporen. *Wenn jemand hinter mir ist, wollen wir doch mal sehen, wie gut er reiten kann.* Er flog durch die mondhellen Straßen, klapperte über das Pflaster, donnerte durch schmale Gässchen, galoppierte zu seiner Liebsten.

Als er an das Tor pochte, hörte er leise Musik über die stachelbewehrte Mauer hinweg. Einer der Männer aus Ibben ließ ihn ein. Tyrion gab dem Mann das Pferd. »Wer ist das?« Die rautenförmigen Scheiben der Fenster der großen Halle leuchteten gelb, und er hörte einen Mann singen.

Der Mann aus Ibben zuckte die Achseln. »Irgendein Sänger mit dickem Bauch.«

Die Musik wurde lauter, während Tyrion vom Stall zum Haus ging. Er hatte sich nie viel aus Sängern gemacht, und diesen mochte er auf Anhieb noch weniger als den Rest der Brut, obwohl er ihn noch nicht einmal gesehen hatte. Er stieß die Tür auf, und der Mann unterbrach seinen Vortrag. »Mylord Hand.« Der Sänger, glatzköpfig und fassbäuchig, kniete und murmelte: »Welche Ehre, welche Ehre.«

»M'lord.« Shae lächelte ihn an. Ihm gefiel dieses Lächeln, diese Art, wie es ihr Gesicht ohne nachzudenken einnahm. Das Mädchen trug ihr purpurnes Seidengewand, das sie mit einer Silbertuchschärpe zusammenhielt. Die Farben betonten ihr dunkles Haar und den sanften Cremeton ihrer Haut.

»Liebling«, nannte er sie. »Und wer mag das sein?«

Der Sänger hob den Blick. »Man nennt mich Symon Silberzunge, Mylord. Ich bin Musikant, Sänger, Geschichtenerzähler –«

»Und ein großer Narr«, beendete Tyrion den Satz. »Wie habt Ihr mich genannt, als ich eingetreten bin?«

»Genannt? Ich habe nur...« Das Silber in Symons Zunge schien sich in Blei verwandelt zu haben. »Mylord Hand, sagte ich, welche Ehre . . .«

»Ein weiser Mann hätte vorgegeben, mich nicht zu erkennen. Nicht, dass ich darauf hereingefallen wäre, aber Ihr hättet es wenigstens versuchen sollen. Was soll ich nun mit Euch anstellen? Ihr wisst über meine süße Shae Bescheid, Ihr wisst, wo sie wohnt und dass ich sie des Nachts allein besuche.«

»Ich schwöre, keine Menschenseele wird davon erfahren . . .«

»Darüber könnten wir uns einig werden. Gute Nacht.« Tyrion führte Shae die Treppe hinauf.

»Mein Sänger wird niemals wieder singen«, stichelte sie. »Ihr habt ihn so erschreckt, dass er die Stimme verloren hat.«

»Ein bisschen Angst wird ihm helfen, die hohen Noten zu erreichen.«

Sie schloss die Tür zu ihrem Schlafzimmer. »Ihr werdet ihm doch kein Leid zufügen?«, fragte sie, zündete eine Kerze an und kniete sich hin, um ihm die Stiefel auszuziehen. »Seine Lieder trösten mich in den Nächten, in denen Ihr nicht bei mir seid.«

»Wenn ich nur jede Nacht kommen könnte«, sagte er, als sie ihm die nackten Füße rieb. »Wie gut singt er?«

»Besser als manche. Nicht so gut wie andere.«

Tyrion öffnete ihre Robe und vergrub sein Gesicht zwischen ihren Brüsten. Sie roch stets so sauber, sogar in dieser stinkenden Stadt. »Behalte ihn ruhig, aber er soll in der Nähe bleiben. Auf keinen Fall darf er mit dieser Geschichte durch die Schänken ziehen.«

»Das wird er nicht –«, begann sie.

Tyrion bedeckte ihren Mund mit dem seinen. Geredet hatte er heute schon genug; wonach es ihn jetzt verlangte, war das süße, einfache Vergnügen, das er zwischen Shaes Schenkeln fand. Wenigstens dort war er erwünscht und willkommen.

Nachdem es vorüber war, zog er seinen Arm unter ihrem Kopf hervor, schlüpfte in sein Hemd und ging hinunter in den Garten. Der Halbmond tauchte das Laub der Obstbäume und die Oberfläche des Badebeckens in silbernes Licht. Tyrion setzte sich neben das Wasser. Rechts zirpte irgendwo eine Grille, ein angenehm vertrautes Geräusch. *Schön friedlich ist es hier,* dachte er, *doch wie lange noch?*

Ein plötzlicher Gestank wehte ihm in die Nase, und er drehte den Kopf. Shae stand hinter ihm in der Tür und trug die silberfarbene Robe, die er ihr geschenkt hatte. *Ich liebte ein Mädchen, weiß wie der Winter, der Mond glühte in ihrem Haar.* Hinter ihr stand einer der

Bettelbrüder, ein beleibter Mann in schmutzbefleckter Robe und nackten, mit Dreck verkrusteten Füßen. Wo ein Septon einen Kristall getragen hätte, hing bei ihm eine Schüssel an einem Lederband um den Hals. Sein Geruch hätte eine Ratte zum Würgen gebracht.

»Lord Varys ist hier«, verkündete Shae.

Der Bettelbruder blinzelte sie erstaunt an. Tyrion lachte. »Ganz gewiss. Wieso hast du ihn erkannt und ich nicht?«

Sie zuckte mit den Schultern. »Er ist es immer noch, bloß anders gekleidet.«

»Ein anderes Aussehen, ein anderer Geruch, eine andere Art zu gehen«, sagte Tyrion. »Die meisten Menschen würden sich täuschen lassen.«

»Und vielleicht auch die meisten Frauen. Aber Huren nicht. Eine Hure lernt, den Mann zu sehen und nicht seine Kleider, sonst endet sie tot in einer dunklen Gasse.«

Varys wirkte gequält, und das nicht wegen des falschen Wundschorfs an seinen Füßen. Tyrion kicherte. »Shae, würdest du uns bitte Wein bringen?« Möglicherweise würde er etwas zu trinken brauchen. Denn was immer den Eunuchen mitten in der Nacht hierher führte, war vermutlich nichts Gutes.

»Ich fürchte mich fast, Euch mitzuteilen, weswegen ich gekommen bin, Mylord«, begann Varys, nachdem Shae sie allein gelassen hatte. »Ich bringe schlechte Kunde.«

»Vielleicht solltet Ihr Euch in schwarze Federn kleiden, da Euer Erscheinen ein ebenso schlechtes Omen bedeutet wie ein Rabe.« Unbeholfen erhob sich Tyrion, fast fürchtete er sich, die nächste Frage zu stellen. »Geht es um Jaime?« *Wenn sie ihm etwas zu Leide getan haben, wird sie nichts mehr retten.*

»Nein, Mylord, um eine andere Angelegenheit. Ser Cortnay Penrose ist tot. Storm's End hat Stannis Baratheon seine Tore geöffnet.«

Bestürzung verdrängte alle anderen Gedanken. Als Shae mit dem Wein zurückkehrte, nahm er einen Schluck und schleuderte den Becher dann gegen die Hauswand, wo er in tausend Scherben zersprang. Shae hob die Hand, um sich gegen die umherfliegenden Splitter zu schützen. Der Wein rann in kleinen Rinnsalen die Mauer hinunter, die im Mondlicht schwarz glänzten. »Verflucht soll er sein!«, sagte Tyrion.

Varys lächelte und zeigte einen Mund voller verfaulter Zähne. »Wer, Mylord? Ser Cortnay oder Lord Stannis.«

»Alle beide.« Storm's End war stark und hätte eine Belagerung ein halbes Jahr oder länger aushalten können ... Zeit genug für seinen Vater, mit Robb Stark fertig zu werden. »Wie ist das passiert?«

Varys warf einen Blick auf Shae. »Mylord, sollen wir den Schlaf Eurer hübschen Dame wirklich mit einer so grausigen und blutigen Geschichte stören?«

»Eine Dame würde vielleicht Angst bekommen«, erwiderte Shae, »aber ich nicht.«

»Das solltest du aber«, fuhr Tyrion sie an. »Jetzt, wo Storm's End gefallen ist, wird Stannis seine Aufmerksamkeit bald King's Landing zuwenden.« Jetzt bedauerte er es, den Wein an die Wand geworfen zu haben. »Lord Varys, lasst uns einen Augenblick Zeit, dann reite ich mit Euch zurück zur Burg.«

»Ich warte im Stall auf Euch.« Er verneigte sich und stapfte davon.

Tyrion zog Shae zu sich herab. »Hier bist du nicht mehr sicher.«

»Ich habe meine Mauern und die Wachen, die Ihr mir gegeben habt.«

»Das sind nur Söldner«, sagte Tyrion. »Sie mögen vielleicht mein Gold, doch werden sie dafür sterben? Was die Mauer betrifft, so braucht sich ein Mann nur auf die Schultern eines anderen zu stellen, um sie zu überwinden. Ein Anwesen wie dieses ist während des Aufruhrs niedergebrannt worden. Den Goldschmied, dem es gehörte, haben sie für das Verbrechen ermordet, eine volle Speisekammer zu haben, genauso wie sie den Hohen Septon in Stücke gerissen, Lollys fünfzigmal vergewaltigt und Ser Aron den Schädel eingeschlagen haben. Was, glaubst du, werden sie mit der Dame der Hand anstellen, wenn sie sie in die Finger bekommen?«

»Die Hure der Hand, meint Ihr?« Sie blickte ihn mit ihren großen kühnen Augen an. »Obwohl ich gern Eure Dame wäre, M'lord. Ich würde mich in diese wunderbaren Sachen kleiden, die Ihr mir geschenkt habt, in Samt und Seide und Goldtuch, und ich würde Eure Edelsteine tragen und Eure Hand halten und bei den Festmählern neben Euch sitzen. Ich könnte Euch Söhne gebären, ich weiß, das könnte ich . . . und ich würde Euch niemals Schande machen.«

Meine Liebe zu dir ist schon Schande genug für mich. »Ein süßer Traum, Shae. Und jetzt verscheuche ihn, ich bitte dich. Er wird niemals Wirklichkeit werden.«

»Wegen der Königin? Ich habe keine Angst vor ihr.«

»Aber ich.«

»Dann tötet sie und Schluss. Es ist doch nicht so, als würdet Ihr sie lieben, oder?«

Tyrion seufzte. »Sie ist meine Schwester. Wer jemanden von seinem eigenen Blut tötet, ist auf ewig verdammt, vor Menschen und Göttern gleichermaßen. Darüber hinaus mögen du und ich von Cersei denken, was wir wollen, meinem Vater und meinem Bruder bedeutet sie viel. Ich kann mir gegen jeden Mann in den Sieben Königslanden eine List ausdenken, aber die Götter haben mich nicht dafür ausgestattet, mich Jaime mit dem Schwert in der Hand zu stellen.«

»Der Junge Wolf und Lord Stannis haben Schwerter, und sie erfüllen Euch nicht mit Furcht.«

Wie wenig du doch weißt, Kleines. »Gegen sie steht mir die ganze Macht des Hauses Lannister zur Verfügung. Gegen Jaime oder meinen Vater kann ich nur einen krummen Rücken und zwei zu kurz geratene Beine aufweisen.«

»Ihr habt doch mich.« Shae küsste ihn, legte ihm die Arme um den Hals und drückte ihren Körper gegen seinen.

Der Kuss erregte ihn, wie ihre Küsse es stets taten, doch diesmal löste er sich sanft von ihr. »Jetzt nicht. Kleines, ich habe . . . nun, ich habe da schon so eine Idee. Möglicherweise könnte ich dich in der Burgküche unterbringen.«

Shaes Gesicht erstarrte. »In der Küche?«

»Ja. Falls ich das Varys machen lasse, wird es niemand erfahren.«

Sie kicherte. »M'lord, ich würde Euch vergiften. Jeder Mann, der je etwas gekostet hat, das ich gekocht habe, hat gesagt, was für eine gute Hure ich doch sei.«

»Im Red Keep gibt es genug Köche. Und auch Bäcker und Fleischer. Du müsstet dich als Küchenmädchen ausgeben.«

»Als Spülerin«, sagte sie, »die grobe braune Wolle trägt. Möchte M'lord mich so sehen?«

»M'lord möchte dich vor allem lebendig sehen«, erwiderte Tyrion. »Und Töpfe kannst du wohl kaum in Samt und Seide schrubben.«

»Ist M'lord meiner müde geworden?« Sie griff unter sein Hemd und suchte nach seinem Gemächt. Nach zwei raschen Handgriffen war es steif. »*Er* will mich noch.« Sie lachte. »Würdest Ihr es gern mit Eurem Küchenmädchen treiben, M'lord? Ihr könnt mich mit Mehl einstauben und Bratensoße von meinen Brüsten lecken, wenn Ihr ...«

»Hör auf.« Die Art, wie sie sich benahm, erinnerte ihn an Dancy, die so verzweifelt versucht hatte, ihre Wette zu gewinnen. Er stieß ihre Hand fort, bevor sie weiteren Unsinn anstellen konnte. »Jetzt ist nicht die rechte Zeit für Liebesspäße, Shae. Dein Leben könnte auf dem Spiel stehen.«

Ihr Grinsen war verschwunden. »Falls ich Euch verärgert habe, M'lord, das habe ich nicht beabsichtigt, nur ... könntet Ihr mir nicht einfach ein paar zusätzliche Wachen geben?«

Tyrion seufzte tief. *Vergiss nicht, wie jung sie ist,* mahnte er sich und ergriff ihre Hand. »Deine Edelsteine kann man ersetzen, und neue Kleider kann man nähen, doppelt so hübsche wie die alten. Für mich bist du das Wertvollste innerhalb dieser Mauern. Der Red Keep ist auch nicht vollkommen sicher, trotzdem droht dir dort weniger Gefahr. Ich möchte dich dort haben.«

»In der Küche.« Ihre Stimme klang tonlos. »Wo ich Töpfe schrubbe.«

»Nur eine kurze Weile lang.«

»Mein Vater hat mich auch zu seiner Küchenmagd gemacht«, sagte sie und verzog den Mund. »Deshalb bin ich weggelaufen.«

»Mir hast du erzählt, du seist weggelaufen, weil dich dein Vater zu seiner Hure gemacht hat«, erinnerte er sie.

»Das auch. Ich mochte es weder, seinen Schwanz in mir zu spüren noch seine Töpfe zu schrubben.« Sie warf den Kopf in den Nacken. »Warum könnt Ihr mich nicht mit in Euren Turm nehmen? Die Hälfte der Lords am Hof halten sich Bettwärmer.«

»Mir wurde ausdrücklich verboten, dich mit an den Hof zu nehmen.«

»Von Eurem dummen Vater.« Shae schmollte. »Ihr seid alt genug, Euch jede Hure zu nehmen, die Ihr wollt. Hält er Euch für einen bartlosen Knaben? Was soll er schon tun, Euch den Hintern versohlen?«

Er schlug ihr ins Gesicht. Nicht sehr hart, doch hart genug. »Verflucht«, sagte er. »*Verflucht* sollst du sein. Mach dich nicht über mich lustig. *Niemals.* Nicht *du.*«

Einen Augenblick lang sagte Shae nichts. Nur das Zirpen der Grille war zu hören. »Ich bitte um Verzeihung, M'lord«, sagte sie schließlich mit schwerer, toter Stimme. »Ich wollte nicht unverschämt sein.«

Und ich wollte dich nicht schlagen. Bei den guten Göttern, verwandele ich mich langsam in Cersei? »Wir haben uns beide falsch benommen. Shae, du verstehst das nicht.« Worte, die er niemals hatte sagen wollen, sprudelten aus ihm heraus wie Maskenspieler aus einer Pferdeattrappe. »Als ich dreizehn war, habe ich die Tochter eines Pächters geheiratet. Jedenfalls habe ich das geglaubt. Ich war vor Liebe zu ihr blind und dachte, sie würde das Gleiche für mich empfinden, aber mein Vater hat mir ordentlich den Kopf gewaschen, bis ich die Wahrheit begriff. Meine Braut war eine Hure, die Jaime bezahlt hat, damit sie mir einen ersten Geschmack am Mannesalter verschafft.« *Und ich Narr habe alles für bare Münze genommen.* »Damit ich die Lektion auch wirklich behalte, hat Lord Tywin meine Ehefrau an seine Wachen weitergereicht, die sich mit ihr vergnügten, und er befahl mir, dabei zuzuschauen.« *Und sie noch einmal selbst zu nehmen, nachdem die anderen fertig waren. Ein letztes Mal, ohne eine letzte Spur von Liebe und Zärtlichkeit. »Damit du nicht vergisst, wer sie wirklich ist«, hatte Lord Tywin gesagt, und ich hätte mich ihm verweigern sollen, doch mein Schwanz hat mich verraten, und ich tat, was man mir aufgetragen hatte.* »Nachdem mein Vater mit ihr fertig war, ließ er die Ehe annullieren. Es war, als sei ich niemals verheiratet gewesen, behaupteten die Septone.« Er drückte ihre Hand. »Bitte, lass uns nicht mehr über den Turm der Hand sprechen. Du bleibst eine Weile in der Küche. Nachdem wir die Angelegenheit mit Stannis hinter uns haben, bekommst du ein anderes Haus und Seide, die so weich ist wie deine Hände.«

Shae hatte die Augen weit aufgerissen, und trotzdem konnte er an ihnen nicht ablesen, was sich dahinter verbarg. »Meine Hände werden nicht mehr weich sein, wenn ich den ganzen Tag Herde putzen und Teller waschen muss. Werdet Ihr sie wirklich noch berühren wollen, wenn sie rot und rau und von heißem Wasser und Seifenlauge aufgerissen sind?«

»Mehr als je zuvor«, sagte er. »Bei ihrem Anblick werde ich immer daran denken, wie tapfer du gewesen bist.«

Er konnte nicht sagen, ob sie ihm glaubte. Sie senkte den Blick. »Ich stehe zu Eurer Verfügung, M'lord.«

Mehr Unterwürfigkeit konnte sie heute Nacht nicht aufbringen, das war offenkundig. Er küsste sie auf die Wange, auf die er sie geschlagen hatte, um der Ohrfeige den Stachel zu nehmen. »Ich werde dich holen lassen.«

Varys wartete wie versprochen im Stall. Sein Pferd wirkte abgemagert und halb tot. Tyrion stieg auf; einer der Söldner öffnete das Tor. Schweigend ritten sie hinaus. *Warum habe ich ihr das mit Tysha erzählt, mögen die Götter mir beistehen?*, fragte er sich plötzlich voller Furcht. Es gab Geheimnisse, die man niemals aussprechen sollte, und manche Schande nahm ein Mann am besten mit ins Grab. Was wollte er von ihr, Vergebung? Die Art und Weise, wie sie ihn angeschaut hatte, was hatte das zu bedeuten? Hasste sie den Gedanken, Töpfe zu scheuern so sehr, oder war es etwa wegen seines Geständnisses? *Wie konnte ich ihr das erzählen und annehmen, sie würde mich weiterhin lieben?*, fragte eine Stimme in ihm, während eine andere ihn verspottete: *Du Narr von einem Zwerg, Gold und Juwelen sind alles, was die Hure liebt.*

Die Narbe seines Ellbogens pochte und zuckte jedes Mal, wenn das Pferd einen Huf aufsetzte. Manchmal stellte er sich vor, er könne das Knirschen der Knochen hören. Vielleicht sollte er einen Maester aufsuchen und sich einen Trunk gegen den Schmerz geben lassen ... doch seit sich Pycelle offenbart hatte, misstraute Tyrion den Maestern. Die Götter allein wussten, mit wem diese Kerle sich verschworen oder was sie in die Trünke mischten, die sie verabreichten. »Varys«, sagte er, »ich muss Shae in die Burg bringen, ohne dass Cersei davon erfährt.« Kurz skizzierte er seinen Plan mit der Küche.

Nachdem er geendet hatte, schnalzte der Eunuch mit der Zunge. »Ich werde tun, was Mylord befehlen, natürlich ... trotzdem möchte ich Euch warnen, die Küche ist voller Augen und Ohren. Selbst wenn das Mädchen nicht weiter auffällt, wird man ihr tausend Fragen stellen. Wo wurde sie geboren? Wer waren ihre Eltern? Wie ist sie nach King's Landing gekommen? Die Wahrheit ist unmöglich, also muss sie lügen ... und lügen und lügen.« Er blickte auf Tyrion herab. »Und eine so hübsche junge Küchenmagd ruft nicht nur Neugier hervor, sondern auch Verlangen. Sie wird betätschelt werden, gekniffen und liebkost. Die Spüljungen werden des Nachts zu ihr unter die Decke kriechen. Manch einsamer Koch wird sie heiraten wollen. Die Bäcker werden ihre Brüste mit mehligen Händen kneten.«

»Soll sie lieber betatscht werden als aufgespießt«, erwiderte Tyrion.

Varys ritt ein paar Schritte schweigend und sagte dann. »Eventuell gibt es noch eine andere Möglichkeit. Zufällig hat die Zofe von Lady Tandas Tochter Schmuck gestohlen. Wenn ich Lady Tanda darüber in Kenntnis setze, wird sie das Mädchen sofort entlassen. Und die Tochter würde eine neue Zofe brauchen.«

»Ich verstehe.« Das klang gar nicht so schlecht. Die Zofe einer Dame trug feinere Kleider als eine Küchenmagd, manchmal sogar ein wenig Schmuck. Shae sollte damit zufrieden sein. Und Cersei hielt Lady Tanda für langweilig und hysterisch und Lollys für eine dumme Kuh. Seine Schwester würde den beiden kaum unerwartete Höflichkeitsbesuche abstatten.

»Lollys ist scheu und vertrauensselig«, sagte Varys. »Sie wird alles glauben, was man ihr erzählt. Seit der Pöbel sie ihrer Jungfräulichkeit beraubt hat, fürchtet sie sich, das Zimmer zu verlassen, daher wäre Shae außer Sicht … und doch ganz nah, falls es Euch nach ihrem Trost verlangte.«

»Der Turm der Hand wird beobachtet, das wisst Ihr so gut wie ich. Cersei würde sicherlich neugierig werden, wenn Lollys' Zofe mich besuchte.«

»Vielleicht könnte ich das Mädchen unbemerkt in Euer Schlafzimmer bringen. Chatayas Bordell ist nicht das einzige Haus, das sich eines Geheimgangs rühmen darf.«

»Ein Geheimgang? Zu *meinen* Gemächern?« Tyrion war mehr verärgert als überrascht. Warum sonst hätte Maegor der Grausame alle Baumeister, die an seiner Burg gearbeitet haben, töten lassen, wenn nicht, um solcherlei Wissen zu bewahren? »Ja, ich nehme an, das dürfte möglich sein. Wo finde ich die Tür? In meinem Solar? Meinem Schlafzimmer?«

»Mein Freund, Ihr wollt mich doch nicht zwingen, *alle* meine kleinen Geheimnisse zu enthüllen, nicht wahr?«

»Ich würde sie dann allerdings als *unsere* kleinen Geheimnisse betrachten, Varys.« Tyrion betrachtete den Eunuch in seiner stinkenden Verkleidung. »Vorausgesetzt, Ihr steht wirklich auf meiner Seite …«

»Könnt Ihr das bezweifeln?«

»Aber nicht doch, ich vertraue Euch blind.« Ein bitteres Lachen hallte von Fensterläden und Häuserwänden wider. »Ich vertraue Euch sogar ebenso sehr wie jemandem von meinem eigenen Blut. Jetzt erzählt mir, wie Cortnay Penrose den Tod gefunden hat.«

»Es heißt, er habe sich selbst von einem Turm gestürzt.«

»Sich selbst? Nein, das glaube ich nicht.«

»Seine Wachen haben niemanden gesehen, der sein Zimmer betreten hätte und fanden dort auch hinterher niemanden vor.«

»Dann ist der Mörder früher eingedrungen und hat sich unter dem Bett versteckt«, vermutete Tyrion, »oder er ist an einem Seil vom Dach heruntergeklettert. Vielleicht lügen die Wachen. Wer weiß, möglicherweise haben sie den Mord selbst begangen?«

»Zweifellos habt Ihr Recht, Mylord.«

Sein selbstgefälliger Tonfall behauptete das Gegenteil. »Doch dieser Meinung schließt Ihr Euch nicht an? Wie wurde er dann getötet?«

Einen Augenblick lang erwiderte Varys nichts. Man hörte nur den Hufschlag auf dem Pflaster. Endlich räusperte sich der Eunuch. »Mylord, glaubt Ihr an die alten Kräfte?«

»Meint Ihr Magie?«, fragte Tyrion ungeduldig zurück. »Blutzauber, Flüche, Gestaltwandeln, solche Dinge?« Er schnaubte. »Wollt Ihr mir etwa einreden, dass Ser Cortnay den Tod durch Magie fand?«

»Ser Cortnay hat Lord Stannis am Morgen des Tages, an dem er starb, zum Zweikampf herausgefordert. Ich frage Euch, ist das die Handlung eines verzweifelten Mannes? Dann ist da außerdem noch diese Gestalt mit dem höchst geheimnisvollen Mord an Lord Renly, als sich sein Heer gerade in Schlachtreihen formierte, um seinen Bruder vom Felde zu fegen.« Der Eunuch hielt kurz inne. »Mylord, Ihr habt mich einmal gefragt, wie es dazu kam, dass ich beschnitten wurde.«

»Daran erinnere ich mich«, sagte Tyrion. »Ihr wolltet nicht darüber reden.«

»Das möchte ich jetzt immer noch nicht, aber . . .« Die Pause war länger als die vorhergehende, und als Varys weitersprach, klang seine Stimme plötzlich anders. »Ich war ein Waisenjunge, der zu einem fahrenden Narren ausgebildet werden sollte. Unser Meister besaß eine dicke kleine Kogge, und wir segelten über die Meerenge hin und her und traten überall in den Freien Städten auf und manchmal auch in Old Town und King's Landing.

Eines Tages kam in Myr ein Mann zu unserer Vorstellung. Danach machte er meinem Meister ein Angebot, das für diesen zu verlockend war, um es abzulehnen. Ich war entsetzt, weil ich fürchtete, der Mann wolle das mit mir machen, was, wie ich gehört hatte, manche Männer mit Knaben tun, aber in Wahrheit brauchte er nur eines von mir: meine Männlichkeit. Er verabreichte mir einen Trank, durch den ich weder sprechen noch mich bewegen konnte, der meine Sinne aber trotzdem nicht beeinträchtigte. Mit einer langen, hakenförmigen Klinge schnitt er mir die Hoden ab. Die ganze Zeit über sang er. Ich beobachtete ihn dabei, wie er meine Männlichkeit auf einer Kohlenpfanne verbrannte. Die Flammen wurden blau, und ich hörte eine Stimme, die seinem Ruf antwortete, obwohl ich die Worte nicht verstand, die sie sagte.

Die anderen waren längst weitergezogen, als er mit mir fertig war. Nachdem ich meinen Zweck erfüllt hatte, interessierte sich der Mann nicht mehr für mich und warf mich hinaus. Als ich ihn fragte, was ich tun solle, antwortete er mir, dass ich sterben solle. Um es ihm zu zeigen, entschloss ich mich zu leben. Ich bettelte und stahl. Bald war ich so gut wie jeder andere Dieb von Myr, und während ich älter wurde, lernte ich die Briefe im Geldbeutel eines Mannes oft mehr zu schätzen als die Münzen.

Noch immer kehrt diese Nacht in meinen Träume wieder, Mylord. Nicht der Zauberer oder die Klinge, nicht einmal der Anblick meiner Männlichkeit, die beim Verbrennen zusammenschrumpft. Ich träume von der Stimme. Die Stimme aus den Flammen. War das ein Gott, ein Dämon oder nur der Trick eines Beschwörers? Ich kann es Euch nicht sagen, und ich kenne alle Tricks. Nur eins kann ich Euch sagen, und das ist sicher: Er hat die Stimme gerufen, und sie hat geantwortet, und seit diesem Tag hasse ich Magie und alle, die sie ausüben. Falls Lord Stannis zu diesen Menschen gehört, wünsche ich seinen Tod.«

Nachdem er geendet hatte, ritten sie eine Weile lang schweigend dahin. Schließlich meinte Tyrion. »Eine grauenhafte Geschichte. Es tut mir Leid.«

Der Eunuch seufzte. »Es tut Euch Leid, aber Ihr glaubt mir nicht. Nein, Mylord, Ihr braucht Euch nicht zu entschuldigen. Ich war benebelt und hatte Schmerzen und das alles ist sehr lange her und hat sich weit, weit jenseits des Meeres zugetragen. Ohne Zweifel habe ich diese Stimme nur geträumt. Das habe mir auch schon tausendmal eingeredet.«

»Ich glaube an stählerne Schwerter, goldene Münzen und den Verstand des Menschen«, sagte Tyrion. »Und ich glaube, dass es einst Drachen gegeben hat. Immerhin habe ich ihre Schädel gesehen.«

»Hoffen wir, dass das das Schlimmste war, was Ihr jemals sehen müsst, Mylord.«

»Darauf können wir uns einigen.« Tyrion lächelte. »Und was Ser Cortnays Tod betrifft: Nun, Stannis hat Kapitäne mit ihren Schiffen aus den Freien Städten angeheuert. Vielleicht hat er auch einen begabten Meuchelmörder in seine Dienste genommen.«

»Einen *sehr* begabten Meuchelmörder.«

»Solche Männer gibt es. Ich habe immer davon geträumt, eines Tages reich genug zu sein, damit ich einen der Männer ohne Gesicht auf meine Schwester ansetzen kann.«

»Jedenfalls ist es gleichgültig, wie Ser Cortnay starb«, sagte Varys, »er ist tot, und die Burg ist gefallen. Stannis kann losmarschieren.«

»Besteht irgendeine Möglichkeit, dass die Männer von Dorne in die Marschen hinuntersteigen?«

»Nein.«

»Wie schade. Nun, womöglich genügt die Drohung, damit die Lords aus den Marschen nahe bei ihren Burgen bleiben. Welche Neuigkeiten gibt es von meinem Vater?«

»Falls Lord Tywin am Roten Arm bereits gewonnen hat, ist die Neuigkeit noch nicht bis zu mir vorgedrungen. Lord Tarly hat Renlys Vorräte für sich beansprucht und viele Männer hingerichtet, überwiegend Florents. Lord Caswell hat sich oben in seiner Burg eingeschlossen.«

Tyrion warf den Kopf in den Nacken und lachte.

Varys zügelte verblüfft sein Pferd. »Mylord?«

»Versteht Ihr den Witz denn nicht, Lord Varys?« Tyrion umfasste mit einer Handbewegung die schlafende Straße und die ganze Stadt. »Storm's End ist gefallen, Stannis naht mit Feuer und Stahl und dunklen Mächten, die allein die Götter kennen, und das gute Volk hat zur Verteidigung weder Jaime noch Robert, weder Renly noch Rhaegar und auch nicht seinen geliebten Ritter der Blumen. Nur mich, denjenigen, den es hasst.« Er lachte erneut. »Den Zwerg, den schlechten Berater, den krummen kleinen Affendämon. Ich allein stehe zwischen ihnen und dem Chaos.«

CATELYN

»Sag Vater, ich sei losgezogen, um ihn mit Stolz zu erfüllen.« Ihr Bruder schwang sich in den Sattel, von Kopf bis Fuß in seine strahlende Rüstung und den braun-blauen Umhang des Lords gehüllt. Eine Silberforelle zierte den Kamm seines Helms, das Gegenstück zu der gemalten auf seinem Schild.

»Er war immer stolz auf dich, Edmure. Und er liebt dich sehr. Das darfst du mir glauben.«

»Ich werde ihm mehr Grund dafür geben als nur die Tatsache, dass ich geboren wurde.« Er ließ sein Streitross wenden und hob die Hand. Trompeten ertönten, eine Trommel wurde geschlagen, die Zugbrücke senkte sich langsam und ruckartig nach unten, und Ser Edmure Tully führte seine Männer mit aufgerichteten Lanzen und wehenden Bannern aus Riverrun heraus.

Ich habe ein größeres Heer als du, Bruder, dachte Catelyn, während sie dem Auszug zusah. *Ein Heer von Zweifeln und Ängsten.*

Briennes Elend war fast spürbar. Catelyn hatte ihr Kleider nähen lassen, stattliche Gewänder, die ihrer Geburt und ihrem Geschlecht angemessen waren, und trotzdem trug sie weiterhin lieber Kettenhemden und gehärtetes Leder und einen Schwertgurt um die Hüfte. Zweifellos wäre sie lieber mit Edmure in den Krieg gezogen, doch selbst Mauern, die so stark wie die von Riverrun waren, brauchten Kämpfer, die sie verteidigten. Ihr Bruder hatte jeden dienstfähigen Mann mit zu den Furten genommen, und so blieb Ser Desmond Grell der Befehl über eine Schar Verwundete, Alte, Kranke sowie einige Junker und Bauernjungen, denen es an Waffenausbildung mangelte. Und mit ihnen sollte er eine Burg verteidigen, die bis unter das Dach mit Frauen und Kindern voll gestopft war.

Als der letzte von Edmures Fußsoldaten unter dem Fallgitter hindurchmarschiert war, fragte Brienne: »Was sollen wir nun tun, Mylady?«

»Unsere Pflicht.« Catelyns Gesicht war abgespannt, als sie über den Hof ging. *Ich habe immer meine Pflicht getan,* dachte sie. Vielleicht hatte ihr Hoher Vater sie deshalb immer für das beste seiner Kinder gehalten. Ihre beiden Brüder waren früh gestorben, daher war sie für Lord Hoster gleichzeitig Sohn und Tochter gewesen, bis Edmure geboren wurde. Später war ihre Mutter verschieden, und ihr Vater hatte ihr gesagt, von nun an müsse sie die Dame von Riverrun sein, und diese Pflicht hatte sie ebenfalls auf sich genommen. Und als Lord Hoster sie Brandon Stark versprach, hatte sie ihm gedankt, weil er ihr zu einer so hervorragenden Partie verhalf.

Ich habe Brandon meine Schleife geschenkt, und ich habe Petyr nicht mehr getröstet, nachdem er verwundet wurde, und mich auch nicht von ihm verabschiedet, als Vater ihn fortschickte. Und nach dem Tod von Brandon sagte mir Vater, ich müsse seinen Bruder heiraten, und das habe ich dann frohen Herzens getan, obwohl ich Ned erst an unserem Hochzeitstag zu sehen bekam. Ich habe diesem ersten Fremden meine Jungfräulichkeit hingegeben und ihn in den Krieg und zu seinem König und zu dieser Frau geschickt, die ihm seinen Bastard geboren hat, weil ich stets meine Pflicht getan habe.

Ihre Schritte führten sie zur Septe, dem siebeneckigen Sandsteintempel, der inmitten des Gartens ihrer Mutter stand und den buntes Licht in allen Farben des Regenbogens erhellte. Als sie eintraten, war die Septe voller Menschen; was das Bedürfnis zu beten betraf, war Catelyn nicht allein. Sie kniete vor dem bemalten Marmorbildnis des Kriegers und zündete eine Duftkerze für Edmure an, und eine zweite für Robb hinter den Bergen. *Behüte sie und verhilf ihnen zum Sieg,* betete sie, *und schenke den Seelen der Gefallenen Frieden und den Hinterbliebenen Trost.*

Der Septon trat mit Rauchfass und Kristall ein, während Catelyn noch betete, daher blieb sie zur Zeremonie. Sie kannte diesen Septon nicht, einen ernsten jungen Mann ungefähr in Edmures Alter. Er führte sein Amt gut aus, und seine Stimme klang voll und angenehm, als er die Sieben singend pries, und dennoch sehnte sich Catelyn nach der dünnen, zitternden Stimme von Septon Osmynd, der schon lange tot war. Osmynd hätte ihre Schilderung dessen, was sie in Renlys Pavillon gesehen und gespürt hatte, geduldig angehört, und er hätte vielleicht sogar die Bedeutung dieses Ereignisses erkannt und ihr sagen können, was sie tun musste, um die Schatten in ihren Träumen zu vertreiben. *Osmynd, mein Vater, Onkel Brynden, der alte Maester Kym, sie schienen immer alles zu wissen, und jetzt bin nur noch ich hier, und ich weiß offenbar gar nichts, ich kenne nicht einmal meine Pflicht. Wie kann ich meine Pflicht erfüllen, wenn ich nicht einmal weiß, wo sie liegt?*

Catelyns Knie waren steif, als sie sich schließlich erhob, und sie fühlte sich kein bisschen weiser. Vielleicht sollte sie heute Abend in den Götterhain gehen und auch zu Neds Göttern beten. Sie waren älter als die Sieben.

Als sie die Septe verließ, hörte sie ein Lied von ganz anderer Art. Rymund der Reimer saß am Brauhaus inmitten einer Schar Zuhörer und sang mit tiefer Stimme das Lied von Lord Deremond auf der Blutigen Wiese.

»So stand er dort, das Schwert gezückt,
Der Letzte von Darrys Zehn ...«

Brienne blieb kurz stehen und lauschte dem Gesang, wobei sie die Schultern hochzog und die Arme vor der Brust verschränkte. Eine Gruppe zerlumpter Jungen, die laut kreischten und mit Stöcken nacheinander schlugen, lief vorbei. *Warum spielen Jungen nur so gern Krieg?* fragte sich Catelyn. Ob die Antwort bei Rymund lag? Die Stimme des Sängers schwoll an, während er sich dem Ende seines Liedes näherte.

»Und rot das Gras unter den Füßen,
Und rot die Banner hell.
Und rot der Sonnenuntergang
Ins Licht ihn tauchte grell.

»Voran, voran«, der große Lord gebot's,
»Noch hungrig ist mein Schwert.«
Mit einem Schrei voll wilder Wut
Ward der Bach gequert . . .«

»Kämpfen ist besser als warten«, sagte Brienne. »Man fühlt sich nicht so hilflos, wenn man kämpft. Man hat ein Schwert und ein Pferd und manchmal eine Axt. Dazu die Rüstung, die es den anderen schwer macht, einen zu verwunden.«

»Ritter sterben in der Schlacht«, erinnerte Catelyn sie.

Brienne blickte sie mit ihren blauen, schönen Augen an. »Und Frauen sterben im Kindbett. Über sie singt niemand Lieder.«

»Kinder sind eine Schlacht ganz anderer Art.« Catelyn setzte sich wieder in Bewegung. »Eine Schlacht ohne Banner und Hörner, und doch kaum weniger grausam. Ein Kind auszutragen, es zur Welt zu bringen . . . Eure Mutter wird Euch den Schmerz beschrieben haben . . .«

»Meine Mutter habe ich nie kennen gelernt«, erwiderte Brienne. »Mein Vater hatte Damen ... jedes Jahr eine andere, aber . . .«

»Das waren keine Damen«, sagte Catelyn. »So hart die Geburt sein mag, Brienne, was darauf folgt, ist noch viel schwerer. Manchmal fühle ich mich, als würde ich zerrissen. Gäbe es mich doch nur fünfmal, eine für jedes Kind, damit ich sie alle beschützen könnte.«

»Und wer würde Euch beschützen, Mylady?«

Catelyn lächelte matt und erschöpft. »Nun, die Männer meines Hauses. So hat es mich meine Hohe Mutter jedenfalls gelehrt. Mein Hoher Vater, mein Bruder, mein Onkel, mein Gemahl, sie alle beschützen mich . . . solange sie allerdings nicht bei mir sind, müsst Ihr in diese Bresche springen, Brienne.«

Brienne neigte den Kopf. »Ich werde mein Bestes tun, Mylady.«

Später am Tag brachte Maester Vyman ihr einen Brief. Sie las ihn sofort, da sie auf eine Nachricht von Robb oder von Ser Rodrik in Winterfell hoffte, doch er stammte von einem gewissen Lord Meadows, der sich als Kastellan von Storm's End bezeichnete. Gerichtet war das Schreiben an ihren Vater, ihren Bruder, ihren Sohn oder »an denjenigen, wer auch immer Riverrun hält.« Ser Cortnay Penrose war tot, schrieb der Mann, und Storm's Ends Tore waren Stannis Baratheon, dem wahren und rechtmäßigen Erben des Throns geöffnet worden. Die Besatzung der Burg hatte ihm den Treueid geschworen, und keinem Mann war ein Leid zugefügt worden.

»Außer Ser Cortnay Penrose«, murmelte Catelyn. Sie war dem Mann niemals begegnet, dennoch stimmte sein Tod sie traurig. »Robb sollte sofort davon erfahren«, sagte sie. »Wissen wir, wo er sich aufhält?«

»Den letzten Berichten zufolge marschiert er in Richtung Crag, das ist der Sitz des Hauses Westerling«, sagte Maester Vyman. »Wenn ich einen Raben nach Ashemark sende, könnte man ihm einen Reiter hinterherschicken.«

»Tut das.«

Catelyn las den Brief noch einmal, nachdem der Maester gegangen war. »Lord Meadows erwähnt Roberts Bastard nicht«, erklärte sie Brienne. »Ich nehme an, der Junge wurde mit den anderen übergeben, obwohl ich gestehen muss, dass ich nicht weiß, warum Stannis ihn unbedingt haben wollte.«

»Vielleicht fürchtete er sich vor den Ansprüchen des Jungen?«

»Die Ansprüche eines Bastards? Nein, da muss etwas anderes dahinter stecken . . . wie sieht dieses Kind aus?«

»Er ist sieben oder acht, ansehnlich, hat schwarzes Haar und helle blaue Augen. Besucher haben ihn oft für Lord Renlys Sohn gehalten.«

»Und Renly sah Robert ähnlich.« Langsam dämmerte es Catelyn. »Stannis will dem Reich den Bastard seines Bruders vorführen, damit jeder Robert in ihm sieht und sich fragt, warum Joffrey ihm nicht so ähnlich ist.«

»Würde das so viel bedeuten?«

»Jene, die auf Stannis' Seite stehen, werden es als Beweis betrachten. Jene, die sich Joffrey angeschlossen haben, werden es für unwichtig halten.« Ihre eigenen Kinder hatten ebenfalls mehr von den Tullys an sich als von den Starks. Arya war die Einzige, die Ned vom Gesicht her ähnelte. *Und Jon Snow, aber der ist nicht mein Sohn.*

Sie dachte an Jons Mutter, an die geheimnisvolle Geliebte, über die ihr Gemahl niemals gesprochen hatte. *Trauert sie ebenso sehr um Ned wie ich? Oder hat sie ihn gehasst, weil er ihr Bett verließ und in meines stieg? Betet sie für ihren Sohn wie ich für die meinen?*

Das waren unbehagliche Gedanken und vergebliche dazu. Falls tatsächlich Ashara Dayne von Starfall Jon geboren hatte, was manche hinter vorgehaltener Hand behaupteten, war sie seit langem tot; falls nicht, besaß Catelyn ansonsten keinen Hinweis darauf, wer Jons Mutter sein könnte. Und was für einen Unterschied machte es schon? Ned war tot, und mit ihm waren seine Lieben und seine Geheimnisse gestorben.

Dennoch wunderte es sie abermals, wie seltsam sich Männer benahmen, wenn es um ihre Bastarde ging. Ned hatte Jon stets in Schutz genommen, und Ser Cortnay Penrose hatte sein Leben für diesen Edric Storm gegeben, wohingegen Roose Bolton sein Bastard weniger wert war als einer seiner Hunde, wenn man es nach dem Ton des eigenartig kalten Briefes beurteilte, den Edmure vor nicht einmal drei Tagen von ihm erhalten hatte. Er habe den Trident überschritten und marschiere nach Harrenhal wie befohlen, hatte er geschrieben. »Eine starke Burg und gut besetzt, aber Seine Gnaden sollen sie bekommen, und wenn ich jede einzelne Menschenseele darin töten muss.« Er hoffe, Seine Gnaden würden das gegen die Verbrechen seines Bastards aufrechnen, den Ser Rodrik getötet hatte. »Dieses Schicksal hatte er zweifelsohne verdient«, hatte Bolton geschrieben. »Verdorbenes Blut ist stets verräterisch, und Ramsay war von Natur aus verschlagen, gierig und grausam. Ich schätze mich glücklich, von ihm befreit zu sein. Die Söhne, die mir mein junges Weib versprochen hat, wären niemals sicher gewesen, solange er lebte.«

Heraneilende Schritte verscheuchten die morbiden Gedanken aus ihrem Kopf. Ser Desmonds Knappe kam keuchend hereingestürzt und kniete nieder. »Mylady ... Lannisters ... jenseits des Flusses.«

»Hol erst einmal tief Luft, Junge, und erzähl es mir eins nach dem anderen.«

Er gehorchte. »Eine Kolonne von Männern, in voller Rüstung«, berichtete er. »Auf der anderen Seite des Roten Arms. Sie führen das purpurne Einhorn unter dem Löwen der Lannisters.«

Irgendein Sohn von Lord Brax. Brax war in ihrer Kindheit einmal nach Riverrun gekommen, um eine Heirat zwischen einem seiner Söhne und ihr oder Lysa vorzuschlagen. Sie fragte sich, ob nun dort draußen der gleiche Sohn den Angriff führte.

Die Lannisters waren von Südosten gekommen, erklärte Ser Desmond ihr, als sie zum Wehrgang hinaufstieg und sich zu ihm gesellte. »Ein paar Vorreiter, mehr nicht«, versicherte er ihr. »Die Hauptmacht von Lord Tywins Heer befindet sich im Süden. Hier droht uns keine Gefahr.«

Südlich des Roten Arms erstreckte sich das Land offen und flach. Vom Wachturm aus konnte Catelyn meilenweit sehen. Trotzdem war nur die nächste Furt zu erkennen. Deren Verteidigung hatte Edmure Lord Jason Mallister anvertraut, ebenso die der drei weiter flussaufwärts. Die Reiter der Lannisters ritten unentschlossen am Wasser auf und ab. Ihre scharlachroten und silbernen Banner flatterten im Wind. »Höchstens fünfzig, Mylady«, schätzte Ser Desmond.

Catelyn beobachtete, wie die Reiter eine lange Front bildeten. Lord Jasons Männer erwarteten sie hinter Felsen und Gras und kleinen Hügeln. Ein Trompetenstoß war das Signal, auf welches hin die Reiter in schwerfälligem Schritt vordrangen und spritzend in den Fluss ritten. Einen Augenblick lang boten sie einen prächtigen Anblick mit ihren hellen Rüstungen und wehenden Bannern und den Lanzenspitzen, die in der Sonne blitzten.

»*Jetzt!*«, hörte sie Brienne murmeln.

Es war schwer zu erkennen, was geschah, doch das Wiehern der Pferde erschien selbst auf diese Distanz laut, und Catelyn hörte das schwache Klirren von Stahl. Ein Banner verschwand plötzlich, als sein Träger fiel, und bald darauf trieben die ersten Toten im Strom an den Mauern vorbei. Inzwischen hatten sich die Lannisters in heilloser Verwirrung zurückgezogen. Catelyn beobachtete, wie sie sich neu formierten, kurz beratschlagten und daraufhin in die Richtung davongaloppierten, aus der sie gekommen waren. Die Männer auf den Mauern riefen ihnen höhnische Beschimpfungen nach, obwohl sie viel zu weit entfernt waren, um es zu hören.

Ser Desmond klopfte sich auf den Bauch. »Ich wünschte, Lord Hoster hätte das sehen können. Er hätte vor Freude getanzt.«

»Die Tage, in denen mein Vater tanzte, sind lange vorbei, fürchte ich«, erwiderte Catelyn, »und dieser Kampf hat gerade erst begonnen. Die Lannisters werden zurückkommen. Lord Tywin hat doppelt so viele Männer wie mein Bruder.«

»Er könnte zehnmal so viele haben, und es würde keinen Unterschied ausmachen«, sagte Ser Desmond. »Das Westufer des Roten Arms ist höher als das östliche, Mylady, und außerdem bewaldet. Unsere Bogenschützen finden dort genug Deckung und haben gleichzeitig freies Schussfeld . . . und sollte es eine Bresche geben, hält Edmure seine besten Ritter in Reserve, damit sie überall dort einspringen können, wo sie am dringendsten gebraucht werden. Der Fluss wird die Lannisters zurückhalten.«

»Ich bete, dass Ihr Recht habt«, antwortete Catelyn ernst.

In der Nacht kamen sie wieder. Catelyn hatte befohlen, sie zu wecken, falls der Feind erneut auftauchte, und eine ganze Weile nach Mitternacht rüttelte sie ein Zimmermädchen leicht an der Schulter. Sofort saß Catelyn aufrecht im Bett.

»Was gibt's?«

»Sie sind wieder an der Furt, Mylady.«

In ihren Morgenmantel gehüllt stieg Catelyn zum Dach des Bergfrieds hinauf. Von dort aus konnte sie über die Mauern und den vom Mond beleuchteten Fluss hinwegschauen bis zur Furt, wo der Kampf tobte. Die Verteidiger hatten entlang des Ufers Wachfeuer angezündet, und deshalb glaubten die Lannisters vielleicht, den Gegner nachtblind oder unaufmerksam vorzufinden. Falls diese Annahme stimmte, war sie eine Torheit. Die Dunkelheit war allenfalls ein unzuverlässiger Verbündeter. Während sie durch den Fluss wateten, traten Männer in verborgene tiefe Löcher und versanken laut platschend, während andere über Steine stolperten oder sich in den Fußangeln verfingen. Mallisters Bogenschützen schickten einen Hagel zischender Brandpfeile über den Fluss, der aus der Ferne eine eigentümliche Schönheit besaß. Ein Mann, der ein Dutzend Mal getroffen war und dessen Kleider brannten, vollführte im knietiefen Wasser einen wilden Tanz, bis er schließlich fiel und flussabwärts getrieben wurde. Als sein Körper schließlich an Riverrun vorbeikam, waren Flammen und Leben gleichermaßen erloschen.

Ein kleiner Sieg, dachte Catelyn, als die Kämpfe vorüber waren und die überlebenden Feinde in der Nacht verschwunden waren, *und doch nichtsdestotrotz ein Sieg.* Auf dem Weg die Wendeltreppe hinunter fragte Catelyn Brienne, was sie darüber denke. »Das war die flüchtige Berührung von Lord Tywins Fingerspitze, Mylady«, antwortete das Mädchen. »Er tastet herum und sucht nach einer Schwachstelle, einem Punkt, der nicht bewacht wird und an dem er übersetzen kann. Wenn er keinen findet, wird er die Finger zur Faust ballen und versuchen, sich mit Gewalt Zugang zu verschaffen.« Brienne zog die Schultern hoch. »Das würde ich jedenfalls tun. Wäre ich an seiner Stelle.« Sie fuhr mit der Hand zum Heft ihres Schwertes und tätschelte es, als wolle sie sich vergewissern, dass es noch immer an Ort und Stelle war.

Mögen die Götter uns dann beistehen, dachte Catelyn. Und trotzdem konnte sie nichts tun. Dort draußen am Fluss hatte Edmure seine Schlacht; ihre fand hier im Inneren der Burg statt.

Am nächsten Morgen während des Frühstücks ließ sie Utherydes Wayn, den alten Haushofmeister ihres Vaters kommen. »Lasst Ser Cleos Frey eine Karaffe Wein bringen. Ich möchte ihn bald verhören, und dann sollte seine Zunge gelöst sein.«

»Wie Ihr befehlt, Mylady.«

Nicht lange darauf traf ein Reiter mit dem Adler der Mallisters auf der Brust mit der Nachricht ein, dass es ein weiteres Gefecht und einen weiteren Sieg gegeben hatte. Ser Flement Brax hatte versucht, mit Gewalt an einer anderen Furt achtzehn Meilen weiter südlich durchzubrechen. Diesmal hatten die Lannisters ihre Lanzen verkürzt und waren zu Fuß durch den Fluss vorgedrungen, doch die Bogenschützen hatten ihre Pfeile hoch im Bogen geschossen und so die Schilde der Angreifer überwunden, während die Skorpione, die Edmure am Ufer hatte aufstellen lassen, die Formation aufbrachen, indem sie schwere Steine schleuderten. »Ein Dutzend Tote haben sie im Wasser zurückgelassen, und nur zwei Mann haben unsere Seite erreicht, wo wir rasch mit ihnen fertig wurden«, sagte der Reiter. Er berichtete auch von Kämpfen weiter flussaufwärts, wo Lord Karyl Vance die Furten hielt. »Diese Angriffe wurden ebenfalls unter großen Verlusten für den Gegner abgewehrt.«

Vielleicht ist Edmure weiser, als ich dachte, ging es Catelyn durch den Kopf. *Seine Lords hielten den Schlachtplan für klug, warum nur war ich so blind? Mein Bruder ist nicht mehr der kleine Junge aus meiner Erinnerung, genauso wenig wie Robb.*

Sie wartete bis zum Abend, ehe sie Ser Cleos Frey ihren Besuch abstattete; je länger sie ihn hinauszögerte, desto betrunkener würde er vermutlich sein. Als sie die Zelle im Turm betrat, fiel Ser Cleos schwankend auf die Knie. »Mylady, ich wusste nichts von der geplanten Flucht. Der Gnom hat gesagt, ein Lannister brauche eine Eskorte, bei meinem Eid als Ritter –«

»Erhebt Euch, Ser.« Catelyn setzte sich. »Ich weiß, kein Enkel von Walder Frey würde seinen Eid brechen.« *Solange es nicht seinen eigenen Zielen dient.* »Ihr habt Bedingungen für einen Friedensschluss gebracht, erzählte mir mein Bruder.«

»Ja.« Ser Cleos kam ungeschickt auf die Beine. Zufrieden sah sie, wie stark er wankte.

»Teilt sie mir mit«, befahl sie, und er gehorchte.

Nachdem er geendet hatte, saß Catelyn stirnrunzelnd da. Edmure hatte Recht gehabt, das konnte man beim besten Willen nicht als Bedingungen bezeichnen, es sei denn ... »Lannister will Arya und Sansa für seinen Bruder austauschen.«

»Ja. Er hat auf dem Eisernen Thron gesessen und es geschworen.«

»Vor Zeugen?«

»Vor dem ganzen Hof, Mylady. Und vor den Göttern dazu. Ich habe das bereits Ser Edmure erzählt, aber er hat nur gesagt, das sei unmöglich, Seine Gnaden Robb würden niemals zustimmen.«

»Er hat die Wahrheit gesprochen.« Sie konnte nicht einmal sagen, dass Robb Unrecht hatte. Arya und Sansa waren Kinder. Der Königsmörder war, lebendig und frei, genauso gefährlich wie jeder andere Mann im Reich. Dieser Weg führte in eine Sackgasse. »Habt Ihr meine Mädchen gesehen? Werden sie gut behandelt?«

Ser Cleos zögerte. »Ich . . . ja, sie schienen . . .«

Er überlegt sich eine Lüge, dachte Catelyn, *aber der Wein hat seine Sinne benebelt.* »Ser Cleos«, sagte sie kühl, »Ihr habt den Schutz des Friedensbanners verwirkt, als Eure Männer uns schändlich getäuscht haben. Belügt mich jetzt, und Ihr werdet neben ihnen von der Mauer hängen. Das dürft Ihr mir glauben. Ich frage Euch also nochmals – *habt ihr meine Töchter gesehen?*«

Seine Stirn war feucht. »Ich habe Sansa am Hof gesehen, als Tyrion mir seine Bedingungen mitteilte. Sie sah sehr hübsch aus, Mylady. Vielleicht ein wenig blass. Oder eher erschöpft.«

Sansa, aber nicht Arya. Das konnte alles Mögliche bedeuten. Arya war schon immer schwieriger zu zähmen gewesen. Vielleicht wollte Cersei sie nicht vor dem Hof präsentieren, weil sie Angst hatte, das Mädchen könnte etwas Falsches sagen oder tun. Möglicherweise war sie irgendwo sicher eingesperrt. *Oder sie haben sie getötet.* Catelyn verdrängte diesen Gedanken. »*Seine* Bedingungen, sagt Ihr . . . und doch ist Cersei die Königliche Regentin.«

»Tyrion hat für beide gesprochen. Die Königin war nicht anwesend. An jenem Tag war sie unpässlich, wurde mir mitgeteilt.«

»Eigenartig.« Catelyn dachte zurück an jene fürchterliche Reise durch die Mondberge und daran, wie Tyrion Lannister diesen Söldner dazu gebracht hatte, aus ihren Diensten in die seinen überzutreten. *Der Zwerg ist einfach zu schlau.* Sie konnte sich nicht vorstellen, wie er es geschafft hatte, auf der Bergstraße zu überleben, nachdem ihn Lysa aus dem Tal vertrieben hatte, und trotzdem überraschte es sie nicht. *Wenigstens hat er sich nicht an dem Mord an Ned beteiligt. Und er ist mir zu Hilfe gekommen, als die Männer von den Clans uns angriffen. Wenn ich nur seinem Wort vertrauen könnte . . .*

Sie öffnete die Hände und betrachtete die Narben auf ihren Fingern. *Diese Narben stammen von seinem Dolch,* rief sie sich in Erinnerung. *Von seinem Dolch in der Hand des Mörders, den er bezahlt hat, um Bran die Kehle durchzuschneiden.* Obwohl der Zwerg es natürlich leugnete. Selbst nachdem Lysa ihn in einer der Himmelszellen eingesperrt und ihn mit ihren Toren des Mondes bedroht hatte, hatte er es noch abgestritten. »Er hat gelogen«, sagte sie und erhob sich unvermittelt. »Die Lannisters sind alle miteinander Lügner, und der Zwerg ist der Schlimmste von ihnen. Der Mörder trug sein eigenes Messer.«

Ser Cleos starrte sie an. »Ich weiß nichts von irgendeinem –«

»Ihr wisst überhaupt nichts«, stimmte sie zu und rauschte aus der Zelle. Schweigend schloss Brienne sich ihr an. *Für sie ist es einfacher,* dachte Catelyn mit einem Anflug von Neid. In dieser Hinsicht war sie wie ein Mann. Für Männer lautete die Antwort immer gleich, und sie war nie weiter entfernt als das nächste Schwert. Für eine Frau, eine Mutter, war der Weg steiniger und schwieriger zu erkennen.

Mit ihren Männern nahm sie ein spätes Mahl in der Großen Halle ein. Rymund der Reimer sang die ganze Zeit und ersparte ihr so die Notwendigkeit zu reden. Er endete mit dem Lied, das er über Robbs Sieg bei Oxcross verfasst hatte. *»Und die Sterne in der Nacht waren die Augen seiner Wölfe, und der Wind selbst war ihr Lied.«* Zwischen den Strophen warf Rymund den Kopf in den Nacken und heulte, und am Ende heulte die halbe Halle mit ihm, sogar Desmond Grell, der ziemlich angetrunken war. Ihre Stimmen hallten von den Dachsparren wider.

Sollen sie doch ihre Lieder singen, wenn es ihren Mut stärkt, dachte Catelyn und spielte mit ihrem Silberkelch.

»Als ich klein war, gab es in Evenfall Hall immer einen Sänger«, erzählte Brienne leise. »Ich habe alle Lieder auswendig gelernt.«

»Sansa auch, obwohl nur wenige Sänger die weite Reise in den Norden nach Winterfell auf sich genommen haben.« *Ich habe ihr erzählt, am Hofe des Königs gebe es Sänger. Ich habe ihr gesagt, dort werde sie alle möglichen Arten von Musik hören, dass ihr Vater einen Meister finden werde, der ihr das Spiel auf der Harfe beibringt. Oh, mögen die Götter mir vergeben ...*

Brienne sagte: »Ich erinnere mich an eine Frau ... Sie kam von irgendwo jenseits der Meerenge. Ich konnte nicht einmal ihre Sprache verstehen, aber ihre Stimme war so wunderschön wie sie selbst. Ihre Augen hatten die Farbe von Pflaumen, und ihre Taille war so dünn, dass mein Vater sie mit den Händen umspannen konnte. Seine Hände waren fast so groß wie meine.« Sie schloss ihre langen dicken Finger zur Faust, als wollte sie sie verstecken.

»Habt Ihr für Euren Vater gesungen?«, fragte Catelyn.

Brienne schüttelte den Kopf und starrte auf ihren Teller.

»Und für Lord Renly?«

Das Mädchen errötete. »Nie, ich . . . sein Narr machte manchmal so grausame Scherze, und ich . . .«

»Irgendwann müsst Ihr für mich singen.«

»Ich . . . bitte, dazu fehlt mir die rechte Gabe.« Brienne schob sich vom Tisch zurück. »Verzeiht mir, Mylady. Wenn Ihr erlaubt . . .?«

Catelyn nickte. Das große, unbeholfene Mädchen verließ die Halle mit langen Schritten, die meisten der Feiernden bemerkten sie gar nicht. *Mögen die Götter mit ihr gehen,* dachte Catelyn, während sie sich lustlos wieder ihrem Essen zuwandte.

Drei Tage später ging der Faustschlag nieder, den Brienne vorausgesagt hatte, und es dauerte fünf Tage, bis sie davon erfuhren. Catelyn saß bei ihrem Vater, als Edmures Bote eintraf. Die Rüstung des Mannes war verbeult, seine Stiefel waren staubig. Er brachte gute Neuigkeiten. »Sieg, Mylady«, sagte er und reichte ihr Edmures Brief. Ihre Hand zitterte, als sie das Siegel erbrach.

Lord Tywin hatte versucht, das Überqueren des Flusses an einem Dutzend verschiedener Furten zu erzwingen, war jedoch überall zurückgeworfen worden. Lord Lefford war ertrunken, der Crakehall-Ritter war in Gefangenschaft geraten, Ser Addam Marbrand war dreimal zum Rückzug gezwungen worden . . . doch die erbittertsten Gefechte hatten bei der Steinmühle stattgefunden, wo Ser Gregor Clegane den Angriff geführt hatte. Dabei waren so viele seiner Männer gefallen, dass ihre toten Pferden den Fluss zu stauen drohten. Am Ende waren der Reitende Berg und einige seiner besten Männer zwar bis zum Westufer vorgedrungen, doch Edmure hatte seine Reserve auf sie geworfen und sie zurückgedrängt. Ser Gregor selbst hatte sein Pferd verloren; er war aus einem Dutzend Wunden blutend durch den Roten Arm zurückgetaumelt, während ein Hagel von Pfeilen und Steinen auf ihn niedergegangen war. »Sie werden den Fluss nicht überqueren, Cat«, hatte Edmure gekritzelt. »Lord Tywin marschiert nach Südosten. Vielleicht eine Finte oder ein vollständiger Rückzug, aber ganz gleich: *Sie werden den Fluss nicht überqueren.*«

Ser Desmond Grell war hoch erfreut gewesen. »Oh, wenn ich nur hätte dabei sein dürfen«, sagte der alte Ritter, als sie ihm den Brief vorlas. »Wo ist dieser Narr Rymund? Darüber muss er doch ein Lied verfassen, bei den Göttern, ein Lied, das Edmure nur zu gern hören wird. Die Mühle, die den Berg zermahlte, ich könnte die Worte fast selbst finden, hätte ich nur das Talent eines Sängers.«

»Ich möchte keine Lieder hören, ehe die Kämpfe nicht beendet sind«, sagte Catelyn, vielleicht eine Spur zu scharf. Dennoch erlaubte sie Ser Desmond, die Nachricht zu verbreiten, und stimmte zu, als er vorschlug, zu Ehren der Steinmühlenschlacht ein paar Fässer zu öffnen. Die Stimmung auf Riverrun war angespannt und ernst gewesen; alle konnten einen Kelch Wein und ein wenig Hoffnung vertragen.

In dieser Nacht hörte man in der Burg überall den Lärm der Feiernden. *Riverrun!*«, rief das gemeine Volk und »Tully! Tully!« Verängstigt und hilflos waren sie hier angekommen, und Catelyns Bruder hatte sie eingelassen, während die meisten anderen Lords die Tore geschlossen hätten. Ihre Stimmen drangen durch den Türspalt in ihr Zimmer. Rymund spielte auf seiner Harfe und ließ sich von Trommeln und einem Jungen mit einer Rohrflöte begleiten. Catelyn lauschte mädchenhaftem Lachen und dem aufgeregten Geplapper der unerfahrenen Knaben, die ihr Bruder zur Verteidigung der Burg zurückgelassen hatte. Wohlklingende Laute . . . und doch berührten sie sie nicht. Sie konnte ihr Glück nicht teilen.

Im Solar ihres Vaters fand sie ein schweres, in Leder gebundenes Buch mit Karten. Sie öffnete es bei den Flusslanden. Sofort entdeckte sie den Lauf des Roten Arms und fuhr ihn bei flackerndem Kerzenlicht mit dem Finger entlang. *Er marschiert nach Südosten*, dachte sie.

Inzwischen hatte er vermutlich den Hauptlauf des Blackwater Rush erreicht, entschied sie.

Sie klappte das Buch zu, und ihr war unbehaglicher zu Mute als zuvor. Die Götter hatten ihnen Sieg auf Sieg geschenkt. Bei der Steinmühle, bei Oxcross, im Flüsterwald …

Aber wenn wir siegen, warum habe ich dann solche Angst?

BRAN

Das Geräusch war nur ein leises Klirren, als wenn Stahl über Stein scharrt. Er hob den Kopf von den Pfoten, lauschte und sog schnuppernd die Nachtluft ein.

Der Abendregen hatte hundert schlafende Gerüche geweckt und sie reifen und erstarken lassen. Gras und Dornen, Brombeeren, die auf dem Boden zerplatzt waren, Schlamm, Würmer, verrottendes Laub, eine Ratte, die durch das Gebüsch schlich. Er roch den zotteligen schwarzen Pelz seines Bruders und den kupferartigen Geruch vom Blut des Eichhörnchens, das er getötet hatte. Oben in den Ästen tummelten sich noch mehr Eichhörnchen, die nach nassem Fell und Angst rochen und mit den kleinen Füßen über die Rinde scharrten. So ähnlich hatte das Geräusch geklungen.

Und er hörte es wieder, ein Klirren und Scharren. Er erhob sich, stellte die Ohren auf und reckte den Schwanz in die Höhe. Dann heulte er, stieß einen langen, fröstelnden Schrei aus, ein Heulen, um Schlafende zu wecken, doch die Haufen des Menschensteins waren dunkel und tot. Die Nacht war noch immer nass, eine Nacht, in der die Menschen in ihrem Bau blieben. Der Regen hatte nachgelassen, dennoch verbargen sich die Menschen vor der Feuchtigkeit und saßen an Feuern in ihren Höhlen aus aufgestapelten Steinen.

Sein Bruder schlich zwischen den Bäumen hindurch und bewegte sich fast so leise wie ein anderer Bruder, an den er sich nur noch schwach erinnerte, so lange war es schon her, der Weiße mit den blutroten Augen. Die Augen dieses Bruders waren tiefe Schatten, doch sein Nackenfell war gesträubt. Auch er hatte die Geräusche gehört und wusste, dass sie Gefahr bedeuteten.

Diesmal folgte auf das Klirren und Scharren ein Rutschen und das leise Tappen von Hautfüßen auf Stein. Der Wind wehte einen schwachen Menschengeruch heran, den er nicht kannte. *Fremde. Gefahr. Tod.*

Er lief auf das Geräusch zu, und sein Bruder rannte neben ihm her. Die Steinhöhlen ragten vor ihnen auf, feuchte, glatte Mauern. Er fletschte die Zähne, doch der Menschenstein achtete nicht darauf. Ein Tor ragte vor ihm auf, eine schwarze eiserne Schlange wand sich um Stäbe und Pfosten. Als er sich dagegen warf, erzitterte das Tor, und die Schlange klirrte und quietschte und hielt. Durch die Stäbe konnte er hinunter in den langen Steingraben schauen, der zwischen den Mauern zu dem steinigen Feld unten führte, doch er konnte nicht hindurch. Die Schnauze konnte er zwischen die Stäbe zwängen, mehr jedoch nicht. Oft hatte sein Bruder versucht, die schwarzen Knochen des Tores mit den Zähnen zu zermalmen, doch sie wollten nicht brechen. Sie hatten versucht, einen Gang darunter hindurch zu graben, aber darunter lagen große flache Steine, die halb von Erde und verwehtem Laub bedeckt waren.

Knurrend schritt er vor dem Tor auf und ab, dann warf er sich erneut dagegen. Es bewegte sich ein wenig und stieß ihn zurück. *Verschlossen,* flüsterte etwas. *Angekettet.* Die Stimme, die er nicht hören konnte, der Geruch, den er nicht riechen konnte. Die anderen Wege waren ebenfalls versperrt. Wo sich Türen in den Mauern aus Menschenstein befanden, waren sie aus dickem, starkem Holz. Es gab keinen Ausweg.

Doch, flüsterte es, und ihm war, er könne den Schatten eines großen Nadelbaumes sehen, der aus der schwarzen Erde aufragte, zehnmal so groß wie ein Mann. Doch als er hinschaute, war er nicht da. *Auf der anderen Seite des Götterhains, der Wachbaum, schnell, schnell . . .*

Durch die Dunkelheit der Nacht hallte ein erstickter Schrei, der jäh abbrach.

Rasch, rasch fuhr er herum und sprang wieder zwischen die Bäume, das nasse Laub raschelte unter seinen Pfoten, die Zweige schlugen nach ihm, als er vorbeilief. Er konnte seinen Bruder hören, der ihm folgte. Sie kamen unter dem Herzbaum heraus und umrundeten den kalten Tümpel, rannten durch die Brombeerbüsche und unter den Eichen und Eschen und dem Weißdorn hindurch zur anderen Seite des Hains ... und dort war er, der Schatten, den er entdeckt hatte, ohne hingesehen zu haben, der schiefe Baum, der zu den Dächern zeigte. *Wachbaum*, ging ihm ein Gedanke durch den Sinn.

Er erinnerte sich, wie es war, wenn man kletterte. Überall Nadeln, die ihm das nackte Gesicht zerkratzten und ihm in den Nacken fielen, der klebrige Saft an seinen Händen, der scharfe Kieferngeruch. Für einen Jungen war der Baum leicht zu erklimmen, krumm, wie er war, und die Äste waren so dicht beieinander, dass sie fast eine Leiter bildeten, die bis hinauf zum Dach führte.

Knurrend schnüffelte er am Fuß des Baumes herum, hob das Bein und markierte den Stamm. Ein niedriger Zweig strich ihm durchs Gesicht, und er schnappte danach, zog und zerrte daran, bis das Holz brach und abriss. Sein Maul war voller Nadeln, und er hatte den Geschmack von Harz auf der Zunge. Er schüttelte den Kopf und knurrte erneut.

Sein Bruder setzte sich auf die Hinterpfoten und stieß ein wehklagendes Heulen aus, ein Lied voller Trauer. Der Weg war kein Ausweg. Sie waren keine Eichhörnchen und keine Menschenjungen, die sich mit ihren rosigen Pfoten und unbeholfenen Füßen an den Stämmen von Bäumen hochhangeln konnten. Sie waren Läufer, Jäger, Pirscher.

Draußen in der Nacht, jenseits des Steins, der sie einsperrte, erwachten die Hunde und begannen zu bellen. Erst einer, dann ein zweiter und schließlich alle. Sie witterten ihn ebenfalls, den Geruch von Feinden und Furcht.

Eine verzweifelte Wut ergriff heiß wie Hunger von ihm Besitz. Er sprang von der Mauer fort und lief mit großen Sätzen unter den Bäumen hindurch, wobei ihm die Schatten von Zweigen und Laub durch das graue Fell strichen ... und dann drehte er sich um und rannte wieder zurück. Er flog dahin, warf feuchtes Laub und Kiefernnadeln hinter sich auf, und für kurze Zeit war er der Jäger, und ein Hirsch mit mächtigem Geweih floh vor ihm, und er konnte ihn sehen und wittern und setzte ihm mit aller Kraft hinterher. Der

Geruch nach Angst ließ sein Herz klopfen, der Geifer rann ihm von den Lefzen, und er erreichte den Baum und warf sich am Stamm hoch und krallte sich, noch immer auf der Verfolgungsjagd, in die Rinde. Aufwärts ging es, *aufwärts*, zwei Sätze, drei, und er wurde kaum langsamer, bis er die unteren Äste erreicht hatte. Zweige wanden sich um seine Beine und schlugen nach seinen Augen, es regnete graugrüne Nadeln. Er wurde langsamer. Etwas schnappte nach seiner Pfote, und er riss sich knurrend los. Der Stamm unter ihm wurde schmaler, die Neigung steiler, fast aufrecht jetzt, und nass. Die Rinde zerriss wie Haut, wenn er sich daran festklammerte. Ein Drittel des Weges hatte er hinter sich, die Hälfte, und noch ein Stück, das Dach war fast erreicht . . . und dann spürte er, wie eine seiner Pfoten an dem nassen Holz abglitt, und plötzlich rutschte er. Voller Furcht und Zorn jaulte er auf, fiel, *fiel*, und drehte sich herum, während der Boden auf ihn zuraste und ihn zu zerschmettern drohte . . .

Und dann war Bran wieder im Bett seines einsamen Turmzimmers, umklammerte seine Decke und atmete keuchend. »Summer«, rief er laut. »Summer.« Seine Schulter schien zu schmerzen, als wäre er darauf gefallen, doch er wusste, dass es sich nur um den Geist dessen handelte, was der Wolf fühlte. *Jojen hat die Wahrheit gesagt. Ich bin ein Tierling.* Von draußen hörte er das ferne Bellen der Hunde. *Das Meer ist gekommen. Es überflutet die Mauern, genau wie Jojen es gesehen hat.* Bran packte die Stange über seinem Kopf, zog sich hoch und rief um Hilfe. Niemand kam, und einen Augenblick später erinnerte er sich, dass auch niemand kommen würde. Sie hatten die Wache von seiner Tür abgezogen. Ser Rodrik brauchte jeden Mann im kampffähigen Alter, und deshalb hatte Winterfell nur noch eine symbolische Besatzung.

Die anderen waren vor acht Tagen ausgezogen, sechshundert Mann aus Winterfell und den Befestigungen der Umgebung. Cley Cerwyn würde mit weiteren dreihundert unterwegs zu ihnen stoßen, und Maester Luwin hatte Raben ausgeschickt, um die Männer aus White Harbor, dem Land der Hügelgräber und sogar solchen abgelegenen Plätzen wie dem Wolfswald einzuberufen. Torrhen's

Square war von einem riesigen Krieger namens Dagmer Spaltkinn angegriffen worden. Old Nan sagte, dass man ihn nicht töten könne und dass ein Gegner ihm einmal den Kopf mit einer Axt in zwei Teile gespalten habe, aber Dagmer war nur wütend geworden und hatte die beiden Hälften zusammengedrückt, bis sie verheilt waren. *Könnte Dagmer gewonnen haben?* Torrhen's Square war viele Tage von Winterfell entfernt, und dennoch ...

Bran zog sich aus dem Bett und hangelte sich von Stange zu Stange bis zum Fenster. Er tastete ein wenig herum und stieß schließlich die Läden auf. Der Hof war leer, und alle Fenster, die er von hier aus sehen konnte, waren dunkel. Winterfell schlief. *»Hodor!«*, rief er nach unten, so laut er konnte. Hodor würde über dem Stall schlummern, doch vielleicht würde er Bran hören, wenn dieser nur laut genug schrie, oder jemand anders. *»Hodor, komm schnell! Osha! Meera, Jojen, ist denn niemand da?«* Bran legte die Hände wie einen Trichter vor den Mund. *»HOOOODOOOOOOR!«*

Doch als die Tür hinter ihm krachend aufgestoßen wurde, handelte es sich bei dem Mann, der eintrat, um niemanden, den Bran kannte. Er trug ein Lederwams, das mit sich überlappenden Eisenscheiben benäht war, hielt einen Dolch in der Hand und hatte eine Axt über die Schulter geworfen. »Was willst du hier?«, wollte Bran verängstigt wissen. »Das ist mein Zimmer! Raus hier!«

Theon Greyjoy trat hinter dem Mann herein. »Wir wollen dir nichts tun, Bran.«

»Theon?« Bran wurde ganz schwindlig vor Erleichterung. »Hat Robb dich geschickt? Ist er auch hier?«

»Robb ist weit fort. Er kann dir nicht helfen.«

»Mir helfen?« Er war verwirrt. »Mach mir keine Angst, Theon.«

»Prinz Theon heißt es jetzt. Wir sind beide Prinzen, Bran. Wer hätte sich das träumen lassen? Aber ich habe deine Burg eingenommen, mein Prinz.«

»Winterfell?« Bran schüttelte den Kopf. »Nein, *das kannst du nicht machen.«*

»Lass uns allein, Werlag.« Der Mann mit dem Dolch ging hinaus. Theon setzte sich auf das Bett. »Ich habe vier Männer mit Wurfhaken und Seilen über die Mauer geschickt, und sie haben ein Seitentor für die anderen geöffnet. Meine Männer kümmern sich gerade um deine. Ich versichere dir, Winterfell gehört mir.«

Bran verstand es nicht. »Aber du bist Vaters *Mündel.*«

»Und jetzt seid du und dein Bruder *meine* Mündel. Sobald die Kämpfe vorüber sind, werden meine Männer den Rest deiner Leute in der Großen Halle versammeln. Du und ich, wir werden zu ihnen sprechen. Du sagst ihnen, dass du Winterfell an mich übergeben hast und befiehlst ihnen, mir als ihrem neuen Lord zu dienen und zu gehorchen, wie sie es für dich getan haben.«

»Das tue ich nicht«, entgegnete Bran. »Wir werden gegen euch kämpfen und euch hinauswerfen. Ich habe mich noch nie ergeben, und du kannst mich nicht dazu zwingen.«

»Dies ist kein Spiel, Bran, also treib es nicht zu weit, das lasse ich mir nicht gefallen. Die Burg gehört mir, aber diese Menschen sind noch immer dein. Wenn der Prinz um ihre Sicherheit besorgt ist, sollte er besser tun, was man ihm sagt.« Er erhob sich und trat zur Tür. »Man wird dich anziehen und in die Große Halle tragen. Denk gut darüber nach, was du sagen wirst.«

Während er warten musste, fühlte sich Bran noch hilfloser als zuvor. Er saß auf der Fensterbank und starrte hinaus auf die dunklen Türme und Mauern, die schwarz wie Schatten waren. Einmal glaubte er, Schreie und so etwas wie das Klirren von Schwertern aus Richtung der Wachhalle zu hören, doch er besaß weder Summers Gehör noch seine Nase. *Wach bin ich noch immer ein Krüppel, aber wenn ich schlafe, kann ich laufen und kämpfen und hören und riechen.*

Er hatte Hodor oder vielleicht eins der Dienstmädchen erwartet, doch als die Tür schließlich aufging, stand Maester Luwin mit einer Kerze in der Hand. »Bran«, begann er, »Ihr . . . wisst Ihr, was geschehen ist? Hat man es Euch bereits berichtet?« Die Haut über seinem linken Auge war aufgeplatzt, und Blut rann über sein Gesicht.

»Theon war hier. Er hat behauptet, Winterfell würde jetzt ihm gehören.«

Der Maester stellte die Kerze ab und wischte sich das Blut von der Wange. »Sie sind durch den Burggraben geschwommen. Kletterten an einem Seil die Mauern hoch. Nass und tropfend und mit Stahl in der Hand sind sie hereingekommen.« Er setzte sich auf den Stuhl an der Tür, während frisches Blut hervorquoll. »Bierbauch war am Tor, sie haben ihn auf dem Wachturm überrascht und ihn getötet. Hayhead ist verwundet. Mir blieb noch Zeit, zwei Raben loszuschicken, ehe sie hereinplatzten. Der Vogel nach White Harbor konnten entkommen, aber den anderen haben sie abgeschossen.« Der Maester starrte in die Binsen. »Ser Rodrik hat zu viele Männer mitgenommen, doch ich muss mir selbst ebenfalls die Schuld geben. Ich habe diese Gefahr nicht kommen sehen, ich habe nie . . .«

Jojen hat sie gesehen, dachte Bran. »Am besten helft Ihr mir jetzt beim Anziehen.«

»Ja, das ist wohl das Beste.« In der schweren Truhe mit den Eisenbändern am Fußende von Brans Bett fand der Maester Unterwäsche, eine Hose und ein Wams. »Ihr seid der Stark in Winterfell und Robbs Erbe. Ihr müsst aussehen wie ein Prinz.« Gemeinsam kleideten sie ihn an wie es einem Lord geziemte.

»Theon will, dass ich ihm die Burg übergebe«, sagte Bran, während der Maester den Umhang mit seiner Lieblingsbrosche schloss, dem Wolfskopf aus Silber und Jett.

»Darin liegt keine Schande. Ein Lord muss seine Untertanen beschützen. Grausame Orte bringen grausame Menschen hervor, Bran, vergesst das nicht, wenn Ihr mit diesen Eisenmenschen verhandelt. Euer Hoher Vater hat getan, was er konnte, um Theon ein bisschen Sanftmut beizubringen, aber ich fürchte, es war zu wenig oder es kam zu spät.«

Der Eisenmann, der sie abholte, war ein gedrungener dicker Kerl mit einem rabenschwarzen Bart, der seine halbe Brust bedeckte. Er trug den Jungen ohne Mühe, wenngleich er über diese Aufgabe nicht glücklich zu sein schien. Rickons Zimmer lag nur eine halbe Treppe weiter unten. Der Vierjährige war quengelig, weil man ihn geweckt hatte. »Ich will zu Mutter«, sagte er, »sie soll herkommen. Und Shaggydog auch.«

»Eure Mutter ist weit fort, mein Prinz.« Maester Luwin zog dem

Jungen einen Morgenrock an. »Aber ich bin hier, und Bran auch.« Er nahm Rickon an der Hand und führte ihn hinaus.

Unten trafen sie auf Meera und Jojen, die von einem kahlköpfigen Mann mit einem Speer, der seine eigene Körperlänge um drei Fuß übertraf, aus ihrem Zimmer getrieben wurden. Als Jojen Bran ansah, lag in seinen tiefgrünen Augen tiefe Trauer. Andere Eisenmänner hatten die Freys herbeigeschafft. »Dein Bruder hat sein Königreich verloren«, sagte der kleine Walder zu Bran. »Jetzt bist du kein Prinz mehr, sondern nur noch eine Geisel.«

»Und ihr auch«, erwiderte Jojen, »und ich auch, wir alle.«

»Mit dir hat niemand geredet, Froschfresser.«

Einer der Eisenmänner ging mit einer Fackel voraus, doch es hatte wieder angefangen zu regnen, und bald war das Licht erloschen. Während sie durch den Hof eilten, konnten sie die Schattenwölfe im Götterhain heulen hören. *Hoffentlich hat sich Summer nicht verletzt, als er vom Baum gefallen ist.*

Theon Greyjoy saß auf dem hohen Stuhl der Starks. Er hatte seinen Mantel abgelegt. Über einem feinen Kettenhemd trug er einen schwarzen Überwurf, der mit dem goldenen Kraken seines Hauses bestickt war. Seine Hände ruhten auf den Wolfsköpfen, die in die Enden der breiten steinernen Armlehnen gemeißelt waren. »Theon sitzt auf Robbs Stuhl«, sagte Rickon.

»Still, Rickon.« Bran spürte die Bedrohlichkeit der Situation, doch sein Bruder war noch zu jung. Man hatte ein paar Fackeln angezündet, und im großen Kamin brannte ein Feuer; der größte Teil der Halle lag jedoch im Dunkeln. Da die Bänke an der Wand gestapelt waren, konnte man sich nirgendwo hinsetzen, daher hatten sich die Bewohner der Burg in kleinen Gruppen zusammengedrängt und wagten nicht zu sprechen. Er sah Old Nan, deren zahnloser Mund sich ständig öffnete und schloss. Hayhead wurde von zwei anderen Wachen hereingetragen; um seinen nackten Oberkörper hatte man einen Verband gewickelt, der inzwischen blutige Flecken aufwies. Poxy Tym schluchzte untröstlich, und Beth Cassel weinte vor Angst.

»Wen haben wir denn da?«, fragte Theon die Reeds und die Freys.

»Dies sind Lady Catelyns Mündel, sie heißen beide Walder Frey«, erklärte Maester Luwin. »Und dies sind Jojen Reed und seine Schwester Meera, Sohn und Tochter von Howland Reed von Greywater Watch, die zu uns gekommen sind, um die Treueide Winterfell gegenüber zu erneuern.«

»Man möchte meinen, sie sind zu einem ungünstigen Zeitpunkt eingetroffen«, sagte Theon, »wenn auch nicht für mich. Hier seid ihr, und hier werdet ihr bleiben.« Er erhob sich von dem hohen Stuhl. »Bring den Prinzen her, Lorren.« Der schwarzbärtige Mann setzte Bran wie einen Sack Hafer auf dem Stein ab.

Noch immer wurden Menschen mit Befehlen und Speerstößen in die Große Halle getrieben. Gage und Osha trafen aus der Küche ein, sie waren mit Mehl bedeckt, weil sie gerade das Brot fürs Frühstück gebacken hatten. Mikken fluchte, während man ihn hereinzerrte. Farlen humpelte und versuchte trotzdem, Palla zu stützen. Ihr Kleid war zerrissen; sie hielt es mit der Faust zusammen und bewegte sich, als würde ihr jeder Schritt Todesqualen bereiten. Septon Chayle wollte ihr helfen, doch einer der Eisenmänner schlug ihn zu Boden.

Der letzte Mann, der durch die Tür eintrat, war der Gefangene Stinker, dessen Geruch ihm stechend vorauseilte. Bran spürte, wie sich ihm der Magen umdrehen wollte. »Den haben wir in einer Zelle des Turms gefunden«, verkündete die Eskorte, ein bartloser junger Mann mit rötlich gelbem Haar und nassen Kleidern, ohne Zweifel einer von denen, die durch den Wassergraben geschwommen waren. »Er sagt, man würde ihn Stinker nennen.«

»Kann mir gar nicht vorstellen, warum«, antwortete Theon und lächelte. »Riechst du immer so, oder hast du es gerade mit einem Schwein getrieben?«

»Ich habe es mit niemandem mehr getrieben, M'lord, seit sie mich hergebracht haben. Heke ist mein richtiger Name. Ich habe dem Bastard von Dreadfort gedient, bis die Starks ihm als Hochzeitsgabe einen Pfeil in den Rücken schenkten.«

Theon amüsierte das. »Wen hat er denn geheiratet?«

»Die Witwe von Hornwood, M'lord.«

»Das alte Weib? War er blind? Die hatte doch Zitzen wie leere Weinschläuche, schlaff und vertrocknet.«

»Er hat sie nicht ihrer Zitzen wegen geheiratet, M'lord.«

Die Eisenmänner schlugen die hohen Türen der Halle zu. Von seinem hohen Sitz aus konnte Bran ungefähr zwanzig von ihnen sehen. *Vermutlich hat er ein paar Wachen draußen am Tor und vor der Waffenkammer gelassen.* Selbst dann konnten es nicht mehr als dreißig sein.

Theon hob die Hände und bat um Ruhe. »Ihr alle kennt mich –«

»Ja, wir wissen, dass Ihr ein Haufen dampfender Mist seid!«, schrie Mikken, ehe der Kahlköpfige ihm seinen Speerschaft in den Bauch stieß und ihm anschließend ins Gesicht schlug. Der Schmied ging in die Knie und spuckte einen Zahn aus.

»Mikken, sei still.« Bran versuchte, ernst und herrschaftlich zu klingen, so wie Robb, wenn er einen Befehl erteilte, doch seine Stimme ließ ihn im Stich, und die Worte kamen in einem schrillen Fistelton hervor.

»Hör lieber auf deinen kleinen Lord, Mikken«, sagte Theon. »Er hat mehr Verstand als du.«

Ein guter Lord beschützt sein Volk, rief er sich in Erinnerung. »Ich habe Winterfell an Theon übergeben.«

»Lauter, Bran. Und nenn mich Prinz.«

Er hob die Stimme. »Ich habe Winterfell an Prinz Theon übergeben. Jeder von euch sollte tun, was er befiehlt.«

»Verdammt will ich sein, wenn ich das tue!«, brüllte Mikken.

Theon ignorierte ihn. »Mein Vater hat die uralte Krone des Salzes und Felsens aufgesetzt und sich zum König der Iron Islands ernannt. Er beansprucht durch das Recht der Eroberung auch den Norden für sich. Ihr alle seid seine Untertanen.«

»Von wegen.« Mikken wischte sich das Blut vom Mund. »Ich diene den Starks, nicht irgendeinem verräterischen Tintenfisch von – *aaah.*« Der Speerschaft traf Mikken erneut, und diesmal schmetterte er ihn mit dem Gesicht nach unten auf den Steinboden.

»Schmiede haben starke Arme und schwache Köpfe«, merkte Theon dazu an. »Aber wenn ihr anderen mir ebenso treu dient, wie ihr Ned Stark gedient habt, werdet ihr mich als großzügigen Lord kennen lernen.«

Mikken stemmte sich auf Händen und Knien hoch und spuckte Blut. *Bitte nicht,* flehte Bran innerlich, doch der Schmied rief: »Wenn Ihr denkt, Ihr könntet mit Eurem armseligen Haufen den Norden halten –«

Der Kahlköpfige stieß Mikken die Speerspitze in den Nacken. Stahl glitt durch Fleisch und trat in einer Flut von Blut aus der Kehle wieder hervor. Eine Frau schrie auf, und Meera schloss Rickon in die Arme. *In Blut ist er ertrunken,* dachte Bran benommen. *In seinem eigenen Blut.*

»Wer hat sonst noch etwas zu sagen?«, fragte Theon Greyjoy.

»Hodor hodor hodor hodor«, rief Hodor mit weit aufgerissenen Augen.

»Bringt vielleicht jemand freundlicherweise diesen Schwachsinnigen zum Schweigen?«

Zwei Eisenmänner prügelten mit ihren Speerschäften auf Hodor ein. Der Stallbursche warf sich zu Boden und versuchte sich mit den Händen zu schützen.

»Ich werde ein ebenso guter Lord sein wie seinerzeit Eddard Stark.« Theon hob die Stimme, damit man ihn über das Klatschen der Schläge hinweg verstehen konnte. »Doch wer mich hintergeht, wird sich bald wünschen, er hätte es nicht gewagt. Und glaubt nicht, die Männer, die ihr hier seht, seien meine ganze Streitmacht. Torrhen's Square und Deepwood Motte werden uns ebenfalls bald gehören, und mein Onkel segelt den Saltspear hinauf, um Moat Cailin zu belagern. Falls Robb Stark sich gegen die Lannisters durchsetzt, mag er als König vom Trident herrschen, aber das Haus Greyjoy hält von nun an den Norden.«

»Starks Lords werden gegen Euch kämpfen«, rief Stinker. »Zum einen dieses fette Schwein von White Harbor, und außerdem die Umbers und die Karstarks. Ihr braucht Männer. Befreit mich, und ich gehöre Euch.«

Theon wog das Angebot kurz ab. »Du denkst besser, als du riechst, aber deinen Gestank könnte ich nicht ertragen.«

»Nun«, sagte Stinker, »ich könnte mich waschen, wenn ich frei wäre.«

»Einer der seltenen Männer mit wachem Verstand.« Theon lächelte. »Beuge dein Knie.«

Einer der Eisenmänner reichte Stinker ein Schwert, das er Theon zu Füßen legte und dem Hause Greyjoy und König Balon Gehorsam schwor. Bran konnte nicht hinsehen. Der grüne Traum erfüllte sich.

»M'lord Greyjoy!« Osha trat an Mikkens Leiche vorbei nach vorn. »Ich wurde ebenfalls als Gefangene hergebracht. Ihr ward damals dabei.«

Ich habe gedacht, du wärst eine Freundin, dachte Bran verletzt.

»Ich brauche Krieger«, verkündete Theon, »keine Küchenschlampen.«

»Robb Stark war es, der mich in die Küche geschickt hat. Seit fast einem Jahr schrubbe ich schon Töpfe und wärme dem da die Strohmatratze.« Sie warf Gage einen Blick zu. »Davon habe ich genug. Gebt mir einen Speer.«

»Ich habe hier einen Speer für dich«, sagte der Kahle, der Mikken getötet hatte. Er griff sich in den Schritt und grinste.

Osha stieß ihm ihr knochiges Knie zwischen die Beine. »Behalt dein weiches Ding.« Sie riss ihm den Speer aus den Händen und stieß ihn mit dem Schaft zu Boden. »Ich bediene mich lieber mit Holz und Eisen.« Der Kahlköpfige krümmte sich auf dem Boden, während die anderen Eisenmänner schallend lachten.

Theon lachte mit ihnen. »Nicht schlecht«, sagte er. »Behalte den Speer; Stygg kann sich einen anderen suchen. Und jetzt beuge dein Knie und schwöre.«

Da niemand anders vortrat, um Theon die Treue zu schwören, wurden alle entlassen, wobei ihnen die Warnung mit auf den Weg gegeben wurde, ihre Arbeit zu erledigen und niemandem Schwierigkeiten zu bereiten. Hodor erhielt den Auftrag, Bran ins Bett zu bringen. Sein Gesicht war von den Schlägen verunstaltet, die Nase formlos, ein Auge zugeschwollen. »Hodor«, schluchzte er mit aufgesprungenen Lippen, während er Bran mit starken Armen und blutigen Händen aufhob und ihn hinaus in den Regen trug.

ARYA

»Es gibt Gespenster, das weiß ich ganz sicher.« Heiße Pastete knetete Brotteig, und seine Arme waren bis zum Ellbogen weiß vom Mehl. »Pia hat gestern Nacht etwas in der Vorratskammer gesehen.«

Arya grunzte nur. Pia sah ständig etwas in der Vorratskammer. Für gewöhnlich handelte es sich dabei um Männer aus Fleisch und Blut. »Kann ich ein Törtchen haben?«, fragte sie. »Du hast ein ganzes Blech voll gebacken.«

»Ich brauche auch ein ganzes Blech voll. Ser Armory mag die besonders gern.«

Sie hasste Ser Armory. »Lass uns draufspucken.«

Heiße Pastete blickte sich nervös um. Die Küche war voller Schatten und Echos, doch die anderen Köche und Küchenjungen schliefen auf dem höhlenartigen Zwischenboden über den Öfen. »Er wird es merken.«

»Bestimmt nicht«, erwiderte Arya. »Spucke kann man nicht schmecken.«

»Aber wenn doch, bin ich es, der ausgepeitscht wird.« Heiße Pastete hörte auf zu kneten. »Du solltest überhaupt nicht hier sein. Es ist mitten in der Nacht.«

Das stimmte, allerdings war es Arya gleichgültig. Selbst mitten in der Nacht kehrte in der Küche keine Ruhe ein; immer bereitete irgendwer Teig für das Morgenbrot vor, rührte mit einem großen Holzlöffel in einem Topf oder zerlegte ein Schwein, damit Ser Armory zum Frühstück Speck bekam. Heute Nacht war Heiße Pastete an der Reihe.

»Wenn Triefauge aufwacht und merkt, dass du verschwunden bist –«, sagte Heiße Pastete.

»Triefauge wacht nie auf.« Eigentlich hieß er Mebble, doch alle nannten ihn wegen seiner tränenden Augen Triefauge. »Nicht, wenn er erst einmal eingeschlafen ist.« Jeden Morgen trank er Bier zum Frühstück und schlief abends nach dem Essen ein, während ihm noch weinfarbener Speichel über das Kinn rann. Arya wartete, bis sie ihn schnarchen hörte, dann schlich sie barfuß die Dienstbotentreppe hinauf und machte nicht mehr Lärm als die Maus, die sie gewesen war. Sie nahm weder Kerze noch Wachsstock mit. Syrio hatte ihr einmal erklärt, die Dunkelheit könne ihr Freund sein, und damit hatte er Recht gehabt. Wenn Mond und Sterne schienen, hatte sie genug Licht. »Ich wette, wir könnten fliehen, und Triefauge würde mich nicht einmal vermissen«, sagte sie zu Heiße Pastete.

»Ich will nicht fliehen. Hier ist es besser als im Wald. Ich will keine Würmer mehr essen. Hier, streu mal ein bisschen Mehl auf das Brett.«

Arya legte den Kopf schief. »Was war das?«

»Was? Ich hab nichts –«

»Hör mit den Ohren zu, nicht mit dem Mund. Das war ein Kriegshorn. Zwei Töne, hast du es nicht gehört? Und da, die Ketten des Fallgatters. Jemand kommt herein oder will hinaus. Kommst du mit nachschauen?« Die Tore von Harrenhal waren seit dem Morgen von Lord Tywins Aufbruch nicht mehr geöffnet worden.

»Ich muss das Brot für morgen Früh backen«, jammerte Heiße Pastete. »Außerdem mag ich es nicht, wenn es draußen dunkel ist, das habe ich dir doch gesagt.«

»Aber ich gehe hin. Hinterher erzähle ich dir alles. Kann ich ein Törtchen haben?«

»Nein.«

Sie stibitzte sich trotzdem eins und aß es auf dem Weg nach draußen. Es war mit gehackten Nüssen, Früchten und Quark gefüllt und noch ganz warm. Arya kam sich verwegen dabei vor, Ser Armorys Törtchen zu essen. *Barfüßig, sicherfüßig, leichtfüßig,* sang sie vor sich hin. *Ich bin der Geist von Harrenhal.*

Das Hornsignal hatte die Burg aus dem Schlaf gerissen; Männer kamen hinunter in den Hof, um zu sehen, was es mit dem Lärm auf sich hatte. Arya gesellte sich zu den anderen. Eine Reihe Ochsenkarren rollte unter dem Fallgatter hindurch. *Plündergut*, erkannte sie sofort. Die Reiter, die die Karren eskortierten, redeten in seltsamen Sprachen. Ihre Rüstungen glänzten bleich im Mondlicht, und Arya entdeckte zwei schwarzweiß gestreifte Pferde. Der *Blutige Mummenschanz*. Sie zog sich ein wenig tiefer in den Schatten zurück und beobachtete, wie ein riesiger schwarzer Bär in einem Käfig auf einem der Wagen hereingerollt wurde. Andere Karren waren mit Silbertellern, Waffen und Schilden, Mehlsäcken, quiekenden Schweinen, hageren Hunden und Hühnern beladen. Arya dachte gerade daran, wie lange sie bereits keinen Schweinebraten mehr gegessen hatte, da bemerkte sie den ersten Gefangenen.

Seiner aufrechten Haltung und dem stolz erhobenen Kopf nach musste es sich um einen Lord handeln. Sie sah das Kettenhemd, das unter seinem zerrissenen Überwurf glitzerte. Zuerst meinte Arya, er sei ein Lannister, doch als er unter einer Fackel hindurchschritt, sah sie, dass das Wappen eine silberne Faust und keinen Löwen darstellte. Man hatte ihm die Handgelenke gefesselt, mit einem Seil um den Knöchel war er an den Mann hinter sich gebunden und dieser wiederum an den Mann hinter sich, und die ganze Kolonne schlurfte im Gleichschritt dahin. Viele der Gefangenen waren verwundet. Blieb einer stehen, trabte einer der Reiter heran und gab ihm einen Hieb mit der Peitsche, damit er weiterging. Sie versuchte zu zählen, wie viele Gefangene es waren, war jedoch bei fünfzig bereits durcheinander gekommen. Es waren mindestens doppelt so viele. Ihre Kleider waren von Schlamm und Blut verdreckt, und im Fackellicht war es schwierig, die verschiedenen Banner und Wappen auszumachen, doch einige konnte Arya erkennen. Zwillingstürme. Sonnenaufgang. Blutiger Mann. Streitaxt. *Die Streitaxt gehört zu Cerwyn, und die weiße Sonne auf schwarzem Grund zu Karstark. Das sind Nordmannen. Vaters Männer, und Robbs.* Der Gedanke, was das bedeuten mochte, behagte ihr überhaupt nicht.

Der Blutige Mummenschanz stieg ab. Stallburschen sprangen verschlafen vom Stroh auf und kümmerten sich um die schaumbedeckten Pferde. Einer der Reiter rief nach Bier. Der Lärm hatte Ser Armory Lorch auf die überdachte Galerie oberhalb des Hofes gelockt. Zwei Männer mit Fackeln flankierten ihn. Vargo Hoat mit dem Ziegenhelm zügelte sein Tier unterhalb des Balkons. »Mylord Kaftellan«, rief der Söldner. Er hatte eine dicke, schmatzende Stimme, als wäre seine Zunge zu groß für seinen Mund.

»Was hat das zu bedeuten, Hoat?«, verlangte Ser Armory mit gerunzelter Stirn zu wissen.

»Gefangene. Roof Bolton wollte den Fluff überqueren, aber meine Tapferen Kameraden haben feine Vorhut in Ftücke gehauen, viele Männer getötet und Bolton in die Flucht geschlagen. Dief ift ihr Kommandant, Glover, und der dahinter ift Fer Aenyf Frey.«

Ser Armory Lorch starrte mit seinen kleinen Schweinsäuglein auf die gefesselten Gefangenen hinunter. Arya schien es, als ob ihm dies alles nicht recht passte. Jeder in der Burg wusste, wie sehr er und Vargo Hoat sich hassten. »Sehr gut«, sagte er. »Ser Cadwyn, bringt diese Männer in die Verliese.«

Der Lord mit der gepanzerten Faust auf dem Überwurf hob den Blick. »Uns wurde eine ehrenhafte Behandlung zugesichert –«, begann er.

»Ftill!«, brüllte Vargo Hoat ihn an und versprühte dabei einen Speichelregen.

Ser Armory wandte sich an die Gefangenen. »Was Hoat euch versprochen hat, ist mir gleichgültig. Lord Tywin hat mich zu seinem Kastellan von Harrenhal erklärt, und ich werde tun, was mir gefällt.« Er gab seinen Wachen ein Zeichen. »Die große Zelle unter dem Witwenturm sollte für sie alle reichen. Jeder, der dort nicht hinein will, kann auch gern hier sterben.«

Während seine Männer die Gefangenen davontrieben, entdeckte Arya Triefauge, der aus dem Treppenhaus trat und in den Fackelschein blinzelte. Wenn er ihr Fehlen bemerkte, würde er sie anschreien und drohen, ihr mit der Peitsche das Fell abzuziehen, trotzdem fürchtete sie sich nicht vor ihm. Er war kein Weese. Dauernd drohte er, jemandem das Fell abzuziehen, doch Arya hatte noch nie erlebt, dass er wirklich Prügel ausgeteilt hatte. Dennoch wäre es besser, wenn er sie nicht zu Gesicht bekäme. Sie blickte sich um. Die Ochsen wurden ausgespannt, die Karren abgeladen, die

Tapferen Kameraden verlangten nach Bier und Schaulustige drängten sich um den Käfig mit dem Bären. In diesem Durcheinander war es nicht schwierig, sich unbemerkt davonzuschleichen. Sie ging den Weg zurück, den sie gekommen war, und wollte nur wieder verschwunden sein, ehe jemand sie entdeckte und ihr eine Arbeit auftrug.

Nachdem sie das Tor und die Stallungen hinter sich gelassen hatte, war die große Burg menschenleer. Der Lärm blieb hinter ihr zurück. Ein wirbelnder Wind wehte und erzeugte ein schauderhaftes Kreischen in den Spalten des Klageturms. Das Laub der Bäume im Götterhain hatte zu fallen begonnen, und sie hörte, wie die Blätter raschelnd über die leeren Höfe getrieben wurden. Jetzt, da Harrenhal wieder nahezu unbewohnt war, spielten die Geräusche den Ohren eigentümliche Streiche. Manchmal schienen die Steine jeden Laut regelrecht aufzusaugen und die Höfe mit Stille zu überziehen wie mit einer Decke. Dann wieder führten die Echos ein Eigenleben, und jeder Schritt wurde zum Stampfen einer gespenstischen Armee, jedes Wort zu einem geisterhaften Stimmengewirr. Diese seltsamen Laute beunruhigten vielleicht Heiße Pastete, aber nicht Arya.

Still wie ein Schatten huschte sie über den mittleren Hof um den Turm der Angst herum und durch die leeren Stallungen, von denen mancher behauptete, hier würden die Geister toter Falken die Luft mit ihren Schwingen aufrühren. Sie konnte gehen, wohin sie wollte. Die Besatzung der Burg zählte nicht mehr als hundert Mann, eine winzige Truppe, die sich in Harrenhal verlor. Die Halle der Hundert Kamine war verschlossen, ebenso wie manche anderen Gebäude, sogar der Klageturm. Ser Armory Lorch wohnte in den Gemächern des Kastellans im Königsbrandturm, der allein schon so groß war wie der Bergfried eines Lords, und Arya und die anderen waren in den Keller darunter gezogen, damit sie stets in der Nähe waren. Solange Lord Tywin noch da gewesen war, hatten sich die Wachen ständig erkundigt, was man hier zu schaffen habe. Doch jetzt, wo nur mehr hundert Mann tausend Türen bewachten, wollte offenbar niemand mehr wissen, wer wohin gehörte.

Während sie an der Waffenkammer vorbeiging, hörte sie ein Hämmern. Tief orangefarbenes Glühen leuchtete durch die Oberlichter. Sie kletterte zum Dach hinauf und spähte ins Innere. Gendry schmiedete gerade einen Brustharnisch. Wenn er arbeitete, hatte er nur Augen für Metall, Balgen und Feuer. Der Hammer schien mit seinem Arm verwachsen zu sein. Sie beobachtete das Spiel seiner Brustmuskeln und lauschte der stählernen Musik, die er erzeugte. *Er ist stark,* dachte sie. Nun nahm er eine lange Zange und tauchte das Bruststück in den Wassertrog. Arya schlüpfte durch das Fenster hinein und sprang neben ihm auf den Boden.

Er wirkte nicht im Mindesten überrascht. »Du solltest im Bett sein, Mädchen.« Das Bruststück fauchte im kalten Wasser wie eine Katze. »Was war das für ein Lärm?«

»Vargo Hoat ist mit Gefangenen zurückgekehrt. Ich habe ihre Wappen gesehen. Ein Glover aus Deepwood Motte ist auch dabei, er ist ein Mann meines Vaters. Der größte Teil von den anderen auch.« Plötzlich wusste Arya, aus welchem Grund ihre Füße sie hierher geführt hatten. »Du musst mir helfen, sie zu befreien.«

Gendry lachte. »Und wie sollen wir das anstellen?«

»Ser Armory hat sie in den Kerker gesperrt. Den unter dem Witwenturm, da ist nur eine große Zelle. Du könntest die Tür mit deinem Hammer zertrümmern –«

»Während die Wachen zuschauen und Wetten darüber abschließen, wie oft ich zuschlagen muss?«

Arya kaute auf ihrer Unterlippe herum. »Wir müssten die Wachen vorher töten.«

»Und wie?«

»Vielleicht sind es ja nicht so viele.«

»Auch wenn es nur zwei wären, sind das schon zu viele für uns. Du hast in diesem Dorf wohl gar nichts begriffen, oder? Wenn du das tatsächlich versuchst, wird Vargo Hoat dir Hände und Füße abschlagen.« Gendry nahm die Zange wieder zur Hand.

»Du hast nur Angst.«

»Lass mich in Ruhe, Mädchen.«

»Gendry, es sind *hundert* Nordmannen. Vielleicht mehr, ich konnte sie nicht alle zählen. Das sind genauso viele wie Ser Armory hat. Na ja, solange man den Blutigen Mummenschanz nicht mitzählt. Wir müssen sie nur befreien, dann können wir die Burg übernehmen und fliehen.«

»Du kannst sie genauso wenig befreien, wie du Lommy retten konntest.« Gendry drehte den Brustharnisch mit der Zange um und musterte ihn sorgfältig. »Und falls wir fliehen könnten, wohin sollten wir gehen?«

»Nach Winterfell«, antwortete sie sofort. »Ich würde Mutter erzählen, wie du mir geholfen hast, und du könntest bleiben und –«

»Würde M'lady das gestatten? Dürfte ich die Pferde für Euch beschlagen und Schwerter für Eure Hohen Brüder schmieden?«

Manchmal machte er sie rasend. »Hör auf damit!«

»Warum soll ich meine Füße und Hände riskieren, damit ich hinterher statt in Harrenhal in Winterfell schwitze? Kennst du den alten Ben Schwarzdaumen? Er ist als Junge hierher gekommen. Hat für Lady Whent geschmiedet, und davor für ihren Vater und sogar für Lord Lothston, der vor den Whents Harrenhal besessen hat. Jetzt steht er in Lord Tywins Diensten, und weißt du, was er sagt? Ein Schwert ist ein Schwert, ein Helm ein Helm, und wenn du ins Feuer greifst, verbrennst du dich, egal, wem du dienst. Lucan ist ein ganz anständiger Meister. Ich bleibe hier.«

»Dann wird dich die Königin erwischen. Ben Schwarzdaumen hat sie schließlich keine Goldröcke hinterhergeschickt!«

»Wahrscheinlich wollte sie auch mich nicht.«

»Doch, und das weißt du selbst auch sehr gut. Du bist *irgendwer.*«

»Ich bin ein Lehrling des Schmiedehandwerks, und eines Tages werde ich ein Meister der Waffenschmiedekunst sein ... wenn ich nicht davonlaufe und mir die Füße abhacken lasse oder sogar umgebracht werde.« Er wandte sich von ihr ab, nahm seinen Hammer und schlug auf das Metall ein.

Hilflos ballte Arya die Hände zu Fäusten. »Dem nächsten Helm, den du machst, solltest du Eselsohren aufsetzen anstatt Stierhörner!« Sie musste hier verschwinden, sonst würde sie anfangen, auf ihn einzuprügeln. *Wahrscheinlich würde er es gar nicht bemerken, wenn ich es täte. Aber wenn sie herausfinden, wer er ist und ihm den dummen Eselskopf abschlagen, wird es ihm Leid tun, dass er mir nicht geholfen hat.* Ohne ihn war sie sowieso besser dran. Schließlich waren sie seinetwegen in dem Dorf erwischt worden.

Der Gedanke an das Dorf erinnerte sie an den Marsch, an den Lagerraum und den Kitzler. Sie dachte an den kleinen Jungen, der mit einem Morgenstern ins Gesicht geschlagen worden war, an den dummen alten »Alle-für-Joffrey«, an Lommy Grünhand. *Ich war ein Schaf, und dann war ich eine Maus, ich konnte nichts anderes tun, als mich zu verstecken.* Arya kaute auf ihrer Unterlippe herum und überlegte, wann ihr Mut zurückgekehrt war. *Jaqen hat mich wieder mutig gemacht. Er hat mich von einer Maus in einen Geist verwandelt.*

Seit Weeses Tod hatte sie den Mann aus Lorath gemieden. Chiswyck war einfach gewesen, jeder konnte einen Mann vom Wehrgang stoßen, doch Weese hatte seinen hässlichen Hund von klein auf großgezogen, und nur dunkle Magie konnte das Tier gegen seinen Herrn aufgebracht haben. *Yoren hat Jaqen in der schwarzen Zelle entdeckt, genauso wie Rorge und Beißer,* erinnerte sie sich. *Jaqen muss etwas Schreckliches getan haben, und Yoren wusste darüber Bescheid, deshalb hat er ihn in Ketten gehalten.* Wenn der Lorathi ein Zauberer war, könnten Rorge und Beißer Dämonen aus der Hölle sein.

Jaqen schuldete ihr noch einen Tod. In Old Nans Geschichten über Menschen, denen Zauberwünsche gewährt worden waren, musste man beim dritten Wunsch stets besonders vorsichtig sein, weil es der letzte war. Chiswyck und Weese waren nicht sehr wichtig gewesen. *Der letzte Tod muss zählen*, sagte sich Arya jede Nacht, wenn sie die Namen vor sich hin flüsterte. Jetzt jedoch fragte sie sich, ob das wirklich der Grund war, weshalb sie zögerte. So lange sie mit einem Flüstern töten konnte, brauchte sie sich vor niemandem zu fürchten ... doch nachdem sie den letzten Tod verbraucht hätte, wäre sie wieder eine Maus.

Da Triefauge bereits aufgestanden war, wagte sie es nicht, in ihr Bett zurückzukehren. Weil sie nicht wusste, wo sie sich sonst verstecken sollte, machte sie sich zum Götterhain auf. Der scharfe Geruch der Kiefern und Wachbäume, das weiche Gras und die Erde zwischen ihren Zehen und das Rauschen der Blätter im Wind gefielen ihr. Ein kleiner Bach wand sich durch den Hain, und an einer Stelle hatte das Wasser den Boden unter einem umgestürzten Baum fortgespült.

Dort, unter dem verrottenden Holz und den gespaltenen Ästen, fand sie das Schwert, das sie versteckt hatte.

Gendry war zu stur, um eins für sie zu schmieden, deshalb hatte sie sich selbst eins gemacht, indem sie die Borsten von einem Besen brach. Zwar war die Klinge viel zu leicht und hatte kein anständiges Heft, doch ihr gefiel das zersplitterte, scharfe Ende. Wann immer sie eine freie Stunde hatte, stahl sie sich davon und machte die Übungen, die Syrio sie gelehrt hatte, tänzelte barfuß über das Laub, schlug nach Ästen und trennte Blätter von Zweigen. Manchmal kletterte sie sogar in die Bäume hinauf, tanzte auf den oberen Ästen, hielt sich mit den Zehen an der Rinde fest und schwankte jeden Tag weniger, denn ihr Gleichgewichtssinn kehrte langsam zurück. Die Nacht war die beste Zeit dafür; niemand störte sie des Nachts.

Arya kletterte. Oben im Königreich der Blätter zog sie das Schwert aus der Scheide und vergaß sie alle, Ser Armory und den Mummenschanz und sogar die Männer ihres Vaters. Sie verlor sich in dem Gefühl des rauen Holzes unter ihren Füßen und ließ ihr Schwert durch die Luft zischen. Ein abgebrochener Ast wurde zu Joffrey. Sie schlug auf ihn ein, bis er hinunterfiel. Die Königin und Ser Ilyn und Ser Meryn und der Bluthund waren nur Blätter, doch auch diese tötete sie und zerfetzte sie zu grünen feuchten Schnipseln. Als ihr Arm schließlich ermüdete, setzte sie sich und ließ die Beine von einem Ast hoch oben baumeln, während sie die kühle Luft tief in die Lungen sog und den schrillen Lauten der jagenden Fledermäuse lauschte. Durch den Laubbaldachin konnte sie die knochenweißen Zweige des Herzbaumes sehen. *Vor hier aus sieht er aus wie der in Winterfell.* Wenn er es nur wirklich sein könnte – dann würde sie einfach hinunterklettern und wieder zu Hause sein, und vielleicht würde sie ihren Vater an seinem alten Lieblingsplatz unter dem Wehrholzbaum finden.

Sie schob das Schwert durch den Gürtel und hangelte sich von Ast zu Ast, bis sie wieder unten war. Sie lief zum Wehrholzbaum hinüber, dessen Zweige das Mondlicht silberweiß färbte, während die fünfzackigen roten Blätter in der Nacht schwarz geworden waren. Arya starrte das Gesicht an, das in den Stamm geschnitzt war. Es war ein fürchterliches Antlitz mit verzerrtem Mund und hasserfüllten Augen. Sah so ein Gott aus? Konnten Götter verletzt werden, so wie Menschen auch? *Ich sollte beten,* dachte sie plötzlich.

Arya kniete nieder. Sie war nicht sicher, wie sie anfangen sollte, und faltete zunächst einmal die Hände. *Helft mir, ihr alten Götter,* betete sie still. *Helft mir, diese Männer aus dem Kerker zu befreien, damit wir Ser Armory töten können, und bringt mich zurück nach Winterfell. Macht mich zu einer Wassertänzerin und zu einem Wolf, und lasst mich nie, nie wieder Angst haben.*

Genügte das? Vielleicht müsste sie laut beten, damit die alten Götter sie hörten. Oder länger? Manchmal hatte ihr Vater sehr lange gebetet, daran erinnerte sie sich noch. Doch die alten Götter hatten ihm nie geholfen. Bei diesem Gedanken wurde sie wütend. »Ihr hättet ihn retten sollen«, schalt sie den Baum. »Er hat immer zu euch gebetet. Mir ist es egal, ob ihr mir helft oder nicht. Ich glaube, ihr könntet es überhaupt nicht, selbst wenn ihr wolltet.«

»Götter verspottet man nicht, Mädchen.«

Die Stimme erschreckte sie. Sie sprang auf die Füße und zog ihr Holzschwert. Jaqen H'ghar stand so still in der Dunkelheit, dass man ihn mit einem der Bäume hätte verwechseln können. »Der Mann kommt, um einen Namen zu hören. Eins und zwei, und dann folgt drei. Der Mann möchte es hinter sich bringen.«

Arya senkte die zersplitterte Spitze zum Boden. »Woher wusstest du, dass ich hier bin?«

»Der Mann sieht. Der Mann hört. Der Mann weiß.«

Sie beäugte ihn misstrauisch. Hatten die Götter ihn geschickt? »Wie hast du den Hund dazu gebracht, Weese zu töten? Hast du Rorge und Beißer aus der Hölle gerufen? Ist Jaqen H'ghar dein richtiger Name?«

»Manche Menschen haben viele Namen. Wiesel. Arry. *Arya.*«

Sie wich von ihm zurück, bis sie mit dem Rücken zum Herzbaum stand. »Hat Gendry dir das erzählt?«

»Der Mann weiß«, wiederholte er. »Mylady Stark.«

Vielleicht war er die Antwort auf ihre Gebete an die Götter. »Ich brauche dich, damit ich diese Männer aus dem Kerker befreien kann. Diesen Glover und die anderen, sie alle. Wir müssen die Wachen töten und irgendwie die Zelle öffnen –«

»Das Mädchen vergisst«, sagte er ruhig. »Zwei hat sie, drei wurden geschuldet. Wenn eine Wache sterben soll, braucht das Mädchen nur ihren Namen zu sagen.«

»Aber *eine* Wache genügt nicht, wir müssen sie alle töten, um die Zelle zu öffnen.« Arya biss sich heftig auf die Unterlippe, um nicht zu weinen. »Ich möchte, dass du die Nordmänner rettest, so wie ich dich gerettet habe.«

Er blickte mitleidlos auf sie herab. »Drei Leben wurden einem Gott vorenthalten. Drei Leben müssen bezahlt werden. Die Götter verspottet man nicht.« Seine Stimme klang gleichermaßen seidenweich und stahlhart.

»Ich habe sie nicht verspottet.« Sie dachte einen Augenblick nach. »Der Name ... darf ich jeden nennen? Und du wirst ihn töten?«

Jaqen H'ghar neigte den Kopf. »Der Mann hat es gesagt.«

»Jeden?«, hakte sie erneut nach. »Einen Mann, eine Frau, ein kleines Kind, Lord Tywin, den Hohen Septon oder deinen Vater?«

»Der Vater des Mannes ist seit langem tot, aber würde er noch leben und würdest du seinen Namen kennen, würde er auf deinen Befehl sterben.«

»Schwöre es«, verlangte Arya. »Schwöre es bei den Göttern.«

»Bei allen Göttern des Meeres und der Luft und sogar bei denen des Feuers, ich schwöre es.« Er legte die Hand in den Mund des Wehrholzbaumes. »Bei den sieben neuen Göttern und den unzähligen alten, ich schwöre es.«

Er hat geschworen. »Und wenn ich den Namen des Königs nennen würde ...«

»Sprich den Namen, und der Tod wird kommen. Morgen, zur Mondwende oder in einem Jahr, der Tod kommt. Der Mann fliegt nicht wie ein Vogel, aber er setzt einen Fuß vor den anderen, und so ist der Mann eines Tages dort, und ein König stirbt.« Er kniete sich hin, sodass ihre Gesichter auf gleicher Höhe waren. »Das Mädchen kann flüstern, wenn es sich nicht traut, ihn laut auszusprechen. Flüstere ihn jetzt. Ist es *Joffrey?«*

Arya brachte die Lippen dicht an sein Ohr. »Es ist *Jaqen H'ghar.«*

Selbst in der brennenden Scheune, als Flammenwände um ihn herum aufgelodert hatten und er angekettet gewesen war, hatte er nicht so entsetzt gewirkt. »Das Mädchen . . . es macht einen Scherz.«

»Du hast es geschworen. Die Götter haben es gehört.«

»Die Götter haben es gehört.« Plötzlich war ein Messer in seiner Hand, dessen Klinge nicht größer als ihr kleiner Finger war. Ob es für sie oder für ihn bestimmt war, vermochte Arya nicht zu sagen. »Das Mädchen wird weinen. Das Mädchen verliert ihren einzigen Freund.«

»Du bist nicht mein Freund. Ein Freund würde mir helfen.« Sie trat von ihm zurück und balancierte auf dem Fußballen, für den Fall, dass er das Messer nach ihr warf. »Einen *Freund* würde ich niemals töten.«

Jaqens Lächeln kam und ging. »Das Mädchen könnte . . . einen anderen Namen nennen, wenn ein Freund ihm helfen würde?«

»Das Mädchen könnte«, sagte sie, »wenn ein Freund helfen würde.«

Das Messer verschwand. »Komm.«

»Jetzt?« Sie hatte nie gedacht, dass er so rasch handeln würde.

»Der Mann hört den Sand im Stundenglas rieseln. Der Mann wird nicht schlafen, ehe das Mädchen einen bestimmten Namen zurückgenommen hat. Jetzt, böses Kind.«

Ich bin kein böses Kind, dachte sie, *ich bin ein Schattenwolf und der Geist von Harrenhal.* Sie brachte ihren Besenstiel zurück ins Versteck und folgte Jaqen aus dem Götterhain.

Trotz der späten Stunde war Harrenhal noch nicht zur Ruhe gekommen. Vargo Hoats Ankunft hatte die gewohnten Abläufe durcheinander gebracht. Ochsenkarren, Ochsen und Pferde waren vom Hof verschwunden, doch der Bärenkäfig stand noch da. Er war mit starken Ketten an den gewölbten Bogen der Brücke gehängt worden, die den äußeren und den mittleren Hof trennte, und dort schwankte er einen Meter über dem Boden hin und her. Ein Ring aus Fackeln beleuchtete den Bereich. Einige Burschen aus den Stallungen warfen mit Steinen nach dem Bär, der wütend brüllte und knurrte. Auf der anderen Seite des Hofes drang durch eine Tür Licht aus der Halle der Kaserne. Krüge klapperten, und Männer riefen nach mehr Wein. Ein Dutzend Stimmen sangen ein Lied in einer kehligen Sprache, die in Aryas Ohren sehr fremdartig klang.

Sie essen und trinken, bevor sie schlafen gehen, wurde ihr klar. *Triefauge hätte mich bestimmt geweckt, damit ich beim Bedienen helfe. Er wird wissen, dass ich nicht mehr im Bett bin.* Doch vermutlich bediente er selbst die Tapferen Kameraden und die Soldaten von Ser Armory, die sich zu ihnen gesellt hatten. Der Lärm war eine gute Ablenkung.

»Die hungrigen Götter werden heute Nacht einen Festschmaus halten, wenn der Mann dies wirklich tut«, sagte Jaqen. »Süßes Mädchen, freundlich und nett. Nimm den einen Namen zurück, sage einen anderen und beende diesen wahnsinnigen Traum.«

»Nein.«

»Also gut.« Er schien sich damit abgefunden zu haben. »Es wird getan, aber das Mädchen muss gehorchen. Der Mann hat keine Zeit, viel zu reden.«

»Das Mädchen wird gehorchen«, sagte Arya. »Was soll ich tun?«

»Hundert Mann sind hungrig und müssen verpflegt werden, der Lord befiehlt, heiße Brühe zu bringen. Das Mädchen muss in die Küche laufen und es ihrem Pastetenjungen sagen.«

»Brühe«, wiederholte sie. »Wo werde ich dich finden?«

»Das Mädchen wird helfen, die Brühe zu machen und in der Küche warten, bis der Mann kommt. Geh. Lauf.«

Heiße Pastete zog gerade Brot aus dem Ofen, als sie in die Küche platzte, doch er war nicht mehr allein. Man hatte die Köche geweckt, damit sie Essen für Vargo Hoat und seinen Blutigen Mummenschanz zubereiteten. Dienstboten trugen das Brot und die Törtchen davon, die Heiße Pastete gebacken hatte, und während der Oberkoch Scheiben von einem Schinken abschnitt, drehten Küchenjungen Kaninchen an Spießen und Frauen hackten Zwiebeln und Karotten. »Was willst du, Wiesel?«, fragte der Oberkoch, als er sie sah.

»Brühe«, verkündete sie, »Mylord wünscht Brühe.«

Er deutete mit dem Messer auf die schwarzen Eisenkessel, die über dem Feuer hingen. »Was, glaubst du, ist das? Obwohl ich auch reinpissen könnte, dann wäre es für diese Ziege noch immer gut genug. Kann der einem nicht einmal den Nachtschlaf gönnen?« Er spuckte aus. »Nun, du kannst nichts dafür, lauf zurück und sag ihm, die Brühe müsse wenigstens einmal aufkochen.«

»Ich soll hier warten, bis sie fertig ist.«

»Dann steh mir nicht im Weg herum. Am besten mach dich nützlich. Lauf zur Vorratskammer; seine Ziegenschaft wird Butter und Käse wollen. Weck Pia auf und sag ihr, sie soll sich dies eine Mal lieber beeilen, wenn sie ihre Füße behalten will.«

Sie rannte so schnell sie konnte. Pia lag oben auf dem Schlafboden unter einem der Männer vom Blutigen Mummenschanz und stöhnte, doch sie zog sich sofort die Kleider wieder an, als sie Aryas Ruf hörte. Dann füllte sie selbst Körbe mit Buttertöpfen und großen Ecken stinkenden Käses, der in Stoff gewickelt war. »Hier, hilf mir mal dabei«, befahl sie Arya.

»Ich kann nicht. Aber du solltest dich lieber beeilen, sonst lässt dir Vargo Hoat die Füße abschlagen.« Sie sauste davon, ehe Pia sie greifen konnte. Auf dem Weg zurück fragte sie sich, warum keinem der Gefangenen Hände und Füße abgeschlagen worden waren. Möglicherweise fürchtete Vargo Hoat, er könne dadurch Robb wütend machen. Obwohl er nicht aussah wie jemand, der sich vor irgendetwas fürchtete.

Heiße Pastete rührte mit einem langen Holzlöffel in der Brühe, als Arya in die Küche zurückkam. Sie nahm sich einen zweiten Löffel und wollte ihm helfen. Einen Moment lang überlegte sie, ob sie ihm alles erzählen solle, doch dann fiel ihr das Dorf wieder ein, und sie entschied, es nicht zu tun. *Er wird sich doch nur wieder ergeben wollen.*

Dann hörte sie den hässlichen Klang von Rorges Stimme. »*Koch*«, brüllte er, »wir nehmen diese verdammte Brühe mit.« Arya ließ bestürzt den Löffel fallen. *Ich habe ihm nicht befohlen, sie mitzubringen.* Rorge trug seinen Eisenhelm mit dem Nasenschutz, der seine fehlende Nase halb verdeckte. Jaqen und Beißer folgten ihm in die Küche.

»Die verdammte Brühe ist verdammt noch mal noch nicht fertig«, antwortete der Koch. »Sie muss köcheln. Die Zwiebeln haben wir gerade erst reingetan und –«

»Halt den Mund, oder ich schiebe dir einen Spieß in den Arsch und wir hängen dich ein bisschen über das Feuer. Ich sagte Brühe, und ich sagte sofort.«

Beißer zischte nur, riss sich ein Stück Kaninchen vom Spieß und biss mit seinen spitzen Zähnen hinein.

Der Koch gab sich geschlagen. »Dann nehmt die verdammte Brühe mit, aber wenn die Ziege fragt, warum sie so dünn schmeckt, sagt ihm die Wahrheit.«

Beißer leckte sich das Fett von den Fingern, während Jaqen H'ghar sich gepolsterte Handschuhe anzog. Ein zweites Paar reichte er Arya. »Wiesel wird mir helfen.« Die Brühe brodelte vor Hitze, und die Töpfe waren schwer. Arya und Jaqen trugen einen zwischen sich, Rorge schleppte einen allein, und Beißer nahm sogar zwei und zischte vor Schmerz, da er sich an den Griffen verbrannte. Trotzdem ließ er sie nicht fallen. Mit den Töpfen ging es hinaus aus der Küche und über den Hof. Vor der Tür zum Witwenturm waren zwei Wachen postiert. »Was ist das?«, fragte der eine Rorge.

»Ein Topf mit kochender Pisse, willst du welche?«

Jaqen lächelte entwaffnend. »Die Gefangenen müssen essen.«

»Niemand hat irgendetwas davon gesagt, dass –«

Arya schnitt ihm das Wort ab. »Es ist für sie, nicht für dich.«

Die zweite Wache winkte sie durch. »Dann bringt es nach unten.«

Hinter der Tür führte eine Wendeltreppe in den Kerker. Rorge ging voraus, Jaqen und Arya kamen als Letzte. »Das Mädchen wird sich heraushalten«, erklärte er ihr.

Die Stufen endeten in einem feuchten, langen, dunklen und

fensterlosen Steingewölbe. Ein paar Fackeln brannten in Halterungen im vorderen Bereich, wo eine Gruppe von Ser Armorys Leuten um einen verkratzten Holztisch saß, sich unterhielt und mit Spielsteinen spielte. Massive Eisengitter trennten sie von den Gefangenen, die im Dunkeln hockten. Der Duft der Brühe lockte viele ans Gitter.

Arya zählte acht Wachen. Sie rochen die Brühe ebenfalls. »Das ist ja das hässlichste Dienstmädchen, das ich je gesehen habe«, sagte der Hauptmann zu Rorge. »Was ist in den Töpfen?«

»Dein Schwanz und deine Eier. Willst du essen oder nicht?«

Eine der Wachen war auf und ab geschritten, eine zweite hatte am Gitter gestanden und eine dritte mit dem Rücken zur Wand auf dem Boden gesessen, doch bei der Aussicht auf Essen traten sie alle zum Tisch.

»Wurde auch langsam Zeit!«

»Sind das Zwiebeln, die ich da rieche?«

»Verdammt, wir brauchen Schüsseln, Becher, Löffel –«

»Nein, die braucht ihr nicht.« Rorge schüttete die siedend heiße Brühe quer über den Tisch, den Männern mitten in die Gesichter. Jaqen H'ghar tat das Gleiche. Auch Beißer benutzte seine Töpfe als Waffe, indem er sie kreisen und es auf diese Weise im Kerker Suppe regnen ließ. Einer der Töpfe traf den Hauptmann, der gerade aufstehen wollte, an der Schläfe. Der Mann ging wie ein Sandsack zu Boden und rührte sich nicht mehr. Die anderen schrien vor Schmerzen, beteten, oder versuchten davonzukriechen.

Arya drückte sich an die Wand, während Rorge begann, Kehlen durchzuschneiden. Beißer zog es vor, seine Opfer hinter dem Kopf und unter dem Kinn zu packen und ihnen mit einer einzigen Drehung seiner riesigen Pranken das Genick zu brechen. Nur einer Wache gelang es überhaupt, das Schwert zu ziehen. Jaqen wich dem Hieb tänzelnd aus, zog die eigene Klinge, trieb den Mann mit einem Wirbel von Schlägen in eine Ecke und tötete ihn mit einem einzigen Stich ins Herz. Dann kam er mit der vom Herzblut beschmierten Klinge zu Arya und wischte sie an ihrer Schürze ab. »Das Mädchen sollte ebenfalls blutig sein. Dies ist ihr Werk.«

Der Schlüssel zur Zelle hing an einem Haken in der Wand über dem Tisch. Rorge nahm ihn herunter und öffnete die Tür. Der erste Mann, der heraustrat, war der Lord mit der Faust auf dem Überwurf. »Gut gemacht«, sagte er. »Ich bin Robett Glover.«

»Mylord.« Jaqen verneigte sich.

Nachdem die Gefangenen befreit waren, nahmen die Ersten den toten Wachen die Waffen ab und rannten mit Stahl in den Händen die Treppe hinauf. Ihre Kameraden drängten ihnen unbewaffnet hinterher. Alles ging sehr rasch und ohne viele Worte vonstatten. Keiner von ihnen schien noch so schwer verwundet zu sein wie zu dem Zeitpunkt, als Vargo Hoat sie durch das Tor von Harrenhal hereingeführt hatte. »Das mit der Suppe war ausgesprochen schlau«, sagte dieser Glover. »So etwas hatte ich nicht erwartet. War das Lord Hoats Idee?«

Rorge begann zu lachen. Er lachte so heftig, dass ihm der Rotz aus dem Loch flog, wo einst seine Nase gewesen war. Beißer saß auf einem der Toten und hielt dessen schlaffe Hand, während er an den Fingern nagte. Mit den Zähnen zermalmte er krachend die Knochen.

»Wer seid Ihr, Männer?« Eine Falte erschien zwischen Robett Glovers Augenbrauen. »Ihr wart nicht bei Hoat, als er in Lord Boltons Lager kam. Gehört Ihr zu den Tapferen Kameraden?«

Rorge wischte sich den Rotz mit dem Handrücken vom Kinn. »Jetzt gehören wir zu ihnen.«

»Dieser Mann hat die Ehre, Jaqen H'ghar zu sein, einst aus der Freien Stadt Lorath. Die unhöflichen Gefährten des Mannes tragen die Namen Rorge und Beißer. Der Lord wird wohl erkennen, welcher Beißer ist.« Er deutete mit der Hand auf Arya. »Und hier –«

»Ich bin Wiesel«, platzte sie heraus, ehe er verraten konnte, wer sie wirklich war. Sie wollte nicht, dass ihr Name hier ausgesprochen wurde, wo Rorge und Beißer und all diese Fremden ihn hören konnten.

Glover nahm sie kaum zur Kenntnis. »Sehr schön«, sagte er, »dann wollen wir dieses blutige Geschäft zu Ende bringen.«

Oben an der Wendeltreppe lagen die Wachen an der Tür in ihrem eigenen Blut. Nordmannen rannten über den Hof. Arya hörte Rufe. Die Tür zur Halle der Soldaten wurde aufgestoßen, und ein Verwundeter taumelte schreiend heraus. Drei andere rannten ihm nach und brachten ihn mit Speer und Schwert zum Schweigen. Auch am Torhaus wurde gekämpft. Rorge und Beißer rannten mit Glover davon, doch Jaqen H'ghar kniete neben Arya nieder. »Das Mädchen versteht nicht?«

»Doch, ich verstehe«, antwortete sie, obwohl sie es eigentlich nicht richtig begriff.

Der Lorathi hatte es ihr offenbar angesehen. »Die Ziege kennt keine Treue. Bald wird ein Wolfsbanner hier gehisst, denke ich. Aber zuerst möchte der Mann, dass ein bestimmter Name zurückgenommen wird.«

»Ich nehme den Namen zurück.« Arya biss sich auf die Unterlippe. »Habe ich immer noch einen dritten Tod?«

»Das Mädchen ist gierig.« Jaqen berührte eine der toten Wachen und zeigte ihr die blutigen Finger. »Hier ist die Drei und dort die Vier, und unten liegen noch acht. Die Schuld ist bezahlt.«

»Die Schuld ist bezahlt«, stimmte Arya widerwillig zu. Sie war ein bisschen traurig. Jetzt war sie wieder eine Maus.

»Dem Gott wurde Genüge getan. Und jetzt muss der Mann sterben.« Ein eigentümliches Lächeln machte sich auf Jaqen H'ghars Lippen breit.

»*Sterben?*«, fragte sie verwirrt. Was meinte er damit? »Aber ich habe den Namen zurückgenommen. Du brauchst nicht mehr zu sterben.«

»Doch. Meine Zeit ist um.« Jaqen strich sich mit der Hand von der Stirn zum Kinn über das Gesicht, und wo seine Hand vorbeikam, *verwandelten* sich seine Züge. Seine Wangen wurden voller, seine Augen rückten enger zusammen, seine Nase wurde zur Hakennase, auf der rechten Wange tauchte plötzlich eine Narbe auf, wo die Haut zuvor glatt gewesen war. Und als er den Kopf schüttelte, verschwand sein halb rotes und halb weißes langes glattes Haar und enthüllte einen schwarzen Lockenkopf.

Arya stand der Mund offen. »Wer bist du?«, flüsterte sie, und vor

Erstaunen verspürte sie keine Angst. »Wie hast du das gemacht? War das schwer?«

Er grinste und zeigte dabei einen glänzenden Goldzahn. »Nicht schwerer, als einen neuen Namen anzunehmen, wenn man weiß, wie es geht.«

»Zeig es mir«, platzte sie heraus. »Ich möchte das auch können.«

»Wenn du es lernen willst, musst du mit mir kommen?«

Arya zögerte. »Wohin?«

»Weit, weit fort, bis jenseits der Meerenge.«

»Das kann ich nicht. Ich muss nach Hause. Nach Winterfell.«

»Dann trennen sich unsere Wege«, sagte er, »denn ich habe Pflichten zu erfüllen.« Er nahm ihre Hand und legte eine kleine Münze hinein. »Hier.«

»Was ist das?«

»Eine Münze von großem Wert.«

Arya biss darauf. Sie war so hart, dass es sich nur um Eisen handeln konnte. »Ist sie genug wert, um ein Pferd zu kaufen?«

»Sie ist nicht dazu bestimmt, Pferde zu kaufen.«

»Und wofür ist sie dann gut?«

»Du kannst genauso gut fragen, wofür das Leben gut ist, und wofür der Tod. Sollte der Tag kommen, an dem du nach mir suchst, gib diese Münze irgendeinem Mann aus Braavos und sag die folgenden Worte zu ihm – *valar morghulis.*«

»*Valar morghulis*«, wiederholte Arya. Das war nicht schwer. Sie schloss die Finger um die Münze. Auf der anderen Seite des Hofes hörte sie Männer sterben. »Bitte geh nicht, Jaqen.«

»Jaqen ist genauso tot wie Arry«, sagte er traurig, »und es gibt Versprechen, die ich einhalten muss. *Valar morghulis,* Arya Stark. Wiederhole es noch einmal.«

»*Valar morghulis*«, sagte sie erneut, und der Fremde in Jaqens Kleidung verneigte sich vor ihr und schritt durch die Dunkelheit davon. Sie war allein mit den Toten. *Sie hatten den Tod verdient,* redete sich Arya ein und erinnerte sich an all die Menschen, die Ser Armory Lorch in dem Bergfried am See umgebracht hatte.

Der Keller unter dem Königsbrandturm war verlassen, als sie zu ihrem Strohbett zurückkehrte. Sie flüsterte die Namen in ihr Kissen, und nachdem sie damit fertig war, fügte sie mit leiser Stimme »*Valar morghulis*« hinzu und fragte sich, was es wohl bedeutete.

Im Morgengrauen waren Triefauge und die anderen wieder da, alle außer einem Jungen, der aus irgendeinem Grund bei den Kämpfen ums Leben gekommen war. Triefauge ging allein nach oben, um zu schauen, wie die Dinge bei Tageslicht besehen standen, und klagte den ganzen Weg nach oben darüber, wie beschwerlich die Stufen für seine alten Knochen waren. Bei seiner Rückkehr erklärte er ihnen, Harrenhal sei gefallen. »Dieser Blutige Mummenschanz hat einen von Ser Armorys Männern im Bett und den Rest am Tisch getötet, als sie betrunken waren. Der neue Lord wird noch vor Tagesende mit seinem Heer hier eintreffen. Er stammt aus dem wilden Norden, wo die Mauer ist, und es heißt, er sei ein harter Kerl. Ob nun dieser Lord oder jener Lord, die Arbeit muss getan werden. Wer Unfug anstellt, dem ziehe ich das Fell ab.« Er sah Arya an, während er das sagte, doch er fragte sie nicht, wo sie sich in der vergangenen Nacht herumgetrieben hatte.

Den ganzen Morgen über beobachteten sie die Männer des Blutigen Mummenschanzes dabei, wie sie den Toten ihre Habseligkeiten abnahmen und die Leichen auf den Fließsteinhof schleppten, wo ein Scheiterhaufen aufgeschichtet wurde, um sich ihrer zu entledigen. Shagwell der Narr hackte zwei toten Rittern die Köpfe ab, schwenkte sie an den Haaren, tanzte mit ihnen durch die Burg und ließ sie miteinander reden. »Woran seid Ihr gestorben?«, fragte der eine Kopf. »An heißer Wieselsuppe«, antwortete der Zweite.

Arya bekam den Auftrag, das getrocknete Blut aufzuwischen. Niemand sagte mehr zu ihr als sonst, doch häufig bemerkte sie, wie die Leute sie eigentümlich anstarrten. Robett Glover und die anderen Männer, die sie befreit hatten, mussten erzählt haben, was im Kerker passiert war, und dann hatte Shagwell mit seinen dummen sprechenden Köpfen von der Wieselsuppe angefangen. Sie hätte ihm gesagt, er solle damit aufhören, doch sie hatte Angst. Der Narr war halb wahnsinnig, und sie hatte gehört, dass er einmal einen Mann umgebracht hatte, weil dieser nicht über seine Scherze gelacht hatte. *Er sollte lieber den Mund halten, sonst setze ich ihn auch auf meine Liste,* dachte sie und schrubbte an den rötlich braunen Flecken herum.

Es war schon fast Abend, als der neue Herr von Harrenhal eintraf. Er hatte ein schlichtes, bartloses Gesicht, in dem allenfalls die seltsam hellen Augen auffielen. Er war weder dick noch dünn noch muskulös, trug ein schwarzes Panzerhemd und einen fleckigen rosafarbenen Umhang. Das Wappen auf seinem Banner sah wie ein Mann aus, der in Blut getaucht worden war. » Auf die Knie vor dem Lord von Dreadfort!«, rief sein Knappe, ein Junge in Aryas Alter, und Harrenhal kniete nieder.

Vargo Hoat trat vor. »Mylord, Harrenhal ift Euer.«

Der Lord antwortete, doch zu leise, als dass Arya ihn hätte verstehen können. Robett Glover und Ser Aenys Frey gesellten sich, frisch gebadet und in neuen Kleidern, zu ihnen. Sie redeten kurz miteinander, dann führte Ser Aenys sie zu Rorge und Beißer. Arya war überrascht, dass die beiden noch hier waren; irgendwie hatte sie erwartet, sie würden mit Jaqen verschwinden. Arya hörte Rorges scharfe Stimme, verstand jedoch abermals nicht, was gesagt wurde. Dann tänzelte Shagwell auf sie zu und zerrte sie hinaus auf den Hof. »Mylord, Mylord«, sagte er und zog sie am Handgelenk, »hier ist das Wiesel, das die Suppe gekocht hat.«

»Lass mich los«, rief Arya und entwand sich seinem Griff.

Der Lord betrachtete sie. Dabei bewegten sich nur seine Augen; sie waren sehr hell und hatten die Farbe von Eis. »Wie alt bist du, Kind?«

Sie musste einen Moment lang überlegen. »Zehn.«

»Zehn, *Mylord*«, erinnerte er sie. »Magst du Tiere?«

»Manche, Mylord.«

Ein dünnes Lächeln trat auf seine Lippen. »Aber keine Löwen, scheint mir. Und keine Mantikors.«

Sie wusste nicht, was sie erwidern sollte, also schwieg sie.

»Man hat mir gesagt, du heißt Wiesel. Das wird nicht genügen. Welchen Namen hat dir deine Mutter gegeben?«

Sie biss sich auf die Lippe und suchte nach einem anderen

Namen. Lommy hatte sie Klumpkopf genannt und Sansa Pferdegesicht, doch das waren wohl kaum Namen, wie sie der Lord von ihr erwartete.

»Nymeria«, sagte sie. »Und sie hat mich Nan genannt.«

»Du wirst mich mit *Mylord* anreden, wenn du mit mir sprichst, Nan«, sagte der Lord milde. »Um ein Tapferer Kamerad zu sein, bist du zu jung, denke ich, und außerdem gehörst du zum falschen Geschlecht. Hast du Angst vor Blutegeln, Kind?«

»Nein, das sind doch nur Egel. Mylord.«

»Mein Knappe könnte sich von dir eine Scheibe abschneiden, scheint mir. Häufige Behandlung mit Blutegeln ist das Geheimnis eines langen Lebens. Man muss sich vom schlechten Blut reinigen. Das wirst du tun, denke ich. So lange ich in Harrenhal bleibe, Nan, wirst du mein Mundschenk sein und mich bei Tische und in meinen Gemächern bedienen.«

Diesmal wusste sie es besser, als zu sagen, sie würde lieber im Stall arbeiten. »Ja, Euer Lord. Ich meine, Mylord.«

Der Lord entließ sie mit einer Geste. »Richtet sie anständig her«, sagte er zu niemandem im Besonderen, »und bringt ihr bei, wie man Wein einschenkt, ohne ihn zu verschütten.« Er wandte sich ab, hob die Hand und fügte noch hinzu: »Lord Hoat, kümmert Euch um die Banner oben auf dem Torhaus.«

Vier Tapfere Kameraden stiegen zu den Wehrgängen hinauf und holten den Löwen der Lannisters und Ser Armorys schwarzen Mantikor ein. An ihrer Stelle hisste man den gehäuteten Mann von Dreadfort und den Schattenwolf der Starks. Und an diesem Abend schenkte ein Page namens Nan Roose Bolton und Vargo Hoat Wein ein, während sie auf der Galerie standen und den Tapferen Kameraden zuschauten, die Ser Armory Lorch nackt durch den mittleren Hof trieben. Ser Armory bettelte und schluchzte und warf sich seinen Peinigern zu Füßen, bis Shagwell ihn in die Bärengrube stieß.

Der Bär ist ganz schwarz, dachte Arya. *Wie Yoren.* Sie füllte Roose Boltons Becher und vergoss keinen Tropfen.

DAENERYS

In dieser Stadt des Prunks hatte Dany vom Haus der Unsterblichen erwartet, dass es das prächtigste Gebäude von allen sein müsste, doch als sie aus ihrem Palankin stieg, stand sie vor einer alten grauen Ruine.

Lang und niedrig war sie, hatte weder Türme noch Fenster, und wand sich einer steinernen Schlange gleich durch ein Wäldchen aus Bäumen mit schwarzer Rinde, aus deren tintenblauen Blättern jener Zaubertrank bereitet wurde, den die Qarthener den *Schatten des Abends* nannten. Kein anderes Gebäude stand in der Nähe. Schwarze Ziegel bedeckten das Dach des Palastes, viele waren heruntergefallen oder zerbrochen; der Mörtel zwischen den Steinen bröckelte. Nun begriff sie, warum Xaro Xhoan Daxos ihn den Palast des Staubes genannt hatte. Sogar Drogon schien dieser Anblick zu beunruhigen. Der schwarze Drache zischte, und Rauch trat zwischen seinen scharfen Zähnen hervor.

»Blut von meinem Blute«, sagte Jhogo in Dothraki, »dies ist ein böser Ort, ein Hort der Geister und der *maegi*. Siehst du, wie er die Morgensonne verschluckt? Lass uns gehen, bevor er auch uns verschluckt.«

Ser Jorah kam zu ihr. »Was für Macht können sie schon haben, wenn sie in so etwas leben?«

»Achtet die Weisheit jener, die Euch am meisten lieben«, sagte Xaro Xhoan Daxos, der im Palankin blieb. »Hexenmeister sind verbitterte Kreaturen, die Staub fressen und Schatten trinken. Sie werden Euch nichts geben. Sie haben nichts zu geben.«

Aggo legte die Hand auf seinen *arakh*. »*Khaleesi*, man sagt, viele gehen in den Palast des Staubes, doch nur wenige kommen wieder heraus.«

»So sagt man«, stimmte Jhogo zu.

»Wir sind Blut von deinem Blut«, sagte Aggo, »wir haben geschworen, mit dir zu leben oder zu sterben. Lass uns mit dir diesen finsteren Ort betreten, damit wir dich vor allen Gefahren beschützen können.«

»Es gibt manche Orte, an die selbst ein *khal* ganz allein gehen muss«, erwiderte Dany.

»Nehmt wenigstens mich mit«, drängte Ser Jorah. »Das Risiko –«

»Königin Daenerys darf nur allein eintreten oder gar nicht.« Der Hexenmeister Pyat Pree kam unter den Bäumen hervor. *War er schon die ganze Zeit dort*, fragte sich Dany. »Sollte sie jetzt umkehren, werden die Türen der Weisheit ihr für alle Zeiten verschlossen bleiben.«

»Meine Lustbarke wartet noch immer auf Euch«, rief Xaro Xhoan Daxos. »Lasst von diesem Unsinn ab, oh sturköpfigste aller Königinnen. Ich habe Flötenspieler, die Eure gepeinigte Seele mit ihrer süßen Musik trösten werden, und ein kleines Mädchen, dessen feine Stimme Euch dahinschmelzen lässt und Euch Seufzer entlockt.«

Ser Jorah Mormont warf dem Kaufmann einen säuerlichen Blick zu. »Euer Gnaden, erinnert Euch an Mirri Max Duur.«

»Das tue ich«, sagte Dany, plötzlich sehr entschieden. »Ich erinnere mich an ihr Wissen. Und sie war nur eine *maegi*.«

Pyat Pree lächelte dünn. »Das Kind spricht so weise wie ein altes Weib. Nehmt meinen Arm, und lasst mich Euch führen.«

»Ich bin kein Kind.« Trotzdem nahm Dany den angebotenen Arm.

Unter den Bäumen war es dunkler, als sie vermutet hatte, und der Weg war weiter. Obwohl der Pfad von der Straße zur Tür des Palastes geradeaus zu führen schien, bog Pyat Pree bald ab. Sie fragte ihn nach dem Grund, und der Hexenmeister antwortete: »Der vordere Eingang führt hinein, aber niemals wieder heraus. Achtet auf meine Worte, meine Königin. Das Haus der Unsterblichen wurde nicht für die sterblichen Menschen erschaffen. Falls Ihr Eure Seele schätzt, passt gut auf und tut genau das, was ich Euch sage.«

»Das werde ich tun«, versprach Dany.

»Sobald Ihr eintretet, werdet Ihr Euch in einem Raum mit vier

Türen wieder finden: die eine, durch die Ihr gekommen seid, und drei andere. Wählt die Tür zu Eurer Rechten. Wählt stets die Tür zu Eurer Rechten. Geht niemals abwärts und nehmt keine andere Tür außer der jeweils ersten zu Eurer Rechten.«

»Die Tür zu meiner Rechten«, wiederholte Dany. »Ich verstehe. Und wenn ich hinausgehe, mache ich es dann umgekehrt?«

»Auf keinen Fall«, sagte Pyat Pree. »Kommen und Gehen muss man durch die gleichen Türen. Immer nach oben. Immer die Tür zu Eurer Rechten. Andere Türen werden sich vielleicht für Euch öffnen. Dahinter werdet Ihr Dinge sehen, die Euch beunruhigen. Visionen der Liebe, Visionen des Schreckens, Wunder und Gräuel. Klänge und Anblicke vergangener Tage und kommender Tage und Tage, die niemals Wirklichkeit werden. Bewohner und Diener werden Euch vielleicht ansprechen. Antwortet ihnen oder auch nicht, ganz wie Ihr wünscht, doch *betretet keinen Raum*, bis Ihr den Audienzsaal erreicht habt.«

»Ich verstehe.«

»Wenn Ihr im Saal der Unsterblichen angekommen seid, übt Euch in Geduld. Unsere kleinen Leben bedeuten ihnen kaum mehr als das Flattern einer Motte. Hört genau zu, schreibt Euch jedes Wort ins Herz.«

Als sie die Tür erreichten – ein hoher ovaler Eingang, der dem Gesicht eines Menschen ähnelte –, wartete dort der kleinste Zwerg, den Dany je gesehen hatte. Er reichte ihr kaum bis zum Knie, sein Gesicht war verkniffen und wie eine Schnauze verzogen, doch er war in eine wunderschöne Livree aus Purpur und Blau gekleidet, und seine winzigen rosigen Hände hielten ein silbernes Tablett. Darauf stand ein schlankes Kristallglas, das mit einer zähen blauen Flüssigkeit gefüllt war: *Schatten des Abends*, der Wein der Hexenmeister. »Nehmt und trinkt«, drängte Pyat Pree.

»Werden meine Lippen davon blau werden?«

»Ein einziges Glas wird Euch nur Augen und Ohren öffnen, damit Ihr die Wahrheiten, die vor Euch ausgebreitet werden, sehen und hören könnt.«

Dany setzte das Glas an die Lippen. Der erste Schluck schmeckte wie Tinte und verdorbenes Fleisch, doch nachdem sie geschluckt hatte, schien der Trunk in ihr zum Leben zu erwachen. Sie spürte, wie er sich Tentakeln gleich in ihrer Brust ausbreitete und mit Fingern aus Feuer ihr Herz umklammerte, und der Geschmack auf ihrer Zunge war wie Honig und Anis und Sahne, wie Muttermilch und Drogos Samen, wie rotes Fleisch und heißes Blut und geschmolzenes Gold. Es war wie jeder Geschmack, den sie je kennen gelernt hatte, und gleichzeitig wie keiner von ihnen ... und dann war das Glas leer.

»Jetzt dürft Ihr eintreten«, sagte der Hexenmeister. Dany stellte das Glas zurück auf das Tablett und ging hinein.

Sie fand sich in einem steinernen Vorraum mit vier Türen wieder, jeweils eine an jeder Wand. Ohne zu zögern ging sie auf die rechte Tür zu. Der zweite Raum war ein genaues Abbild des ersten. Abermals trat sie durch die rechte Tür. Als sie diese aufdrückte, stand sie erneut vor einem Vorraum mit vier Türen. *Ich bin mitten in einem Zauber.*

Der vierte Raum war mehr oval als viereckig, und die Wände waren mit wurmstichigem Holz getäfelt. Sechs Gänge führten an Stelle von bisher vieren hinaus. Dany wählte den rechts von ihr und betrat einen langen, dunklen Gang mit hoher Decke. Entlang der rechten Wand brannten einige Fackeln und erzeugten ein rauchiges orangefarbenes Licht, doch die Türen waren alle auf der linken Seite. Drogon breitete die schwarzen Flügel aus und flatterte in die abgestandene Luft. Er flog sechs Meter weit, bis er mit einem unwürdigen Plumps auf dem Boden landete. Dany folgte ihm.

Der verschimmelte Teppich unter ihren Füßen musste einst in prächtigen Farben geleuchtet haben, und noch immer sah man zwischen dem ausgeblichenen Grau und dem fleckigen Grün Goldfäden in dem Stoff glitzern. Die Überreste dämpften ihre Schritte, doch das war nicht nur zu Danys Bestem, denn sie konnte Geräusche im Innern der Wände hören, leises Scharren und Krabbeln, das sie an Ratten erinnerte. Drogon bemerkte es ebenfalls. Sein Kopf folgte den Geräuschen und als sie stehen blieben, stieß er einen wütenden Schrei aus. Andere, noch beunruhigendere Geräusche drangen durch die geschlossenen Türen. Eine davon bebte und polterte, als versuche jemand, sie aufzubrechen. Aus der Nächsten hörte man ein dissonantes Pfeifen, bei dem der Drache den Schwanz von einer Seite zur anderen schlug. Rasch eilte Dany vorbei.

Nicht alle Türen waren geschlossen. *Ich werden nicht hineingehen*, redete sie sich ein, doch die Versuchung war groß.

In einem Raum lag eine wunderschöne nackte Frau auf dem Boden und wurde von vier kleinen Männern bestiegen. Sie hatten rattenartige spitze Gesichter und winzige rosafarbene Hände wie der Diener, der ihr den *Schatten des Abends* gebracht hatte. Einer mühte sich zwischen ihren Beinen ab. Ein zweiter misshandelte ihre Brüste und biss und saugte an den Warzen herum.

Ein Stück weiter sah sie einen Festschmaus von Leichen. Auf üble Weise hingemetzelt lagen die Gäste über umgestoßenen Stühlen und zerschlagenen Tischen oder in Lachen von geronnenem Blut. Manche hatten Glieder, einige sogar den Kopf eingebüßt. Abgetrennte Hände umklammerten Kelche, hölzerne Löffel, gebratene Hühner, Brotstücke. Auf einem Thron über der Szene saß ein toter Mann mit dem Kopf eines Wolfes. Er trug eine eiserne Krone und hielt in der einen Hand eine Lammkeule wie ein Zepter. Sein Blick folgte Dany mit stummem Flehen.

Sie floh vor ihm, doch nur bis zur nächsten Tür. *Diesen Raum kenne ich,* dachte sie. An diese großen Holzbalken und die geschnitzten Tiergesichter darin erinnerte sie sich. Und draußen vor dem Fenster wuchs ein Zitronenbaum! Der Anblick erfüllte ihr Herz mit Sehnsucht. *Das ist das Haus mit der roten Tür, das Haus in Braavos.* Gerade hatte sie es gedacht, da trat der alte Ser Willem ein und stützte sich schwer auf seinen Gehstock. »Meine kleine Prinzessin«, sagte er mit seiner knurrigen, freundlichen Stimme. »Kommt. Kommt zu mir, Mylady, Ihr seid zu Hause, in Sicherheit.« Seine große faltige Hand griff nach ihr, weich wie altes Leder, und Dany wollte sie nehmen und fest halten und küssen, sie wollte es mehr als alles andere je zuvor. Schon schob sie den Fuß vor, und dann schoss es ihr durch den Kopf: *Er ist tot, er ist tot, der liebe alte Bär, er ist vor langer, langer Zeit gestorben.* Sie wich zurück und rannte davon.

Der lange Gang führte sie weiter und weiter und weiter, endlos folgte Tür auf Tür auf der linken und Fackel auf Fackel auf der rechten Seite. Sie lief an mehr Türen vorbei, als sie zählen konnte, geschlossenen und offenen, Türen aus Holz und Türen aus Eisen, mit Schnitzwerk verzierten und glatten Türen, Türen mit Knauf und Türen mit Riegeln und Türen mit Klopfern. Drogon schlug auf ihren Rücken ein und drängte sie weiter, und Dany rannte, bis sie nicht mehr konnte.

Endlich erschien auf der linken Seite eine große Doppeltür aus Bronze, die riesiger war als alle bisherigen. Die beiden Flügel schwangen auf, und Dany blieb stehen und schaute hinein. Dahinter lag eine höhlenartige Steinhalle, die größte, die sie je gesehen hatte. Von den Wänden starrten sie die Schädel toter Drachen an. Auf einem hoch aufragenden Thron voller scharfer Spitzen saß ein alter Mann in prächtigen Gewändern mit dunklen Augen und silbergrauem Haar. »Soll er doch König über verkohlte Knochen und gekochtes Fleisch sein«, sagte er zu einem Mann, der unter ihm stand. »Soll er doch König der Asche sein.« Drogon kreischte, und seine Krallen bohrten sich durch Seide und Haut, doch der König auf dem Thron hörte nichts, und Dany ging weiter.

Viserys, war ihr erster Gedanke, als sie das nächste Mal zögerte, auf den zweiten Blick musste sie sich allerdings berichtigen. Der Mann hatte das gleiche Haar wie ihr Bruder, doch er war größer, und seine Augen waren eher dunkel indigofarben denn violett. »Aegon«, sagte er zu einer Frau, die ein Neugeborenes in einem großen Holzbett stillte. »Welcher Name wäre für einen König besser geeignet?«

»Wirst du ein Lied für ihn verfassen?«, fragte die Frau.

»Er hat schon ein Lied«, erwiderte der Mann. »Er ist der Prinz, der verheißen wurde, und sein ist das Lied von Eis und Feuer.« Er blickte auf, als er dies sagte, und sein Blick traf Danys, und es schien, als könnte er sie dort jenseits der Tür stehen sehen. »Es muss noch einen geben«, fuhr er fort, und ob er zu ihr sprach oder zur der Frau in dem Bett, vermochte sie nicht zu sagen. »Der Drache hat drei Köpfe.« Er ging zum Fenster, nahm eine Harfe und strich mit den

Fingern sanft über die silbernen Saiten. Süße Traurigkeit erfüllte den Raum, derweil Mann und Frau und Säugling sich wie Morgennebel auflösten, nur die Musik blieb, während Dany eilig ihren Weg fortsetzte.

Ihr schien es, dass sie eine weitere Stunde gegangen war, ehe der lange Gang schließlich an einer steilen Steintreppe endete, die sich in der Dunkelheit verlor. Jede Tür, ob offen oder geschlossen, hatte sich auf der linken Seite befunden. Dany blickte hinter sich zurück. Die Fackeln erloschen, bemerkte sie erschrocken. Vielleicht zwanzig, höchstens dreißig brannten noch. Eine Flamme erstarb gerade flackernd, während Dany zusah, und die Finsternis kroch wieder ein wenig weiter auf sie zu. Und während sie lauschte, hatte sie das Gefühl, es würde noch etwas anderes näher kommen, etwas, das sich schlurfend über den alten Teppich schleppte. Angst erfüllte sie. Sie konnte nicht zurück, sie fürchtete sich, hier zu bleiben, doch wohin sollte sie gehen? Zu ihrer Rechten gab es keine Tür, und die Treppe führte nach unten, nicht nach oben.

Und schon erlosch die nächste Fackel, während sie nachdachte, und die unheimlichen Geräusche wurden ein wenig lauter. Drogon streckte den Hals, schrie, und Dampf trat zwischen seinen Zähnen hervor. *Er hört es ebenfalls.* Dany wandte sich der kahlen Wand zu. *Gibt es vielleicht eine Geheimtür, eine Tür, die ich nicht sehen kann?* Die nächste Fackel ging aus. Und wieder eine. *Die erste Tür auf der rechten Seite, hatte er gesagt, immer nur die erste Tür auf der rechten Seite. Die erste Tür auf der rechten Seite ...*

Plötzlich dämmerte es ihr. *... ist die letzte Tür auf der Linken!*

Sie eilte hindurch und betrat einen weiteren Raum mit vier Türen. Sie wählte die rechte und wieder die rechte und erneut die rechte, ging durch die rechte, durch die rechte, durch die rechte, bis ihr schwindlig wurde und sie keine Luft mehr bekam.

Als sie stehen blieb, befand sie sich abermals in einer feuchten Steinkammer ... nur diesmal war die Tür ihr gegenüber rund und geformt wie eine offener Mund, und Pyat Pree stand draußen im Gras unter den Bäumen. »Sind die Unsterblichen schon mit Euch fertig?«, fragte er ungläubig.

»Schon?«, fragte sie verwirrt zurück. »Ich bin stundenlang gelaufen und habe sie immer noch nicht gefunden.«

»Dann seid Ihr falsch abgebogen. Kommt, ich werde Euch führen.« Pyat hielt ihr die Hand hin.

Dany zögerte. Zu ihrer Rechten war eine geschlossene Tür ...

»Dort geht es nicht entlang«, sagte Pyat Pree drängend und verzog die blauen Lippen missbilligend. »Die Unsterblichen werden nicht ewig warten.«

»Unsere kleinen Leben bedeuten ihnen nicht mehr als das Flakkern einer Motte«, erinnerte sich Dany.

»Starrsinniges Kind. Ihr werdet Euch verirren und nie wieder herausfinden.«

Sie schritt auf die Tür zu ihrer Rechten zu.

»Nein«, schrie Pyat. »Nein, zu mir, kommt zu mir, zu miiiiir.« Sein Gesicht fiel in sich zusammen und verwandelte sich in etwas Bleiches und Wurmartiges.

Dany ließ ihn hinter sich zurück, betrat ein Treppenhaus, und stieg die Stufen hinauf. Schon bald schmerzten ihre Beine. Sie erinnerte sich daran, dass das Haus der Unsterblichen von außen keine Türme gehabt zu haben schien.

Endlich erreichte sie die letzte Stufe. Rechts von ihr stand eine breite, zweiflügelige Holztür offen. Sie war aus Ebenholz und Wehrholz, und die schwarze und weiße Maserung war zu eigenartigen, verwobenen Mustern verschlungen. Sehr hübsch, und doch irgendwie beängstigend. *Das Blut des Drachen fürchtet sich nicht.* Dany sprach ein Gebet und bat den Krieger um Mut und den Pferdegott der Dothraki um Kraft. Dann schritt sie voran.

Hinter der Tür befand sich eine große Halle voller prachtvoller Zauberer. Manche trugen Roben aus Hermelin, rubinfarbenem Samt oder Goldstoff. Andere hatten erlesene, mit Edelsteinen verzierte Rüstungen angelegt oder hohe spitze, mit Steinen besetzte Hüte aufgesetzt. Auch Frauen befanden sich unter ihnen, die Kleider von unglaublichem Liebreiz trugen. Sonnenstrahlen fielen durch Buntglasfenster herein, und der ganze Raum hallte von der wunderschönsten Musik wieder, die sie je gehört hatte.

Ein königlicher Mann in edlen Gewändern erhob sich, als er sie bemerkte, und lächelte. »Daenerys aus dem Hause Targaryen, seid willkommen. Kommt und teilt mit uns die Speise der Unendlichkeit. Wir sind die Unsterblichen von Qarth.«

»Lange haben wir Euch schon erwartet«, sagte die Frau neben ihm, die in Rosa und Silber gewandet war. Die eine Brust, die sie nach Art der Qarthener entblößt hatte, war so vollkommen, wie man es sich nur vorzustellen vermochte.

»Wir wussten, dass Ihr zu uns kommen würdet«, fuhr der Zaubererkönig fort. »Schon vor tausend Jahren wussten wir es, und seitdem warten wir auf Euch. Wir haben einen Kometen geschickt, der Euch den Weg weisen sollte.«

»Wir möchten unser Wissen mit Euch teilen«, sagte ein Krieger in glänzender smaragdfarbener Rüstung, »und Euch mit magischen Waffen ausrüsten. Ihr habt alle Prüfungen bestanden. Jetzt setzt Euch zu uns, und jede Eurer Fragen soll beantwortet werden.«

Sie trat einen Schritt vor. Doch dann sprang Drogon von ihrer Schulter, flog auf die Tür aus Ebenholz und Wehrholz, hockte sich dort nieder und begann in das geschnitzte Holz zu beißen.

»Ein eigenwilliges Tier«, sagte ein stattlicher junger Mann lachend. »Sollen wir Euch die geheime Sprache der Drachen lehren? Kommt, kommt.«

Zweifel erfüllte sie. Die große Tür war so schwer, dass Dany ihre ganze Kraft aufbringen musste, um sie zu bewegen, doch schließlich schwang sie langsam auf. Dahinter befand sich eine verborgene zweite Tür. Sie war aus grauem altem Holz, gesprungen und von einfacher Machart . . . doch sie befand sich rechts von der Tür, durch die sie eingetreten war. Die Zauberer lockten sie mit Stimmen, die süßer waren als jedes Lied. Sie rannte von ihnen fort, und Drogon flog zu ihr zurück. Durch die kleine Tür betrat sie eine dunkle Kammer.

Ein langer Steintisch füllte den Raum aus. Darüber schwebte ein menschliches Herz, aufgedunsen und schwarz vor Verwesung, und trotzdem noch immer am Leben. Es schlug in schwerem Rhythmus und mit donnerndem Klang, und bei jedem Pulsen leuchtete es indigofarben auf. Die Gestalten um den Tisch herum nahm sie nur als blaue Schemen wahr. Als Dany zu dem leeren Stuhl an der vorderen Stirnseite des Tisches trat, rührten sie sich nicht, sprachen nicht und wandten sich ihr nicht zu. Außer dem tiefen, langsamen Schlag des verrottenden Herzens war kein Laut zu hören.

... Mutter der Drachen ... sagte eine Stimme, halb Flüstern, halb Stöhnen ... *Drachen ... Drachen ... Drachen ...* wiederholten andere Stimmen in der Dunkelheit. Einige gehörten Männern, andere Frauen. Eine sprach im Tonfall eines Kindes. Das schwebende Herz pulsierte von Dämmerlicht zu Dunkelheit. Es war schwer, den Mut zum Sprechen aufzubringen, sich an die Worte zu erinnern, die sie sich so gewissenhaft eingeprägt hatte. »Ich bin Daenerys Stormborn aus dem Haus Targaryen, Königin der Sieben Königslande von Westeros.« *Hören sie mich? Warum rühren sie sich nicht?* Sie saß da und faltete die Hände im Schoß. »Gewährt mir Euren Rat und sprecht zu mir mit der Weisheit jener, die den Tod besiegt haben.«

In dem indigofarbenen Dämmerlicht konnte sie die runzligen Züge des Unsterblichen zu ihrer Rechten erkennen, eines alten, alten Mannes voller Falten und ohne Haare. Seine Haut hatte eine tief violette Farbe, seine Lippen und seine Nägel waren sogar noch blauer, so dunkel, dass es fast schon an Schwarz grenzte. Sogar das Weiß seiner Augen war blau. Starr und blind waren diese auf die uralte Frau ihm gegenüber auf der anderen Seite des Tisches gerichtet, deren helles Seidenkleid ihr am Leibe vermoderte. Eine verwelkte Brust war nach Art der Qarthener nackt, und die spitze blaue Warze war hart wie Leder.

Sie atmete nicht. Dany lauschte in die Stille hinein. *Keiner von ihnen atmet, sie bewegen sich nicht und ihre Augen sehen nichts. Sind die Unsterblichen vielleicht tot?*

Die Antwort bestand in einem Flüstern, dünn wie die Schnurrhaare einer Maus. ... *Wir leben ... leben ... leben ...* Myriaden von Stimmen wisperten ... *und wissen ... wissen ... wissen ...*

»Ich bin zu Euch gekommen, um die Gabe der Wahrheit zu erhalten«, sagte Dany. »Die Dinge, die ich in dem langen Gang gesehen habe ... Waren das wirkliche Visionen oder Lügen? Vergangene Ereignisse, oder das Geschehen der Zukunft? Was haben sie zu bedeuten?«

... der Schemen der Schatten ... das Morgen, das noch nicht geschaffen wurde ... trinke vom Becher des Eises ... trinke vom Becher des Feuers ... Mutter der Drachen ... Kind der Drei ...

»Drei?« Sie verstand nicht.

... drei Köpfe hat der Drache ... Der Geisterchor ertönte in ihrem Kopf, obwohl niemand die Lippen und kein Atemhauch die stille blaue Luft bewegte ... *Mutter der Drachen ... Kind des Sturms ...* Das Flüstern wurde zu einem wilden Lied ... *drei Feuer musst du entfachen ... eins für das Leben und eins für den Tod und eins für die Liebe ...* Ihr eigenes Herz schlug nun im Gleichklang mit dem, welches blau und verfault vor ihr schwebte ... *drei Tiere musst du reiten ... eins zum Bett und eins zur Angst und eins zur Liebe ...* Die Stimmen wurden lauter, bemerkte sie, und ihr Herz schien langsamer zu schlagen, sogar ihr Atem verlangsamte sich ... *dreifachen Verrat wirst du erleben ... einen um des Blutes willen und einen um des Goldes willen und einen um der Liebe willen ...*

»Ich ...« Ihre Stimme kam kaum über ein Flüstern hinaus. Was geschah ihr hier? »Ich verstehe nicht«, sagte sie etwas lauter. Warum fiel es ihr so schwer, an diesem Ort zu sprechen? »Helft mir. Zeigt es mir.«

... ihr helfen ... Die Stimmen verspotteten sie ... *es ihr zeigen ...*

Dann schimmerten Phantome im Dämmerlicht, indigofarbene Bilder. Viserys schrie, während ihm geschmolzenes Gold über die Wangen lief und seinen Mund füllte. Ein großer Lord mit kupferfarbener Haut und silbergoldenem Haar stand unter einem Banner mit einem feurigen Hengst, im Hintergrund sah man eine brennende Stadt. Rubine spritzten wie Blutstropfen von der Brust eines sterbenden Prinzen, er sank im Wasser auf die Knie und murmelte mit seinem letzten Atemzug den Namen einer Frau ... *Mutter der Drachen, Mutter des Todes ...* Ein blauäugiger König, der keinen Schatten warf, hob ein rotes Schwert, das wie der Sonnenuntergang glühte. Ein Stoffdrache schwankte auf Stangen über einer jubelnden Menge. Von einem rauchenden Turm warf sich eine steinerne Bestie in die Luft und Schattenfeuer ... *Mutter der Drachen, Vernichterin der Lügen* ... Ihr Silberner trabte durch Gras zu einem dunklen Bach unter einem Meer von Sternen. Ein Leichnam stand am Bug eines Schiffes, die Augen leuchteten im toten Gesicht, die grauen Lippen waren zu einem traurigen Lächeln verzogen. Eine blaue Blume wuchs aus einem Spalt in einer Mauer aus Eis und erfüllte die Luft mit ihrem süßen Duft ... *Mutter der Drachen, Braut des Feuers* ...

Rascher und rascher wechselten die Visionen, eine nach der anderen, bis die Luft selbst zum Leben zu erwachen schien. Knochenlose, entsetzliche Schatten wirbelten umher und tanzten in einem Zelt. Ein kleines Mädchen rannte barfuß auf ein großes Haus mit einer roten Tür zu. Mirri Maz Duur kreischte in den Flammen, ein Drache brach aus ihrer Stirn hervor. Hinter einem silbernen Pferd wurde die blutige nackte Leiche eines Mannes über den Boden geschleift. Ein weißer Löwe lief durch übermannshohes Gras. Am Fuße der Mutter der Berge kroch eine Reihe nackter alter Weiber aus einem großen See und kniete zitternd mit gesenktem Kopf vor ihr nieder. Zehntausend Sklaven reckten die blutbefleckten Hände in die Höhe, während sie auf ihrem Silbernen wie der Wind vorbeipreschte. *»Mutter!«*, riefen sie. *»Mutter, Mutter!«* Sie streckten die Hände nach ihr aus, berührten sie, zerrten an ihrem Mantel, am Saum ihres Hemdes, ihrem Fuß, ihrem Bein, ihrer Brust. Sie begehrten sie, brauchten sie und das Feuer und das Leben, und Dany keuchte und breitete die Arme aus und gab sich ihnen hin ...

Doch dann schlugen ihr schwarze Flügel um den Kopf und ein Wutschrei gellte durch die indigoblaue Luft; plötzlich waren die Visionen verschwunden, und Danys Keuchen verwandelte sich in Entsetzen. Die Unsterblichen standen blau und kalt um sie herum; sie wisperten, während sie die Hände nach ihr ausstreckten, zogen und zerrten an ihren Kleidern, berührten sie mit ihren trockenen kalten Händen, strichen ihr mit den Fingern durchs Haar. Alle Kraft hatte Danys Glieder verlassen. Sie konnte sich nicht bewegen. Sogar ihr Herz schlug nicht mehr. Sie spürte eine Hand auf ihrer nackten Brust, die ihre Brustwarze verdrehte. Zähne bissen in die weiche

Haut an ihrem Hals. Ein Mund senkte sich leckend, *beißend* über ein Auge . . .

Dann verwandelte sich das Indigoblau in Orange, und das Wispern wurde zu Schreien. Ihr Herz schlug, klopfte, die Hände und Münder waren nicht mehr da, Hitze umflutete ihren Körper, und Dany blinzelte in das plötzliche Licht. Über ihr hockte der Drachen mit ausgebreiteten Flügeln auf dem schrecklichen, dunklen Herz und zerfetzte das verrottete Fleisch, und wenn sein Kopf nach vorn fuhr, entströmte seinem offenen Maul helles, heißes Feuer. Sie konnte die Schreie der verbrennenden Unsterblichen hören, ihre hohen, papiernen Stimmen, die in lange schon toten Sprachen riefen. Ihr Fleisch war wie zerbröselndes Pergament, ihre Knochen wie trokkenes Holz, das man in Talg getaucht hatte. Sie tanzten, während sie von den Flammen verschlungen wurden; sie drehten und wanden sich und taumelten und reckten die brennenden Hände in die Höhe, und ihre Finger loderten hell wie Fackeln.

Dany sprang auf und drängte sich zwischen ihnen hindurch. Sie waren leicht wie Luft, bloße Hüllen, und sie fielen, wenn man sie nur berührte. Als sie die Tür erreichte, stand bereits der ganze Raum in Flammen. *»Drogon«*, rief sie, und durch das Feuer flog der Drache zu ihr.

Draußen erstreckte sich ein langer, düsterer Gang gewunden vor ihr und wurde nur von dem flackernden orangefarbenen Schein hinter ihr erhellt. Dany rannte, suchte nach einer Tür, nach einer Tür zur Rechten oder zur Linken, Hauptsache eine Tür, doch da gab es nichts, nur gewundene Steinwände und einen Boden, der unter ihren Füßen zu schwanken schien, als wollte er sie zum Stolpern bringen. Doch sie hielt das Gleichgewicht und rannte schneller, und dann war da plötzlich eine Tür vor ihr, eine Tür wie ein offener Mund.

Als sie in die Sonne hinaustrat, strauchelte sie wegen des hellen Lichts. Pyat Pree schnatterte etwas in einer ihr unbekannten Sprache und hüpfte von einem Bein aufs andere. Als Dany sich umblickte, sah sie dünne Rauchfäden, die aus den Rissen in den uralten Steinmauern und den schwarzen Dachziegeln des Palastes des Staubs hervortraten.

Pyat Pree heulte und fluchte, zog ein Messer und sprang auf sie zu, doch Drogon flog ihm ins Gesicht. Dann hörte sie das Knallen von Jhogos Peitsche, und nie hatte etwas in ihren Ohren so süß geklungen. Das Messer wirbelte durch die Luft, und einen Moment später warf Rakharo Pyat zu Boden. Ser Jorah Mormont kniete neben Dany im kühlen grünen Gras und legte ihr den Arm um die Schultern.

TYRION

»Wenn du durch eigene Dummheit stirbst, werde ich deine Leiche an die Ziegen verfüttern«, drohte Tyrion, während die erste Ladung Stone Crows vom Kai ablegte.

Shagga lachte. »Der Halbmann hat gar kein Ziegen.«

»Ich werde mir eigens für dich welche anschaffen.«

Der Morgen graute, und bleiches Licht schimmerte auf der Oberfläche des Flusses, die unter den Stangen der Fähre zerriss und sich neu bildete, wenn sie vorüber war. Timett hatte seine Burned Men vor zwei Tagen in den Königswald geführt. Gestern waren die Black Ears und die Moon Brothers gefolgt. Heute waren die Stone Crows an der Reihe.

»Was immer ihr tut, versucht, euch nicht in ernsthafte Gefechte verwickeln zu lassen. Überfallt ihre Lager und Nachschubzüge. Lauert ihren Kundschaftern auf, und hängt ihre Leichen entlang des Marschweges auf, fallt zurück, und macht Nachzügler nieder. Greift bei Nacht an, so oft und so plötzlich, dass sie Angst haben zu schlafen –«

Shagga legte Tyrion eine Hand auf den Kopf. »All das habe ich von Dolf Sohn des Holger gelernt, ehe mir der Bart wuchs. So führt man Krieg in den Bergen des Mondes.«

»Der Königswald ist nicht die Mondberge, und ihr werdet nicht gegen Milk Snakes und Painted Dogs kämpfen. Und hör auf die Führer, die ich dir schicke, sie kennen den Wald so gut wie ihr eure Berge. Ihr Rat wird euch gute Dienste leisten.«

»Shagga wird auf die Schoßhündchen des Halbmannes hören«, versprach der Clansmann feierlich. Und dann war es an der Zeit für ihn, sein kleines struppiges Pferd auf die Fähre zu führen. Tyrion sah zu, wie das Boot ablegte und in die Mitte des Blackwater gestakt wurde. Während Shagga im Morgendunst verschwand, beschlich Tyrion ein ungutes Gefühl in der Magengegend. Ohne die Männer von den Clans fühlte er sich nackt.

Zwar hatte er noch immer Bronns Söldner, inzwischen fast achthundert Mann, doch angeheuerte Kämpfer waren immer unberechenbar. Tyrion hatte getan, was er konnte, um sich ihre bleibende Loyalität zu erkaufen, und Bronn sowie einem Dutzend seiner besten Männer Land und Ritterwürde versprochen, wenn die Schlacht erst gewonnen wäre. Sie hatten seinen Wein getrunken, über seine Scherze gelacht und einander Ser genannt, bis sie alle lallten ... alle außer Bronn, der nur sein unverschämtes Lächeln aufgesetzt und hinterher gesagt hatte: »Für diese Ritterschaft werden sie töten, aber bestimmt nicht sterben.«

Tyrion gab sich dieser Illusion gewiss nicht hin.

Die Goldröcke waren eine ähnlich unsichere Waffe. Sechstausend Mann war die Stadtwache stark, dank Cersei, doch nur auf ein Viertel von ihnen konnte man sich verlassen. »Es gibt vielleicht nur wenige Verräter unter ihnen, aber doch zu viele, denn nicht einmal Eure Spinne konnte sie alle entlarven«, hatte Bywater ihn gewarnt. »Vor allem sind Hunderte von ihnen grüner als Frühlingsgras, Männer, die sich nur wegen Brot und Bier und ihrer eigenen Sicherheit gemeldet haben. Niemand sieht vor seinen Kameraden gern wie ein Feigling aus, und so werden sie am Anfang tapfer genug sein, solange nur Kriegshörner geblasen und Banner geschwenkt werden. Sobald die Schlacht jedoch ernsthaft beginnt, werden sie den Mut verlieren, und zwar auf übelste Weise. Dem ersten Mann, der seinen Speer zu Boden wirft und davonrennt, werden tausend andere folgen.«

Gewiss gab es in der Stadtwache auch erfahrene Recken, eine Kerntruppe von zweitausend Mann, die ihren Goldrock noch von Robert und nicht von Cersei erhalten hatten. Doch selbst diese ... ein Stadtwächter war eben kein wirklicher Soldat, hatte Lord Tywin so gern verkündet. Was Ritter und Knappen und sonstige Bewaffnete anging, so standen Tyrion nicht mehr als dreihundert zur Verfügung. Bald würde er auch eine weitere Redensweise seines

Vaters überprüfen können: Ein Mann auf der Mauer ist so viel wert wie zehn davor.

Bronn und die Eskorte wartete am Ende des Kais zwischen Bettlern, Huren und Fischweibern, die ihren Fang anpriesen. Die Fischweiber hatten mehr zu tun als alle anderen zusammen. Käufer drängten sich um die Fässer und Stände und feilschten um Strandschnecken, Klaffmuscheln und Flusshechte. Da die Stadt von außen sonst keine Vorräte erhielt, war der Fischpreis auf das Zehnfache der Zeit vor dem Krieg gestiegen, und noch hatte er den höchsten Stand nicht erreicht. Wer Geld hatte, kam morgens und abends zum Fluss und hoffte, einen Aal oder einen Topf rote Krabben nach Hause tragen zu können; wer kein Geld besaß, schlich zwischen den Ständen herum und hoffte, etwas stehlen zu können, oder er blieb mager und verzweifelt hinter den Mauern.

Die Goldröcke bahnten sich einen Weg durch die Menschenmenge, indem sie die Leute mit den Speerschäften zur Seite stießen. Tyrion ignorierte die gezischten Flüche so gut er konnte. Ein schleimiger, verfaulter Fisch flog aus der Menge heran. Er landete vor seinen Füßen und zerfiel in Stücke. Tyrion trat achtsam darüber hinweg und stieg auf sein Pferd. Kinder mit aufgetriebenen Bäuchen stritten sich sofort um die Teile des stinkenden Fisches.

Vom Sattel aus blickte Tyrion am Ufer des Flusses entlang. Durch die Morgenluft hallten Hammerschläge, während Zimmerleute vom Schlammtor ausgehend Bretterwände errichteten. Dort ging es gut voran. Weniger gut gefielen ihm die Hütten, die hinter den Kais aus dem Boden geschossen waren und sich wie Seepocken am Rumpf eines Schiffes an der Stadtmauer festgesetzt hatten; Läden für Angelköder, Töpfe und sonstige Waren, Bierschenken und Bordelle, in denen die billigere Sorte Huren die Beine breit machte. *Das muss alles verschwinden, bis zum letzten Brett.* So wie es jetzt aussah, würde Stannis keine Leitern benötigen, um die Mauern zu stürmen.

Er rief Bronn zu sich. »Hol dir hundert Mann und brenn alles nieder, was du zwischen dem Fluss und der Mauer siehst.« Mit einer Geste umfasste er das gesamte Elend am Ufer. »Dort bleibt nichts stehen, verstanden?«

Der schwarzhaarige Söldner dachte über die Aufgabe nach. »Die, denen es gehört, werden das bestimmt nicht gutheißen.«

»Das habe ich auch nicht erwartet. Mag es sein, wie es will, auf jeden Fall haben sie dann einen Grund mehr, den bösen Affendämon zu verfluchen.«

»Ein paar könnten sich wehren.«

»Sorge dafür, dass ihnen das nichts nützt.«

»Was machen wir mit denen, die hier wohnen?«

»Sie bekommen genug Zeit, um ihr Eigentum fortzuschaffen, dann werden sie vertrieben. Versucht sie nicht gleich umzubringen, sie sind schließlich nicht der Feind. Und keine Vergewaltigungen mehr! Halt deine Männer verflucht noch mal im Zaum.«

»Sie sind Söldner, keine Septone«, erwiderte Bronn. »Als Nächstes verlangt Ihr noch, dass sie nüchtern bleiben.«

»Schaden könnte es nicht.«

Tyrion wünschte sich, er könnte die Stadtmauern ebenso leicht aufs Doppelte erhöhen und aufs Dreifache verstärken. Obwohl das vielleicht gar keine Rolle spielte. Dicke Mauern und hohe Türme hatten weder Storm's End noch Harrenhal gerettet, noch nicht einmal Winterfell.

Er erinnerte sich an seinen letzten Besuch auf Winterfell. Die Burg war nicht so grotesk riesig wie Harrenhal, nicht so fest und unbezwingbar wie Storm's End, und dennoch ruhte große Kraft in diesen Steinen, und im Inneren der Mauern fühlte man sich sicher. Die Nachricht vom Fall der Burg hatte ihn erschüttert. »Die Götter geben mit der einen und nehmen mit der anderen Hand«, murmelte er, nachdem Varyses ihm berichtet hatte. Sie hatten Harrenhal an die Starks gegeben und ihnen Winterfell genommen, ein schlechter Tausch.

Zweifellos sollte er darüber frohlocken. Robb Stark würde sich jetzt nach Norden wenden müssen. Wenn er Heim und Herd nicht verteidigen konnte, was für ein König war er dann? Das bedeutete eine Gnadenfrist für den Westen, für das Haus Lannister, und doch ...

Tyrion konnte sich kaum an Theon Greyjoy erinnern. Ein unreifer

Jüngling, der stets lächelte und gut mit Pfeil und Bogen umzugehen wusste; es war schwierig, ihn sich als Lord von Winterfell vorzustellen. Der Lord von Winterfell würde immer ein Stark sein.

Er erinnerte sich an den dortigen Götterhain; an die hohen Wachbäume, die in ihre graugrünen Nadeln gerüstet waren, an die großen Eichen, an den Weißdorn und die Eschen und Soldatenkiefern, an den Herzbaum in der Mitte, der einem bleichen, erstarrten Riesen gleich aufragte. Er meinte fast, diesen Ort zu riechen, erdig und brütend, diesen Geruch von Jahrhunderten, und er erinnerte sich daran, wie dunkel es selbst bei Tag in dem Hain gewesen war. *Dieser Wald war Winterfell. Er war der Norden. Nie zuvor habe ich mich an einem Ort so fehl am Platze gefühlt, so unwillkommen, so als Eindringling*. Er fragte sich, ob die Greyjoys das wohl ebenfalls spürten. Die Burg gehörte ihnen vielleicht, der Götterhain jedoch würde nie der Ihre sein. Nicht in einem Jahr, nicht in zehn oder fünfzig.

Tyrion Lannister lenkte sein Pferd langsam zum Schlammtor. *Winterfell ist unwichtig für dich,* erinnerte er sich. *Sei froh, dass die Burg gefallen ist, und kümmere dich lieber um deine eigenen Mauern.* Das Tor war offen. Dahinter standen auf dem Marktplatz drei große Katapulte, die wie drei riesige Vögel über die Wehrgänge spähten. Ihre Wurfarme waren aus den Stämmen alter Eichen gefertigt und mit Eisenbändern verstärkt worden, damit sie nicht splitterten. Die Goldröcke hatten sie die Drei Huren genannt, weil sie Lord Stannis einen herzlichen Empfang bereiten würden. *Jedenfalls hoffen wir das.*

Tyrion gab seinem Pferd die Sporen und trabte durch das Schlammtor gegen eine Flut von Menschen an. Nachdem er die Huren hinter sich gelassen hatte, wurde das Gedränge etwas lichter.

Der Ritt zurück zum Red Keep ging ohne Zwischenfälle vonstatten, doch im Audienzsaal des Turms der Hand erwartete ihn ein Dutzend wütender Handelskapitäne, die gegen die Beschlagnahme ihrer Schiffe protestierten. Er entschuldigte sich bei ihnen und versprach ihnen Ersatz, wenn der Krieg vorüber wäre. Damit konnte er sie kaum besänftigen. »Und wenn Ihr verliert, Mylord?«, fragte einer aus Braavos.

»Dann wendet Euch wegen der Entschädigung an König Stannis.«

Nachdem er sie endlich los geworden war, läuteten die Glocken bereits, und Tyrion würde zu spät zur Amtseinsetzung kommen. Er watschelte fast im Laufschritt über den Hof und drängte sich in den hinteren Teil der Burgsepte, als Joffrey den beiden neuesten Mitgliedern seiner Königsgarde gerade die weißen Mäntel um die Schultern legte. Die Zeremonie schien zu erfordern, dass die Anwesenden standen, daher sah Tyrion nur eine Mauer aus adeligen Hinterteilen vor sich. Andererseits würde er der Erste sein, der wieder draußen war, wenn der Hohe Septon den beiden Rittern ihre feierlichen Treueide abgenommen und sie im Namen der Sieben gesalbt hätte.

Er begrüßte die Wahl seiner Schwester, Ser Balon Swann an die Stelle des erschlagenen Preston Greenfield zu setzen. Die Swanns waren Lords der Marschen, stolz, mächtig und umsichtig. Unter dem Vorwand einer Krankheit war Lord Gulian Swann in seiner Burg geblieben und hatte sich nicht am Krieg beteiligt, doch sein ältester Sohn ritt an Renlys und später an Stannis' Seite, während Balon, der jüngere, in King's Landing diente. Wenn er noch einen dritten Sohn gehabt hätte, vermutete Tyrion, wäre dieser wahrscheinlich bei Robb Stark gewesen. Das mochte zwar nicht das ehrenhafteste Verhalten sein, doch immerhin bewies es einen scharfen Verstand; wer immer den Eisernen Thron für sich gewann, die Swanns würden überleben. Außerdem war Ser Balon nicht nur hochgeboren, sondern auch tapfer, höflich und geschickt im Umgang mit Waffen; gut mit der Lanze, besser noch mit dem Morgenstern und hervorragend mit dem Bogen. Er würde seinen Dienst ehrenvoll und mutig versehen.

Was Tyrion von Cerseis zweitem Erwählten nicht so uneingeschränkt behaupten mochte. Ser Osmund Kettleblack sah durchaus beeindruckend aus. Er war zwei Meter groß, sehnig und muskulös, und seine Hakennase, seine buschigen Brauen und sein eckiger brauner Bart verliehen seinem Gesicht etwas Wildes, solange er nicht lächelte. Von Geburt her niederen Standes, hatte Kettleblack seine Beförderung allein Cersei zu verdanken, und aus diesem Grund war ihre Wahl zweifelsohne auch auf ihn gefallen. »Ser Osmund ist ebenso treu wie er tapfer ist«, hatte sie zu Joffrey gesagt, als sie den Namen vorgeschlagen hatte. Das stimmte unglücklicherweise sogar. Der gute Ser Osmund hatte Cerseis Geheimnisse an Bronn verkauft, seit sie ihn angeheuert hatte, doch das konnte Tyrion ihr natürlich nicht erzählen.

Eigentlich hatte er keinen Grund, sich zu beschweren. Durch diese Ernennung bekam er ein weiteres Ohr in der Umgebung des Königs, und seine Schwester wusste nichts davon. Und selbst wenn Ser Osmund ein Feigling war, würde er kaum schlimmer sein als Ser Boros Blount, der gegenwärtig in einem Kerker in Rosby residierte. Ser Boros hatte Tommen und Lord Gyles eskortiert, und als sie von Ser Jacelyn Bywater und seinen Goldröcken überrascht worden waren, hatte er seine Schutzbefohlenen mit einer Bereitwilligkeit ausgehändigt, die den alten Ser Barristan Selmy ebenso erzürnt hatte wie Cersei; ein Ritter der Königsgarde sollte in Verteidigung des Königs und der königlichen Familie notfalls sein Leben opfern. Seine Schwester hatte darauf bestanden, dass Joffrey ihm wegen Hochverrat und Feigheit vor dem Feind den weißen Mantel aberkannte. *Und jetzt ersetzt sie ihn durch einen anderen Hohlkopf.*

Das Beten, Schwören und Salben schien den größten Teil des Vormittags zu dauern. Bald begannen Tyrions Beine zu schmerzen. Unruhig trat er von einem Fuß auf den anderen. Lady Tanda stand einige Reihen vor ihm, ihre Tochter hingegen war nicht bei ihr. Halb hatte er gehofft, einen Blick auf Shae werfen zu können. Varys sagte, sie würde sich gut machen, doch er hätte sich lieber persönlich davon überzeugt.

»Besser die Zofe einer Lady als ein Küchenmädchen«, hatte Shae gesagt, nachdem ihr Tyrion den Plan des Eunuchen vorgeschlagen hatte. »Kann ich den Gürtel mit den Silberblumen und mein goldenes Halsband mit den schwarzen Diamanten mitnehmen? Ihr habt gesagt, es würde so gut zu meinen Augen passen? Ich werde sie nicht tragen, wenn Ihr es nicht wünscht.«

Obwohl er sie nicht gern enttäuschte, musste Tyrion ihr erklären, dass Lady Tanda zwar nicht die Hellste war, dass es ihr jedoch nichtsdestotrotz auffallen würde, wenn die Zofe ihrer Tochter teureren Schmuck trüge als ihre Tochter selbst. »Such dir zwei oder drei

Kleider aus, mehr nicht«, befahl er. »Gute Wolle; keine Seide, keinen Samt, keinen Pelz. Den Rest bewahre ich in meinen Gemächern für deine Besuche auf.« Das war nicht die Antwort gewesen, die Shae hatte hören wollen, doch zumindest befand sich das Mädchen in Sicherheit.

Nachdem die Amtseinsetzungen endlich vorbei waren, marschierte Joffrey hinaus, geleitet von Ser Balon und Ser Osmund, die ihre neuen weißen Umhänge trugen, während Tyrion noch blieb, um ein paar Worte mit dem neuen Hohen Septon zu wechseln, (der *seine* Wahl war und dazu weise genug zu wissen, wer ihm die Butter aufs Brot strich). »Ich möchte die Götter auf unserer Seite haben«, sagte Tyrion ohne Umschweife. »Sagt Euren Gläubigen, Stannis hätte geschworen, die Große Septe von Baelor niederzubrennen.«

»Ist das wahr, Mylord?«, fragte der Hohe Septon, ein kleiner scharfsinniger Mann mit dünnem weißem Bart und runzligem Gesicht.

Tyrion zuckte mit den Schultern. »Es könnte wahr sein. Stannis hat den Götterhain von Storm's End als Opfer für den Herrn des Lichts verbrannt. Wenn er die alten Götter beleidigt, warum dann nicht auch die neuen? Sagt ihnen das. Und sagt ihnen außerdem, dass jeder, der dem Usurpator Hilfe leisten will, die Götter und den rechtmäßigen König verrät.«

»Das werde ich tun, Mylord. Und ich werde ihnen befehlen, für die Gesundheit des Königs und seiner Rechten Hand zu beten.«

Hallyne der Pyromantiker wartete auf ihn, als Tyrion in sein Solar zurückkehrte, und Maester Frenken hatte Nachrichten für ihn hinterlassen. Er ließ den Alchemisten noch ein wenig schmoren und las zunächst, was die Raben gebracht hatten. Ein alter Brief von Doran Martell warnte ihn, Storm's End sei gefallen; ein anderer faszinierte ihn jedoch mehr: Balon Greyjoy von Pyke hatte sich zum *König der Inseln und des Nordens* erklärt. Und er lud König Joffrey ein, einen Gesandten zu den Iron Islands zu schicken, um die Grenzziehung zwischen ihren Reichen und ein mögliches Bündnis zu besprechen.

Tyrion las den Brief dreimal und legte ihn dann beiseite. Lord

Balons Langschiffe wären eine große Hilfe gegen die Flotte, die sich von Storm's End näherte, doch sie befanden sich Tausende von Meilen entfernt auf der falschen Seite von Westeros, und Tyrion war sich nicht sicher, ob er dafür die Hälfte des Reiches abtreten wollte. *Vielleicht sollte ich den Brief Cersei zuspielen oder ihn mit in den Rat nehmen.*

Erst danach ließ er Hallyne mit den jüngsten Meldungen von den Alchemisten ein. »Das kann nicht sein«, sagte Tyrion, während er die Zahlen studierte. »Fast dreizehntausend Stück? Wollt Ihr mich zum Narren halten? Ich werde das Gold des Königs nicht für leere Gefäße und Töpfe voll Jauche ausgeben, die mit Wachs versiegelt sind, ich warne Euch.«

»Nein, nein«, quiekte Hallyne, »die Zahlen stimmen, ich schwöre es. Wir hatten sehr viel, hmmm, Glück, Mylord Hand. Ein weiteres Lager von Lord Rossart wurde entdeckt, über dreihundert Gefäße. Unter der Drachengrube! Ein paar Huren haben sich mit ihren Freiern in den Ruinen herumgetrieben, und einer von ihnen ist durch einen verfaulten Boden gebrochen und in einen Keller gestürzt. Als er die Gefäße bemerkte, hielt er sie für Weinkrüge. Er war so betrunken, dass er das Siegel von einem brach und davon getrunken hat.«

»Es gab mal einen Prinzen, der das versucht hat«, erwiderte Tyrion trocken. »Ich habe keine Drachen über der Stadt gesehen, also ist es anscheinend diesmal wieder nicht gelungen.« Die Drachengrube auf Rhaenys Hügel war schon seit anderthalb Jahrhunderten verlassen. Vermutlich war es ein guter Lagerplatz für Seefeuer, besser immerhin als die meisten anderen, doch es wäre sehr nett von dem verstorbenen Lord Rossart gewesen, wenn er jemandem davon erzählt hätte. »Dreihundert Gefäße, sagt Ihr. Damit kommen wir immer noch nicht auf diese Summe. Ihr seid Euren letzten Schätzungen mehrere Tausend Stück voraus.«

»Ja, ja, dem ist so.« Hallyne wischte sich die bleiche Stirn mit dem Ärmel seiner schwarz-purpurnen Robe. »Wir haben sehr hart gearbeitet, Mylord Hand, hmmm.«

»Das würde erklären, weshalb Ihr so viel mehr von der Substanz hergestellt habt.« Lächelnd fixierte Tyrion den Pyromantiker mit seinen ungleichen Augen. »Obwohl es mich zu der Frage führt, weshalb Ihr bisher nicht härter gearbeitet habt.«

Hallynes Haut hatte die Farbe eines Champignons, daher war es schwer zu sagen, wie er noch blasser werden konnte, doch irgendwie brachte er es zu Stande. »Das haben wir, Mylord Hand. Meine Brüder und ich haben Tag und Nacht gearbeitet, das kann ich Euch versichern. Es ist nur, hmmm, wir haben so viel Substanz hergestellt, dass wir inzwischen, hmmm, geübter im Umgang damit sind, und außerdem« – der Alchemist trat unbehaglich hin und her – »haben wir gewisse Zaubersprüche, hmmm, uralte Geheimnisse unseres Ordens, die sehr vorsichtig gehandhabt werden müssen, sehr sorgfältig, hmmm, die aber wichtig sind, wenn die Substanz, hmmm, also ...«

Tyrion wurde langsam ungeduldig. Ser Jacelyn Bywater war vermutlich inzwischen wieder zurück, und Eisenhand wartete nicht gern. »Ja, Ihr habt geheime Zauber; wie wunderbar. Was ist damit?«

»Sie, hmmm, wirken plötzlich besser als früher.« Hallyne lächelte schwach. »Ihr nehmt wohl nicht an, dass irgendwelche Drachen in der Nähe sind, oder?«

»Es sei denn, Ihr habt einen unter der Drachengrube gefunden. Wieso?«

»Oh, Verzeihung, ich habe mich nur gerade an etwas erinnert, das mir der alte Weise Pollitor erzählt hat, als ich noch ein Schüler war. Ich fragte ihn, warum so viele unserer Zaubersprüche nicht so, nun, ja, wirkungsvoll seien wie man nach den Schriften glauben möchte, und er sagte, die Magie verschwinde aus der Welt, seit der letzte Drachen gestorben sei.«

»Entschuldigt, wenn ich Euch enttäuschen muss, aber ich habe keine Drachen gesehen. Den Henker des Königs habe ich allerdings schon gesehen. Sollte eine dieser Früchte, die Ihr mir verkauft, nicht mit Seefeuer gefüllt sein, werdet Ihr ebenfalls seine Bekanntschaft machen.«

Hallyne verabschiedete sich so hastig, dass er beinahe mit Ser

Jacelyn zusammengeprallt wäre – nein, *Lord* Jacelyn, das durfte er nicht vergessen. Eisenhand kam wie immer dankenswert rasch zur Sache. Er war aus Rosby zurückgekehrt, um eine Abteilung Speerträger abzuliefern, die er auf Lord Gyles' Anwesen rekrutiert habe, und um das Kommando über die Stadtwache wieder zu übernehmen. »Wie geht es meinem werten Neffen?«, fragte Tyrion, nachdem sie die Besprechung der Verteidigungsanlagen beendet hatten.

»Prinz Tommen ist glücklich und bei guter Gesundheit, Mylord. Er hatte ein zahmes Reh, das einer meiner Männer von der Jagd mitgebracht hat. Früher habe er schon einmal eins gehabt, erzählt er, aber Joffrey habe ihm das Fell abgezogen, um sich daraus ein Wams fertigen zu lassen. Manchmal fragt er nach seiner Mutter, und oft fängt er Briefe an seine Schwester an, obwohl er scheinbar nie einen zu Ende schreibt. Seinen Bruder scheint er jedoch überhaupt nicht zu vermissen.«

»Habt Ihr entsprechende Vorkehrungen für ihn getroffen, sollte die Schlacht verloren gehen?«

»Meine Männer haben ihre Anweisungen.«

»Die da wären?«

»Ihr habt mir befohlen, niemandem etwas darüber zu sagen, Mylord.«

Das brachte ihn zum Lächeln. »Ich bin froh, dass Ihr Euch daran erinnert.« Sollte King's Landing fallen, würde Tyrion vielleicht in Gefangenschaft geraten. Dann war es besser, wenn er nicht wusste, wo sich Joffreys Erbe befand.

Varys erschien nicht lange nachdem Lord Jacelyn gegangen war. »Menschen sind solch treulose Geschöpfe«, sagte er zum Gruße.

Tyrion seufzte. »Wer ist heute der Verräter?«

Der Eunuch reichte ihm ein Schriftrolle. »Solche Schurkerei, welch trauriges Lied singt sie über unsere Zeit? Ist denn die Ehre mit unseren Vätern gestorben?«

»Mein Vater lebt noch.« Tyrion überflog die Liste. »Ich kenne einige dieser Namen. Es sind reiche Männer, Kaufleute, Händler, Handwerker. Warum sollten sie sich gegen uns verschwören?«

»Offensichtlich glauben sie, Lord Stannis würde den Sieg davontragen, und daran möchten sie ihren Anteil haben. Sie nennen sich die Geweihmänner, nach dem gekrönten Hirsch.«

»Jemand sollte ihnen sagen, dass Stannis ein neues Wappen hat. Dann können sie sich die Heißen Herzen nennen.« Eigentlich war die Angelegenheit kein Grund zum Scherzen; diese Geweihmänner hatten mehrere Hundert Gefolgsleute bewaffnet, um das Alte Tor zu besetzen, sobald die Schlacht begonnen hätte, und dem Feind so Einlass in die Stadt zu gewähren. Auf der Liste stand auch der Name des Meisterwaffenschmiedes Salloreon. »Das heißt dann wohl, dass ich diesen entsetzlichen Helm mit den Dämonenhörnern nicht bekommen werde«, beschwerte sich Tyrion, während er die Order kritzelte, den Mann zu verhaften.

THEON

Eben hatte er noch geschlafen; im nächsten Augenblick war er hellwach.

Kyra schmiegte sich an ihn an, ein Arm lag leicht über seinem, und ihre Brüste strichen sanft über seinen Rücken. Theon hörte ihren ruhigen, gleichmäßigen Atem. Die Bettlaken um sie herum waren zerwühlt. Es war mitten in der Nacht. Im Schlafgemach herrschte Dunkelheit und Stille.

Was ist? Habe ich etwas gehört? Oder jemanden?

Der Wind fuhr seufzend über die Fensterläden. Irgendwo in der Ferne jaulte eine rollige Katze. Sonst nichts. *Schlaf, Greyjoy,* sagte er sich. *Die Burg ist ruhig, und du hast deine Wachen aufgestellt. Vor deiner Tür, an den Toren, vor der Waffenkammer.*

Er hätte alles vielleicht auf einen Albtraum geschoben, doch er konnte sich nicht erinnern, geträumt zu haben. Kyra hatte ihn erschöpft. Bis Theon nach ihr schickte, hatte sie die achtzehn Jahre ihres Lebens im Winterdorf verbracht, ohne auch nur einen Fuß in die Burg zu setzen. Sie war feucht und willig und geschmeidig wie ein Wiesel, und unleugbar hatte es einen besonderen Reiz, es in Lord Eddards Bett mit einem einfachen Schankmädchen zu treiben.

Sie murmelte verschlafen etwas vor sich hin, als Theon sich sachte von ihrem Arm befreite und aufstand. Im Kamin glühten noch ein paar Scheite. Wex schlief in seinen Mantel eingerollt am Fußende des Bettes auf dem Boden und war für die Welt nicht zu sprechen. Nichts regte sich. Theon ging hinüber zum Fenster und stieß die Läden auf. Die Nacht griff mit kalten Fingern nach ihm, und eine Gänsehaut breitete sich auf seinem nackten Körper aus. Er lehnte sich an die steinerne Fensterbank und blickte hinaus auf die dunklen Türme, die leeren Höfe und zum schwarzen Himmel, an dem mehr Sterne funkelten, als ein Mensch je zählen konnte, selbst wenn er hundert Jahre alt wurde. Der Halbmond hing über dem Glockenturm. Theon hörte keinen Laut, keine Stimmen, nicht einmal Schritte.

Alles ist gut, Greyjoy. Hörst du die Stille? Du solltest trunken vor Freude sein. Du hast Winterfell mit weniger als dreißig Mann eingenommen, eine Leistung, über die man Lieder singen wird. Theon wollte schon zum Bett zurückkehren. Er würde Kyra herumdrehen und sie erneut nehmen, um die Gespenster zu vertreiben. Ihr Keuchen und Kichern würde der Stille ein Ende bereiten.

Er hielt inne. An das Heulen der Schattenwölfe hatte er sich bereits so sehr gewöhnt, dass er es kaum mehr hörte ... trotzdem jedoch bemerkte irgendein Instinkt des Jägers in ihm seine Abwesenheit.

Urzen stand vor der Tür, ein sehniger Mann, der einen Schild über den Rücken gehängt hatte. »Die Wölfe sind still«, sagte Theon zu ihm. »Geh und sieh nach, was sie tun, und komm sofort zurück.« Bei dem Gedanken, dass die Schattenwölfe frei herumlaufen könnten, wurde ihm mulmig. Er erinnerte sich an den Tag im Wolfswald, an dem die Wildlinge Bran attackiert hatten. Summer und Grey Wind hatten die Angreifer in Stücke gerissen.

Als er Wex mit der Fußspitze anstieß, fuhr der Junge hoch und rieb sich die Augen. »Schau nach, ob Bran Stark und sein kleiner Bruder in ihren Betten sind, und beeil dich.«

»M'lord?«, fragte Kyra verschlafen.

»Schlaf weiter, das geht dich nichts an.« Theon schenkte sich einen Becher Wein ein und trank. Die ganze Zeit lauschte er und hoffte, ein Heulen zu hören. *Zu wenig Männer,* dachte er säuerlich. *Ich habe zu wenig Männer. Wenn Asha nicht kommt ...*

Wex kehrte als Erster zurück und schüttelte heftig den Kopf. Fluchend suchte Theon Hemd und Hose auf dem Boden zusammen, wo er sie in seiner Hast, Kyra zu nehmen, fallen gelassen hatte. Über das Hemd zog er ein Wams aus nietenbeschlagenem Leder, und um die Hüfte schlang er den Gurt mit Langschwert und Dolch. Sein Haar war zerzaust, doch er hatte zurzeit andere Sorgen.

Inzwischen war Urzen wieder da. »Die Wölfe sind verschwunden.«

Theon ermahnte sich, so kühl und bedächtig vorzugehen wie Lord Eddard. »Weckt die Burg«, befahl er. »Versammelt alle im Hof, alle, damit wir sehen, wer fehlt. Und Lorren soll die Tore überprüfen. Wex, du begleitest mich.«

Er fragte sich, ob Stygg wohl bereits Deepwood Motte erreichte hatte. Der Mann war keineswegs ein so begnadeter Reiter, wie er behauptete – keiner seiner Eisenmänner saß besonders gut im Sattel –, allerdings hatte er inzwischen genug Zeit gehabt. Asha wäre vielleicht schon unterwegs. *Wenn sie erfährt, dass mir die Starks entkommen sind* . . . Er konnte den Gedanken nicht zu Ende denken.

Brans Zimmer war leer, und Rickons eine halbe Treppe tiefer ebenso. Theon verfluchte sich selbst. Er hätte hier eine Wache postieren sollen; doch er hatte Männer auf den Mauern und an den Toren für wichtiger erachtet, als zwei Kinder bewachen zu lassen, von denen eins verkrüppelt war.

Draußen hörte er das Jammern der Burgbewohner, die aus den Betten gezerrt und in den Hof getrieben wurden. *Ich werde ihnen Grund zum Jammer geben. Ich habe sie gut behandelt, und so haben sie es mir vergolten.* Er hatte sogar zwei seiner Männer auspeitschen lassen, weil sie das Hundemädchen vergewaltigt hatten, um zu zeigen, dass er für Gerechtigkeit stand. *Trotzdem geben sie mir die Schuld an der Vergewaltigung. Und an allem anderen.* Das war nicht recht. Mikken hatte sein Leben mit seinem losen Mundwerk selbst verwirkt, genauso wie Benfred. Und was Chayle betraf, so hatte Theon schließlich irgendjemanden dem Ertrunkenen Gott opfern müssen, das erwarteten seine Männer von ihm. »Ich unterstelle Euch keine schlechten Absichten«, hatte er zu dem Septon gesagt, bevor er ihn in den Brunnen gestoßen hatte, »doch Ihr und Euer Gott habt an diesem Ort keinen Platz mehr.« Man sollte meinen, das gemeine Volk würde ihm dankbar sein, weil er keinen von ihnen ausgewählt hatte, aber nein! Wie viele hatten sich wohl an diesem Komplott gegen ihn beteiligt?

Urzen kehrte mit dem Schwarzen Lorren zurück. »Am Jägertor«, sagte Lorren. »Am besten kommt Ihr selbst und schaut es Euch an.«

Das Jägertor lag nah bei den Hundezwingern und der Küche. Es führte geradewegs in die Felder und Wälder hinaus und erlaubte Reitern Zutritt, ohne zunächst das Winterdorf passieren zu müssen, weshalb es bevorzugt von Jagdgesellschaften benutzt wurde. »Wer hat dort Wache gehalten?«, verlangte Theon zu wissen.

»Drennan und Schieler.«

Drennan war einer der Männer, die Palla vergewaltigt hatten. »Falls sie die Jungen haben entkommen lassen, werden sie diesmal kaum noch Haut auf dem Rücken behalten, das schwöre ich.«

»Das wird nicht notwendig sein«, antwortete der Schwarze Lorren knapp.

Das war es auch nicht. Schieler schwamm mit dem Gesicht nach unten im Burggraben, und seine Gedärme trieben hinter ihm her wie ein Nest heller Schlangen. Drennan lag halb nackt im Torhaus, in dem kleinen Raum, wo die Zugbrücke bedient wurde. Seine Kehle war von einem Ohr zum anderen aufgeschlitzt. Ein zerlumptes Hemd verbarg die kaum verheilten Narben auf seinem Rücken, seine Stiefel lagen achtlos auf den Binsen und die Hose hing ihm um die Knöchel. Auf einem kleinen Tisch neben der Tür stand Käse neben einem Krug Wein. Mit zwei Bechern.

Theon schleuderte einen hoch und schnupperte an den Weinresten. »Schieler war oben auf dem Wehrgang, oder?«

»Ja«, antwortete Lorren.

Theon schleuderte den Becher in den Kamin. »Ich würde sagen, Drennan hat sich gerade die Hose runtergezogen, um eine Frau zu stechen, als diese ihn gestochen hat. Mit seinem eigenen Käsemesser, scheint es. Jemand soll eine Pike holen und den anderen Narren da aus dem Graben fischen.«

Der andere Narr war in wesentlich schlechterem Zustand als Drennan. Der Schwarze Lorren zog ihn aus dem Wasser. Man hatte ihm den einen Unterarm abgerissen, die Hälfte seinen Halses fehlte, und wo sein Bauch gewesen war, klaffte ein riesiges Loch. Die Pike schnitt durch die Eingeweide, als Lorren den Leichnam heraushievte. Der Gestank war ekelhaft.

»Die Schattenwölfe«, entfuhr es Theon. »Beide, nehme ich an.«

Angewidert ging er zur Zugbrücke. Winterfell wurde von zwei massiven Granitmauern geschützt, zwischen denen der breite Burggraben lag. Die äußere Mauer war fünfundzwanzig Meter hoch, die innere über dreißig. Da es Theon an Männern fehlte, hatte er nur die innere Mauer bemannen können. Er wollte es nicht riskieren, seine Leute auf der falschen Seite des Grabens zu haben, falls sich die Burgbewohner gegen ihn erhoben.

Es müssen zwei oder mehr gewesen sein, entschied er. *Während die Frau Drennan abgelenkt hat, haben die anderen die Wölfe befreit.*

Theon rief nach einer Fackel und führte die Männer zum Wehrgang hinauf. Er hielt die Fackel dicht über dem Boden vor sich und suchte nach ... *da.* Auf der Innenseite des Wehrgangs zwischen zwei Zinnen entdeckte er es. »Blut«, verkündete er, »nur flüchtig fortgewischt. Vermutlich hat die Frau Drennan ermordet und die Zugbrücke heruntergelassen. Schieler hat die Ketten gehört und kam herbei, um nachzuschauen. Bis hierher hat er es geschafft. Sie haben die Leiche zwischen den Zinnen hinunter geworfen, damit keiner der anderen Wächter sie bemerkt.«

Urzen spähte die Mauer entlang. »Die anderen Wachtürme sind nicht weit. Ich kann die Fackeln sehen –«

»Fackeln, aber keine Wachen«, erwiderte Theon gereizt. »Winterfell hat mehr Türme als ich Männer.«

»Vier Wachen am Haupttor«, sagte Black Lorren, »und außer Schieler fünf auf den Mauern.«

Urzen sagte: »Wenn er wenigstens ins Horn gestoßen hätte –«

Meine Männer sind Dummköpfe. »Stell dir mal vor, du wärst an seiner Stelle gewesen, Urzen. Es ist dunkel und kalt. Du bist seit Stunden unterwegs und freust dich auf das Ende deiner Wache. Dann hörst du ein Geräusch und gehst zum Tor, und plötzlich siehst du *Augen* oben an der Treppe, die grün und golden im Licht der Fackeln leuchten. Zwei Schatten springen auf dich zu, schneller, als du zu glauben vermagst. Du erhaschst einen Blick auf Zähne, willst noch deinen Spieß senken, und dann haben sie dich schon erreicht, werfen sich auf dich und reißen dir den Bauch auf, zerfetzen das Leder wie Baumwolle.« Er stieß Urzen heftig. »Und du gehst rücklings zu Boden, deine Eingeweide fallen dir aus dem Bauch, und eine der Bestien bohrt ihre Zähne in deinen Hals.« Theon packte den hageren Mann am Hals, schloss die Finger und lächelte. »Sag mir, in welchem Moment würdest du, während das alles passiert, *in dein verdammtes Horn stoßen?«* Er stieß Urzen grob zur Seite, sodass dieser gegen eine Zinne taumelte. Der Mann rieb sich den Hals. *Ich hätte die Tiere umbringen sollen, nachdem wir die Burg eingenommen haben,* dachte Theon verärgert. *Ich hätte sie töten lassen sollen, ich wusste doch, wie gefährlich sie sind.*

»Wir müssen sie verfolgen«, sagte der Schwarze Lorren.

»Nicht im Dunkeln.« Theon behagte der Gedanke nicht, die Schattenwölfe bei Nacht zu hetzen; dabei konnte der Jäger leicht zum Gejagten werden. »Wir warten bis Tagesanbruch. Bis dahin sollte ich mich am besten einmal mit meinen treuen Untertanen unterhalten.«

Unten im Hof hatte man die Männer, Frauen und Kinder an der Mauer zusammengedrängt. Viele hatten nicht einmal Zeit erhalten, sich anzuziehen, und nur eine Wolldecke oder einen Morgenmantel übergeworfen. Ein Dutzend Eisenmänner hatten sie mit Fackeln in der einen und Waffen in der anderen Hand umstellt. Es war windig, und das flackernde Licht tauchte Stahlhelme, dichte Bärte und harte Augen in ein dumpfes Orange.

Theon marschierte vor den Gefangenen auf und ab und musterte ihre Gesichter. Für ihn sahen sie alle schuldig aus. »Wie viele fehlen?«

»Sechs.« Stinker trat hinter ihn, er roch nach Seife. Sein langes Haar wallte im Wind. »Beide Starks, dieser Sumpfjunge und seine Schwester, der Schwachsinnige aus dem Stall und Eure Wildlingsfrau.«

Osha. Schon als er den zweiten Becher bemerkt hatte, war sein Verdacht auf sie gefallen. *Ich hätte es besser wissen müssen und ihr nicht vertrauen dürfen. Sie ist genauso unnatürlich wie Asha. Sogar ihre Namen klingen ähnlich.*

»Hat jemand im Stall nachgeschaut?«

»Aggar meinte, Pferde würden keine fehlen.«

»Dancer steht noch im Stall?«

»Dancer?« Stinker runzelte die Stirn. »Aggar sagt, alle Pferde sind noch da. Nur der Schwachkopf ist weg.«

Also sind sie zu Fuß unterwegs. Das war die beste Nachricht, die er seit dem Aufwachen gehört hatte. Bran würde ohne Zweifel in seinem Korb auf Hodors Rücken sitzen. Osha würde Rickon tragen müssen; auf seinen kleinen Beinen würde der Junge nicht weit kommen. Theon war zuversichtlich, dass er sie bald wieder in die Finger bekäme. »Bran und Rickon sind geflohen«, erklärte er den Burgbewohnern und sah ihnen in die Augen. »Wer weiß, wohin sie gegangen sind?« Keine Antwort. »Ohne Hilfe können sie nicht entkommen sein«, fuhr Theon fort. »Sie brauchten Vorräte und Kleidung, außerdem Waffen.« Er hatte alle Schwerter und Äxte in Winterfell eingeschlossen, doch gewiss waren Waffen vor ihm versteckt worden. »Ich will die Namen derer wissen, die ihnen geholfen haben. Und jener, die vor ihrer Flucht die Augen geschlossen haben.« Nur das Rauschen des Windes war zu hören. »Bei Tagesanbruch werde ich sie zurückbringen.« Er schob die Daumen in den Schwertgurt. »Dazu brauche ich Jäger. Wer will sich ein schönes warmes Wolfsfell verdienen, das ihn durch den Winter bringt? Gage?« Der Koch hatte ihn stets fröhlich gegrüßt, wenn er von der Jagd zurückkehrte und ihn gefragt, ob er etwas Schönes für die Tafel mitgebracht habe, jetzt jedoch antwortete er nicht. Theon ging wieder auf und ab und suchte in ihren Gesichtern nach verräterischen Hinweisen auf ihre Schuld. »Die Wildnis ist doch kein Ort für einen Krüppel. Und der kleine Rickon, wie lange wird er dort draußen überleben? Nan, denk doch nur, wie sehr er sich fürchten muss.« Die alte Frau hatte zehn Jahre auf ihn eingeredet und ihm ihre endlosen Geschichten erzählt, doch jetzt stierte sie ihn an wie einen Fremden. »Ich hätte jeden Mann hier töten lassen und die Frauen meinen Soldaten zu ihrem Vergnügen überlassen können; stattdessen habe ich euch beschützt. Ist das der Dank dafür?« Joseth, der seine Pferde versorgt hatte, Farlen, der ihm alles über Hunde beigebracht hatte, Barth, das Weib des Braumeisters, die seine erste Frau gewesen war – niemand wagte es, ihm in die Augen zu blicken. *Sie hassen mich,* erkannte er.

Stinker trat zu ihm. »Zieht ihnen die Haut vom Leib«, drängte er, und seine dicken Lippen glänzten. »Lord Bolton hat immer gesagt, ein nackter Mann hat wenig Geheimnisse, aber ein enthäuteter Mann hat gar keine mehr.«

Der gehäutete Mann war das Wappen des Hauses Bolton, wie Theon wusste; vor vielen, vielen Jahren waren die Lords sogar so weit gegangen, sich in die Häute ihrer toten Feinde zu kleiden. Die Starks hatten dem ein Ende gesetzt. Vermutlich war es bereits vor tausend Jahren damit vorbei gewesen, als die Boltons das Knie vor Winterfell gebeugt hatten. *Jedenfalls behaupten sie das, aber die alten Sitten sterben schwer aus, wie ich nur allzu gut weiß.*

»Im Norden wird niemandem die Haut abgezogen, solange ich auf Winterfell herrsche«, sagte Theon laut. *Ich bin euer einziger Schutz gegen solche wie ihn,* hätte er am liebsten gebrüllt. Er konnte das nicht so unverhohlen sagen, doch vielleicht begriffen es manche ja trotzdem.

Über den Mauern der Burg graute der Morgen. Die Dämmerung war nicht mehr fern. »Joseth, sattle Smiler und ein Pferd für dich. Murch, Gariss, Poxy Tym, ihr kommt ebenfalls mit.« Murch und Gariss waren die besten Jäger in der Burg, und Tym war ein hervorragender Bogenschütze. »Aggar, Rotnase, Gelmarr, Stinker, Wex.« Er brauchte ein paar von seinen eigenen Männern, die ihm den Rücken deckten. »Farlen, ich will die Hunde mitnehmen, und du kannst mit ihnen umgehen.«

Der grauhaarige Hundemeister verschränkte die Arme. »Und warum sollte ich mich an der Hatz auf meine wahren Lords, und noch dazu auf Kinder beteiligen?«

Theon trat dicht an ihn heran. »Ich bin jetzt dein Lord, und der Mann, der für Pallas Sicherheit sorgt.«

Der Trotz in Farlens Augen erlosch. »Ja, M'lord.«

Theon wich zurück und überlegte, während er sich umsah, wen er noch mitnehmen könnte. »Maester Luwin«, verkündete er.

»Ich kenne mich mit der Jagd nicht aus.«

Nein, aber ich lasse Euch nicht in der Burg, solange ich abwesend bin. »Dann wird es Zeit für Euch, es zu lernen.«

»Lasst mich ebenfalls mitkommen. Ich will das Wolfsfell haben.« Ein Junge in Brans Alter trat vor. Theon brauchte einen Moment, bis er sich an ihn erinnerte. »Ich war schon oft auf der Jagd«, sagte Walder Frey. »Auf Rothirsche und Elchjagd, und sogar auf Wildschweinjagd.«

Sein Vetter lachte ihn aus. »Er ist einmal mit seinem Vater auf eine Wildschweinjagd geritten, aber sie haben ihn nicht in die Nähe des Keilers gelassen.«

Theon betrachtete den Jungen skeptisch. »Komm mit, wenn du willst, aber wenn du nicht mithalten kannst, wird sich niemand um dich kümmern.« Er wandte sich an den Schwarzen Lorren. »Winterfell gehört in meiner Abwesenheit dir. Falls wir nicht zurückkehren, mach mit der Burg, was du willst.« *Schon aus diesem Grund sollten sie verdammt noch mal für meinen Erfolg beten.*

Sie versammelten sich am Jägertor, während die ersten bleichen Strahlen der Sonne die Spitze des Glockenturms berührten. Ihr Atem dampfte in der kühlen Morgenluft. Gelmarr hatte eine Langaxt mitgenommen, mit der er die Wölfe erschlagen konnte, ehe sie ihn erreichten. Die Klinge war schwer genug, um die Tiere mit einem Hieb zu töten. Aggar trug Beinschienen aus Stahl. Stinker hatte einen Wildschweinspieß und einen voll gestopften Sack, in dem sich wer weiß was befand. Theon hatte seinen Bogen; ansonsten brauchte er nichts. Einmal hatte er Bran das Leben mit einem Pfeil gerettet. Hoffentlich musste er es ihm nicht mit einem zweiten nehmen, doch falls es dazu kam, würde er nicht zögern.

Elf Männer, zwei Jungen und ein Dutzend Hunde überquerten den Burggraben. Jenseits der Außenmauer waren die Spuren im weichen Boden leicht zu erkennen; die Pfotenabdrücke der Wölfe, Hodors schwere Tritte, die flacheren Eindrücke der beiden Reeds. Unter den Bäumen im Laub und auf dem steinigen Boden wurde es schwieriger, doch inzwischen hatte Farlens rote Hündin die Witterung aufgenommen. Die restlichen Hunde folgten dichtauf, schnüffelten und bellten, und zwei riesige Mastiffs bildeten die Nachhut. Deren Größe und Wildheit würden vielleicht das Zünglein an der Waage sein, wenn die Schattenwölfe in die Enge gedrängt worden waren.

Er hätte gedacht, dass Osha nach Süden zu Ser Rodrik fliehen würde, doch die Fährte führte in nördliche und nordwestliche Richtung, mitten hinein in den Wolfswald. Theon gefiel das ganz und gar nicht. Es wäre bitterste Ironie des Schicksals, wenn die Starks nach Deepwood Motte flohen und somit Asha geradewegs in die Hände liefen. *Lieber hätte ich es, wenn sie tot wären,* dachte er. *Es ist besser, als grausam zu gelten denn als töricht.*

Zwischen den Bäumen hingen bleiche Nebelfäden. Wachbäume und Soldatenkiefern standen hier dichter, und nichts war so düster und dämmerig wie ein immergrüner Wald. Der Boden war uneben, die gefallenen Nadeln täuschten weiche Erde vor, waren jedoch für die Pferde tückisch, daher ging es nur langsam voran. *Aber nicht so langsam wie ein Mann, der einen Krüppel trägt, oder ein mageres Weibsstück, das einen Vierjährigen auf dem Rücken hat.* Er zwang sich zur Geduld. Noch vor dem Ende des Tages würde er sie gefunden haben.

Maester Luwin schloss zu ihm auf, während sie einem Wildpfad am Rand einer Schlucht entlang folgten. »Bisher scheint sich die Jagd kaum von einem Ritt durch den Wald zu unterscheiden, Mylord.«

Theon lächelte. »Sicherlich gibt es da gewisse Ähnlichkeiten. Aber eine Jagd endet stets mit Blutvergießen.«

»Muss es so kommen? Diese Flucht war eine große Torheit, aber könntet Ihr nicht Gnade walten lassen? Es sind Eure Pflegebrüder, die wir suchen.«

»Kein Stark außer Robb hat mich je brüderlich behandelt, trotzdem sind Bran und Rickon lebendig für mich wertvoller als tot.«

»Das Gleiche gilt für die Reeds. Moat Cailin liegt am Rand der Sümpfe. Lord Howland kann die Besetzung Eures Onkels zu einem Besuch in der Hölle machen, wenn er sich dazu entschließt, aber solange Ihr seinen Erben in der Hand habt, muss er sich zurückhalten.«

Darüber hatte Theon noch gar nicht nachgedacht. Eigentlich hatte er an die Schlammmenschen keinen Gedanken verschwendet, nur auf Meera hatte er einen oder zwei Blicke geworfen und sich gefragt, ob sie wohl noch Jungfrau war. »Vielleicht habt Ihr Recht. Wir werden sie verschonen, falls es uns möglich ist.«

»Und Hodor ebenfalls, hoffe ich. Der Junge hat nur wenig Verstand, das wisst Ihr. Er tut, was man ihm sagt. Wie oft hatte er Euer Pferd gestriegelt, Euren Sattel geputzt, Eure Rüstung poliert?«

Hodor bedeutete ihm gar nichts. »Wenn er nicht gegen uns kämpft, wird ihm auch kein Leid geschehen.« Theon richtete den Finger auf Luwin. »Doch solltet Ihr mich jetzt auch noch um das Leben der Wildlingsfrau bitten, dürft Ihr mit ihr sterben. Sie hat mir einen Eid geleistet und darauf gepisst.«

Der Maester neigte den Kopf. »Für Eidbrüchige setze ich mich nicht ein. Tut, was Ihr tun müsst. Ich danke Euch für Eure Gnade.«

Gnade, dachte Theon, während sich Luwin zurückfallen ließ. *Das ist eine verdammte Falle. Zu viel davon, und sie nennen dich schwach, zu wenig, und du bist ein Ungeheuer.* Dennoch hatte der Maester ihm guten Rat gegeben. Sein Vater dachte nur in den alten Begriffen von Eroberung, doch was brachte es ein, wenn man ein Königreich eroberte und es nicht halten konnte? Zwang und Furcht führten nur bis zu einem bestimmten Punkt zum Erfolg. Wie schade, dass Stark seine Töchter mit nach Süden genommen hatte; ansonsten hätte Theon seinen Anspruch auf Winterfell durch die Heirat mit einer der beiden untermauern können. Sansa war doch ganz hübsch, und inzwischen vermutlich alt genug fürs Bett. Doch leider war sie tausend Meilen entfernt in den Fängen der Lannisters. Schade.

Der Wald wurde immer undurchdringlicher. Die Kiefern und Wachbäume machten riesigen dunklen Eichen Platz. Weißdornbüsche verbargen trügerische Gräben und Furchen unter sich. Es ging steinige Hügel hinauf und hinunter. Sie passierten eine Pächterhütte, die verlassen und überwuchert war, und umrundeten einen gefluteten Steinbruch, dessen stilles Wasser grau wie Stahl schimmerte. Als die Hunde zu bellen anfingen, glaubte Theon, dass die Flüchtlinge in der Nähe sein mussten. Er trieb sein Pferd an, doch er fand lediglich den Kadaver eines jungen Elchs ... oder was davon übrig geblieben war.

Er stieg ab und sah sich das tote Tier genauer an. Es war noch frisch und offensichtlich von Wölfen zur Strecke gebracht worden. Die Hunde schnüffelten gierig daran herum, und einer der Mastiffs biss in einen Schenkel, doch Farlen rief ihn zurück. *Nichts ist herausgeschnitten worden,* fiel Theon auf. *Die Wölfe haben gefressen, aber die Menschen haben sich nicht daran gütlich getan.* Obwohl Osha bestimmt kein Feuer riskieren wollte, sonst hätte sie ihnen ein paar Stücke herausschneiden sollen. Es hatte schließlich keinen Sinn, so gutes Fleisch verrotten zu lassen. »Farlen, bist du wirklich sicher, dass wir auf der richtigen Fährte sind?«, wollte Theon wissen. »Könnten die Hunde die falschen Wölfe verfolgt haben?«

»Meine Hündin kennt den Geruch von Summer und Shaggy sehr gut.«

»Das hoffe ich. Um deinetwillen.«

Keine Stunde später führte der Weg hinunter zu einem schlammigen Bach, der durch die Regenfälle der letzten Zeit stark angeschwollen war. Farlen und Wex wateten mit den Hunden hindurch und kamen kopfschüttelnd zurück, während die Tiere am anderen Ufer hin und her liefen und schnüffelten. »Sie sind hier hineingegangen, M'lord, aber wo sie herausgekommen sind, kann ich nicht erkennen«, erklärte der Hundemeister.

Theon stieg ab, kniete neben dem Bach nieder und tauchte die Hand ins Wasser. Es war kalt. »Sie werden nicht lange drin geblieben sein«, sagte er. »Nehmt die eine Hälfte der Hunde bachabwärts, ich gehe in die andere –«

Wex klatschte laut in die Hände.

»Was ist denn?«, wollte Theon wissen.

Der stumme Junge zeigte auf etwas.

Der Boden am Bach war nass und schlammig. Die Spuren, die die Wölfe hinterlassen hatten, waren deutlich genug. »Pfotenabdrücke, ja. Und?«

Wex trat mit dem Absatz in den Matsch und drehte seinen Fuß hin und her. Er hinterließ ein tiefes Loch.

Joseth begriff. »Ein Mann von Hodors Größe hätte eine deutliche Spur im Schlamm hinterlassen«, sagte er. »Vor allem, da er noch den

Jungen auf dem Rücken trägt. Trotzdem sind außer unseren eigenen Abdrücken keine anderen zu finden. Seht nur selbst.«

Erschrocken erkannte Theon, dass Joseth Recht hatte. Nur die Wölfe waren in das angeschwollene braune Wasser gestiegen. »Osha muss schon vorher abgebogen sein. Vermutlich vor dem Elch. Sie hat die Wölfe allein weitergeschickt und gehofft, wir würden ihnen hinterherjagen.« Er drehte sich zu den Jägern aus Winterfell um. »Wenn ihr beide ein falsches Spiel mit mir getrieben habt –«

»Wir haben nur die eine Spur gefunden, Mylord, ich schwöre es«, beteuerte Gariss. »Und die Schattenwölfe würden sich niemals von den Jungen trennen. Jedenfalls nicht für lange Zeit.«

Das stimmt, dacht Theon. Summer und Shaggydog waren vielleicht auf der Jagd gewesen, doch früher oder später würden sie sich wieder zu Bran und Rickon gesellen. »Gariss, Murch, nehmt vier Hunde, geht zurück und sucht die Stelle, an der wir sie verloren haben. Aggar, du bewachst sie. Farlen und ich folgen den Schattenwölfen. Stoßt ins Horn, wenn ihr die Spur wieder aufgenommen habt. Zwei Stöße, wenn ihr die Tiere selbst findet. Wenn wir erst einmal herausgefunden haben, in welche Richtung sie gelaufen sind, werden sie uns zu ihren Herren führen.«

Er nahm Wex, den Freyjungen und Gynir Rotnase mit, um die Suche bachaufwärts fortzusetzen. Er und Wex ritten auf einer Seite des Baches, Rotnase und Walder Frey auf der anderen, jeder mit zwei Hunden. Die Wölfe konnten schließlich das Wasser auf beiden Seiten verlassen haben. Theon hielt nach Spuren Ausschau, Fußabdrücken, abgebrochenen Zweigen, nach allem, was darauf hindeuten konnte, wo die Schattenwölfe aus dem Wasser gekommen waren. Schnell entdeckte er die Spuren von Hirschen, Elchen und einem Dachs. Wex überraschte eine Füchsin, die am Bach trank, und Walder scheuchte drei Kaninchen aus dem Unterholz auf und erwischte eins sogar mit einem Pfeil. An einer hohen Birke sahen sie die Kratzspuren eines Bären. Nur von den Schattenwölfen fanden sie keine Spur.

Noch ein wenig weiter, sagte sich Theon. *An der Eiche vorbei, über die Erhebung, bis zur nächsten Biegung des Baches, dort werden wir etwas finden.* Er ritt noch lange weiter, nachdem ihm klar geworden war, dass er eigentlich umkehren sollte; ein nagendes Gefühl der Furcht machte sich in seinem Bauch breit. Es war bereits Mittag, als er aufgab und Smiler wendete.

Irgendwie waren Osha und diese erbärmlichen Bengel ihm entkommen. Es hätte nicht möglich sein sollen, nicht zu Fuß, nicht ein Krüppel und ein kleiner Junge. Mit jeder Stunde, die verstrich, erhöhte sich die Wahrscheinlichkeit, dass ihnen die Flucht gelungen war. *Wenn sie ein Dorf erreichen ...* Die Menschen des Nordens würden Ned Starks Söhnen, Robbs Brüdern, nichts verweigern. Sie würden Pferde bekommen und Vorräte. Die Männer würden sich um die Ehre streiten, sie zu beschützen. Der ganze verdammte Norden würde sich um sie scharen.

Die Wölfe sind bachabwärts gelaufen, das wird es sein. Er klammerte sich an diese Hoffnung. *Die rote Hünain wird die Stelle finden, wo sie aus dem Wasser gekommen sind, und wir werden sie weiter verfolgen.*

Doch als er auf Farlens Gruppe stieß, genügte ein Blick in das Gesicht des Hundemeisters, um Theons Hoffnungen zu begraben. »Diese Hunde taugen doch höchstens als Köder für Bärenkämpfe«, sagte er verärgert. »Ich wünschte, ich hätte einen Bären.«

»Die Hunde haben keine Schuld.« Farlen kniete zwischen einem Mastiff und seiner geliebten roten Hündin. »Fließendes Wasser behält keine Witterung, M'lord.«

»Die Wölfe müssen doch *irgendwo* aus dem Wasser gekommen sein.«

»Ohne Zweifel. In einer der beiden Richtungen. Wir können weiter nach der Stelle suchen, doch wo?«

»Ich habe noch nie einen Wolf gesehen, der meilenweit durch einen Bach läuft«, sagte Stinker. »Ein Mensch, vielleicht. Wenn er wüsste, das er verfolgt wird. Aber ein Wolf?«

Das verwunderte Theon nicht so sehr. Diese Tiere waren nicht wie andere Wölfe. *Ich hätte den verdammten Biestern das Fell abziehen sollen.*

Auch Gariss, Murch und Aggar hatten keine anderen Ergebnisse vorzuweisen. Die Jäger waren den halben Weg bis Winterfell zurückgegangen, ohne irgendwelche Spuren zu finden, wo die Starks mit ihren Helfern sich von den Schattenwölfen getrennt hatten. Farlens Hunde wirkten ebenso niedergeschlagen wie ihr Herr, sie schnüffelten vergeblich an Bäumen herum und schnappten gereizt nacheinander.

Theon wagte nicht, seine Niederlage einzugestehen. »Wir kehren zum Bach zurück. Dort sucht ihr noch einmal. Diesmal gehen wir so weit wie wir müssen.«

»Wir werden sie nicht finden«, sagte der Freyjunge plötzlich. »Nicht solange die Froschfresser bei ihnen sind. Schlammmenschen sind Schleicher, sie kämpfen nicht wie anständige Männer, sie lauern ihrem Feind auf und schießen mit vergifteten Pfeilen. Ihr werdet sie nicht bemerken, aber sie sehen Euch. Wer ihnen in die Sümpfe folgt, verirrt sich und kommt niemals wieder heraus. Ihre Häuser *bewegen* sich, sogar Burgen wie Greywater Watch.« Er musterte nervös das Grün, das sie auf allen Seiten umgab. »Vielleicht sind sie jetzt hier draußen und belauschen uns.«

Farlen lachte, um zu zeigen, was er von diesem Gerede hielt. »Meine Hunde würden sie sofort in den Büschen wittern. Sie hätten sie gestellt, ehe du furzen könntest, Junge.«

»Froschfresser riechen nicht wie Menschen«, beharrte Frey. »Sie stinken nach Sumpf, wie Frösche und Bäume und brackiges Wasser. Unter ihren Achseln wächst Moos an Stelle von Haar, und sie können nur von Schlamm und Sumpfwasser leben.«

Theon wollte ihm schon sagen, was er mit seinen Ammenmärchen tun könnte, als Maester Luwin das Wort ergriff. »In der Geschichtsschreibung heißt es, die Pfahlbaumenschen seien den Kindern des Waldes sehr nahe gekommen, als die Grünseher versuchten, den Hammer des Wassers auf den Neck hinunter zu bringen. Vielleicht besitzen sie ihr geheimes Wissen.«

Plötzlich schien es im Wald um einiges dunkler zu sein, als hätte sich eine Wolke vor die Sonne geschoben. Wenn ein Junge Unfug redete, war das eine Sache, doch von Maestern erwartete man eigentlich Weisheit. »Die einzigen Kinder, die mich interessieren, sind Bran und Rickon«, sagte Theon. »Zurück zum Bach. Sofort.«

Einen Augenblick dachte er, sie würden ihm den Gehorsam verweigern, doch am Ende setzte sich alte Gewohnheit durch. Sie folgten zwar unwillig, doch sie kamen mit. Der Freyjunge war genauso nervös wie das Kaninchen, das er zuvor erlegt hatte. Theon teilte die Männer für beide Ufer ein und folgte der Strömung. Meilenweit ritten sie langsam und vorsichtig, stiegen ab, um die Pferde über trügerische Stellen zu führen, und ließen die Hunde, für Theon jetzt die Bärenköder, an jedem Busch schnüffeln. Wo ein umgefallener Baum den Bach staute, mussten sie einen tiefgrünen Teich umgehen, doch falls die Schattenwölfe das Gleiche getan hatten, ließ sich kein Beweis dafür finden. Die Biester waren geschwommen, schien es. *Wenn ich sie erwische, können sie schwimmen, so lange sie wollen. Ich werde sie beide dem Ertrunkenen Gott opfern.*

Schließlich wurde es dunkel im Wald, und Theon Greyjoy wusste, dass er geschlagen war. Entweder kannten die Pfahlbaumenschen tatsächlich die Magie der Kinder des Waldes, oder Osha hatte sie mit einem Wildlingstrick getäuscht. Er drängte sich durch die Dämmerung weiter, dann jedoch, im letzten Tageslicht fasste Joseth sich endlich ein Herz und wandte sich an ihn: »Das ist nutzlos, Mylord. Die Pferde werden sich nur die Beine brechen.«

»Joseth hat Recht«, stimmte Maester Luwin zu. »Bei Fackellicht durch die Wälder zu streifen, wird uns nicht helfen.«

Theon kam die Galle hoch, und in seinem Magen schienen sich Schlangen zu winden und nacheinander zu schnappen. Wenn er mit leeren Händen nach Winterfell zurückkehrte, konnte er genauso gut das Narrenkostüm anlegen; der ganze Norden würde über ihn lachen. *Und wenn mein Vater das erfährt, oder Asha ...*

»Mylord Prinz.« Stinker drängte sein Pferd heran. »Es könnte sein, dass die Starks niemals hier entlang gekommen sind. Ich an ihrer Stelle wäre nach Norden und Osten gezogen. Zu den Umbers. Das sind treue Starkmänner, ganz gewiss. Bloß, bis zu ihrem Land ist es ein weiter Weg. Die Jungen werden an einem Ort Schutz suchen, der näher liegt. Vielleicht weiß ich, wo.«

Theon blickte ihn misstrauisch an. »Sag schon.«

»Kennt Ihr die alte Mühle, die so einsam am Acorn steht? Wir haben dort angehalten, als man mich nach Winterfell verschleppt hat. Die Müllerin hat uns Stroh für die Pferde verkauft, während der alte Ritter mit ihren Kindern herumgeschäkert hat. Vielleicht verstecken sich die Starks dort.«

Die Mühle kannte Theon. Er hatte ein- oder zweimal mit der Müllerin angebandelt. Weder die Mühle noch die Frau waren etwas Besonderes. »Warum dort? Es gibt ein Dutzend Festen und Dörfer, die genauso nah sind.«

Die blassen Augen leuchteten vor Vergnügen. »Warum? Das weiß ich auch nicht. Aber dass sie da sind, das habe ich im Gefühl.«

Langsam hatte er die oberschlauen Antworten des Mannes satt. *Seine Lippen sehen aus wie zwei Würmer, die es miteinander treiben.* »Was sagst du da? Wenn du mir irgendetwas vorenthalten hast –«

»M'lord Prinz?« Stinker stieg ab und bedeutete Theon, das Gleiche zu tun. Als sie am Boden standen, öffnete er den Sack, den er aus Winterfell mitgebracht hatte. »Seht Euch dies an.«

Inzwischen war es schwierig, etwas zu erkennen. Theon steckte ungeduldig die Hand in den Sack und strich über weiches Fell und raue Wolle. Eine scharfe Spitze stach in seine Haut, und seine Finger schlossen sich um etwas Kaltes und Hartes. Er zog eine Wolfskopfbrosche aus Silber und Jett hervor. Jäh begriff er. Er schloss die Hand zur Faust. »Gelmarr«, sagte er und fragte sich, wem er wohl vertrauen konnte. *Keinem von ihnen.* »Aggar. Rotnase. Mit uns. Der Rest von euch kann mit den Hunden nach Winterfell zurückkehren. Ich brauche euch nicht länger. Jetzt weiß ich, wo sich Bran und Rickon verstecken.«

»Prinz Theon«, flehte Maester Luwin, »Ihr werdet Euch doch an Euer Versprechen erinnern? Ihr hattet mir Gnade zugesichert.«

»Gnade hätte es heute Morgen gegeben«, entgegnete Theon. *Besser als grausam gelten denn als töricht.* »Bevor sie mich zornig gemacht haben.«

JON

Sie konnten das Feuer in der Nacht sehen, wie es an den Hängen des Berges leuchtete wie ein abgestürzter Stern. Es brannte röter als die anderen Sterne und flackerte nicht, obwohl es manchmal hell aufflammte und dann wieder zu einem fernen, schwachen Funken verglomm.

Eine halbe Meile vor uns, und etwa siebenhundert Meter höher, schätzte Jon. Ein perfekter Ort, um den Pass unten zu bewachen.

»Wächter im Klagenden Pass«, sagte der Älteste unter ihnen. In seiner Jugend war er Knappe des Königs gewesen, und noch immer nannten ihn die schwarzen Brüder Knappe Dalbridge. »Wovor fürchtet sich Mance Rayder, frage ich mich?«

»Wenn er wüsste, dass sie ein Feuer angezündet haben, würde er den armen Schweinen die Haut abziehen«, bemerkte Ebben, ein gedrungener, glatzköpfiger Kerl mit Muskeln wie Steinblöcke.

»Das Feuer dort oben bedeutet Leben«, meinte Qhorin Halbhand, »kann aber genauso gut den Tod bringen.« Auf seinen Befehl hin hatten sie kein Feuer zu entzünden gewagt, seit sie in die Berge vorgedrungen waren. Sie aßen kaltes Salzfleisch, hartes Brot und noch härteren Käse, schliefen zusammen unter Stapeln von Mänteln und Fellen und waren dankbar für die Wärme der anderen. Jon fühlte sich an längst vergangene kalte Nächte auf Winterfell erinnert, wenn er das Bett mit seinen Brüder geteilt hatte. Die Männer waren ebenfalls Brüder, doch das Bett, das sie teilten, bestand aus Stein und Erde.

»Sie werden ein Horn haben«, vermutete Stonesnake.

Halbhand sagte: »Ein Horn, das sie auf keinen Fall blasen dürfen.«

»Das wäre bei Nacht ein langer, grausamer Aufstieg«, sagte

Ebben, während er durch eine Spalte in den Felsen, die sie verbargen, zu dem hellen Funken hinaufsah. Am Himmel zeigte sich keine Wolke, die zerklüfteten Berge erhoben sich schwarz in die Höhe bis zu den Gipfeln, deren von Schnee und Eis gekrönte Spitzen im Mondlicht bleich leuchteten.

»Und ein noch längerer Fall«, erwiderte Qhorin Halbhand. »Zwei Männer, würde ich sagen. Vermutlich sind sie zu zweit, um sich bei der Wache abzuwechseln.«

»Ich.« Der Grenzer mit Namen Stonesnake hatte bereits unter Beweis gestellt, dass er der beste Kletterer war. Daran bestand kein Zweifel.

»Und ich«, sagte Jon Snow.

Qhorin Halbhand sah ihn an. Jon hörte das Klagen des Windes, der durch den Pass über ihnen pfiff. Eines der kleinen Pferde wieherte und stampfte mit dem Huf auf den steinigen Boden der flachen Senke, in der sie Schutz gesucht hatten. »Der Wolf bleibt bei uns«, bestimmte Qhorin. »Weißes Fell sieht man zu leicht im Mondlicht.« Er wandte sich an Stonesnake. »Wenn es erledigt ist, werft ein Stück brennendes Holz herunter. Dann folgen wir euch.«

»Am besten machen wir uns gleich auf den Weg«, meinte Stonesnake.

Jeder nahm ein langes, aufgewickeltes Seil. Stonesnake trug dazu einen Beutel mit Eisennägeln und einen kleinen Hammer, dessen Kopf dick mit Filz umwickelt war. Ihre Pferde ließen sie zurück, ebenso ihre Helme, die Kettenhemden und Ghost. Jon kniete sich vor dem Schattenwolf hin und drückte ihn, bevor sie aufbrachen. »Bleib hier«, befahl er. »Ich komme bald zurück.«

Stonesnake übernahm die Führung. Er war ein kleiner, drahtiger Mann, der sich den Fünfzig näherte und einen grauen Bart hatte, doch er war stärker, als es den Anschein hatte und besaß ungewöhnlich gute Augen. Heute Nacht würde er sie brauchen. Bei Tage waren die Berge graublau und mit Reif bedeckt, doch nachdem die Sonne erst einmal hinter den zerklüfteten Gipfeln verschwunden war, wurden sie schwarz. Jetzt rahmte der aufgehende Mond sie mit silberweißem Saum.

Die schwarzen Brüder bewegten sich inmitten schwarzer Felsen durch schwarze Schatten und arbeiteten sich einen steilen, gewundenen Pfad hinauf, während ihr Atem in der schwarzen Luft dampfte. Jon fühlte sich ohne sein Kettenhemd fast nackt, obwohl er das Gewicht nicht vermisste. Mühselig und langsam ging es voran. Wenn man sich hier zu sehr beeilte, riskierte man leicht einen gebrochenen Knöchel oder Schlimmeres. Stonesnake schien fast instinktiv zu wissen, wohin er die Füße setzte, Jon jedoch musste auf dem rauen, unebenen Grund genau aufpassen.

Der Klagende Pass war eigentlich eine Folge von mehreren Pässen, eine lange, verschlungene Strecke, die um eisige, windumtoste Gipfel hinauf- und durch versteckte Täler, welche die Sonne selten zu Gesicht bekamen, wieder hinunterführte. Außer seinen Gefährten hatte Jon keine Menschenseele mehr gesehen, seit sie die Wälder hinter sich gelassen und den Aufstieg begonnen hatten. Die Frostfangs waren so unwirtlich wie kaum ein anderer Ort, den die Götter geschaffen hatten, und stellten sich ihnen feindselig entgegen. Der Wind schnitt wie Messer ins Fleisch und klagte des Nachts wie eine Mutter, die um ihre erschlagenen Kinder trauert. Die wenigen Bäume hier oben waren verkümmert, groteske Gebilde, die seitlich aus Rissen und Spalten wuchsen. Über den Weg hingen oft Felsvorsprünge, die mit Eiszapfen gesäumt waren, die von weitem wie Zähne aussahen.

Dennoch tat es Jon nicht Leid, dass er mitgekommen war. Überall gab es Wunder zu bestaunen. Sonnenlicht blitzte auf eisigen, dünnen Wasserfällen, die über Felswände herabstürzten, und auf einer Bergwiese wuchsen die wilden Blumen des Herbstes, blaue Winterchen, helle scharlachrote Frostfeuer und große Büschel aus rotbraunem und goldenem Pfeifergras. Jon hatte in tiefe, dunkle Schluchten gespäht, die nur irgendwo in der Hölle enden konnten, und er war mit seinem kleinen Pferd über eine vom Wind zerklüftete Felsbrücke geritten, wo er auf beiden Seiten nur noch den Himmel neben sich gehabt hatte. Adler nisteten in den Höhen und stießen herab, um in den Tälern zu jagen, sie zogen ohne Mühe auf den großen blaugrauen Schwingen ihre Kreise und waren beinahe mit dem Himmel verschmolzen. Einmal hatte er sogar eine Schattenkatze gesehen, die sich an ein Bergschaf anpirschte und wie flüssiger Rauch den Hang hinunterkroch, bis der richtige Augenblick zum Zuschlagen gekommen war.

Jetzt sind wir diejenigen, die zuschlagen. Jon wünschte nur, er könnte sich ebenso sicher und leise bewegen wie die Schattenkatze und ebenso schnell töten. Longclaw steckte in der Scheide auf seinem Rücken, doch vielleicht würde er keinen Platz haben, um es zu benutzen. Er trug einen Dolch und ein Messer für den Nahkampf bei sich. *Sie werden auch Waffen haben, und ich trage keine Rüstung.* Er fragte sich, wer sich am Ende der Nacht als Schattenkatze erweisen würde und wer als Bergschaf.

Lange Zeit blieben sie auf dem Weg und folgten seinen Windungen entlang der Steilhänge. Aufwärts, immer nur aufwärts ging es. Manchmal schoben sich die Berge vor, und sie verloren das Feuer aus den Augen, doch früher oder später tauchte es wieder auf. Der Pfad, den Stonesnake wählte, wäre für Pferde nicht begehbar gewesen. An manchen Stellen musste Jon den Rücken an den kalten Stein drücken und seitlich wie eine Krabbe Zoll um Zoll vorrücken. *Ein Schritt nach dem anderen,* machte er sich Mut. *Ein Schritt nach dem anderen, dann stürze ich nicht ab.*

Seit ihrem Aufbruch von der Faust der Ersten Menschen hatte er sich nicht mehr rasiert, und die Haare auf seiner Oberlippe waren bald steifgefroren. Nach zwei Stunden Kletterei nahm der Wind plötzlich so stark zu, dass Jon sich nur niederkauern, an den Felsen klammern und hoffen konnte, er würde nicht davongeweht. *Ein Schritt nach dem anderen,* redete er sich ein, nachdem die Sturmböe nachgelassen hatte. *Ein Schritt nach dem anderen, dann stürze ich nicht ab.*

Bald waren sie so hoch, dass es besser war, nicht hinunterzuschauen. Unter ihnen gähnte doch nur Schwärze, über ihnen gab es nur Mond und Sterne. »Der Berg ist deine Mutter«, hatte Stonesnake ihm während einer leichteren Kletterpartie vor ein paar Tagen erklärt. »Klammere dich an sie, drück dein Gesicht an ihre Brust, dann wird sie dich nicht fallen lassen.« Jon hatte scherzhaft gesagt, er habe sich schon immer gefragt, wer seine Mutter sei, doch er hätte niemals gedacht, sie in den Frostfangs zu finden. Inzwischen fand er es nicht mehr so lustig. *Ein Schritt nach dem anderen,* mahnte er sich abermals und klammerte sich fest.

Plötzlich endete der schmale Pfad an einem dunklen Granitvorsprung, der aus der Bergseite ragte. Nach dem hellen Mondschein wirkte der Schatten des Vorsprungs so schwarz, dass er das Gefühl hatte, er betrete eine Höhle. »Hier hoch«, sagte der Grenzer leise. »Wir wollen höher als sie kommen.« Er zog seine Handschuhe aus, schob sie in den Gürtel und band sich ein Ende seines Seils um die Hüfte und das andere um Jon. »Komm nach, wenn das Seil straff ist.« Der Grenzer wartete keine Antwort ab, sondern kletterte sofort los; er bewegte sich mit Fingern und Zehen schneller aufwärts, als Jon glauben mochte. Das lange Seil wickelte sich langsam ab. Jon beobachtete Stonesnake genau und merkte sich, wo der Mann Halt fand. Nachdem das Seil straff geworden war, zog er ebenfalls die Handschuhe aus und folgte, wenngleich wesentlich langsamer.

Stonesnake hatte das Seil um eine glatte Felsspitze geschlungen, auf der er saß und wartete, doch sobald Jon ihn erreichte, löste er die Schlinge und machte sich abermals auf den Weg. Diesmal fand er keinen so geeigneten Platz, als das Seil zu Ende war, daher holte er seinen mit Filz umhüllten Hammer hervor und trieb einen Nagel in einen Riss. Obwohl die Schläge sehr leise waren, hallten sie vom Stein wider, und Jon zuckte bei jedem Einzelnen zusammen. Bestimmt mussten die Wildlinge sie ebenfalls hören. Schließlich war der Nagel eingeschlagen, und Stonesnake befestigte das Seil daran. Jetzt folgte Jon ihm. *Saug an der Brust des Berges,* rief er sich in Erinnerung. *Nicht nach unten schauen. Halte dein Gewicht über den Füßen. Nicht nach unten schauen. Schau auf den Fels vor dir. Dort kannst du dich gut fest halten, ja. Nicht nach unten schauen. Auf dem Vorsprung da kann ich ausruhen, ich muss ihn nur erreichen. Bloß nicht nach unten schauen.*

Einmal rutschte er mit einem Fuß ab, als er sein Gewicht darauf verlagerte, und das Herz stockte ihm, doch die Götter waren gut zu ihm, und er stürzte nicht ab. Er spürte, wie die Kälte aus dem Stein in seine Finger kroch, doch er wagte es nicht, die Handschuhe anzuziehen; die Handschuhe würden rutschen, gleichgültig, wie eng sie zu sitzen schienen, Stoff und Fell würden sich zwischen Stein und Haut bewegen, und hier oben konnte das seinen Tod bedeuten. Seine verbrannte Hand wurde steif und begann bald zu schmerzen. Dann riss er sich irgendwo den Daumennagel auf und hinterließ auf allem, das er berührte, Blutspuren. Hoffentlich hatte er noch alle Finger, wenn diese Kletterpartie zu Ende war.

Aufwärts ging es, aufwärts und aufwärts, wie schwarze Schatten, die über eine mondbeschienene Felswand krochen. Unten vom Pass her hätte man sie leicht entdeckt, doch der Berg verbarg sie vor den Blicken der Wildlinge am Feuer. Inzwischen waren sie ihnen sehr nah, das spürte Jon. Dennoch dachte er nicht an die Feinde, die ihn erwarteten, wenn auch unwissend, sondern an seinen Bruder auf Winterfell. *Bran war für sein Leben gern geklettert. Ich wünschte, ich hätte nur ein Zehntel seines Mutes.*

Auf zwei Drittel des Wegs wurde die Wand durch einen schrägen Spalt im eiskalten Stein unterbrochen. Stonesnake streckte Jon die Hand entgegen und half ihm hinauf. Er hatte die Handschuhe wieder angezogen, und so folgte Jon seinem Beispiel. Der Grenzer deutete mit dem Kopf nach links, und die beiden krochen dreihundert Meter oder mehr auf dem Vorsprung entlang, bis sie das gedämpfte orangefarbene Leuchten jenseits der Felswand sehen konnten.

Dort hatten die Wildlinge ihr Wachfeuer in einer seichten Senke oberhalb der schmalsten Stelle des Passes angezündet. Steil ging es vor ihnen hinunter, der Fels hinter ihnen schützte sie vor dem ärgsten Wind. Dieser Windschutz erlaubte es den schwarzen Brüdern jedoch gleichzeitig, bäuchlings bis auf wenige Meter an sie heranzukriechen, bis sie auf die Männer hinunterschauen konnten, die sie töten mussten.

Einer schlief zusammengerollt unter einem großen Haufen Felle. Jon konnte von ihm nur das Haar sehen, das hellrot im Feuerschein glänzte. Der Zweite saß dicht bei den Flammen, legte Zweige nach und beschwerte sich gereizt über den Wind. Der Dritte beobachtete den Pass, obwohl dort wenig zu sehen war, nur Dunkelheit, die von den schneebedeckten Höhen der Berge umringt war. Und dieser Dritte trug das Horn.

Drei. Einen Augenblick lang war Jon verunsichert. *Es sollten doch nur zwei sein*. Immerhin schlief einer. Und ob es nun zwei oder drei oder zwanzig waren, er musste trotzdem tun, weswegen sie hergekommen waren. Stonesnake berührte ihn am Arm und zeigte auf den Wildling mit dem Horn. Jon deutete mit dem Kopf auf den am Feuer. Es war ein merkwürdiges Gefühl, jemanden auszuwählen, den man töten würde. Sein halbes Leben lang hatte er mit Schwert und Schild verbracht und sich auf diesen Moment vorbereitet. *Hat sich Robb so vor seiner ersten Schlacht gefühlt?*, fragte er sich, doch ihm blieb keine Zeit, lange darüber nachzudenken. Stonesnake erhob sich bereits und sprang in einem Steinhagel hinunter zu den Wildlingen. Jon zog Longclaw aus der Scheide und folgte ihm.

Alles schien nur einen Herzschlag lang zu dauern. Später musste Jon den Mut des Wildlings bewundern, der zuerst nach dem Horn griff statt nach seiner Waffe. Er brachte es noch an die Lippen, doch ehe er hineinstoßen konnte, hatte Stonesnake es ihm mit dem Kurzschwert aus der Hand geschlagen. Jons Mann sprang auf und stieß mit einem brennenden Scheit nach ihm. Jon spürte die Hitze der Flammen als er zurückzuckte. Aus den Augenwinkeln sah er, dass sich der Schläfer regte, und er wusste, dass er schnell mit seinem Gegenüber fertig werden musste. Als der Mann erneut mit dem Scheit ausholte, warf er sich vor und schwang das Bastardschwert mit beiden Händen. Der valyrische Stahl schnitt durch Leder, Fell, Wolle und Fleisch, doch als der Wildling fiel, riss er ihm das Schwert aus der Hand. Auf dem Boden setzte sich der Schlafende unter den Fellen auf. Jon zog seinen langen Dolch, packte den Mann am Haar und drückte ihm die Messerspitze unter das Kinn, während er nach seinen – nein, *ihrem* –

Seine Hand erstarrte. »Ein Mädchen.«

»Eine Wächterin«, erwiderte Stonesnake. »Ein Wildling. Töte sie.«

Jon sah die Furcht und das Feuer in ihren Augen. Blut rann dort, wo sein Dolch ihre Haut verletzt hatte, die Kehle hinunter. *Einmal zustoßen, und es ist erledigt,* sagte er sich. Er war ihr so nah, dass er die Zwiebeln in ihrem Atem riechen konnte. *Sie ist nicht älter als ich.* Irgendetwas an ihr erinnerte ihn an Arya, obwohl sie seiner Halbschwester nicht im Geringsten ähnelte. »Ergibst du dich?«, fragte er und drehte den Dolch ein wenig herum. *Und wenn nicht?*

»Ich ergebe mich.« Ihre Worte dampften in der kalten Luft.

»Dann bist du jetzt unsere Gefangene.« Er zog den Dolch von der weichen Haut ihres Halses zurück.

»Qhorin hat nichts davon gesagt, Gefangene zu machen«, meinte Stonesnake.

»Und auch nichts davon, es nicht zu tun.« Jon ließ das Haar des Mädchens los, und sie wich rückwärts vor ihm zurück.

»Sie ist eine Speerfrau.« Stonesnake deutete auf die lange Axt, die neben den Fellen lag. »Sie hat gerade danach gegriffen, als du sie gepackt hast. Gib ihr den Hauch einer Chance, und sie rammt dir die Axt zwischen die Augen.«

»Ich werde ihr keine Gelegenheit dazu geben.« Jon stieß die Axt mit dem Fuß außer Reichweite des Mädchens. »Hast du einen Namen?«

»Ygritte.« Sie rieb sich den Hals und starrte auf das Blut an ihrer Hand.

Jon steckte den Dolch in die Scheide und zog Longclaw mit einem Ruck aus dem Leichnam des Mannes, den er getötet hatte. »Du bist meine Gefangene, Ygritte.«

»Ich habe dir meinen Namen genannt.«

»Ich heiße Jon Snow.«

Sie zuckte zusammen. »Ein schlimmer Name.«

»Der Name eines Bastards«, antwortete er. »Mein Vater war Lord Eddard Stark von Winterfell.«

Das Mädchen beäugte ihn wachsam, doch Stonesnake lachte grimmig. »Es ist immer der Gefangene, der reden soll, vergessen?« Der Grenzer hielt einen langen Zweig ins Feuer. »Nicht dass sie reden wird. Ich habe Wildlinge gesehen, die sich eher die Zunge abbissen, als nur eine einzige Frage zu beantworten.« Das Ende des

Zweigs brannte, und Stonesnake machte zwei Schritte und warf ihn weit hinaus in den Pass. Wirbelnd fiel er durch die Nacht, bis er außer Sicht war.

»Ihr solltet die verbrennen, die ihr getötet habt«, sagte Ygritte.

»Dazu bräuchten wir ein größeres Feuer, und große Feuer leuchten hell.« Stonesnake drehte sich um und suchte in der schwarzen Ferne nach weiteren Feuern. »Sind noch mehr Wildlinge in der Nähe, ist es deshalb?«

»Verbrennt sie«, beharrte das Mädchen, »oder ihr braucht vielleicht bald wieder eure Schwerter.«

Jon erinnerte sich an den toten Othor und seine kalten schwarzen Hände. »Vielleicht sollten wir lieber tun, was sie sagt.«

»Es gibt noch andere Möglichkeiten.« Stonesnake kniete neben dem Mann nieder, den er erschlagen hatte und zog ihm Mantel, Stiefel, Gürtel und Weste aus, dann hievte er sich den Leichnam über die Schulter und trug ihn zur Kante. Grunzend warf er ihn hinüber. Einen Augenblick später hörten sie ein dumpfes Klatschen aus der Tiefe. Inzwischen hatte der Grenzer bereits die zweite Leiche bis auf die Haut ausgezogen und zog sie an den Armen zum Rand. Jon nahm die Füße, und gemeinsam schleuderten sie den Toten hinaus in die schwarze Nacht.

Ygritte beobachtete sie und sagte nichts. Sie war älter, als er zunächst gedacht hatte, erkannte Jon, vielleicht zwanzig, doch sehr klein für ihr Alter. Sie hatte O-Beine, ein rundes Gesicht, kleine Hände und eine Stupsnase. Ihr struppiger Rotschopf stand in alle Richtungen ab. Sie wirkte mollig, wie sie so da hockte, doch vermutlich lag das an den Fellen, der Wolle und dem Leder. Unter all dem könnte sie genauso dünn sein wie Arya.

»Wurdet ihr geschickt, um nach uns Ausschau zu halten?«, fragte Jon sie.

»Nach euch und nach anderen.«

Stonesnake wärmte sich die Hände am Feuer. »Was erwartet uns jenseits des Passes?«

»Das freie Volk.«

»Wie viele?«

»Hunderte und Tausende. Mehr als du je gesehen hast, Krähe.« Sie lächelte. Ihre Zähne waren schief, aber sehr weiß.

Sie weiß nicht, wie viele. »Warum seid ihr hergekommen?«

Ygritte verfiel in Schweigen.

»Was ist in den Frostfangs, das euer König haben will? Ihr könnt nicht lange hier bleiben, es gibt nichts zu essen.«

Sie wandte das Gesicht von ihm ab.

»Wollt ihr zur Mauer marschieren? Wann?«

Sie starrte in die Flammen und schien ihn nicht zu hören.

»Weißt du irgendetwas über meinen Onkel, Benjen Stark?«

Ygritte beachtete ihn nicht. Stonesnake lachte. »Wenn sie ihre Zunge ausspuckt, sag nicht, ich hätte dich nicht gewarnt.«

Von den Felsen hallte ein tiefes Grollen wider. *Eine Schattenkatze,* wurde Jon sofort klar. Er erhob sich und hörte eine zweite, die noch näher war. Er zog sein Schwert, drehte sich und lauschte.

»Sie werden uns nicht belästigen«, sagte Ygritte. »Sie sind wegen der Toten gekommen. Katzen riechen Blut auf sechs Meilen Entfernung. Sie werden bei den Leichen bleiben, bis sie das letzte Fleisch abgenagt und die Knochen geknackt und ausgesaugt haben.«

Jon konnte die Geräusche von unten hören. Ihm war unbehaglich dabei zu Mute. Die Wärme des Feuers machte ihm plötzlich bewusst, wie müde er war, doch er wagte nicht zu schlafen. Er hatte die Frau gefangen genommen, und es war an ihm, sie zu bewachen. »Waren sie mit dir verwandt?«, fragte er leise. »Die beiden, die wir getötet haben?«

»Nicht mehr als du.«

»Ich?« Er legte die Stirn in Falten. »Was meinst du damit?«

»Du hast gesagt, du seist der Bastard von Winterfell.«

»Das bin ich.«

»Wer war deine Mutter?«

»Irgendeine Frau. Wie bei den meisten anderen Menschen.« Das hatte einmal jemand zu ihm gesagt. Wer, daran konnte er sich nicht erinnern.

Sie lächelte abermals, und ihre weißen Zähne leuchteten. »Hat sie dir nie das Lied der Winterrose vorgesungen?«

»Ich habe meine Mutter nie kennen gelernt. Und dieses Lied kenne ich auch nicht.«

»Bael der Barde hat es gedichtet«, erklärte Ygritte. »Vor langer Zeit war er König-jenseits-der-Mauer. Das ganze freie Volk kennt seine Lieder, aber im Süden werden sie vielleicht nicht gesungen.«

»Winterfell liegt nicht im Süden«, widersprach Jon.

»Oh, doch. Alles jenseits der Mauer ist für uns der Süden.«

So hatte er das noch nie betrachtet. »Ich nehme an, das hängt vom Standpunkt ab.«

»Ja«, stimmte Ygritte zu, »wie immer.«

»Erzähl schon«, drängte Jon. Es würde Stunden dauern, bis Qhorin eintraf, und eine Geschichte würde ihn wach halten. »Ich möchte die Geschichte hören.«

»Vielleicht würde sie dir nicht gefallen.«

»Trotzdem möchte ich sie hören.«

»Tapfere schwarze Krähe«, spottete sie. »Nun, lange, lange Zeit ehe Bael König des freien Volkes wurde, war er ein mächtiger Bandit.«

Stonesnake schnaubte. »Ein Mörder, Räuber und Schänder, wolltest du sagen.«

»Das hängt auch vom Standpunkt ab«, sagte Ygritte. »Der Stark auf Winterfell wollte Baels Kopf, bekam ihn aber nicht zu fassen, und dieser Misserfolg ärgerte ihn. Eines Tages nannte er Bael in seiner Verbitterung einen Feigling, der immer nur über die Schwachen herfiele. Als Bael davon erfuhr, schwor er, dem Lord eine Lektion zu erteilen. Er kletterte also über die Mauer, lief die Kingsroad hinunter, und marschierte eines Winterabends mit der Harfe in der Hand nach Winterfell hinein und nannte sich Sygerrik von Skagos. *Sygerrik* bedeutet ›Täuscher‹ in der Alten Sprache, die von den Ersten Menschen gesprochen wurde und von den Riesen noch immer gesprochen wird.

Ob Norden oder Süden, Sänger werden überall gern willkommen geheißen, daher saß Bael am Tisch von Lord Stark und spielte die halbe Nacht lang für den Lord. Er sang die alten Lieder und die neuen, die er selbst verfasst hatte, und er sang so schön, dass der

Lord ihm, nachdem er geendet hatte, anbot, er möge sich selbst eine Belohnung aussuchen. ›Ich bitte nur um eine Blume‹, antwortete Bael, ›die schönste Blume, die in den Gärten von Winterfell blüht.‹

Wie es sich zutrug, hatten die Winterrosen gerade zu blühen angefangen, und keine andere Blume ist so selten und so wertvoll. Also schickte der Stark einen Diener in den Glasgarten und ließ die schönste Winterrose für den Sänger pflücken. Und so geschah es. Aber am Morgen war der Sänger verschwunden . . . und mit ihm Lord Brandons jungfräuliche Tochter. Ihr Bett wurde leer vorgefunden, bis auf die hellblaue Rose, die Bael auf dem Kopfkissen zurückgelassen hatte.«

Diese Geschichte hatte Jon noch nie gehört. »Welcher Brandon soll das gewesen sein? Brandon der Erbauer hat im Zeitalter der Helden gelebt, Tausende von Jahren vor Bael. Dann gab es noch Brandon den Brandschatzer und seinen Vater Brandon den Schiffsbauer, aber –«

»Dieser war Brandon der Tochterlose«, entgegnete Ygritte scharf. »Willst du die Geschichte nun hören oder nicht?«

Er setzte eine finstere Miene auf. »Erzähl weiter.«

»Lord Brandon hatte keine anderen Kinder. Auf sein Geheiß zogen die schwarzen Krähen zu Hunderten aus ihren Burgen aus, konnten jedoch nirgendwo eine Spur von Bael oder dieser Jungfrau finden. Fast ein Jahr lang suchten sie, bis der Lord den Mut verlor und krank wurde, denn es schien, dass die Linie der Starks mit ihm enden würde. Aber eines Nachts, während er dalag und auf den Tod wartete, hörte Lord Brandon das Schreien eines Kindes. Er folgte dem Laut und fand seine Tochter schlafend und mit einem Säugling an der Brust in ihrem Zimmer.«

»Hatte Bael sie zurückgebracht?«

»Nein. Sie waren die ganze Zeit in Winterfell gewesen und hatten sich bei den Toten unter der Burg versteckt. Die Jungfrau habe Bael so sehr geliebt, dass sie ihm einen Sohn schenkte, heißt es in dem Lied . . . nun, um die Wahrheit zu sagen, liebten ihn in seinen Liedern alle Jungfrauen. Mag es sein, wie es will, sicher ist, dass Bael das Kind als Bezahlung für die Rose zurückließ, die er ungebeten gepflückt hatte, und der Junge wuchs zum nächsten Lord Stark heran. Also fließt Baels Blut in deinen Adern, genauso wie in meinen.«

»Das ist niemals wirklich passiert«, sagte Jon.

Sie zuckte mit den Schultern. »Vielleicht, vielleicht auch nicht. Trotzdem ist es ein hübsches Lied. Meine Mutter hat es mir immer vorgesungen. Sie war auch irgendeine Frau, Jon Snow, wie deine.« Sie rieb sich die Kehle, wo sein Dolch sie geschnitten hatte. »Das Lied endet, als das Kind gefunden wird, doch die Geschichte hat ein schreckliches Ende. Dreißig Jahre später war Bael König-jenseits-der-Mauer und führte das freie Volk nach Süden, wo sich ihm der junge Lord Stark an der Gefrorenen Furt entgegenstellte ... und ihn tötete, denn Bael konnte seinem eigenen Sohn kein Leid zufügen, als sie sich Auge in Auge gegenüberstanden.«

»Also erschlug der Sohn stattdessen den Vater«, sagte Jon.

»Genau«, antwortete sie, »aber die Götter hassen Vatermörder, selbst wenn die Tat in Unwissenheit geschieht. Als Lord Stark aus der Schlacht zurückkehrte und seine Mutter Baels Kopf auf seinem Speer erblickte, stürzte sie sich in ihrem Gram von einem Turm. Ihr Sohn überlebte sie nicht lange. Einer seiner Lords zog ihm die Haut ab und trug sie als Mantel.«

»Dein Bael war ein Lügner«, sagte Jon, nun vollends davon überzeugt.

»Nein«, erwiderte Ygritte, »aber die Wahrheit eines Barden unterscheidet sich von deiner oder meiner. Jedenfalls hast du mich gebeten, dir die Geschichte zu erzählen, und das habe ich getan.« Sie wandte sich von ihm ab, schloss die Augen und schien zu schlafen.

Die Dämmerung und Qhorin Halbhand trafen gleichzeitig ein. Die schwarzen Felsen hatten sich in Grau verwandelt, und der Himmel im Osten wurde indigoblau, als Stonesnake die Grenzer unten im Pass bemerkte, die den gewundenen Pfad hinaufkamen. Jon weckte seine Gefangene und hielt sie am Arm fest, während sie hinabstiegen. Glücklicherweise gab es in nordwestlicher Richtung einen Weg, der weitaus einfacher zurückzulegen war als der, auf dem sie gekommen waren. Sie warteten in einer schmalen Spalte auf die Brüder, die ihre Pferde am Zügel führten. Ghost rannte voraus, als er Jon witterte. Jon kniete sich hin, und der Schattenwolf packte sein Handgelenk mit den Zähnen und zerrte spielerisch daran. Doch dann blickte er auf und sah Ygritte, die ihn mit weit aufgerissenen Augen anstarrte.

Qhorin Halbhand sagte nichts, als er die Gefangene erblickte. »Sie waren zu dritt«, erklärte Stonesnake. Mehr nicht.

»Zwei haben wir gesehen«, sagte Ebben, »oder das, was die Katzen von ihnen übrig gelassen haben.« Er betrachtete das Mädchen misstrauisch und mit säuerlicher Miene.

Jon fühlte sich verpflichtet zu sagen: »Sie hat sich ergeben.«

Qhorins Gesicht zeigte keinerlei Regung. »Weißt du, wer ich bin?«

»Qhorin Halbhand.« Das Mädchen wirkte neben ihm fast wie ein Kind, dennoch hielt sie tapfer seinem Blick stand.

»Sag mir die Wahrheit. Wenn ich deinem Volk in die Hände fiele und mich ergeben würde, was würde es mir einbringen?«

»Einen langsameren Tod.«

Der große Grenzer wandte den Kopf Jon zu. »Wir haben kein Essen für sie und niemanden, der sie bewachen kann.«

»Der Weg, der vor uns liegt, birgt schon genug Gefahren, Junge«, sagte Knappe Dalbridge. »Ein Ruf, wenn wir Stille brauchen, und jeder von uns ist des Todes.«

Ebben zog den Dolch. »Ein stählerner Kuss wird sie zum Schweigen bringen.«

Jons Kehle schmerzte. Er blickte die anderen hilflos an. »Sie hat sich mir ergeben.«

»Dann musst du tun, was zu tun ist«, sagte Qhorin Halbhand. »Du bist das Blut von Winterfell und ein Mann der Nachtwache.« Er sah die Männer an. »Kommt, Brüder. Lassen wir ihn damit allein. Es wird ihm leichter fallen, wenn wir nicht dabei zuschauen.« Und so führte er sie den steilen, gewundenen Pfad hinauf in die rosafarbene Sonne hinein, und kurze Zeit später waren Jon und Ghost mit dem Wildlingsmädchen allein.

Er dachte, dass Ygritte vielleicht zu fliehen versuchen würde, doch sie stand nur da, wartete und sah ihn an. »Du hast noch nie eine Frau getötet, nicht wahr?« Als er den Kopf schüttelte, sagte sie: »Wir sterben genauso wie Männer. Aber du brauchst es nicht zu tun. Mance würde dich nehmen, das weiß ich ganz bestimmt. Es gibt geheime Wege. Diese Krähen werden uns niemals erwischen.«

»Ich bin auch eine Krähe, genau wie sie«, erwiderte Jon.

Sie nickte ergeben. »Wirst du mich hinterher verbrennen?«

»Das geht nicht. Jemand könnte den Rauch bemerken.«

»Ja, das stimmt.« Sie zuckte die Achseln. »Nun, es gibt schlimmere Dinge als im Bauch einer Schattenkatze zu enden.«

Er zog Longclaw aus der Scheide. »Hast du keine Angst?«

»Gestern Nacht hatte ich Angst«, gestand sie. »Aber jetzt steht die Sonne am Himmel.« Sie schob ihr Haar zur Seite, entblößte den Hals und kniete vor ihm nieder. »Schlag hart und genau zu, Krähe, sonst werde ich zurückkehren und dich heimsuchen.«

Longclaw war nicht so lang oder schwer wie Ice, das Schwert seines Vaters, doch es bestand ebenfalls aus valyrischem Stahl. Er berührte ihren Hals mit der Klinge an der Stelle, die er treffen musste, und Ygritte schauderte. »Das ist kalt. Mach schon, beeil dich.«

Nun hob er Longclaw hoch über den Kopf und schloss beide Hände fest um das Heft. *Ein Hieb, mit aller Kraft.* Wenigstens konnte er ihr einen kurzen, schmerzlosen Tod bereiten. Schließlich war er seines Vaters Sohn. Oder nicht? Oder etwa nicht?

»Mach schon«, drängte sie. »Bastard. *Na los.* Ich kann schließlich nicht ewig tapfer bleiben.« Als der Hieb ausblieb, wandte sie den Kopf um und blickte ihn an.

Jon senkte das Schwert. »Geh«, murmelte er.

Ygritte starrte ihn an.

»Los. Ehe ich wieder klaren Verstandes bin. *Geh.«*

Sie ging.

SANSA

Der Himmel im Süden war schwarz vor Rauch. Wallend stieg der Qualm von hundert fernen Feuern auf, und seine rußigen Finger verwischten die Sterne. Jenseits des Blackwater Rush flackerten in einer langen Reihe Flammen am Horizont, während der Gnom auf dieser Seite das gesamte Ufer niedergebrannt hatte: Anleger und Lagerhäuser, Hütten und Bordelle, einfach alles außerhalb der Stadtmauern.

Sogar im Red Keep lag Aschegeschmack in der Luft. Als Sansa Ser Dontos in der Stille des Götterhains entdeckte, fragte er sie, ob sie geweint habe. »Das kommt nur vom Rauch«, log sie. »Es sieht aus, als ob der halbe Königswald brennen würde.«

»Lord Stannis will die Wilden des Gnoms ausräuchern.« Dontos schwankte, während er sprach, und stützte sich mit einer Hand an einem Kastanienbaum ab. Ein Weinfleck hatte die roten und gelben Karos seines Gewandes verfärbt. »Sie töten seine Kundschafter und überfallen seine Wagen. Und auch die Wildlinge legen Feuer. Der Gnom hat der Königin gesagt, dass Stannis seinen Pferden lieber beibringen solle, Asche an Stelle von Gras zu fressen. Ich habe selbst gehört, wie er es gesagt hat. Der Narr hört sehr viel, was dem Ritter, der ich früher war, niemals zu Ohren gelangt wäre. Sie reden, als sei ich nicht da, und« – er beugte sich vor und hauchte ihr seinen Weinatem ins Gesicht – »die Spinne bezahlt für jede winzige Kleinigkeit mit Gold. Ich glaube, Mondbub arbeitet schon seit Jahren für ihn.«

Er ist schon wieder betrunken. Mein armer Florian nennt er sich, und das ist er auch. Aber er ist der Einzige, den ich habe. »Stimmt es, dass Lord Stannis den Götterhain in Storm's End niedergebrannt hat?«

Dontos nickte. »Er hat die Bäume seinem neuen Gott geopfert.

Die rote Priesterin hat ihn dazu angestiftet. Es heißt, sie würde ihn inzwischen beherrschen, mit Leib und Seele. Er hat geschworen, die Große Septe von Baelor niederzubrennen, nachdem er die Stadt eingenommen hat.«

»Soll er nur.« Als Sansa die Große Septe mit ihren Marmormauern und den sieben Kristalltürmen zum ersten Mal erblickt hatte, war sie ihr wie das schönste Bauwerk der Welt erschienen, doch das war gewesen, bevor Joffrey ihren Vater auf den Stufen hatte enthaupten lassen. »Mir wäre es recht.«

»Pst, Kind, die Götter werden Euch hören.«

»Warum sollten sie? Meine Gebete erhören sie auch nicht.«

»Doch, doch. Sie haben Euch mich geschickt, nicht wahr?«

Sansa stocherte mit dem Finger an der Rinde eines Baumes. Sie fühlte sich benommen, fast als hätte sie Fieber. »Sie haben Euch geschickt, doch was habt Ihr bisher für mich getan? Ihr habt versprochen, mich nach Hause zu bringen, aber ich bin noch immer hier.«

Dontos legte ihr die Hand auf den Arm. »Ich habe mit einem gewissen Mann gesprochen, einem guten Freund von mir ... und von Euch, Mylady. Er wird ein schnelles Schiff mieten, das uns in Sicherheit bringt, wenn der rechte Zeitpunkt gekommen ist.«

»Der rechte Zeitpunkt ist jetzt«, beharrte Sansa, »sofort, ehe die Kämpfe beginnen. Sie haben mich vergessen. Bestimmt könnten wir fliehen, wenn wir es versuchten.«

»Kind, Kind.« Dontos schüttelte den Kopf. »Aus der Burg vielleicht, ja, das würde uns wohl gelingen, aber die Stadttore werden schärfer bewacht als je zuvor, und der Gnom hat sogar den Fluss sperren lassen.«

Das stimmte. Der Blackwater war so leer, wie Sansa ihn noch nie gesehen hatte. Alle Fähren hatten am Nordufer angelegt, und die Handelsgaleeren waren entweder geflohen oder vom Gnom beschlagnahmt worden, um in der Schlacht eingesetzt zu werden. Die einzigen Schiffe, die man sah, waren die Kriegsgaleeren des Königs. Endlos fuhren sie auf und ab, hielten sich im tiefen Wasser in der Flussmitte und wechselten Pfeilsalven mit Stannis' Bogenschützen am Südufer.

Lord Stannis selbst war noch immer auf dem Weg hierher, doch seine Vorhut war vor zwei Tagen in einer mondlosen Nacht eingetroffen. Am Morgen hatte sich King's Landing der Anblick der Zelte und Banner geboten. Fünftausend Soldaten seien es, hatte Sansa gehört, beinahe ebenso viele, wie sich Goldröcke in der Stadt aufhielten. Sie marschierten unter dem roten oder dem grünen Apfel der Fossoways, der Schildkröte Estermonts, dem Fuchs-und-Blumen-Banner der Florents, und ihr Kommandant war Ser Guyard Morrigen, ein berühmter Ritter aus dem Süden, den die Männer jetzt Guyard den Grünen nannten. Sein Banner zeigte eine fliegende Krähe, welche die Schwingen weit vor einem sturmgrünen Himmel ausbreitete. Doch es waren insbesondere die hellgelben Banner, die in der Stadt Besorgnis erregten. Lange ausgefranste Streifen flatterten hinter ihnen her wie flackernde Flammen, und an Stelle des Wappens eines Lords zeigten sie das Symbol eines Gottes: das flammende Herz des Herrn des Lichts.

»Alle sagen, wenn Stannis eintrifft, wird er zehnmal mehr Männer haben als Joffrey.«

Dontos drückte ihre Schultern. »Die Größe des Heeres ist nicht entscheidend, so lange es sich auf der falschen Seite des Flusses aufhält. Stannis kann ihn ohne Schiffe nicht überqueren.«

»Er hat aber Schiffe. Mehr als Joffrey.«

»Von Storm's End ist es eine weite Fahrt, und die Flotte muss erst einmal um Masseys Horn und die Gurgel und die Blackwater-Bucht herkommen. Vielleicht senden die guten Götter einen Sturm, der sie vom Meer fegt.« Dontos lächelte hoffnungsfroh. »Es ist nicht leicht für Euch, ich weiß. Dennoch müsst Ihr Euch in Geduld üben, Kind. Wenn mein Freund in die Stadt zurückkehrt, werden wir unser Schiff haben. Vertraut Eurem Florian und fürchtet Euch nicht.«

Sansa vergrub die Fingernägel in ihrer Hand. Sie fühlte die Furcht in ihrem Leib und jeden Tag nagte sie stärker an ihr. Albträume von jenem Tag, an dem Prinzessin Myrcella abgefahren war, verfolgten sie noch immer im Schlaf; düstere, erdrückende Träume ließen sie mitten in finsterster Nacht aufwachen und nach Luft schnappen. Sie hörte, wie die Menschen sie anschrien, ohne Worte, wie Tiere.

Sie hatten sie umzingelt und warfen Dreck nach ihr und versuchten, sie vom Pferd zu zerren, und sie hätten ihr Schlimmeres angetan, wäre der Bluthund nicht zu ihr vorgedrungen. Den Hohen Septon hatten sie in Stücke gerissen, Ser Arons Kopf mit einem Stein zermalmt. *Fürchtet Euch nicht!* sagte er.

Die ganze Stadt fürchtete sich. Sansa konnte es von den Burgmauern aus sehen. Das gemeine Volk versteckte sich hinter verrammelten Türen und Fenstern. Als King's Landing das letzte Mal gefallen war, hatten die Lannisters nach Belieben geplündert und geschändet und Hunderte ermordet, obwohl die Stadt ihre Tore freiwillig geöffnet hatte. Diesmal wollte der Gnom kämpfen, und eine Stadt, die sich wehrte, durfte überhaupt keine Gnade erwarten.

Dontos plapperte weiter. »Wenn ich noch immer Ritter wäre, müsste ich eine Rüstung anlegen und mit den anderen Männern auf den Mauern stehen. Ich sollte König Joffrey die Füße küssen und ihm danken.«

»Wenn Ihr ihm dafür dankt, dass er Euch zum Narren gemacht hat, wird er Euch umgehend wieder zum Ritter schlagen«, warnte ihn Sansa scharf.

Dontos kicherte. »Meine Jonquil ist ein kluges Mädchen, nicht wahr?«

»Joffrey und seine Mutter sagen, ich sei dumm.«

»Sollen sie nur. Auf die Weise ist es sicherer für Euch, meine Süße. Königin Cersei und der Gnom und Lord Varys und sie alle beobachten einander mit Adleraugen, und jeder bezahlt seine Spione, um zu erfahren, was die anderen tun, doch niemand kümmert sich um Lady Tandas Tochter, oder?« Dontos bedeckte den Mund, um einen Rülpser zu unterdrücken. »Die Götter mögen Euch beschützen, meine kleine Jonquil.« Er wurde rührselig. Das kam vom Wein. »Gebt Eurem Florian einen Kuss. Einen Glückskuss.« Er schwankte auf sie zu.

Sansa wich seinen feuchten Lippen aus und küsste ihn leicht auf die unrasierte Wange, dann wünschte sie ihm eine gute Nacht. Sie musste sich sehr anstrengen, nicht zu weinen. In letzter Zeit hatte sie viel zu oft geweint. Das schickte sich nicht, das wusste sie, trotzdem konnte sie sich nicht beherrschen; die Tränen kamen einfach ungebeten, manchmal wegen einer Kleinigkeit, und keine Macht der Welt konnte sie zurückhalten.

Die Zugbrücke zu Maegors Bergfried war nicht bewacht. Der Gnom hatte die meisten Goldröcke auf die Stadtmauern versetzt, und die weißen Ritter der Königsgarde hatten Wichtigeres zu tun, als ihr auf Schritt und Tritt zu folgen. Sansa konnte gehen, wohin sie wollte, solange sie die Burg nicht verließ, allerdings gab es hier keinen Ort, nach dem es sie verlangte.

Sie überquerte den trockenen Burggraben mit den grausigen Eisenstacheln und stieg die schmale Wendeltreppe hinauf, doch als sie die Tür ihres Zimmers erreichte, konnte sie sich nicht überwinden einzutreten. Innerhalb der Wände des Gemachs fühlte sie sich gefangen; selbst wenn das Fenster weit offen stand, fehlte ihr die Luft zum Atmen.

Sie wandte sich wieder zur Treppe um und stieg weiter hinauf. Der Rauch verdunkelte die Sterne und die dünne Mondsichel, daher war es auf dem Dach dunkel. Dennoch konnte sie alles von hier aus sehen: die hohen Türme des Red Keep, das Labyrinth der Straßen darunter, im Süden und Westen den schwarzen Lauf des Flusses, die Bucht im Osten, die Rauchsäulen und die Glut und Feuer, überall Feuer. Soldaten wimmelten über die Stadtmauern wie Ameisen mit Fackeln. Unten am Schlammtor konnte sie gegen den dahintreibenden Rauch die riesigen Schemen der drei Katapulte ausmachen, die größten, die man je gesehen hatte; sie überragten die Mauern um gute sieben Meter. Trotzdem besänftigten sie ihre Angst nicht. Ein heftiger Stich durchfuhr Sansa, sodass sie aufschluchzte und sich den Bauch hielt. Beinahe wäre sie gestürzt, doch plötzlich bewegte sich im Dunkeln ein Schatten, packte sie mit kräftigen Händen und hielt sie aufrecht.

Sie stützte sich auf eine Zinne, und ihre Finger kratzten über den rauen Stein. »Lasst mich los«, rief sie. »Lasst los.«

»Der kleine Vogel glaubt, er hätte Flügel, wie? Oder willst du so verkrüppelt enden wie dein Bruder?«

Sansa wand sich in seinem Griff. »Ich wäre nicht hinuntergefallen. Es war nur ... Ihr habt mich erschreckt, mehr nicht.«

»Du willst sagen, ich hätte dir Angst eingejagt. Und tue es noch immer.«

Sie holte tief Luft und beruhigte sich wieder. »Ich habe geglaubt, ich wäre allein, ich ...« Sie blickte zur Seite.

»Der kleine Vogel kann mir immer noch nicht ins Gesicht schauen, was?« Der Bluthund ließ sie los. »Trotzdem hast du dich gefreut, mich zu sehen, als der Pöbel über dich herfiel. Erinnerst du dich?«

Sansa erinnerte sich nur zu gut daran. Sie erinnerte sich an das Heulen des Mobs, daran, wie Blut über ihre Wange gelaufen war, weil sie ein Stein getroffen hatte, an den Knoblauchgestank des Mannes, der sie vom Pferd zerren wollte. Sie spürte noch immer das grausame Zwicken seiner Finger, während sie das Gleichgewicht verlor und langsam aus dem Sattel rutschte.

Sie hatte geglaubt, sterben zu müssen, doch die Finger hatten gezuckt, alle fünf auf einmal, und der Mann hatte so laut gebrüllt wie ein Stier. Nachdem seine Hand verschwunden war, hatte eine andere Sansa zurück in den Sattel gestoßen. Der Mann mit dem Knoblauchatem lag auf dem Boden, und Blut spritzte aus dem Stumpf seines Arms, doch er war nicht der Einzige, der sie umzingelte, und manche hatten Knüppel in der Hand. Der Bluthund war auf sie losgegangen, seine Klinge war hin und her gesaust und hatte roten Dunst durch die Luft gezogen. Als der Pöbel endlich vor ihm davongelaufen war, hatte er gelacht, und sein schreckliches, verbranntes Gesicht hatte sich für einen Augenblick verwandelt.

Jetzt zwang sie sich, in dieses Gesicht zu schauen, wirklich hinzuschauen. Es war ein Gebot der Höflichkeit, und die Höflichkeit durfte eine Dame niemals missachten. *Die Narben sind gar nicht das Schlimmste, nicht einmal die Art, wie sein Mund zuckt. Es sind die Augen.* Niemals zuvor hatte sie Augen gesehen, in denen solcher Zorn loderte. »Ich ... ich hätte danach zu Euch kommen sollen«, sagte sie zögerlich. »Um Euch zu danken ... weil Ihr mich gerettet habt ... Ihr wart so tapfer.«

»Tapfer?« Sein Lachen klang wie ein Knurren. »Ein Hund braucht keinen Mut, um Ratten zu vertreiben. Sie waren mir dreißig zu eins überlegen, und trotzdem hat es niemand gewagt, sich mir in den Weg zu stellen.«

Sie hasste es, wie er redete, stets so schroff und wütend. »Macht es Euch Freude, den Menschen Angst einzujagen.«

»Nein, es macht mir Freude, Menschen zu töten.« Sein Mund zuckte. »Verzieh dein Gesicht so viel du willst, aber erspare mir diese falsche Frömmigkeit. Du bist das Balg eines Lords. Erzähle mir nicht, Lord Eddard Stark von Winterfell habe niemals einen Mann getötet.«

»Das war seine Pflicht. Aber es hat ihm nie gefallen.«

»Hat er dir das erzählt?« Clegane lachte erneut. »Dein Vater hat gelogen. Töten ist das Süßeste der Welt.« Er zog sein Langschwert. »*Hier* ist deine Wahrheit. Dein werter Vater hat das auf den Stufen von Baelor herausgefunden. Lord von Winterfell, Hand des Königs, Wächter des Nordens, der mächtige Lord Eddard aus einem Geschlecht, das achttausend Jahre alt ist ... und trotzdem hat Ilyn Paynes Klinge seinen Hals durchtrennt, nicht? Erinnerst du dich an den Tanz, den er vollführt hat, als ihm der Kopf von den Schultern fiel?«

Sansa verschränkte die Arme, weil ihr plötzlich kalt wurde. »Warum seid Ihr immer so hasserfüllt? Ich wollte Euch danken ...«

»So wie einem dieser Ritter, die du so sehr liebst, ja. Wozu, denkst du, ist ein Ritter da, Mädchen? Meinst du, es geht dabei bloß um die Gunst einer Dame und eine prächtige goldene Rüstung? Ritter sind dazu da, um zu töten.« Er legte ihr die Klinge des Langschwerts knapp unter dem Ohr an den Hals. Sansa spürte die Schärfe der Klinge. »Ich habe meinen ersten Mann mit zwölf getötet. Inzwischen habe ich zu zählen aufgehört, wie viele es waren. Hohe Lords mit alten Namen, fette Reiche in Samt und Seide, Ritter, die vor lauter Ehre aufgeplustert waren wie Gockel, ja, und auch Frauen und Kinder – alles nur Fleisch, und ich bin der Schlächter. Mögen sie ihre Ländereien und ihre Götter und ihr Gold haben. Mögen sie ihre Sers haben.« Sandor Clegane spuckte ihr vor die Füße, um ihr zu zeigen, was er davon hielt. »Solange ich das hier habe«, sagte er und hob das Schwert von ihrem Hals, »brauche ich keinen Mann der Welt zu fürchten.«

Außer Eurem Bruder, dachte Sansa, hatte jedoch genug Verstand, das nicht laut auszusprechen. *Er ist ein Hund, genau wie er sagt. Ein halbwilder, gereizter Hund, der jede Hand beißt, die ihn zu streicheln versucht, und dennoch jeden anfällt, der seinem Herrn zu nahe kommt.* »Nicht einmal die Männer jenseits des Flusses?«

Clegane wandte den Blick auf die fernen Brände. »All diese Feuer.« Er schob das Schwert in die Scheide. »Nur Feiglinge kämpfen mit Feuer.«

»Lord Stannis ist kein Feigling.«

»Er ist aber auch nicht der Mann, der sein Bruder war. Robert hat sich niemals von einer Kleinigkeit wie einem Fluss aufhalten lassen.«

»Was werdet Ihr tun, wenn er herüberkommt?«

»Kämpfen. Töten. Vielleicht auch sterben.«

»Habt Ihr keine Angst? Die Götter könnten Euch für all das Böse, das Ihr getan habt, in die Hölle verbannen?«

»Welches Böse?« Er lachte. »Welche Götter?«

»Die Götter, die uns alle erschaffen haben.«

»Uns alle?«, spottete er. »Sag mir, kleiner Vogel, was für ein Gott erschafft ein Ungeheuer wie den Gnom oder eine Schwachsinnige wie Lady Tandas Tochter? Wenn es Götter gibt, haben sie Schafe gemacht, damit Wölfe sie fressen, und sie haben die Schwachen gemacht, damit die Starken mit ihnen spielen können.«

»Wahre Ritter beschützen die Schwachen.«

Er schnaubte. »Wahre Ritter gibt es nicht, genauso wenig wie Götter. Wenn du dich nicht selbst beschützen kannst, stirb und geh jenen aus dem Weg, die es können. Scharfer Stahl und starke Arme regieren diese Welt, und du solltest nichts anderes glauben.«

Sansa wich vor ihm zurück. »Ihr seid schrecklich.«

»Ich bin lediglich ehrlich. Die Welt ist es, die schrecklich ist. Und jetzt flieg davon, kleiner Vogel, ich bin dein Piepen leid.«

Wortlos floh sie. Sie fürchtete sich vor Sandor Clegane . . . und doch wünschte sie sich insgeheim, Ser Dontos besäße ein wenig von der Grimmigkeit des Bluthundes. *Es gibt doch Götter, redete sie sich ein, und wahre Ritter auch. Die ganzen Geschichten können nicht erlogen sein.*

In dieser Nacht träumte Sansa abermals von dem Aufruhr. Der Pöbel drängte sich um sie und brüllte wie eine wahnsinnige Bestie mit tausend Gesichtern. Überall, wohin sie sah, erblickte sie Gesichter, die sich zu monströsen unmenschlichen Fratzen verzerrten. Sie weinte und sagte ihnen, sie habe niemals jemanden von ihnen ein Leid getan, und trotzdem zogen sie Sansa vom Pferd. »Nein«, schrie sie, »nein, bitte nicht, nicht«, doch niemand hörte auf sie. Sie rief nach Ser Dontos, nach ihren Brüdern, nach ihrem toten Vater und ihrem toten Wolf, nach dem galanten Ser Loras, der ihr einst eine rote Rose geschenkt hatte, doch keiner von ihnen kam. Sie rief nach den Helden aus den Liedern, nach Florian und Ser Ryam Redwyne und Prinz Aemon dem Drachenritter, doch keiner hörte sie. Frauen fielen wie Frettchen über sie her, kniffen ihr in die Beine und traten ihr in den Bauch, und dann schlug ihr jemand ins Gesicht, und sie spürte, wie ihre Zähne zerbrachen. Plötzlich sah sie das helle Funkeln von Stahl. Das Messer bohrte sich in ihren Bauch und riss und riss und riss daran, bis nichts mehr außer feuchten roten Fetzen übrig war.

Als sie erwachte, fiel das bleiche Licht des Morgens durch das Fenster herein, und dennoch fühlte sie sich schwach und zerschlagen, als habe sie überhaupt nicht geschlafen. Zwischen ihren Schenkeln war es feucht. Sie warf die Decke zurück und entdeckte das Blut, und alles, was sie denken konnte, war, dass ihr Traum irgendwie wahr geworden sein musste. Voller Schrecken wich sie zurück, stieß die Laken fort und fiel keuchend zu Boden, nackt, blutig und verängstigt.

Doch als sie dort auf Händen und Knien hockte begriff sie langsam. »Nein, bitte«, wimmerte sie, »bitte, nein.« Sie wollte nicht, dass ihr das passierte, nicht jetzt, nicht hier, nicht jetzt, nicht jetzt, nicht jetzt, nicht jetzt.

Der Wahnsinn übermannte sie. Sie zog sich am Bettpfosten hoch, ging zum Becken, wusch sich zwischen den Beinen und scheuerte die rote Feuchtigkeit fort. Als sie damit fertig war, war das Wasser rosa gefärbt. Wenn die Dienstmädchen das sahen, würden sie Bescheid wissen. Dann erinnerte sie sich an die Bettwäsche. Sie lief zum Bett und starrte entsetzt auf den dunkelroten Flecken, der die ganze Geschichte verriet. In ihrem Kopf kreiste nur ein einziger Gedanke: Sie musste den Fleck verschwinden lassen, sonst würden sie ihn sehen. Und das durften sie nicht, sonst würde man sie mit Joffrey verheiraten, und dann müsste sie das Bett mit ihm teilen.

Also holte sie ihr Messer hervor und schnitt den Flecken aus dem Laken. *Und was sage ich, wenn sie mich nach dem Loch fragen?* Tränen rannen ihr über das Gesicht. Sie riss das beschädigte Laken und auch die beschmutzte Decke vom Bett. *Ich muss sie verbrennen.* Sie ballte die Beweisstücke zusammen, stopfte sie in den Kamin, goss Öl aus der Lampe neben dem Bett darüber und zündete sie an. Dann entdeckte sie, dass das Blut durch das Laken in die Federmatratze gesickert war, und so knüllte sie diese ebenfalls zusammen, doch sie war groß und sperrig und schwer zu bewegen. Sansa bekam nur die Hälfte ins Feuer. Sie hockte sich auf die Knie und schob die Matratze weiter in die Flammen. Dicker grauer Rauch hüllte sie ein und füllte das Zimmer, als die Tür aufging und sie hörte, wie ihre Zofe vor Schreck nach Luft schnappte.

Am Ende waren drei Dienstmädchen notwendig, um sie vom Kamin fortzuzerren. Und alles war vergeblich. Zwar waren die Bettsachen verbrannt, doch als man sie wegzog, waren ihre Schenkel bereits wieder blutig. Ihr eigener Körper hatte sie an Joffrey verraten, hatte ein Banner im Scharlachrot der Lannisters, gehisst vor aller Augen.

Nachdem das Feuer gelöscht war, trug man die versengte Federmatratze fort, lüftete, bis der ärgste Rauch abgezogen war, und holte eine Wanne. Frauen kamen und gingen, murmelten etwas und schauten sie seltsam an. Sie füllten die Wanne mit brühheißem Wasser, badeten sie, wuschen ihr das Haar und gaben ihr ein Tuch, das sie zwischen den Beinen tragen sollte. Inzwischen hatte sich Sansa wieder beruhigt und schämte sich für ihre Einfalt. Der Rauch hatte die meisten ihrer Kleider verdorben. Eine der Frauen ging hinaus und kehrte mit einem grünen Wollkleid zurück, das ungefähr ihre Größe hatte. »Es ist nicht so schön wie Eure eigenen, aber es wird genügen«, sagte sie, während sie es Sansa über den Kopf streifte. »Eure Schuhe sind nicht verbrannt, daher braucht Ihr der Königin wenigstens nicht barfuß gegenüberzutreten.«

Cersei Lannister saß beim Frühstück, als Sansa in ihr Solar geführt wurde. »Setz dich«, sagte die Königin freundlich. »Bist du hungrig?« Sie wies mit einer Geste auf den Tisch. Es gab Haferbrei, Honig, Milch, gekochte Eier und knusprig gebratenen Fisch.

Beim Anblick der Speisen wurde Sansa übel. Ihr Bauch hatte sich zu einem schmerzhaften Knoten verkrampft. »Nein danke, Euer Gnaden.«

»Ich kann dir keinen Vorwurf machen. Bei dem, was Tyrion und Lord Stannis treiben schmeckt alles, was ich esse, nach Asche. Und jetzt legst du auch noch Feuer. Was wolltest du denn damit erreichen?«

Sansa senkte den Kopf. »Das Blut hat mich erschreckt.«

»Das Blut ist das Siegel unserer Weiblichkeit. Lady Catelyn hätte dich darauf vorbereiten sollen. Du erblühst zum ersten Mal, mehr nicht.«

Selten hatte sich Sansa weniger blühend gefühlt. »Meine Hohe Mutter hat es mir erklärt, aber ich ... ich hatte es mir ganz anders vorgestellt.«

»Anders? Inwiefern?«

»Ich weiß nicht. Weniger ... weniger schmutzig und eher magisch.«

Königin Cersei lachte. »Warte, bis du dein erstes Kind zur Welt bringst, Sansa. Das Leben einer Frau besteht zu neun Teilen aus Schmutz und zu einem Teil aus Magie, das wirst du noch früh genug lernen ... und die Dinge, die wie Magie aussehen, enden oft im größten Schmutz.« Sie trank einen Schluck Milch. »Also bist du jetzt eine Frau. Hast du eine Vorstellung davon, was das bedeutet?«

»Es bedeutet, dass ich nun reif bin, eine Ehe zu schließen und zu vollziehen«, erwiderte Sansa, »und dem König Kinder zu gebären.«

Die Königin lächelte sie schief an. »Diese Aussicht scheint dir lange nicht mehr so gut zu gefallen wie noch vor einiger Zeit, das sehe ich wohl. Aber ich will dir das nicht übel nehmen. Joffrey war schon immer schwierig. Sogar bei seiner Geburt . . . Ich habe anderthalb Tage in den Wehen gelegen, um ihn zur Welt zu bringen. Du kannst dir den Schmerz nicht vorstellen, Sansa. Ich habe so laut geschrien, dass ich dachte, selbst Robert im Königswald müsse mich hören.«

»Seine Gnaden war nicht bei Euch?«

»Robert? Robert war auf der Jagd. So hat er es immer gehalten. Wann immer die Zeit nahte, ist mein königlicher Gemahl mit seinen Jägern und Hunden zu den Bäumen geflohen. Wenn er zurückkehrte, präsentierte er mir ein paar Pelze oder den Kopf eines Hirsches, und ich präsentierte ihm einen Säugling.

Nicht, dass ich ihn gern dabei gehabt hätte. Schließlich hatte ich Grand Maester Pycelle und eine Armee von Hebammen und außerdem meinen Bruder. Als sie Jaime sagten, ihm sei die Anwesenheit im Entbindungsgemach nicht gestattet, hat er nur gelächelt und gefragt, wer von ihnen vorhabe, ihn davon abzuhalten.

Joffrey wird solche Hingabe wohl kaum zeigen, fürchte ich. Du könntest deiner Schwester dafür danken, wenn sie nicht tot wäre. Den Tag am Trident, als du mit angesehen hast, wie sie ihn beschämt hat, wird er wohl nie vergessen, also beschämt er im Gegenzug dich. Aber du bist viel stärker, als du aussiehst. Ein wenig Demütigung wirst du schon ertragen. Das habe ich auch getan. Vielleicht wirst du den König niemals lieben, aber bestimmt seine Kinder.«

»Ich liebe Seine Gnaden von ganzem Herzen«, beteuerte Sansa.

Die Königin seufzte. »Du solltest dir ein paar neue Lügen ausdenken, und zwar schnell. Diese wird Lord Stannis nicht besonders gut gefallen, das verspreche ich dir.«

»Der neue Hohe Septon sagte, die Götter würden Lord Stannis niemals den Sieg schenken, weil Joffrey der rechtmäßige König ist.«

Ein Lächeln huschte über das Gesicht der Königin. »Roberts Sohn und Erbe. Obwohl Joff immer schrie, wenn Robert ihn auf den Arm nahm. Seiner Gnaden gefiel das nicht. Seine Bastarde haben stets fröhlich gelallt, und an seinem Finger gesaugt, wenn er ihn ihnen in die niederen kleinen Mäuler gesteckt hat. Deshalb ging er für gewöhnlich dorthin, wo er sie fand, zu seinen Freunden und seinen Huren. Robert wollte geliebt werden. Mein Bruder Tyrion hat die gleiche Krankheit. Willst du auch geliebt werden, Sansa?«

»Jeder will doch geliebt werden.«

»Nun, durch dein Erblühen bist du auch nicht weiser geworden«, erwiderte Cersei. »Sansa, erlaube mir, an diesem für dich so besonderen Tag eine weibliche Weisheit mit dir zu teilen. Liebe ist Gift. Ein süßes Gift, gewiss, aber umbringen wird es dich trotzdem.«

JON

Im Klagenden Pass war es düster. Die hohen Steinflanken der Berge verbargen die Sonne den größten Teil des Tages über, und so ritten sie im Schatten dahin, während der Atem von Mensch und Tier in der kalten Luft dampfte. Eisige Wasserfinger rannen vom Schnee über ihnen herab und sammelten sich in kleinen gefrorenen Lachen, die unter den Hufen der kleinen Pferde krachten und brachen. Manchmal ragten ein paar Unkräuter aus einer Felsspalte oder bleiche Flechten überzogen einen Stein, ansonsten gab es kein Gras, und die Baumgrenze hatten sie schon lange hinter sich gelassen.

Der Weg war inzwischen ebenso steil wie schmal und wand sich immerfort aufwärts. Wenn der Pass so eng wurde, dass sie nur noch einzeln hintereinander vorwärts kamen, übernahm Knappe Dalbridge die Führung, suchte die Höhen vor ihnen ab und hatte seinen Bogen stets zur Hand. Es hieß, er habe die schärfsten Augen der ganzen Nachtwache.

Ghost trabte rastlos an Jons Seite dahin. Von Zeit zu Zeit blieb er stehen, drehte sich um und stellte die Ohren auf, als würde er hinter ihnen etwas hören. Jon glaubte zwar nicht, dass die Schattenkatzen lebende Menschen angreifen würden, solange sie nicht dem Hungertod nahe waren, doch er trug Longclaw dennoch stets locker in der Scheide.

Ein windzerklüfteter Bogen aus grauem Stein zeigte den höchsten Punkt des Passes an. Hier wurde der Weg wieder breiter und begann den langen Abstieg hinunter ins Tal des Milkwater. Qhorin beschloss, dass sie ein wenig ausruhen sollten, bis die Schatten wieder länger würden. »Schatten sind die Freunde der Männer in Schwarz«, sagte er.

Jon erkannte den Sinn, der dahinter steckte. Zwar wäre es angenehm, eine Zeit lang im Licht zu reiten, die helle Sonne der Berge durch die Mäntel zu spüren und sich die Knochen etwas aufzuwärmen, doch sie durften das nicht wagen. Wo es drei Wächter gab, mochten sich auch noch andere aufhalten, die nur darauf warteten, Alarm zu geben.

Stonesnake rollte sich in seinen zerlumpten Pelzmantel und war sofort eingeschlafen. Jon teilte sein Pökelfleisch mit Ghost, während Ebben und Knappe Dalbridge die Pferde fütterten. Qhorin Halbhand saß mit dem Rücken an einen Felsen gelehnt und wetzte die Schneide seines Langschwerts mit langsamen Streichen. Jon sah dem Grenzer eine Weile zu, dann nahm er seinen ganzen Mut zusammen und trat zu ihm. »Mylord«, begann er, »Ihr habt mich nie gefragt, wie es gegangen ist. Mit dem Mädchen.«

»Ich bin kein Lord, Jon Snow.« Qhorin ließ den Stein mit seiner zweifingrigen Hand über den Stahl gleiten.

»Sie hat gesagt, Mance würde mich aufnehmen, wenn ich mit ihr fliehen würde.«

»Da hat sie dir die Wahrheit gesagt.«

»Außerdem hat sie sogar behauptet, wir wären verwandt. Sie hat mir eine Geschichte erzählt ...«

»... von Bael dem Barden und der Rose von Winterfell. Das hat mir Stonesnake erzählt. Zufällig kenne ich das Lied. Mance hat es immer gesunden, wenn er von seinen Streifzügen zurückkehrte. Die Musik der Wildlinge war seine Leidenschaft. Ja, und ihre Frauen auch.«

»Ihr habt ihn gekannt?«

»Wir haben ihn alle gekannt.« Seine Stimme klang traurig.

Früher waren sie Freunde und Brüder, begriff Jon, *und jetzt sind sie geschworene Feinde.* »Warum ist er desertiert?«

»Wegen eines Mädchens, sagen manche. Wegen einer Krone, behaupten andere.« Qhorin prüfte die Schneide des Schwertes mit dem Daumenballen. »Er mochte Frauen, ja, die mochte Mance gewiss, und er war auch nicht der Mann, der leicht die Knie beugte, das stimmt auch. Aber es steckte mehr dahinter. Er hat die Wildnis mehr geliebt als die Mauer. Das hatte er im Blut. Er war als Wildling geboren worden, und kam als Kind zu uns, nachdem einige Banditen durch das Schwert gerichtet worden waren. Als er den Shadow Tower verließ, ist er lediglich heimgekehrt.«

»War er ein guter Grenzer?«

»Er war der Beste von uns«, sagte Halbhand, »und gleichzeitig der Schlimmste. Nur Narren wie Thoren Smallwood verachten die Wildlinge. Sie sind genauso tapfer wie wir, Jon. Genauso stark, genauso schnell, genauso klug. Ihnen fehlt lediglich die Disziplin. Sich selbst nennen sie das freie Volk, und jeder von ihnen hält sich für ebenso viel wert wie ein König und für ebenso weise wie ein Maester. Bei Mance war es nicht anders. Er hat nie Gehorsam gelernt.«

»Genau wie ich«, sagte Jon leise.

Qhorin schien mit seinen scharfen Augen geradewegs durch ihn hindurchzustarren. »Du hast sie also laufen lassen?« Er klang nicht im Mindesten überrascht.

»Ihr habt es gewusst?«

»Jetzt weiß ich es. Warum hast du sie verschont?«

Es fiel ihm schwer, es in Worte zu fassen. »Mein Vater hatte niemals einen Henker. Er hat immer gesagt, wenn er einen Mann töte, wäre er es schuldig, ihm dabei in die Augen zu sehen und sich seine letzten Worte anzuhören. Und als ich Ygritte in die Augen gesehen habe ...« Jon betrachtete hilflos seine Hände. »Ich weiß, dass sie unsere Feindin ist, aber sie hatte nichts Böses in sich.«

»Nicht mehr als die beiden anderen.«

»Da hieß es, ihr Leben oder unseres«, erwiderte Jon. »Hätten sie uns bemerkt, hätten sie ins Horn gestoßen ...«

»Die Wildlinge würden uns inzwischen jagen und niedermachen, das stimmt.«

»Jetzt hat Stonesnake das Horn, und Ygritte haben wir das Messer und die Axt abgenommen. Sie ist hinter uns, zu Fuß, unbewaffnet ...«

»Und offenbar keine Bedrohung«, stimmte Qhorin zu. »Hätte ich ihren Tod wirklich für notwendig gehalten, hätte ich Ebben bei ihr gelassen oder es selbst erledigt.«

»Warum habt Ihr es mir dann befohlen?«

»Ich habe es dir nicht befohlen, sondern nur gesagt, dass etwas getan werden muss; die Entscheidung darüber, was, habe ich dir überlassen.« Qhorin erhob sich und schob das Langschwert in die Scheide. »Wenn ich möchte, dass ein Berg erklommen wird, rufe ich Stonesnake. Wenn auf einem windigen Schlachtfeld ein Pfeil das Auge eines bestimmten Feindes treffen soll, wende ich mich an den Knappen Dalbridge. Ebben bringt jeden dazu, seine Geheimnisse preiszugeben. Um Männer zu führen, musst du sie kennen, Jon Snow. Jetzt weiß ich mehr über dich als heute Morgen.«

»Und wenn ich sie getötet hätte?«, fragte Jon.

»Dann wäre sie tot, und ich würde trotzdem mehr über dich wissen als vorher. Doch genug geredet. Du solltest schlafen. Wir haben noch viele Meilen vor uns und viele Gefahren. Du brauchst deine Kraft.«

Jon glaubte nicht, dass er leicht einschlafen würde, doch Halbhand hatte Recht. Er suchte sich eine windgeschützte Stelle unter einem vorstehenden Felsen und benutzte seinen Mantel als Decke. »Ghost«, rief er, »hierher. Zu mir.« Er schlief stets besser, wenn der große weiße Wolf neben ihm lag; sein Geruch tröstete ihn, das zottelige helle Fell wärmte. Diesmal jedoch schaute Ghost ihn nur an. Dann drehte er sich um, trabte um die Pferde herum und war plötzlich verschwunden. *Er will jagen*, dachte Jon. Vielleicht gab es hier in den Bergen Ziegen. Die Schattenkatzen mussten doch auch von irgendetwas leben. »Versuch bloß nicht, eine Katze zu fangen«, murmelte er. Selbst für einen Schattenwolf war das gefährlich. Jon zog seinen Mantel über sich und streckte sich unter dem Fels aus.

Nachdem er die Augen geschlossen hatte, träumte er von Schattenwölfen.

Es waren fünf, doch eigentlich hätten es sechs sein sollen, und sie waren weit verteilt, jeder vom anderen getrennt. Er verspürte eine tiefe, schmerzhafte Leere, ein Gefühl der Unvollständigkeit. Der Wald war riesig und kalt, und sie waren so klein, so verloren. Seine Brüder waren irgendwo dort draußen, und seine Schwester auch, doch er hatte ihre Witterung verloren. Er hockte sich auf die Hinterpfoten, hob den Kopf zum Himmel, der gerade dunkel wurde, und ließ seinen Ruf durch den Wald hallen, lang und einsam und traurig. Dann spitzte er die Ohren und lauschte nach einer Antwort, doch er hörte nur das Seufzen des dahintreibenden Schnees.

Jon?

Der Ruf kam von hinten, leiser als ein Flüstern, trotzdem eindringlich. Kann ein Ruf still sein? Er wandte den Kopf und suchte nach seinem Bruder, nach einer schlanken grauen Gestalt unter den Bäumen, bloß war da nichts, nur . . .

Ein Wehrholzbaum.

Er schien aus dem massivem Fels zu wachsen, seine hellen Wurzeln krochen aus Myriaden von Spalten und haarfeinen Rissen. Im Vergleich mit anderen Wehrbäumen, die er gesehen hatte, war dieser klein, ein junger Baum, doch er wuchs, während Jon zuschaute, und die Äste wurden dicker, derweil sie in den Himmel griffen. Vorsichtig umkreiste Jon den glatten weißen Stamm, bis er zu dem Gesicht kam. Rote Augen blickten ihn an. Wild waren sie, und doch erfreut, ihn zu sehen. Der Wehrholzbaum hatte das Gesicht seines Bruders. Hatte sein Bruder schon immer drei Augen gehabt?

Nicht immer, ertönte der stille Ruf. *Nicht, bevor die Krähe kam.*

Er schnüffelte an der Rinde, roch den Wolf und den Baum und den Jungen, doch dahinter lagen noch andere Gerüche, der volle, braune Duft warmer Erde und der harte, graue Duft von Stein und noch etwas, etwas Schreckliches. Tod, jetzt wusste er es. Er roch Tod. Mit gesträubten Haaren und gefletschten Reißzähnen wich er zurück.

Hab keine Angst, mir gefällt es im Dunkeln. Niemand kann dich sehen, aber du kannst sie sehen. Zuerst musst du allerdings deine Augen öffnen. Verstehst du? So. Und der Baum griff nach unten und berührte ihn.

Plötzlich war er wieder in den Bergen, seine Pfoten versanken tief in einer Schneewehe, und er stand am Rand eines tiefen Abgrunds. Der Klagende Pass öffnete sich vor ihm in luftige Leere, und ein lang gezogenes, V-förmiges Tal breitete sich unter ihm aus wie eine Flickendecke in den Farben eines Herbstnachmittags.

Das eine Ende des Tals wurde durch eine blauweiße Mauer

versperrt, die sich zwischen die Berge drängte, als habe sie diese zur Seite geschoben, und einen Moment lang glaubte er, sein Traum habe ihn zurück nach Castle Black geführt. Dann begriff er, dass er einen Strom aus Eis betrachtete, der einige Tausend Meter hoch war. Unter dieser glitzernden kalten Steilwand lag ein großer See, in dessen kobaltblauem Wasser sich die schneebedeckten Gipfel spiegelten. Unten im Tal waren Männer, erkannte er jetzt; viele Männer, Tausende, ein riesiges Heer. Einige rissen große Löcher in den halb gefrorenen Boden, während andere für den Krieg übten. Er beobachtete einen Schwarm Reiter, die einen Schildwall angriffen und auf ihren Pferden kaum größer als Ameisen wirkten. Der Lärm ihrer gespielten Schlacht klang wie das Rasseln stählerner Blätter und wurde schwach vom Wind herangetragen. Ihr Lager hatten sie ohne Plan aufgebaut; er sah keine Gräben, keine angespitzten Pfähle, keine ordentlichen Reihen angepflockter Pferde. Überall sprossen Erdhütten und Zelte aus Fell in die Höhe wie Pockennarben auf dem Antlitz der Erde. Er entdeckte unordentliche Heuhaufen, roch Ziegen und Schafe, Pferde und Schweine und Hunde in großer Zahl. Rauchsäulen stiegen von tausend Feuern auf.

Das ist weder eine Armee noch eine Stadt. Hier hat sich ein ganzes Volk versammelt.

Auf der anderen Seite des Sees bewegte sich einer der Heuhaufen. Er sah genau hin; es war gar kein Heuhaufen, sondern es lebte, ein zotteliges schwerfälliges Tier mit einer Schlange als Nase und Stoßzähnen, welche die des riesigsten Keilers übertrafen, der je gelebt hatte. Und das Ding, das darauf ritt, war ebenso riesig, und seine Beine und die Hüften waren viel zu dick, als dass es ein Mensch hätte sein können.

Dann sträubte sich sein Fell in einem plötzlichen kalten Hauch, und er hörte Flügelschlag. Als er den Blick zu den eisweißen Bergen über ihm hob, stürzte ein Schatten aus dem Himmel. Ein schriller Schrei gellte durch die Luft. Blaugraue Schwingen breiteten sich weit aus und verdeckten die Sonne …

»*Ghost!*«, rief Jon und setzte sich auf. Er spürte noch immer die Krallen, den *Schmerz.* »Ghost, zu mir!«

Ebben trat zu ihm, packte ihn, schüttelte ihn. »Still! Willst du die Wildlinge anlocken? Was ist denn los mit dir, mein Junge?«

»Ich habe nur geträumt«, erwiderte Jon schwach. »Ich war Ghost, und ich stand am Rand eines Abgrunds und habe auf einen gefrorenen Fluss hinuntergeschaut, und dann hat mich etwas angegriffen. Ein Vogel . . . ein Adler, glaube ich . . .«

Knappe Dalbridge lächelte. »In meinen Träumen sehe ich immer hübsche Frauen. Wenn ich nur öfter träumen würde.«

Qhorin kam heran. »Ein gefrorener Fluss, sagst du?«

»Der Milkwater entspringt einem großen See am Fuße eines Gletschers«, warf Stonesnake ein.

»Außerdem war da ein Baum mit dem Gesicht meines Bruders. Die Wildlinge . . . es waren Tausende, ich hätte nie gedacht, dass es so viele gibt. Und Riesen, die auf Mammuts ritten.« Dem Licht nach schätzte Jon, dass er etwa vier oder fünf Stunden geschlafen haben musste. Sein Kopf schmerzte, und im Nacken brannte ihm noch die Stelle, wo ihn die Krallen gepackt hatten. *Aber das gehörte zu dem Traum.*

»Erzähl mir alles, woran du dich erinnerst, von Anfang bis Ende«, sagte Qhorin Halbhand.

Jon war verwirrt. »Es war doch nur ein Traum.«

»Ein Wolfstraum«, erklärte Halbhand. »Craster hat dem Lord Commander erzählt, dass sich die Wildlinge an der Quelle des Milkwater versammeln. Vielleicht hast du deshalb davon geträumt. Vielleicht hast du aber auch gesehen, was uns ein paar Marschstunden voraus erwartet. Erzähl schon.«

Er kam sich vor wie ein Dummkopf, während er Qhorin und den anderen von diesem Traum berichtete, befolgte er den Befehl. Immerhin lachte ihn keiner der schwarzen Brüder aus. Nachdem er geendet hatte, lächelte selbst Knappe Dalbridge nicht mehr.

»Hautwandler?«, fragte Ebben grimmig und blickte Halbhand an. *Meint er den Adler?*, fragte sich Jon. *Oder mich?* Hautwandler und Warge kamen in den Geschichten von Old Nan vor, nicht in der Welt, in der er sein bisheriges Leben verbracht hatte. Dennoch war es in dieser eigenartigen kargen Wildnis aus Fels und Eis nicht schwer, an solche Wesen zu glauben.

»Die kalten Winde erheben sich. Mormont hat das bereits gefürchtet. Benjen Stark hat es ebenfalls gespürt. Tote wandeln umher, und die Bäume haben wieder Augen. Warum sollten wir uns gegen Warge und Riesen sträuben?«

»Heißt das, dass sich meine Träume auch erfüllen?«, fragte Knappe Dalbridge. »Dann kann Lord Snow seine Mammuts behalten, und ich will meine Frauen.«

»Ich diene schon von Kindheit an in der Wache, und ich bin so weit gekommen wie wenige andere«, erwiderte Ebben. »Die Knochen von Riesen habe ich schon gesehen und viele seltsame Geschichten über sie gehört, aber mehr nicht. Ich möchte sie endlich mit eigenen Augen sehen.«

»Pass nur auf, dass sie dich nicht erwischen«, warnte Stonesnake.

Ghost war noch nicht zurück, als sie wieder aufbrachen. Die Schatten bedeckten inzwischen den Boden des Passes, und die Sonne sank rasch auf den zerklüfteten Doppelgipfel zu, den der Grenzer Gabelspitze genannt hatte. *Wenn der Traum wahr wäre ...* Allein der Gedanke erschreckte ihn. Hatte der Adler Ghost verletzt oder ihn in den Abgrund gestoßen? Und was war mit dem Wehrholzbaum, der das Gesicht seines Bruders trug und der nach Tod und Düsternis roch?

Das letzte Stück Sonne verschwand hinter der Gabelspitze. Dämmerung breitete sich im Klagenden Pass aus. Fast augenblicklich schien es kälter zu werden. Der Weg stieg nicht länger an, sondern führte leicht abwärts. Er war übersät mit Spalten und zerbrochenen Felsen und Geröllhaufen. *Bald wird es dunkel sein, und noch immer ist Ghost nicht in Sicht.* Es zerriss Jon innerlich, dennoch wagte er nicht, nach dem Schattenwolf zu rufen, obwohl er es gern getan hätte. Andere Wesen würden ihn vielleicht ebenfalls hören.

»Qhorin«, rief Knappe Dalbridge mit gesenkter Stimme. »Dort. Seht.«

Der Adler hockte auf einem Stein weit über ihnen, und gegen den dämmerigen Himmel waren nur seine Umrisse zu erkennen. *Wir haben doch schon mehrere Adler gesehen,* dachte Jon. *Das muss nicht der sein, von dem ich geträumt habe.*

Trotzdem wollte Ebben einen Pfeil nach ihm abschießen, der Knappe hielt ihn jedoch zurück. »Der Vogel ist außer Schussweite.«

»Es gefällt mir nicht, wie er uns beobachtet.«

Der Knappe zuckte mit den Schultern. »Mir auch nicht, aber hindern kannst du ihn nicht dran. Du verschwendest nur einen Pfeil.«

Qhorin saß im Sattel und betrachtete den Adler eine Weile lang. »Wir ziehen weiter«, sagte er schließlich. Die Grenzer setzten den Abstieg fort.

Ghost, hätte Jon am liebsten geschrien, *wo bist du?*

Er wollte gerade Qhorin und den anderen folgen, da erblickte er etwas Weißes zwischen zwei Felsen. *Ein Schneefleck,* dachte er, bis es sich bewegte. Sofort war er aus dem Sattel. Als er auf die Knie ging, hob Ghost den Kopf. Sein Nacken glänzte feucht, doch der Wolf gab keinen Laut von sich, als Jon einen Handschuh auszog und die Wunde untersuchte. Die Krallen hatten Fell und Fleisch aufgerissen, doch dem Vogel war es nicht gelungen, das Genick zu brechen.

Qhorin Halbhand stand plötzlich neben ihm. »Wie schlimm ist es?«

Als wolle er antworten, kämpfte sich Ghost mühsam auf die Beine.

»Der Wolf ist stark«, sagte der Grenzer. »Ebben, Wasser. Stonesnake, gib mir den Weinschlauch. Halt ihn still, Jon.«

Gemeinsam wuschen sie das angetrocknete Blut aus dem Pelz des Schattenwolfs. Ghost strampelte und fletschte die Zähne, als Qhorin den Wein in die roten Wunden goss, die der Adler hinterlassen hatte, doch Jon legte die Arme um seinen Leib, flüsterte ihm tröstende Worte zu und der Wolf beruhigte sich rasch. Nachdem sie einen Streifen von Jons Mantel abgerissen und die Verletzung damit verbunden hatten, war es vollständig dunkel. Nur anhand der Sterne konnte man den schwarzen Himmel vom schwarzen Fels unterscheiden. »Ziehen wir weiter?«, wollte Stonesnake wissen.

Qhorin ging zu seinem Pferd. »Zurück, nicht weiter.«

»Zurück?«, fragte Jon überrascht.

»Adler haben schärfere Augen als Menschen. Wir sind entdeckt worden, deshalb fliehen wir jetzt.« Halbhand band sich einen langen schwarzen Schal vors Gesicht und schwang sich aufs Pferd.

Die Grenzer wechselten einen Blick, doch keiner widersprach. Einer nach dem anderen wendeten sie ihre Tiere in Richtung Heimat. »Ghost, komm«, rief Jon, und der Schattenwolf folgte ihnen wie ein heller Schatten, der durch die Nacht glitt.

Die ganze Nacht lang ritten sie durch den gewundenen Pass. Der Wind nahm zu. Manchmal war es so dunkel, dass sie abstiegen, zu Fuß weitergingen und ihre Pferde am Zügel führten. Einmal schlug Ebben vor, Fackeln anzuzünden, doch Qhorin sagte nur: »Kein Feuer«, und damit war die Sache erledigt. Sie erreichten die Steinbrücke am höchsten Punkt, und dann begann erneut der Abstieg. In der Dunkelheit schrie eine wütende Schattenkatze, deren Stimme von den Felswänden widerhallte, sodass es klang, als würden andere Katzen ihr antworten. Einmal glaubte Jon, auf einem Vorsprung über ihnen zwei Augen leuchten zu sehen, so groß wie Erntemonde.

In der schwarzen Stunde vor der Morgendämmerung hielten sie an, tränkten die Pferde und fütterten sie mit einer Hand voll Hafer und ein wenig Heu. »Wir sind nicht mehr weit von dem Platz entfernt, wo die Wildlinge gestorben sind«, verkündete Qhorin. »Dort kann ein Mann Hunderte abwehren. Der richtige Mann jedenfalls.« Er blickte den Knappen Dalbridge an.

Der Knappe neigte den Kopf. »Lasst mir so viele Pfeile da, wie ihr entbehren könnt, Brüder.« Er streichelte seinen Langbogen. »Und gebt meinem Pferd einen Apfel, wenn ihr daheim angekommen seid. Den hat es sich verdient, das arme Tier.«

Er bleibt hier, um zu sterben, begriff Jon.

Qhorin ergriff den Unterarm des Knappen mit der behandschuhten Hand. »Falls der Adler herunterkommt und nach dir Ausschau hält . . .«

». . . wird er ein paar Federn lassen.«

Das Letzte, was Jon vom Knappen Dalbridge zu sehen bekam, war sein Rücken, als der Mann den schmalen Pfad zu der Stelle über der Steilwand hinaufkletterte.

Im Morgengrauen sah Jon zu einem wolkenlosen Himmel hoch und bemerkte einen Punkt, der sich durch das Blau bewegte. Ebben sah ihn ebenfalls und fluchte, doch Qhorin befahl ihm, still zu sein. »Hört.«

Jon hielt den Atem an und lauschte. Weit, weit in der Ferne hinter ihnen hallte der Ruf eines Jagdhorns durch die Berge.

»Und jetzt kommen sie«, sagte Qhorin.

TYRION

Pod kleidete ihn für seine Feuerprobe in ein Samtgewand im Scharlachrot der Lannisters und brachte ihm seine Amtskette. Tyrion ließ sie auf dem Nachttisch liegen. Seine Schwester wurde nicht gern daran erinnert, dass er die Hand des Königs war, und er wollte das Verhältnis zwischen ihnen nicht noch stärker belasten.

Varys holte ihn ein, als er den Hof überquerte. »Mylord«, sagte der Eunuch ein wenig atemlos. »Dies solltet Ihr besser sofort lesen.« In der weichen weißen Hand hielt er ein Pergament. »Ein Bericht aus dem Norden.«

»Gute oder schlechte Neuigkeiten?«, fragte Tyrion.

»Das vermag ich nicht zu beurteilen.«

Tyrion entrollte das Pergament. Er musste die Augen zusammenkneifen, um die Wörter beim Fackellicht im Hof entziffern zu können. »Bei den Göttern«, sagte er leise. »Beide?«

»Ich fürchte, ja, Mylord. Es ist so traurig. So unglaublich traurig. Sie waren so jung und unschuldig.«

Tyrion erinnerte sich daran, wie die Wölfe geheult hatten, als der Starkjunge abgestürzt war. *Ob sie jetzt auch heulen?* »Habt Ihr schon jemandem davon erzählt?«

»Noch nicht, allerdings werde ich das natürlich müssen.«

Er rollte den Brief zusammen. »Meiner Schwester werde ich es selbst sagen.« Er wollte sehen, wie sie die Nachricht aufnahm. Das wollte er sehr gern sehen.

Die Königin sah heute Abend besonders liebreizend aus. Sie trug ein tief ausgeschnittenes Kleid aus dunkelgrünem Samt, das die Farbe ihrer Augen wunderbar betonte. Ihr goldenes Haar lockte sich über den bloßen Schultern, und um die Taille hatte sie einen geflochtenen, mit Smaragden verzierten Gürtel geschlungen. Tyrion wartete, bis er zu seinem Platz geleitet worden war und man ihm einen Kelch Wein serviert hatte, ehe er ihr den Brief hinhielt. Er sagte kein Wort. Cersei blinzelte ihn unschuldig an und nahm ihm das Pergament aus der Hand.

»Ich hoffe, du bist zufrieden«, sagte er, während sie las. »Du wolltest doch den Tod des Starkjungen, glaube ich.«

Cersei schnitt ein säuerliches Gesicht. »Jaime war es, der ihn aus dem Fenster geworfen hat, nicht ich. Aus Liebe, behauptete er, als würde mir das gefallen. Trotzdem war es eine Dummheit, und eine gefährliche dazu, aber wann hat unser lieber Bruder schon einmal erst nachgedacht und dann gehandelt?«

»Der Junge hat euch gesehen«, sagte Tyrion.

»Er war noch ein Kind. Ich hätte ihn einschüchtern und damit sein Schweigen erzwingen können.« Nachdenklich betrachtete sie den Brief. »Warum wirft man es immer mir vor, wenn sich ein Stark den großen Zeh anstößt? Das war Greyjoys Werk, ich habe nichts damit zu tun.«

»Hoffen wir nur, dass Lady Catelyn das ebenso sieht.«

Die Königin riss die Augen auf. »Sie wird doch nicht –«

»– Jaime töten? Warum nicht? Was würdest du tun, wenn Joffrey und Tommen ermordet würden?«

»Ich habe immer noch Sansa!«, erwiderte die Königin.

»Wir haben Sansa«, berichtigte er sie, »und wir sollten sehr gut auf sie aufpassen. Nun, wo ist das Essen, das du mir versprochen hast, süße Schwester?«

Cersei hatte ein wunderbares Menü ausgewählt. Sie begannen mit Kastaniencremesuppe, knusprigem warmem Brot und Grüngemüse mit Äpfeln und Pinienkernen. Darauf folgte Neunaugenpastete, Honigschinken, Karotten in Butter, weiße Bohnen mit Speck und gebratener Schwan, der mit Pilzen und Austern gefüllt war. Tyrion war überaus höflich und bot seiner Schwester jeweils die beste Portion jeder Speise an, wodurch er sich gleichzeitig versicherte, dass er nur das aß, was sie ebenfalls zu sich nahm. Zwar glaubte er nicht ernsthaft, sie könne ihn vergiften wollen, allerdings konnte ein wenig Vorsicht nicht schaden.

Die Nachricht über die Starks hatte ihr die Laune verdorben, das entging ihm nicht. »Ist noch keine Nachricht aus Bitterbridge eingetroffen?«, fragte sie neugierig, während sie mit ihrem Dolch ein Stück Apfel aufspießte und gereizt daran knabberte.

»Nein.«

»Littlefinger habe ich noch nie vertraut. Für genug Gold würde er von einem Augenblick zum nächsten zu Stannis überlaufen.«

»Stannis Baratheon ist zu verflucht rechtschaffen, um Männer zu kaufen. Außerdem wäre er für einen Mann wie Petyr nicht gerade der angenehmste Lehnsherr. Dieser Krieg hat die seltsamsten Gespanne hervorgebracht, das stimmt, aber diese beiden? Nein.«

Während er ein paar Scheiben von dem Schinken abschnitt, sagte sie: »Das Schwein verdanken wir Lady Tanda.«

»Ein Zeichen ihrer Liebe?«

»Ein Bestechungsversuch. Sie möchte gern zu ihrer Burg zurückkehren. Dazu braucht sie deine und meine Erlaubnis. Vermutlich befürchtet sie, du würdest sie wie Lord Gyles unterwegs verhaften lassen.«

»Plant sie denn, sich mit dem Thronerben davonzumachen?« Tyrion legte seiner Schwester eine Scheibe Schinken auf und nahm eine für sich selbst. »Mir wäre es lieber, wenn sie bliebe. Falls sie sich dann sicherer fühlt, mag sie ihre Soldaten von Stokeworth hierher holen. So viele sie nur hat.«

»Wenn wir so dringend Männer brauchen, warum hast du dann deine Wilden fortgeschickt?« Cersei klang ein wenig gereizt.

»So konnte ich sie am besten einsetzen«, erklärte er ihr wahrheitsgemäß. »Sie sind wilde Krieger, jedoch keine Soldaten. In der Schlacht ist Disziplin wichtiger als Mut. Im Königswald haben sie uns schon mehr eingebracht, als sie innerhalb der Stadtmauern jemals erreichen könnten.«

Während der Schwan serviert wurde, fragte die Königin ihn über die Verschwörung der Geweihmänner aus. Sie wirkte eher verärgert als verängstigt. »Warum werden wir ständig verraten? Auf welche Weise hat das Haus Lannister diese Kreaturen je beleidigt?«

»Auf gar keine«, antwortete Tyrion, »sie glauben, sie hätten sich auf die Seite des Siegers gestellt ... und demnach sind sie nicht nur Verräter, sondern zudem noch Narren.«

»Bist du sicher, dass du sie alle gefunden hast?«

»Varys meint ja.« Der Schwan war für seinen Geschmack zu fett.

Auf Cerseis weißer Stirn zeigte sich eine Falte, genau zwischen diesen hübschen Augen. »Du vertraust dem Eunuchen zu sehr.«

»Er leistet mir gute Dienste.«

»Oder er macht es dich glauben. Denkst du, du seist der Einzige, dem er seine Geheimnisse zuflüstert? Er lässt jedem von uns gerade so viel zukommen, dass wir meinen, ohne ihn hilflos zu sein. Mit mir hat er das gleiche Spiel getrieben, als ich Robert geheiratet habe. Jahrelang war ich überzeugt, am Hof keinen ehrlicheren Freund zu haben, aber jetzt ...« Sie betrachtete sein Gesicht einen Moment lang. »Er sagt, du wolltest Joffrey den Bluthund wegnehmen.«

Verfluchter Varys. »Ich brauche Clegane für wichtigere Aufgaben.«

»Nichts ist wichtiger als das Leben des Königs.«

»Das Leben des Königs ist nicht in Gefahr. Joff hat außerdem seinen tapferen Ser Osmund, der ihn beschützt, und dazu Meryn Trant.« Für etwas anderes taugen die sowieso nicht. »Ich brauche Balon Swann und den Bluthund, um Ausfälle anzuführen und um sicherzustellen, dass Stannis auf dieser Seite des Blackwater nicht Fuß fassen kann.«

»Jaime würde die Ausfälle selbst anführen.«

»Von Riverrun aus? Das wäre ein ziemlicher Ausfall.«

»Joff ist noch ein Junge.«

»Ein Junge, der an der Schlacht teilnehmen will, und endlich hat er einmal etwas Verstand gezeigt. Ich beabsichtige nicht, ihn mitten ins Gewühl zu schicken, trotzdem sollte er sich wenigstens blicken lassen. Männer kämpfen erbitterter für einen König, der die Gefahr mit ihnen teilt als für einen, der sich an den Rockzipfeln seiner Mutter fest hält.«

»Er ist *dreizehn,* Tyrion.«

»Kannst du dich erinnern, wie Jaime mit dreizehn war? Wenn der Junge in die Fußstapfen seines Vaters treten soll, lass ihn auch diese

Rolle spielen. Joff trägt die beste Rüstung, die für Gold zu haben ist, und ständig wird ihn ein Dutzend Goldröcke umschwirren. Sobald es auch nur im Entferntesten so aussieht, als könnte die Stadt fallen, werde ich ihn sofort zum Red Keep zurückbringen lassen.«

Er hatte geglaubt, das würde sie trösten, sah jedoch keine Spur von Freude in ihren grünen Augen. »*Wird* die Stadt fallen?«

»Nein.« *Aber falls doch, bete darum, dass wir den Red Keep so lange halten können, bis unser Hoher Vater uns mit seinen Truppen erreicht hat.*

»Du hast mich schon früher belogen, Tyrion.«

»Aber immer aus gutem Grund, liebe Schwester. Ich habe mir ein gutes Einvernehmen zwischen uns gewünscht, genau wie du. Daher habe ich mich entschieden, Lord Gyles freizulassen.« Eigentlich hatte er ihn nur für diese Geste überhaupt gefangen genommen. »Und Ser Boros Blount kannst du ebenfalls zurückhaben.«

Die Königin presste die Lippen zusammen. »Ser Boros Blount kann von mir aus auf Rosby verrecken«, sagte sie, »aber Tommen –«

»– bleibt, wo er ist. Unter Lord Jacelyns Schutz ist er sicherer als er es je bei Lord Gyles gewesen wäre.«

Diener trugen den Schwan ab, der kaum angerührt worden war. Cersei ließ den Nachtisch kommen. »Hoffentlich magst du Brombeertorte.«

»Ich mag alle Torten.«

»Oh, das weiß ich schon lange. Soll ich dir verraten, warum Varys so gefährlich ist?«

»Stellen wir uns nun gegenseitig Rätsel? Nein.«

»Er hat keine Männlichkeit.«

»Du auch nicht.« *Und das ist dir ein Gräuel, oder nicht, Cersei?*

»Vielleicht bin ich ja auch gefährlich. Du dagegen bist ein ebenso großer Narr wie jeder andere Mann. Dieser Wurm zwischen deinen Beinen übernimmt die Hälfte des Denkens für dich.«

Tyrion leckte sich die Krümel von den Fingern. Das Lächeln seiner Schwester gefiel ihm nicht. »Ja, und gerade jetzt denkt ebendieser Wurm, es könnte an der Zeit sein, dich zu verlassen.«

»Fühlst du dich nicht wohl, Bruder?« Sie beugte sich vor und gestattete ihm so einen tiefen Blick in ihr Dekolleté. »Plötzlich wirkst du so nervös.«

»Nervös?« Tyrion sah zur Tür. Er meinte, von draußen ein Geräusch vernommen zu haben. Inzwischen bedauerte er, dass er allein gekommen war. »Bisher hast du nie viel Interesse an meiner Männlichkeit gezeigt.«

»Es ist auch nicht dein Gemächt, für das ich mich interessiere, sondern das, wo du es reinsteckst. Im Gegensatz zu dir muss ich mich nicht voll und ganz auf den Eunuchen verlassen; ich habe eigene Mittel und Wege, bestimmte Dinge herauszufinden ... vor allem jene, die man vor mir verschweigen will.«

»Und was versuchst du mir damit zu sagen?«

»Nur dies – ich *habe deine kleine Hure.*«

Tyrion griff nach seinem Weinkelch und verschaffte sich so einen Augenblick Zeit, um seine Gedanken zu sammeln. »Ich dachte immer, du hättest eher eine Vorliebe für Männer.«

»Was für ein drolliger kleiner Scherzbold du bist. Erzähl: Hast du die hier schon geheiratet?« Da er darauf nicht antwortete, lachte sie. »Vater wird sehr erleichtert sein.«

Sein Bauch fühlte sich an, als würden sich Aale darin winden. Wie hatte sie Shae gefunden? Hatte Varys ihn verraten? Oder war alle Vorsicht umsonst gewesen, weil er in jener Nacht voller Ungeduld ohne Umschweife zu dem Anwesen geritten war? »Was geht es dich an, wer mir das Bett wärmt?«

»Ein Lannister bezahlt stets seine Schulden«, erwiderte sie. »Du schmiedest Komplotte gegen mich, seit du in King's Landing angekommen bist. Myrcella hast du verkauft, Tommen gestohlen, und jetzt willst du Joff töten lassen. Du willst seinen Tod, damit du mit Tommens Hilfe regieren kannst.«

Nun, der Gedanke wäre schon verlockend. »Das ist doch Wahnsinn, Cersei. In wenigen Tagen wird Stannis hier sein. Du brauchst mich.«

»Wofür? Damit du deine Tapferkeit in der Schlacht beweisen kannst?«

»Bronns Söldner werden ohne mich niemals kämpfen«, log er.

»Oh, ich vermute doch. Sie lieben dein Gold, nicht deinen gnomenhaften Witz. Aber keine Angst, sie werden dich nicht verlieren. Ich will nicht behaupten, dass ich nicht von Zeit zu Zeit daran gedacht hätte, dir die Kehle aufzuschlitzen, allerdings würde mir Jaime das nie verzeihen.«

»Und die Hure?« Er wagte es nicht, sie beim Namen zu nennen. *Wenn ich sie überzeugen kann, dass Shae mir nichts bedeutet, vielleicht ...*

»Sie wird anständig behandelt, solange meinen Söhnen kein Leid widerfährt. Sollte Joff sterben oder Tommen dem Feind in die Hände fallen, wird deine kleine Schlampe allerdings qualvoller sterben, als du dir auszumalen vermagst.«

Sie glaubt tatsächlich, ich wolle meinen eigenen Neffen umbringen. »Die Jungen sind in Sicherheit«, versprach er ihr müde. »Bei den guten Göttern, Cersei, sie sind von meinem eigenen Blut. Für was für einen Mann hältst du mich eigentlich?«

»Für einen kleinen und verrückten.«

Tyrion starrte in die Neige am Boden seines Weinkelchs. *Was würde Jaime an meiner Stelle tun?* Höchst wahrscheinlich würde er das Miststück umbringen und sich erst hinterher Gedanken über die Folgen machen. Bloß hatte Tyrion weder ein goldenes Schwert noch die Fähigkeit, es zu führen. Er liebte den hemmungslosen Zorn seines Bruders, leider jedoch musste er seinem Vater nacheifern. *Stein, ich muss wie Stein sein, ich muss der Fels von Casterly Rock sein, hart und ohne Regung. Wenn ich diese Prüfung nicht bestehe, kann ich mich gleich der nächsten Menagerie anschließen.* »Vielleicht hast du sie bereits getötet«, sagte er.

»Möchtest du sie sehen? Das habe ich erwartet.« Cersei durchquerte das Zimmer und stieß die schwere Eichentür auf. »Bringt die Hure meines Bruders herein.«

Ser Osmunds Brüder Osney und Osfryd glichen sich wie ein Ei dem anderen. Beide waren große Männer mit Hakennasen, dunklem Haar und grausamem Lächeln. Das Mädchen hing zwischen ihnen, und in ihrem dunklen Gesicht leuchteten ihre weit aufgerissenen Augen weiß. Blut rann von ihrer aufgeplatzten Lippe, und durch die zerrissenen Kleider konnte er blaue Flecken sehen. Man hatte sie geknebelt und ihr die Hände mit einem Seil gefesselt.

»Du hast gesagt, ihr würde kein Leid zugefügt.«

»Sie hat sich gewehrt.« Anders als seine Brüder war Osney Kettleblack sauber rasiert, und so konnte man die Kratzer auf seinen Wangen deutlich erkennen. »Sie hat Krallen wie eine Schattenkatze.«

»Blutergüsse und Schrammen verheilen«, sagte Cersei gelangweilt. »Die Hure wird sie überleben. Solange Joff nichts zustößt.«

Tyrion hätte am liebsten laut gelacht. Es wäre ein so süßes Lachen gewesen, so ungemein süß, doch damit hätte er den Sieg in diesem Spiel verschenkt. *Du hast verloren, Cersei, und die Kettleblacks sind noch größere Tölpel als Bronn behauptet hat*. Er brauchte nur die Worte zu sagen, das war alles.

Stattdessen blickte er dem Mädchen ins Gesicht. »Schwörst du, sie nach der Schlacht freizulassen?«

»Wenn du Tommen freilässt, ja.«

Er stemmte sich hoch und stand auf. »Dann behalt sie, aber pass gut auf sie auf. Falls diese Tiere glauben, sie dürften sich mit ihr vergnügen ... also, Schwester, du weißt, eine Waage kann sich in beide Richtungen senken.« Seine Stimme klang ruhig, flach, unbeteiligt; er hatte seinen Vater nachahmen wollen, und das war ihm gelungen. »Was immer sie erleiden muss, wird Tommen ebenfalls über sich ergehen lassen, und das schließt Prügel und Vergewaltigung mit ein.« *Wenn sie mich für ein solches Ungeheuer hält, will ich die Rolle gern für sie spielen.*

Damit hatte Cersei nicht gerechnet. »Das würdest du nicht wagen.«

Tyrion zwang sich, träge und kalt zu lächeln. Sein grünes und sein schwarzes Auge lachten sie an. »Wagen? Ich würde es persönlich erledigen.«

Die Hand seiner Schwester schoss auf sein Gesicht zu, doch er packte sie am Gelenk und bog sie zurück, bis Cersei aufschrie. Osfryd setzte sich in Bewegung und wollte sie befreien. »Einen Schritt weiter, und ich breche ihr den Arm«, warnte der Zwerg ihn. Der Mann blieb stehen. »Du erinnerst dich vielleicht, Cersei, ich habe dir gesagt, du würdest mich nie wieder schlagen.« Er drückte sie auf den Boden und wandte sich an die Kettleblacks. »Bindet sie los und nehmt ihr den Knebel ab.«

Das Seil war so fest gezogen, dass es Alayaya die Hände abgeschnürt hatte. Das Mädchen schrie vor Schmerz auf, als das Blut wieder hineinströmte. Tyrion massierte ihre Finger sanft, bis die Taubheit nachließ. »Liebes«, sagte er, »du musst jetzt tapfer sein. Es tut mir Leid, dass sie dir wehgetan haben.«

»Ich weiß, Ihr werdet mich befreien, Mylord.«

»Das werde ich«, versprach er, und sie beugte sich vor und küsste ihn auf die Stirn. Die aufgeplatzte Lippe hinterließ einen Blutfleck. *Ein blutiger Kuss ist mehr, als ich verdient habe,* dachte Tyrion. *Wenn ich nicht wäre, hätte man sie niemals misshandelt.*

Das Blut zeichnete ihn noch immer, als er auf die Königin hinunterblickte. »Ich habe dich nie gemocht, Cersei, aber du warst meine Schwester, daher habe ich dir nie etwas zu Leide getan. Du hast diesen friedlichen Zustand selbst beendet. Für diese Angelegenheit wirst du leiden. Ich weiß noch nicht, wie, aber lass mir nur ein wenig Zeit. Der Tag wird kommen, an dem du dich in Sicherheit wiegst und glücklich bist, und plötzlich wird sich dein Frohsinn wie Asche in deinem Mund anfühlen, und dann wirst du wissen, dass ich meine Rechnung beglichen habe.«

Im Krieg, so hatte ihm sein Vater einst erklärt, ist die Schlacht vorbei, sobald die eine Armee flieht. Gleichgültig wie gut gerüstet sie im Augenblick zuvor dastand, suchte sie einmal das Heil in der Flucht, würde sie nicht mehr umkehren und sich erneut dem Kampf stellen. Genauso verhielt es sich mit Cersei. »Hinaus!«, war die einzige Antwort, die sie zu Stande brachte. »Geh mir aus den Augen.«

Tyrion verneigte sich. »Gute Nacht. Und angenehme Träume.«

Er begab sich auf den Rückweg zum Turm der Hand, und währenddessen marschierten tausend gepanzerte Stiefel durch seinen Schädel. *Ich hätte es kommen sehen müssen, als ich zum ersten Mal durch Chatayas Kleiderschrank geschlichen bin.* Vielleicht hatte er es nicht sehen *wollen.* Seine Beine schmerzten heftig, als er die Treppen hinter sich gebracht hatte. Er schickte Pod los, um eine Karaffe Wein zu holen, und ging in sein Schlafzimmer.

Shae saß mit gekreuzten Beinen auf seinem Himmelbett und war bis auf die schwere Goldkette, die ihr um die Brüste hing, nackt: eine Kette, deren Glieder aus goldenen Händen bestanden, von denen eine in die andere griff.

Tyrion hatte sie nicht erwartet. »Was machst du denn hier?«

Lachend strich sie über die Kette. »Ich wollte Hände auf meinen Brüsten spüren ... aber diese kleinen goldenen sind sehr kalt.«

Einen Augenblick lang wusste er nicht, was er sagen sollte. Wie sollte er ihr erklären, dass eine andere Frau die Prügel hatte einstecken müssen, die für sie bestimmt waren und vielleicht an ihrer Stelle sterben würde, falls Joffrey in der Schlacht fiel? Er wischte sich Alayayas Blut von der Stirn. »Lady Lollys –«

»Sie schläft. Schlafen ist alles, was sie tun will, die große Kuh. Sie schläft und isst. Manchmal schläft sie ein, während sie isst. Das Essen fällt unter die Decke, und sie wälzt sich darin, und hinterher muss ich sie waschen.« Sie verzog angeekelt das Gesicht. »Dabei haben die sie doch nur *gefickt.*«

»Ihre Mutter sagt, sie sei krank.«

»Sie hat ein Kind im Bauch, mehr nicht.«

Tyrion blickte sich im Zimmer um. Alles schien so, wie er es verlassen hatte. »Wie bist du hereingekommen? Zeig mir die verborgene Tür.«

Sie zuckte die Achseln. »Lord Varys hat mein Gesicht verhüllt. Ich konnte nichts sehen, außer ... an einer Stelle konnte ich durch einen Schlitz den Boden erkennen. Da waren kleine Fliesen, solche, die man zu Bildern zusammensetzt.«

»Ein Mosaik?«

Shae nickte. »Sie waren rot und schwarz. Ich glaube, auf dem Bild war ein Drache. Wir sind eine Leiter hinuntergestiegen und lange Gänge entlanggegangen, bis ich mich nicht mehr orientieren konnte. Einmal sind wir stehen geblieben, da hat er ein Eisentor aufgeschlossen. Ich habe es berührt, als wir hindurchgingen. Der Drache war gleich hinter dem Tor. Dann kam noch eine Leiter, da stiegen wir wieder hinauf, dann folgte ein Tunnel. Ich musste mich bücken, und Lord Varys ist, glaube ich, halb gekrochen.«

Tyrion drehte eine Runde durch das Zimmer. Eine der Kerzenhalterungen wirkte locker. Er stellte sich auf die Zehenspitzen und versuchte sie zu drehen. Langsam ließ sie sich bewegen und kratzte über die Wand. Als sie verkehrt herum stand, fiel der Kerzenstummel heraus. Die Binsen auf dem kalten Steinboden lagen noch genauso da wie vorher. »Möchte Mylord nicht zu mir ins Bett kommen?«, fragte Shae.

»Gleich.« Tyrion öffnete den Schrank, schob die Kleider beiseite und drückte gegen die Rückwand. Was für ein Bordell gut war, konnte durchaus auch in Burgen eingesetzt werden . . . doch nein, das Holz war dick und gab nicht nach. Ein Stein neben dem Fenster zog seine Aufmerksamkeit auf sich, kein Zerren und Ziehen konnte ihn hingegen lockern. Tyrion wandte sich niedergeschlagen und verärgert dem Bett zu.

Shae schnürte seine Hose auf und legte die Arme um seinen Hals. »Eure Schultern fühlen sich hart wie Stein an«, murmelte sie. »Beeilt Euch, ich möchte Euch in mir spüren.« Doch während sie die Beine um seine Hüften schloss, ließ ihn seine Manneskraft im Stich. Shae bemerkte, dass er schlaff wurde, kroch unter die Decke und nahm ihn in den Mund, doch selbst das konnte ihn nicht wieder aufrichten.

Nach ein paar Augenblicken hielt er sie zurück. »Was ist denn los?«, fragte sie. Alle Unschuld der Welt stand in dieses liebliche junge Gesicht geschrieben.

Unschuld? Du Narr, sie ist eine Hure, Cersei hat Recht, du denkst mit deinem Schwanz, du Narr, du Narr, du Narr!

»Schlaf einfach, Liebling«, drängte er sie und strich ihr übers Haar. Lange nachdem Shae seinen Rat beherzigt hatte, lag Tyrion noch wach, und bedeckte eine ihrer kleinen Brüste mit der Hand, während er auf ihren Atem lauschte.

CATELYN

Die Große Halle von Riverrun wirkte einsam und verlassen, wenn nur zwei Menschen darin speisten. Tiefe Schatten hingen über den Wänden. Eine der Fackeln war bereits erloschen, jetzt brannten nur noch drei. Catelyn saß da und starrte in ihren Kelch. Der Wein schmeckte ihr dünn und sauer. Brienne hatte ihr gegenüber Platz genommen. Zwischen ihnen war der hohe Stuhl ihres Vaters ebenso leer wie der Rest der Halle. Sogar die Diener waren bereits gegangen. Sie hatte ihnen die Erlaubnis erteilt, das Fest zu besuchen.

Die Mauern des Bergfrieds waren dick, und trotzdem hörten sie den gedämpften Lärm des fröhlichen Treibens im Hof. Ser Desmond hatte zwanzig Fässer aus dem Keller gespendet, und das gemeine Volk feierte mit vollen Hörnern nussbraunen Biers Edmures bevorstehende Rückkehr und Robbs Eroberung von Crag.

Das kann ich ihnen nicht vorwerfen, dachte Catelyn. *Sie wissen es nicht. Und falls doch, was würde es sie schon kümmern? Sie haben meine Söhne nicht gekannt. Niemals haben sie Bran mit klopfendem Herzen beim Klettern zugeschaut, wenn sich Stolz und Furcht mischten, niemals haben sie sein Lachen gehört, niemals darüber gelächelt, wenn Rickon so sehr versucht hat, sich wie seine älteren Brüder zu benehmen.* Sie starrte auf das Essen vor sich auf dem Tisch; Forelle in Speck, Kohlrüben, roter Fenchel, Erbsen und Zwiebeln und warmes Brot. Brienne aß methodisch, als wäre das Abendessen eine lästige Pflicht, die man hinter sich bringen musste. *Ich habe mich in eine verbitterte Frau verwandelt,* ging es Catelyn durch den Sinn. *Weder Met noch Fleisch bereiten mir Freude, und Lieder und Lachen sind mir verdächtig fremd geworden. Ich bin ein Geschöpf der Trauer und der bitteren Sehnsucht geworden. Der Platz, an dem sich einst mein Herz befand, ist leer.*

Die Geräusche, die die andere Frau beim Essen verursachte,

waren ihr unerträglich. »Brienne, mir ist nicht nach Gesellschaft zu Mute. Geht ruhig zum Fest, wenn Ihr möchtet. Trinkt ein Horn Bier und tanzt zu Rymunds Harfenspiel.«

»Feiern ist nicht meine Sache, Mylady.« Mit ihren großen Händen riss sie ein Stück Schwarzbrot auseinander. Sie starrte die beiden Teile an, als habe sie vergessen, wofür sie gut waren. »Wenn Ihr es befehlt, werde ich . . .«

Catelyn spürte ihr Unbehagen. »Ich dachte nur, in etwas fröhlicher Gesellschaft als meiner würdet Ihr Euch wohler fühlen.«

»Ich bin sehr zufrieden.« Das Mädchen tunkte das Brot in das Fett, in dem die Forelle gebraten worden war.

»Heute Morgen ist wieder ein Vogel eingetroffen.« Catelyn hatte selbst keine Ahnung, warum sie das sagte. »Der Maester hat mich sofort geweckt. Das war sehr pflichtbewusst, aber nicht sehr gütig. Überhaupt nicht gütig.« Eigentlich hatte sie es Brienne nicht erzählen wollen. Außer ihr und Maester Vyman wusste es niemand, und dabei hatte sie es belassen wollen, bis . . . bis . . .

Bis was? Närrisches Weib, ist es weniger wahr, weil du es in deinem Herzen vergräbst? Wenn du nie darüber sprichst, wird es dann zu einem Traum, einem Albtraum, der halb vergessen ist? Oh, könnten die Götter nur so gnädig sein.

»Nachrichten aus King's Landing?«, fragte Brienne.

»Ich wünschte, es wäre so. Der Vogel kam aus Burg Cerwyn, von Ser Rodrik, meinem Kastellan.« *Dunkle Schwingen, dunkle Worte.* »Er hat alle Männer, die er auftreiben konnte, versammelt und marschiert nach Winterfell, um die Burg zurückzuerobern.« Wie unwichtig das alles klang. »Aber er sagte . . . er schrieb . . . er hat mir mitgeteilt, dass . . .«

»Mylady, was ist denn? Neuigkeiten von Euren Söhnen?«

So einfach klang diese Frage; wäre nur die Antwort genauso leicht. Als Catelyn zu sprechen versuchte, blieben ihr die Worte fast im Hals stecken. »Außer Robb habe ich keinen Sohn mehr.« Sie brachte es ohne Schluchzen heraus, und dafür war sie dankbar.

Brienne starrte sie entsetzt an. »Mylady?«

»Bran und Rickon wollten fliehen, aber sie wurden bei einer

Mühle am Acorn gefasst. Theon Greyjoy hat ihre Köpfe auf den Mauern von Winterfell aufspießen lassen. Theon Greyjoy, der an meinem Tisch gegessen hat, seit er zehn Jahre alt war.« *Jetzt habe ich es ausgesprochen, mögen die Götter mir vergeben. Ich habe es gesagt und so zur Wahrheit gemacht.*

Brienne standen die Tränen in den Augen. Sie griff über den Tisch, doch ihre Hand hielt kurz vor Catelyns inne, denn die Berührung könnte unwillkommen sein. »Ich ... ich finde keine Worte, Mylady. Meine arme Lady. Eure Söhne, sie ... sie sind jetzt bei den Göttern.«

»Wirklich?«, fragte Catelyn scharf. »Welcher Gott hat das zugelassen? Rickon war noch ein kleines Kind. Womit hat er einen solchen Tod verdient? Und Bran ... als ich den Norden verlassen habe, hatte er seit seinem Sturz die Augen nicht mehr aufgeschlagen. Ich musste gehen, ehe er erwacht ist. Jetzt kann ich niemals zu ihm zurückkehren und sein Lachen hören.« Sie zeigte Brienne ihre Handflächen, ihre Finger. »Diese Narben ... sie haben einen Mann geschickt, der Bran im Schlaf die Kehle durchschneiden sollte. Damals wäre er gestorben, und ich mit ihm, aber Brans Wolf hat dem Kerl die Kehle herausgerissen.« Einen Moment lang hielt sie inne. »Ich vermute, Theon hat auch die Wölfe umgebracht. Er muss es getan haben, sonst ... ich war sicher, dass die Jungen in Sicherheit wären, solange die Schattenwölfe bei ihnen waren. So wie Robb mit seinem Grey Wind. Aber meine Töchter haben keine Wölfe mehr.«

Der abrupte Themenwechsel verwirrte Brienne. »Eure Töchter ...«

»Sansa war schon mit drei Jahren eine Dame, stets höflich und bemüht zu gefallen. Nichts hat sie so sehr geliebt wie Geschichten über ritterliche Tapferkeit. Die Männer sagten immer, sie sei mir ähnlich, aber sie wird zu einer viel schöneren Frau heranwachsen als ich je war, das kann man bereits sehen. Oft habe ich ihr Mädchen fortgeschickt, damit ich ihr das Haar selbst bürsten konnte. Sie hatte rötlich braunes Haar, heller als meins, und so voll und weich ... das Rot leuchtete im Fackelschein wie Kupfer.

Und Arya, nun ... Neds Besucher haben sie oft mit einem Stalljungen verwechselt, wenn sie unangekündigt in den Hof einritten. Arya war eine Plage, das kann ich nicht anders ausdrücken. Halb ein Junge und halb ein Wolfsjunges. Wenn man ihr etwas verbot, wurde es zu ihrer Herzensangelegenheit. Sie hatte Neds langes Gesicht und braunes Haar, das immer aussah wie ein Vogelnest. Ich bin schier daran verzweifelt, eine Dame aus ihr zu machen. Sie hat Narben gesammelt wie andere Mädchen Puppen, und sie hat alles gesagt, was ihr in den Kopf kam. Ich glaube, sie ist bestimmt auch längst tot.« Als sie das sagte, war ihr, als zerquetschte die Hand eines Riesen ihre Brust. »Ich will sie alle tot sehen, Brienne. Theon Greyjoy zuerst, dann Jaime Lannister und Cersei und den Gnom, einen nach dem anderen. Aber meine Mädchen ... meine Mädchen werden ...«

»Die Königin ... sie hat auch ein kleines Mädchen«, meinte Brienne unbeholfen. »Und zwei Söhne im Alter von Euren. Wenn sie davon hört ... vielleicht kennt sie Erbarmen und ...«

»Und schickt mir meine Töchter unversehrt zurück?« Catelyn lächelte traurig. »Ihr seid manchmal so unschuldig, Kind. Ich wünschte ... aber nein. Robb wird seine Brüder rächen. Eis kann ebenso töten wie Feuer. *Ice* war Neds Schwert. Valyrischer Stahl, so scharf, dass ich mich nicht getraute, es zu berühren. Robbs Schwert ist ein stumpfes Ding dagegen. Damit wird es ihm nicht leicht fallen, Theon den Kopf abzuschlagen, fürchte ich. Die Starks setzen keine Henker ein. Ned hat immer gesagt, wer das Urteil fällt, soll auch die Klinge schwingen, obwohl er diese Pflicht niemals voll Freude ausgeübt hat. Aber diesmal würde ich mich freuen, ja.« Sie starrte auf ihre vernarbten Hände, öffnete und schloss sie und hob langsam den Blick. »Ich habe ihm Wein geschickt.«

»Wein?« Brienne verstand nicht. »Robb? oder ... Theon Greyjoy?«

»Dem Königsmörder.« *Bei Cleon Frey hat dieser Trick gewirkt. Hoffentlich seid ihr durstig, Jaime. Hoffentlich ist Eure Kehle ausgetrocknet.* »Würdet Ihr mich begleiten?«

»Ich stehe zu Eurer Verfügung, Mylady.«

»Gut.« Abrupt erhob sich Catelyn. »Bleibt und beendet Euer Mahl in aller Ruh. Ich werde später nach Euch schicken. Um Mitternacht.«

»So spät, Mylady?«

»Die Kerker haben keine Fenster. Dort unten ist eine Stunde wie die andere, und für mich ist immer Mitternacht.« Beim Verlassen des großen Saals hallten ihre Schritte hohl von den Wänden wider. während sie zu Lord Hosters Solar hinaufstieg, konnte sie draußen Rufe hören: »Tully!« und »Einen Becher auf den tapferen jungen Lord!« *Mein Vater ist noch nicht tot,* wollte sie hinunterschreien. *Meine Söhne sind tot, aber mein Vater lebt, möget ihr alle verflucht sein, und noch ist er Euer Lord.*

Lord Hoster lag in tiefem Schlaf. »Er hat erst vor kurzem einen Becher Traumwein getrunken«, erklärte Maester Vyman. »Wegen der Schmerzen. Er wird nicht bemerken, dass Ihr da seid.«

»Das macht mir nichts aus«, erwiderte Catelyn. *Er ist dem Tode näher als dem Leben, und trotzdem lebendiger als meine armen lieben Söhne.*

»Mylady, gibt es etwas, das ich für Euch tun kann? Ein Schlaftrunk vielleicht?«

»Danke nein, Maester. Ich will vor meiner Trauer nicht in den Schlaf flüchten. Bran und Rickon haben Besseres von mir verdient. Geht und gesellt Euch zu den Feiernden, ich bleibe eine Weile bei meinem Vater sitzen.«

»Wie Ihr wünscht, Mylady.« Vyman verneigte sich und ließ sie allein.

Lord Hoster lag mit offenem Mund auf dem Rücken, und sein Atem ging wie schwache Seufzer. Eine Hand hing über die Kante der Matratze, blass und zerbrechlich und ohne Fleisch, doch warm, als Catelyn sie ergriff. Sie verschränkte ihre Finger mit seinen. *Gleichgültig, wie fest ich ihn halte, er wird nicht hier bleiben,* dachte sie traurig. *Lass ihn gehen.* Dennoch wollte sie nicht loslassen.

»Ich habe niemanden, mit dem ich reden kann, Vater«, sagte sie zu ihm. »Ich bete, aber die Götter antworten mir nicht.« Sanft küsste sie seine Hand. Die durchscheinende Haut war warm, die blauen Venen verzweigten sich Flüssen gleich darunter. Draußen zogen die großen Flüsse vorüber, der Rote Arm und der Tumblestone, und sie würden ewig fließen, die Flüsse in der Hand ihres Vaters hingegen nicht. Nur zu bald würden diese Ströme zum Stillstand kommen.

»Letzte Nacht habe ich von der Zeit geträumt, als Lysa und ich uns auf dem Rückweg von Seagard verirrt haben. Erinnerst du dich noch? Dieser seltsame Nebel war plötzlich da, und wir sind hinter der übrigen Gesellschaft zurückgeblieben. Alles war grau, und ich konnte kaum über die Nase meines Pferdes hinaussehen. Wir sind von der Straße abgekommen. Die Äste der Bäume waren lange, hagere Arme, die nach uns griffen. Lysa hat angefangen zu weinen, und ich habe gerufen, aber der Nebel hat alle Laute verschluckt. Aber Petyr wusste, wo wir waren, er ist zurückgeritten und hat uns gefunden ...

Jetzt gibt es niemanden mehr, der mich finden könnte, nicht wahr? Diesmal muss ich mir den Weg allein suchen, und das ist schwer, so schwer.

Ständig erinnere ich mich an die Worte der Starks. Der Winter ist da, Vater. Für mich. Für mich. Robb muss jetzt nicht nur gegen die Lannisters, sondern auch gegen die Greyjoys kämpfen, und wofür? Für einen goldenen Kopfputz und einen eisernen Stuhl? Gewiss hat das Land doch genug geblutet. Ich will meine Mädchen zurückhaben. Robb soll das Schwert niederlegen und eine der Freytöchter heiraten, die ihn glücklich macht und ihm Söhne schenkt. Bran und Rickon will ich auch wiederhaben, ich will ...« Catelyn ließ den Kopf hängen. »Ich *will*«, sagte sie nochmals, dann gingen ihr die Worte aus.

Einige Zeit später flackerte die Kerze und erlosch. Das Mondlicht fiel durch die Schlitze der Fensterläden herein und warf bleiche silberne Linien über das Gesicht ihres Vaters. Sie konnte das leise Flüstern seines angestrengten Atmens hören, das endlose Rauschen des Wassers, die fernen Akkorde eines Liebesliedes, das traurig und süß zugleich vom Hof heraufschallte. *»Ich liebte ein Mädchen, rot wie der Herbst«*, sang Rymund, *»der Sonnenuntergang in ihrem Haar.«*

Catelyn bemerkte es nicht, als der Gesang irgendwann endete. Stunden waren vergangen, und doch erschienen sie ihr wie ein Herzschlag, da stand Brienne schon an der Tür. »Mylady«, verkündete sie leise, »es ist Mitternacht.«

Es ist Mitternacht, Vater, dachte sie, *und ich muss meine Pflicht tun.* Sie ließ seine Hand los.

Der Kerkermeister war ein verstohlener Mann mit aufgeplatzten Äderchen an der Nase. Er saß über einen Krug Bier gebeugt vor den Resten einer gebratenen Taube und war ziemlich betrunken, beäugte sie jedoch misstrauisch. »Bitte um Verzeihung, Mylady, aber Lord Edmure hat befohlen, niemand dürfe den Königsmörder ohne schriftliche Erlaubnis von ihm besuchen, und zwar mit Brief und Siegel.«

»*Lord* Edmure? Ist denn mein Vater bereits gestorben, und niemand hat es mir mitgeteilt?«

Der Kerkermeister leckte sich die Lippen. »Nein, Mylady, nicht dass ich wüsste.«

»Öffne mir die Zelle, oder du kommst mit hinauf in Lord Hosters Solar und wirst ihm erklären, wieso du dich mir widersetzt hast.«

Er senkte den Blick. »Wie Mylady wünschen.« Die Schlüssel waren an den metallbeschlagenen Ledergürtel gekettet, den er um den Bauch trug. Murmelnd suchte er nach dem richtigen zur Zelle des Königsmörders.

»Geh zurück zu deinem Bier und lass uns allein«, befahl Catelyn. Von einem Haken in der niedrigen Decke hing eine Öllampe. Catelyn nahm sie herunter und drehte die Flamme hoch. »Brienne, sorgt dafür, dass ich nicht gestört werde.«

Brienne nickte, stellte sich vor der Zelle auf und legte die Hand auf das Heft ihres Schwertes. »Mylady braucht nur zu rufen, wenn sie mich braucht.«

Catelyn drückte die schwere Tür aus Holz und Eisen mit der Schulter auf und trat in die Dunkelheit. Dies hier waren die Eingeweide von Riverrun, und so roch es auch. Altes Stroh knisterte unter den Füßen. Die Wände waren von Salpeter verfärbt. Durch den Stein hörte sie das ferne Rauschen des Tumblestone. Das Licht der Lampe zeigte in einer Ecke einen Eimer, der von Unrat überlief, und eine zusammengesunkene Gestalt in der anderen. Der Krug mit Wein stand unberührt auf dem Boden neben der Tür. *So viel zu diesem Plan. Ich sollte dankbar sein, dass der Kerkermeister ihn nicht selbst getrunken hat.*

Jaime hob die Hände und verbarg sein Gesicht. Die Ketten um seine Handgelenke klirrten. »Lady Stark«, sagte er mit einer Stimme, die heiser war, da sie so lange nicht benutzt worden war, »ich befinde mich leider nicht im passenden Zustand, um Euch zu empfangen.«

»Seht mich an, Ser.«

»Das Licht schmerzt in meinen Augen. Einen Moment bitte.« Jaime Lannister war seit der Nacht, in der man ihn im Flüsterwald gefangen hatte, keine Rasur mehr gestattet worden, und ein verfilzter Bart bedeckte das Gesicht, das einst dem der Königin so sehr geähnelt hatte. Im Lampenlicht leuchteten die Barthaare golden und gaben ihm etwas von einem großen gelben Tier, das selbst in Ketten noch Erhabenheit ausstrahlte. Sein ungewaschenes Haar fiel strähnig und wirr auf die Schultern, die Kleidung verfaulte ihm am Körper ... und trotzdem waren die Kraft und die Schönheit dieses Mannes unverkennbar.

»Offensichtlich habt Ihr keinen Geschmack an dem Wein gefunden, den ich Euch geschickt habe.«

»Solch plötzliche Großzügigkeit erschien mir verdächtig.«

»Ich kann Euch jederzeit den Kopf abschlagen lassen. Warum sollte ich Euch vergiften?«

»Der Tod durch Gift kann wie ein natürlicher Tod aussehen. Schwieriger beweisen ließe sich die Behauptung, mein Kopf wäre mir unvermittelt vom Hals gefallen.« Er blinzelte vom Boden zu ihr hinauf, und seine katzengrünen Augen gewöhnten sich langsam ans Licht. »Ich würde Euch bitten, Platz zu nehmen, doch Euer Bruder hat es leider abgelehnt, mir einen Stuhl zu bringen.«

»Ich kann sehr wohl stehen.«

»Könnt Ihr das? Ihr seht schlecht aus, muss ich sagen. Obwohl das vielleicht nur an dem Licht hier unten liegt.« Er war an Handgelenken und Knöcheln gefesselt, und jede Schelle war mit den anderen verbunden, sodass er weder bequem sitzen noch liegen konnte. Die Knöchelketten waren an der Wand befestigt. »Genügt Euch das Gewicht meiner Armbänder, oder seid Ihr gekommen, um weitere hinzuzufügen? Ich kann hübsch damit rasseln, wenn Ihr mögt.«

»Ihr habt Euch das selbst zuzuschreiben«, erinnerte sie ihn. »Wir haben Euch die Bequemlichkeit einer Zelle im Turm gewährt, wie es Eurer Geburt und Eurem Stand entspricht. Das habt Ihr uns mit einem Fluchtversuch vergolten.«

»Eine Zelle ist eine Zelle. Gegenüber mancher unter Casterly Rock erscheint diese wie ein Garten im Sonnenlicht. Eines Tages werde ich sie Euch vielleicht zeigen.«

Falls er eingeschüchtert ist, verbirgt er es gut, dachte Catelyn. »Ein Mann, der an Händen und Füßen gefesselt ist, sollte einen höflicheren Ton anschlagen, Ser. Ich bin nicht gekommen, um mich bedrohen zu lassen.«

»Nein? Dann sicherlich, um das Vergnügen meiner Gesellschaft zu genießen? Es heißt, Witwen werden ihrer leeren Betten schnell müde. Wir von der Königsgarde schwören, niemals zu heiraten, aber ich denke, mit dem, was Ihr braucht, kann ich dennoch dienen. Schenkt uns etwas Wein ein und legt dieses Kleid ab, dann werden wir sehen, ob ich dazu noch im Stande bin.«

Catelyn starrte angewidert auf ihn hinunter. *Hat es jemals zuvor einen so wunderschönen und gleichzeitig so abstoßenden Mann gegeben?* »Wenn Ihr das in Gegenwart meines Sohnes sagt, wird er Euch dafür töten.«

»Nur solange ich die hier trage.« Jaime Lannister rasselte mit seinen Ketten. »Wir wissen doch beide, dass Euer Sohn sich fürchtet, sich mir im Zweikampf zu stellen.«

»Mein Sohn ist vielleicht noch jung, solltet Ihr ihn allerdings für einen Narren halten, so habt Ihr Euch sehr geirrt ... und mich dünkt, Ihr wart nicht so schnell mit solchen Herausforderungen bei der Hand, als Ihr eine Armee hinter Euch wusstet.«

»Haben sich die alten Könige des Winters auch hinter den Röcken ihrer Mütter versteckt?«

»Langsam ermüdet mich dies Gerede, Ser. Es gibt einige Dinge, die ich wissen muss.«

»Warum sollte ich Euch irgendetwas sagen?«

»Um Euer Leben zu retten.«

»Glaubt Ihr, ich fürchte den Tod?« Das amüsierte ihn.

»Besser wäre es. Eure Verbrechen werden Euch einen Platz in der tiefsten Hölle einbringen, wenn die Götter Gerechtigkeit kennen.«

»Welche Götter meint Ihr, Lady Catelyn? Die Bäume, die Euer Gemahl angebetet hat? Wie gut haben sie ihm gedient, als meine Schwester ihm den Kopf abschlagen ließ?« Jaime kicherte. »Falls es Götter gibt, warum ist die Welt dann so voller Leid und Ungerechtigkeit.«

»Weil es Menschen wie Euch gibt.«

»Es gibt keine Menschen wie mich. Es gibt nur mich.«

Nichts als Arroganz und Stolz und der hohle Mut eines Verrückten. Mit ihm verschwende ich nur meine Zeit. Wenn er je einen Funken Ehre besessen hat, ist er längst erloschen. »Da Ihr Euch nicht mit mir unterhalten wollt, mag es so sein. Trinkt den Wein oder pisst hinein, mir ist es gleichgültig.«

Ihre Hand lag bereits auf dem Türgriff, da sagte er: »Lady Stark.« Sie drehte sich um und wartete. »In diesem feuchten Loch rostet wohl alles ein, selbst mein gutes Benehmen. Bleibt, und Ihr werdet Antworten bekommen . . . um ihren Preis.«

Er besitzt keinerlei Schamgefühl. »Gefangene haben keine Preise zu verlangen.«

»Oh, meiner wird sehr bescheiden sein. Euer Kerkermeister erzählt mir nur gemeine Lügen, und noch dazu lügt er schlecht. Einmal sagt er, Cersei sei bei lebendigem Leib gehäutet worden, am nächsten Tag ist es mein Vater. Beantwortet meine Fragen, dann werde ich das Gleiche mit Euren tun.«

»Wahrheitsgemäß?«

»Oh, Ihr seid auf die Wahrheit aus? Seht Euch vor, Mylady. Tyrion sagt immer, die Menschen hungerten nach der Wahrheit, würden jedoch selten ihren Geschmack schätzen, wenn sie aufgetischt wird.«

»Ich bin stark genug, alles zu ertragen, was Ihr sagen werdet.«

»Wenn dem so ist, bitte. Aber zuerst, seid so freundlich . . . der Wein. Meine Kehle ist rau.«

Catelyn hängte die Lampe an die Tür und schob ihm Becher und Krug zu. Jaime ließ sich den Wein auf der Zunge zergehen, ehe er ihn hinunterschluckte. »Sauer und schlecht«, meinte er, »doch wird er seine Schuldigkeit tun.« Er lehnte sich mit dem Rücken an die Wand, zog die Knie an die Brust und starrte sie an. »Eure erste Frage, Lady Catelyn?«

Da sie nicht wusste, wie lange er diese Spielchen mitspielen würde, verlor sie keine Zeit. »Seid Ihr Joffreys Vater?«

»Ihr hättet nicht gefragt, wenn Ihr die Antwort nicht schon kennen würdet.«

»Ich möchte sie von Euren Lippen hören.«

Er zuckte die Achseln. »Joffrey ist von mir. Und der Rest von Cerseis Brut ebenso, nehme ich an.«

»Somit gebt Ihr zu, der Geliebte Eurer Schwester zu sein?«

»Ich habe meine Schwester stets geliebt, und Ihr schuldet mir zwei Antworten. Leben noch alle von meiner Familie?«

»Ser Stafford Lannister ist bei Oxcross gefallen, wurde mir berichtet.«

Jaime zeigte keine Regung. »Onkel Tölpel hat ihn meine Schwester genannt. Nein, mir geht es um Cersei und Tyrion. Und um meinen Hohen Vater.«

»Sie leben, alle drei.« *Doch nicht mehr lange, wenn die Götter gnädig sind.*

Jaime trank von seinem Wein. »Weiter.«

Catelyn überlegte, ob er es wohl wagen würde, ihre nächste Frage mit der Wahrheit zu beantworten. »Wie ist mein Sohn Bran abgestürzt?«

»Ich habe ihn aus dem Fenster geworfen.«

Die Unbekümmertheit, mit der er das sagte, verschlug ihr die Sprache. *Hätte ich ein Messer, würde ich ihn auf der Stelle umbringen,* dachte sie, bis ihr die Mädchen einfielen. Ihre Kehle schnürte sich zu. »Ihr wart ein Ritter, der geschworen hat, die Schwachen und Unschuldigen zu beschützen.«

»Schwach war er gewiss, aber vielleicht nicht so unschuldig. Er hat uns nachspioniert.«

»Bran hat nie jemandem nachspioniert.«

»Dann gebt Euren gepriesenen Göttern die Schuld, weil sie den

Jungen an unser Fenster geführt haben, wo er etwas gesehen hat, das nicht für seine Augen bestimmt war.«

»Die Götter beschuldigen?«, fragte sie ungläubig. »Eure Hand war es, die ihn hinuntergestoßen hat. Ihr wolltet, dass er stirbt.«

Seine Ketten klimperten leise. »Ich werfe selten Kinder von einem Turm, um ihre Gesundheit zu stärken. Ja, ich wollte, dass er stirbt.«

»Und als er nicht gestorben ist, wusstet Ihr, die Gefahr war größer denn je, und so habt Ihr Eurem gedungenen Handlanger einen Beutel Silber gegeben, damit er Bran für immer die Augen schließt.«

»Habe ich das tatsächlich getan?« Jaime hob den Becher und nahm einen großen Schluck. »Ich will nicht leugnen, dass wir darüber gesprochen haben, nur wart Ihr Tag und Nacht bei dem Jungen, und Euer Maester sowie Lord Eddard haben ihn häufig besucht, dazu die Wachen und die verdammten Schattenwölfe ... ich hätte mich durch halb Winterfell schlagen müssen. Und wozu, wo es doch so aussah, als ob der Junge von selbst sterben würde?«

»Wenn Ihr mich anlügt, ist unser Treffen zu Ende.« Catelyn hielt ihm ihre Hände entgegen, um ihm die Narben zu zeigen. »Die habe ich von dem Kerl, der meinem Bran die Kehle durchschneiden wollte. Schwört Ihr, ihn nicht gesandt zu haben.«

»Bei meiner Ehre als Lannister.«

»Eure Lannister-Ehre ist nicht mehr wert als das hier.« Sie stieß den Eimer um. Eine übel stinkende Brühe ergoss sich über den Boden und sickerte ins Stroh.

Jaime Lannister wich so weit davor zurück, wie es seine Ketten zuließen. »Vielleicht ist meine Ehre wirklich nur Scheiße wert, das will ich nicht bestreiten, trotzdem habe ich noch nie jemanden angeheuert, um einen anderen für mich zu töten. Glaubt, was Ihr wollt, Lady Stark, aber hätte ich Euren Bran tot sehen wollen, hätte ich es selbst erledigt.«

Die Götter mögen gnädig sein, er spricht die Wahrheit. »Wenn Ihr den Mörder nicht geschickt habt, dann war es Eure Schwester.«

»Dann hätte ich davon erfahren. Cersei hat keine Geheimnisse vor mir.«

»Dann war es der Gnom.«

»Tyrion ist genauso unschuldig wie Euer Bran. *Er* ist nicht vor fremden Fenster herumgeklettert und hat gelauscht.«

»Warum hatte der Meuchelmörder dann seinen Dolch?«

»Und was für ein Dolch sollte das sein?«

»Er war so lang«, erklärte sie und zeigte es ihm mit den Händen, »einfach, aber gut verarbeitet, mit einer Klinge aus valyrischem Stahl und einem Heft aus Drachenknochen. Euer Bruder hat ihn von Petyr Baelish gewonnen, bei dem Turnier, das Robert veranstaltet hat.«

Lannister schenkte sich nach, trank, schenkte nach und starrte in seinen Weinbecher. »Dieser Wein wird immer besser, je mehr ich davon trinke. Stellt Euch das nur vor. Ich meine mich an diesen Dolch zu erinnern, jetzt wo Ihr ihn beschreibt. Gewonnen hat er ihn, sagt Ihr? Wie?«

»Er hat auf Euch gesetzt, als Ihr mit der Lanze gegen den Ritter der Blumen angetreten seid.« Doch als sie die Worte aussprach, wusste Catelyn, dass das nicht stimmte. »Nein . . . war es nicht anders herum?«

»Tyrion hat mir auf dem Turnierplatz immer den Rücken gestärkt«, sagte Jaime, »aber an diesem Tag hat mich Ser Loras aus dem Sattel gestoßen. Ein Missgeschick; ich hatte den Jungen unterschätzt, nun, was soll's. Was immer mein Bruder gesetzt hat, hat er verloren . . . doch der Dolch hat den Besitzer gewechselt, wie ich mich jetzt erinnere. Robert hat ihn mir am Abend auf dem Fest gezeigt. Seine Gnaden streuten zu gern Salz in meine Wunden, vor allem, wenn er betrunken war. Und wann war er nicht betrunken?«

Auf dem Weg durch die Mondberge hatte Tyrion fast das Gleiche erzählt. Sie hatte ihm nicht glauben wollen. Petyr hatte ihr etwas anderes geschworen, Petyr, der beinahe ein Bruder für sie gewesen war, Petyr, der sie so sehr geliebt hatte, dass er ein Duell um ihre Hand bestritten hatte . . . und dennoch, wenn Jaime und Tyrion dasselbe sagten, was bedeutete das? Die beiden Brüder waren sich nicht mehr begegnet, seit sie Winterfell vor über einem Jahr verlassen hatten. »Wollt Ihr mich täuschen?« Irgendwo musste es einen Haken geben.

»Ich habe zugegeben, Euren geliebten Bengel aus dem Fenster gestoßen zu haben, was würde mir also eine Lüge über diesen Dolch einbringen?« Er stürzte einen weiteren Becher Wein hinunter. »Glaubt, was Ihr wollt, mir ist es längst gleichgültig, was die Menschen über mich sagen. Und jetzt bin ich dran. Sind Roberts Brüder ins Feld gezogen?«

»Ja.«

»Nun, das ist eine sehr knappe Antwort. Führt sie ein wenig aus, sonst werde ich mich bei Eurer nächsten Frage genauso bescheiden.«

»Stannis marschiert nach King's Landing«, sagte sie widerwillig. »Renly ist tot, er wurde bei Storm's End von seinem Bruder ermordet, durch schwarze Machenschaften, die ich nicht verstehe.«

»Zu schade«, meinte Jaime. »Renly mochte ich recht gern, Stannis dagegen ist eine ganz andere Sache. Für welche Seite haben die Tyrells Partei ergriffen?«

»Zunächst für Renly. Wo sie jetzt stehen, weiß ich nicht.«

»Euer Junge muss sich einsam fühlen.«

»Robb ist vor ein paar Tagen sechzehn geworden ... er ist erwachsen und ein König. Bisher hat er jede Schlacht gewonnen, in die er gezogen ist. Den letzten Nachrichten zufolge hat er den Westerlings Crag abgenommen.«

»Bisher hat er sich noch nicht meinem Vater gestellt, oder?«

»Wenn die Zeit gekommen ist, wird er ihn besiegen. Genauso wie Euch.«

»Er hat mich überrascht. Mit der List eines Feiglings.«

»Ihr wagt es, von feigen Listen zu sprechen? Euer Bruder Tyrion hat uns Meuchelmörder im Gewand von Gesandten geschickt, noch dazu unter dem Banner des Friedens.«

»Falls einer Eurer Söhne in dieser Zelle säße, würden seine Brüder nicht das Gleiche für ihn tun?«

Mein Sohn hat keine Brüder, dachte sie, doch mit einem solchen Menschen würde sie ihren Schmerz nicht teilen.

Jaime trank einen Schluck Wein. »Was ist das Leben eines Bruders, wenn die Ehre auf dem Spiel steht, wie?« Wieder ein Schluck.

»Tyrion ist klug genug einzusehen, dass Euer Sohn mich niemals gegen ein Lösegeld freilassen wird.«

Diese Vermutung konnte Catelyn nicht widerlegen. »Robbs Gefolgsleute würden Euch lieber tot sehen. Vor allem Richard Karstark. Im Flüsterwald habt Ihr zwei seiner Söhne erschlagen.«

»Die beiden mit der weißen Sonne, nicht wahr?« Jaime zog die Schultern hoch. »Um bei der Wahrheit zu bleiben, wollte ich eigentlich *Euren* Sohn erschlagen. Die anderen sind mir nur in den Weg gekommen. Ich habe sie in fairem Kampf getötet im Gewühl der Schlacht. Jeder Ritter hätte ebenso gehandelt.«

»Ihr nennt Euch noch einen Ritter, obwohl Ihr jeden Eid gebrochen habt?«

Jaime griff nach dem Krug und füllte seinen Becher. »So viele Eide ... sie lassen einen schwören und schwören. Verteidige den König. Gehorche dem König. Bewahre seine Geheimnisse. Erfülle seine Befehle. Gib dein Leben für seines. Aber gehorche deinem Vater. Liebe deine Schwester. Beschütze die Unschuldigen. Verteidige die Schwachen. Achte die Götter. Gehorche den Gesetzen. Das ist zu viel. Egal, was man tut, man ist gezwungen, den einen oder den anderen Schwur zu brechen.« Wieder trank er einen großen Schluck von seinem Wein und schloss dann die Augen einen Moment lang, lehnte den Kopf an den Salpeterfleck auf der Wand. »Ich war der Jüngste, der je den weißen Mantel angelegt hat.«

»Und der Jüngste, der alles verraten hat, wofür er steht, Königsmörder.«

»Königsmörder«, sagte er und betonte die Silben sorgfältig. »Und was für ein König er war!« Er hob den Becher. »Auf Aerys Targaryen, den Zweiten Seines Namens, den Lord der Sieben Königslande und Protektor des Reiches. Und auf das Schwert, das ihm die Kehle durchschnitt. Ein *goldenes* Schwert, wisst Ihr? Bis das Blut rot an seiner Klinge entlang lief. Das sind die Farben der Lannisters, Rot und Gold.«

Als er lachte, bemerkte sie, dass der Wein sein Werk getan hatte; Jaime hatte fast den ganzen Krug geleert, und nun war er betrunken. »Nur ein Mann wie Ihr kann stolz auf eine solche Tat sein.«

»Ich habe Euch schon gesagt, solche Männer wie mich gibt es nicht zweimal. Antwortet mir, Lady Stark – hat Euch Euer Ned je erzählt, wie sein Vater starb? Oder sein Bruder?«

»Brandon haben sie erwürgt, während sein Vater zusehen musste, und anschließend haben sie Lord Rickard getötet.« Eine hässliche Geschichte, die sechzehn Jahre zurücklag. Warum fragte er jetzt danach?

»Getötet ja, aber wie?«

»Mit der Schlinge oder der Axt, nehme ich an.«

Jaime nippte am Wein und wischte sich den Mund ab. »Zweifelsohne wollte Ned es Euch ersparen. Seiner süßen jungen Braut, wenn auch keiner Jungfrau. Ihr wolltet die Wahrheit erfahren. Fragt mich. Wir haben eine Abmachung getroffen, ich kann Euch nichts versagen. Fragt.«

»Tot ist tot.« *Ich will es gar nicht wissen.*

»Brandon war anders als sein Bruder, nicht wahr? Er hatte Blut in den Adern und nicht nur kaltes Wasser. Eher so wie ich.«

»Brandon war Euch in keiner Weise ähnlich.«

»Wenn Ihr das sagt. Ihr wart ihm versprochen.«

»Er war auf dem Weg nach Riverrun, als . . .« Eigenartig, wie sich ihr der Hals nach all den Jahren noch immer zuschnürte, wenn sie davon sprach. ». . . als er von Lyanna hörte und stattdessen nach King's Landing zog. Das war voreilig.« Sie erinnerte sich daran, wie ihr Vater getobt hatte, nachdem die Nachricht auf Riverrun eingetroffen war. *Dieser galante Narr,* hatte er Brandon genannt.

Jaime schenkte sich den letzten halben Becher Wein ein. »Er ist mit ein paar Gefährten zum Red Keep geritten und hat Prinz Rhaegar aufgefordert, herauszukommen und zu sterben. Aber Rhaegar war gar nicht da. Aerys hat seine Garde geschickt, um sie alle gefangen zu nehmen, weil sie den Mord an seinem Sohn geplant hätten. Die anderen waren ebenfalls Söhne von Lords, scheint mir.«

»Ethan Glover war Brandons Knappe«, sagte Catelyn. »Er war der Einzige, der überlebt hat. Die anderen waren Jeffory Mallister, Kyle Royce und Elbert Arryn, Jon Arryns Neffe und Erbe.« Seltsamerweise erinnerte sie sich noch an die Namen. »Aerys hat sie des Hochverrats angeklagt und ihre Väter an den Hof gerufen, die sie gegen diesen Vorwurf verteidigen sollten. Die Söhne hielt er als Geiseln fest. Als die Väter eintrafen, ließ er sie alle ohne Gerichtsverfahren ermorden. Väter und Söhne.«

»Es gab Gerichtsverfahren. Wenn man es so nennen darf. Lord Rickard verlangte eine Entscheidung durch einen Kampf, und der König gewährte ihm die Bitte. Stark rüstete sich für den Kampf und dachte, er würde ein Duell mit einem Mitglied der Königsgarde ausfechten. Mit mir, vielleicht. Stattdessen brachten sie ihn in den Thronsaal und hängten ihn an die Sparren, während zwei von Aerys' Pyromantikern ein hübsches Feuerchen unter ihm entfachten. Der König erklärte ihm, das Feuer sei der Recke, der für das Haus Targaryen antrete. Demnach brauche Lord Rickard nur eins zu tun, um seine Unschuld zu beweisen: Er dürfe nicht brennen.

Während das Feuer brannte, wurde Brandon hereingeführt. Die Hände hatte man ihm auf den Rücken gefesselt, und um seinen Hals hatte man ihm ein nasses Lederband gelegt, das mit einem Gerät verbunden war, das der König aus Tyrosh bekommen hatte. Seine Beine waren frei, und sein Langschwert legte man ihm kurz außerhalb seiner Reichweite vor die Füße.

Die Pyromantiker rösteten Lord Rickard langsam und hielten das Feuer sorgsam bei gleichmäßiger Hitze. Zuerst ging der Mantel in Flammen auf, dann der Überwurf, und bald trug er nur noch Metall und Asche. In Kürze würde er zu kochen beginnen, versprach Aerys ihm ... es sei denn, sein Sohn könne ihn befreien. Brandon versuchte es verzweifelt, doch je mehr er sich anstrengte, desto enger zog sich das Band um seinen Hals. Am Ende hat er sich selbst stranguliert.

Was Lord Rickard betrifft, so wurde kurz vor dem Ende sein Brustharnisch kirschrot, und die goldenen Sporen schmolzen und tropften ins Feuer. Ich habe am Fuße des Eisernen Throns gestanden, in meiner weißen Rüstung und meinem weißen Mantel, und habe versucht, nur an Cersei zu denken. Später nahm mich Gerold Hightower zur Seite und sagte: ›Ihr habt einen Eid geschworen, den

König zu beschützen, nicht, ein Urteil über ihn zu fällen.‹ So war der Weiße Bulle, treu bis zum Ende und ein besserer Mann als ich, zugegeben.«

»Aerys ...« Catelyn stieg die bittere Galle auf. Die Geschichte klang so widerlich, dass sie vermutlich der Wahrheit entsprach. »Aerys war wahnsinnig, das wusste das ganze Reich, aber wenn Ihr mich jetzt glauben machen wollt, Ihr hättet ihn erschlagen, um Brandon Stark zu rächen ...«

»So etwas habe ich niemals behauptet. Die Starks haben mir nichts bedeutet. Ich will sagen, es ist schon höchst eigentümlich, dass ich von einem für einen Gefallen geliebt wurde, den ich ihm nie getan habe, und gleichzeitig von so vielen für meine beste Tat geschmäht wurde. Bei Roberts Krönung hat man mich neben Grand Maester Pycelle und Varys dem Eunuchen zu Füßen des Königs knien lassen, damit er uns unsere Vergehen *verzeihen* konnte, bevor er uns in seine Dienste nahm. Euer Ned hätte die Hand küssen sollen, die Aerys erschlagen hat, aber er verhöhnte lieber den Hintern, den er auf Roberts Thron vorfand. Ich glaube, Ned Stark hat Robert mehr geliebt als seinen Bruder oder seinen Vater ... sogar mehr als Euch, Mylady. Ihm war er niemals untreu, nicht wahr?« Jaime lachte betrunken. »Kommt schon, Lady Stark, erscheint Euch das nicht auch höchst amüsant?«

»Ganz gewiss nicht, Königsmörder.«

»Wieder dieser Name. Ich glaube, ich werde Euch nun doch nicht mehr ficken. Littlefinger hat Euch als Erster gehabt, stimmt's? Ich esse nie vom Teller eines anderen. Außerdem seid Ihr nicht halb so schön wie meine Schwester.« Sein Lächeln war grausam. »Ich habe mich nie zu einer anderen Frau außer Cersei gelegt. Auf meine Weise war ich treuer als Ned. Der arme, alte, tote Ned. Wessen Ehre ist nun einen Scheißdreck wert, frage ich Euch. Wie hieß doch gleich der Bastard, den er gezeugt hat?«

Catelyn trat einen Schritt zurück. »*Brienne.*«

»Nein, so hieß er nicht.« Jaime Lannister stellte den Krug auf den Kopf. Ein Rinnsal, rot wie Blut, lief ihm übers Gesicht. »Snow, das war es. Schnee. So ein *weißer* Name ... wie die hübschen Umhänge, die wir von der Königsgarde bekommen, wenn wir unsere hübschen Eide ablegen.«

Brienne schob die Tür auf und betrat die Zelle. »Ihr habt gerufen, Mylady?«

Catelyn streckte die Hand aus. »*Gebt mir Euer Schwert.*«

THEON

Der Himmel hing voll düsterer Wolken, die Wälder lagen tot und gefroren da. Wurzeln griffen nach Theons Füßen, während er rannte, kahle Zweige schlugen ihm ins Gesicht und hinterließen dünne Blutstreifen auf seinen Wangen. Atemlos stürzte er durch die Sträucher, und Eiszapfen brachen von Ästen. *Gnade,* schluchzte er. Hinter sich hörte er ein schauderhaftes Heulen, das ihm das Blut gerinnen ließ. *Gnade, Gnade.* Als er über die Schultern blickte, sah er sie kommen, riesige Wölfe, so groß wie Pferde, mit den Köpfen kleiner Kinder. *Oh, Gnade, Gnade.* Blut, schwarz wie Pech, tropfte aus ihren Schnauzen und brannte Löcher in den Schnee, wo es hinfiel. Mit jedem Schritt kamen sie näher. Theon versuchte schneller zu rennen, doch seine Beine gehorchten ihm nicht. Alle Bäume hatten Gesichter, und sie lachten ihn aus, lachten, und dann war da wieder das Heulen. Er konnte den heißen Atem der Tiere hinter sich riechen, den Gestank nach Schwefel und Fäulnis. *Sie sind tot, tot, ich habe mit angesehen, wie sie umgebracht wurden,* wollte er schreien, *ich habe gesehen, wie man ihre Köpfe in Teer getaucht hat,* doch als er den Mund öffnete, brachte er nur ein Stöhnen hervor, dann *berührte* ihn etwas, und er fuhr herum und brüllte ...

– und griff nach dem Dolch, den er neben seinem Bett aufbewahrte, stieß ihn jedoch lediglich zu Boden. Wex sprang zurück. Stinker stand hinter dem Stummen, sein Gesicht wurde von der Kerze erhellt, die er in der Hand hielt. »Was?«, rief Theon. *Gnade.* »Was willst du? Warum bist du in meinem Schlafzimmer? *Warum?*«

»Mein Lord Prinz«, sagte Stinker, »Eure Schwester ist nach Winterfell gekommen. Ihr habt angeordnet, dass man es Euch unverzüglich mitteilt, wenn sie eintrifft.«

»Das wurde auch Zeit«, murmelte Theon und strich sich mit den

Fingern durchs Haar. Er hatte schon angefangen zu fürchten, Arya wolle ihn seinem Schicksal überlassen. *Gnade.* Er blickte aus dem Fenster, wo das erste schwache Licht der Dämmerung die Türme von Winterfell berührte. »Wo ist sie?«

»Lorren hat sie und ihre Männer zum Frühstück in die Große Halle geführt. Werdet Ihr sie jetzt begrüßen?«

»Ja.« Theon warf die Decke zurück. Das Feuer war herabgebrannt. »Wex, heißes Wasser.« Er konnte Asha nicht so zerzaust und durchgeschwitzt gegenübertreten. *Wölfe mit Kindergesichtern . . .* Er schauderte. »Schließt die Fensterläden.« Im Zimmer war es so kalt wie in dem Wald aus seinem Traum.

In letzter Zeit waren alle seine Träume kalt, und einer scheußlicher als der andere. Gestern Nacht war er wieder in der Mühle gewesen, hatte auf den Knien gelegen und die Toten angezogen. Ihre Glieder wurden bereits steif, sie schienen Widerstand zu leisten, während er mit halberfrorenen Fingern an ihnen herumfummelte, Hosen hochzog und Bänder verschnürte, pelzbesetzte Stiefel über die unbeweglichen Füße stülpte, einen nietenbesetzten Ledergürtel um eine Taille schnallte, die er mit den Händen hätte umfassen können. »Das habe ich nie gewollt«, erklärte er ihnen. »Aber sie haben mir keine Wahl gelassen.« Die Leichen gaben keine Antwort, wurden nur kälter und schwerer.

In der Nacht davor war es die Müllersfrau gewesen. Theon hatte ihren Namen vergessen, erinnerte sich jedoch noch an ihren Körper, die großen, weichen Brüste und die Schwangerschaftsstreifen auf ihrem Bauch, daran, wie sie seinen Rücken zerkratzt hatte, während er sie nahm. Letzte Nacht war er im Traum abermals zu ihr ins Bett gestiegen, doch diesmal hatte sie oben *und* unten Zähne gehabt, und sie riss ihm die Kehle heraus, während sie seine Männlichkeit abbiss. Der reinste Wahnsinn. Auch ihren Tod hatte er mit angesehen. Gelmarr hatte sie mit einem Axthieb niedergestreckt, während sie Theon um Gnade angefleht hatte. *Lass mich in Ruhe, Weib. Er hat dich getötet, nicht ich. Und er ist auch tot.* Wenigstens spukte Gelmarr nicht durch Theons Schlaf.

Der Traum war fast vergessen, als Wex mit dem Wasser zurückkehrte. Theon wusch sich Schweiß und Schlaf vom Körper und ließ sich Zeit beim Ankleiden. Asha hatte ihn lange genug warten lassen; jetzt war die Reihe an ihm. Er wählte ein Seidengewand mit schwarzen und goldenen Streifen und ein Lederwams mit Silbernieten ... erst da fiel ihm wieder ein, dass seine Schwester mehr Wert auf Klingen als auf Schönheit legte. Fluchend zog er sich aus und erneut an: in dichte schwarze Wolle und ein Kettenhemd. Um die Hüfte schnallte er den Gurt mit Schwert und Dolch und dachte an den Abend zurück, an dem sie ihn an der Tafel seines Vaters gedemütigt hatte. *Ihr süßes kleines Kind, ja. Nun, ich habe auch ein Messer und weiß, wie man damit umgeht.*

Zuletzt setzte er seine Krone auf, einen kalten, fingerstarken Eisenreif, der mit dicken schwarzen Diamanten und Goldklümpchen besetzt war. An der hässlichen Form konnte er nichts ändern. Mikken war tot, und der neue Schmied brachte kaum Nägel und Hufeisen zu Stande. Theon tröstete sich mit dem Gedanken, dass es nur die Krone eines Prinzen war. Sobald man ihn zum König krönte, würde er eine hübschere bekommen.

Vor der Tür wartete Stinker mit Urzen und Kromm. Theon ging mit ihnen hinunter. In den letzten Tagen ließ er sich überallhin von Wachen begleiten, selbst auf den Abtritt. Winterfell wollte seinen Tod. In der Nacht, in der er vom Acorn zurückkehrte, war Gelmarr der Grimmige auf einer Treppe gestolpert und hatte sich das Genick gebrochen. Am nächsten Tag hatte man Aggar die Kehle von einem Ohr zum anderen durchgeschnitten. Gynir Rotnase wurde überaus vorsichtig, trank keinen Wein mehr, schlief in Halsberge, Harnisch und Helm, und holte sich den lautesten Hund aus den Zwingern, damit der ihn warnte, falls sich jemand an seinen Schlafplatz heranschlich. Trotzdem erwachte die Burg eines Nachts vom Gebell des kleinen Kläffers. Der Hund rannte im Kreis um den Brunnen herum, in dem Rotnase trieb – ertrunken.

Diese Morde durfte er nicht ungestraft lassen. Farlen war ebenso verdächtig wie jeder andere, daher saß Theon zu Gericht, erklärte ihn für schuldig und verurteilte ihn zum Tode. Selbst das ging schief. Während er vor dem Richtblock kniete, sagte der Hundemeister: »M'lord Eddard hat seine Urteile immer selbst vollstreckt.« Theon musste die Axt nehmen, oder er hätte wie ein Feigling ausgesehen. Seine Hände schwitzten, deshalb drehte sich der Axtstiel in seinem Griff, und der erste Schlag landete zwischen Farlens Schultern. Drei weitere Hiebe brauchte er, bis er sich durch Knochen und Muskeln gehauen und den Kopf vom Rumpf getrennt hatte, und anschließend wurde ihm übel, als er daran dachte, wie oft er mit Farlen bei einem Becher Met über die Jagd und über Hunde gesprochen hatte. *Was sollte ich denn sonst tun?* wollte er die Leiche anbrüllen. *Die Eisenmänner können keine Geheimnisse bewahren, sie mussten sterben, und irgendwem musste ich die Schuld geben.* Theon wünschte nur, er hätte ihn sauberer getötet. Ned Stark hatte immer nur einen einzigen Hieb benötigt, um einem Mann den Kopf abzuschlagen.

Nach Farlens Tod hatten auch die Morde ein Ende, doch selbst das hellte die düstere Stimmung seiner Männer nicht auf. »In der offenen Schlacht fürchten sie keinen Gegner«, erklärte ihm der Schwarze Lorren, »aber es ist etwas anderes, unter Feinden zu leben und nicht zu wissen, ob die Fischerfrau dich küssen oder töten will, ob der Dienstjunge dir Bier oder Gift einschenkt. Am besten sollten wir diesen Ort verlassen.«

»Ich bin der Prinz von Winterfell!«, hatte Theon geschrien. »Hier ist mein Sitz, und kein Mann wird mich von hier vertreiben. Und auch keine Frau!«

Asha. Das ist ihr Werk. Das Werk meiner eigenen Schwester, mögen die Anderen sie mit einem Schwert pfählen. Sie wollte seinen Tod, damit sie ihm seinen Platz in der Thronfolge stehlen konnte. Deshalb hatte sie ihn hier warten lassen und die dringenden Befehle missachtet, die er ihr geschickt hatte.

Sie saß auf dem hohen Stuhl der Starks und zerriss gerade einen Kapaun mit den Fingern. Die Halle war von den Stimmen ihrer Männer erfüllt, die mit Theons Leute tranken und sich Geschichten erzählten. Sie machten einen solchen Lärm, dass man sein Eintreten nicht bemerkte. »Wo sind die anderen?«, wollte er von Stinker wissen. An den Tischen saßen kaum fünfzig Männer, die meisten davon gehörten ihm. In Winterfells großer Halle hätten leicht zehnmal so viele Platz gefunden.

»Das sind alle, M'lord Prinz.«

»Alle? Wie viele hat sie mitgebracht?«

»Zwanzig, wenn ich richtig gezählt habe.«

Theon Greyjoy schritt zu seiner Schwester hinüber, die auf dem Stuhl flegelte. Asha lachte gerade über eine Geschichte, die einer ihrer Männer zum Besten gegeben hatte, verstummte jedoch, als er sich näherte. »Seht nur, der Prinz von Winterfell.« Sie warf den Hunden, die in der Halle herumschnüffelten, einen Knochen hin. Unter der Hakennase verzog sich der breite Mund zu einem spöttischen Grinsen. »Oder ist es der Prinz der Narren?«

»Neid steht einer Maid schlecht.«

Asha leckte sich das Fett von den Fingern. Eine schwarze Locke fiel ihr in die Augen. Ihre Männer riefen nach Brot und Speck. Wenn sie auch nur wenige waren, veranstalteten sie einen ziemlichen Lärm. »Neid, Theon?«

»Wie würdest du es sonst nennen? Mit dreißig Mann habe ich Winterfell in einer Nacht erobert. Du hast tausend und einen ganzen Mond gebraucht, um Deepwood Motte einzunehmen.«

»Also bin ich wohl nicht so ein großer Krieger wie du.« Sie leerte ein Horn Bier und wischte sich den Mund mit dem Handrücken ab. »Über deinen Toren habe ich Köpfe gesehen. Sag mir, welcher hat sich den erbittertsten Kampf mit dir geliefert, der Krüppel oder der Säugling?«

Das Blut schoss Theon ins Gesicht. Diese Köpfe bereiteten ihm keine Freude, und es war auch kein Vergnügen gewesen, die enthaupteten Leiber der Kinder vor den Insassen der Burg zur Schau zu stellen. Old Nan hatte dagestanden und den zahnlosen Mund geöffnet und geschlossen, ohne dass ein Laut herauskam, und Farlen hatte sich auf Theon geworfen und dabei geknurrt wie einer seiner Hunde. Urzen und Cadwyl hatten ihn mit ihren Speerschäften bewusstlos geschlagen. *Wie konnte das alles nur geschehen?*, hatte er sich gefragt, während er über den von Fliegen umschwärmten Leichen stand.

Lediglich Maester Luwin hatte den Mut aufgebracht, näher zu treten. Mit versteinertem Gesicht hatte der kleine graue Mann ihn um die Erlaubnis angefleht, den Jungen die Köpfe wieder anzunähen, damit man sie unten in der Gruft zu den anderen Starks legen konnte.

»Nein«, hatte Theon ihm erwidert. »Nicht in die Gruft.«

»Aber warum denn nicht? Gewiss können sie Euch dort keinen Schaden zufügen. Das ist ihr angestammter Platz. Alle Gebeine der Starks –«

»Ich habe *Nein* gesagt.« Er brauchte die Köpfe für die Mauer, die enthaupteten Leiber hatte er jedoch noch am gleichen Tag verbrennen lassen, zusammen mit ihren Kleidern. Hinterher hatte er sich in die Knochen und die Asche gekniet und ein Klümpchen aus geschmolzenem Silber und gesprungenem Jett herausgesucht; das war alles, was von Brans Wolfskopfbrosche geblieben war. Dieses Stück besaß er noch immer.

»Ich habe Bran und Rickon großzügig behandelt«, erklärte er seiner Schwester. »An ihrem Schicksal tragen sie selbst die Schuld.«

»Das gilt für uns alle, kleiner Bruder.«

Er war mit seiner Geduld am Ende. »Wie soll ich eigentlich Winterfell halten, wenn du mir nur zwanzig Männer bringst?«

»Zehn«, berichtigte Asha ihn. »Die anderen kehren mit mir zurück. Du willst doch deine geliebte Schwester nicht ohne Eskorte den Gefahren des Waldes aussetzen, oder? Da drin gibt es Schattenwölfe, die durch die Dunkelheit schleichen.« Sie richtete sich auf und erhob sich von dem großen Steinsessel. »Komm, suchen wir uns ein Plätzchen, an dem wir uns unter vier Augen unterhalten können.«

Sie hat Recht, das wusste er, obwohl es ihn ärgerte, dass sie diese Entscheidung getroffen hatte. *Ich hätte niemals in die Halle kommen sollen*, erkannte er zu spät. *Ich hätte sie zu mir rufen sollen.*

Doch dafür war es nun zu spät. Theon blieb keine andere Wahl, als Asha in Ned Starks Solar zu führen. Dort platzte er vor der Asche im Kamin heraus: »Dagmer hat den Kampf bei Torrhen's Square verloren –«

»Der alte Kastellan hat seinen Schildwall durchbrochen, ja«, erwiderte Asha ruhig. »Was hast du denn erwartet? Dieser Ser Rodrick kennt das Land ganz genau, Spaltkinn dagegen nicht, und viele der Nordmannen waren beritten. Den Eisenmännern fehlt die Disziplin, um einem Angriff gepanzerter Reiterei standzuhalten. Dagmer ist nicht gefallen, und dafür solltest du dankbar sein. Er hat die Überlebenden zur Stony Shore zurückgeführt.«

Sie weiß mehr als ich. Das fachte seinen Zorn nur noch mehr an. »Der Sieg hat Leobald Tallheart genug Mut gemacht, sich aus den Mauern zu wagen und sich zu Ser Rodrik zu gesellen. Den Berichten zufolge hat Lord Manderly ein Dutzend Boote mit Rittern, Streitrössern und Belagerungsmaschinen flussaufwärts geschickt. Die Umbers versammeln sich ebenfalls am Last River. Noch vor der Mondwende wird eine *Armee* vor meinen Toren stehen, und du bringst mir nur *zehn Mann?*«

»Ich hätte dir gar keine bringen müssen.«

»Ich habe dir befohlen –«

»*Vater* hat mir befohlen, Deepwood Motte einzunehmen«, fauchte sie ihn an. »Er hat nichts davon gesagt, dass ich meinen kleinen Bruder retten müsste.«

»Vergiss Deepwood«, sagte er. »Das ist ein hölzerner Pisspott auf einem Hügel. Winterfell ist das Herz des Landes, also wie soll ich es ohne Truppen halten?«

»Darüber hättest du dir vielleicht Gedanken machen sollen, bevor du es erobert hast. Oh ja, du hast es sehr klug angestellt, das will ich nicht bestreiten. Aber wenn du nur etwas Verstand gehabt hättest, hättest du die Burg dem Erdboden gleichgemacht und die beiden Prinzen als Geiseln nach Pyke gebracht. Dann hättest du den Krieg mit einem Streich gewonnen.«

»Das hätte dir gefallen, ja? Meine Beute in Schutt und Asche zu sehen?«

»Deine Beute wird dein Verhängnis werden. Kraken erheben sich aus dem *Meer,* Theon, oder hast du das während deiner Jahre unter den Wölfen vergessen? Unsere Stärke sind unsere Langboote. Mein hölzerner Pisspott steht nahe genug am Meer, dass ich Nachschub und frische Männer bekommen kann, wann immer es notwendig ist. Aber Winterfell befindet sich Hunderte von Meilen im Inneren des Landes, es ist von Wäldern, Bergen und feindlichen Burgen umgeben. Jetzt ist jeder Mann innerhalb eines Umkreises von tausend Meilen dein Feind, vergiss das nicht. Spätestens, seit du dein Torhaus mit diesen Köpfen verziert hast.« Asha schüttelte den Kopf. »Wie konntest du bloß so ein verdammter Narr sein? *Kinder . . .*«

»Sie haben sich mir widersetzt!«, schrie er ihr ins Gesicht. »Und außerdem war es Blut um Blut; zwei Söhne musste Eddard Stark für Rodrik und Maron bezahlen.« Die Worte sprudelten aus ihm hervor, und sein Vater würde sie gutheißen, dessen war er sicher. »Ich habe den Geistern meiner Brüder Frieden gegeben.«

»*Unserer* Brüder«, erinnerte ihn Asha und lächelte schief; anscheinend nahm sie sein Gerede über Rache nicht ernst. »Hast du ihre Geister von Pyke mitgebracht, Bruder? Und ich dachte immer, sie würden nur Vater heimsuchen.«

»Wann hat ein Mädchen je den Durst eines Mannes nach Rache verstanden?« Selbst wenn seinem Vater das Geschenk, das Theon ihm mit Winterfell machte, nicht gefiel, so *musste* Theons Rache für seine Brüder seine Zustimmung finden.

Arya lachte schnaubend. »Dieser Ser Rodrik wird vermutlich den gleichen männlichen Durst verspüren, hast du daran auch schon einmal gedacht? Du bist Blut von meinem Blut, Theon, gleichgültig, was du sonst bist. Um der Mutter willen, die uns geboren hat, kehre mit mir nach Deepwood Motte zurück. Brenne Winterfell nieder und ziehe dich zurück, solange du noch kannst.«

»Nein.« Theon rückte seine Krone zurecht. »Ich habe diese Burg eingenommen, und ich beabsichtige, sie zu halten.«

Seine Schwester sah ihn eine Zeit lang an. »Dann magst du sie halten«, sagte sie, »bis zum Ende deines Lebens.« Sie seufzte. »Es riecht nach Torheit, aber was versteht ein schüchternes Mädchen schon von solchen Dingen!« An der Tür schenkte sie ihm noch ein letztes spöttisches Lächeln. »Du sollst nur eins wissen: Das ist die hässlichste Krone, die ich je zu Gesicht bekommen habe. Hast du die selbst geschmiedet?«

Sie ließ ihn rauchend vor Zorn stehen und blieb nicht länger als notwendig war, um die Pferde zu tränken. Die Hälfte der Männer, die mit ihr eingetroffen waren, nahm sie wie angedroht wieder mit, und sie ritt zum Jagdtor hinaus, dem gleichen Tor, durch das Bran und Rickon geflohen waren.

Theon beobachtete sie von der Mauer aus. Während seine Schwester im Nebel des Wolfswaldes verschwand, fragte er sich, warum er nicht auf sie gehört hatte und mit ihr gegangen war.

»Ist sie fort?« Stinker stand neben ihm.

Theon hatte sein Kommen nicht gehört und ihn auch nicht gerochen. Es gab kaum jemanden, der ihm jetzt hätte ungelegener kommen können. Er hatte ein unbehagliches Gefühl dabei, wenn er diesen Mann lebend herumlaufen sah, angesichts dessen, was der Kerl wusste. *Ich hätte ihn töten lassen sollen, nachdem er die anderen erledigt hat,* schoss es ihm durch den Kopf, doch dieser Gedanke machte ihn nervös. Wenn es auch unwahrscheinlich erschien, Stinker konnte lesen und schreiben, und er war verschlagen genug, dass er vermutlich seine Taten irgendwo schriftlich niedergelegt hatte.

»M'lord Prinz, wenn Ihr verzeiht, aber es ist nicht recht, dass sie Euch im Stich lässt. Und zehn Männer werden nicht genügen.«

»Dessen bin ich mir bewusst«, sagte Theon. *Und Asha ebenfalls.*

»Nun, ich könnte Euch vielleicht helfen«, sagte Stinker. »Gebt mir ein Pferd und einen Beutel Münzen, dann suche ich ein paar gute Kerle für Euch.«

Theon kniff die Augen zusammen. »Wie viele?«

»Hundert vielleicht. Möglicherweise zweihundert und mehr.« Er lächelte, dabei leuchteten seine hellen Augen. »Ich wurde nördlich von hier geboren und kenne viele Männer, und viele Männer kennen Stinker.«

Zweihundert Mann waren keine Armee, doch man brauchte keine Tausende, um eine so starke Burg wie Winterfell zu verteidigen. Solange sie wussten, mit welchem Ende des Speers man einen Mann tötete, würden sie vielleicht das Zünglein an der Waage sein. »Tu, was du sagst, und ich werde mich erkenntlich zeigen. Dann darfst du dir deine Belohnung selbst aussuchen.«

»Nun, M'lord, ich habe keine Frau mehr gehabt, seit ich bei Lord Ramsay war«, sagte Stinker. »Ich habe ein Auge auf diese Palla geworfen, und ich höre, dass sie auch nicht mehr unschuldig ist, da …«

Er war mit Stinker zu weit gegangen, um jetzt einen Rückzieher zu machen. »Zweihundert Mann, und sie gehört dir. Aber ein Mann weniger, und du kannst es weiter mit den Schweinen treiben.«

Stinker brach noch vor Sonnenuntergang auf und nahm einen Beutel Silber und Theons letzte Hoffnung mit sich. *Wahrscheinlich werde ich den Kerl nie wieder sehen,* dachte er verbittert, nichtsdestotrotz musste er nach diesem Strohhalm greifen.

In dieser Nacht träumte er von dem Fest, das Ned Stark gegeben hatte, als König Robert Winterfell besucht hatte. Die Halle war von Musik und Lachen erfüllt, obwohl sich draußen die kalten Winde erhoben. Zuerst gab es Wein und gebratenes Fleisch, und Theon machte Scherze, zwinkerte den Mägden zu und genoss die Feier … bis er bemerkte, dass es im Raum immer dunkler wurde. Die Musik war plötzlich nicht mehr so fröhlich; er hörte Disharmonien und eigenartige Stille, und die Töne hingen blutend in der Luft. Dann wurde der Wein in seinem Mund sauer, und als er von seinem Becher aufsah, sah er, dass er mit Toten speiste.

König Roberts Bauch war aufgeschlitzt und seine Eingeweide quollen auf den Tisch, und Lord Eddard saß ohne Kopf neben ihm. Leichen hockten auf den Bänken, graubraunes Fleisch fiel ihnen von den Knochen, wenn sie die Becher zum Trinkspruch hoben, Würmer krochen aus den Löchern, wo sich ihre Augen befunden hatten. Er kannte sie, jeden von ihnen; Jory Cassel und den Fetten Tom, Porther und Cayn und Hallen, den Pferdemeister, und alle die übrigen, die mit nach Süden geritten und niemals zurückgekehrt waren. Mikken und Chayle saßen nebeneinander, der eine tropfnass von Blut, der andere von Wasser. Benfred Tallheart und seine Wilden Hasen besetzten den größten Teil eines Tisches. Das Müllerweib war ebenfalls da, und Farlen, und sogar der Wildling, den Theon an dem Tag im Wolfswald getötet hatte, an dem er Bran gerettet hatte.

Und da waren noch viele andere, die er niemals kennen gelernt hatte, Gesichter, die er nur in Stein gemeißelt gesehen hatte. Das schlanke, traurige Mädchen mit der Krone aus hellblauen Rosen und dem weißen Kleid, das über und über mit Blut besudelt war, konnte nur Lyanna sein. Ihr Bruder Brandon stand neben ihr, und Lord Rickard hinter ihnen. Entlang der Wände zogen Gestalten halb sichtbar durch die Schatten, bleiche Schemen mit langen, grimmigen Gesichtern. Ihr Anblick ließ Theon erschauern. Dann öffneten sich die hohen Türen mit einem Krachen, und ein eisiger Sturmwind wehte durch die Halle, und Robb kam aus der Nacht herein. Grey Wind trottete mit grell leuchtenden Augen neben ihm her, und Mann und Wolf bluteten aus hundert schrecklichen Wunden.

Theon erwachte mit einem Schrei und erschreckte Wex so sehr, dass der Junge nackt aus dem Zimmer rannte. Die Wachen platzten mit gezogenen Schwertern herein, und Theon befahl ihnen, den Maester zu holen. Als Luwin verschlafen eintraf, hatte Theon das Zittern seiner Hände mit einem Becher Wein beruhigt, und seine Angst war ihm peinlich. »Ein Traum«, murmelte er, »es war nur ein Traum. Das hat nichts zu bedeuten.«

»Nichts«, stimmte Luwin ernst zu. Er ließ ihm einen Schlaftrunk da, doch Theon goss ihn fort, nachdem der Maester gegangen war. Luwin war schließlich auch nur ein Mann, und dieser Mann konnte ihn nicht lieben. *Er will, dass ich schlafe, ja ... und nie wieder aufwache. Das würde ihm genauso gut gefallen wie Asha.*

Er ließ Kyra holen, stieß die Tür mit dem Fuß zu, bestieg das Mädchen und nahm es mit einer Wut, die er nie in sich vermutet hätte. Als er fertig war, schluchzte sie, ihr Hals und ihre Brüste waren mit blauen Flecken und Bissstellen übersät. Theon stieß sie aus dem Bett und warf ihr eine Decke zu. »Raus mit dir.«

Trotzdem konnte er noch immer nicht schlafen.

Im Morgengrauen zog er sich an, verließ sein Zimmer und ging auf der Mauer auf und ab. Ein frischer Herbstwind wehte durch die Zinnen, rötete seine Wangen und brannte in seinen Augen. Theon beobachtete, wie der Wald sich allmählich von Grau in Grün verwandelte, während es langsam hell wurde. Zur Linken sah er die Turmspitzen auf der inneren Mauer, deren Dächer von der aufgehenden Sonne vergoldet wurden. Die roten Blätter des Wehrholzes leuchteten flammend im Grün. *Ned Starks Baum und Starks Wald. Starks Burg, Starks Schwert, Starks Götter. Dieser Ort gehört ihnen, nicht mir. Ich bin ein Greyjoy von Pyke, der geboren wurde, um einen Kraken auf sein Schild zu malen und über das große Salzmeer zu segeln. Ich hätte mit Asha gehen sollen.*

Auf den Eisendornen des Torhauses warteten die Köpfe.

Theon betrachtete sie, während der Wind mit geisterhafter Hand an seinem Mantel zerrte. Die Müllerjungen waren in Brans und Rickons Alter gewesen, hatten etwa die gleiche Größe und Haarfarbe gehabt, und nachdem Stinker ihnen die Haut vom Gesicht gezogen und ihre Köpfe in Pech getaucht hatte, war es leicht, in den verunstalteten Klumpen verwesenden Fleisches ähnliche Züge zu sehen. Die Menschen waren solche Narren. *Wenn wir behauptet hätten, es seien Schafsköpfe, hätten sie Hörner gesehen.*

SANSA

Sie hatten den ganzen Morgen in der Septe gesungen, seit die ersten Berichte über feindliche Schiffe in der Burg eingetroffen waren. Ihre Stimmen vermischten sich mit dem Wiehern der Pferde, dem Klirren von Stahl und den ächzenden Angeln der großen Bronzetore zu einer seltsamen, Furcht erregenden Musik. *In der Septe singen sie für die Gnade der Mutter, aber auf den Mauern beten sie zum Krieger, und zwar in aller Stille.* Sie erinnerte sich daran, dass Septa Mordane ihnen immer erklärt hatte, der Krieger und die Mutter seien zwei Gesichter des gleichen großen Gottes. *Aber wenn es nur einer ist, wessen Gebete wird er dann erhören?* Ser Meryn Trant hielt Joffreys Braunen, während der König aufstieg. Junge und Pferd waren in Gold und Scharlachrot gepanzert und trugen die gleichen goldenen Löwen auf den Köpfen. Bei jeder Bewegung Joffreys blitzte das Sonnenlicht auf dem Gold und Rot. *Hell, glänzend und leer,* dachte Sansa.

Der Gnom saß auf einem roten Hengst und trug eine wesentlich einfachere Rüstung, in der er aussah wie ein kleiner Junge in der Kleidung seines Vaters. Aber an der Streitaxt, die neben seinem Schild hing, war nichts Kindisches. Ser Mandon Moore ritt an seiner Seite, und sein weißer Stahl strahlte wie Eis. Als Tyrion sie entdeckte, drehte er sein Pferd in ihre Richtung. »Lady Sansa«, rief er aus dem Sattel, »bestimmt hat meine Schwester Euch gebeten, Euch zu denen anderen hochgeborenen Damen in Maegors Bergfried zu gesellen?«

»Das hat sie, Mylord, aber König Joffrey hat nach mir geschickt, damit ich bei seinem Aufbruch zugegen bin. Außerdem wollte ich die Septe aufsuchen, um zu beten.«

»Ich werde Euch nicht fragen, für wen.« Er verzog den Mund eigentümlich; wenn das ein Lächeln war, dann war es das schiefste, das sie je gesehen hatte. »Der heutige Tag kann alles verändern. Für Euch und auch für das Haus Lannister. Ich hätte Euch mit Tommen fortschicken sollen, denke ich. Dennoch solltet Ihr in Maegors Bergfried sicher sein, solange –«

»*Sansa!*« Der knabenhafte Ruf hallte über den Hof; Joffrey hatte sie erblickt. »Sansa, hierher!«

Er ruft nach mir wie nach einem Hund, dachte sie.

»Seine Gnaden erwarten Euch«, sagte Tyrion Lannister. »Wir sprechen uns nach der Schlacht, wenn die Götter es erlauben.«

Sansa drängte sich durch die in Gold gekleideten Speerträger, als Joffrey sie heranwinkte. »Bald wird es eine Schlacht geben, sagen alle.«

»Mögen die Götter uns allen gnädig sein.«

»Mein Onkel ist derjenige, der Gnade braucht, aber ich werde ihm keine gewähren.« Joffrey zog sein Schwert. Der Knauf war ein Rubin, der in Herzform geschliffen war und von den Zähnen eines Löwen gehalten wurde. Drei tiefe Rinnen waren in die Klinge graviert. »Mein neues Schwert, Hearteater.«

Er hatte früher einmal ein Schwert namens Lion's Tooth besessen, erinnerte sich Sansa. Arya hatte es ihm weggenommen und in den Fluss geworfen. *Hoffentlich macht Stannis mit diesem das Gleiche.* »Eine wunderschöne Schmiedearbeit, Euer Gnaden.«

»Segnet meinen Stahl mit Eurem Kuss.« Er streckte ihr die Klinge von oben entgegen. »Na los, küsst es schon.«

Noch nie hatte er sich so sehr wie ein kleiner Junge angehört. Sansa berührte das Metall mit den Lippen und dachte, dass sie lieber jede Menge Schwerter küssen würde als nur einmal Joffrey. Die Geste schien ihn zu befriedigen. Er schob das Schwert schwungvoll zurück in die Scheide. »Ihr werdet es wieder küssen, wenn ich zurückkomme, damit Ihr das Blut meines Onkels schmecken könnt.«

Aber nur, wenn die Königsgarde ihn für Euch tötet. Drei der Weißen Schwerter würden bei Joffrey und seinem Onkel bleiben, Ser Meryn, Ser Mandon und Ser Osmund Kettleblack. »Werdet Ihr Eure Ritter in den Kampf führen?«, fragte Sansa hoffnungsvoll.

»Das würde ich gern, aber mein Onkel, der Gnom, sagt, Stannis wird den Fluss niemals überqueren. Ich werde die Drei Huren trotzdem befehligen. Um die Verräter werde ich mich persönlich kümmern.« Bei dieser Aussicht lächelte Joffrey. Seine dicken rosigen Lippen gaben seinem Gesicht etwas Schmollendes. Sansa hat das einst gefallen, heute wurde ihr übel davon.

»Es heißt, mein Bruder Robb geht immer dorthin, wo die Schlacht am schlimmsten wütet«, sagte sie unbesonnen. »Obwohl er natürlich schon älter ist als Euer Gnaden. Ein erwachsener Mann.«

Das ließ Falten auf seiner Stirn entstehen. »Ich werde mich mit Eurem Bruder beschäftigen, nachdem ich meinen verräterischen Onkel erledigt habe. Ich werde ihm mit Hearteater den Bauch aufschlitzen, Ihr werdet sehen.« Er wendete sein Pferd und trieb es zum Tor. Ser Meryn und Ser Osmund ritten rechts und links von ihm, die Goldröcke folgten zu viert nebeneinander. Der Gnom und Ser Mandon Moore bildeten den Schluss. Die Wachen verabschiedeten sie mit aufmunternden Zurufen und Jubel. Nachdem der Letzte verschwunden war, kehrte unvermittelt Stille auf dem Hof ein, wie die Ruhe vor dem Sturm.

In dieser Stille zog das Singen Sansa an. Sie wandte sich der Septe zu. Zwei Stallburschen folgten ihr, dazu einer der Wachsoldaten, dessen Dienst zu Ende war. Andere schlossen sich ihnen ebenfalls an.

Noch nie hatte Sansa die Septe so überfüllt und so hell erleuchtet gesehen; regenbogenfarbig strahlte das Sonnenlicht durch die Kristalle in den hohen Fenstern, und auf jeder Seite brannten Kerzen und ihre kleinen Flammen glühten wie blinkende Sterne. Der Altar der Mutter und der des Kriegers waren von Licht überflutet, doch auch der Schmied, das Alte Weib, die Jungfrau und der Vater wurden verehrt, und sogar unter dem Fremden tanzten ein paar Flammen, denn wer war Stannis Baratheon, wenn nicht der Fremde, der kam, um über sie zu richten? Sansa suchte die Sieben einen nach dem anderen auf und zündete an jedem Altar eine Kerze an, dann suchte sie sich einen Platz auf den Bänken zwischen einem runzligen alten Waschweib und einem Jungen, der kaum älter als Rickon war und das feine Leinengewand eines Rittersohns trug. Die Hand der alten Frau war knochig und voller Schwielen, die des Knaben klein und weich, doch es war schön, sich an jemandem fest halten zu können. Die Luft war heiß und stickig und roch nach Weihrauch und Schweiß; ihr wurde schwindlig davon.

Sie kannte die Hymne; ihre Mutter hatte sie ihr vor langer Zeit in Winterfell beigebracht. Sie stimmte ein.

Edle Mutter, Quell der Gnade
Rett' unsre Söhne vor dem Krieg.
Hilf ihren Schwertern, ihren Pfeilen,
Dass sie erkämpfen uns den Sieg.
Edle Mutter, Stärkste der Frauen,
Hilf unsren Töchtern durch diesen Streit.
Lindere Zorn, bezähm die Wut,
Zeig uns den Weg in die bessere Zeit.

Auf der anderen Seite der Stadt waren Tausende in die Große Septe von Baelor auf Visenyas Hügel geströmt und sangen dort ebenfalls. Die Stimmen würden über die Stadt schweben, über den Fluss und in den Himmel hinaufsteigen. *Gewiss werden die Götter uns hören,* dachte sie.

Sansa kannte die meisten Lieder und versuchte bei den anderen, mitzukommen so gut es ging. Sie sang mit grauhaarigen alten Dienstboten und bangen jungen Ehefrauen, mit Mägden und Soldaten, Köchen und Falknern, Rittern und Schurken, Knappen und Knaben und stillenden Müttern. Sie sang mit jenen innerhalb der Burgmauern und jenen davor, sang mit der ganzen Stadt. Sie sang um Gnade für die Lebenden und die Toten, für Bran und Rickon und Robb, für ihre Schwester Arya und ihren Bastardbruder Jon Snow auf der Mauer. Sie sang für ihre Mutter und ihren Vater, für ihren Großvater Lord Hoster und ihren Onkel Edmure Tully, für ihre Freundin Jeyne Poole, für den alten betrunkenen König Robert, für Septa Mordane und Ser Dontos und Jory Cassel und Maester Luwin, für all die tapferen Ritter und Soldaten, die heute sterben würden, und für die Kinder und Frauen, die um sie trauern würden, und schließlich sang sie am Ende sogar für Tyrion den Gnom und den Bluthund. *Er ist kein wahrer Ritter, trotzdem hat er mich gerettet,* erzählte sie der Mutter. *Beschütze ihn, wenn du kannst, und bezähme den Zorn, den er in sich trägt.*

Doch als der Septon aufstand und die Götter anrief, den wahren und edlen König zu beschützen, erhob sich Sansa. Die Gänge waren voller Menschen. Sie musste sich hindurchschieben, während der Septon den Schmied anrief, damit er Joffreys Schwertarm Kraft verleihe, den Krieger, damit er ihm Mut gebe, den Vater, um ihn bei seinem Tun zu beschützen. *Soll sein Schwert brechen und sein Schild zerbersten,* dachte Sansa und schob sich durch die Türen nach draußen, *soll ihn der Mut verlassen und ihm jeder Soldat davonlaufen.*

Auf dem Wehrgang des Torhauses patrouillierten einige Wachen, ansonsten schien die Burg verlassen zu sein. Sansa blieb stehen und lauschte. Aus der Ferne hörte sie die Schlacht. Der Gesang übertönte den Lärm beinah, doch er war nicht zu überhören, wenn man nur die Ohren spitzte: das tiefe Klagen der Schlachthörner, das Krachen der Katapulte, die Steine schleuderten, das Platschen und Splittern, das Knistern brennenden Pechs und das Dröhnen der Skorpione, die ihre meterlangen mit Eisenspitzen versehenen Pfeile abschossen … und dazwischen die Schreie sterbender Männer.

Das war ein ganz anderes Lied, ein schreckliches Lied. Sansa zog sich die Kapuze ihres Mantels über die Ohren und eilte zu Maegors Bergfried, der Burg innerhalb der Burg, wo alle, so hatte die Königin versprochen, sich in Sicherheit befinden würden. Am Fuß der Zugbrücke traf sie Lady Tanda und ihre beiden Töchter. Falyse war gestern mit einem kleinen Trupp Soldaten aus Burg Stokeworth eingetroffen. Sie versuchte gerade ihre Schwester dazu zu überreden, auf die Brücke zu kommen, doch Lollys klammerte sich an ihre Zofe und schluchzte: »Ich will nicht, ich will nicht, ich will nicht!«

»Die Schlacht hat *begonnen*«, sagte Lady Tanda mit brüchiger Stimme.

Für Sansa gab es keine Möglichkeit, ihnen auszuweichen. Sie grüßte höflich. »Kann ich irgendwie helfen?«

Lady Tanda errötete vor Scham. »Nein, Mylady, aber wir danken ergebenst. Ihr müsst meiner Tochter vergeben, es geht ihr nicht gut.«

»Ich will nicht.« Lollys klammerte sich immer noch an ihre Zofe, ein hübsches schlankes Mädchen mit kurzem dunklem Haar, das so aussah, als würde es seine Herrin am liebsten in den Burggraben stoßen, direkt auf die eisernen Stacheln. »Bitte, bitte, ich will nicht.«

Sansa sprach freundlich auf sie ein. »Dort drinnen sind wir dreifach geschützt, und es gibt zu essen und zu trinken, und gesungen wird auch.«

Lollys starrte sie an und sperrte den Mund auf. Sie hatte stumpfe braune Augen und schien ständig den Tränen nahe zu sein. »Ich will nicht.«

»Du musst aber«, entgegnete ihre Schwester Falyse scharf, »und damit Schluss. Shae, hilf mir.« Beide packten jeweils einen Ellbogen und schleppten Lollys über die Brücke. Sansa folgte ihnen mit ihrer Mutter. »Sie ist krank«, erklärte Lady Tanda. *Wenn man eine Schwangerschaft als Krankheit bezeichnen kann*, dachte Sansa. Überall wurde darüber geredet, dass Lollys mit einem Kinde ging.

Die beiden Wachen an der Tür trugen die Löwenhelme und die scharlachroten Mäntel des Hauses Lannister, doch Sansa wusste, dass sie eigentlich nur Söldner waren. Ein weiterer Mann saß am Fuß der Treppe – eine richtige Wache hätte gestanden, und nicht auf einer Stufe gehockt und die Hellebarde quer über die Knie gelegt –, erhob sich jedoch, als er die Neuankömmlinge sah und öffnete die Tür.

Der Ballsaal der Königin maß kaum ein Zehntel der Großen Halle und die Hälfte der Kleinen Halle im Turm der Hand, dennoch konnten hier hundert Personen Platz finden, und er machte mit seiner Pracht wett, was ihm an Raum fehlte. Spiegel aus getriebenem Silber waren hinter jeder Fackelhalterung angebracht, und so brannten die Lichter doppelt so hell; die Wände waren mit geschnitztem edlem Holz getäfelt, und der Boden war mit süß duftenden Binsen bedeckt. Oben auf der Galerie spielten Flöten und Fideln. In der Südwand war eine Reihe hoher Bogenfenster, die jetzt allerdings mit schweren Vorhängen verschlossen waren. Der dicke

Samt ließ keinen Lichtstrahl ein und dämpfte Gebete und Kriegslärm gleichermaßen. *Das macht auch keinen Unterschied. Der Krieg hat uns dennoch erreicht.*

Fast jede hochgeborene Frau der Stadt saß hier auf einer der Bänke an den langen Tischen, dazu einige alte Männer und junge Knaben. Bei den Frauen handelte es sich um Ehefrauen, Töchter, Mütter und Schwestern. Ihre Männer waren zum Kampf gegen Lord Stannis ausgezogen, und viele von ihnen würden nicht zurückkehren. Die Atmosphäre war schwer von diesem Wissen. Als Joffreys Verlobter stand Sansa der Ehrensitz zur Rechten der Königin zu. Sie stieg also zum Podest hinauf und bemerkte dabei den Mann, der im Schatten an der hinteren Wand stand. Er trug eine lange Halsberge aus geöltem schwarzen Leder und hielt sein Schwert vor sich: ihres Vaters Großschwert Ice, das fast so lang war wie sie. Die Spitze ruhte auf dem Boden, und seine harten, knochigen Finger umklammerten die Parierstange zu beiden Seiten des Hefts. Sansa stockte der Atem. Ser Ilyn Payne schien ihr Starren zu spüren. Er wandte ihr das hagere, pockennarbige Gesicht zu.

»Was tut er hier?«, fragte sie Osfryd Kettleblack. Er befehligte die neue Rotrockwache der Königin.

Osfryd grinste. »Seine Gnaden erwarten, dass sie ihn brauchen wird, ehe die Nacht vorüber ist.«

Ser Ilyn war der Henker des Königs. Es gab nur einen Dienst, für den man ihn rufen würde. *Wessen Kopf will sie?*

»Erhebt Euch für Ihre Gnaden, Cersei aus dem Hause Lannister, Königliche Regentin und Protektor des Reiches«, verkündete der königliche Haushofmeister.

Cerseis Kleid war aus schneeweißem Leinen, so weiß wie die Mäntel der Königsgarde. Die langen weiten Ärmel waren mit goldenem Satin gesäumt. Das hellblonde Haare wallte in großen Locken über ihre Schultern. Um den schlanken Hals trug sie eine Kette aus Diamanten und Smaragden. Das Weiß verlieh ihr etwas Unschuldiges, fast Jungfräuliches, doch auf ihren Wangen zeigten sich rote Flecke.

»Setzt Euch«, sagte die Königin, nachdem sie ihren Platz auf dem

Podest eingenommen hatte, »und seid willkommen.« Osfryd Kettleblack schob ihr den Stuhl heran; ein Page leistete Sansa den gleichen Dienst. »Du bist blass, Sansa«, bemerkte Cersei. »Blüht deine rote Blume noch immer?«

»Ja.«

»Wie passend. Die Männer bluten dort draußen, und du hier drinnen.« Die Königin gab das Zeichen, den ersten Gang aufzutragen.

»Warum ist Ser Ilyn hier?«, platzte Sansa heraus.

Die Königin schaute zu dem stummen Scharfrichter hinüber. »Um Hochverräter zu bestrafen und um uns zu beschützen, falls nötig. Er war Ritter, bevor er Henker wurde.« Sie zeigte mit dem Löffel zur anderen Seite des Saals, wo man die hohen Türen geschlossen und verriegelt hatte. »Wenn die Äxte jene Tür einschlagen, wirst du dich noch über seine Anwesenheit freuen.«

Ich würde mich mehr über den Bluthund freuen, dachte Sansa. So grob er auch war, glaubte sie trotzdem, dass er niemals zulassen würde, dass ihr ein Leid geschah. »Werden Eure Wachen uns nicht beschützen?«

»Und wer beschützt uns vor meinen Wachen?« Die Königin warf Osfryd einen Seitenblick zu. »Treue Söldner sind so selten wie jungfräuliche Huren. Sollte die Schlacht verloren gehen, werden sich meine Wachen gegenseitig auf die scharlachroten Röcke treten, während sie eiligst versuchen, sie sich vom Leibe zu reißen. Sie werden stehlen, was sie tragen können, und fliehen, und die Dienstboten und Waschweiber und Stallburschen mit ihnen, weil sie alle ihre wertlose Haut retten wollen. Hast du überhaupt eine Ahnung, was passiert, wenn eine Stadt geplündert wird, Sansa? Nein, woher denn auch, nicht? Was du vom Leben weißt, hast du von den Sängern gelernt, und an guten Liedern über Plünderungen herrscht großer Mangel.«

»Wahre Ritter vergreifen sich nicht an Frauen und Kindern.« Die Worte bekamen einen hohlen Klang in ihren Ohren, noch während Sansa sie aussprach.

»Wahre Ritter.« Die Königin fand das offensichtlich ungemein amüsant. »Zweifellos hast du Recht. Warum isst du also nicht wie ein braves Mädchen deine Suppe und wartest auf Symeon Sternaugen und Prinz Aemon den Drachenritter, bis sie kommen, um dich zu retten, Liebstes. Bestimmt wirst du nicht mehr lange auf sie warten müssen.«

DAVOS

Die Blackwater-Bucht war rau und aufgewühlt, überall sah man weiße Wellenkämme. Die *Schwarze Betha* ritt auf der Flut heran, ihre Segel knatterten und knallten bei jedem noch so leisen Drehen des Windes. Die *Gespenst* und die *Lady Marya* segelten neben ihr, kaum zwanzig Meter entfernt. Seine Söhne verstanden ihr Handwerk. Das erfüllte Davos mit Stolz.

Über das Meer hinweg dröhnten Schlachthörner, ein tiefes, kehliges Stöhnen wie von einer Riesenschlange, das auf jedem Schiff wiederholt wurde. »Holt die Segel ein«, befahl Davos. »Legt den Mast um. Die Ruderer auf ihre Plätze.« Sein Sohn Matthos gab die Befehle weiter. Auf dem Deck der *Schwarze Betha* herrschte ein ungewöhnliches Durcheinander, während die Mannschaft ihre Arbeit tat und sich zwischen den Soldaten hindurchdrängeln musste, die immer im Weg standen, ganz gleich, wo sie Platz gefunden hatten. Ser Imry hatte entschieden, dass sie nur mit den Ruderern in den Fluss einfahren würden, damit sie die Segel nicht den Skorpionen und Feuerspuckern auf den Mauern von King's Landing aussetzen mussten.

Davos erblickte die *Zorn* im Südosten. Ihre Segel glänzten golden, während sie eingeholt wurden, und der gekrönte Hirsch der Baratheons leuchtete auf der Leinwand. Von ihrem Deck aus hatte Stannis Baratheon vor sechzehn Jahren den Angriff auf Dragonstone befehligt; diesmal jedoch hatte er sich entschieden, bei seiner Armee zu bleiben und die *Zorn* und damit den Befehl über seine Flotte in die Hände seines Schwagers Ser Imry zu legen, der zu diesem Zweck eigens mit Lord Alester und den anderen Florents nach Storm's End gekommen war.

Davos kannte die *Zorn* ebenso gut wie sein eigenes Schiff. Über ihren dreihundert Rudern befand sich ein Zwischendeck, das nur für Skorpione gedacht war, und auf dem Oberdeck standen an Heck und Bug Katapulte, die ganze Fässer mit brennendem Pech verschießen konnten. Es war ein prächtiges Schiff und sehr schnell dazu, obwohl Ser Imry es vom Bug bis zum Heck mit gepanzerten Rittern und Bewaffneten voll gestopft hatte, was zu Lasten der Geschwindigkeit ging.

Die Schlachthörner ertönten abermals, und wieder kamen Befehle von der *Zorn*. Davos spürte, wie seine fehlenden Fingerspitzen kribbelten. »Die Ruder raus«, schrie er. »Bildet eine Reihe.« Hundert Ruder tauchten ins Wasser, als die Trommel zu dröhnen begann. Ihr Klang erinnerte an einen langsamen Herzschlag, und die hundert Ruder bewegten sich wie von einem einzigen Mann gezogen.

Hölzerne Flügel waren auch der *Zorn* und der *Lady Marya* gewachsen. Die drei Galeeren behielten ihre Geschwindigkeit bei, während die Ruder das Wasser aufwühlten. »Langsamer«, rief Davos. Lord Velaryons *Stolz von Driftmark* mit dem silbernen Rumpf hatte sich auf der Backbordseite der *Zorn* in Position gebracht, und die *Lautes Lachen* kam rasch heran, wohingegen die *Schreckschraube* gerade erst die Ruder ausbrachte und die *Seepferdchen* noch mit dem Mast kämpfte. Davos blickte nach achtern. Ja, dort, weit im Süden, das konnte nur die *Schwertfisch* sein, die wie immer hinterher trödelte. Zweihundert Ruder wurden von ihr ins Wasser getaucht und trieben die größte Ramme der ganzen Flotte an, obwohl Davos an den Fähigkeiten ihres Kapitäns zweifelte.

Die Soldaten riefen sich übers Wasser Ermutigungen zu. Seit Storm's End waren sie hauptsächlich Ballast gewesen, und jetzt warteten sie ungeduldig und siegesgewiss darauf, dem Feind entgegenzutreten. In dieser Hinsicht stimmten sie mit ihrem Admiral überein, dem Lord Kapitän Ser Imry Florent.

Vor drei Tagen hatte er seine Kapitäne zum Kriegsrat an Bord der *Zorn* geholt, um sie mit seinen Plänen vertraut zu machen. Davos und seinen Söhnen war ein Platz in der zweiten Schlachtreihe zugewiesen worden, weit draußen auf dem gefährlichen Steuerbordflügel. »Ein Ehrenplatz«, hatte Allard verkündet und war sehr zufrieden damit, dass er seinen Mut beweisen konnte. »Ein gefährlicher Platz«, hatte sein Vater erwidert. Seine Söhne hatten ihn nur mitleidig angeblickt, sogar der junge Maric. *Der Zwiebelritter ist ein altes Weib geworden,* hörte er ihre Gedanken geradezu, *und im Herzen ist er noch immer ein Schmuggler.*

Nun, das stimmte durchaus, und er würde sich dafür nicht entschuldigen. *Seaworth* hatte sicherlich einen herrschaftlichen Klang, doch tief im Innersten war er noch immer Davos aus Flea Bottom, der in seine Stadt auf den drei hohen Hügeln heimkehrte. Er wusste über Schiffe und Segel und Küsten so viel wie jeder andere in den Sieben Königslanden, und er hatte oft genug Zweikämpfe mit dem Schwert auf feuchten Decks ausgetragen. In diese Art von Schlacht jedoch zog er wie eine Jungfrau, nervös und ängstlich. Schmuggler lassen keine Schlachthörner erschallen und hissen keine Banner. Wenn sie Gefahr wittern, setzen sie die Segel und fliehen vor dem Wind.

Wäre er Admiral gewesen, hätte er vermutlich alles anders gemacht. Zum Beispiel hätte er ein paar der schnellsten Schiffe flussaufwärts vorausgesandt, um herauszufinden, was sie dort erwartete, anstatt blindlings vorzupreschen. Als er dies Ser Imry vorgeschlagen hatte, hatte ihm der Lord Kapitän höflich gedankt, sein Blick hingegen war gar nicht freundlich gewesen. *Wer ist dieser Feigling von niederer Geburt?* schienen seine Augen zu fragen.

Bei einer vierfachen Übermacht gegenüber den Schiffen des Knabenkönigs sah Ser Imry keinerlei Veranlassung zur Vorsicht oder zu Täuschungsmanövern. Er hatte die Flotte in zehn Schlachtreihen aufgeteilt, von denen jede aus zwanzig Schiffen bestand. Die ersten beiden Reihen würden den Fluss hinauffahren und Joffreys kleine Flotte, »die Spielzeuge des Knaben«, wie Ser Imry sie zur Heiterkeit seiner Kapitäne bezeichnete, versenken. Die darauf folgenden Schiffe würden anlanden, vor den Stadtmauern Bogenschützen und Speerwerfer absetzen und sich erst dann in den Kampf auf dem Fluss einmischen. Die kleineren und langsameren Schiffe der hinteren Reihen würden als Fähren für den Hauptteil von Stannis' Heer am Südufer dienen und von Salladhor Saan und seinen Lyseni beschützt werden, die draußen in der Bucht für den Fall Wache hielten, dass die Lannister entlang der Küste noch weitere Schiffe verborgen hatten.

Der Gerechtigkeit halber musste Davos eingestehen, dass es Gründe für Ser Imrys Eile gab. Die Winde auf der Reise von Storm's End hierher waren ihnen nicht günstig gewesen. Sie hatten zwei Koggen an die Felsen der Shipbreaker-Bucht verloren, gleich an dem Tag, an dem sie in See stachen, ein schlechter Start also. Eine der Galeeren aus Myr war in der Straße von Tarth untergegangen, und als sie in die Gurgel einfuhren, hatte sie ein Sturm überrascht und die Flotte über die gesamte Meerenge verstreut. Außer zwölf Schiffen hatten sich schließlich alle hinter der schützenden Halbinsel von Masseys Horn in den ruhigeren Gewässern der Blackwater-Bucht neu formiert, trotzdem hatten sie wertvolle Zeit verloren.

Stannis musste den Fluss bereits vor Tagen erreicht haben. Die Königsstraße führte von Storm's End geradewegs nach King's Landing und war wesentlich kürzer als die Route übers Meer, und das Heer war zum größten Teil beritten: fast zwanzigtausend Ritter, leichte Reiterei und freie Ritter, die Armee, die Renly seinem Bruder unfreiwillig hinterlassen hatte. Sie würden den Weg rasch hinter sich gebracht haben, doch Lanzen und gepanzerte Pferde würden ihnen wenig nützen, wenn sie das tiefe Wasser des Blackwater und im Anschluss daran die hohen Steinmauern der Stadt überwinden mussten. Stannis würde mit seinen Lords am Südufer des Flusses lagern und zweifelsohne ungeduldig auf Ser Imry warten.

Vor zwei Tagen hatten sie vor dem Meerjungfrauenfelsen ein halbes Dutzend Fischerboote gesichtet. Die Fischer waren vor ihnen geflohen, doch einen hatten sie eingeholt und geentert. »Ein winziger Sieg ist genau das Richtige, um den Bauch vor der Schlacht zu beruhigen«, hatte Ser Imry fröhlich erklärt. »Das macht den Männern Appetit.« Davos interessierte sich hingegen mehr dafür, was die Gefangenen über die Verteidigungsanlagen von King's Landing zu berichten hatten. Der Zwerg hatte eifrig an einer Art Schlagbaum gebaut, mit der er die Mündung des Flusses versperren wollte, allerdings waren die Fischer sich nicht einig, ob die Arbeit beendet worden war oder nicht. Seltsamerweise wünschte sich Davos, sie sei zu Ende gebracht worden. Denn wenn der Fluss versperrt war, bliebe Ser Imry nichts anderes übrig, als Anker zu werfen und abzuwarten.

Die See war voller Lärm: Rufe und Schreie, Schlachthörner und Trommeln und schrille Flöten, das Klatschen von Holz auf Wasser, als sich Tausende von Rudern hoben und senkten. »*Kurs halten*«, rief Davos. Eine Bö zerrte an seinem alten grünen Mantel. Ein Wams aus gehärtetem Leder und ein Helm, der im Moment zu seinen Füßen lag, waren alles, was er an Rüstung trug. Auf dem Meer konnte schwerer Stahl einen Mann eher das Leben kosten, als es bewahren, glaubte er. Ser Imry und die anderen hochgeborenen Kapitäne teilten seine Ansicht nicht; glitzernd schritten sie auf ihren Decks hin und her.

Die *Schreckschraube* und die *Seepferdchen* hatten ihre Plätze eingenommen, und Lord Celtigars *Rote Kralle* näherte sich hinter ihnen. Steuerbord von Allards *Lady Marya* befanden sich die drei Galeeren, die Stannis dem unglücklichen Lord Sunglass abgenommen hatte, die *Fromme,* die *Betende* und die *Geweihte,* auf deren Decks es nur so von Bogenschützen wimmelte. Sogar die *Schwertfisch* näherte sich und schwankte und rollte unter Rudern und Segeln durch die raue See. *Ein Schiff mit so vielen Rudern sollte schneller sein,* dachte Davos missbilligend. *Die Ramme ist einfach zu schwer, deshalb liegt sie so schlecht im Wasser.*

Der Wind wehte von Süden, doch beim Rudern machte das keinen Unterschied. Sie würden mit der Flut fahren, die Lannisters hatten dafür die Strömung des Flusses auf ihrer Seite, und die war im Blackwater kräftig und schnell. Der erste Angriff würde vermutlich zu Gunsten des Feindes ausgehen. *Wir sind Narren, auf dem Blackwater gegen sie zu kämpfen.* In jedem Gefecht auf offener See würden ihre Schlachtreihen die feindliche Flotte auf beiden Flanken umzingeln und zerstören. Auf dem Fluss jedoch zählte die Zahl und die Größe von Ser Imrys Schiffen weniger. Sie konnten nicht mehr als zwanzig nebeneinander fahren lassen, sonst gerieten die Ruder ineinander.

Über die Kriegsschiffe hinweg sah Davos den Red Keep auf Aegons Hohem Hügel, der sich dunkel vor einem gelblichen Himmel erhob. Die Mündung des Blackwater breitete sich vor ihnen aus. Das Südufer wimmelte von Menschen und Pferden wie ein Ameisenhaufen. Stannis hatte sie gewiss damit beschäftigt, Flösse zu bauen und Pfeile zu machen, trotzdem musste das Warten für sie nur schwer zu ertragen gewesen sein. Trompeten wurden geblasen, deren blecherner Schall bald vom Brüllen Tausender Stimmen verschluckt wurde. Davos schloss seine verstümmelte Hand um den Beutel, in dem er seine Knochen aufbewahrte, und bat mit einem stillen Gebet um Glück.

Die *Zorn* selbst würde die Mitte der ersten Schlachtreihe bilden, zwischen der *Lord Steffon* und der *Seehirsch*, beide jeweils mit zweihundert Rudern. An Steuerbord und Backbord kamen die Hunderter: *Lady Harra, Leuchtfisch, Lachender Lord, Seedämon, Gehörnte Ehre, Zerlumpte Jenna, Trident Drei, Schnelles Schwert, Prinzessin Rhaenys, Hundenase, Zepter, Treue, Roter Rabe, Königin Alysanne, Katze, Mut* und die *Drachentod*. An jedem Heck flatterte das flammende Herz des Herrn des Lichts in Rot, Gelb und Orange. Hinter Davos und seinen Söhnen folgte eine weitere Reihe Hunderter, die von Rittern und adeligen Kapitänen kommandiert wurden, und dann das kleinere Kontingent aus Myr, von denen kein Schiff mehr als achtzig Ruder hatte. Weiter hinten kamen die Segelschiffe und die breiten Koggen, zuletzt Salladhor Saan in seiner stolzen *Valyria,* einer hochbordigen Dreihunderter, die vom Rest seiner Galeeren mit dem ihnen eigenen gestreiften Rumpf begleitet wurde. Dem großspurigen Mann aus Lys gefiel es nicht, die Nachhut zu bilden, doch natürlich vertrauten ihm weder Ser Imry noch Stannis wirklich. *Zu viele Beschwerden und zu viel Gerede über das Gold, das man ihm schuldet.* Trotzdem tat er Davos Leid. Salladhor Saan war ein alter Pirat, und seine Mannschaft bestand aus geborenen Seeleuten, die sich vor keinem Kampf fürchteten. Jetzt wurden sie auf einer nutzlosen Position eingesetzt.

Ahuuuuuuuuuuuuuuuuuuuuuuuuuuuuuuuu. Das Signal hallte über die Schaumkronen und die Ruder hinweg. Es kam von der

Zorn: Ser Imry gab das Zeichen zum Angriff. *Ahuuuuuuuuuuuuuuuuuuuuuuuuuuuu, ahuuuuuuuuuuuuuuuuuuuu.*

Die *Schwertfisch* hatte die Reihe endlich auch erreicht, hatte allerdings noch immer die Segel gesetzt. »Doppelte Geschwindigkeit«, brüllte Davos. Der Trommelschlag beschleunigte sich, und die Ruder schnitten rascher durchs Wasser. Auf Deck schlugen die Soldaten mit den Schwertern gegen die Schilde während Bogenschützen in aller Ruhe die Sehnen ihrer Bogen spannten und die ersten Pfeile aus den Köchern an ihren Gürteln zogen. Die Galeeren der ersten Schlachtreihe versperrten Davos den Blick, daher schritt er hin und her, um eine Lücke zu finden. Von einer Sperre über den Fluss war nichts zu sehen; die Mündung war offen, als wollte sie sie alle verschlucken. Außer …

In seiner Schmugglerzeit hatte Davos oft gescherzt, er kenne das Ufer von King's Landing besser als die Rückseite seiner Hand, da er nicht ständig in seine Hand hinein- und herausgeschlüpft sei. die beiden gedrungenen Türme aus rauem neuem Stein, die einander an der Mündung gegenüberstanden, mochten für Ser Imry nichts bedeuten, für ihn jedoch waren sie wie zwei zusätzliche Finger, die aus den Knöcheln seiner Hand gewachsen waren.

Er beschattete die Augen und blickte nach Westen, um diese Türme genauer zu betrachten. Sie waren zu klein, um darin viele Soldaten unterzubringen. Der am Nordufer war an die Steilküste gebaut, und über ihm ragte der Red Keep auf; sein Gegenstück im Süden stand im Wasser. *Sie haben einen Graben durch das Ufer gezogen,* fiel ihm sofort auf. Dadurch würde der Turm nur schwer einzunehmen sein; die Angreifer würden durch das Wasser waten oder eine Brücke über den kleinen Kanal bauen müssen. Stannis hatte am Fuß des Turms Bogenschützen postiert, die auf jeden Verteidiger schossen, der es wagte, den Kopf hervorzustrecken. Das war aber auch alles.

Dort, wo das dunkle Wasser den Turm umspülte, blitzte etwas. Sonnenlicht glänzte auf Stahl und verriet Stannis alles, was er wissen wollte. *Eine Sperrkette … aber sie haben den Fluss noch offen gelassen. Warum?*

Er hätte auch darüber Vermutungen anstellen können, doch ihm blieb jetzt keine Zeit mehr dazu. Ein Ruf ertönte auf einem der Schiffe vor ihm, und daraufhin wurden die Schlachthörner erneut geblasen: Der Feind befand sich vor ihnen.

Zwischen den Rudern der *Zepter* und der *Treue* hindurch sah Davos eine lockere Reihe von Galeeren, die sich quer über den Fluss erstreckte; die Sonne leuchtete auf der Goldfarbe ihrer Rümpfe. Er kannte diese Schiffe so gut wie sein eigenes. Als er noch Schmuggler gewesen war, hatte er sich stets wohler gefühlt, wenn er wusste, ob ein bestimmtes Segel am Horizont ein schnelles oder ein langsames Schiff verhieß, und ob der Kapitän ein junger Mann war, der dem Ruhm nachjagte, oder ein alter Kämpe, der nur das Ende seiner Dienstzeit erwartete.

Ahuuuuuuuuuuuuuuuuuuuuuuuuuuuuuu, riefen die Schlachthörner. »Angriffsgeschwindigkeit«, brüllte Davos. Backbord und steuerbord hörte er die gleichen Befehle von Dale und Allard. Die Trommeln schlugen wild, die Ruder hoben und senkten sich, und die *Schwarze Betha* schoss vorwärts. Als Davos einen Blick zur *Gespenst* warf, salutierte Dale ihm. Die *Schwertfisch* hinkte wieder hinterher und schaukelte im Kielwasser der kleineren Schiffe; ansonsten stand die Reihe wie ein Schildwall.

Der Fluss war aus der Ferne so schmal erschienen, doch jetzt war er breit wie ein See, und auch die Stadt war riesig geworden. Der Red Keep blickte finster von Aegons Hohen Hügel herab. Seine eisengekrönten Wehrgänge, die massiven Türme und die dicken roten Mauern ließen ihn wie ein wütendes Tier erscheinen, das über Fluss und Straßen hockte. Das hohe Ufer, auf dem er stand, war felsig und steil und mit Flechten und knorrigen, dornigen Bäumen bewachsen. Die Flotte würde unterhalb der Burg vorbeifahren müssen, um den Hafen und die Stadt dahinter zu erreichen.

Die erste Schlachtreihe war inzwischen in den Fluss eingefahren, doch die Galeeren des Feindes wichen zurück. *Sie wollen uns hineinlocken, damit wir hier dicht gedrängt festsitzen und nicht um ihre Flanken herum können . . . und diese Sperre hinter uns haben.* Er schritt auf Deck hin und her und reckte den Hals, um einen besseren Blick auf

Joffreys Flotte zu bekommen. Zu den Spielzeugen des Knaben gehörten die schwerfällige *Göttergnade,* die langsame alte *Prinz Aemon,* die *Lady Seide* und ihr Schwesterschiff *Lady Schande,* die *Wildwind, Königsländer, Weißer Hirsch, Lanze* und *Seeblume.* Wo war die *Löwenstern?* Und wo die wunderschöne *Lady Lyanna,* die König Robert zu Ehren der Jungfrau benannt hatte, die er geliebt und verloren hatte? Und wo war die *König Roberts Hammer?* Sie war die größte Galeere der königlichen Flotte, vierhundert Ruder, das einzige Kriegsschiff des Knabenkönigs, das es mit der *Zorn* aufnehmen konnte. Eigentlich hätte sie den Mittelpunkt der Verteidigungslinie bilden müssen.

Davos ahnte eine Falle, doch er konnte kein Anzeichen dafür entdecken, dass der Feind hinter ihnen lauerte, nur Stannis Baratheons große Flotte in ordentlichen Reihen, die sich über den gesamten Horizont erstreckte. *Werden sie die Kette hochziehen und unsere Flotte in zwei Teile spalten?* Er hatte keine Ahnung, welchem Zweck das dienen sollte. Die Schiffe draußen in der Bucht könnten trotzdem Männer übersetzen, die dann im Norden der Stadt anlanden würden; das ginge zwar langsamer, wäre gleichzeitig jedoch auch sicherer.

Ein Schwarm grell orangefarbener Vögel stieg von der Burg in die Luft, zwanzig oder dreißig; Töpfe mit brennendem Pech, die in hohen Bogen auf den Fluss zuflogen und einen flammenden Schwanz hinter sich herzogen. Das Wasser verschluckte die meisten von ihnen, doch einige landeten auf den Decks der Galeeren in der ersten Schlachtreihe und versprühten Feuer, als sie zerplatzten. Auf der Königin *Alysanne* liefen die Männer aufgeregt umher, und er konnte Rauch an drei verschiedenen Stellen der *Drachentod* sehen, die dem Ufer am nächsten war. Inzwischen war ein zweiter Schwarm unterwegs, und auch Pfeile hagelten herab, zischten aus den Schießscharten in den Türmen über ihnen. Ein Soldat fiel über die Reling der *Katze,* krachte auf die Ruder und versank. *Der erste Mann, der heute stirbt,* dachte Davos, *aber er wird nicht der Letzte sein.*

Auf den Wehrgängen des Red Keep wehten die Banner des

Knabenkönigs: der gekrönte Hirsch der Baratheons in seinem goldenen Feld, der Löwe der Lannisters auf scharlachrotem Grund. Weitere Gefäße mit Pech wurden abgefeuert. Davos hörte Männer schreien, als sich Flammen auf der *Mut* ausbreiteten. Die Ruderer unten wurden von den halben Decks über ihnen geschützt, doch die Soldaten hatten weniger Glück. Die Steuerbordflanke musste den ganzen Beschuss auf sich nehmen, genau wie er befürchtet hatte. *Bald sind wir dran,* erkannte er mit Unbehagen. Die *Schwarze Betha* befand sich durchaus in Reichweite der Geschosse, da sie das sechste Schiff vom Nordufer aus war. Steuerbord kamen nur noch Allards *Lady Marya,* die unbeholfene *Schwertfisch* – die so weit zurücklag, dass sie der dritten Reihe näher war als der zweiten – und die *Fromme,* die *Betende* und die *Geweihte,* die allen göttlichen Segen gebrauchen konnten, so ausgeliefert, wie sie den Angriffen des Feindes in ihrer Position waren.

Während die zweite Reihe an den Zwillingstürmen vorbeifuhr, nahm Davos sie näher in Augenschein. Drei Glieder der riesigen Kette hingen aus einem Loch, das nicht größer war als der Kopf eines Mannes, dann verschwand sie unter Wasser. Die Türme hatten jeweils nur eine einzige Tür, die sich gute sieben Meter über dem Boden befand. Bogenschützen auf dem Dach des nördlichen Turmes schossen auf die *Betende* und die *Geweihte.* Die Schützen der *Geweihten* erwiderten das Feuer, und Davos hörte einen Mann schreien, den ein Pfeil getroffen hatte.

»Kapitän, Ser.« Sein Sohn Matthos stand neben ihm. »Euer Helm.« Davos nahm ihn mit beiden Händen und setzte ihn auf. Er hasste es, wenn seine Sicht eingeschränkt war, deshalb hatte das gute Stück kein Visier.

Inzwischen gingen die Pechgefäße auch um sie herum nieder. Eins zerplatzte auf dem Deck der *Lady Marya,* doch Allards Mannschaft schlug das Feuer rasch aus. An Backbord ertönten die Hörner auf der *Stolz von Driftmark.* Bei jedem Schlag warfen die Ruder spritzend Wasserfontänen auf. Das meterlange Geschoss eines Skorpions landete keinen Meter neben Matthos und bohrte sich krachend ins Holz des Decks. Vor ihnen war die erste Reihe auf

Schussweite an die feindlichen Schiffe herangekommen; Pfeilschwärme flogen hin und her und zischten wie wütende Schlangen.

Südlich des Blackwater sah Davos Männer, die grobgezimmerte Flöße zum Wasser zogen, während sich unter tausend flatternden Bannern Reihen und Kolonnen formierten. Das flammende Herz war überall, der schwarze Hirsch, der von ihm eingeschlossen wurde, war jedoch zu klein, um ihn zu erkennen. *Wir hätten unter dem gekrönten Hirsch kämpfen sollen. Der Hirsch war König Roberts Wappen, und die Stadt würde sich freuen, ihn zu sehen. Dieses Banner eines Fremden bringt die Männer nur gegen uns auf.*

Er konnte das flammende Herz nicht ansehen, ohne an den Schatten zu denken, den Melisandre unter Storm's End geboren hatte. *Zumindest tragen wir diese Schlacht im Lichte aus, und mit den Waffen ehrbarer Männer.* Die rote Frau und ihre dunklen Kinder hatten keinen Anteil daran. Stannis hatte sie mit seinem unehelichen Neffen Edric Storm nach Dragonstone zurückgeschickt. Seine Kapitäne und Vasallen hatten darauf bestanden, dass auf dem Schlachtfeld kein Platz für eine Frau war. Nur die Männer der Königin hatten widersprochen, wenn auch nicht sehr laut. Trotzdem hatte der König ihr Ansinnen zurückgewiesen, bis Lord Bryce Caron sagte: »Euer Gnaden, wenn die Zauberin dabei ist, wird man hinterher behaupten, es sei ihr Sieg gewesen und nicht der Eure. Sie werden sagen, Ihr hättet Eure Krone ihren Zaubersprüchen zu verdanken.« Das hatte den Ausschlag gegeben. Davos selbst hatte sich aus diesem Streit herausgehalten, allerdings war er nicht traurig, sie davonfahren zu sehen. Er hatte wenig für Melisandre und ihren Gott übrig.

An Steuerbord fuhr die *Geweihte* auf das Ufer zu und ließ die Planke herunter. Bogenschützen sprangen ins flache Wasser und hielten ihre Waffen hoch über die Köpfe, damit die Sehnen trocken blieben. Spritzend stürmten sie auf den schmalen Landstreifen unter der Steilwand. Steine und Speere wurden von oben auf sie abgeworfen, dazu wurden Pfeile abgeschossen, doch der Winkel war sehr steil, und die Geschosse schienen wenig Schaden anzurichten.

Die *Betende* landete zwei Dutzend Meter weiter flussaufwärts, und die *Fromme* hielt auf das Ufer, als die Verteidiger auf ihren Streitrössern heranstürmten. Die Ritter fielen über die Bogenschützen her wie Wölfe über Hühner, trieben sie zurück zu den Schiffen und in den Fluss, ehe die meisten überhaupt einen Pfeil auflegen konnten. Soldaten rannten hinzu, um sie mit Speer und Axt zu verteidigen, und nach wenigen Herzschlägen hatte sich die Szene in ein blutiges Gewühl verwandelt. Davos erkannte den hundeköpfigen Helm des Bluthunds. Ein weißer Mantel hing von seinen Schultern und wehte hinter ihm her, während er über die Planke auf das Deck der *Betende* ritt und jeden niedermetzelte, der in Reichweite kam.

Jenseits der Burg erhob sich King's Landing auf seinen Hügeln hinter der Mauer. Das Flussufer war eine schwarze Ödnis; die Lannisters hatten hier alles niedergebrannt und sich hinter das Schlammtor zurückgezogen. Im flachen Wasser hatten sie die verkohlten Wracks verbrannter Schiffe versenkt, sodass man die langen Steinkais nicht erreichen konnte. *Dort können wir nicht anlegen.* Davos sah die Spitzen von drei riesigen Katapulten hinter dem Schlammtor. Oben auf Visenyas Hügel blitzten die sieben Kristalltürme der Großen Septe von Baelor in der Sonne.

Davos konnte zwar nicht sehen, wie die Schlacht auf dem Wasser begann, doch er hörte es; mit unglaublichem Krachen stießen zwei Galeeren zusammen. Er wusste nicht, welche beiden. Augenblicke später krachte es erneut, und dann ein drittes Mal. Durch das Kreischen des splitternden Holzes hörte er das tiefe Dröhnen des Bugkatapults der *Zorn*. Die *Seehirsch* spaltete eine von Joffreys Galeeren in zwei Teile, doch die *Hundenase* brannte, und die *Königin Alysanne* war zwischen der *Lady Seide* und der *Lady Schande* eingeklemmt, und ihre Mannschaft kämpfte an der Reling gegen die Gegner, die sie entern wollten.

Genau vor sich sah Davos, wie sich die feindliche *Königsländer* zwischen die *Treue* und die *Zepter* drängte. Erstere zog die Ruder vor dem Zusammenprall ein, während die Ruder der *Zepter* wie Kienspäne brachen, als sich die *Königsländer* an ihrer Seite vorbeischob. »Schießt«, befahl Davos, und seine Bogenschützen schickten einen vernichtenden Pfeilhagel über das Wasser. Davos sah den Kapitän der *Königsländer* fallen und versuchte, sich den Namen des Mannes in Erinnerung zu rufen.

An Land hoben sich die Arme der großen Katapulte, eins, zwei, drei, und hundert Steine stiegen in den gelben Himmel auf. Jeder war so groß wie der Kopf eines Mannes; wenn sie niedergingen, spritzten riesige Wassermassen auf, wurden Planken aus Eichenholz durchlöchert und lebendige Männer in einen Brei aus Blut und Knochen verwandelt. Quer über den Fluss war die ganze erste Schlachtreihe nun in Gefechte verwickelt. Enterhaken wurden geworfen, eiserne Rammen krachten in hölzerne Rümpfe, Enterer schwärmten aus, Schwärme von Pfeilen flogen durch die dahintreibenden Rauchwolken, und Männer starben … doch bislang war Davos selbst noch nicht daran beteiligt.

Die *Schwarze Betha* fuhr weiter den Fluss hinauf, und der Trommelschlag des Rudermeisters donnerte ihrem Kapitän im Kopf, während er nach einem Opfer für ihre Ramme Ausschau hielt. Die belagerte *Königin Alysanne* war zwischen zwei Lannister-Schiffen gefangen, und die drei hingen mit Haken und Leinen aneinander fest.

»Rammgeschwindigkeit!«, brüllte Davos.

Der Trommelschlag verschmolz zu einem langen, fiebrigen Hämmern, und die *Schwarze Betha* flog dahin, sodass das Wasser unter ihrem Bug weiß wie Milch wurde. Allard hatte die gleiche Chance gesehen; die *Lady Marya* blieb an ihrer Seite. Die erste Reihe hatte sich im Gewühl der Schlacht aufgelöst. Die drei ineinander verkeilten Schiffe drehten sich langsam, auf ihren Decks machte sich rotes Chaos breit, während Männer mit Schwertern und Äxten aufeinander einschlugen. *Noch ein bisschen,* beschwor Davos Seaworth den Krieger, *dreh sie nur noch ein bisschen herum. Zeig mir ihre Breitseite.*

Der Krieger hatte offensichtlich zugehört. Die *Schwarze Betha* und die *Lady Marya* krachten fast im gleichen Augenblick in die *Lady Schande,* rammten sie an Bug und Heck mit solcher Wucht, dass selbst Männer auf der *Lady Seide* über Bord geworfen wurden.

Davos biss sich beinahe die Zunge ab, als seine Zähne zusammenklappten. Er spuckte Blut. *Nächstes Mal machst du den Mund vorher zu, du Dummkopf.* Vierzig Jahre auf See, und jetzt hatte er zum ersten Mal ein anderes Schiff gerammt. Seine Bogenschützen schossen nach eigenem Gutdünken.

»Zurück«, befahl er. Nachdem die *Schwarze Betha* ein Stück zurückgesetzt hatte, strömte Wasser in das zersplitterte Loch, das sie hinterlassen hatte, und die *Lady Schande* zerfiel vor seinen Augen in ihre Einzelteile und riss Dutzende von Männern mit in den Fluss. Manche der Überlebenden schwammen; manche der Toten trieben auf dem Wasser; nur die in schwerer Rüstung sanken auf den Grund, Tote und Lebende ohne Unterschied. Das Flehen der Ertrinkenden hallte in seinen Ohren wider.

Aus den Augenwinkeln sah er etwas Grünes aufblitzen, Backbord voraus, und ein Nest sich windender smaragdgrüner Schlangen erhob sich brennend und zischend vom Heck der *Königin Alysanne.* Kurz darauf hörte Davos einen entsetzten Schrei: *»Seefeuer!«*

Er schnitt eine Grimasse. Brennendes Pech war eine Sache, Seefeuer eine ganz andere. Das war ein übles Zeug und nahezu unlöschbar. Versuchte man es mit einem Mantel zu ersticken, fing der Mantel Feuer; schlug man einen kleinen Brandherd mit der Hand aus, stand die Hand in Flammen. »Piss auf Seefeuer, und dir brennt der Schwanz ab«, sagten alte Seeleute gern. Immerhin hatte Ser Imry sie davor gewarnt, dass sie mit der verwerflichen *Substanz* der Alchimisten zu rechnen hatten. *Aber es wird ihnen rasch ausgehen,* hatte der Lord Kapitän versichert.

Davos stieß Befehle hervor; eine Ruderseite ruderte vorwärts, während die andere nach achtern eintauchte, und die Galeere wendete. Auch die *Lady Marya* hatte sich glücklicherweise befreit, denn das Seefeuer breitete sich schneller auf der *Königin Alysanne* und ihren Gegnern aus, als man für möglich gehalten hätte. Männer waren in grüne Flammen gehüllt und sprangen über Bord, wobei sie Schreie ausstießen, die nichts Menschliches mehr an sich hatten. Auf den Mauern von King's Landing versprühten Feuerspucker ihren schrecklichen Tod, und die großen Katapulte hinter dem

Schlammtor schleuderten Felssteine über die Mauern. Einer von der Größe eines Ochsen ging zwischen der *Schwarze Betha* und der *Gespenst* nieder, ließ beide Schiffe heftig schaukeln und durchnässte alle an Bord. Ein anderer, der nicht viel kleiner war, traf die *Lautes Lachen*. Die Galeere von Lord Velaryon zersprang wie das Spielzeug eines Kindes, das von einem hohen Turm fällt, und armgroße Splitter flogen durch die Luft.

Durch schwarzen Rauch und grüne Flammen erhaschte Davos einen Blick auf eine Flotte kleinerer Boote, die flussabwärts fuhren, ein Gewirr von Fähren und Lastkähnen, Barken und Ruderbooten, von denen manche so verrottet aussahen, als würden sie jeden Augenblick sinken. Das roch nach Verzweiflung, denn solches Treibholz konnte das Blatt in einer Schlacht nicht wenden, sondern nur im Weg sein. Die verfeindeten Schiffsreihen hatten sich jetzt hoffnungslos ineinander verkeilt. Drüben an Backbord waren die *Lord Steffen*, die *Zerlumpte Jenna* und die *Schnelles Schwert* durchgebrochen und zogen weiter flussaufwärts. An Steuerbord wurde noch heftig gekämpft, und das Zentrum war unter dem Beschuss der Katapulte auseinander getrieben worden. Manche der Kapitäne wandten sich flussabwärts, andere nach Backbord, um dem tödlichen Hagel zu entgehen. Die Zorn hatte ihr Heckkatapult herumgeschwenkt und schoss auf die Stadt, allerdings hatte sie nicht genug Reichweite; ihre Fässer mit Pech zerbarsten unterhalb der Mauern. Die *Zepter* hatte die meisten ihrer Ruder eingebüßt, und die *Treue* war gerammt worden und bekam Schlagseite. Davos steuerte die *Schwarze Betha* zwischen sie und rammte Königin Cerseis mit Schnitzereien und Gold verzierte Barke, die jetzt statt mit Adligen mit Soldaten voll gestopft war. Bei dem Zusammenprall wurde ein Dutzend von ihnen über Bord geworfen, und die Bogenschützen auf der *Betha* erledigten die Übrigen einen nach dem anderen.

Matthos' Ruf warnte ihn vor einer Gefahr von Backbord; eine der Lannister-Galeeren kam geradewegs auf ihn zu. »Hart steuerbord«, brüllte Davos. Seine Männer benutzten die Ruder, um sich von der Barke abzustoßen, während andere die Galeere wendeten, bis ihr

Bug in Richtung der *Weißer Hirsch* stand. Einen Augenblick lang fürchtete er, die Geschwindigkeit könne nicht reichen und er würde versenkt werden, doch die Strömung kam der *Schwarze Betha* zu Hilfe und beim Zusammenprall streiften sich die Schiffe nur, die beiden Rümpfe scharrten aneinander vorbei, und beiden Schiffen wurden die Ruder abgerissen. Ein Holzstück, spitz wie ein Speer, flog an seinem Kopf vorbei. Davos duckte sich. »Entern!«, rief er. Die Leinen wurden hinübergeworfen. Er zog das Schwert und führte selbst den Angriff über die Reling an.

Die Mannschaft der *Weißer Hirsch* warf sich ihnen entgegen, doch die Soldaten der *Schwarzen Betha* fielen wie eine kreischende Flut aus Stahl über sie her. Davos kämpfte sich durch das Gewühl und hielt nach dem anderen Kapitän Ausschau, doch der Mann war bereits tot, als er ihn erreichte. Während er vor der Leiche stand, traf ihn von hinten ein Axthieb, der jedoch von seinem Helm abprallte, sodass sein Kopf lediglich dröhnte, statt gespalten zu werden. Benommen konnte er sich nur noch zur Seite rollen. Sein Gegner griff schreiend erneut an. Davos packte sein Schwert mit beiden Händen und trieb dem Kerl die Spitze in den Bauch.

Einer seiner Leute zog ihn auf die Beine. »Kapitän, Ser, der *Hirsch* gehört uns.« Das stimmte, wie Davos nun selbst sah. Die meisten Gegner waren tot, lagen im Sterben oder hatten sich ergeben. Er nahm den Helm ab, wischte sich das Blut vom Gesicht und machte sich auf den Weg zu seinem eigenen Schiff, wobei er sorgsam darauf achtete, auf den vom Blut glitschigen Planken nicht auszurutschen. Matthos reichte ihm die Hand und half ihm über die Reling.

Für kurze Zeit waren die *Schwarze Betha* und die *Weißer Hirsch* das ruhende Auge inmitten des Wirbelsturms. Die *Königin Alysanne* und die *Lady Seide,* die noch immer aneinander hingen, trieben in einem Inferno aus grünen Flammen flussabwärts und zogen Teile der *Lady Schande* hinter sich her. Eine der Galeeren aus Myr war in sie hineingefahren und hatte ebenfalls Feuer gefangen. Die *Katze* nahm Männer von der rasch sinkenden *Mut* an Bord. Der Kapitän der *Drachentod* hatte sein Schiff zwischen zwei Kais gesteuert und ihm dabei den Rumpf aufgerissen; die Mannschaft strömte mit den

Bogenschützen und Soldaten ans Ufer und beteiligte sich am Angriff auf die Mauer. Die *Roter Rabe* war gerammt worden und bekam langsam Schlagseite. Die *Seehirsch* kämpfte gleichzeitig gegen Feuer und Enterer an, doch über Joffreys *Treuer Mann* wehte bereits das flammende Herz. Die *Zorn,* deren Bug von einem Felsen zermalmt worden war, hatte die *Göttergnade* angegriffen. Lord Velaryons *Stolz von Driftmark* krachte zwischen zwei Lannister-Schiffe, die durchgebrochen waren, brachte eins zum Kentern und setzte das andere mit flammenden Pfeilen in Brand. Am Südufer führten Ritter ihre Pferde an Bord der Koggen, und einige der kleineren Galeeren waren bereits mit Soldaten beladen und überquerten den Fluss. Zwischen den sinkenden Schiffen und den schwimmenden Inseln aus Seefeuer mussten sie vorsichtig manövrieren. Nun war König Stannis' gesamte Flotte auf dem Fluss, außer Salladhor Saan. Bald würden sie den Blackwater beherrschen. *Ser Imry wird seinen Sieg bekommen,* dachte Davos, *und Stannis wird sein Heer hinüberbringen, aber bei den guten Göttern, um welchen Preis . . .*

»Kapitän, Ser!« Matthos berührte ihn an der Schulter.

Es ging um die *Schwertfisch,* deren Ruder sich hoben und senkten. Die Segel hatte sie gar nicht erst eingeholt, und brennendes Pech hatte die Takelage getroffen. Die Flammen breiteten sich aus, während Davos noch zusah, und krochen über Taue und Segel voran. Ihre schwere Eisenramme, die dem Kopf des Fisches ähnelte, nach dem sie benannt war, teilte das Wasser vor ihr. Direkt voraus trieb eines der Lannister-Schiffe auf sie zu. Langsam leckte grünes Blut zwischen seinen Planken hervor.

Als er das sah, blieb Davos Seaworth das Herz stehen.

»Nein«, sagte er, »nein, NEIIIN!« Im Toben und Krachen der Schlacht hörte ihn niemand außer Matthos. Bestimmt hörte der Kapitän der *Schwertfisch* ihn nicht, der mit seinem großen, ungeschlachten Schwert endlich etwas aufspießen wollte. Die *Schwertfisch* beschleunigte auf Gefechtsgeschwindigkeit. Davos hob die verstümmelte Hand und umklammerte den Lederbeutel mit seinen Fingerknochen.

Mit einem knirschenden, reißenden Krachen spaltete die *Schwert-*

fisch den verrotteten Schiffsrumpf. Er zerplatzte wie eine überreife Frucht, doch keine Frucht hatte je dieses Kreischen von brechendem Holz von sich gegeben. Und Davos sah, wie in ihrem Bauch tausend Gefäße barsten und sich grüne Flüssigkeit ins Wasser ergoss, Gift aus den Eingeweiden einer sterbenden Bestie, das sich auf dem ganzen Fluss verteilte ...

»Zurück«, brüllte er. »Weg hier. Bringt uns hier weg, zurück!« Die Enterleinen wurden gekappt und Davos spürte, wie sich das Deck unter seinen Füßen bewegte, während sich die *Schwarze Betha* von der *Weißer Hirsch* befreite. Ihre Ruder glitten ins Wasser.

Dann hörte er ein scharfes Zischen als hätte ihm jemand ins Ohr gepustet. Einen halben Augenblick später folgte der Knall. Das Deck verschwand unter ihm, schwarzes Wasser schlug ihm ins Gesicht und füllte ihm Mund und Nase. Er würgte, ging unter. Ohne zu wissen, wo oben und unten war, kämpfte Davos in blinder Panik gegen den Fluss, bis er plötzlich wieder an der Oberfläche war. Er spuckte Wasser, saugte Luft in sich hinein, packte die nächste Planke, die er sah, und hielt sich daran fest.

Die *Schwertfisch* und das Wrack waren verschwunden, neben ihm trieben verkohlte Leichen flussabwärts, und nach Luft schnappende Männer klammerten sich an rauchende Holzstücke. Zwanzig Meter entfernt tanzte ein Dämon aus grünem Feuer auf dem Wasser. Er hatte ein Dutzend Hände und in jeder eine Peitsche, und was immer er berührte, ging in Flammen auf. Davos sah die *Schwarze Betha* brennen, und die *Weißer Hirsch* und die *Treuer Mann* auf der anderen Seite ebenfalls. Die *Fromme,* die *Katze,* die *Mut,* die *Zepter,* die *Roter Rabe,* die *Schreckschraube,* die *Treue,* die *Zorn,* sie alle standen in Flammen, die *Königsländer* und die *Göttergnade* ebenso, denn der Dämon fraß auch seine eigenen Kinder. Lord Velaryons glänzende *Stolz von Driftmark* versuchte zu wenden, doch der Dämon streckte träge einen grünen Finger nach ihr aus, und die silbernen Ruder flammten auf wie Kienspäne. Einen Augenblick lang schien sie mit langen, leuchtenden Fackeln zu rudern.

Inzwischen hatte ihn die Strömung gepackt, drehte ihn herum und wieder herum. Er trat Wasser, um nicht in einen Teppich aus

Seefeuer zu geraten. *Meine Söhne,* dachte Davos, doch es gab keine Möglichkeit, in diesem Chaos nach ihnen zu suchen. Ein zweites mit Seefeuer beladenes Wrack explodierte hinter ihm. Der Blackwater schien in seinem Bett zu sieden, und brennende Spieren und brennende Männer und Teile zerbrochener Schiffe flogen durch die Luft.

Ich werde hinaus in die Bucht getrieben. Das wäre nicht einmal das Schlechteste; von dort aus müsste er das Ufer erreichen können, denn er war ein guter Schwimmer. Salladhor Saans Galeeren waren auch dort draußen in der Bucht, Ser Imry hatte ihnen befohlen, sich in einiger Entfernung zu halten ...

Dann erfasste ihn die Strömung abermals, und Davos sah, was ihn stromabwärts erwartete.

Die Kette. Die Götter mögen uns retten, sie haben die Kette hochgezogen.

Wo der Fluss zur Bucht hin breiter wurde, war der Schlagbaum nun straff gespannt, vielleicht zwei oder drei Fuß über dem Wasser. Ein Dutzend Galeeren waren bereits dagegen gefahren, und die Strömung schob weitere in sie hinein. Fast alle brannten, der Rest würde ebenfalls bald in Flammen stehen. Davos konnte die gestreiften Rümpfe von Salladhor Saans Schiffen dahinter erkennen, doch er wusste, er würde sie niemals erreichen. Eine Mauer aus rot glühendem Stahl, brennendem Holz und wirbelndem grünen Flammen erstreckte sich vor ihm. Die Mündung des Blackwater Rush hatte sich in den Schlund der Hölle verwandelt.

TYRION

Reglos wie eine Statue lehnte Tyrion Lannister mit einem Knie auf einer Zinne. Unterhalb des Schlammtors und des verwüsteten Areals, das früher der Fischmarkt und der Kai gewesen waren, schien der Fluss selbst Feuer gefangen zu haben. Stannis' halbe Flotte brannte, allerdings auch die meisten von Joffreys Schiffen. Der Kuss des Seefeuers verwandelte stolze Galeeren in Scheiterhaufen und Männer in lebende Fackeln. Die Luft war von Rauch und Pfeilen und Schreien erfüllt.

Flussabwärts erblickten gemeine wie adlige Seeleute den heißen grünen Tod, der auf ihre Flöße und Schiffe und Fähren zutrieb. Die langen weißen Ruder der myrischen Galeeren blitzten auf wie die Beine von aufgeregten Tausendfüßlern, während sie zu wenden versuchten, doch solche Manöver hatten keinen Zweck. Die Tausendfüßler hatten keinen Ort, an den sie fliehen konnten.

Ein Dutzend große Brände wüteten vor den Mauern der Stadt, wo Fässer mit Pech explodiert waren, angesichts des Seefeuers wirkten sie jedoch wie Kerzen in einem lodernden Haus, und ihre blutroten Wimpel erhoben sich kaum bemerkt vor dem jadefarbenen Inferno. *Eine schreckliche Schönheit. Wie Drachenfeuer.* Tyrion fragte sich, ob Aegon der Eroberer sich so gefühlt hatte, als er über sein Feld des Feuers geflogen war.

Der Wind, der durch diesen Glutofen entstand, hob seinen scharlachroten Mantel und schlug ihn ihm ins ungeschützte Gesicht, und dennoch konnte sich Tyrion nicht abwenden. Den Jubel der Goldröcke bekam er nur wie aus weiter Ferne mit. Er hatte keine Stimme, um mit einzufallen. Dies war ein halber Sieg. *Es wird nicht genügen.*

Wieder sah er ein Schiff voller König Aerys' launischer Früchte, das von hungrigen Flammen eingehüllt wurde. Eine Fontäne brennender Jade erhob sich aus dem Fluss, und die Explosion war so grell, dass er seine Augen dagegen schützen musste. Feuerblumen tanzten zehn, fünfzehn Meter hoch auf dem Wasser, knisterten und zischten. Ein paar Augenblicke lang übertönten sie die Schreie. Hunderte Männer schwammen im Wasser und ertranken oder verbrannten oder taten beides.

Hörst du sie schreien, Stannis? Siehst du sie brennen? Dies ist ebenso dein Werk wie meins. Irgendwo aus der Menschenmenge südlich des Blackwater schaute Stannis zu, das wusste Tyrion. Er hatte nie das gleiche Verlangen danach gehabt, an einer Schlacht teilzunehmen, wie sein Bruder Robert. Stattdessen würde er hinter den Schlachtreihen Befehle erteilen, aus der Reserve. So war es auch Lord Tywin Lannister gewohnt. Vermutlich saß Stannis gerade auf einem Streitross, war in eine glänzende Rüstung gehüllt und trug eine Krone auf dem Kopf. *Eine Krone aus rotem Gold, sagt Varys, deren Zacken in Form von Flammen gestaltet sind.*

»Meine Schiffe.« Joffreys Stimme überschlug sich, als er vom Wehrgang hinaufschrie, wo er sich mit seinen Wachen hinter den Zinnen duckte. »Meine *Königsländer* brennt, meine *Königin Cersei*, meine *Treuer Mann.* Und dort, die *Seeblume.*« Er zeigte mit seinem neuen Schwert darauf, dorthin, wo die grünen Flammen am goldenen Rumpf der *Seeblume* leckten und über ihre Ruder krochen. Ihr Kapitän floh flussaufwärts, jedoch nicht schnell genug, um dem Seefeuer zu entkommen.

Das Schicksal des Schiffes war besiegelt. *Eine andere Möglichkeit gab es nicht. Wären wir nicht herausgekommen, um gegen sie zu kämpfen, hätte Stannis die Falle gerochen.* Mit einem Pfeil konnte man zielen, genauso mit einem Speer oder einem Stein von einem Katapult, doch Seefeuer hatte einen eigenen Willen. Einmal losgelassen, ließ es sich von Menschen nicht mehr kontrollieren. »Das war nicht zu vermeiden«, sagte er zu seinem Neffen. »Unsere Flotte wäre in jedem Fall vernichtet worden.«

Selbst hier oben von der Zinne – er war zu klein, um über die Kante der Mauer zu blicken, daher hatte er sich hinaufheben lassen – machten die Flammen und der Rauch es Tyrion unmöglich, das Geschehen unten am Fluss vor der Burg zu verfolgen, doch vor seinem inneren Auge hatte er es schon tausendmal gesehen. Bronn würde die Ochsen angetrieben haben, sobald Stannis' Flagschiff unter dem Red Keep hindurchgefahren wäre. Die Kette war unglaublich schwer, und die großen Winden bewegten sich unter lautem Rumpeln und Knarren nur sehr langsam. Die ganze Flotte des Usurpators würde die Stelle passiert haben, ehe man das erste Metall über dem Wasser glänzen sehen konnte. Tropfend würden die Glieder auftauchen, einige mit Schlamm bedeckt, ein Glied nach dem anderen würde zum Vorschein kommen, bis die ganze riesige Kette straff gespannt war. König Stannis hatte seine Flotte in den Blackwater hineinrudern lassen, doch sie würde nicht wieder hinausrudern.

Trotzdem konnten einige fliehen. Die Strömung eines Flusses ließ sich nicht berechnen, und das Seefeuer verteilte sich nicht so gleichmäßig, wie Tyrion gehofft hatte. Die Hauptfahrrinne stand vollständig in Flammen, doch ein großer Teil der myrischen Schiffe hatte auf das Südufer zugehalten und schienen unversehrt davonzukommen, und mindestens acht Schiffe waren unterhalb der Stadtmauern gelandet. *Gelandet oder gesunken, es macht keinen Unterschied: Sie haben Männer an Land gebracht.* Und schlimmer noch, ein großer Teil der südlichen Flanke der beiden ersten Schlachtreihen befand sich bereits ein gutes Stück flussaufwärts von den Schiffen mit dem Seefeuer. Dreißig bis vierzig Galeeren würden Stannis bleiben; das genügte, um das ganze Heer überzusetzen, nachdem seine Männer erst einmal neuen Mut gefasst hätten.

Allerdings würde das vielleicht eine Weile dauern, denn selbst die tapfersten Soldaten würde es erschüttern zuzusehen, wie tausend oder mehr Kameraden vom Seefeuer verschlungen wurden. Hallyne hatte gesagt, die Substanz brenne manchmal so heiß, dass Fleisch wie Talg schmelze. Und doch, und doch …

Tyrion machte sich keine Illusionen, was seine eigenen Männer betraf. *Sobald es so aussieht, als ob die Dinge schlecht stünden, werden sie aufgeben.* Jacelyn Bywater hatte ihn davor gewarnt, und die einzige Möglichkeit, den Sieg davonzutragen, war, in der Schlacht von Anfang bis Ende die Oberhand zu behalten.

Er sah dunkle Schemen, die durch die verkohlten Ruinen der Kais strichen. *Zeit für den nächsten Ausfall,* dachte er. Die Männer waren nie so verwundbar wie zu dem Zeitpunkt, wenn sie aus dem Wasser ans Ufer taumelten. Er durfte dem Feind keine Zeit lassen, sich am Nordufer zu formieren.

Also kletterte er von seiner Zinne. »Sag Lord Jacelyn, wir hätten feindliche Truppen am Ufer«, trug er einem der Läufer auf, die Bywater für ihn abgestellt hatte. Zu einem Zweiten sagte er: »Überbring Ser Arneld meine Glückwünsche und bitte ihn, die Huren um dreißig Grad nach Westen zu schwenken.« In diesem Winkel reichten die Katapulte weiter, wahrscheinlich sogar über das Wasser.

»Mutter hat mir versprochen, ich dürfte die Huren befehligen«, quengelte Joffrey. Es ärgerte Tyrion, dass der König schon wieder das Visier seines Helms geöffnet hatte. Zweifellos kochte der Junge fast im Inneren seiner Stahlrüstung . . . doch was sie jetzt am wenigsten gebrauchen konnten, war ein verirrter Pfeil, der seinem Neffen durchs Auge drang.

Er klappte das Visier zu. »Das muss geschlossen bleiben, Euer Gnaden; Eure geliebte Person ist uns allen teuer.« *Und wir wollen doch dieses hübsche Gesicht nicht verschandeln, nicht wahr?* »Die Huren gehören Euch.« Der Zeitpunkt wäre vielleicht gar nicht so schlecht. Noch mehr Seefeuer auf die brennenden Schiffe zu schleudern, hatte keinen Sinn. Joff hatte die Geweihmänner nackt auf dem Platz unterhalb der Mauern fesseln und ihnen Geweihe an die Köpfe nageln lassen. Als man sie vor den Eisernen Thron geschleppt hatte, damit er über sie richten konnte, hatte er ihnen versprochen, sie zu Stannis zu schicken. Ein Mann war nicht so schwer wie ein Felsen oder ein Fass mit brennendem Pech und konnte daher ein gutes Stück weiter geschleudert werden. Ein paar der Goldröcke hatten Wetten abgeschlossen, wer von den Verrätern wohl über den ganzen Blackwater fliegen würde. »Beeilt Euch, Euer Gnaden«, sagte er zu Joffrey. »Bald müssen die Katapulte wieder Steine abschießen. Sogar Seefeuer brennt nicht ewig.«

Glücklich lief Joffrey davon und wurde von Ser Meryn begleitet, doch Tyrion packte Ser Osmund am Arm, ehe er folgen konnte. »Was immer geschieht, sorgt für seine Sicherheit und *behaltet ihn dort, verstanden?«*

»Wie Ihr befehlt.« Ser Osmund lächelte freundlich.

Tyrion hat Trant und Kettleblack davor gewarnt, was ihnen widerfahren würde, falls dem König etwas zustieß. Und auf Joffrey warteten außerdem ein Dutzend ausgesuchte Goldröcke am Fuß der Treppe. *Ich beschütze deinen verfluchten Bastard so gut ich kann, Cersei,* dachte er verbittert. *Tu nur das Gleiche für Alayaya.*

Kaum war Joff fort, rannte ein Bote keuchend die Treppe hinauf. »Mylord, schnell!« Er warf sich auf die Knie. »Sie haben Männer auf dem Turnierplatz abgesetzt. Hunderte! Die schleppen eine Ramme zum Königstor.«

Tyrion fluchte und watschelte die Treppe hinunter. Podrick Payne erwartete ihn unten mit ihren Pferden. Er galoppierte in Richtung Flussgasse davon, Pod und Ser Mandon Moore folgten dichtauf. Die verrammelten Häuser waren in grüne Schatten getaucht, doch auf den Straßen war niemand unterwegs, der ihnen im Weg sein könnte; Tyrion hatte befohlen, die Straßen zu räumen, damit sich die Verteidiger rasch von einem Tor zum anderen bewegen konnten. Trotzdem hörte er, als er das Königstor erreichte, bereits ein donnerndes Krachen, das nur von einem Rammbock stammen konnte. Die großen Angeln ächzten wie ein sterbender Riese. Der Platz vor dem Torhaus war mit Verwundeten übersät, doch Tyrion sah auch die Reihen von Pferden, von denen längst nicht alle verletzt waren, und genug Goldröcke und Söldner, um eine schlagkräftige Truppe zusammenzustellen. »Formiert Euch«, rief er, während er zu Boden sprang. Das Tor erzitterte unter der Wucht eines weiteren Stoßes. »Wer hat hier den Befehl? Ihr macht einen Ausfall.«

»Nein.« Ein Schemen löste sich aus dem Schatten der Mauer und wurde zu einem großen Mann in dunkelgrauer Rüstung. Sandor Clegane riss sich mit beiden Händen den Helm vom Kopf und ließ ihn zu Boden fallen. Der Stahl war versengt und verbeult, das linke Ohr des Knurrenden Hundes war abgerissen. Aus einer Risswunde über dem einen Auge war Blut über die alten Brandnarben gelaufen und entstellte das halbe Gesicht des Bluthundes.

»Doch.« Tyrion wandte sich zu ihm um.

Clegane atmete keuchend. »Die Anderen sollen Euren Ausfall holen. Und Euch dazu.«

Ein Söldner trat zu ihm. »Wir waren draußen. Dreimal. Die Hälfte unserer Männer ist tot oder verwundet. Um uns herum ist überall Seefeuer explodiert, Pferde haben geschrien wie Menschen und Menschen wie Pferde –«

»Glaubst du, wir hätten euch angeheuert, damit ihr ein Turnier für uns austragt? Soll ich dir einen Becher gekühlte Milch und eine Schüssel mit Himbeeren bringen? Nein? Dann steig auf dein verfluchtes Pferd. Und Ihr auch, Hund.«

Das Blut auf Cleganes Gesicht glänzte rot, doch in seinen Augen war das Weiße zu sehen. Er zog sein Langschwert.

Er hat Angst, erkannte Tyrion schockiert. *Der Bluthund fürchtet sich.* Er versuchte, die Lage zu erklären. »Sie haben einen Rammbock zum Tor gebracht, Ihr könnt sie hören, wir müssen sie aufhalten –«

»Öffnet die Tore. Wenn sie hereinstürmen, umzingelt sie und tötet sie.« Der Bluthund stieß die Spitze seines Langschwertes in den Boden und stützte sich schwankend auf den Knauf. »Ich habe die Hälfte meiner Männer verloren. Und der Pferde. Ich führe niemanden mehr in dieses Inferno.«

Ser Mandon Moore trat in seiner makellosen Rüstung neben Tyrion. »Die Hand des König erteilt Euch einen Befehl.«

»Die Hand des Königs kann es sich selber besorgen.« Wo das Gesicht des Bluthunds nicht mit Blut bedeckt war, war er bleich wie Milch. »Bringt mir etwas zu trinken.« Ein Offizier im Goldrock reichte ihm einen Becher. Clegane nahm einen Schluck, spuckte aus und warf den Becher zur Seite. »Wasser? Verflucht. Bringt mir Wein!«

Er ist am Ende. Jetzt konnte Tyrion es erkennen. *Die Wunde, das Feuer . . . er ist erledigt, ich muss jemand anderes für ihn finden, aber wen? Ser Mandon?* Er betrachtete die Männer und wusste, ein neuer

Kommandant allein würde nicht genügen. Cleganes Furcht hatte sie angesteckt. Ohne einen Anführer würden sie ebenfalls bald aufgeben, und Ser Mandon ... ein gefährlicher Mann, hat Jaime gesagt, ja, aber kein Mann, dem andere folgten.

Aus der Ferne hörte Tyrion erneut ein lautes Krachen. Über den Mauern verdunkelte sich der Himmel und wurde von unten grün und orange angestrahlt. Wie lange würde das Tor noch halten?

Das ist Wahnsinn, dachte er, *aber lieber Wahnsinn als die Niederlage. Die Niederlage bedeutet Tod und Schande.* »Na schön, *ich* werde den Ausfall anführen.«

Falls er geglaubt hatte, die Scham würde dem Bluthund seine alte Tapferkeit zurückgeben, hatte er sich getäuscht. Clegane lachte nur. *»Ihr?«*

Tyrion sah den Unglauben auf ihren Gesichtern. »Ich. Ser Mandon, Ihr tragt des Königs Banner. Pod, meinen Helm.« Der Junge gehorchte eilig. Der Bluthund stützte sich auf sein schartiges, blutverschmiertes Schwert und betrachtete ihn mit diesen weit aufgerissenen, weiß umrandeten Augen. Ser Mandon half Tyrion beim Aufsteigen. »Formiert Euch«, rief er.

Sein großer roter Hengst trug einen Rossharnisch. Scharlachrote Seide hing über seine Hinterhand, darunter befand sich ein Kettenpanzer. Der hohe Sattel war vergoldet. Podrik Payne reichte ihm den Helm und den Schild aus schwerer Eiche, der mit einer goldenen Hand auf rotem Grund inmitten kleiner goldener Löwen verziert war. Tyrion ließ sein Pferd im Kreis gehen und musterte die kleine Truppe. Nur eine Hand voll hatten seinem Befehl Folge geleistet, kaum mehr als zwanzig. Sie saßen auf Pferden, deren Augen genauso weit aufgerissen waren wie die des Bluthunds. Verächtlich blickte er die anderen an, die Ritter und Söldner, die zuvor mit Clegane hinausgeritten waren. »Es heißt, ich sei nur ein halber Mann«, sagte er, »aber was seid ihr dann?«

Das beschämte sie. Ein Ritter ohne Helm stieg auf und gesellte sich zu den anderen. Zwei Söldner taten das Gleiche. Dann noch ein paar. Das Königstor erbebte erneut unter einem Stoß. In wenigen Momenten hatte sich Tyrions Trupp verdoppelt. Er hatte sie in die

Enge gedrängt. *Wenn ich kämpfe, müssen sie es erst recht tun, oder sie sind weniger wert als ein Zwerg.*

»Ihr werdet mich nicht Joffreys Namen rufen hören«, verkündete er ihnen, »und auch nicht ›Casterly Rock‹. Dies ist Eure Stadt, die Stannis plündern will, und dies ist Euer Tor, das er einschlägt. Also kommt mit und tötet diesen Hurensohn!« Tyrion löste seine Axt aus der Scheide, riss den Hengst herum und trabte auf das Ausfalltor zu. Er glaubte, dass sie ihm folgten, doch er wagte nicht, sich umzublicken.

SANSA

Die Fackeln glänzten hell auf dem getriebenen Metall der Halterungen und tauchten den Ballsaal der Königin in silbriges Licht. Trotzdem gab es Dunkelheit in dieser Halle. Sansa sah sie in den blassen Augen von Ser Ilyn Payne, der starr wie Stein an der Hintertür stand und weder aß noch trank. Sie konnte sie in Lord Gyles' röchelndem Husten hören und in der Flüsterstimme von Osney Kettleblack, wenn er hereinkam und Cersei Nachrichten überbrachte.

Sansa war gerade mit der Suppe fertig, als er zum ersten Mal eintrat. Sie beobachtete ihn, während er sich mit seinem Bruder Osfryd unterhielt. Dann stieg er aufs Podest und kniete neben dem hohen Stuhl nieder. Er roch nach Pferd, vier lange dünne Kratzer auf seinen Wangen waren blutverkrustet, und sein Haar fiel ihm über den Kragen und in die Augen. Obwohl er flüsterte, konnte Sansa ihn gut verstehen. »Die Flotten haben mit dem Gefecht begonnen. Ein paar Bogenschützen haben es auf unser Ufer geschafft, aber der Bluthund hat sie in Stücke gehauen, Euer Gnaden. Euer Bruder lässt die Kette spannen, ich habe das Signal gehört. Unten in Flea Bottom haben Trunkenbolde Türen eingetreten und plündern Häuser. Lord Bywater hat Goldröcke entsandt, die sich darum kümmern sollen. Baelors Septe ist gerammelt voll von Menschen. Alle beten.«

»Und mein Sohn?«

»Der König war ebenfalls in Baelors Septe, um den Segen des Hohen Septons zu entgegenzunehmen. Jetzt ist er mit der Hand auf der Mauer und ermutigt die Männer.«

Cersei rief ihren Pagen und ließ sich ihren Weinkelch mit einem fruchtigen, kräftigen und edlen Goldenen vom Arbor auffüllen. Die Königin trank viel heute, doch der Wein schien sie nur noch schöner zu machen; ihre Wangen glühten rot, ihre Augen hatten einen hellen, fiebrigen Glanz, während sie den Blick durch den Saal schweifen ließ. *Augen aus Seefeuer,* dachte Sansa.

Musiker spielten. Jongleure führten ihre Kunststücke vor. Mondbub wankte auf Stelzen durch den Raum und verspottete einen jeden, derweil Ser Dontos die Dienstmädchen auf seinem Steckenpferd jagte. Die Gäste lachten ohne Freude, jene Art Lachen, die innerhalb eines Augenblicks in Schluchzen umschlagen kann. *Ihre Leiber sind hier, aber ihre Gedanken sind draußen auf den Mauern, und ihre Herzen auch.*

Nach der Suppe folgte ein Salat aus Äpfeln, Nüssen und Rosinen. Zu jeder anderen Zeit hätte er Sansa köstlich gemundet, heute jedoch schmeckte alles nach Angst. Sansa war nicht die Einzige, die keinen Appetit hatte. Lord Gyles hustete mehr, als dass er aß, Lollys Stokeworth saß zusammengesunken da und zitterte, und die junge Braut eines der Ritter von Ser Lancel begann plötzlich hemmungslos zu weinen. Die Königin beauftragte Maester Frenken, sie mit einem Becher Traumwein zu Bett zu bringen. »Tränen«, sagte sie höhnisch zu Sansa, während die Frau hinausgeführt wurde. »Die Waffe einer Frau, nannte meine Mutter sie immer. Die Waffe eines Mannes ist das Schwert. Und damit weiß man alles, was man braucht, nicht wahr?«

»Männer müssen außerdem sehr tapfer sein«, sagte Sansa. »Um hinauszureiten und sich den Schwertern und Äxten zu stellen, wo einen alle umbringen wollen . . .«

»Jaime hat mir einmal erzählt, dass er sich nur in der Schlacht und im Bett wirklich lebendig fühlt.« Sie hob den Becher und trank einen großen Schluck. Ihren Salat hatte sie nicht angerührt. »Lieber würde ich mich jeder Anzahl Schwerter stellen, als hilflos hier herumzusitzen und vorgeben zu müssen, ich würde die Gesellschaft dieser verängstigten Hühner genießen.«

»Ihr habt sie selbst hergebeten, Euer Gnaden.«

»Gewisse Dinge werden von einer Königin erwartet. Und man wird sie auch von dir erwarten, solltest du Joffrey jemals heiraten. Lerne es lieber.« Die Königin musterte die Ehefrauen, Töchter und

Schwestern, die die Bänke füllten. »Die Hennen selbst sind wertlos, aber ihre Hähne sind aus dem einen oder anderen Grund wichtig, und einige von ihnen werden diese Schlacht wohl überleben. Daher ist es notwendig, dass ich ihren Frauen Schutz gewähre. Falls mein verkrüppelter Zwerg von einem Bruder es irgendwie schafft, werden sie zu ihren Gatten und Vätern zurückkehren und berichten, wie mutig ich war und wie sehr meine Tapferkeit sich auf sie übertragen und ihren Mut gestärkt hat, und dass ich keinen Moment lang an unserem Sieg gezweifelt habe.«

»Und wenn die Burg fällt?«

»Das würde dir so passen, nicht?« Cersei wartete ihre Verneinung gar nicht erst ab. »Solange mich meine eigenen Wachen nicht verraten, kann ich mich hier noch eine Weile halten. Dann kann ich auf die Mauer steigen und Lord Stannis das Angebot machen, mich nur ihm persönlich zu ergeben. Das wird uns das Schlimmste ersparen. Aber falls Maegors Bergfried fällt, ehe Stannis hier ist, nun, dann werden die meisten meiner Gäste wohl die eine oder andere Vergewaltigung ertragen müssen. Und Verstümmelungen, Folter und Mord sind in solchen Zeiten ebenfalls nicht ungewöhnlich.«

Sansa war entsetzt. »Dies sind unbewaffnete und hochgeborene Frauen.«

»Ihre hohe Geburt beschützt sie«, gab Cersei zu, »allerdings nicht so sehr, wie du glauben möchtest. Jede von ihnen ist ein gutes Lösegeld wert, aber nach der Hitze der Schlacht ist Soldaten oft das Fleisch wichtiger als die Münze. Trotzdem, ein goldener Schild ist besser als gar keiner. Draußen auf den Straßen werden die Frauen weniger behutsam behandelt werden. Und auch unsere Dienerinnen nicht. Hübsche Dinger wie das Mädchen von Lady Tanda könnten eine wilde Nacht erleben, aber glaub nur nicht, sie würden die Alten und Gebrechlichen und Hässlichen verschonen. Wenn Soldaten erst genug getrunken haben, werden blinde Waschweiber und stinkende Schweinehirtinnen so liebreizend wie du, meine Süße.«

»Ich?«

»*Versuch* wenigstens, nicht zu klingen wie eine Maus, Sansa. Du bist jetzt eine Frau, schon vergessen? Und mit meinem Erstgeborenen verlobt.« Die Königin nippte an ihrem Wein. »Wäre es jemand anderes dort draußen vor den Toren, so würde ich hoffen, ihn zu verführen. Aber es ist Stannis Baratheon. Ich hätte mehr Chancen, die Begierde seines Pferds zu erregen.« Sie bemerkte Sansas Blick und lachte. »Ach, habe ich Euch schockiert, Mylady?« Sie beugte sich zu ihr vor. »Du kleine Närrin. Tränen sind nicht die *einzige* Waffe einer Frau. Du hast noch eine zwischen deinen Beinen, und du solltest besser lernen, sie zu benutzen. Männer benutzen ihre Schwerter schließlich auch gern und häufig. Beide Arten von Schwertern.«

Sansa wurde eine Antwort erspart, da die beiden Kettleblacks erneut in die Halle traten. Ser Osmund und seine Brüder waren in der Burg überaus beliebt; stets lächelten und scherzten sie und gingen mit Burschen und Jägern so höflich um wie mit Rittern und Knappen. Mit den Dienstmädchen standen sie sich am besten, hieß es. Kürzlich hatte Ser Osmund Sandor Cleganes Platz an Joffreys Seite eingenommen, und Sansa hatte von den Frauen am Waschbrunnen gehört, er sei ebenso stark wie der Bluthund, nur jünger und schneller. Falls das stimmte, fragte sie sich nur, warum sie zuvor niemals etwas von diesen Kettleblacks gehört hatte.

Osney kniete lächelnd neben der Königin nieder. »Die Wracks sind explodiert, Euer Gnaden. Der ganze Blackwater steht vom Seefeuer in Flammen. Hundert Schiffe brennen, vielleicht sogar mehr.«

»Und mein Sohn?«

»Ist mit der Hand und der Königsgarde am Schlammtor, Euer Gnaden. Er hat zu den Bogenschützen gesprochen und ihnen gezeigt, wie sie mit ihrer Armbrust umgehen sollen. Alle sind der Meinung, er sei ein sehr tapferer Junge.«

»Er sollte vor allem ein sehr lebendiger Junge bleiben.« Cersei wandte sich an seinen Bruder Osfryd, der größer und ernster war und einen dicken schwarzen Schnurrbart hatte. »Ja?«

Osfryd hatte einen stählernen Halbhelm über das lange schwarze Haar gestülpt und trug einen grimmigen Ausdruck im Gesicht. »Euer Gnaden«, sagte er leise. »Die Jungs haben einen Burschen und zwei Mägde erwischt, die sich mit drei Pferden des Königs durch ein Seitentor hinausschleichen wollten.«

»Die ersten Verräter der heutigen Nacht«, erwiderte die Königin, »und bestimmt nicht die Letzten, fürchte ich. Ser Ilyn soll sich ihrer annehmen, und spießt ihre Köpfe draußen vor dem Stall auf Piken, zur Warnung für die anderen.« Während die beiden hinausgingen, wandte sie sich an Sansa. »Noch eine Lektion, die du lernen solltest, wenn du den Platz neben meinem Sohn einnehmen willst. Sei gnädig in einer Nacht wie dieser, und die Verräter sprießen aus dem Boden wie Pilze nach einem Regenschauer. Wenn die Leute dir die Treue halten sollen, müssen sie vor dir mehr Angst haben als vor deinem Feind.«

»Ich werde es nicht vergessen, Euer Gnaden«, antwortete Sansa, obwohl sie doch immer gehört hatte, Liebe sei der sicherste Weg, sich der Treue seiner Untergebenen zu versichern. *Wenn ich jemals Königin bin, werde ich sie dazu bringen, mich zu lieben.*

Auf den Salat folgten Krebszangen. Danach kam gebratener Hammel mit Lauch und Karotten, die in ausgehöhltem Brot serviert wurden. Lollys aß zu schnell, ihr wurde übel und sie übergab sich über ihr Kleid und über das ihrer Schwester. Lord Gyles hustete, trank, hustete, trank und verlor schließlich das Bewusstsein. Die Königin sah ihn angeekelt an, wie er da mit dem Kopf in seinem Teller und seiner Hand in einer Weinlache lag. »Die Götter müssen verrückt gewesen sein, Männlichkeit an einen Kerl wie ihn zu verschwenden, und ich muss verrückt gewesen sein, seine Freilassung zu verlangen.«

Osfryd Kettleblack kehrte zurück, und sein scharlachroter Mantel wehte hinter ihm her. »Auf dem Platz versammeln sich Menschen, Euer Gnaden und suchen Zuflucht in der Burg. Kein Pöbel, sondern reiche Händler und ähnliche Leute.«

»Befehlt Ihnen, sie sollen in ihre Häuser zurückkehren«, sagte die Königin. »Wenn sie nicht gehen, weist die Armbrustschützen an, ein paar von ihnen zu töten. Keine Ausfälle; auf gar keinen Fall werden die Tore geöffnet.«

»Wie Ihr befehlt.« Er verneigte sich und ging davon.

Das Gesicht der Königin war hart und verärgert. »Ich wünschte, ich könnte selbst ein Schwert nehmen und ihnen den Kopf abschlagen.« Sie lallte ein wenig. »Als Jaime und ich klein waren, ähnelten wir einander so sehr, dass sogar unser Hoher Vater uns nicht auseinander halten konnte. Manchmal haben wir zum Scherz die Kleider des anderen angezogen und einen ganzen Tag als der andere verbracht. Doch als Jaime sein erstes Schwert bekam, erhielt ich keines. ›Und was bekomme ich?‹, habe ich gefragt, daran kann ich mich noch erinnern. Wir waren uns so ähnlich, und ich habe nie verstanden, weshalb sie uns so unterschiedlich behandelten. Jaime lernte mit Schwert und Lanze und Morgenstern zu kämpfen, während man mir beibrachte zu lächeln und zu singen und zu gefallen. Er war der Erbe von Casterly Rock, und ich sollte an irgendeinen Fremden verkauft werden wie ein Pferd, damit ich geritten werden konnte, wie immer es meinem neuen Besitzer gefiel, oder auch geschlagen. Jaimes Los bestand darin, großen Ruhm und große Macht zu erringen, während ich gebären und Mondblut vergießen sollte.«

»Aber Ihr wart die Königin der Sieben Königslande«, sagte Sansa.

»Wenn es um Schwerter geht, ist die Königin doch nur eine Frau unter vielen anderen.« Cerseis Weinkelch war leer. Der Page trat herbei und wollte ihn erneut füllen, doch sie drehte ihn um und schüttelte den Kopf. »Keinen Wein mehr. Ich muss bei klarem Verstand bleiben.«

Der letzte Gang bestand aus Ziegenkäse, der mit gebackenen Äpfeln serviert wurde. Der Geruch von Zimt füllte den Saal, als Osney Kettleblack erneut hereinkam und abermals neben der Königin auf die Knie ging. »Euer Gnaden«, murmelte er, »Stannis' Männer sind auf dem Turnierplatz gelandet, und weitere setzen über. Das Schlammtor wird angegriffen, und sie haben einen Rammbock am Königstor in Stellung gebracht. Der Gnom ist hinausgeritten, um sie zu vertreiben.«

»Da werden sie es aber mit der Angst zu tun bekommen«, sagte die Königin trocken. »Er hat doch hoffentlich Joffrey nicht mitgenommen?«

»Nein, Euer Gnaden, der König ist mit meinem Bruder bei den Huren und schleudert Geweihmänner in den Fluss.«

»Während das Schlammtor angegriffen wird? Was für eine Torheit! Sagt Ser Osmund, der König soll dort sofort fortgebracht werden, es ist zu gefährlich. Holt ihn zurück in die Burg.«

»Der Gnom hat es gesagt –«

»Nur was ich sage, hat Euch zu kümmern.« Cersei kniff die Augen zusammen. »Euer Bruder wird tun, was ihm befohlen wir, sonst sorge ich dafür, dass er den nächsten Ausfall persönlich anführt, und Ihr werdet ihn begleiten.«

Nachdem das Essen abgetragen worden war, baten viele der Gäste um die Erlaubnis, die Septe aufzusuchen. Dankbar gewährte ihnen Cersei diesen Wunsch. Lady Tanda und ihre Töchter gehörten auch zu denen, die aus dem Saal flohen. Für die anderen wurde ein Sänger geholt, der zu seiner hohen Harfe süße Lieder sang. Er erzählte von Jonquil und Florian, von Prinz Aemon dem Drachenritter und seiner Liebe zur Königin seines Bruders, von Nymerias zehntausend Schiffen. Es waren wunderschöne Lieder, doch schrecklich traurig. Einige der Frauen begannen zu weinen, und Sansa spürte ebenfalls, wie ihre Augen feucht wurden.

»Sehr gut, meine Teure.« Die Königin beugte sich zu ihr herüber. »Den Gebrauch von Tränen solltest du üben. Du wirst sie für König Stannis benötigen.«

Sansa rutschte unbehaglich hin und her. »Euer Gnaden?«

»Oh, verschone mich mit deiner leeren Höflichkeit. Die Dinge dort draußen müssen sehr verzweifelt stehen, wenn sie schon den Zwerg losschicken, damit er einen Ausfall anführt, also darfst du ruhig deine Maske ablegen. Ich weiß Bescheid über deinen kleinen Verrat im Götterhain.«

»Im Götterhain?« *Schau nicht zu Ser Dontos hin, nein, nein,* ermahnte sich Sansa. *Sie weiß es nicht, niemand weiß es. Dontos hat es mir versprochen, und mein Florian würde mich niemals enttäuschen.* »Ich habe keinen Verrat begangen. Im Götterhain war ich nur, um zu beten.«

»Für Stannis. Oder für deinen Bruder, das ist einerlei. Warum sonst solltest du die Götter deines Vaters aufsuchen? Du hast für unsere Niederlage gebetet. Und wie würdest du das nennen, wenn nicht Verrat?«

»Ich habe für Joffrey gebetet«, beharrte sie nervös.

»Warum? Weil er dich so liebevoll behandelt?« Die Königin nahm einer vorübergehenden Dienerin eine Karaffe mit süßem Pflaumenwein ab und füllte Sansas Kelch. »Trink«, befahl sie kalt. »Vielleicht findest du dann ja den Mut, dich zur Abwechslung einmal mit der Wahrheit auseinander zu setzen.«

Sansa brachte den Kelch an die Lippen und nippte daran. Der Wein war ungemein süß, jedoch sehr stark.

»Das kannst du doch wohl besser«, sagte Cersei. »Trink aus, Sansa. Die Königin befiehlt es dir.«

Fast hätte sie würgen müssen, doch Sansa leerte den Kelch und schluckte den dicken süßen Wein, bis sich ihr der Kopf drehte.

»Noch mehr?«, fragte Cersei.

»Nein. Bitte nicht.«

Die Königin schien unzufrieden zu sein. »Als du vorhin wegen Ser Ilyn gefragt hast, habe ich dich belogen. Möchtest du die Wahrheit hören, Sansa? Möchtest du wissen, warum er in Wirklichkeit hier ist?«

Sie wagte nicht zu antworten, doch das spielte keine Rolle. Die Königin hob die Hand und winkte, ohne auf ihre Erwiderung zu warten. Sansa hatte nicht einmal bemerkt, dass Ser Ilyn in den Saal zurückgekehrt war, doch plötzlich schlich er leise wie eine Katze aus dem Schatten zum Podest. Er hatte Ice aus der Scheide gezogen. Ihr Vater hatte die Klinge immer im Götterhain gesäubert, nachdem er einem Mann den Kopf abgeschlagen hatte, erinnerte sich Sansa, Ser Ilyn hingegen war nicht so sorgfältig. Auf dem blanken Stahl trocknete Blut, dessen Rot sich langsam in Braun verwandelte. »Erzählt Lady Sansa, weshalb ich Euch bei uns haben möchte«, sagte Cersei.

Ser Ilyn öffnete den Mund und stieß ein rasselndes Röcheln aus. Sein pockennarbiges Gesicht zeigte keine Regung.

»Er ist unseretwegen hier«, sagte die Königin. »Stannis mag diese

Stadt und diesen Thron erobern, aber ich werde es nicht erdulden, mich von ihm richten zu lassen. Ich beabsichtige nicht, dass er uns lebendig in die Hände bekommt.«

»*Uns?*«

»Du hast mich sehr wohl verstanden. Vielleicht solltest du am besten wieder beten, Sansa, und zwar für einen anderen Ausgang der Schlacht. Die Starks werden am Fall des Hauses Lannister keine Freude haben, das verspreche ich dir.« Sie streckte die Hand aus und schob Sansas Haar ein wenig vom Nacken fort.

TYRION

Der Sehschlitz in seinem Helm beschränkte Tyrions Sicht auf das, was sich direkt vor ihm befand, doch als er den Kopf drehte, sah er drei Galeeren, die auf den Strand am Turnierplatz aufgelaufen waren, und eine vierte, größere, die draußen auf dem Fluss lag und Fässer mit brennendem Pech von einem Katapult abschoss.

»Keilformation!«, befahl Tyrion, nachdem seine Männer durch das Ausfalltor herausgekommen waren. Sie formierten sich wie eine Speerspitze, mit ihm selbst in der vordersten Position. Ser Mandon Moore nahm den Platz rechts von ihm ein. Der Feuerschein glänzte auf seiner weiß emaillierten Rüstung, seine toten Augen blickten leidenschaftslos durch sein Visier. Er ritt ein kohlrabenschwarzes Pferd mit einer weißen Schabracke, und am Arm trug er das reinweiße Schild der Königsgarde. Zu seiner Linken entdeckte Tyrion überraschenderweise Podrick Payne mit einem Schwert in der Hand. »Du bist zu jung«, sagte er.

»Ich bin Euer Knappe, Mylord.«

Tyrion hatte jetzt keine Zeit, sich deswegen zu streiten. »Dann bleib in meiner Nähe.« Er gab seinem Pferd die Sporen.

Seite an Seite ritten sie an der neben ihnen aufragenden Mauer entlang. Joffreys Banner wehte scharlachrot und golden an Ser Mandons Lanze, Hirsch und Löwe tanzten Huf an Pranke. Sie wechselten vom Schritt in den Trab und schlugen einen weiten Bogen um den Turm herum. Pfeile von den Stadtmauern flogen über sie hinweg, Steine wirbelten und polterten über ihren Köpfen und krachten blindlings auf Erde und Wasser, Stahl und Fleisch. Vor ihnen ragte das Königstor in die Höhe, und eine ansehnliche Schar feindlicher Soldaten betätigte den riesigen Rammbock, einen schwarzen Eichenstamm mit Eisenspitze. Bogenschützen von den

Schiffen hatten einen Kreis um sie herum gebildet und schossen auf alle Verteidiger, die sich auf der Mauer am Tor zeigten. »Lanzen einlegen!«, befahl Tyrion. Er trieb sein Pferd zum Galopp an.

Der Boden war nass und schlüpfrig, zu gleichen Teilen Schlamm und Blut. Tyrions Hengst stolperte über einen Gefallenen, die Hufe des Tieres rutschten und rissen die Erde auf, und einen Augenblick lang fürchtete der Zwerg, sein Angriff könne damit enden, dass er aus dem Sattel flog, bevor er noch den Feind erreicht hatte, doch irgendwie fanden er und sein Pferd das Gleichgewicht wieder. Vor dem Tor drehten sich Männer um und versuchten eiligst, sich gegen den Ansturm der herandonnernden Reiter zu wappnen. Tyrion riss die Axt hoch und schrie: *»King's Landing!«* Andere Stimmen griffen seinen Ruf auf, und die Speerspitze flog wie ein lang gezogener Schrei aus Stahl und Seide aus stampfenden Hufen und scharfen Klingen dahin.

Ser Mandon senkte die Spitze seiner Lanze im letztmöglichen Moment und trieb Joffreys Banner durch die Brust eines Mannes in einem nietenbesetzten Lederwams; er hob den Mann von den Beinen, ehe der Schaft brach. Vor Tyrion befand sich ein Ritter, dessen Mantel einen Fuchs zeigte, der durch einen Ring aus Blumen späht. *Florent* war sein erster Gedanke, und *ohne Helm* folgte gleich darauf. Er schmetterte dem Mann mit der ganzen Wucht seiner Axt, seines Arms und seines galoppierenden Pferdes die Klinge ins Gesicht, und riss ihm den halben Kopf ab. Der Aufprall machte seine Schulter gefühllos. *Shagga würde mich auslachen,* dachte er und ritt weiter.

Ein Speer traf sein Schild. Pod ritt neben ihm und schlug nach jedem Gegner, den sie passierten. Schwach hörte er Jubel von den Mauern. Der Rammbock fiel in den Schlamm und war vergessen, als die Männer, die ihn bedienten, sich zur Flucht wandten. Tyrion ritt einen Bogenschützen nieder, riss einem Speerträger die Schulter bis zur Achselhöhle auf, traf mit einem Hieb einen Helm, dessen Kamm einen Schwertfisch darstellte. An der Ramme bäumte sich sein riesiger roter Hengst auf, doch der schwarze Hengst sprang geschmeidig über das Hindernis, und Ser Mandon flog an ihm vorbei wie der Tod in schneeweißer Seide. Sein Schwert trennte

Gliedmaßen ab, spaltete Köpfe, zerschmetterte Schilde – wenngleich die wenigsten der Feinde es mit heilem Schild über den Fluss geschafft hatten.

Tyrion trieb sein Pferd über den Rammbock. Die Gegner befanden sich in heilloser Flucht. Er drehte den Kopf von rechts nach links und wieder zurück, sah jedoch keine Spur von Podrick Payne. Ein Pfeil traf scheppernd seine Wange und verfehlte den Augenschlitz nur um Fingerbreite. Vor Schreck wäre Tyrion fast vom Pferd gefallen. *Wenn ich hier wie ein Klotz herumsitze, kann ich mir gleich eine Zielscheibe auf das Bruststück malen.*

Er ließ sein Pferd weiter durch die am Boden liegenden Leichen traben. Flussabwärts war der Blackwater von den Wracks der brennenden Galeeren verstopft. Noch immer trieb hier und dort Seefeuer auf dem Wasser und brannte in sechs Meter hohen Flammen. Zwar hatten sie alle Männer von dem Rammbock vertrieben, doch überall entlang des Flussufers wurde gekämpft. Ser Balon Swanns und Lancels Männer versuchten, die Feinde, die von den brennenden Schiffen an Land drängten, wieder ins Wasser zurückzudrängen. »Wir reiten zum Schlammtor«, befahl er.

Ser Mandon rief: *»Zum Schlammtor!«* und damit ging es weiter. *»King's Landing!«*, riefen seine Männer vereinzelt, und andere *»Halbmann! Halbmann!«* Er fragte sich, wer ihnen das beigebracht hatte. Durch den Stahl und die Polsterung seines Helms hörte er gequälte Schreie, das hungrige Knistern von Flammen, die zitternden Rufe von Hörnern und das metallene Plärren von Trompeten. Überall war Feuer. *Bei den guten Göttern, kein Wunder, dass der Bluthund Angst hatte. Die Flammen fürchtet er ...*

Ein mächtiges Krachen donnerte vom Blackwater herüber, als ein Felsbrocken von der Größe eines Pferdes mitten auf einer Galeere landete. *Ist das eine der Unsrigen oder der Ihren?* Durch den wallenden Rauch konnte er es nicht erkennen. Sein Keil hatte sich aufgelöst; jeder Mann hatte sich in seinen eigenen Zweikampf verwickelt. *Ich hätte umkehren sollen,* dachte er und ritt weiter.

Die Axt lag ihm schwer in der Hand. Eine Hand voll Männer war bei ihm geblieben, der Rest war tot oder geflohen. Er musste den

Hengst zwingen, weiter in Richtung Osten zu laufen. Das große Schlachtross mochte Feuer ebenso wenig wie Sandor Clegane, doch das Pferd war leichter zu beherrschen.

Männer krochen aus dem Fluss, verbrannte, blutende, Wasser spuckende Männer, die halb tot ans Ufer taumelten. Er führte seinen Trupp mitten unter sie und schenkte jenen, die noch stehen konnten, einen raschen Tod. Der Krieg schrumpfte auf die Größe seines Augenschlitzes zusammen. Ritter, die doppelt so groß waren wie er, flohen vor ihm oder stellten sich ihm und starben. Sie erschienen ihm klein und ängstlich. *»Lannister!«*, brüllte er und tötete. Sein Arm war rot bis zum Ellbogen und glänzte nass im Licht der Flammen auf dem Fluss. Als sein Pferd sich abermals aufbäumte, reckte er die Axt den Sternen entgegen und hörte sie rufen: *»Halbmann! Halbmann!«* Tyrion fühlte sich wie betrunken.

Der Rausch der Schlacht. Er hätte nie geglaubt, ihn jemals selbst zu erleben, doch Jaime hatte ihm oft genug davon erzählt. Wie die Zeit langsamer zu werden und gar still zu stehen schien, wie Vergangenheit und Zukunft verschwanden, bis nur der Augenblick vorhanden war, wie sich die Furcht verflüchtigte und ebenso der Verstand und sogar der Körper. »Du spürst deine Wunden nicht mehr, nicht mehr den Schmerz im Rücken von dem Gewicht der Rüstung, nicht mehr den Schweiß, der dir in die Augen rinnt. Du fühlst gar nichts mehr, du bist nicht mehr *du selbst*, es gibt nur noch den Kampf, den Feind, diesen Mann und dann den nächsten und den nächsten und den nächsten, und du weißt, sie haben Angst und sind erschöpft, aber du nicht, du lebst, und der Tod ist um dich herum, aber ihre Schwerter bewegen sich zu langsam, du kannst lachend durch sie hindurchtanzen.« *Rausch der Schlacht. Ich bin nur ein halber Mann und vom Gemetzel trunken, sollen sie mich doch töten, wenn sie können!*

Sie versuchten es. Ein Mann mit einem Speer rannte auf ihn zu. Tyrion schlug ihm zuerst das obere Ende des Speers, dann die Hand und schließlich den Arm ab, während er im Kreis um ihn herumtrabte. Ein Bogenschütze ohne Bogen hielt einen Pfeil wie ein Messer und warf sich damit auf ihn. Das Streitross trat dem Mann gegen den Oberschenkel und stieß ihn zu Boden. Tyrion lachte laut auf. Er ritt an einem Banner vorbei, das in den Schlamm getrieben worden war, eines von Stannis' flammenden Herzen, und hackte die Stange mit einem Hieb seiner Axt in zwei Teile. Ein Ritter erhob sich aus dem Nichts und schlug mit einem zweihändigen Großschwert auf sein Schild ein, wieder und wieder, bis jemand ihm einen Dolch in die Achselhöhle stieß. Einer von Tyrions Männern vielleicht. Er hatte es nicht gesehen.

»Ich ergebe mich, Ser«, rief ein anderer Ritter weiter unten am Fluss. »Ich ergebe mich, Ser Ritter, ich ergebe mich Euch. Mein Wort, bitte.« Der Mann lag in einer Lache schwarzen Wassers und bot ihm einen gepanzerten Handschuh als Pfand seiner Unterwerfung an. Tyrion musste sich tief herunterbeugen, um ihn anzunehmen. Als er dies tat, explodierte über ihnen ein Topf mit Seefeuer und versprühte grüne Flammen. Im plötzlichen Licht erkannte er, dass die Lache nicht schwarz, sondern rot war. In dem Handschuh steckte noch immer die Hand des Ritters. Er warf ihn zurück. »Ich ergebe mich«, schluchzte der Mann hoffnungslos und hilflos. Tyrion taumelte davon.

Ein Soldat packte den Zügel seines Pferdes und stach mit einem Dolch nach Tyrions Gesicht. Tyrion schlug die Klinge zur Seite und versenkte die Axt im Hals des Mannes. Während er sie herauszerrte, bemerkte er am Rand seines Gesichtsfeldes etwas Weißes. Er drehte sich um und dachte, Ser Mandon Moore neben sich zu finden, doch es handelte sich um einen anderen weißen Ritter. Ser Balon Swann trug die gleiche Rüstung, doch auf der Schabracke seines Pferde prangten die kämpfenden schwarzen und weißen Schwäne seines Hauses. *Er ist eher ein gefleckter Ritter als ein weißer,* dachte Tyrion. Ser Balon war von oben bis unten mit Blut bespritzt und von Ruß geschwärzt. Er hob seinen Morgenstern und zeigte flussabwärts. Fetzen von Gehirn und Knochen hingen an der Waffe. »Mylord, seht.«

Tyrion wendete sein Pferd und blickte nach Osten. Der Strom floss noch immer schwarz dahin, doch die Oberfläche war eine kochende Masse von Blut und Flammen. Der Himmel war rot und orange und grell grün. »Was?«, fragte er. Dann sah er es.

In Stahl gepanzerte Soldaten kletterten aus einer zerschmetterten Galeere, die auf einen Kai gelaufen war. *So viele, wo kommen die bloß alle her?* Er kniff die Augen wegen des Rauchs zusammen und verfolgte ihren Weg zurück auf den Fluss. Zwanzig Galeeren waren ineinander verkeilt, vielleicht auch mehr, es war schwierig zu zählen. Die Ruder waren gegeneinander gekreuzt, die Rümpfe mit Enterleinen aneinander gefesselt oder hatten sich gegenseitig auf die Rammen gespießt und in der herabgefallenen Takelage verschlungen. Ein großes Schiff trieb kieloben zwischen zwei kleineren. Wracks, jedoch so dicht aneinander gedrängt, dass man von einem Deck zum anderen springen und so den Blackwater überqueren konnte.

Hunderte von Stannis Baratheons verwegensten Soldaten taten genau das. Tyrion sah einen törichten Narren von Ritter, der sogar versuchte, herüberzureiten und sein verängstigtes Pferd über Schandecks und Ruder hinwegtrieb, über schräge Decks, die glitschig vom Blut waren und auf denen grünes Feuer knisterte. *Wir haben ihnen eine verfluchte Brücke gebaut,* dachte er entsetzt. Ein Teil der Brücke sank, ein anderer brannte, und das Ganze ächzte und schwankte und würde vermutlich jeden Moment auseinander brechen, doch das schien die Männer nicht aufzuhalten. »Das sind tapfere Kerle«, sagte er bewundernd zu Ser Balon. »Gehen wir und töten wir sie.«

Er führte sie durch die flackernden Feuer und den Ruß und die Asche am Ufer, galoppierte über einen langen Steinkai, und seine und Ser Balons Männer folgten ihm. Ser Mandon, von dessen Schild nur noch ein zerhackter Rest übrig war, stieß zu ihnen. Rauch und Asche wirbelten durch die Luft, und die Feinde wichen vor ihrem Angriff zurück, warfen sich zurück ins Wasser und stießen jene nieder, die gerade herauskletterten. Das Ende der Brücke bildete eine halb gesunkene feindliche Galeere, auf deren Bug *Drachentod* gemalt und deren Rumpf von einem der Wracks aufgerissen worden war, die Tyrion zwischen den Kais versenkt hatte. Ein Speerträger mit dem roten Krebs des Hauses Celtigar trieb seine Waffe durch die Brust von Balon Swanns Pferd, ehe dieser absteigen konnte, und warf den Ritter aus dem Sattel. Tyrion hackte dem Mann den Kopf ab, während er vorbeiflog, und dann war es zu spät, sein Pferd zu zügeln. Der Hengst sprang vom Rand des Kais über ein zersplittertes Schandeck und landete wiehernd und spritzend im knöcheltiefen Wasser. Tyrion flog die Axt aus der Hand, er selbst wurde abgeworfen und landete mit feuchtem Klatschen auf dem Deck.

Jetzt folgte der blanke Wahnsinn. Sein Pferd hatte sich ein Bein gebrochen und schrie entsetzlich. Irgendwie gelang es Tyrion, den Dolch zu ziehen und der armen Kreatur die Kehle durchzuschneiden. Das Blut spritzte in scharlachroter Fontäne hervor und bedeckte seine Arme und seine Brust. Er kam wieder auf die Beine und taumelte zur Reling, dann kämpfte er weiter, taumelte über schiefe Decks, die vom Wasser überflutet waren. Männer stürzten sich auf ihn. Manche tötete er, manche verwundete er, und einige flohen, doch ständig kamen neue. Er verlor sein Messer und gewann stattdessen einen abgebrochenen Speer, wie, hätte er nicht sagen können. Er umklammerte den Schaft und stieß zu, wobei er lauthals Flüche brüllte. Männer liefen vor ihm davon, er lief ihnen nach, kletterte über die Reling zum nächsten Schiff und wieder zum nächsten. Seine beiden weißen Schatten waren stets bei ihm; Balon Swann und Mandon Moore, die in ihren hellen Panzern prächtig anzusehen waren. Umzingelt von Velaryons Speerträgern kämpften sie Rücken an Rücken und fochten so anmutig, als würden sie tanzen.

Er selbst hingegen tötete eher ungeschockt. Er stach einem Mann in die Nieren, als dieser ihm den Rücken zukehrte, und packte einen anderen am Bein und warf ihn in den Fluss. Pfeile zischten an seinem Kopf vorbei und prallten scheppernd von seiner Rüstung ab; einer blieb zwischen Schulter und Bruststück stecken, doch er spürte ihn gar nicht. Ein nackter Mann fiel vom Himmel und landete auf dem Deck; sein Körper zerplatzte wie eine Melone, die von einem Turm fällt. Das Blut spritzte durch den Schlitz von Tyrions Helm. Steine stürzten herab, krachten durch die Decksplanken und zermalmten Männer zu Brei, bis die ganze Brücke erschauerte, sich unter seinen Füßen verdrehte und ihn zur Seite warf.

Plötzlich strömte der Fluss in seinen Helm. Er riss ihn herunter und kroch das schiefe Deck hinauf, bis das Wasser ihm nur noch bis zum Hals reichte. Ein Stöhnen erfüllte die Luft wie der Todesschrei einer riesigen Bestie. *Das Schiff,* konnte er noch denken, *das Schiff reißt sich los.* Die Galeerenwracks und mit ihnen die Brücke brachen auseinander. Kaum war er zu dieser Erkenntnis gekommen, hörte er ein donnerndes Krachen; das Deck schlingerte unter ihm, und wieder rutschte er ins Wasser.

Diesmal war die Schlagseite so steil, dass er hinaufklettern und sich an einer Leine Zoll um Zoll hochziehen musste. Aus den Augenwinkeln sah er, dass sich das Schiff drehte und mit der Strömung trieb. Männer sprangen über die Reling. Einige trugen Stannis' flammendes Herz, andere Joffreys Hirsch und Löwen, einige andere Wappen, doch es schien keine Rolle zu spielen. Sowohl flussaufwärts als auch flussabwärts brannten Feuer. Auf seiner einen Seite tobte eine wütende Schlacht, ein Gewühl aus kämpfenden Männern, über denen helle Banner wehten, Schildwälle, die sich bildeten und wieder auflösten, Ritter auf Pferden, die sich durch die Menge drängten, Staub und Schlamm und Blut und Rauch. Auf der anderen Seite erhob sich der Red Keep auf seinem Hügel und spuckte Feuer. Beides befand sich jeweils auf der falschen Seite. Einen Augenblick lang dachte Tyrion, dass er gerade den Verstand verlor, dass Stannis und die Burg die Seiten getauscht hatten. *Wie hat Stannis den Fluss zum Nordufer überqueren können?* Dann begriff er, das Deck drehte sich, und irgendwie hatte er Burg und Schlacht verwechselt. *Schlacht? Was für eine Schlacht? Wenn Stannis nicht am Nordufer ist, mit wem kämpft er dann?* Tyrion war zu erschöpft, um auf diese Frage eine logische Antwort zu finden. Seine Schulter schmerzte entsetzlich, und als er hingriff, sah er den Pfeil und erinnerte sich. *Ich muss runter von diesem Schiff.* Flussabwärts war nichts als eine Feuerwand, und wenn er auf dem Wrack bliebe, würde er genau dort hineingetrieben werden.

Jemand rief seinen Namen durch den Lärm der Gefechte. Tyrion versuchte zurückzurufen: »Hier! Hier, ich bin hier, helft mir, Hilfe!« Seine Stimme klang so dünn, dass er sie kaum selbst hören konnte.

Er zog sich auf das geneigte Deck hinauf und griff nach der Reling. Der Rumpf stieß gegen die nächste Galeere und prallte heftig zurück. Beinahe wäre er ins Wasser gefallen. Wo war bloß seine ganze Kraft geblieben? Er konnte sich nur noch mit großer Mühe festhalten.

»MYLORD! NEHMT MEINE HAND! MYLORD TYRION!«

Dort auf dem Deck des nächsten Schiffes, jenseits einer breiter werdenden Kluft aus schwarzem Wasser, stand Ser Mandon Moore und streckte ihm die Hand entgegen. Gelbes und grünes Feuer leuchtete auf dem Weiß seiner Rüstung, und sein Handschuh war klebrig von Blut, trotzdem griff Tyrion danach und wünschte nur, seine Arme wären länger. Erst im letzten Augenblick, als sich ihre Finger über die Kluft hinweg fast berührten, fiel ihm etwas auf ... Ser Mandon hielt ihm die *linke* Hand entgegen, warum ...

Wich er deshalb zurück, oder hatte er das Schwert gesehen? Er würde es niemals erfahren. Die Spitze traf ihn knapp unter den Augen, er spürte ihre kalte harte Berührung und gleich darauf einen stechenden Schmerz. Sein Kopf fuhr herum, als habe er eine Ohrfeige erhalten. Das kalte Wasser war ein zweiter Schlag, heftiger noch als der erste. Er schlug um sich, suchte nach einem Halt, wusste, dass er nicht wieder hochkommen würde, wenn er einmal untergegangen wäre. Irgendwie fand seine Hand das zersplitterte Ende eines Ruders. Er umklammerte es wie ein verzweifelter Liebhaber und zog sich Zoll für Zoll daran hoch. Seine Augen waren voll Wasser, sein Mund voll Blut, und sein Schädel pochte entsetzlich. *Mögen die Götter mir die Kraft geben, das Deck zu erreichen* ... Nichts anderes existierte mehr, nur das Ruder, das Wasser, das Deck.

Endlich wälzte er sich über die Kante und blieb atemlos und erschöpft flach auf dem Rücken liegen. Grüne und orangefarbene Flammenkugeln flogen über ihn hinweg und zogen Streifen zwischen den Sternen. Ihm blieb ein Augenblick Zeit, die Schönheit dieses Anblicks zu genießen, ehe ihm Ser Mandon die Sicht versperrte. Der Ritter war ein weißer stählerner Schatten, seine Augen glänzten dunkel hinter dem Visier. Tyrion besaß nicht mehr Kraft als eine Stoffpuppe. Ser Mandon setzte ihm die Schwertspitze an die Kehle und packte den Griff mit beiden Händen.

Plötzlich zuckte er nach links und taumelte gegen die Reling. Holz zersplitterte, und Ser Mandon Moore verschwand mit einem Schrei und einem lauten Platschen. Kurz darauf krachten die Rümpfe wieder zusammen, und das Deck schien einen gewaltigen Satz zu machen. Dann kniete jemand über ihm. »Jaime?«, krächzte er und würgte fast an dem Blut, das seinen Mund füllte. Wer sonst würde ihn retten, wenn nicht sein Bruder?

»Still, Mylord, Ihr seid schwer verwundet.« *Die Stimme eines Jungen, das ergibt doch keinen Sinn*, dachte Tyrion. Er hörte sich fast an wie Pod.

SANSA

Als Ser Lancel Lannister der Königin berichtete, dass die Schlacht verloren sei, drehte sie den leeren Weinkelch in den Händen und sagte: »Sagt es meinem Bruder, Ser.« Ihre Stimme klang wie aus großer Ferne, als ob die Nachricht sie kaum interessierte.

»Euer Bruder ist wahrscheinlich gefallen.« Ser Lancels Überwurf war von dem Blut getränkt, das unter seinem Arm hervortrat. Bei seinem Anblick hatten einige Gäste aufgeschrien. »Er war auf der Brücke aus Schiffen, die auseinander gebrochen ist. Ser Mandon ist vermutlich ebenfalls gefallen, und niemand kann den Bluthund finden. Die Götter mögen verflucht sein, Cersei, warum habt Ihr Joffrey zurück in die Burg geholt? Die Goldröcke legen zu Hunderten ihre Speere nieder und fliehen. Als sie sahen, dass der König sich zurückzog, haben sie den Mut verloren. Der Blackwater ist voller Wracks und Feuer und Leichen, aber wir hätten die Mauer halten können wenn –«

Osney Kettleblack drängte sich an ihm vorbei. »Sie kämpfen jetzt auf beiden Seiten des Flusses, Euer Gnaden. Möglicherweise streiten einige von Stannis' Lords gegeneinander, niemand weiß es genau, überall herrscht Verwirrung. Der Bluthund ist verschwunden, keiner weiß, wo er ist, und Ser Balon hat sich in die Stadt zurückgezogen. Das Ufer gehört ihnen. Sie greifen das Königstor wieder mit dem Rammbock an, und Ser Lancel hat Recht, Eure Männer desertieren von den Mauern und erschlagen ihre eigenen Offiziere. Am Eisentor und am Göttertor hat sich der Pöbel versammelt und will die Stadt verlassen, und in Flea Bottom herrscht Aufruhr.«

Bei den guten Göttern, dachte Sansa, *es geschieht wirklich, Joffrey hat den Kopf verloren, und ich werde meinen auch verlieren.* Sie blickte zu

Ser Ilyn hinüber, doch der Henker des Königs war nirgends zu sehen. *Ich kann ihn trotzdem fühlen. Er ist in der Nähe, ich werde ihm nicht entkommen, er wird mir den Kopf abschlagen.*

Mit merkwürdiger Gelassenheit wandte die Königin sich Osneys Bruder Osfryd zu. »Zieht die Zugbrücke hoch und verrammelt das Tor. Niemand darf Maegors Bergfried ohne meine Erlaubnis betreten oder verlassen.«

»Was ist mit den Frauen, die zum Gebet gegangen sind?«

»Sie haben sich entschieden, meinen Schutz zu verlassen. Mögen sie beten; vielleicht verteidigen die Götter sie ja. Wo ist mein Sohn?«

»Im Torhaus der Burg. Er wollte die Armbrustschützen befehligen. Draußen versammelt sich der Pöbel; die Hälfte von ihnen sind Goldröcke, die ihn begleiteten, als wir das Schlammtor verließen.«

»Bringt ihn in Maegors Bergfried. *Sofort!*«

»Nein!« Lancel war so wütend, dass er vergaß, seine Stimme zu senken. Die Köpfe der Gäste wandten sich ihm zu, als er schrie: »Wir werden das Schlammtor zurückerobern. Lasst ihn bleiben, wo er ist, er ist der *König* –«

»Er ist mein Sohn.« Cersei Lannister erhob sich. »Wenn du wirklich ein Lannister bist, dann beweise es, Vetter. Osfryd, warum steht Ihr hier noch herum. *Sofort* heißt heute noch.«

Osfryd Kettleblack eilte hinaus, und sein Bruder begleitete ihn. Viele der Gäste stürzten ebenfalls nach draußen. Einige Frauen weinten, manche beteten. Andere blieben einfach auf ihren Plätzen sitzen und verlangten mehr Wein. »Cersei«, flehte Ser Lancel, »wenn wir die Burg verlieren, wird Joffrey auf jeden Fall des Todes sein, das wisst Ihr. Lasst ihn bleiben, ich behalte ihn bei mir, ich schwöre es –«

»Geh mir aus dem Weg.« Cersei rammte ihm die offene Hand in die Wunde. Ser Lancel schrie vor Schmerz auf und hätte beinahe das Bewusstsein verloren, derweil die Königin aus dem Saal rauschte. Für Sansa hatte sie nicht einmal einen Blick übrig. *Sie hat mich vergessen. Ser Ilyn wird mich töten, und sie wird es nicht einmal zur Kenntnis nehmen.*

»O Götter«, jammerte eine alte Frau. »Wir sind verloren, die

Schlacht ist verloren, sie flieht.« Ein paar Kinder weinten. *Sie können die Angst riechen*. Plötzlich saß Sansa allein auf dem Podest. Sollte sie hier bleiben oder der Königin nachlaufen und um ihr Leben flehen?

Hinterher wusste sie selbst nicht, weshalb sie aufgestanden war, doch sie hatte es getan. »Fürchtet Euch nicht«, rief sie. »Die Königin hat die Brücke hochziehen lassen. Dies ist der sicherste Platz in der ganzen Stadt. Dicke Mauern, ein Graben . . .«

»Was ist geschehen?«, wollte eine Frau wissen, die sie kaum kannte, die Gemahlin eines niedrigen Lords. »Was hat Osney ihr erzählt? Ist der König verletzt, ist die Stadt gefallen?«

»*Sagt* es uns«, rief jemand. Eine Frau fragte nach ihrem Vater, eine andere nach ihrem Sohn.

Sansa hob die Hände und bat so um Ruhe. »Joffrey ist in die Burg zurückgekehrt. Er ist unverletzt. Die Kämpfe dauern noch immer an, mehr weiß ich auch nicht, aber unsere Soldaten schlagen sich wacker. Die Königin wird in Kürze wieder hier sein.« Das Letzte war eine Lüge, doch sie musste die Gäste beruhigen. Sie erblickte die Narren, die unter der Galerie standen. »Mondbub, bring uns zum Lachen.«

Mondbub schlug ein Rad und landete auf einem Tisch. Er schnappte sich vier Weinbecher und jonglierte mit ihnen. Ab und zu fiel ihm einer auf den Kopf. Leises, nervöses Lachen hallte durch den Saal. Sansa ging zu Ser Lancel hinüber und kniete neben ihm nieder. Die Wunde blutete jetzt wieder, nachdem die Königin ihn geschlagen hatte. »Wahnsinn«, keuchte er, »Götter, der Gnom hatte Recht, er hatte Recht . . .«

»Helft ihm«, befahl Sansa zwei Dienern. Einer blickte sie nur an und rannte mit Karaffe und allem davon. Andere Diener verließen ebenfalls die Halle, doch was sollte sie dagegen unternehmen? Zusammen mit dem zweiten Diener half Sansa dem verwundeten Ritter auf die Beine. »Bring ihn zu Maester Frenken.« Lancel war einer von *ihnen,* und trotzdem konnte sie ihm nicht den Tod wünschen. *Ich bin weich und schwach und dumm, genau wie Joffrey gesagt hat. Ich sollte ihn töten anstatt ihm zu helfen.*

Die Fackeln waren inzwischen niedergebrannt, die eine oder

andere war bereits flackernd erloschen. Niemand kümmerte sich darum, sie zu ersetzen. Cersei kehrte nicht zurück. Ser Dontos stieg zu ihr auf das Podest, während alle Blicke auf den anderen Narren gerichtet waren. »Geht in Euer Gemach, süße Jonquil«, flüsterte er. »Schließt Euch ein, dort ist es sicherer für Euch. Ich komme zu Euch, wenn die Schlacht vorbei ist.«

Bestimmt wird jemand zu mir kommen, dachte Sansa, *entweder ihr oder Ser Ilyn.* Einen verrückten Moment lang überlegte sie, ob sie Dontos bitten sollte, sie zu verteidigen. Er war auch einmal ein Ritter gewesen, er konnte mit dem Schwert umgehen und hatte geschworen, die Schwachen zu verteidigen. *Nein. Ihm fehlt es an Mut und Geschick. Ich würde ihn nur mit mir in den Tod reißen.*

Es kostete sie all ihre Kraft, den Ballsaal der Königin langsam und ruhig zu verlassen, obwohl sie am liebsten gerannt wäre. An der Treppe begann sie dann doch zu laufen, immer im Kreis herum und immer weiter nach oben, bis ihr schwindlig war und sie keine Luft mehr bekam. Dann stieß sie mit einer Wache zusammen. Ein mit Edelsteinen besetzter Weinbecher und zwei silberne Kerzenleuchter fielen aus dem scharlachroten Mantel heraus, in den er sie eingewickelt hatte, und rollten klappernd die Stufen hinunter. Der Kerl rannte ihnen nach und schenkte Sansa keine Beachtung, nachdem er entschieden hatte, dass sie nicht versuchen würde, ihm seine Beute abzujagen.

In ihrem Zimmer war es stockfinster. Sansa verriegelte die Tür und tastete sich durch die Dunkelheit zum Fenster. Unheil verkündendes Grün wurde von den Bäuchen der Wolken reflektiert, und über den Himmel breiteten sich orangefarbene Flecken aus. Das Rot und Gelb gewöhnlicher Flammen focht gegen die Jade- und Smaragdtöne des Seefeuers, alle Farben flammten auf und verblassten wieder, gebaren Armeen kurzlebiger Schatten, die schon einen Augenblick später wieder starben. Grüne Dämmerung machte einen Herzschlag später orangefarbenem Zwielicht Platz. Die Luft selbst roch *verbrannt*, so wie ein Suppentopf, wenn er zu lange auf dem Herd gestanden hat und die Suppe verkocht ist. Funken trieben Schwärmen von Glühwürmchen gleich durch die Nacht.

Sansa wich vom Fenster zurück und wich zu ihrem Bett zurück. *Ich werde schlafen,* sagte sie sich, *und wenn ich aufwache, wird ein neuer Tag sein, und der Himmel ist wieder blau. Die Kämpfe werden vorbei sein, und irgendwer wird mir sagen, ob ich leben oder sterben werde.* »Lady«, seufzte sie leise und fragte sich, ob sie wohl ihren Wolf wieder sehen würde, wenn sie tot war.

Plötzlich bewegte sich etwas hinter ihr, eine Hand griff aus der Dunkelheit und packte ihren Unterarm.

Sansa wollte schreien, doch eine zweite Hand legte sich ihr über den Mund. Die Finger waren rau und schwielig und klebrig von Blut. »Kleiner Vogel. Ich wusste, du würdest kommen.« Die raue Stimme klang betrunken.

Draußen flog ein jadefarbener Lichtspeer zu den Sternen und erfüllte das Zimmer mit grünem Schein. Sie sah den Mann einen Augenblick lang, grün und schwarz, das Blut auf seinem Gesicht dunkel wie Teer, die Augen, die wie die eines Hundes aufleuchteten. Dann verblasste das Licht, und er war nur mehr ein riesiger Schemen in einem befleckten weißen Mantel.

»Wenn du schreist, bringe ich dich um. Glaub mir.« Er nahm die Hand von ihrem Mund. Sie atmete heftig. Der Bluthund hatte eine Karaffe Wein auf ihren Nachttisch gestellt. Er trank einen großen Schluck. »Willst du überhaupt nicht fragen, wer die Schlacht gewinnt, kleiner Vogel?«

»Und wer?«, fragte sie, zu verängstigt, um ihm zu widersprechen.

Der Bluthund lachte. »Ich weiß nur, wer verloren hat. Ich.«

So betrunken habe ich ihn noch nie gesehen. Er hat in meinem Bett geschlafen. Was will er hier? »Was habt Ihr denn verloren?«

»Alles.« Die verbrannte Hälfte seines Gesichts war eine Maske aus getrocknetem Blut. »Dieser verdammte Zwerg. Ich hätte ihn töten sollen. Schon vor Jahren.«

»Es heißt, er sei tot.«

»Tot? Nein. Von wegen. Ich will nicht, dass er tot ist.« Er warf die Karaffe zur Seite. »Ich will, dass er *verbrennt.* Wenn die Götter gnädig sind, werden sie ihn verbrennen, aber ich werde nicht mehr hier sein, um es mir anzuschauen. Ich gehe.«

»Ihr geht?« Sie versuchte sich zu befreien, doch sein Griff war eisern.

»Der kleine Vogel wiederholt alles, was er hört. *Ich gehe,* ja.«

»Wohin?«

»Fort von hier. Fort vom Feuer. Ich werde zum Eisentor hinausgehen, nehme ich an. Irgendwohin in Richtung Norden.«

»Ihr könnt doch nicht hinaus«, erwiderte Sansa. »Die Königin hat Maegors Bergfried verriegeln lassen, und die Stadttore sind ebenfalls verschlossen.«

»Für mich nicht. Ich habe den weißen Mantel. Und ich habe *dies.*« Er tätschelte den Knauf seines Schwertes. »Jeder Mann, der mich aufhalten will, ist ein toter Mann. Es sei denn, er brennt.« Er lachte verbittert.

»Warum seid Ihr hergekommen?«

»Du hast mir ein Lied versprochen, kleiner Vogel. Schon vergessen?«

Sie wusste nicht, was er meinte. Sie konnte doch jetzt nicht für ihn singen, hier, während der Himmel brannte und Männer zu Hunderten und Tausenden starben. »Ich kann nicht«, sagte sie. »Lasst mich los, Ihr macht mir Angst.«

»Dir macht jeder Angst. Sieh mich an. *Sieh mich an.*«

Das Blut verbarg die schlimmsten Narben, doch die Augen waren weit aufgerissen und erschreckten sie. Der verbrannte Mundwinkel zuckte und zuckte. Sansa konnte den Bluthund riechen, den Gestank nach Wein und Schweiß und getrocknetem Erbrochenem, und über allem den Geruch von Blut, Blut, Blut.

»Ich könnte dich beschützen«, wisperte er. »Vor mir haben alle Angst. Niemand würde dir jemals wieder etwas tun, oder ich würde ihn töten.« Er zog sie dichter an sich heran, und einen Augenblick lang glaubte sie, er wolle sie küssen. Sie schloss die Augen und wollte nur, dass es vorüber wäre, doch nichts geschah. »Du kannst mich immer noch nicht anschauen, nicht wahr?«, hörte sie ihn sagen. Er verdrehte ihr schmerzhaft den Arm, zog sie herum und drückte sie auf das Bett. »Ich will dieses Lied hören. Florian und Jonquil, sagtest du.« Er hatte den Dolch gezogen und richtete ihn auf ihre Kehle. »Sing, kleiner Vogel. Sing um dein kleines Leben.«

Ihr Kehle war trocken und schnürte sich ihr vor Angst zusammen, und sie hatte jedes Lied vergessen, das sie je gekannt hatte. *Bitte, tötet mich nicht,* wollte sie schreien, *bitte nicht.* Sie spürte, wie er die Spitze drehte, wie er sie ihr an den Hals drückte und beinahe hätte sie erneut die Augen geschlossen, doch dann fiel es ihr ein. Wenn es auch nicht das Lied von Florian und Jonquil war, so war es doch wenigstens ein Lied. Ihre Stimme klang dünn und zittrig.

Edle Mutter, Quell der Gnade,
Rett' unsre Söhne vor dem Krieg.
Hilf ihren Schwertern, ihren Pfeilen,
Dass sie erkämpfen uns den Sieg.
Edle Mutter, Stärkste der Frauen,
Hilf unsren Töchtern durch diesen Streit.
Lindere Zorn, bezähm die Wut,
Zeig uns den Weg in die bessere Zeit.

Die anderen Strophen hatte sie vergessen. Als ihre Stimme verklang, fürchtete sie, er würde sie töten, doch kurz darauf nahm der Bluthund die Klinge von ihrem Hals. Er sagte kein Wort.

Instinktiv hob sie die Hand und legte sie ihm auf die Wange. Im Zimmer war es zu dunkel, als dass sie ihn sehen konnte, dennoch fühlte sie das klebrige Blut und etwas Feuchtes, das kein Blut war. »Kleiner Vogel«, sagte er noch einmal mit rauer Stimme. Dann erhob er sich vom Bett. Sansa hörte, wie Stoff zerrissen wurde, und leise Schritte, die sich entfernten.

Eine Weile später kroch sie vom Bett und war allein. Sie fand seinen Mantel auf dem Boden. Die zusammengeballte weiße Wolle war mit Blut und Ruß befleckt. Der Himmel draußen war dunkler geworden, nur ein paar grüne Geister tanzten noch vor den Sternen. Kalt wehte der Wind herein und ließ die Läden klappern. Sansa fror. Sie schüttelte den zerrissenen Mantel aus, hüllte sich hinein und kauerte sich zitternd auf den Boden.

Wie lange sie so blieb, wusste sie nicht zu sagen. Nach einer Weile hörte sie auf der anderen Seite der Stadt eine Glocke läuten. Der bronzene Ton wurde mit jedem Schlag drängender. Sansa fragte sich, was das wohl zu bedeuten hatte, als eine zweite Glocke mit einfiel, dann eine dritte. Ihre Stimmen erschollen über Hügel und Täler, durch Gassen und Türme, bis hin in die letzten Ecken von King's Landing. Sie warf den Mantel ab und ging zum Fenster.

Im Osten machten sich die ersten schwachen Anzeichen der Morgendämmerung bemerkbar, und die Glocken des Red Keep läuteten nun ebenfalls und gesellten sich zu dem anschwellenden klingenden Strom, der sich von den sieben Türmen der Großen Septe von Baelor ergoss. Sie hatten die Glocken geläutet, als König Robert gestorben war, erinnerte sie sich, doch diesmal klangen sie anders, nicht wehmütig, sondern eher fröhlich. Sie hörte Männer auf den Straßen rufen, und etwas, das nur Jubel sein konnte.

Es war Ser Dontos, der ihr die Neuigkeiten brachte. Er taumelte durch die offene Tür, schloss sie in seine schwabbeligen Arme, drehte sie wieder und wieder im Kreis und juchzte dabei so unzusammenhängend, dass Sansa kein Wort verstand. Er war nicht weniger betrunken als der Bluthund, doch wenigstens hatte sein Rausch etwas Fröhliches an sich. Als er sie absetzte, war ihr schwindlig. »Was gibt es denn?« Sie hielt sich am Bettpfosten fest. »Was ist geschehen? Sagt schon!«

»Es ist vollbracht! Vollbracht! Vollbracht! Die Stadt ist gerettet. Lord Stannis ist tot, Lord Stannis ist geflohen, niemand weiß es, niemand will es wissen, sein Heer ist zerstreut, die Gefahr ist gebannt. Niedergemetzelt oder vertrieben, heißt es. Oh, die strahlenden Banner! Die Banner, Jonquil, die Banner! Habt Ihr vielleicht Wein hier? Wir sollten auf diesen Tag trinken, ja. Ihr seid in Sicherheit, versteht Ihr nicht?«

»Sagt mir, was passiert ist!« Sansa schüttelte ihn.

Ser Dontos lachte und hüpfte von einem Bein aufs andere, wobei er beinahe stürzte. »Sie sind durch die Asche gekommen, während der Fluss brannte. Der Fluss, Stannis stand bis zum Hals im Wasser, und sie kamen von hinten. Oh, wäre ich nur noch ein Ritter gewesen, oh, hätte ich nur daran teilnehmen dürfen! Seine Männer haben kaum Widerstand geleistet, heißt es. Manche sind geflohen, aber die meisten haben das Knie gebeugt und sind übergelaufen und riefen nach Lord Renly! Was muss Stannis gedacht haben, als er das hörte? Ich habe es von Osney Kettleblack gehört, der es von Ser Osmund hat, aber Ser Balon ist zurück und seine Männer sagen das Gleiche, und die Goldröcke ebenfalls. Wir sind erlöst, Liebste! Sie sind die Roseroad heraufgekommen und das Ufer entlang und über die Felder, die Stannis niedergebrannt hatte; die Asche ist unter ihren Stiefeln aufgewirbelt und hat ihre Rüstungen grau gefärbt, aber, oh!, die *Banner* müssen geleuchtet haben, die goldene Rose und der goldene Löwe und all die anderen, der Baum der Marbrands und der Rowans, Tarlys Jäger und Redwynes Trauben und Lady Oakhearts Blatt. Der ganze Westen, die ganze Macht von Highgarden und Casterly Rock! Lord Tywin selbst hat die rechte Flanke entlang der Nordseite des Flusses geführt, Randyll Tarly hat die Mitte kommandiert und Mace Tyrell die linke Flanke, aber die Vorhut hat den Kampf gewonnen. Sie haben Stannis durchbohrt wie eine Lanze einen Kürbis, und jeder von ihnen hat geheult wie ein Dämon in Stahl. Und wisst Ihr, wer die Vorhut angeführt hat? Wisst Ihr es? Na?«

»Robb?« Es war zu viel, um es auch nur zu hoffen, dennoch . . .

»Es war *Lord Renly!* Lord Renly in seiner grünen Rüstung, und das Feuer glänzte auf seinem goldenen Geweih. Lord Renly mit seinem langen Speer in der Hand! Es heißt, dass er Ser Guyard Morrigen persönlich im Zweikampf erschlagen hat, und ein Dutzend großer Ritter noch dazu. Es war Renly, es war Renly, es war Renly! Oh, die Banner, liebste Sansa! Ach, wäre ich bloß ein Ritter!«

DANERYS

Sie frühstückte gerade eine Schale kalte Krabben-und-Persimonen-Suppe, als ihr Irri ein qarthenisches Kleid brachte, ein luftiges Gewand aus elfenbeinfarbiger Seide, das mit Samenperlen besetzt war. »Bring es wieder fort«, sagte Dany. »Der Hafen ist nicht der rechte Ort für eine aufgeputzte Dame.«

Wenn die Milchmenschen sie für eine Wilde hielten, würde sie sich eben entsprechend kleiden. Als sie schließlich zum Stall ging, trug sie ausgeblichene Hosen und aus Gras geflochtene Sandalen. Unter der bemalten Dothraki-Weste konnten sich ihre kleinen Brüste frei bewegen, dazu hing ein Krummdolch von ihrem Gürtel. Jhiqui hatte ihr das Haar in der Art der Dothraki geflochten und ein Silberglöckchen am Ende des Zopfes befestigt. »Ich habe noch keine Siege errungen«, sagte sie zu der Zofe, als das Glöckchen leise klingelte.

Jhiqui war anderer Meinung. »Ihr habt die *maegi* in ihrem Haus aus Staub verbrannt und ihre Seelen in die Hölle geschickt.«

Das war Drogons Sieg, nicht meiner, wollte Dany dagegenhalten, biss sich jedoch auf die Zunge. Die Dothraki würden sie nur umso mehr schätzen, wenn sie ein paar Glöckchen im Haar trug. Das Glöckchen ertönte, als sie aufs Pferd stieg, dann läutete es wieder, bei jedem Schritt des Pferdes, doch weder Ser Jorah noch ihre Blutreiter machten eine Bemerkung darüber. Um ihr Volk und ihre Drachen in ihrer Abwesenheit zu beschützen, wählte sie Rakharo aus. Jhogo und Aggo würden mit ihr zum Hafen reiten.

Sie verließen den marmornen Palast und den duftenden Garten und zogen durch einen ärmeren Teil der Stadt, wo bescheidene Häuser aus Ziegelsteinen den Straßen fensterlose Mauern zuwandten. Hier sah man weniger Pferde und Kamele und kaum Palankine, jedoch viele Kinder, Bettler und magere Hunde. Bleiche Männer in staubigen Leinenröcken standen neben bogenförmigen Türen und sahen zu, wie sie vorbeiritt. *Sie wissen, wer ich bin, und sie lieben mich nicht.* So viel konnte Dany an ihren Blicken ablesen.

Ser Jorah hätte sie lieber in ihren Palankin gesetzt, wo sie verborgen hinter seidenen Vorhängen in Sicherheit gewesen wäre, doch das hatte sie abgelehnt. Zu lange hatte sie auf Samtkissen geruht und sich hierhin und dorthin tragen lassen. Wenn sie ritt, fühlt sie zumindest, dass sie vorankam.

Sie ritt nicht aus freien Stücken zum Wasser. Abermals war sie auf der Flucht. Ihr ganzes Leben war eine einzige lange Flucht gewesen, schien es. Im Bauch ihrer Mutter hatte sie begonnen, zu fliehen, und sie hatte niemals angehalten. Wie oft hatten sich Viserys und sie im Dunkel der Nacht davongestohlen, den gedungenen Meuchlern des Thronräubers nur einen Schritt voraus? Fliehen oder sterben, hieß es auch diesmal. Xaro hatte in Erfahrung gebracht, dass Pyat Pree die verbliebenen Hexenmeister versammelte und etwas Übles gegen sie im Schilde führte.

Dany hatte nur gelacht. »Habt Ihr mir nicht selbst gesagt, Hexenmeister seien kaum gefährlicher als alte Soldaten, die mit längst vergessenen Taten und vergangener Tapferkeit prahlen?«

Xaro sah besorgt aus. »Und so war es auch. Aber nun? Ich bin mir nicht mehr so sicher. Es heißt, im Haus von Urrathon Nachtgänger brennen die Glaskerzen, und das ist seit hundert Jahren nicht mehr vorgekommen. Im Garten von Gehane wächst Geistergras, Phantomschildkröten wurden gesichtet, die Nachrichten zwischen den fensterlosen Häusern am Hexenmeisterweg hin und her tragen, und alle Ratten in der Stadt beißen sich die Schwänze ab. Das Weib von Mathos Mallarawan, die einst über die mottenzerfressene Robe eines Hexenmeisters gespottet hat, ist verrückt geworden und will keine Kleidung mehr tragen. Sogar frischgewaschene Seide fühlt sich auf ihrer Haut an, als würden tausend Insekten darüber krabbeln. Und der Blinde Sybassion Augenesser kann wieder sehen, jedenfalls schwören das seine Sklaven. Da muss sich ein Mann schon Gedanken machen.« Er seufzte. »Dies sind seltsame Zeiten in

Qarth. Und seltsame Zeiten sind schlecht für den Handel. Ich bedauere, dies sagen zu müssen, aber es wäre vermutlich das Beste, wenn Ihr Qarth verlasst, und je eher desto besser.« Xaro strich ihr tröstend über die Hand. »Ihr müsst nicht allein gehen. Im Palast des Staubes habt Ihr düstere Visionen gesehen, aber Xaros Träume sind fröhlicher. Ich sehe Euch glücklich im Bette liegen mit einem Kind an der Brust. Umsegelt mit mir die Jadesee, und wir können es Wirklichkeit werden lassen! Noch ist es nicht zu spät. Schenkt mir einen Sohn, mein süßes Lied der Freude!«

Schenkt mir einen Drachen, meinst du. »Ich werde Euch nicht heiraten, Xaro.«

Daraufhin war sein Gesicht kalt geworden. »Dann geht.«

»Aber wohin?«

»Weit, weit fort von hier.«

Nun, vielleicht war es an der Zeit. Die Menschen ihres *khalasar* hatten die Gelegenheit genutzt und sich von den Strapazen der roten Wüste erholt, doch nachdem sie ausgeruht und satt waren, wurden sie langsam ungebärdig. Dothraki waren nicht daran gewöhnt, lange an einem Ort zu bleiben. Sie waren Krieger und nicht für die Stadt geschaffen. Vielleicht hatte sie bereits zu lange in Qarth verweilt und sich von dem Luxus und der Pracht hier verführen lassen. Die Stadt hatte stets mehr versprochen, als sie gewährte, schien es ihr, und von dem herzlichen Willkommen war nichts mehr zu spüren, seit das Haus der Unsterblichen in einer großen Wolke aus Rauch und Flammen in sich zusammengestürzt war. Über Nacht erinnerten sich die Qarthener daran, wie gefährlich Drachen sein konnten. Sie wollten sich nicht länger gegenseitig mit Geschenken für sie übertreffen. Stattdessen hatte die Turmalinbrüderschaft sich in aller Öffentlichkeit für ihre Verbannung ausgesprochen, und die Alte Gilde der Gewürzhändler sogar für ihre Hinrichtung. Xaro war es gerade noch gelungen, die Dreizehn davon abzuhalten, diesen Forderungen zuzustimmen.

Aber wohin soll ich mich wenden? Ser Jorah schlug vor, nach Osten zu ziehen, fort von ihren Feinden in den Sieben Königslanden. Ihre Blutreiter wären lieber zu ihrem Großen Grasmeer zurückgekehrt, selbst wenn sie dazu die rote Wüste abermals durchqueren mussten. Dany selbst hatte mit dem Gedanken gespielt, sich in Vaes Tolorro niederzulassen, bis die Drachen herangewachsen und stark geworden waren. Doch ihr Herz war voller Zweifel. Jeder dieser Vorschläge fühlte sich irgendwie falsch an … und sogar, als sie entschied, wohin die Reise gehen sollte, bereitete ihr die Frage, wie sie dorthin gelangen sollten, immer noch Sorgen.

Xaro Xhoan Daxos würde ihr keine Hilfe sein, das wusste sie inzwischen. Ungeachtet all seiner Hingabe trieb er lediglich sein eigenes Spiel mit ihr und war insofern Pyat Pree nicht unähnlich. In jener Nacht, in der er sie aufgefordert hatte fortzugehen, hatte Dany ihn um einen letzten Gefallen gebeten. »Eine Armee, ja?«, hatte Xaro gefragt. »Einen Topf voll Gold? Eine Galeere vielleicht?«

Dany war errötet. Sie hasste es zu betteln. »Ein Schiff, ja.«

Xaros Augen glitzerten so hell wie die Edelsteine an seiner Nase. »Ich bin ein Händler, *khaleesi.* Daher sollten wir vielleicht nicht mehr von Geschenken, sondern lieber von einem Tausch sprechen. Für einen Eurer Drachen sollt Ihr die zehn besten Schiffe meiner Flotte bekommen. Ihr braucht nur das eine süße Wort auszusprechen.«

»Nein«, sagte sie.

»Ach«, schluchzte Xaro, »dieses Wort hatte ich nicht gemeint.«

»Würdet Ihr eine Mutter bitten, Euch eines ihrer Kinder zu verkaufen?«

»Warum nicht? Sie kann schließlich jederzeit neue bekommen. Jeden Tag verkaufen Mütter ihre Kinder.«

»Die Mutter der Drachen nicht.«

»Und für zwanzig Schiffe?«

»Nicht für hundert.«

Er zog die Mundwinkel nach unten. »Ich habe keine hundert. Aber Ihr habt drei Drachen. Gewährt mir einen, für all meine Freundlichkeit. Ihr werdet noch immer zwei haben, und dazu dreißig Schiffe.«

Dreißig Schiffe würden genügen, um mit einer kleinen Armee an der Küste von Westeros zu landen. *Nur habe ich keine kleine Armee.* »Wie viele Schiffe besitzt Ihr, Xaro?«

»Dreiundachtzig, wenn ich meine Lustbarke mitzähle.«

»Und Eure Partner bei den Dreizehn?«

»Alle zusammen vielleicht tausend.«

»Und die Gewürzhändler und die Turmalinbruderschaft?«

»Ihre lächerlichen Flotten zählen nicht.«

»Trotzdem, sagt es mir.«

»Die Gewürzhändler haben zwölf- oder dreizehnhundert. Die Bruderschaft nicht mehr als achthundert.«

»Und die Asshai', die Braavosi, die Leute von den Summer Islands, die aus Ibben und all die anderen Völker, die das große Salzmeer befahren, wie viele Schiffe haben sie? Alle zusammen?«

»Viele, sehr, sehr viele«, antwortete er gereizt. »Was bedeutet das schon?«

»Ich versuche nur einen Preis für einen der drei einzigen lebenden Drachen der Welt festzusetzen.« Dany lächelte ihn süß an. »Mir scheint, ein Drittel aller Schiffe der Welt wäre gerechtfertigt.«

Xaro rannen die Tränen auf beiden Seiten seiner juwelenverzierten Nase herab. »Habe ich Euch nicht gewarnt, den Palast des Staubes zu betreten? Das ist genau das, was ich fürchtete. Das Geflüster der Hexenmeister hat Euch ebenso verrückt gemacht wie Mallarawans Weib. Ein Drittel aller Schiffe der Welt? Pah! Pah, sage ich. Pah.«

Dany hatte ihn seitdem nicht mehr gesehen. Sein Seneschall brachte ihr seine Botschaften, von denen eine kühler war als die vorhergehende. Sie müsse das Haus verlassen. Er habe genug davon, sie und ihr Volk durchzufüttern. Er verlange seine Geschenke zurück, die er in gutem Glauben gegeben habe. Ihr einziger Trost war es, dass sie so vernünftig gewesen war, ihn nicht zu heiraten.

Die Hexenmeister haben von dreifachem Verrat gesprochen ... einen um des Blutes willen und einen um des Goldes willen und einen um der Liebe willen. Den ersten Verrat hatte sicherlich Mirri Maz Duur begangen, die Khal Drogo und ihren ungeborenen Sohn ermordet hatte, um ihr Volk zu rächen. Konnten Pyat Pree und Xaro Xhoan Daxos der zweite und der dritte sein? Das glaubte sie nicht. Pyat handelte nicht des Goldes wegen, und Xaro hatte sie niemals wirklich geliebt.

Die Straßen wurden leerer, während sie in ein Viertel vordrangen, in dem hauptsächlich düstere Lagerhäuser standen. Aggo ritt vor ihr, Jhogo hinter ihr, Ser Jorah an ihrer Seite. Leise klingelte ihr Glöckchen, und Danys Gedanken kehrten abermals zum Palast des Staubes zurück, wie eine Zunge, die wieder und wieder die Stelle betastet, wo ein Zahn fehlt. *Kind der Drei* hatten die Hexenmeister sie genannt, *Tochter des Todes, Vernichterin der Lügen, Braut des Feuers.* Immerfort kam die Drei vor. Drei Feuer, drei Reittiere, dreifacher Verrat. »Der Drache hat drei Köpfe«, seufzte sie. »Wisst Ihr, was das bedeutet, Jorah?«

»Euer Gnaden? Das Wappen des Hauses Targaryen ist der dreiköpfige Drache, rot auf schwarz.«

»Das weiß ich. Es gibt aber keine dreiköpfigen Drachen.«

»Die drei Köpfe stehen für Aegon und seine Schwestern.«

»Visenya und Rhaenys«, erinnerte sie sich. »Ich stamme von Aegon und Rhaenys ab, durch ihren Sohn Aenys und ihren Enkel Jaehaerys.«

»Blaue Lippen sprechen nur Lügen, hat Euch Xaro das nicht gesagt? Warum kümmert Ihr Euch um das, was die Hexenmeister flüsterten? Sie wollten Euch nur das Leben aussaugen, das wisst Ihr doch jetzt.«

»Vielleicht«, antwortete sie widerwillig, »Dennoch habe ich Dinge gesehen . . .«

»Einen toten Mann am Bug eines Schiffes, eine blaue Rose, ein Festmahl in Blut . . . was soll das alles bedeuten, *Khaleesi?* Ein Stoffdrache. Was ist ein Stoffdrache?«

»Eben ein Drache aus Stoff und auf Stangen«, erklärte Dany ihm. »Künstler benutzen ihn bei ihren Schauspielen, damit die Helden etwas haben, gegen das sie kämpfen können.«

Ser Jorah runzelte die Stirn.

Dany ließ nicht locker. »*Sein ist das Lied von Eis und Feuer,* hat mein Bruder gesagt. Es war bestimmt mein Bruder. Nicht Viserys, Rhaegar. Er hatte eine Harfe mit silbernen Saiten.«

Ser Jorahs Stirn furchte sich nur noch tiefer, bis die Augenbrauen einander berührten. »Prinz Rhaegar hat eine solche Harfe gespielt«, räumte er ein. »Ihr habt ihn gesehen?«

Sie nickte. »In einem Bett lag eine Frau mit einem Säugling an der Brust. Mein Bruder hat gesagt, das Kind sei der Prinz, der verheißen worden sei, und hat sie aufgefordert, ihn Aegon zu nennen.«

»Prinz Aegon war Rhaegars Erbe und wurde von Elia von Dorne geboren«, sagte Ser Jorah. »Aber falls dieser Prinz wirklich verheißen worden war, fand die Prophezeiung ihr Ende, als die Lannisters seinen Kopf an der Wand zerschmetterten.«

»Ich erinnere mich«, sagte Dany traurig. »Rhaegars Tochter haben sie auch ermordet, die kleine Prinzessin. Rhaenys hieß sie, wie Aegons Schwester. Eine Visenya gab es nicht, aber er sagte, der Drache habe drei Köpfe. Was ist das Lied von Eis und Feuer?«

»Dieses Lied habe ich noch nie gehört.«

»Ich bin zu den Hexenmeistern gegangen, weil ich auf Antworten hoffte, aber stattdessen haben sie mich mit hundert neuen Fragen allein gelassen.«

Erneut waren die Straßen belebter geworden. »Macht Platz«, rief Aggo, während Jhogo misstrauisch die Luft einsog. »Ich rieche es, *Khaleesi*«, rief er, »das giftige Wasser.« Die Dothraki trauten dem Meer und allem, was sich darauf bewegte, nicht. *Das werden sie schon lernen*, entschied Dany. *Ich habe ihr Meer mit Khal Drogo befahren. Nun werden sie meines befahren.*

Qarth besaß einen der größten Häfen der Welt, in dem sich Farben, Klänge und Gerüche aller Art mischten. Weinschänken, Lagerhäuser und Spielhöllen säumten die Straßen und standen Wand an Wand mit billigen Bordellen und Tempeln sonderbarer Götter. Beutelschneider, Galgengesichter, Magier und Geldwechsler waren überall. Das Ufer war ein einziger riesiger Marktplatz, wo das Kaufen und Verkaufen den ganzen Tag und die ganze Nacht über stattfand, und wo man Waren für einen winzigen Teil des Preises erstehen konnte, den sie auf dem Basar kosteten, wenn man nicht fragte, woher sie stammten. Runzlige, bucklige alte Frauen verkauften gewürztes Wasser und Ziegenmilch aus glasierten Tonkrügen, die sie sich um die Schulter geschnallt hatten. Seeleute aus einem halben Hundert verschiedener Länder schlenderten zwischen den Ständen umher, tranken und scherzten in eigenartig klingenden Sprachen miteinander. Die Luft roch nach Salz und gebratenem Fisch, nach heißem Teer und Honig, nach Weihrauch und Tran.

Aggo gab einem Händler ein Kupferstück für einen Spieß mit Honig bestrichener, gerösteter Maus und knabberte daran, während sie weiterritten. Jhogo kaufte eine Hand voll dicker weißer Kirschen. Des Weiteren entdeckten sie wunderschöne Bronzedolche, die feilgeboten wurden, getrocknete Tintenfische und geschnitztes Onyx, ein starkes magisches Elixier aus Jungfrauenmilch und Abendschatten, sogar Dracheneier, die jedoch verdächtig nach bemalten Steinen aussahen.

Auf den langen Steinkais, die für die Schiffe der Dreizehn reserviert waren, sahen sie Truhen mit Safran, Weihrauch und Pfeffer, die aus Xaros prächtiger *Zinnoberkuss* ausgeladen wurden. Daneben wurden Weinfässer und Ballen mit Bitterblatt oder gestreiften Fellen den Steg der *Braut in Azur* hinaufgerollt, die mit der Abendflut auslaufen sollte. Weiter hinten hatte sich eine Menschentraube um die Gewürzhändler-Galeere *Sonnenglanz* gebildet, die Sklaven anbot. Jedermann wusste, dass man Sklaven am billigsten gleich vom Schiff kaufte, und die Banner an den Masten verkündeten, dass die *Sonnenglanz* gerade aus Astapor an der Sklavenbucht eingetroffen war.

Dany würde von den Dreizehn, der Turmalinbrüderschaft oder der Alten Gilde der Gewürzhändler keine Hilfe bekommen. Daher ritt sie auf ihrem Silbernen einige Meilen weit an Kais, Anlegern und Lagerhäusern entlang, bis sie das äußerste Ende des hufeisenförmigen Hafens erreicht hatte, wo den Schiffen von den Summer Isles, Westeros oder den Neun Freien Städten das Ankern gestattet war.

Sie stieg neben einer Grube ab, in der ein Basilisk einen großen roten Hund zum Geschrei von Seeleuten zerfleischte. »Aggo, Jhogo, ihr bewacht die Pferde, während Ser Jorah und ich mit den Kapitänen sprechen.«

»Wie du befiehlst, *Khaleesi.* Wir werden wachen.«

Es war schön, wieder einmal Männer Valyrisch und sogar die Gemeine Zunge sprechen zu hören, dachte Dany, während sie sich dem ersten Schiff näherten. Seeleute, Hafenarbeiter und Händler gleichermaßen wichen ihr aus, sie wussten nicht, was sie von dieser schlanken jungen Frau mit dem silbergoldenen Haar halten sollten, die nach Art der Dothraki gekleidet war und von einem Ritter begleitet wurde. Trotz der Hitze trug Ser Jorah seinen grünen Wollüberwurf über dem Kettenhemd, und auf seiner Brust prangte der schwarze Bär der Mormonts.

Doch weder ihre Schönheit noch seine Größe und Kraft halfen ihr bei den Männern weiter, deren Schiffe sie brauchte.

»Ihr sucht eine Überfahrt für hundert Dothraki mit Pferden sowie für Euch, diese Ritter und drei *Drachen?*«, fragte der Kapitän der großen Kogge *Innigster Freund*, ehe er sich lachend abwandte. Als sie einem Mann aus Lys auf der *Trompeter* erklärte, sie sei Daenerys Stormborn, die Königin der Sieben Königslande, starrte er sie nur an und sagte: »Aye, und ich bin Lord Tywin Lannister und scheiße jede Nacht Gold.« Der Frachtmeister der Galeere *Seidengeist* aus Myr war der Meinung, Drachen auf See seien zu gefährlich, denn ein einziger Feuerstoß könne die Takelage in Brand setzen. Der Besitzer der *Lord Faros Galle* hingegen war bereit, den Transport der Drachen zu riskieren, jedoch nicht den der Dothraki. »Ich will keine solchen gottlosen Wilden auf meiner *Galle* haben, bestimmt nicht.« Die beiden Brüder, die Kapitäne der Schwesterschiffe *Quecksilber* und *Windhund* waren, hatten Mitleid und luden sie zu einem Glas rotem Arbor in die Kabine ein. Sie waren sehr höflich, und eine Zeit lang machte sich Dany große Hoffnungen, am Ende jedoch verlangten sie einen Preis, der ihre Mittel bei weitem überstieg und selbst für Xaro zu teuer gewesen wäre. Die *Petto* und die *Schlitzäugige Maid* waren zu klein für ihre Zwecke, die *Bravo* sollte in Richtung Jadesee auslaufen, und die *Magister Manolo* schien kaum seetüchtig zu sein.

Auf dem Weg zum nächsten Kai legte ihr Ser Jorah eine Hand auf die Schulter. »Euer Gnaden, Ihr werdet verfolgt. Nein, dreht Euch nicht um.« Er führte sie zum Stand eines Messinghändlers. »Das ist eine wunderbare Arbeit, Mylady«, verkündete er laut und hielt ihr einen großen Teller hin. »Seht nur, wie er in der Sonne glänzt.«

Das Messing war auf Hochglanz poliert. Dany konnte ihr Gesicht darin sehen . . . und als Ser Jorah den Teller nach rechts drehte, auch die Männer hinter ihr. »Da sind ein fetter brauner Mann und ein älterer Kerl mit einem Stab. Welcher ist es?«

»Beide«, antwortete Ser Jorah. »Sie folgen uns bereits, seit wir die *Quecksilber* verlassen haben.«

Die Wölbung des Tellers verzerrte die Fremden eigenartig und machte den einen Mann lang und hager, den anderen besonders kurz und breit. »Ein exzellentes Messing, hohe Dame«, behauptete der Händler. »Hell wie die Sonne! Und für die Mutter der Drachen nur dreißig Ehren.«

Das Stück war nicht mehr wert als drei. »Wo sind meine Wachen?«, erwiderte Dany. »Dieser Mann will mich ausrauben!« An Jorah gewandt, senkte sie die Stimme und sagte in der Gemeinen Zunge: »Vielleicht wollen sie mir nichts Böses. Seit Anbeginn aller Zeit haben Männer Frauen nachgestellt, womöglich ist es nicht mehr als das.«

Der Messinghändler ignorierte ihr Flüstern. »Dreißig? Habe ich dreißig gesagt? Was für ein Narr ich doch bin. Der Preis ist zwanzig Ehren.«

»Alles Messing an diesem Stand zusammen ist keine zwanzig Ehren wert«, konterte Dany und betrachtete weiterhin das Spiegelbild. Der alte Mann sah aus, als stamme er aus Westeros, und der Braunhäutige musste mindestens zweieinhalb Zentner wiegen. *Der Thronräuber hat demjenigen, der mich tötet, den Titel eines Lords versprochen, und diese beiden sind weit von ihrer Heimat entfernt. Oder könnten sie von den Hexenmeistern gedungen sein, um mich in einem unachtsamen Augenblick zu erwischen?*

»Zehn, *Khaleesi,* weil Ihr eine so bezaubernde Frau seid. Ihr könnt es als Spiegel benutzen. Nur Messing von solcher Reinheit kann Eure Schönheit zeigen.«

»Ich könnte es als Nachtgeschirr benutzen. Wenn du es wegwirfst, würde ich es vielleicht aufheben, solange ich mich nicht bücken muss. Aber dafür bezahlen?« Sie drückte dem Händler den Teller wieder in die Hand. »Dir sind wohl Würmer in die Nase gekrochen und haben deinen Verstand gefressen.«

»Acht Ehren«, rief er. »Meine Frau wird mich schlagen und einen Dummkopf schelten, aber in Euren Händen bin ich ein hilfloses Kind. Bitte, acht, dabei ist das Stück viel mehr wert.«

»Wozu brauche ich stumpfes Messing, wo Xaro Xhoan Daxos mir Speisen auf Gold serviert?« Während sie sich abwandte, ließ Dany den Blick über die Fremden schweifen. Der braune Mann war fast so dick, wie er in dem Tellerspiegel gewirkt hatte, dazu glänzte sein kahler Kopf, und er hatte die weichen Wangen eines Eunuchen. Ein langer, krummer *arakh* steckte in der Schweiß befleckten gelben Seidenschärpe, die er um den Bauch geschlungen hatte. Unter einer winzigen, mit Nieten besetzten Weste war sein Oberkörper nackt. Alte Narben zogen sich kreuz und quer über die baumstarken Arme, die riesige Brust und den dicken Bauch und hoben sich hell von der nussbraunen Haut ab.

Der andere Mann trug einen Reisemantel aus ungefärbter Wolle, dessen Kapuze er zurückgeworfen hatte. Das lange weiße Haar hing ihm auf die Schultern, und ein seidiger weißer Bart bedeckte die untere Hälfte seines Gesichts. Er stützte sich auf einen Stab, der so lang war wie er selbst. *Nur Narren würden mich in aller Öffentlichkeit so anstarren, wenn sie böse Absichten hätten.* Trotzdem wäre es vielleicht besser, zu Jhogo und Aggo zurückzukehren. »Der alte Mann trägt kein Schwert«, sagte sie zu Jorah, während sie ihn mit sich zog.

Der Messinghändler lief ihnen nach. »Fünf Ehren, für fünf gehört es Euch, das Stück ist für Euch bestimmt.«

Ser Jorah sagte: »Ein harter Stab kann einen Schädel genauso spalten wie ein Morgenstern.«

»Vier! Ich weiß, Ihr möchtet den Teller haben!« Er tänzelte rückwärts vor ihnen her und hielt ihnen den Teller vor die Nase.

»Folgen sie noch?«

»Halt das mal ein bisschen höher«, befahl der Ritter dem Händler.

»Ja, der alte Mann tut so, als würde er an einem Töpferstand nach etwas suchen, aber der Braune hat nur Augen für Euch.«

»Zwei Ehren! Zwei! Zwei!« Der Händler keuchte von der Anstrengung des Rückwärtslaufens.

»Bezahlt ihn, ehe er sich umbringt«, befahl Dany Ser Jorah und fragte sich, was sie mit einem riesigen Messingteller anstellen sollte. Sie drehte sich um, während er nach seinem Geldbeutel griff, und beabsichtigte, diesem Mummenschanz ein Ende zu bereiten. Das Blut des Drachen ließ sich nicht von einem fetten Eunuchen und einem alten Mann durch den Basar hetzen.

Ein Qarthener trat ihr in den Weg. »Mutter der Drachen, für Euch.« Er kniete nieder und hielt ihr ein Schmuckkästchen vors Gesicht.

Dany nahm es fast unwillkürlich entgegen. Das Kästchen war aus geschnitztem Holz, der Perlmuttdeckel war mit Jaspis und Chalzedon eingelegt. »Ihr seid zu großzügig.« Sie öffnete es. Darin lag ein glitzernder grüner Skarabäus aus Onyx und Smaragd. *Wunderschön,* dachte sie. *Das wird mir helfen, unser Überfahrt zu bezahlen.* Als sie in das Kästchen hineingriff, sagte der Mann: »Es betrübt mich sehr«, aber sie hörte es kaum.

Der Skarabäus entfaltete sich zischend.

Dany erhaschte einen kurzen Blick auf ein bösartiges schwarzes Gesicht, das fast menschlich aussah, und auf einen gekrümmten Schwanz, von dem Gift troff . . . und dann flog das Kästchen aus ihren Händen und zerbrach. Plötzlicher stechender Schmerz schoss durch ihre Finger. Sie schrie auf und umklammerte ihre Hand, der Messinghändler brüllte, eine Frau kreischte, und plötzlich schrien die Qarthener sich an und stießen sich gegenseitig aus dem Weg. Ser Jorah schoss an ihr vorbei, und Dany fiel auf ein Knie. Wieder hörte sie das Zischen. Der alte Mann stieß mit dem Ende seines Stabs auf den Boden, Aggo sprengte durch den Stand eines Eierverkäufers hindurch heran und sprang aus dem Sattel, Jhogos Peitsche knallte über ihrem Kopf, Ser Jorah schlug dem Eunuchen den Teller auf den Kopf. Seeleute, Huren und Händler flohen oder schrien oder taten beides . . .

»Euer Gnaden, ich bitte tausendmal um Vergebung.« Der alte Mann kniete vor ihr nieder. »Es ist tot. Habe ich Euch die Hand gebrochen?«

Sie krümmte die Finger und zuckte vor Schmerz zusammen. »Ich glaube nicht.«

»Ich musste es Euch aus der Hand schlagen«, begann er, doch ihre Blutreiter waren über ihm, ehe er seinen Satz beenden konnte. Aggo stieß mit dem Fuß seinen Stab zur Seite, und Jhogo packte ihn an den Schultern, zwang ihn auf die Knie und drückte ihm einen Dolch an die Kehle. »*Khaleesi,* wir haben gesehen, wie er dich geschlagen hat. Möchtest du die Farbe seines Blutes sehen?«

»Lasst ihn los.« Dany erhob sich. »Seht Euch das Ende seines Stabs an, Blut von meinem Blut.« Der Eunuch hatte Ser Jorah zu Boden geworfen. Sie stellte sich zwischen die beiden, als sie *arakh* und Langschwert zogen. »Weg mit dem Stahl! Hört auf!«

»Euer Gnaden?« Mormont senkte die Klinge nur um einen Zoll. »Diese Männer haben Euch angegriffen.«

»Sie haben mich verteidigt.« Dany schüttelte die Hand, um den Schmerz zu vertreiben. »Der andere, der Qarthener, war der Angreifer.« Sie schaute sich um, doch er war verschwunden. »Es war ein Betrübter Mann. In dem Schmuckkästchen, das er mir gab, war ein Mantikor. Dieser Mann hat ihn mir aus der Hand geschlagen.« Der Messinghändler wälzte sich noch immer auf dem Boden. Sie ging zu ihm und half ihm auf. »Wurdest du gestochen?«

»Nein, gütige Dame«, antwortete er zitternd, »sonst wäre ich längst tot. Aber es hat mich berührt, *iiiihhhh,* als es aus dem Kästchen fiel, ist es auf meinem Arm gelandet.« Er hatte sich selbst beschmutzt, sah sie, und wunderte sich nicht darüber.

Sie schenkte ihm ein Silberstück für sein Ungemach und schickte ihn fort, bevor sie sich wieder an den alten Mann mit dem weißen Bart wandte. »Wem schulde ich mein Leben?«

»Ihr schuldet mir gar nichts, Euer Gnaden. Ich heiße Arstan, obwohl Belwas mich auf der Reise hierher Weißbart genannt hat.« Jhogo hatte ihn zwar losgelassen, dennoch verharrte der alte Mann auf einem Knie. Aggo hob den Stab auf, drehte ihn um, fluchte leise in Dothraki, kratzte die Überreste des Mantikors an einem Stein ab und gab den Stab zurück.

»Und wer ist Belwas?«, fragte sie.

Der riesige braune Eunuch trat großspurig vor und schob seinen *arakh* in die Scheide. »Ich bin Belwas. Der Starke Belwas nennen sie mich in den Arenen von Meereen. Noch nie habe ich einen Kampf verloren.« Er schlug sich auf den narbenübersäten Bauch. »Jeder Mann darf mir einen Schnitt zufügen, ehe ich ihn töte. Zählt die Narben, und Ihr wisst, wie viele der Starke Belwas schon erschlagen hat.«

Dany brauchte die Narben nicht zu zählen; es waren viele, das sah sie auf einen Blick. »Und warum seid Ihr hier, Starker Belwas?«

»Von Meereen wurde ich nach Qohor verkauft, dann nach Pentos, an einen fetten Mann, der süßen Gestank im Haar hatte. Er war es, der den Starken Belwas wieder übers Meer schickte, und den alten Weißbart, um ihm zu dienen.«

Der fette Mann mit süßem Gestank im Haar ... »Illyrio?«, fragte sie. »Magister Illyrio hat Euch geschickt?«

»In der Tat, Euer Gnaden«, erwiderte der alte Weißbart. »Der Magister bittet um Verzeihung, weil er uns an seiner statt geschickt hat, aber er kann nicht mehr auf einem Pferd sitzen wie in seiner Jugend, und Seereisen schaden seiner Verdauung.« Zuvor hatte er das Valyrisch der Freien Städte gesprochen, jetzt wechselte er in die Gemeine Zunge. »Ich bedauere, dass wir Euch Anlass zur Furcht gegeben haben. Um bei der Wahrheit zu bleiben, waren wir nicht sicher, wir haben jemanden erwartet, die eher ... eher ...«

»Königlich wirkt?« Dany lachte. Sie hatte die Drachen nicht bei sich, und ihre Kleidung war kaum einer Königin angemessen. »Ihr sprecht die Gemeine Zunge sehr gut, Arstan. Stammt Ihr aus Westeros?«

»Ja. Ich wurde in den Dornischen Marschen geboren, Euer Gnaden. Als Junge war ich Knappe eines Ritters in Lord Swanns Haushalt.« Er hielt den langen Stab aufrecht neben sich wie eine Lanze ohne Banner. »Jetzt bin ich Belwas' Knappe.«

»Dafür seid Ihr ein bisschen alt, nicht?« Ser Jorah hatte sich an

Danys Seite gedrängt und hielt den Messingteller unbeholfen unter dem Arm. Belwas' harter Kopf hatte eine hübsche Beule hinterlassen.

»Nicht zu alt, um meinem Lehnsherrn zu dienen, Lord Mormont.«

»Ihr kennt mich auch?«

»Ich habe Euch ein- oder zweimal kämpfen sehen. In Lannisport hättet Ihr fast den Königsmörder vom Pferd gestoßen. Und auf Pyke, da auch. Erinnert Ihr Euch nicht, Lord Mormont?«

Ser Jorah runzelte die Stirn. »Euer Gesicht kommt mir bekannt vor, doch in Lannisport waren Hunderte von Zuschauern und auf Pyke Tausende. Außerdem bin ich kein Lord. Bear Island wurde mir genommen. Ich bin nur ein Ritter.«

»Ein Ritter meiner Königinnengarde.« Dany nahm seinen Arm. »Und mein treuer Freund und guter Berater.« Sie musterte Arstans Gesicht. Es lag große Würde darin und eine stille Kraft, die ihr gefiel. »Erhebt Euch, Arstan Weißbart. Seid willkommen, Starker Belwas. Ser Jorah kennt Ihr schon. Ko Aggo und Ko Jhogo sind Blut von meinem Blut. Sie haben die rote Wüste mit mir durchquert und haben die Geburt meiner Drachen bezeugt.«

»Pferdejungen.« Belwas grinste mit gefletschten Zähnen. »In den Arenen hat Belwas viele Pferdejungen getötet. Sie klingeln, wenn sie sterben.«

Aggo hatte plötzlich seinen *arakh* in der Hand. »Ich habe noch nie einen fetten braunen Mann getötet. Belwas wird mein Erster sein.«

»Steck deinen Stahl ein, Blut von meinem Blut«, sagte Dany, »dieser Mann ist gekommen, um mir zu dienen. Belwas, Ihr werdet meinem Volk gebührenden Respekt entgegenbringen oder meine Dienste schneller wieder verlassen, als Euch lieb ist und mit mehr Narben als bei Eurem Eintritt.«

Das Lächeln mit den Zahnlücken verschwand vom Gesicht des braunen Riesen und wurde durch einen verwirrten mürrischen Blick ersetzt. Nur wenige Männer drohten Belwas, schien es, und höchst selten ein Mädchen, das kaum ein Drittel seiner Körpermasse aufbrachte.

Dany lächelte ihn an und nahm der Zurückweisung so ein bisschen die Schärfe. »Jetzt sagt mir, was will der Magister Illyrio von mir, dass er Euch den weiten Weg von Pentos hierher schickt?«

»Er will die Drachen haben«, sagte Belwas schroff, »und das Mädchen, das sie erschaffen hat. Er will Euch.«

»Belwas spricht die Wahrheit, Euer Gnaden«, stimmte Arstan zu. »Uns wurde befohlen, Euch zu finden und nach Pentos zurückzubringen. Die Sieben Königslande brauchen Euch. Robert der Thronräuber ist tot, und das Reich blutet. Als wir von Pentos in See stachen, gab es vier Könige, aber keine Gerechtigkeit mehr.«

Freude blühte in ihrem Herzen auf, doch Dany ließ nicht zu, dass sie sich auf ihrem Gesicht zeigte. »Ich habe drei Drachen«, sagte sie, »und mehr als hundert Menschen in meinem *khalasar,* mit all ihren Habseligkeiten und Pferden.«

»Das macht nichts«, donnerte Belwas. »Wir nehmen sie alle mit. Der fette Mann hat drei Schiffe für seine silberhaarige Königin bereitgestellt.«

»So ist es, Euer Gnaden«, meinte Arstan Weißbart. »Die große Kogge *Saduleon* liegt am Ende des Kais, und die Galeeren *Sommersonne* und *Josos Streich* haben jenseits der Wellenbrecher Anker geworfen.«

Drei Köpfe hat der Drache, dachte Dany verwundert. »Ich werde meinem Volk mitteilen, es möge sich unverzüglich zum Aufbruch bereit machen. Aber die Schiffe, die mich heimführen, müssen andere Namen tragen.«

»Wie Ihr wünscht«, sagte Arstan, »und welche Namen würdet Ihr vorziehen?«

»*Vhagar*«, zählte Daenerys auf, »*Meraxes.* Und *Balerion.* Malt die Namen mit metergroßen Buchstaben auf die Rümpfe, Arstan. Jeder, der sie sieht, soll wissen, dass die Drachen zurückgekehrt sind.«

ARYA

Die Köpfe waren in Teer getaucht worden, damit sie langsamer verfaulten. Jeden Morgen, wenn Arya zum Brunnen ging, um frisches Wasser für Roose Boltons Waschbecken zu holen, musste sie an ihnen vorbei. Die Gesichter waren nach draußen gewandt, daher konnte sie sie nicht sehen, doch zu gern stellte sie sich vor, einer von ihnen sei Joffrey. Dann versuchte sie sich vorzustellen, wie sein hübsches Gesicht aussähe, wenn man es in Teer tauchte. *Wäre ich eine Krähe, würde ich hinfliegen und ihm die fetten, schmollenden Lippen wegpicken.*

Den Köpfen mangelte es nie an Aufmerksamkeit. Die Aaskrähen kreisten ausgelassen und respektlos über dem Wehrgang und stritten sich um jedes Auge, kreischten und krächzten einander an und flatterten auf, wenn die Wachtposten vorbeischlenderten. Manchmal gesellten sich auch die Raben des Maesters zu dem Festmahl, flatterten auf breiten schwarzen Schwingen von ihrem Schlag herab. Sobald die Raben auftauchten, stoben die Krähen davon und kehrten erst zurück, nachdem die größeren Vögel wieder verschwunden waren.

Erinnern sich die Raben an Maester Tothmure? fragte sich Arya. *Sind sie traurig wegen ihm? Wundern sie sich, warum er nicht antwortet, wenn sie nach ihm rufen?* Vielleicht konnten die Toten in einer geheimen Sprache mit ihnen sprechen, welche die Lebenden nicht hörten.

Tothmure war mit der Axt hingerichtet worden, weil er in der Nacht, in der Harrenhal gefallen war, Vögel nach Casterly Rock und King's Landing geschickt hatte, Lucan der Waffenschmied war tot, weil er Schwerter für die Lannisters gefertigt hatte, Gevatterin Harra, weil sie Lady Whents Haushalt gezwungen hatte, Lord Tywin zu dienen, und der Haushofmeister, weil er Lord Tywin den

Schlüssel zur Schatzkammer übergeben hatte. Der Koch war verschont worden (mancher behauptete, weil er die Wieselsuppe gekocht hatte), doch für die hübsche Pia und die anderen Frauen, die sich mit Lannisters Soldaten eingelassen hatten, waren Pranger gezimmert worden. Nackt und kahl geschoren wurden sie im mittleren Hof neben der Bärengrube festgebunden, wo jeder Mann, der wollte, sich ihrer bedienen durfte.

Drei Frey-Soldaten vergnügten sich an diesem Morgen gerade mit ihnen, als Arya zum Brunnen ging. Sie wandte den Blick ab, hörte allerdings trotzdem das Lachen der Männer. Der Eimer war schwer, wenn er voll war. Sie drehte sich um und wollte gerade zum Königsbrandturm zurück, da packte Gevatterin Amabel sie am Arm. Das Wasser schwappte über und ergoss sich über Amabels Beine. »Das hast du absichtlich gemacht«, kreischte die Frau.

»Was willst du?« Arya wand sich in ihrem Griff. Amabel war halb verrückt, seit man Harra den Kopf abgeschlagen hatte.

»Siehst du das da?« Amabel zeigte auf Pia. »Wenn dieser Nordmann abzieht, wirst du ihren Platz einnehmen.«

»Lass mich los.« Sie wollte sich losreißen, doch Amabel packte nur fester zu.

»Er wird ebenfalls fallen, Harrenhal vernichtet sie am Ende alle. Lord Tywin hat jetzt gewonnen; er wird mit seinem ganzen Heer zurückkommen, und dann werden die Untreuen bestraft. Glaub bloß nicht, dass er nicht erfahren wird, was du getan hast!« Die alte Frau lachte. »Vielleicht werde ich mir dich selbst vornehmen. Harra hatte einen alten Besen, den werde ich für dich aufheben. Der Griff ist abgebrochen und hübsch zersplittert –«

Arya schwang den Eimer. Durch das Gewicht des Wassers drehte er sich in ihren Händen, daher traf sie Amabels Kopf nicht, wie sie gewollt hatte, wenigstens jedoch ließ die Frau los, als sich das Wasser über sie ergoss. »Fass mich nie wieder an«, schrie Arya, »oder ich *bringe dich um. Geh weg!«*

Tropfend zeigte Gevatterin Amabel mit dem dünnen Zeigefinger auf den gehäuteten Mann vorn auf Aryas Kittel. »Du glaubst, mit diesem blutigen Männchen auf deinen Titten wärst du in Sicherheit, was, aber das bist du nicht! Die Lannisters kommen! Wart nur ab, wie es dir dann ergehen wird.«

Der Eimer war jetzt zu drei Vierteln wieder leer, also musste Arya zum Brunnen zurückkehren. *Wenn ich Lord Bolton erzählen würde, was sie gesagt hat, würde ihr Kopf noch vor Sonnenuntergang neben dem von Harra stecken,* dachte sie, während sie den Eimer erneut aus dem Brunnen hochzog. Trotzdem würde sie es nicht tun.

Einmal, als es noch halb so viele gewesen waren, hatte Gendry sie dabei ertappt, wie sie die Köpfe ansah. »Bewunderst du dein Werk?«, hatte er gefragt.

Er war noch immer wütend, weil er Lucan gemocht hatte, das wusste sie, und dennoch war es ungerecht. »Das ist das Werk von Walton«, verteidigte sie sich, »und vom Blutigen Mummenschanz und Lord Bolton.«

»Und wer hat uns alle ihnen ausgeliefert? Du und deine Wieselsuppe.«

Arya boxte ihm gegen den Arm. »Es war nur heiße Brühe. Du hast Ser Armory auch gehasst.«

»Diesen Haufen hier hasse ich viel mehr. Ser Armory hat für seinen Lord gekämpft, aber der Mummenschanz besteht aus Söldnern und Abtrünnigen. Die Hälfte von denen spricht nicht einmal die Gemeine Zunge. Septon Utt mag kleine Jungen, Qyburn übt schwarze Magie aus, und dein Freund Beißer isst Menschenfleisch.«

Das Schlimmste war, dass sie ihn nicht einmal Lügen strafen konnte. Die Tapferen Kameraden trieben den größten Teil der Vorräte für Harrenhal ein, und Roose Bolton hatte ihnen befohlen, die Lannisters auszumerzen. Vargo Hoat hatte sie in vier Gruppen eingeteilt, die so viele Dörfer wie möglich aufsuchen sollten. Er selbst führte den größten Trupp an und übergab den Befehl über die anderen seinen vertrauenswürdigsten Hauptmännern. Arya hatte Rorge über Lord Vargos Methode, Verräter zu finden, lachen gehört. Er kehrte einfach zu den Orten zurück, die er zuvor unter Lord Tywins Banner heimgesucht hatte und nahm alle gefangen, die ihm damals geholfen hatten. Viele waren mit Lannister-Silber bestochen worden, und deshalb kam der Mummenschanz oft mit Beuteln voller Münzen und Körben voller Köpfe zurück. »Ein Rätsel!«, rief Shagwell dann immer hämisch. »Wenn Lord Boltons Ziege die Männer frisst, die Lord Lannisters Ziege gefüttert haben, wie viele Ziegen gibt es dann.«

»Eine«, antwortete Arya, als er sie fragte.

»Also, das Wiesel ist genauso klug wie eine Ziege!«, kicherte der Narr.

Rorge und Beißer standen den anderen in nichts nach. Jedes Mal, wenn Lord Bolton mit seinen Soldaten speiste, sah Arya sie bei den anderen sitzen. Beißer stank wie verdorbener Käse, daher setzten ihn die Tapferen Kameraden ans Ende des Tisches, wo er grunzen und zischen und sein Fleisch mit Fingern und Zähnen auseinander reißen konnte. Er schnaubte immer, wenn Arya vorbeikam, trotzdem flößte ihr Rorge mehr Furcht ein. Er saß beim Treuen Ursywck, dennoch spürte sie die Blicke, die er ihr zuwarf, während sie ihren Pflichten nachging.

Manchmal wünschte sie, sie wäre mit Jaqen H'ghar über die Meerenge fortgegangen. Noch immer hatte sie die dumme Münze, die er ihr geschenkt hatte, ein Stück Eisen, kaum größer als ein Penny, mit verrostetem Rand. Auf einer Seite stand etwas geschrieben, das sie nicht lesen konnte. Die andere zeigte den Kopf eines Mannes, dessen Gesichtszüge jedoch längst abgerieben waren. *Er hat gesagt, sie sei sehr wertvoll, aber das war wahrscheinlich auch eine Lüge, genau wie sein Name und sogar sein Gesicht.* Das machte sie so wütend, dass sie die Münze wegwarf, doch nach einer Stunde bekam sie ein ungutes Gefühl und ging zurück und suchte sie, obwohl sie überhaupt nichts wert war.

Sie dachte über die Münze nach, während sie den Fließsteinhof überquerte und sich mit dem schweren Wassereimer abmühte. »Nan«, rief eine Stimme. »Stell den Eimer ab und hilf mir.«

Elmar Frey war nicht älter als sie und außerdem noch klein für sein Alter. Er hatte ein Fass mit Sand über den unebenen Steinboden gerollt, und sein Gesicht war vor Anstrengung gerötet. Arya ging hin und half ihm. Zusammen schoben sie das Fass bis zur Mauer und wieder zurück, dann stellten sie es aufrecht hin. Sie konnte den Sand hören, der im Inneren herumrutschte, dann öffnete Elmar den Deckel und zog ein Kettenhemd heraus. »Glaubst du, es ist sauber genug?« Da er Roose Boltons Knappe war, oblag ihm die Aufgabe, die Rüstung seines Herrn stets glänzend zu halten.

»Du musst den Sand rausschütteln. Da sind noch Rostflecke. Siehst du?« Sie zeigte darauf. »Am besten machst du es noch einmal.«

»Mach du das.« Elmar konnte sehr freundlich sein, wenn er Hilfe brauchte, anschließend pflegte er sich jedoch daran zu erinnern, dass er der Knappe war und sie nur das Zimmermädchen. Er war der Sohn des Lords vom Kreuzweg, und damit prahlte er nur zu gern, dass er kein Neffe oder Bastard oder Enkel war, nein, ein richtiger Sohn, und deshalb würde er einmal eine Prinzessin heiraten.

Arya war seine Prinzessin gleichgültig, doch gefiel ihr nicht, wenn er ihr Befehle erteilte. »Ich muss Mylord das Wasser für sein Waschbecken bringen. Er ist in seinem Zimmer und hat die Blutegel aufgesetzt. Nicht die normalen schwarzen, sondern die großen hellen.«

Elmars Augen wurden so groß wie gekochte Eier. Vor Blutegeln hatte er Angst, insbesondere vor den großen hellen, die wie Gelee aussahen, bis sie sich mit Blut füllten. »Ich habe ganz vergessen, dass du sowieso zu mager bist, um ein so schweres Fass zu rollen.«

»Ich habe ganz vergessen, dass du blöd bist.« Arya nahm ihren Eimer. »Vielleicht sollte ich dich auch mit Blutegeln behandeln. Im Neck gibt es Blutegel, die sind so groß wie Schweine.« Sie ließ ihn mit seinem Fass stehen.

Das Schlafzimmer des Lords war voller Menschen, als sie eintrat. Qyburn war da, und der finstere Walton in seinem Kettenhemd und seinen Beinschienen, außerdem ein Dutzend Freys, alle Brüder, Halbbrüder oder Vettern. Roose Bolton lag nackt im Bett. An der Innenseite seiner Arme und Beine und auf seiner blassen Brust saßen Blutegel, lange durchscheinende Würmer, die ein leuchtendes Rosa annahmen, während sie sich vollsogen. Bolton zollte ihnen nicht mehr Beachtung als Arya.

»Wir dürfen Lord Tywin nicht erlauben, uns hier in Harrenhal festzusetzen«, meinte Ser Aenys Frey, während Arya das Waschbecken füllte. Er war ein grauer, gebeugter Riese von einem Mann, mit wässrigen roten Augen und großen knorrigen Händen, und er hatte fünfzehnhundert Frey-Soldaten nach Harrenhal geführt, obwohl er oft den Anschein erweckte, er könne noch nicht einmal seinen Brüdern Befehle erteilen. »Die Burg ist so groß, dass man eine Armee braucht, um sie zu halten, und wenn wir erst einmal umzingelt sind, können wir keine Armee mehr ernähren. Ausreichende Vorräte werden wir ebenfalls nicht anlegen können. Das Land liegt in Schutt und Asche, die Dörfer gehören den Wölfen, die Ernte ist verbrannt oder gestohlen. Der Herbst ist da, trotzdem sind die Speicher leer und nirgends wird neu gesät. Wir müssen uns ständig um Nachschub kümmern, und wenn die Lannisters uns das unmöglich machen, werden wir innerhalb eines Mondes Ratten und Schuhleder essen.«

»Ich beabsichtige nicht, mich hier belagern zu lassen.« Roose Bolton sprach mit leiser Stimme, und die Männer mussten die Ohren spitzen, um ihn zu verstehen, deshalb war es in seinem Zimmer auch immer so eigenartig leise.

»Was dann?«, wollte Ser Jared Frey wissen, ein dünner, kahlköpfiger Mann mit Pockennarben. »Ist Edmure Tully so trunken von seinem Sieg, dass er mit dem Gedanken spielt, Lord Tywin eine offene Feldschlacht zu liefern?«

Wenn er das tut, wird er sie schlagen, dachte Arya. *Er wird sie schlagen wie am Roten Arm.* Unbemerkt stellte sie sich hinter Qyburn.

»Lord Tywin ist viele Meilen von hier entfernt«, erwiderte Bolton ruhig. »Er hat in King's Landing eine Menge Angelegenheiten zu klären. In nächster Zeit wird er nicht wieder nach Harrenhal marschieren.«

Ser Aenys schüttelte stur den Kopf. »Ihr kennt die Lannisters nicht so gut wie wir, Mylord. König Stannis hat auch geglaubt, Lord Tywin sei tausend Meilen entfernt, und das war sein Verhängnis.«

Der blasse Mann im Bett lächelte schwach, während die Egel an seinem Blut saugten. »Mir wird es nicht so ergehen, Ser.«

»Selbst wenn Riverrun seine ganze Streitmacht schickt und der Junge Wolf siegreich aus dem Westen zurückkehrt, wie können wir hoffen, die Stärke zu erreichen, die Lord Tywin gegen uns ins Feld führen kann? Wenn er kommt, wird er ein wesentlich größeres Heer führen als am Grünen Arm. Highgarden hat sich Joffreys Sache angeschlossen, darf ich Euch daran erinnern?«

»Das hatte ich nicht vergessen.«

»Ich war einmal Lord Tywins Gefangener«, ergriff Ser Hosteen das Wort, ein stämmiger Kerl mit eckigem Gesicht, dem man nachsagte, der stärkste der Freys zu sein. »Ein zweites Mal möchte ich die Gastfreundschaft der Lannisters nicht genießen.«

Ser Harys Haigh, der mütterlicherseits zu den Freys gehörte, nickte heftig. »Wenn Lord Tywin einen erfahrenen Krieger wie Stannis Baratheon besiegen kann, welche Chancen hat dann unser Knabenkönig gegen ihn?« Er blickte Unterstützung heischend in die Runde seiner Brüder und Vettern, und einige von ihnen stimmten murmelnd zu.

»Irgendjemand muss doch den Mut haben, es offen auszusprechen«, sagte Ser Hosteen. »Der Krieg ist verloren. König Robb muss das einsehen.«

Roose Bolton musterte ihn mit hellen Augen. »Seine Gnaden hat die Lannisters besiegt, wann immer er gegen sie in die Schlacht gezogen ist.«

»Er hat den Norden verloren«, beharrte Hosteen Frey. »Er hat sogar *Winterfell* verloren! Seine Brüder sind tot . . .«

Einen Augenblick lang stockte Arya der Atem. *Tot? Bran und Rickon, tot? Was meint er damit? Wie meint er das mit Winterfell? Joffrey hätte Winterfell niemals einnehmen können, niemals. Robb hätte das nicht zugelassen.* Dann erinnerte sie sich. Robb war nicht in Winterfell. Er war weit weg im Westen, Bran war verkrüppelt und Rickon erst vier. Sie musste ihre ganze Selbstbeherrschung aufbringen, um still zu bleiben, so wie Syrio Forel es sie gelehrt hatte, einfach dazustehen wie ein Möbelstück. Die Tränen sammelten sich in ihren Augen, doch sie drängte sie zurück. *Das stimmt alles nicht, das kann nicht wahr sein, das ist alles nur eine Lüge der Lannisters.*

»Hätte Stannis gewonnen, sähe die Lage ganz anders aus«, meinte Ronel Rivers wehmütig. Er war einer von Lord Walders Bastarden.

»Stannis hat verloren«, sagte Ser Hosteen. »Da können wir uns das Gegenteil wünschen, solange wir wollen, es ändert nichts. König Robb muss mit den Lannisters Frieden schließen. Er muss seine Krone ablegen und das Knie beugen, so wenig ihm das auch gefallen mag.«

»Und wer wird ihm das erklären?« Roose Bolton lächelte. »Es ist schön, wenn man in solchen Zeiten so viele kühne Brüder hat. Ich werde über das nachdenken, was Ihr gesagt habt.«

Mit seinem Lächeln entließ er sie gleichzeitig. Die Freys verabschiedeten sich und schlurften hinaus, nur Qyburn, Stahlbein Walton und Arya blieben zurück. Lord Bolton winkte Arya zu sich. »Ich habe genug geblutet. Nan, nimm die Egel ab.«

»Sofort, Mylord.« Es war am besten, Roose Boltons Befehlen gleich nachzukommen. Arya wollte ihn fragen, was Ser Hosteen mit Winterfell gemeint hatte, doch sie getraute sich nicht. *Ich werde Elmar fragen,* tröstete sie sich. *Elmar wird es mir erzählen.* Die Egel, die sie vorsichtig vom Körper des Lords pflückte, zappelten träge in ihren Fingern und fühlten sich feucht und aufgebläht an. *Es sind doch nur Egel,* rief sie sich in Erinnerung. *Wenn ich meine Hand zur Faust balle, würde ich sie zwischen den Fingern zerquetschen.*

»Von Eurer Hohen Gemahlin ist ein Brief eingetroffen.« Qyburn zog eine Pergamentrolle aus dem Ärmel. Obwohl er die Robe eines Maesters trug, hing keine Kette um seinen Hals; es wurde getuschelt, er habe sie verloren, weil er sich mit Nekromantie beschäftigt habe.

»Lest ihn bitte vor«, sagte Bolton.

Die Lady Walda schrieb jeden Tag von den Twins, doch ihre Briefe lauteten alle gleich. »Ich bete morgens, mittags, und abends für Euch, mein geliebter Lord«, schrieb sie, »und zähle die Tage, bis Ihr mein Bett wieder teilt. Kehrt bald zu mir zurück, und ich werde

Euch viele Söhne schenken, die an Stelle Eures teuren Dominic treten können und Dreadfort nach Euch regieren werden.« Arya stellte sich einen dicken rosafarbenen Säugling in einer Wiege vor, der mit dicken rosafarbenen Blutegeln bedeckt war.

Sie brachte Lord Bolton ein feuchtes Tuch, damit er seinen weichen, haarlosen Körper abwischen konnte. »Ich werde eine Antwort verfassen«, teilte er dem einstigen Maester mit.

»An die Lady Walda?«

»An Ser Helman Tallheart.«

Vor zwei Tagen war ein Reiter von Ser Helman eingetroffen. Tallhearts Männer hatten nach kurzer Belagerung die Burg der Darrys eingenommen und die Kapitulation der Lannister-Soldaten entgegengenommen.

»Schreibt ihm, er solle die Gefangenen töten und die Burg niederbrennen, und zwar auf Befehl des Königs. Dann soll er sich zu Robett Glover gesellen und nach Osten gegen Duskendale ziehen. Das Land dort ist reich und kaum von den Kämpfen berührt worden. Es ist Zeit, dass die Menschen dort den Krieg kennen lernen. Glover hat eine Burg verloren, und Tallheart einen Sohn. Mögen sie ihre Rache an Duskendale nehmen.«

»Ich werde den Brief für Euer Siegel vorbereiten, Mylord.«

Arya freute sich, dass die Burg der Darrys abgebrannt werden sollte. Dorthin hatte man sie gebracht, als man sie nach ihrem Kampf mit Joffrey eingefangen hatte, und dort hatte die Königin ihren Vater gezwungen, Sansas Wolf zu töten. *Die Burg hat es verdient niederzubrennen.* Sie wünschte nur, Robett Glover und Ser Helman würden trotzdem nach Harrenhal zurückkehren; sie waren zu früh aufgebrochen, noch ehe sie entschieden hatte, ob sie ihnen ihr Geheimnis anvertrauen durfte oder nicht.

»Heute werde ich jagen«, verkündete Roose Bolton, dem Qyburn in ein gestepptes Wams half.

»Ist das nicht gefährlich, Mylord?«, fragte Qyburn. »Erst vor drei Tagen wurden Septon Utts Männer von Wölfen angegriffen. Die Bestien sind bis in sein Lager gekommen, fast bis ans Feuer, und haben zwei Pferde getötet.«

»Gerade Wölfe will ich jagen. Wegen des Geheuls in der Nacht kann ich kaum noch schlafen.« Bolton schnallte sich das Gehänge um und rückte Schwert und Dolch zurecht. »Es heißt, die Schattenwölfe wären früher in Rudeln zu hundert Tieren oder mehr durch den Norden gestreift und hätten weder Mensch noch Mammut gefürchtet, aber das war vor langer Zeit in einem anderen Land. Trotzdem ist es seltsam, wenn die gewöhnlichen Wölfe im Süden so dreist werden.«

»Schreckliche Zeiten bringen schreckliche Dinge hervor, Mylord.«

Bolton fletschte die Zähne zu einer Miene, die man durchaus als Lächeln betrachten konnte. »Sind diese Zeiten wirklich so schrecklich, Maester?«

»Der Sommer ist vorbei, und das Reich hat vier Könige.«

»Ein König kann vielleicht schrecklich sein, aber vier?« Er zuckte die Achseln. »Nan, mein Pelzumhang.« Sie reichte ihn ihm. »Bei meiner Rückkehr ist meine Kammer sauber und aufgeräumt«, sagte er zu ihr, während sie den Umhang vorn verschloss. »Und kümmere dich um Lady Waldas Brief.«

»Wie Ihr wünscht, Mylord.«

Der Lord und der Maester eilten hinaus und würdigten sie keines zweiten Blickes. Nachdem sie gegangen waren, nahm Arya den Brief, trug ihn zum Kamin, stocherte in der Glut und warf das Pergament hinein. Sie sah zu, wie es sich wellte, schwarz wurde und Feuer fing. *Wenn die Lannisters Bran und Rickon ein Leid zugefügt haben, wird Robb sie einen nach dem anderen töten. Er wird niemals, nie, nie, niemals das Knie beugen. Vor denen hat er keine Angst.* Aschestücke stiegen in den Schornstein auf. Arya hockte sich neben das Feuer und beobachtete die Ascheflocken durch einen Tränenschleier. *Wenn Winterfell verloren ist, ist das hier dann mein neues Zuhause? Bin ich noch immer Arya, oder nur noch Nan, das Dienstmädchen, für immer und ewig und immer und ewig?*

In den folgenden Stunden beschäftigte sie sich mit den Gemächern des Lords. Sie fegte die alten Binsen hinaus und verstreute neue, frisch duftende, sie zündete neues Feuer im Kamin an, wechselte die Bettwäsche und schüttelte das Federbett auf, sie leerte den Nachttopf und schrubbte ihn aus, trug einen Arm voll schmutziger Kleidung zu den Waschweibern, und holte eine Schale mit knackigen Herbstbirnen aus der Küche. Nachdem sie mit dem Schlafzimmer fertig war, ging sie eine halbe Treppe nach unten in das große Solar, einen zugigen Raum, der so groß war wie die Halle einer kleineren Burg, wo sie ebenfalls sauber machte. Die Kerzen waren zu Stümpfen herabgebrannt, also tauschte Arya sie gegen neue aus. Unter den Fenstern stand ein riesiger Eichentisch, an dem der Lord seine Briefe schrieb. Sie stapelte die Bücher ordentlich auf, setzte auch hier neue Kerzen in die Halter und sortierte Federn und Tinte und Siegelwachs.

Eine große, ausgefranste Schafshaut lag über den Papieren. Arya wollte sie schon zusammenrollen, da fielen ihr die Farben auf: das Blau von Seen und Flüssen, die roten Punkte von Burgen und Städten und das Grün von Wäldern. Sie breitete die Karte aus. DIE LÄNDER AM TRIDENT stand mit verzierten Buchstaben unter der Zeichnung. Die Karte zeigte die Gebiete vom Neck bis zum Blackwater Rush. *Das da ist Harrenhal an der Spitze des großen Sees,* erkannte sie, *aber wo ist Riverrun?* Dann entdeckte sie es. *Riverrun ist gar nicht so weit entfernt . . .*

Der Nachmittag war noch jung, doch da Arya ihre Arbeit bereits erledigt hatte, ging sie in den Götterhain. Ihre Arbeit als Lord Boltons Mundschenk war nicht so schwer wie die unter Weese oder Triefauge, obwohl sie sich wie ein Page kleiden und öfter waschen musste, als ihr lieb war. Die Jagdgesellschaft würde erst Stunden später zurückkehren, und so blieb ihr noch viel Zeit.

Sie zerschlug Birkenblätter, bis die Spitze ihres abgebrochenen Besenstiels grün und feucht war. »Ser Gregor«, flüsterte sie. »Dunsen, Polliver, Raff der Liebling.« Sie drehte sich, sprang und balancierte auf den Fußballen, lief hierhin und dorthin und zerschmetterte Tannenzapfen. »Der Kitzler« nannte sie den einen, »den Bluthund« einen anderen. »Ser Ilyn, Ser Meryn, Königin Cersei.« Der Stamm einer Eiche ragte vor ihr auf, und Arya machte einen Ausfallschritt, spießte sie mit der Spitze auf und grunzte dabei:

»Joffrey, Joffrey, Joffrey.« Arme und Beine waren vom Sonnenlicht und den Schatten der Blätter gesprenkelt. Schweiß bedeckte ihre Haut, als sie schließlich innehielt. Die Ferse ihres rechten Fußes blutete, wo sie sich gestoßen hatte und so stand sie auf einem Bein vor dem Herzbaum und hob das Schwert zum Salut. »*Valar morghulis*«, sagte sie zu den alten Göttern des Norden. Der Klang der Worte gefiel ihr.

Auf dem Weg zum Badehaus erspähte sie einen Raben, der über dem Schlag kreiste, und fragte sich, wo er wohl herkam und was für Nachrichten er brachte. *Die Nachricht könnte von Robb sein und erklären, dass das mit Bran und Rickon nicht wahr ist. Wenn ich Flügel hätte, würde ich nach Winterfell fliegen und selbst nachschauen. Und wenn es doch wahr wäre, würde ich wegfliegen, bis hinauf zum Mond und den leuchtenden Sternen und all die Dinge sehen, von denen Old Nan erzählt hat, die Drachen und Seeungeheuer und den Titan von Braavos, und vielleicht würde ich nie wieder zurückfliegen, oder erst, wenn ich Lust dazu hätte.*

Die Jagdgesellschaft kehrte am frühen Abend mit neun toten Wölfen heim. Sieben Tiere waren ausgewachsene große graubraune Bestien, wild und kräftig; im Tode hatten sie die Lefzen über die langen gelben Zähne zurückgezogen. Die anderen beiden jedoch waren noch Welpen gewesen. Lord Bolton gab Befehl, aus den Fellen eine Decke für sein Bett zu nähen. »Welpen haben noch ein weiches Fell, Mylord«, meinte einer seiner Männer. »Daraus könntet Ihr Euch ein hübsches Paar warmer Handschuhe machen lassen.«

Bolton sah hinauf zu den Bannern, die über dem Torhaus im Wind wehten. »Wie uns die Starks stets erinnern, der Winter naht. Kümmert Euch darum.« Als er Arya bemerkte, die ihn noch immer anstarrte, sagte er: »Nan, ich möchte einen Krug heißen gewürzten Wein. Im Wald war es frostig. Und sorg dafür, dass er nicht kalt wird. Ich werde heute Abend allein speisen. Haferbrot, Butter und Wildschwein.«

»Sofort, Mylord.« Das zu sagen war immer das Beste.

Heiße Pastete buk gerade Haferkekse, als sie in die Küche kam.

Drei andere Köche entgräteten Fisch, während ein Küchenjunge ein Wildschwein über dem Feuer drehte. »Mylord wünscht sein Abendbrot und heißen gewürzten Wein, um es hinunterzuspülen«, verkündete Arya, »und er soll gefälligst warm sein.« Einer der Köche wusch sich die Hände, nahm einen Kessel und füllte süßen Rotwein hinein. Heiße Pastete wurde aufgetragen, die Gewürze zu mahlen, während der Wein heiß wurde. Arya ging zu ihm hinüber und half ihm.

»Ich kann das schon allein«, sagte er mürrisch. »Du brauchst mir nicht zu zeigen, wie man Wein würzt.«

Entweder hasst er mich auch, oder er hat Angst vor mir. Sie wich zurück, eher traurig als verärgert. Schließlich war das Essen fertig, und die Köche deckten es mit einem silbernen Deckel zu und wickelten ein dickes Tuch um den Krug, damit der Wein warm blieb. Draußen dämmerte es. Auf den Mauern hockten die Krähen um die Köpfe herum wie der Hofstaat um einen König. Die Wache am Königsbrandturm hielt ihr die Tür auf. »Hoffentlich ist das keine Wieselsuppe«, scherzte der Mann.

Roose Bolton saß am Kamin und las in einem dicken, in Leder gebundenen Buch. »Zünde die Kerzen an«, befahl er und blätterte um. »Es wird langsam dunkel.«

Sie stellte das Essen auf den Tisch neben ihn und tat dann, was er ihr aufgetragen hatte; kurz darauf wurde der Raum von flackerndem Licht durchflutet und vom Geruch der Gewürznelken erfüllt. Bolton blätterte noch einige Male um, dann schlug er das Buch zu und legte es vorsichtig ins Feuer. Er sah zu, wie die Flammen es verzehrten, und seine hellen Augen leuchteten im Licht. Das alte trockene Leder fing mit einem *Wusch* Feuer, und die gelben Seiten bewegten sich, während sie brannten, als würde ein Geist sie lesen. »Heute Abend brauche ich dich nicht mehr«, sagte er, ohne sie anzublicken.

Sie hätte gehen sollen, leise wie eine Maus, doch der Leichtsinn hatte wohl Besitz von ihr ergriffen. »Mylord«, fragte sie, »werdet Ihr mich mitnehmen, wenn Ihr Harrenhal verlasst?«

Er drehte sich zu ihr um, starrte sie an, und seiner Miene zufolge war es so, als habe sein Essen gerade zu ihm gesprochen. »Habe ich dir die Erlaubnis erteilt, mir eine Frage zu stellen, Nan?«

»Nein, Mylord.« Sie senkte den Blick.

»Also hättest du nichts sagen sollen, nicht wahr?«

»Nein, Mylord.«

Einen Moment lang wirkte er vergnügt. »Ich werde dir die Frage trotzdem beantworten. Ich werde Harrenhal an Lord Vargo übergeben, wenn ich in den Norden zurückkehre. Du wirst hier bei ihm bleiben.«

»Aber ich –«, begann sie.

Er schnitt ihr das Wort ab. »Es ist nicht meine Gewohnheit, mich von Dienstboten ausfragen zu lassen, Nan. Muss ich dir erst die Zunge rausreißen?«

Das würde er genauso leicht tun wie ein anderer Mann einen Hund trat, das wusste sie. »Nein, Mylord.«

»Dann werde ich nichts weiter von dir hören?«

»Nein, Mylord.«

»Dann geh. Ich werde deine Anmaßung vergessen.«

Arya ging, jedoch nicht in ihr Bett. Als sie hinaus in den dunklen Hof trat, nickte die Wache an der Tür ihr zu und sagte: »Es wird Sturm geben. Riechst du das, die Luft?« Der Wind war böig, die Flammen der Fackeln neben den Köpfen auf der Mauer flackerten. Auf dem Weg zum Götterhain kam sie am Klageturm vorbei, wo sie früher in Angst vor Weese gehaust hatte. Die Freys hatten den Turm für sich beschlagnahmt, nachdem Harrenhal gefallen war. Sie konnte wütende Stimmen aus einem Fenster hören, viele Männer stritten da. Elmar saß allein draußen auf den Stufen.

»Was ist denn los?«, fragte Arya ihn als sie die Tränen sah, die auf seinen Wangen glänzten.

»Meine Prinzessin«, schluchzte er. »Wir sind entehrt worden, sagt Aenys. Von den Twins ist ein Vogel eingetroffen. Mein Hoher Vater sagt, ich werde jetzt jemand anderes heiraten oder Septon werden.«

Eine blöde Prinzessin, dachte sie, *das ist doch kein Grund zum Heulen.* »Meine Brüder sind vielleicht tot«, vertraute sie ihm an.

Elmar warf ihr einen geringschätzigen Blick zu. »Niemanden interessieren die Brüder eines Zimmermädchens.«

Es war schwer, ihn für diese Worte nicht zu verprügeln. »Hoffentlich stirbt deine Prinzessin«, sagte sie und rannte davon, ehe er nach ihr greifen konnte.

Im Götterhain holte sie ihr Besenstielschwert aus dem Versteck und trug es zum Herzbaum. Dort kniete sie nieder. Rotes Laub raschelte. Rote Augen starrten tief in ihr Inneres. *Die Augen der Götter.* »Sagt mir, was ich tun soll, ihr Götter«, betete sie.

Eine Weile lang hörte sie nichts außer dem Wind und dem Wasser und dem Knarren des Astwerks. Dann heulte in weiter, weiter Ferne, jenseits des Götterhains und der gespenstischen Türme und riesigen Mauern von Harrenhal, dort draußen irgendwo in der Welt ein einsamer Wolf. Arya bekam eine Gänsehaut, und einen Augenblick schwindelte es ihr. Plötzlich meinte sie leise, ganz leise, die Stimme ihres Vaters zu hören. »Wenn der Schnee fällt und der weiße Wind bläst, stirbt der einsame Wolf, doch das Rudel überlebt«, sagte er.

»Aber es gibt kein Rudel«, flüsterte sie dem Wehrbaum zu. Bran und Rickon waren tot, die Lannisters hatten Sansa, Jon war zur Mauer gegangen. »Ich bin nicht einmal mehr ich selbst, ich bin Nan.«

»Du bist Arya von Winterfell, Tochter des Nordens. Du hast mir gesagt, du seist stark. In dir fließt das Blut des Wolfes.«

»Das Wolfsblut.« Jetzt erinnerte sich Arya. »Ich werde so stark sein wie Robb. Ich habe es versprochen.« Sie holte tief Luft, fasste den Besenstiel mit beiden Händen und legte ihn über ihr Knie. Mit lautem Krachen brach er, und sie warf die Stücke zur Seite. *Ich bin ein Schattenwolf und brauche keine Holzzähne mehr.*

In dieser Nacht lag sie in ihrem schmalen Bett auf dem kratzigen Stroh und lauschte den Stimmen der Lebenden und der Toten, die miteinander tuschelten und stritten, während sie auf den Mondaufgang wartete. Das waren die einzigen Stimmen, denen sie noch traute. Ihren eigenen Atem hörte sie, und auch die Wölfe, jetzt ein großes Rudel. *Sie sind näher als der eine, den ich im Götterhain gehört habe. Und sie rufen nach mir.*

Schließlich schlüpfte sie aus dem Bett, zog sich ein Hemd über und tappte barfuß die Treppe hinunter. Roose Bolton war ein vorsichtiger Mann, und der Eingang zum Königsbrandturm wurde Tag und Nacht bewacht, daher musste sie durch ein schmales Kellerfenster hinausschlüpfen. Der Hof war still, die große Burg lag in Spukträumen da. Über ihr pfiff der Wind durch den Klageturm.

In der Schmiede brannte kein Feuer, und die Türen waren verriegelt und verrammelt. Sie kletterte durch ein Fenster hinein, wie sie es schon einmal getan hatte. Gendry teilte sich eine Matratze mit zwei anderen Lehrlingen. Sie kauerte lange da, bis sich ihre Augen an die Dunkelheit gewöhnt hatten und sie sicher war, dass derjenige am Ende wirklich Gendry war. Dann legte sie ihm eine Hand über den Mund und kniff ihn. Er schlug die Augen auf. Sehr tief konnte er nicht geschlafen haben. *»Bitte«*, flüsterte sie. Sie nahm die Hand von seinem Mund und zeigte nach draußen.

Einen Moment lang glaubte sie, er habe nicht verstanden, schließlich kam er unter der Decke hervor. Nackt tappte er durch den Raum, zog sich ein weites langes Wollhemd über und kletterte hinter ihr von dem Zwischenboden herunter, auf dem er geschlafen hatte. Die anderen rührten sich nicht. »Was willst du?«, fragte Gendry leise und wütend.

»Ein Schwert.«

»Schwarzdaumen hält die Klingen alle unter Verschluss, das habe ich dir schon hundertmal gesagt. Ist es für Lord Egel?«

»Für mich. Mach das Schloss mit dem Hammer auf.«

»Dafür brechen sie mir die Hand«, knurrte er, »oder Schlimmeres.«

»Nicht, wenn du mit mir wegläufst.«

»Wenn du wegläufst, fangen sie dich und bringen dich um.«

»Dir werden sie etwas Schlimmeres antun. Lord Bolton überlässt Harrenhal dem Blutigen Mummenschanz, das hat er mir gesagt.«

Gendry strich sich das schwarze Haar aus den Augen. »Und?«

Sie blickte ihn furchtlos an. »Wenn Lord Vargo Hoat der Lord ist, wird er allen Dienern die Füße abhacken, damit sie nicht mehr fliehen können. Den Schmieden auch.«

»Das ist doch nur ein Märchen«, höhnte er.

»Nein, es stimmt, ich habe es von ihm selbst gehört«, log sie. »Er wird allen einen Fuß abhauen. Den linken. Geh in die Küche und weck Heiße Pastete, er wird tun, was du ihm sagst. Wir brauchen Brot oder Haferkekse oder so etwas. Du holst die Schwerter, und ich kümmere mich um die Pferde. Wir treffen uns am Seitentor in der Ostmauer, hinter dem Geisterturm. Dort ist nie jemand.«

»Ich kenne das Tor. Es wird bewacht, genau wie alle anderen.«

»Und? Du wirst die Schwerter doch nicht vergessen?«

Er runzelte die Stirn. »Nein«, sagte er endlich, »ich glaube nicht.«

Arya schlich auf dem gleichen Weg in den Königsbrandturm zurück, auf dem sie ihn verlassen hatte, stahl sich die Wendeltreppe hinauf und lauschte auf Schritte. In ihrer Kammer zog sie sich aus und danach sorgfältig wieder an: Zwei Schichten Unterwäsche, warme Strümpfe, ihr sauberstes Wams. Es war Lord Boltons Livree. Auf der Brust war sein Wappen aufgenäht, der enthäutete Mann von Dreadfort. Sie band sich die Schuhe zu, warf einen Wollmantel um ihre hageren Schultern und knotete ihn unter dem Kinn zu. Leise wie ein Schatten stieg sie die Treppe wieder hinunter. Vor dem Solar des Lord hielt sie inne, lauschte an der Tür und schob sie sachte auf, als sie nichts hörte.

Die Karte aus Schafshaut lag noch auf dem Tisch, neben den Resten von Lord Boltons Abendessen. Arya rollte sie eng zusammen und steckte sie in ihren Gürtel. Der Lord hatte auch seinen Dolch auf dem Tisch liegen lassen, und den nahm sie ebenfalls, nur für den Fall, dass Gendry der Mut verließ.

Ein Pferd wieherte leise, als sie in den dunklen Stall schlüpfte. Die Burschen schliefen. Sie stieß einen mit dem Fuß an, bis er sich benommen aufrichtete und fragte: »Hö? Was?«

»Lord Bolton braucht drei gesattelte Pferde.«

Der Junge erhob sich und zupfte Stroh aus seinem Haar. »Was, um diese Zeit? Pferde, sagst du?« Blinzelnd betrachtete er das Wappen auf ihrem Wams. »Wofür braucht er denn im Dunkeln Pferde?«

»Lord Bolton ist es nicht gewöhnt, sich von seinen Dienern Fragen stellen zu lassen.« Sie verschränkte die Arme.

Der Stallbursche starrte auf den gehäuteten Mann. Er wusste, was dieser bedeutete. »Drei, sagst du?«

»Eins, zwei, drei. Jagdpferde. Schnell und trittsicher.« Arya half ihm beim Satteln, damit er keinen der anderen wecken musste. Hoffentlich würde er hinterher nicht allzu streng bestraft werden.

Die Pferde durch die Burg zu führen, war der schwierigste Teil. Wann immer es möglich war, hielt sie sich im Schatten der großen Mauer, wo die Wachen auf den Wehrgängen steil nach unten schauen mussten, um sie zu bemerkten. *Und wenn schon? Ich bin der Mundschenk des Lords.* Es war eine kalte Herbstnacht. Wolken trieben aus dem Westen heran und verbargen die Sterne, und der Klageturm schrie bei jedem Windstoß traurig auf. *Es riecht nach Regen.* Arya wusste nicht, ob das gut oder schlecht für ihre Flucht war.

Niemand sah sie, sie selbst sah auch niemanden, nur eine grauweiße Katze, die an der Mauer des Götterhains entlanglief. Das Tier fauchte sie an und weckte Erinnerungen an den Red Keep und ihren Vater und Syrio Forel. »Ich könnte dich fangen, wenn ich wollte«, sagte sie, »aber ich muss gehen, Katze.« Die Katze fauchte erneut und lief davon.

Der Geisterturm war der verfallenste von Harrenhals fünf riesigen Türmen. Dunkel und verlassen stand er hinter den Ruinen einer eingestürzten Septe, wo seit fast dreihundert Jahren nur mehr Ratten beteten. Dort wartete sie auf Gendry und Heiße Pastete. Es schien, als wartete sie eine lange Zeit. Die Pferde knabberten an dem Unkraut, das zwischen den Steinen wuchs, während die Wolken die letzten Sterne verschluckten. Arya zog den Dolch und wetzte ihn, nur um sich zu beschäftigen. Mit langen, sanften Streichen, wie Syrio es ihr beigebracht hatte. Das leise Scharren beruhigte sie.

Sie hörte sie lange bevor sie zu sehen waren. Heiße Pastete keuchte, einmal stolperte er in der Dunkelheit, stieß sich das Schienbein an und fluchte laut genug, um halb Harrenhal zu wecken. Gendry war leiser, doch die Schwerter, die er trug, klirrten bei jeder

Bewegung. »Hier bin ich.« Sie erhob sich. »Seid leise, sonst wird man euch hören.«

Die Jungen stiegen über die verstreuten Steine. Gendry trug ein geöltes Kettenhemd unter seinem Mantel, und seinen Schmiedehammer hatte er über die Schulter gelegt. Heiße Pastetes rotes Gesicht lugte aus einer Kapuze hervor. In der rechten Hand trug er einen Sack Brot, unter den linken Arm hatte er ein großes Käserad geklemmt. »An dem Seitentor steht eine Wache«, flüsterte Gendry. »Ich habe es dir doch gesagt.«

»Ihr bleibt mit den Pferden hier«, erwiderte Arya, »und ich kümmere mich darum. Kommt schnell, wenn ich rufe.«

Gendry nickte. Heiße Pastete meinte: »Schrei wie eine Eule, wenn wir kommen sollen.«

»Ich bin keine Eule«, sagte Arya. »Ich bin ein Wolf. Ich werde heulen.«

Allein schlich sie durch den Schatten des Geisterturms. Sie beeilte sich, damit sie ihrer Angst vorauslief, und sie fühlte sich, als ginge Syrio Forel neben ihr, und Yoren und Jaqen H'ghar und Jon Snow. Sie hatte das Schwert nicht mitgenommen, das Gendry für sie mitgebracht hatte, noch nicht. Für das hier war der Dolch besser geeignet. Er war gut gearbeitet und scharf. Das Seitentor war das unwichtigste von allen Toren Harrenhals, eine schmale Tür aus starken Eichenbohlen, die mit Eisennägeln beschlagen war und in einer Nische zwischen der Mauer und einem kleinen Turm saß. Nur ein Mann hielt dort Wache, doch sie wusste, oben im Turm würden weitere sein, und andere patrouillierten in der Nähe auf der Mauer. Was auch immer geschah, sie musste still wie ein Schatten sein. Er darf nicht schreien. Die ersten Regentropfen fielen. Einer landete auf ihrer Stirn und rann langsam ihre Nase hinunter.

Sie versuchte gar nicht erst, sich verborgen zu halten, sondern trat offen auf die Wache zu, als habe Lord Bolton persönlich sie geschickt. Er blickte ihr neugierig entgegen; was führte zu dieser Stunde einen Pagen hierher? Als sie näher kam, sah sie, dass er ein Nordmann war, dünn und sehr groß und in einen ausgefransten Fellmantel gehüllt. Das war schlecht. Einen Frey oder einen tapferen

Kameraden hätte sie überlisten können, die Dreadfort-Männer hatten Roose Bolton ihr ganzes Leben lang gedient und kannten ihn besser als sie. *Und wenn ich ihm sage, ich sei Arya Stark, und er soll mich durchlassen* ... Nein, das wagte sie nicht. Er war ein Nordmann, doch nicht aus Winterfell. Er gehörte zu Roose Bolton.

Sie schob ihren Mantel zurück, damit er den gehäuteten Mann auf ihrer Brust sehen konnte. »Lord Bolton schickt mich.«

»Um diese Zeit? Weshalb?«

Unter dem Fell bemerkte sie das Glitzern von Stahl, und sie hatte keine Ahnung, ob sie kräftig genug war, den Dolch durch ein Kettenhemd zu bohren. *Die Kehle, ich muss die Kehle nehmen, aber er ist so groß, ich werde nie drankommen.* Einen Augenblick lang fehlten ihr die Worte. Und für einen Moment war sie wieder ein kleines Mädchen, und der Regen, der ihr übers Gesicht rann, fühlte sich wie Tränen an.

»Er hat mir gesagt, ich solle allen Wachen ein Silberstück geben, für ihre guten Dienste.« Die Worte waren plötzlich einfach da.

»Silber, sagst du?« Er glaubte ihr nicht, wünschte sich aber, dass es wahr wäre; Silber war schließlich Silber. »Dann gib mal her.«

Sie steckte die Hand in ihr Gewand und holte die Münze hervor, die Jaqen ihr geschenkt hatte. Im Dunkeln mochte das Eisen wie angelaufenes Silber aussehen. Sie hielt sie ihm hin ... und ließ sie durch die Finger gleiten.

Er verfluchte sie leise, ging auf die Knie und wollte die Münze vom Boden aufheben. Jetzt hatte sie seinen Hals genau vor sich. Arya zog den Dolch und fuhr damit quer über seine Kehle, die weich war wie Sommerseide. Blut traf ihre Hände mit heißem Strahl. Der Mann versuchte zu schreien, doch auch sein Mund war voll Blut.

»*Valar morghulis*«, flüsterte sie, während er starb.

Als er sich nicht mehr rührte, hob sie die Münze auf. Draußen vor den Mauern von Harrenhal heulte ein Wolf lange und laut. Sie hob den Riegel, schob ihn zur Seite und öffnete die schwere Eichentür. Als Heiße Pastete und Gendry mit den Pferden kamen, regnete es bereits heftig. »Du hast ihn *umgebracht!*«, stieß Heiße Pastete hervor.

»Was hast du denn geglaubt, was ich tun würde?« Das Blut an ihren Fingern war klebrig, und der Geruch machte ihre Stute nervös. *Es macht nichts,* dachte sie und schwang sich in den Sattel. *Der Regen wird sie wieder sauber waschen.*

SANSA

Der Thronsaal war ein Meer von Edelsteinen, Pelzen und edlen Stoffen. Lords und Ladys füllten den hinteren Teil der Halle, standen neben den hohen Fenstern und schwatzten wie Fischweiber am Hafen.

Joffreys Höflinge hatten alles getan, um sich gegenseitig auszustechen. Jalabhar Xho trug bunte Federn, ein Gefieder von solcher Extravaganz, dass er aussah, als würde er sich jeden Moment in die Lüfte erheben. Die Kristallkrone des Hohen Septons schoss Regenbögen durch den Raum, sobald er den Kopf bewegte. Am Ratstisch glänzte Königin Cersei in einem Kleid aus goldgewirktem Stoff, das mit burgunderrotem Samt unterlegt war, während Varys, der sich neben ihr spreizte, in violetten Brokat gehüllt war. Mondbub und Ser Dontos trugen neue Narrenkostüme, sauber wie ein Frühlingsmorgen. Sogar Lady Tanda und ihre Töchter sahen hübsch aus in ihren zueinander passenden Kleidern aus türkiser Seide und Lord Gyles hüstelte in ein rotes Seidentuch mit goldenem Saum. König Joffrey saß über allen Anwesenden auf den Klingen und Spitzen des Eisernen Throns. Er trug scharlachroten Samt, und sein schwarzer Mantel war mit Rubinen besetzt. Auf seinem Kopf saß die schwere goldene Krone.

Sansa drängte sich durch die Ritter, Knappen und reichen Bürger auf der Galerie nach vorn, als Trompeten die Ankunft von Lord Tywin Lannister verkündeten.

Er ritt auf seinem Streitross durch die ganze Halle und stieg erst vor dem Eisernen Thron ab. Sansa hatte noch nie eine solche Rüstung gesehen; polierter roter Stahl, in den goldene Schneckenverzierungen eingelegt waren. Der brüllende Löwe, der seinen Helm krönte, hatte Augen aus Rubinen, und auf jeder Schulter hielt eine

Löwin den goldenen Mantel, der sogar die Kruppe des Pferdes bedeckte. Auch die Panzerung des Tieres war vergoldet, und seine Schabracke war aus scharlachroter Seide und zeigte den Löwen der Lannisters.

Der Lord von Casterly Rock bot einen so imposanten Eindruck, dass es ein Schock war, als sein Pferd genau am Fuße des Throns eine Ladung Äpfel fallen ließ. Joffrey musste dem Haufen ausweichen, als er hinunterging, seinen Großvater umarmte und ihn zum Retter der Stadt ernannte. Sansa bedeckte den Mund und verbarg ein nervöses Lächeln.

Joff bat seinen Großvater unter großem Aufhebens, die Regierungsgewalt über das Reich zu übernehmen, und Lord Tywin übernahm das Amt feierlich, »bis Euer Gnaden das rechte Alter erreicht haben.« Dann nahmen ihm Knappen die Rüstung ab, und Joff legte ihm die Kette der Rechten Hand um den Hals. Lord Tywin nahm am Ratstisch neben der Königin Platz. Nachdem das Schlachtross hinausgeführt und seine Hinterlassenschaften entfernt worden waren, nickte Cersei, und die Zeremonie nahm ihren Fortgang.

Ein Fanfarenstoß begrüßte jeden Helden, der durch die großen Eichentüren eintrat. Herolde verkündeten Namen und Großtaten der Eintretenden, damit jeder sie hörte, und die edlen Ritter und hochgeborenen Damen jubelten so ausgelassen wie Tagediebe bei einem Hahnenkampf. Der Ehrenplatz wurde Mace Tyrell zugestanden, dem Lord von Highgarden, einem einst kräftigen Mann, der mittlerweile fett geworden war, jedoch trotzdem noch einen stattlichen Anblick bot. Ihm folgten seine Söhne; Ser Loras und sein älterer Bruder Ser Garlan der Kavalier. Alle drei hatten sich in grünen Samt gekleidet, der mit Zobel abgesetzt war.

Der König kam abermals von seinem Thron herunter und begrüßte sie, was eine große Ehre darstellte. Jedem legte er eine Rosenkette um, die aus weichem gelbem Gold gearbeitet war, und an der jeweils eine goldene Scheibe hing, auf der der Lannister-Löwe mit Rubinen dargestellt war. »Die Rosen unterstützen den Löwen, so wie Highgarden das Reich unterstützt«, verkündete Joffrey.

»Falls Ihr mich um eine Gunst bitten mögt, so sagt es nur, und ich will sie Euch gewähren.«

Und jetzt kommt's, dachte Sansa.

»Euer Gnaden«, sagte Ser Loras, »ich erbitte mir die Ehre, in Eurer Königsgarde zu dienen und Euch gegen Eure Feinde zu verteidigen.«

Joffrey zog den Ritter der Blumen auf die Füße und küsste ihn auf die Wange. »Gewährt, Bruder.«

Lord Tyrell neigte den Kopf. »Es gibt kein größeres Vergnügen, als dem König zu dienen. Wenn Ihr mich für würdig erachtet, Mitglied in Eurem königlichen Rate zu werden, so werdet Ihr keinen treueren und rechtschaffeneren Mann finden.«

Joff legte Lord Tyrell die Hand auf die Schulter und küsste ihn, nachdem er sich erhoben hatte. »Euer Wunsch sei gewährt.«

Ser Garlan Tyrell, der fünf Jahre älter war als Ser Loras, war das größere und bärtige Abbild seines berühmteren jüngeren Bruders. Seine Brust war breiter, und er war kräftiger in den Schultern, und doch war sein Gesicht ansehnlich genug, wenngleich ihm Ser Loras' außerordentliche Schönheit fehlte. »Euer Gnaden«, sagte Garlan, als der König nun auf ihn zutrat, »ich habe eine jungfräuliche Schwester, Margaery, der Glanz unseres Hauses. Einst war sie mit Renly Baratheon vermählt, wie Ihr wisst, doch Lord Renly brach in den Krieg auf, bevor die Ehe vollzogen werden konnte, und deshalb ist meine Schwester noch unschuldig. Margaery hat von Eurer Weisheit, Eurem Mut und Eurer Ritterlichkeit gehört, und so hat sie aus der Ferne begonnen, Euch zu lieben. Ich ersuche Euch daher, lasst sie holen und vermählt Euch mit ihr, um Euer Haus und das meine auf alle Zeiten zu verbinden.«

König Joffrey tat, als sei er überrascht. »Ser Garlan, die Schönheit Eurer Schwester ist in den Sieben Königslanden weithin bekannt, doch ich bin einer anderen versprochen. Ein König muss sein Wort halten.«

Königin Cersei erhob sich mit raschelnden Röcken. »Euer Gnaden, nach Ansicht Eures Kleinen Rats wäre es weder angemessen noch weise, die Tochter eines Mannes zu heiraten, der wegen Hochverrats hingerichtet wurde, ein Mädchen, dessen Bruder sich gegenwärtig zur offenen Rebellion gegen Euch erhoben hatte. Sire, Eure Berater bitten Euch zum Wohle des Reiches, lasst von Sansa Stark ab. Die Lady Margaery wäre eine weitaus passendere Königin an Eurer Seite.«

Wie ein Rudel abgerichteter Hunde brachten die Lords und Ladys in der Halle ihre Vorliebe zum Ausdruck. *»Margaery!«*, riefen sie. »Wir wollen Margaery!« und »Keine Verräterkönigin! Tyrell! Tyrell!«

Joffrey hob die Hand. »Ich würde die Wünsche meines Volkes gern erfüllen, Mutter, aber ich habe ein heiliges Versprechen gegeben.«

Der Hohe Septon trat vor. »Euer Gnaden, den Göttern sind Verlöbnisse heilig, doch Euer Vater, der selige König Robert, hat dieses Bündnis geschlossen, ehe die Starks von Winterfell ihre Falschheit offenbart haben. Ihre Verbrechen gegen das Reich befreien Euch von jedem Versprechen, das Ihr gegeben habt. So weit es den Glauben betrifft, besteht zwischen Euch und Sansa Stark kein gültiger Heiratsvertrag.«

Lauter Jubel brach im Thronsaal aus, und erneut wurde *»Margaery, Margaery!«* gerufen. Sansa beugte sich vor und umklammerte das Geländer der Galerie. Was als Nächstes folgte, wusste sie, trotzdem fürchtete sie sich vor dem, was Joffrey sagen würde, fürchtete, dass er sie selbst jetzt nicht freigeben würde, wo doch das ganze Königreich davon abhing. Sie fühlte sich wie damals auf den Marmorstufen der Großen Septe von Baelor, als sie auf den Gnadenspruch des Prinzen für ihren Vater gewartet und stattdessen seinen Befehl an Ilyn Payne gehört hatte, ihm den Kopf abzuschlagen. *Bitte,* betete sie fieberhaft, *lasst es ihn sagen, lasst es ihn sagen.*

Lord Tywin sah seinen Enkel an. Joff erwiderte den Blick, trat von einem Fuß auf den anderen und half Ser Garlan Tyrell auf. »Die Götter sind gut. Ich bin frei, meinem Herzen zu folgen. Ich werde Eure Schwester ehelichen, und mit Freuden, Ser.« Er küsste Ser Garlan auf die bärtige Wange, und erneut wurde Jubel laut.

Sansa verspürte eine eigentümliche Benommenheit. *Ich bin frei.*

Sie fühlte die Blicke auf sich ruhen. *Aber ich darf nicht lächeln,* erinnerte sie sich. Die Königin hatte sie gewarnt; gleichgültig, wie ihr im Innersten zu Mute wäre, müsste sie der Welt ein betrübtes Gesicht zeigen. »Ich wünsche keine Demütigung für meinen Sohn«, hatte Cersei gesagt, »hast du verstanden?«

»Ja. Aber wenn ich nicht Königin werde, was wird dann aus mir?«

»Darüber werden wir noch nachdenken. Fürs Erste bleibst du als Mündel an unserem Hof.«

»Ich will nach Hause.«

Das ärgerte die Königin. »Inzwischen solltest du begriffen haben, dass keiner von uns bekommt, was er will.«

Außer mir, dachte Sansa. *Ich bin frei von Joffrey. Ich muss ihn nicht küssen, ihm nicht meine Jungfräulichkeit schenken, ihm keine Kinder gebären. Mag Margaery Tyrell das alles tun, die Arme.*

Als der Lärm abgeklungen war, hatte sich der Lord von Highgarden an den Ratstisch gesetzt, und seine Söhne hatten sich zu den anderen Rittern und kleinen Lords am Fenster gesellt. Sansa gab sich alle Mühe, verlassen und verzweifelt auszusehen, während die übrigen Helden der Schlacht am Blackwater vor den Thron gerufen und belohnt wurden.

Paxter Redwyne, Lord vom Arbor, wurde von seinen beiden Zwillingssöhnen Horror und Schlabber durch die Halle begleitet, von denen der erste hinkte, da er in der Schlacht verwundet worden war. Ihnen folgte Lord Mathis Rowan in einem schneeweißen Wams, auf dessen Brust mit Goldfäden ein großer Baum gestickt war; Lord Randyll Tarly, schlank und kahl, trug ein Großschwert in juwelenbesetzter Scheide auf dem Rücken; dann kamen Ser Kevan Lannister, ein dicklicher Glatzkopf mit kurzgeschorenem Bart; Ser Addam Marbrand, dessen kupferrotes Haar ihm auf die Schultern fiel und die großen Lords des Westens Lydden, Crakehall und Brax.

Daraufhin traten vier von niederer Geburt ein, die sich während der Kämpfe hervorgetan hatten: der einäugige Ritter Ser Philip Foote, der Lord Bryce Caron im Zweikampf erschlagen hatte; Lothor Brune, ein Bewaffneter, der sich durch ein halbes Hundert

Fossoway-Soldaten gekämpft hatte, um Ser Jon von den Grün-Äpfeln gefangen zu nehmen und Ser Bryan und Ser Edwyd von den Roten zu töten, und der sich dadurch den Namen Apfelesser verdient hatte; Willit, ein ergrauter Mann in Diensten von Ser Harys Swift, der seinen Herrn unter einem sterbenden Pferd hervorgezogen und ihn gegen ein Dutzend Angreifer verteidigt hatte; und der Knappe Josmyn Peckledon, der zwei Ritter getötet, einen dritten verwundet und zwei weitere gefangen genommen hatte, obwohl er noch keine vierzehn Jahre alt war. Willit wurde auf einer Bahre hereingetragen, so schwer waren seine Verletzungen.

Ser Kevan hatte neben seinem Bruder Lord Tywin Platz genommen. Nachdem die Herolde von allen Heldentaten berichtet hatten, stand er auf. »Es ist der Wunsch Seiner Gnaden, dass diese guten Männer für ihre Tapferkeit belohnt werden. Auf seine Verfügung hin soll Ser Philip von nun an Lord Philip aus dem Hause Foote sein, und an ihn gehen alle Ländereien, Rechte und Einkünfte des Hauses Caron. Lothor Brune wird in den Stand der Ritterschaft erhoben und erhält am Ende des Krieges Ländereien in den Flusslanden. Josmyn Peckledon erhält ein Schwert und eine Rüstung, dazu ein Schlachtross nach eigener Wahl aus den königlichen Ställen, und außerdem den Ritterschlag, sobald er das Mannesalter erreicht hat. Und der Soldat Willit bekommt einen Speer mit silbergefasstem Schaft, eine Halsberge und einen Helm mit Visier. Weiterhin sollen Willits Söhne auf Casterly Rock in die Dienste des Hauses Lannister gestellt werden, der ältere als Knappe und der jüngere als Page, wobei ihnen in Aussicht gestellt wird, die Ritterschaft zu erwerben, wenn sie treu und redlich dienen. All diesem stimmen die Hand des Königs und der Kleine Rat zu.«

Die Kapitäne der königlichen Kriegsschiffe *Wildwind, Prinz Aemon* und *Flusspfeil* wurden nun geehrt, zusammen mit einigen Unteroffizieren von der *Göttergnade,* der *Lanze* und der *Lady Seide.* Soweit Sansa es mitbekam, bestanden ihre Großtaten vor allem darin, die Schlacht auf dem Fluss überlebt zu haben, womit sich nur wenige brüsten konnten. Auch Hallyne der Pyromantiker und den Meistern der Alchimistengilde wurde der Dank des Königs zuteil, und Hallyne wurde zum Lord erhoben, obwohl der Titel, wie Sansa bemerkte, weder Ländereien noch eine Burg beinhaltete, was den Alchimisten zu einem ebensolchen Lord machte wie Varys. Ein echter Lordtitel wurde Ser Lancel Lannister gewährt. Joffrey belohnte ihn mit Land, Burg und den Rechten des Hauses Darry, dessen letzter Kinderlord während der Kämpfe in den Flusslanden gestorben war »und keine rechtmäßigen Erben mit dem Blute der Darrys hinterlassen hat, sondern nur einen Bastardvetter.«

Ser Lancel erschien nicht, um den Titel entgegen zu nehmen; dem Gerede nach könnten seine Wunden ihn den Arm oder gar das Leben kosten. Auch von dem Gnom hieß es, er liege nach einem fürchterlichen Hieb auf den Kopf im Sterben.

Dann rief der Herold: *»Lord Petyr Baelish«*, und er betrat den Saal in allen Rosa- und Pflaumenblautönen, und sein Mantel war mit Nachtigallen gemustert. Sie sah ihn lächeln, ehe er vor dem Eisernen Thron kniete. *Er sieht höchst zufrieden aus.* Sansa hatte von keiner besonderen Heldentat Littlefingers gehört, trotzdem sollte er offensichtlich belohnt werden.

Erneut erhob sich Ser Kevan. »Es ist der Wunsch des Königs, dass sein ergebener Berater Petyr Baelish für seine treuen Dienste an Krone und Reich belohnt werde. Verkündet daher, dass Lord Baelish die Burg Harrenhal mit allen Ländereien und Einkünften verliehen wird, die er zu seinem Sitz machen und fortan als Oberster Lord vom Trident regieren soll. Petyr Baelish, seine Söhne und seine Enkel sollen diese Ehre behalten und sich daran erfreuen bis ans Ende der Zeit, und alle Lords vom Trident sollen ihm den Vasalleneid schwören. All diesem haben die Hand des Königs und der Kleine Rat zugestimmt.«

Auf den Knien richtete Littlefinger den Blick auf König Joffrey. »Ich danke Euch demütigst, Euer Gnaden. Ich nehme an, jetzt muss ich mich darum kümmern, Söhne und Enkel zu bekommen.«

Joffrey lachte und mit ihm der ganze Hof. *Oberster Lord vom Trident*, dachte Sansa, *und außerdem Lord von Harrenhal.* Sie verstand nicht, was ihn daran so sehr beglückte; die Ehrung war ebenso leer wie der Titel, den man Hallyne dem Pyromantiker verliehen hatte.

Harrenhal war verflucht, das wusste jeder, und im Augenblick befand es sich nicht einmal im Besitz der Lannisters. Außerdem waren die Lords vom Trident Riverrun und dem Hause Tully verschworen, und so natürlich auch dem König des Nordens; Littlefinger würden sie niemals als Lehnsherrn anerkennen. *Solange sie nicht dazu gezwungen werden. Solange mein Bruder und mein Onkel und mein Großvater nicht besiegt und getötet wurden.* Der Gedanke ängstigte sie, aber sie schalt sich, nicht so dumm zu sein. *Robb hat sie bislang immer geschlagen. Und auch Lord Baelish wird er besiegen.*

An diesem Tag wurden mehr als sechshundert Mann zum Ritter geschlagen. Sie hatten in der Großen Septe von Baelor die Nachtwache gehalten und die Stadt am nächsten Morgen mit bloßen Füßen durchquert, um die Demut in ihren Herzen zu beweisen. Jetzt traten sie in Umhängen aus ungefärbter Wolle vor und nahmen ihre Ritterschaft aus den Händen der Königsgarde in Empfang. Es dauerte lange, da nur drei der Brüder vom Weißen Schwert anwesend waren, um die Ritterschläge vorzunehmen. Mandon Moore war in der Schlacht verschollen, der Bluthund war verschwunden, Aerys Oakheart war in Dorne bei Prinzessin Myrcella, und Jaime Lannister war Robbs Gefangener; somit blieben von der Königsgarde nur Balon Swann, Meryn Trant und Osmund Kettleblack. Nachdem die Männer den Ritterschlag erhalten hatten, standen sie auf, schnallten sich den Schwertgurt um und stellten sich ans Fenster. Einige hatten sich die Füße beim Gang durch die Stadt blutig gelaufen, trotzdem standen sie aufrecht und stolz neben den anderen.

Nachdem alle neuen Ritter ihre *Sers* bekommen hatten, machte sich wachsende Unruhe in der Halle breit, insbesondere bei Joffrey. Manche der Gäste auf der Galerie hatten sich heimlich hinausgeschlichen, die Adligen unten dagegen saßen jedoch in der Falle und durften sich ohne die Erlaubnis des Königs nicht zurückziehen. So wie dieser auf dem Eisernen Thron hin und her rutschte, hätte Joff sie ihnen nur zu gern erteilt, doch die Pflichten des Tages waren noch lange nicht erfüllt. Denn nun wurden die Gefangenen hereingeführt.

Unter ihnen befanden sich große Lords und edle Ritter: der

säuerliche alte Lord Celtigar, der Rote Krebs; Ser Bonifer der Gute; Lord Estermont, der Celtigar an Jahren noch übertraf; Lord Varner, der mit einem zerschmetterten Knie durch den Saal humpeln musste; Ser Mark Mullendore, der einen Arm bis zum Ellbogen verloren hatte; der Furcht erregende Red Ronnet von Griffin Roost; Ser Dermot von Rainwood; Lord Willum und seine Söhne Josua und Elyas; Ser Jon Fossoway; Ser Timon der Schwertschleifer; Aurane, der Bastard von Driftmark; Lord Staedmon, genannt der Pfennigfuchser; und Hunderte anderer.

Jene, die während der Schlacht die Seiten gewechselt hatten, brauchten jetzt Joffrey lediglich den Treueid abzulegen, jene hingegen, die bis zum bitteren Ende für Stannis gekämpft hatten, wurden gezwungen, sich zu äußern. Ihre Worte entschieden über ihr Schicksal. Baten sie um Vergebung für ihren Hochverrat und versprachen, von nun an treu zu dienen, gewährte Joffrey ihnen den Frieden des Königs und gab ihnen ihre Ländereien und Rechte zurück. Eine Hand voll Männer blieb jedoch unbeugsam. »Glaubt nur nicht, diese Sache sei schon ausgefochten, Knabe«, warnte einer von ihnen, der Bastardsohn eines Florents. »Der Herr des Lichts beschützt König Stannis, jetzt und immerdar. All Eure Schwerter und all Eure Ränke werden Euch nicht retten, wenn Eure Stunde gekommen ist.«

»*Eure* Stunde ist tatsächlich gerade gekommen.« Joffrey winkte Ser Ilyn Payne, den Verräter hinauszubringen und ihm den Kopf abzuschlagen. Doch sobald dies geschehen war und die Leiche hinausgetragen worden war, rief einer der Ritter, auf dessen Brust das flammende Herz prangte, mit feierlicher Miene: »Stannis ist der wahre König! Auf dem Eisernen Thron sitzt ein Ungeheuer, eine Ausgeburt des Inzests!«

»Schweigt!«, brüllte Ser Kevan Lannister.

Stattdessen schrie der Ritter noch lauter: »Joffrey ist der schwarze Wurm, der am Herzen des Reiches nagt! Finsternis war sein Vater, und Tod seine Mutter! Vernichtet ihn, ehe er Euch verdirbt! Vernichtet sie alle, die königliche Hure und den königlichen Wurm, den abscheulichen Zwerg und die flüsternde Spinne, die falschen Blumen. Rettet Euch!« Einer der Goldröcke schlug den Mann zu Boden, trotzdem schrie er weiter: »Das reinigende Feuer wird kommen! König Stannis wird zurückkehren!«

Joffrey sprang auf. »*Ich* bin der König! Tötet ihn! Tötet ihn sofort. Ich befehle es.« Er vollführte mit der Hand eine wütende, hackende Geste . . . und schrie vor Schmerz auf, als sein Arm einen der scharfen Metallzähne streifte, die ihn umgaben. Der helle scharlachrote Samt seines Ärmels wurde an der Stelle, wo er vom Blut getränkt wurde, eine Spur dunkler. *»Mutter!«*, jammerte der Junge.

Da sich nun alle Blicke auf den König richteten, konnte der Mann auf dem Boden einem der Goldröcke irgendwie einen Speer entwinden, mit dessen Hilfe er sich auf die Beine erhob. »Der Thron versagt sich ihm!«, rief er. *»Er ist nicht der rechte König!«*

Cersei stürzte auf den Thron zu, doch Lord Tywin blieb still wie ein Stein. Er hob nur einen Finger, und Ser Meryn Trant trat mit gezogenem Schwert vor. Das Ende war schnell und erbarmungslos. Die Goldröcke packten den Mann an den Armen. *»Nicht der rechte König!«*, brüllte er noch einmal, während Ser Meryn ihm die Spitze seines Langschwerts durch die Brust bohrte.

Joff fiel seiner Mutter in die Arme. Drei Maester eilten herbei und führten ihn zur Tür des Königs hinaus. Dann redeten plötzlich alle durcheinander. Als die Goldröcke die Leiche nach draußen schleppten, hinterließ sie eine leuchtend rote Blutspur auf dem Steinboden. Lord Baelish strich sich über den Bart, derweil Varys ihm etwas ins Ohr flüsterte. *Werden sie uns nun endlich entlassen?*, fragte sich Sansa. Zwanzig Gefangene warteten immer noch, um entweder Treue zu schwören oder den König zu verfluchen.

Lord Tywin erhob sich. »Wir fahren fort«, sagte er mit klarer Stimme, die den Aufruhr zum Verstummen brachte. »Alle, die für ihren Hochverrat um Vergebung bitten möchten, sollen dies tun. Wir werden uns keine weiteren Torheiten bieten lassen.« Er trat vor den Eisernen Thron und setzte sich auf die dritte Stufe.

Draußen schwand das Tageslicht bereits, als die Sitzung zu Ende war. Sansa fühlte sich ganz taub vor Erschöpfung, während sie die Galerie verließ. Sie fragte sich, wie schlimm Joffrey sich wohl geschnitten hatte. *Es heißt, der Eiserne Thron kann sehr grausam zu denen sein, die kein Recht haben, darauf zu sitzen.*

Endlich in ihrem Zimmer und in Sicherheit, drückte sie sich ein Kissen vors Gesicht und stieß einen lauten Jubelschrei aus. *Oh, bei den guten Göttern, er hat es getan, er hat mich vor allen Leuten verstoßen.* Das Dienstmädchen, das ihr Abendessen brachte, hätte sie beinahe geküsst. Es gab warmes Brot, frische Butter, eine dicke Rinderbrühe, Kapaun und Karotten, und zum Schluss Pfirsiche in Honig. *Sogar das Essen schmeckt plötzlich viel besser.*

Nach Einbruch der Dunkelheit legte sie einen Mantel an und machte sich auf den Weg zum Götterhain. Osmund Kettleblack in seiner weißen Rüstung hielt Wache auf der Zugbrücke. Sansa tat ihr Bestes, um möglichst traurig zu klingen, als sie ihm einen guten Abend wünschte. So spöttisch, wie er sie anblickte, war sie nicht sicher, ob sie besonders glaubhaft gewesen war.

Dontos wartete im Mondlicht unter dem Laub. »Warum das traurige Gesicht?«, fragte Sansa ihn fröhlich. »Ihr wart doch dabei, Ihr habt es gehört. Joff hat die Verlobung gelöst, er ist fertig mit mir, er . . .«

Dontos ergriff ihre Hand. »Oh, Jonquil, meine arme Jonquil, Ihr begreift nicht. Fertig mit Euch? Sie haben gerade erst angefangen.«

Ihr Mut sank. »Wie meint Ihr das?«

»Die Königin wird Euch niemals gehen lassen, niemals. Ihr seid eine zu wertvolle Geisel. Und Joffrey . . . er ist noch immer König. Wenn er Euch in seinem Bett wünscht, wird er Euch nehmen, nur werden es nun Bastarde sein, die er mit Euch zeugt, und keine ehelichen Söhne.«

»*Nein*«, widersprach Sansa schockiert. »Er wird mich gehen lassen, er . . .«

Ser Dontos drückte ihr einen feuchten Kuss aufs Ohr. »Seid tapfer. Ich habe geschworen, Euch nach Hause zu bringen, und jetzt kann ich das auch tatsächlich tun. Der Tag steht bereits fest.«

»Wann?«, fragte Sansa. »Wann werden wir aufbrechen?«

»In der Nacht von Joffreys Vermählung. Nach dem Fest. Alles ist vorbereitet. Der Red Keep wird voller Fremder sein. Der halbe Hof wird betrunken sein, die andere Hälfte wird Joffrey helfen, seine Braut ins Ehebett zu führen. Eine Weile lang wird man Euch vergessen, und die Verwirrung wird unser Verbündeter sein.«

»Die Hochzeit findet nicht vor der Mondwende statt. Margaery Tyrell ist in Highgarden, sie haben erst jetzt nach ihr geschickt.«

»Ihr habt so lange gewartet, geduldet Euch noch ein wenig länger. Hier, ich habe etwas für Euch.« Ser Dontos kramte in seinem Beutel und zog ein silbernes Spinnennetz hervor, das zwischen seinen dicken Fingern baumelte.

Es war ein Haarnetz, das aus feinstem Silber gesponnen war, dessen Fäden so dünn und zart waren, dass das Netz nicht schwerer als ein Lufthauch zu sein schien. Winzige Edelsteine waren an den Stellen befestigt, wo sich die Fäden kreuzten, dunkle Steine, die das Mondlicht in sich aufsaugten. »Was für Steine sind das?«

»Schwarze Amethyste aus Asshai. Die seltensten, die es gibt. Bei Tageslicht sind sie tief purpurn.«

»Es ist sehr hübsch«, sagte Sansa und dachte: *Ich brauche ein Schiff und kein Haarnetz.*

»Hübscher, als Ihr denkt, liebes Kind. Es ist magisch. Es bedeutet Gerechtigkeit. Rache für Euren Vater.« Dontos beugte sich vor und küsste sie abermals. »Es bedeutet *Heimat.*«

THEON

Maester Luwin kam zu ihm, als vor den Mauern die ersten Kundschafter auftauchten. »Mylord Prinz«, sagte er, »Ihr müsst Euch ergeben.«

Theon starrte auf den Teller mit Haferkuchen, Honig und Blutwurst, den man ihm zum Frühstück gebracht hatte. Nach einer weiteren schlaflosen Nacht lagen seine Nerven blank, und schon beim Anblick des Essens wurde ihm übel. »Von meinem Onkel ist keine Antwort eingetroffen?«

»Nein«, erwiderte der Maester. »Und auch nicht von Eurem Vater auf Pyke.«

»Schickt weitere Vögel.«

»Das wird nichts nutzen. Bis die Vögel am Ziel ankommen –«

»Schickt sie!« Er schleuderte den Teller von sich, warf die Decken zurück und erhob sich nackt und wütend aus Ned Starks Bett. »Oder wollt Ihr meinen Tod? Ist es das, Luwin? Sagt die Wahrheit.«

Der kleine graue Mann zeigte keine Furcht. »Mein Orden dient.«

»Ja, aber wem?«

»Dem Reich«, sagte Maester Luwin, »und Winterfell. Theon, einst habe ich Euch Rechnen und Schreiben, Geschichte und Kriegskunst gelehrt. Und ich hätte Euch noch mehr beigebracht, wenn Ihr nur hättet lernen wollen. Keineswegs will ich behaupten, dass ich große Liebe für Euch hege, nein, doch ich hasse Euch auch nicht. Selbst wenn ich es täte, solange Ihr Winterfell besetzt, bin ich durch meinen Eid verpflichtet, Euch mit Rat zur Seite zu stehen. Und deshalb rate ich Euch nun, Euch zu *ergeben.«*

Theon bückte sich, um seinen fleckigen Mantel vom Boden aufzuheben, schüttelte die Binsen ab und hängte ihn sich um die

Schultern. *Ein Feuer, ich will ein Feuer, und saubere Kleider. Wo ist Wex? ich werde nicht in schmutzigen Gewändern in den Tod gehen.*

»Ihr habt keine Hoffnung, Euch hier behaupten zu können«, fuhr der Maester fort. »Wenn Euer Hoher Vater beabsichtigte, Euch Hilfe zu schicken, wäre sie längst eingetroffen. Sein Augenmerk gilt mehr dem Neck. Die Schlacht um den Norden wird in den Ruinen von Moat Cailin ausgetragen.«

»Das mag sein«, sagte Theon, »und solange ich Winterfell halte, können Ser Rodrik und Starks Vasallen nicht nach Süden marschieren, um meinem Onkel in den Rücken zu fallen.« *Ich bin in der Kriegskunst durchaus nicht so unbewandert, wie Ihr denkt, alter Mann.* »Ich habe genug Vorräte, um ein Jahr Belagerung zu überstehen, wenn es sein muss.«

»Es wird keine Belagerung geben. Vielleicht brauchen sie ein oder zwei Tage, um Leitern zu bauen und Haken an Seile zu knoten. Dann aber werden sie an hundert Stellen gleichzeitig über die Mauern kommen. Möglicherweise könnt Ihr den Bergfried eine Weile halten, die Burg selbst wird in einer Stunde fallen. Daher wäre es das Beste, die Tore zu öffnen und um –«

»Um *Gnade zu* bitten? Ich kenne die Gnade, die sie für mich bereithalten.«

»Es wäre eine Möglichkeit.«

»Ich bin ein Eisenmann«, erinnerte Theon ihn. »Der hat nur eine Möglichkeit. Welche Wahl haben sie mir denn gelassen? Nein, antwortet nicht, ich habe genug von Euren *Ratschlägen.* Geht und schickt die Vögel aus, wie ich Euch befohlen habe, und sagt Lorren, ich will ihn sehen. Und Wex auch. Mein Kettenhemd muss saubergescheuert werden, und meine Männer sollen sich im Hof versammeln.«

Einen Augenblick lang dachte er, der Maester würde ihm widersprechen. Schließlich jedoch verneigte sich Luwin steif. »Wie Ihr befehlt.«

Es war eine Mitleid erregend kleine Truppe; die Eisenmänner waren nur wenige, und der Hof war groß. »Die Nordmannen werden uns noch vor Einbruch der Nacht erreicht haben«, teilte er ihnen mit. »Ser Rodrik Cassel und alle Lords, die seinem Ruf gefolgt sind. Ich werde nicht vor ihnen davonlaufen. Ich habe diese Burg eingenommen und ich beabsichtige, sie zu halten und als Prinz von Winterfell zu leben oder zu sterben. Aber ich werde keinem Mann befehlen, mit mir in den Tod zu gehen. Wenn ihr jetzt geht, ehe Ser Rodriks Truppen eingetroffen sind, habt ihr eine Chance durchzukommen.« Mit dem Langschwert zog er eine Linie in den Boden. »Die bleiben und kämpfen wollen, sollen vortreten.«

Niemand sagte etwas. Die Männer standen in Kettenhemden und Fellen und gehärtetem Leder so starr wie Steine. Einige wechselten Blicke. Urzen scharrte mit den Füßen. Dykk Harlaw räusperte sich und spuckte aus. Ein Windstoß zerzauste Endehars langes blondes Haar.

Theon fühlte sich, als würde er ertrinken. *Warum überrascht es mich?* dachte er kalt. Sein Vater hatte ihn im Stich gelassen, sein Onkel, seine Schwester, sogar dieser elende Stinker. Warum sollten seine Männer ihm mehr Treue entgegenbringen? Es gab nichts zu sagen, nichts zu tun. Er konnte nur dastehen, hier unter der großen grauen Mauer und dem harten weißen Himmel und mit dem Schwert in der Hand warten, warten ...

Wex war der Erste, der die Linie überschritt. Drei rasche Schritte, und er stand auf Theons Seite. Von dem Jungen beschämt, folgte der Schwarze Lorren mit finsterer Miene. »Wer noch?«, fragte er. Der Rote Rolfe trat vor. Kromm und Werlag. Tymor und seine Brüder. Ulf der Üble. Harrag Schafdieb. Vier Harlaws und zwei Botleys. Kenned der Wal war der Letzte. Siebzehn Mann insgesamt.

Urzen gehörte zu denen, die sich nicht rührten, ebenso Stygg und alle von den Zehn, die Asha aus Deepwood Motte mitgebracht hatte. »Dann geht«, sagte Theon zu ihnen. »Lauft zu meiner Schwester. Sie wird euch herzlich willkommen heißen, daran zweifle ich nicht.«

Stygg hatte wenigstens den Anstand, verlegen auszusehen. Der Rest ging ohne ein Wort. Theon wandte sich an die siebzehn, die blieben. »Zurück auf die Mauer. Wenn die Götter uns verschonen, werde ich keinen von euch vergessen.«

Der Schwarze Lorren verweilte noch, nachdem die anderen sich aufgemacht hatten. »Die Burgbewohner werden sich gegen uns wenden, sobald der Kampf beginnt.«

»Ich weiß. Was würdest du dagegen unternehmen?«

»Werft sie raus«, sagte Lorren. »Sie alle.«

Theon schüttelte den Kopf. »Ist die Schlinge fertig?«

»Ja. Wollt Ihr sie benutzen?«

»Weißt du eine bessere Möglichkeit?«

»Ja. Ich nehme meine Axt und stelle mich auf die Zugbrücke, dann sollen sie sich doch an mich heranwagen. Einer nach dem anderen, oder zwei, drei, vier, das spielt keine Rolle. Solange ich atme, wird niemand den Graben überqueren.«

Er will den Tod, dachte Theon. *Er ist nicht auf den Sieg aus, sondern auf ein Ende, das eines Liedes wert ist.* »Wir werden die Schlinge benutzen.«

»Wie Ihr sagt«, erwiderte Lorren. In seinen Augen lag Verachtung.

Wex half ihm, sich für die Schlacht zu kleiden. Unter einem schwarzen Überwurf und einem goldenen Mantel trug er ein gut geöltes Kettenhemd, und darunter gehärtetes Leder. Nachdem er Rüstung und Waffen angelegt hatte, stieg Theon in den Wachturm an der Ecke von Ost- und Südmauer hinauf, um sich sein heranziehendes Verhängnis anzuschauen. Die Nordmänner schwärmten aus und umzingelten die Burg. Ihre Zahl zu schätzen war schwierig. Mindestens tausend; vielleicht doppelt so viele. *Gegen siebzehn.* Sie hatten Katapulte und Skorpione mitgebracht. Belagerungstürme rumpelten nicht über die Königsstraße, doch im Wolfswald gab es genug Holz, um welche zu bauen.

Theon betrachtete die Banner durch Maester Luwins Linsenfernrohr aus Myr. Wo er auch hinsah, überall flatterte die Streitaxt der Cerwyns, dazu die Bäume der Tallhearts und die Nixe von White Harbor. Weniger häufig waren die Wappen von Flint und Karstark. Hier und dort war sogar der Elch der Hornwoods zu sehen. *Aber keine Glovers, um die hat sich Asha gekümmert, keine Boltons von Dreadfort, keine Umbers aus dem Gebiet der Mauer.* Nicht, dass sie nötig gewesen wären. Bald darauf erschien der junge Cley Cerwyn mit dem Banner des Waffenstillstandes an einem langen Stab vor den Toren und verkündete, dass Ser Rodrik Cassel mit Theon dem Abtrünnigen verhandeln wollte.

Der Abtrünnige. Der Name war bitter wie Galle. Er war nach Pyke gegangen, um seines Vaters Langschiffe nach Lannisport zu führen, erinnerte er sich. »Ich werde in Kürze herauskommen«, rief er nach unten. »Allein.«

Dem Schwarzen Lorren gefiel das nicht. »Nur Blut kann Blut wegwaschen«, sagte er. »Ritter halten ihren Frieden vielleicht mit anderen Rittern, aber jenen gegenüber, die sie für Gesetzlose halten, sind sie nicht so sehr auf ihre Ehre bedacht.«

Theon reagierte ungehalten. »Ich bin der Prinz von Winterfell und Erbe der Iron Islands. Jetzt hol das Mädchen und tu, was ich dir aufgetragen habe.«

Der Schwarze Lorren warf ihm einen vernichtenden Blick zu. »Aye, Prinz.«

Auch er hat sich gegen mich gewendet, erkannte Theon. In letzter Zeit erschien es ihm, als lehnten sich selbst die Steine von Winterfell gegen ihn auf. *Wenn ich sterbe, dann ohne Freunde und verlassen.* Was blieb ihm also übrig, als zu überleben?

Er ritt zum Torhaus, mit der Krone auf dem Kopf. Eine Frau holte Wasser aus dem Brunnen, und Gage der Koch stand in der Küchentür. Sie verbargen ihren Hass hinter mürrischen Mienen und leeren Gesichtern, trotzdem konnte er ihn spüren.

Als die Zugbrücke herabgelassen wurde, pfiff ein kühler Wind über den Graben, und Theon fröstelte. *Das ist nur die Kälte, mehr nicht,* redete er sich ein, *ein Schauder, kein Zittern. Sogar tapfere Männer schaudern in der Kälte.* In diesen Wind hinein ritt er unter dem Fallgatter hindurch und dann über die Zugbrücke. Die äußeren Tore schwangen auf und ließen ihn passieren. Während er aus der Burg ritt, spürte er, wie ihn die Jungen aus den leeren Höhlen beobachteten, in denen früher ihre Augen gesessen hatten.

Ser Rodrik wartete am Marktplatz auf seinem grauen Hengst. Neben ihm wehte der Schattenwolf der Starks an einem Stab, den der junge Cley Cerwyn trug. Sie waren allein auf dem Platz, wenngleich Theon auf den Dächern der Häuser Bogenschützen sah, Speerträger zu seiner Rechten und zu seiner Linken eine Reihe Ritter auf Pferden und dem Nöck-und-Dreizack-Banner des Hauses Manderly. *Sie alle miteinander wollen meinen Tod.* Manche von ihnen waren Jungen, mit denen er getrunken, gewürfelt und sogar gehurt hatte, bloß würde ihn das nicht retten, wenn er ihnen in die Hände fiel.

»Ser Rodrik.« Theon zügelte das Pferd. »Es dauert mich, dass wir uns hier als Feinde gegenüberstehen.«

»Ich bedaure lediglich, dass ich noch eine Weile warten muss, bis ich Euch hängen kann.« Der alte Ritter spuckte auf den matschigen Boden. »Theon der Abtrünnige.«

»Ich bin ein Greyjoy von Pyke«, erinnerte Theon ihn. »Der Mantel, in den mein Vater mich gehüllt hat, trug einen Kraken, keinen Schattenwolf.«

»Zehn Jahre lang wart Ihr das Mündel der Starks.«

»Ihre Geisel und ihr Gefangener, würde ich es nennen.«

»Dann hätte Lord Eddard Euch besser an die Wand eines Kerkers ketten sollen. Stattdessen zog er Euch zusammen mit seinen eigenen Söhnen auf, jenen lieben Jungen, die Ihr ermordet habt, und zu meiner unauslöschlichen Schande habe ich Euch selbst in der Kriegskunst unterrichtet. Hätte ich Euch das Schwert nur in den Leib gestoßen, statt es Euch in die Hand zu drücken.«

»Ich bin zu einer Unterhandlung gekommen, nicht um Beleidigungen über mich ergehen zu lassen. Sagt, was Ihr zu sagen habt, alter Mann. Was wollt Ihr von mir?«

»Zwei Dinge«, antwortete der alte Mann. »Winterfell und Euer Leben. Befehlt Euren Männern, die Tore zu öffnen und die Waffen niederzulegen. Jene, die keine Kinder ermordet haben, sollen freies Geleit erhalten, aber Ihr werdet gefangen gesetzt, bis König Robb Recht über Euch sprechen wird. Mögen die Götter Euch gnädig sein, wenn er zurückkehrt.«

»Robb wird Winterfell nicht wieder sehen«, versprach Theon ihm. »Er wird am Moat Cailin untergehen wie jede andere Armee aus dem Süden in den letzten zehntausend Jahren. Der Norden ist jetzt unser, Ser.«

»Ihr habt drei Burgen«, entgegnete Ser Rodrik, »und diese werde ich mir zurückholen, Abtrünniger.«

Theon ignorierte das. »Hier sind meine Bedingungen. Ihr habt Zeit bis zum Abend, um abzuziehen. Wer Balon Greyjoy als seinem König und mir als Prinz von Winterfell die Treue schwört, soll seine Rechte und seine Ländereien behalten und kein Leid erdulden müssen. Wer sich uns entgegenstellt, wird zermalmt.«

Der junge Cerwyn starrte ihn ungläubig an. »Seid Ihr wahnsinnig, Greyjoy?«

Ser Rodrik schüttelte den Kopf. »Nur eitel, Junge. Theon hatte schon immer eine hohe Meinung von sich, fürchte ich.« Der alte Mann zeigte mit dem Finger auf den selbst ernannten Prinzen. »Glaubt nicht, dass ich warten müsste, bis Robb sich seinen Weg die Neck hinauf freigekämpft hat, um sich mit Euch zu befassen. Ich habe fast zweitausend Mann bei mir . . . und wenn die Geschichten stimmen, habt Ihr keine fünfzig.«

Siebzehn in Wahrheit. Theon zwang sich zu lächeln. »Ich habe etwas Besseres als Männer.« Damit hob er die Faust über den Kopf und gab so das Signal für den Schwarzen Lorren.

Die Mauern von Winterfell waren hinter ihm, doch Ser Rodrik hatte sie genau vor Augen und musste es demnach sehen. Theon beobachtete sein Gesicht. Als das Kinn unter dem steifen weißen Schnurrbart zu zittern begann, wusste Theon, was der alte Mann erblickte. *Überrascht ist er nicht*, dachte er traurig, *aber er hat Angst.*

»Das ist feige«, sagte Ser Rodrik. »Ein Kind so zu missbrauchen . . . abscheulich.«

»Oh, ich weiß«, erwiderte Theon. »Ich weiß es nur zu gut, oder habt Ihr das schon vergessen? Ich war zehn, als ich aus dem Hause meines Vaters entführt wurde, um sicherzustellen, dass er nie wieder rebellieren würde.«

»Das ist nicht das Gleiche!«

Theons Gesicht zeigte keine Regung. »Die Schlinge, die um meinen Hals lag, war nicht aus Hanf geflochten, das stimmt, trotzdem habe ich sie gespürt. Und sie scheuerte, Ser Rodrik. Sie scheuerte mich blutig.« Bis zu diesem Moment war ihm das nicht klar gewesen, doch während die Worte aus ihm heraussprudelten, erkannte er ihre Wahrheit.

»Euch ist nie ein Leid zugefügt worden.«

»Und Eurer Beth wird ebenfalls kein Leid geschehen, wenn Ihr –«

Ser Rodrik ließ ihm keine Chance, den Satz zu beenden. »Vipernbrut«, rief der Ritter mit vor Wut gerötetem Gesicht. »Ich habe Euch Gelegenheit gegeben, Eure Männer zu retten und mit einem Hauch von Ehre zu sterben, Abtrünniger. Ich hätte wissen müssen, dass selbst das von einem Kindermörder zu viel verlangt ist.« Er legte die Hand auf den Griff seines Schwertes. »Ich sollte Euch hier an Ort und Stelle niedermachen und Euren Lügen und Listen ein Ende bereiten. Bei den Göttern, das sollte ich tun.«

Theon fürchtete sich nicht vor einem zitternden alten Mann, die Ritter und Bogenschützen waren allerdings eine andere Sache. Falls die Schwerter gezogen wurden, waren seine Chancen, die Burg lebend zu erreichen, verschwindend gering. »Brecht Euren Eid und ermordet mich, dann werdet Ihr zusehen können, wie Eure kleine Beth in dieser Schlinge stirbt.«

Ser Rodrik umklammerte sein Schwert so fest, dass seine Knöchel weiß wurden, doch schließlich ließ er die Waffe los. »Wahrlich, ich habe schon zu lange gelebt.«

»Dem will ich nicht widersprechen, Ser. Nehmt Ihr meine Bedingungen an?«

»Ich habe Pflichten gegenüber Lady Catelyn und dem Hause Stark.«

»Und Euer eigenes Haus? Beth ist die Letzte von Eurem Blute.«

Der alte Ritter richtete sich auf. »Ich biete mich an Stelle meiner Tochter an. Lasst sie frei und nehmt mich als Geisel. Der Kastellan von Winterfell ist sicherlich mehr wert als ein Kind.«

»Mir nicht.« *Eine noble Geste, alter Mann, doch ein so großer Narr bin ich auch nicht.* »Und auch nicht für Lord Manderly oder Leobald Tallheart, möchte ich wetten.« *Eure armselige alte Haut ist denen nicht mehr wert als die jedes anderen Mannes.* »Nein, ich behalte das Mädchen ... sie ist in Sicherheit, solange Ihr meinen Befehlen Folge leistet. Ihr Leben liegt in Euren Händen.«

»Bei den guten Göttern, Theon, wie könnt Ihr das tun? Ihr wisst, dass ich angreifen muss, ich habe *geschworen ...*«

»Wenn dieses Heer bei Sonnenuntergang noch vor meinen Toren steht, wird Beth hängen«, sagte Theon. »Beim Morgengrauen wird die nächste Geisel an der Reihe sein, und dann wieder eine bei Sonnenuntergang. Jeden Morgen und jeden Abend wird jemand sterben, bis Ihr abgezogen seid. Mir mangelt es nicht an Geiseln.« Er wartete die Antwort nicht ab, sondern wendete Smiler und ritt zurück zur Burg, zuerst gemächlich, dann ließ ihn jedoch der Gedanke an die Bogenschützen hinter ihm einen leichten Galopp einschlagen. Die kleinen Köpfe beobachteten ihn von ihren Spießen, ihre geteerten und gehäuteten Gesichter wurden mit jedem Meter größer; zwischen ihnen stand die kleine Beth Cassel weinend mit der Schlinge um den Hals. Theon gab Smiler die Sporen und trieb ihn zu vollem Galopp an. Smilers Hufschlag dröhnte auf der Brücke wie Trommeln.

Im Hof stieg er ab und reichte Wex die Zügel. »Das wird sie vielleicht zurückhalten«, sagte der dem Schwarzen Lorren. »Bei Sonnenuntergang werden wir es genau wissen. Hol das Mädchen bis dahin herein.« Unter dem Leder, dem Stahl und der Wolle war er schweißnass. »Ich brauche einen Becher Wein. Ein Bottich Wein wäre noch besser.«

In Ned Starks Gemach brannte ein Feuer. Theon saß neben dem Kamin und füllte sich einen Becher mit einem schweren Roten aus dem Keller der Burg, einem Wein, der so sauer war wie seine Stimmung. *Sie werden angreifen,* dachte er verbittert. *Ser Rodrik liebt seine Tochter, aber er ist der Kastellan und vor allem ein Ritter.* Hätte Theon dort mit einer Schlinge um den Hals gestanden und Lord Balon die Armee draußen befehligt, wären die Schlachthörner längst zum Angriff geblasen worden, daran zweifelte er nicht. Er sollte den Göttern dafür danken, dass Ser Rodrik kein Eisenmann war. Die Männer der Grünen Lande waren aus weicherem Holz geschnitzt, obwohl Theon nicht sicher war, ob es sich als weich genug erweisen würde.

Wenn nicht, wenn der alte Mann den Befehl gab, die Burg zu stürmen, würde Winterfell fallen; in dieser Hinsicht machte sich Theon keine Illusionen. Seine Siebzehn würden jeder drei, vier oder fünf Mann töten, am Ende würden sie jedoch überwältigt werden.

Über den Rand seines Bechers starrte Theon in die Flammen und grübelte darüber nach, wie ungerecht das alles war. »Ich bin neben Robb Stark in den Flüsterwald geritten«, murmelte er. In jener Nacht hatte er Angst gehabt, jedoch nicht so wie jetzt. Es war eine Sache, inmitten von Freunden in die Schlacht zu ziehen, und eine ganz andere, einsam und verlassen seinem Untergang entgegenzusehen. *Gnade,* dachte er elendig.

Da der Wein keinen Trost spendete, schickte er Wex, seinen Bogen zu holen, und ging hinunter in den alten Innenhof. Dort stand er und schoss Pfeil um Pfeil auf die Zielscheiben ab, hielt nur inne, um die Pfeile für die nächste Runde wieder herauszuziehen, bis seine Schultern schmerzten und seine Finger blutig waren. *Mit diesem Bogen habe ich Bran das Leben gerettet,* erinnerte er sich. *Ich wünschte, ich könnte nun meins retten.* Frauen kamen zum Brunnen, verweilten dort jedoch nicht; was sie auf Theons Gesicht sahen, vertrieb sie rasch wieder.

Hinter ihm ragte der eingestürzte Turm auf, dessen Spitze gezackt war wie eine Krone, nachdem ein Feuer die oberen Stockwerke vor langer Zeit hatte zusammenbrechen lassen. Mit der Sonne bewegte sich auch der Schatten des Turms, wurde länger und griff wie ein schwarzer Arm nach Theon Greyjoy. Als die Sonne schließlich die Mauer berührte, hatte der Schatten ihn gepackt. *Wenn ich das Mädchen hänge, werden die Nordmänner sofort angreifen,* dachte er, während er einen Pfeil fliegen ließ. *Lasse ich sie nicht hängen, wissen sie, dass ich nur leere Drohungen ausstoße.* Er legte einen weiteren Pfeil ein. *Es gibt keinen Ausweg, keinen.*

»Wenn Ihr hundert Bogenschützen hättet, die so gut wären wie Ihr, hättet Ihr eine Chance, die Burg zu halten«, sagte eine Stimme leise hinter ihm.

Es war Maester Luwin. »Lasst mich in Ruhe«, befahl Theon ihm. »Ich habe genug von Eurem Rat.«

»Und Leben? Habt Ihr davon auch genug, Mylord Prinz?«

Er hob den Bogen. »Ein Wort noch, und dieser Pfeil durchbohrt Euer Herz.«

»Das würdet Ihr nicht tun.«

Theon zog die grauen Gänsefedern am Schaft bis an die Wange. »Wollt Ihr darüber eine Wette abschließen?«

»Ich bin Eure letzte Hoffnung, Theon.«

Ich habe keine Hoffnung, dachte er. Dennoch senkte er den Bogen etwas. »Davonrennen werde ich nicht.«

»Von Flucht spreche ich nicht. Legt das Schwarz an.«

»Die Nachtwache?« Theon nahm langsam die Spannung aus dem Bogen und richtete die Pfeilspitze auf den Boden.

»Ser Rodrik hat sein ganzes Leben dem Hause Stark gedient, und das Haus Stark war stets ein Freund der Nachtwache. Er würde Euch diesen Wunsch nicht versagen. Öffnet die Tore, legt die Waffen nieder, akzeptiert Bedingungen, und er *muss* Euch erlauben, das Schwarz anzulegen.«

Ein Bruder der Nachtwache. Keine Krone, keine Söhne, keine Ehefrau . . . aber er würde leben, und zwar ehrenhaft. Ned Starks eigener Bruder hatte die Nachtwache gewählt, und Jon Snow ebenfalls.

Schwarze Kleidung habe ich genug, ich brauche nur die Kraken abzureißen. Sogar mein Pferd ist schwarz. In der Nachtwache könnte ich es weit bringen – Oberster Grenzer, vielleicht sogar Lord Commander. Soll Asha doch die verdammten Inseln behalten, sie sind genauso öde wie sie selbst. Wenn ich in Eastwatch diene, kann ich möglicherweise mein eigenes Schiff befehligen, und jenseits der Mauer kann man wunderbar jagen. Und was die Weiber betrifft, welche Wildlingsfrau würde sich nicht gern mit einem Prinzen einlassen? Langsam breitete sich ein Lächeln auf seinem Gesicht aus. *Ich wäre so gut wie jeder andere Mann . . .*

»PRINZ THEON!« Der Schrei riss ihn aus seinem Tagtraum. Kromm kam über den Hof gelaufen. »Die Nordmänner –«

Plötzlich packte ihn das Entsetzen. »Greifen sie an?«

Maester Luwin ergriff seinen Arm. »Noch ist Zeit. Hisst das Banner des Friedens –«

»Sie kämpfen«, stieß Kromm hervor. »Es sind noch mehr Soldaten eingetroffen, Hunderte, und zuerst sah es aus, als würden sie zu den anderen stoßen. Dann sind sie über die Leute des Kastellans hergefallen.«

»Ist es Asha?« War sie am Ende doch noch gekommen, um ihn zu retten?

Doch Kromm schüttelte den Kopf. »Nein. Es sind *Nordmänner,* sage ich Euch. Mit einem blutigen Mann als Banner.«

Der enthäutete Mann von Dreadfort. Stinker hatte vor seiner Gefangennahme zum Bastard von Bolton gehört, erinnerte sich Theon. Es war kaum zu glauben, dass ein so abscheulicher Kerl die Boltons dazu bringen konnte, ein Bündnis zu brechen, doch alles andere ergab keinen Sinn. »Das muss ich mir selbst ansehen.«

Maester Luwin folgte ihm. Als sie auf dem Wehrgang ankamen, war der Marktplatz bereits mit toten Männern und sterbenden Pferden übersät. Theon sah keinerlei Schlachtreihen, nur ein wildes Durcheinander von Bannern und Klingen. Rufe und Schreie hallten durch die kalte Herbstluft herüber. Ser Rodriks Männer waren an Zahl überlegen, die Männer von Dreadfort hingegen wurden besser geführt und hatten die anderen überrascht. Theon beobachtete ihre Angriffe, die kurzen Rückzüge und erneuten Angriffe, mit denen sie die größere Streitmacht jedes Mal aufs Neue auseinander trieben, wenn diese sich formieren wollte. Er hörte das Krachen, mit dem eiserne Äxte auf Eichenschilde niedergingen, und das schrille Wiehern verstümmelter Pferde. Das Gasthaus brannte.

Der Schwarze Lorren trat schweigend zu ihm. Die Sonne stand tief im Westen und überzog die Felder und Häuser mit glühendem Rot. Ein dünner, zitternder Schmerzensschrei gellte über die Mauern, und ein Schlachthorn ertönte jenseits der brennenden Häuser. Theon beobachtete einen Verwundeten, der sich unter Schmerzen über den Boden schleppte und sein Blut im Dreck vergoss, während er den Brunnen in der Mitte des Marktplatzes zu erreichen suchte. Er starb, bevor er dort ankam. Er trug ein Lederwams und einen kegelförmigen Helm, doch kein Abzeichen, das gezeigt hätte, auf welcher Seite er gekämpft hatte.

Die Krähen erschienen in der blauen Dämmerung mit den ersten Sternen. »Die Dothraki glauben, die Sterne seien die Geister der tapferen Toten«, sagte Theon. Maester Luwin hatte ihm das vor langer Zeit erzählt.

»Dothraki?«

»Die Pferdelords von jenseits der Meerenge.«

»Ach, die.« Der Schwarze Lorren runzelte die Stirn. »Wilde glauben an alles Mögliche.«

Der Rauch breitete sich immer mehr aus, und außerdem wurde es dunkler, sodass es immer schwieriger wurde, das Geschehen unten zu verfolgen, doch schließlich endete das Klirren des Stahls, und die Rufe und Hörner machten Stöhnen und Mitleid erregendem Klagen Platz. Dann tauchte eine Kolonne Berittener aus dem dahintreibenden Rauch auf. An ihrer Spitze befand sich ein Ritter in dunkler Rüstung. Sein runder Helm leuchtete rot, und ein heller, rosafarbener Mantel hing ihm von den Schultern. Vor dem Haupttor zügelte er sein Pferd, und einer seiner Männer verlangte, man solle ihnen öffnen.

»Seid Ihr Freund oder Feind?«, rief der Schwarze Lorren hinunter.

»Würde Euch ein Feind solche Geschenke bringen?« Der Rote Helm gab ein Zeichen, und vor dem Tor wurden drei Leichen abgeworfen. Jemand hielt eine Fackel darüber, damit die Verteidiger auf der Mauer die Gesichter der Toten erkennen konnten.

»Der alte Kastellan«, sagte der Schwarze Lorren.

»Mit Leobald Tallheart und Cley Cerwyn.« Den jungen Lord hatte ein Pfeil ins Auge getroffen, und Ser Rodrik hatte den linken Arm bis zum Ellbogen eingebüßt. Maester Luwin stieß einen Schrei aus, wandte sich ab und fiel vor Übelkeit auf die Knie.

»Dieses große Schwein Manderly war zu feige, White Harbor zu verlassen, sonst hätten wir ihn Euch ebenfalls gebracht«, rief der Rote Helm.

Ich bin gerettet, dachte Theon. Doch weshalb fühlte er sich so leer?

Dies war ein Sieg, ein süßer Sieg, die Erlösung, für die er gebetet hatte. Er blickte zu Maester Luwin hinüber. *Wenn ich bedenke, dass ich beinahe das Schwarz angelegt hätte . . .*

»Öffne das Tor für unsere Freunde.« Vielleicht würde Theon heute Nacht ohne Furcht vor seinen Träumen schlafen.

Die Dreadfort-Männer überquerten den Burggraben und ritten durch die inneren Tore. Theon stieg mit dem Schwarzen Lorren und Maester Luwin zu ihnen hinunter in den Hof. Helle rote Wimpel hingen von den Enden einiger Lanzen, doch die meisten Männer trugen Streitäxte und Großschwerter und Schilde, die halb in Stücke gehackt waren. »Wie viele Männer habt Ihr verloren?«, fragte Theon den Roten Helm, als dieser abstieg.

»Zwanzig oder dreißig.« Im Licht der Fackeln leuchtete das angeschlagene Email seines Visiers. Helm und Halsberge waren wie Gesicht und Schultern eines Mannes gestaltet, hautlos und blutig, den Mund zu einem quälenden Schrei aufgerissen.

»Ser Rodrik war Euch fünf zu eins überlegen.«

»Ja, doch er hielt uns für Freunde. Ein dummer Fehler. Als mir der alte Narr die Hand reichte, habe ich stattdessen seinen halben Arm genommen. Dann habe ich ihm mein Gesicht gezeigt.« Der Mann legte beide Hände an den Helm, nahm ihn vom Kopf und klemmte ihn unter den Arm.

»Stinker«, entfuhr es Theon beunruhigt. *Woher hat dieser Dienstmann eine solche Rüstung?*

Der Mann lachte. »Stinker ist tot.« Er trat näher. »Daran ist das Mädchen Schuld. Wäre sie nicht so weit gelaufen, hätte ihr Pferd nicht gelahmt, dann hätten wir fliehen können. Ich habe ihr meins gegeben, als ich die Reiter über den Berg kommen sah. Zu dem Zeitpunkt war ich schon mit ihr fertig, und Stinker mochte es gern, sie zu nehmen, solange sie noch warm war. Ich musste ihn regelrecht von ihr herunterzerren und habe ihm meine Kleider in die Hände gedrückt – Kalbslederstiefel und ein Samtwams, einen silberbeschlagenen Schwertgurt und sogar meinen Zobelmantel. Reite nach Dreadfort, befahl ich ihm, und hol Hilfe. Nimm mein Pferd, es ist schneller, und hier, trag den Ring, den mir mein Vater geschenkt hat, damit sie wissen, dass ich dich geschickt habe. Er hatte inzwischen gelernt, mir keine Fragen zu stellen. Als sie ihm schließlich den Pfeil in den Rücken schossen, hatte ich mich schon mit dem Kot des Mädchens eingeschmiert und ihre Lumpen angezogen. Trotzdem hätten sie mich aufhängen können, aber eine andere Chance habe ich nicht gesehen.« Er rieb sich den Mund mit dem Handrücken. »Und jetzt, mein süßer Prinz, wo ist die Frau, die Ihr mir versprochen habt, wenn ich zweihundert Mann brächte? Nun, ich habe die dreifache Zahl hier, und keine grünen Jungen oder Feldarbeiter, sondern die Soldaten meines Vaters.«

Theon hatte sein Wort gegeben. Dies war nicht der rechte Zeitpunkt, sich dem zu entziehen. *Bezahl ihn mit dem Fleisch, das er verlangt, und rechne später mit ihm ab.* »Harrag«, sagte er, »geh zu den Zwingern und hol Palla für . . .«

»Ramsay.« Seine wulstigen Lippen lächelten, doch nicht die hellen, hellen Augen. »Snow hat mich mein Weib genannt, bevor sie ihre eigenen Finger gefressen hat, aber ich sage Bolton.« Das Lächeln erstarrte. »Ihr bietet mir also ein Mädchen aus den Zwingern für die Dienste an, die ich für Euch geleistet habe?«

In seiner Stimme schwang ein Unterton mit, der Theon nicht gefiel, genauso wenig wie die anmaßende Weise, in der ihn die Dreadfort-Männer anstarrten. »Sie ist das, was ich Euch versprochen habe.«

»Sie riecht nach Hundescheiße. Von Gestank habe ich die Nase voll. Ich denke, ich werde mir lieber von Eurem Mädchen das Bett wärmen lassen. Wie nennt Ihr sie? Kyra?«

»Seid Ihr verrückt?«, fuhr Theon verärgert auf. »Ich lasse Euch –«

Der Bastard schlug ihm die Hand ins Gesicht, und Theons Wangenknochen wurde mit einem abstoßenden Krachen von dem gepanzerten Handschuh zerschmettert. Die Welt verschwand hinter dem brüllenden Rot des Schmerzes.

Einige Zeit später erwachte Theon auf dem Boden. Er wälzte sich auf den Bauch und schluckte das Blut in seinem Mund herunter. *Schließt die Tore!*, versuchte er zu rufen, doch es war zu spät. Die Dreadfort-Männer hatten den Roten Rolfe und Kenned niedergemacht und drängten herein, ein Strom aus Kettenhemden und scharfen Klingen. In seinen Ohren dröhnte es, und um ihn herum erblickte er nur nacktes Grauen. Der Schwarze Lorren hatte das Schwert gezogen, wurde jedoch von vier Mann bedrängt. Er sah Ulf fallen, als er zur Großen Halle rannte und von einem Armbrustbolzen getroffen wurde. Maester Luwin wollte zu Theon, doch ein Ritter auf einem Schlachtross stieß ihm einen Speer zwischen die Schultern und ritt ihn nieder. Ein anderer Mann wirbelte eine Fackel um den Kopf und schleuderte sie auf das strohgedeckte Dach der Stallungen. *»Verschont mir die Freys«*, rief der Bastard, während die Flammen aufloderten, *»und brennt alles nieder. Alles!«*

Das Letzte, was Theon Greyjoy sah, war Smiler, der aus dem brennenden Stall flüchtete; seine Mähne stand in Flammen, und er schrie, bäumte sich auf . . .

TYRION

Er träumte von einer geborstenen Steindecke und dem Geruch von Blut und Scheiße und verbranntem Fleisch. Überall war beißender Rauch. Männer stöhnten und jammerten, und von Zeit zu Zeit gellte ein gequälter Schrei durch die Luft. Als er versuchte, sich zu bewegen, bemerkte er, dass er sein Lager verunreinigt hatte. Wegen des Rauchs traten ihm die Tränen in die Augen. *Weine ich?* Das durfte er seinen Vater nicht sehen lassen. Er war ein Lannister von Casterly Rock. *Ein Löwe, ich muss ein Löwe ein, wie ein Löwe leben, wie ein Löwe sterben.* Doch er hatte solche Schmerzen. Zu schwach, um zu Stöhnen, lag er in seinem eigenen Schmutz und schloss die Augen. In der Nähe verfluchte jemand mit schwerer, monotoner Stimme die Götter. Er lauschte den Lästerungen und fragte sich, ob er wohl im Sterben lag. Nach einer Weile verblasste der Raum um ihn herum.

Er fand sich draußen vor der Stadt wieder, wo er durch eine Welt ohne Farben schritt. Raben schwebten auf breiten, schwarzen Schwingen durch einen grauen Himmel, während Aaskrähen überall, wohin er auch den Fuß setzte, von ihrem Festmahl aufstoben. Weiße Maden gruben sich durch schwarze Verwesung. Die Wölfe waren grau, und ebenso die Schweigenden Schwestern; beide befreiten die Knochen der Gefallenen vom Fleische. Der ganze Turnierplatz war von Leichen übersät. Die Sonne schien einer heißen weißen Münze gleich auf den grauen Fluss herab, der um die verkohlten Gerippe gesunkener Schiffe strömte. Von den Scheiterhaufen, auf denen die Toten verbrannt wurden, stiegen schwarze Rauchsäulen und weiße Asche in die Luft. *Mein Werk,* dachte Tyrion Lannister. *Sie starben auf meinen Befehl hin.*

Zunächst gab es keine Geräusche in dieser Welt, doch nach einer Weile hörte er die leisen, schrecklichen Stimmen der Toten. Sie weinten und jammerten, flehten darum, dass ihre Pein aufhören möge, riefen um Hilfe und nach ihren Müttern. Tyrion hatte seine Mutter nie kennen gelernt. Er wollte zu Shae, doch sie war nicht hier. So ging er allein durch die grauen Schatten und versuchte sich zu erinnern …

Die Schweigenden Schwestern zogen den Toten die Rüstungen und die Kleider aus. All die fröhlichen Farben der Mäntel waren verblichen; die Erschlagenen waren in Weiß- und Grautöne gekleidet, und ihr Blut war schwarz und verkrustet. Er sah zu, wie die nackten Körper an Armen und Beinen hochgehoben und zu den Feuern getragen wurden, wo sie sich wieder zu ihren Kameraden gesellten. Metall und Kleider wurden auf einen weißen Wagen geworfen, den zwei große schwarze Pferde zogen.

So viele Tote, so viele. Ihre Leichen lagen schlaff da, ihre Gesichter waren starr oder aufgedunsen, nicht mehr zu erkennen, kaum noch menschenähnlich. Die Gewänder, welche die Schwestern ihnen abnahmen, waren mit schwarzen Herzen verziert, grauen Löwen, toten Blumen und geisterhaft bleichen Hirschen. Ihre Rüstungen waren verbeult und geborsten, die Kettenhemden zerrissen. *Warum habe ich sie alle getötet?* Irgendwann einmal hatte er den Grund gewusst, doch er hatte ihn wieder vergessen.

Er hätte eine der Schweigenden Schwestern fragen können, doch als er sprechen wollte, stellte er fest, dass er keinen Mund hatte. Glatte, nahtlose Haut bedeckte seine Zähne. Diese Entdeckung erschreckte ihn zutiefst. Wie sollte er ohne Mund weiterleben? Er begann zu rennen. Die Stadt war nicht weit entfernt. Innerhalb der Mauern wäre er in Sicherheit, weit fort von diesen Toten. Er gehörte nicht zu den Toten. Wenn er auch keinen Mund hatte, so war er doch noch ein lebendiger Mann. *Nein, ein Löwe, ein Löwe, und am Leben.* Dann erreichte er die Mauer, doch die Tore waren ihm verschlossen.

Es war dunkel, als er erneut erwachte. Zuerst konnte er nichts sehen, bis er die vagen Umrisse eines Bettes um sich herum wahrnahm. Die Vorhänge waren zugezogen, trotzdem konnte er die Form der Bettpfosten erkennen, und über sich den samtenen Himmel. Unter sich spürte er eine weiche Federmatratze, und das Kissen unter seinem Kopf war mit Gänsedaunen gefüllt. *Mein eigenes Bett, ich liege in meinem eigenen Bett, in meinem eigenen Schlafzimmer.*

Innerhalb der Vorhänge, unter dem großen Haufen von Fellen und Decken war es warm. Er schwitzte. *Fieber,* dachte er benommen. Er fühlte sich schwach, und ein stechender Schmerz durchfuhr ihn, als er versuchte, die Hand zu heben. Sein Kopf fühlte sich riesig an, so groß wie das Bett, zu schwer, um ihn vom Kissen zu heben. Seinen Körper konnte er kaum spüren. *Wie bin ich hierher gekommen?* Er versuchte, sich zu erinnern. Die Schlacht tauchte in einzelnen Bildern vor seinem inneren Auge auf. Die Gefechte am Fluss, der Ritter, der ihm den Handschuh angeboten hatte, die Brücke aus Schiffen . . .

Ser Mandon. Er sah die toten leeren Augen, die ausgestreckte Hand, das grüne Feuer, das auf der weiß emaillierten Rüstung leuchtete. Furcht überkam ihn in einer kalten Woge; er spürte, wie sich unter den Decken seine Blase entleerte. Hätte er nur einen Mund gehabt, dann hätte er wenigstens schreien können. *Nein, das war im Traum,* dachte er mit pochendem Schädel. *Hilfe, so helft mir doch. Jaime, Shae, Mutter, irgendwer . . . Tysha . . .*

Niemand hörte ihn. Niemand kam. Allein in der Dunkelheit versank er wieder in Schlaf und in Gestank nach Pisse. Er träumte, seine Schwester stehe an seinem Bett und auch sein Hoher Vater, der die Stirn runzelte. Das musste ein Traum sein, denn schließlich war Lord Tywin viele Meilen weit entfernt und kämpfte im Westen gegen Robb Stark. Andere kamen und gingen ebenso. Varys betrachtete ihn und seufzte, nur Littlefinger machte einen Scherz. *Du verfluchter, verräterischer Bastard,* dachte Tyrion böse, *wir haben dich nach Bitterbridge geschickt, und du bist nicht zurückgekehrt.* Manchmal hörte er, wie sie miteinander redeten, die Worte verstand er allerdings nicht. Ihre Stimmen summten in seinen Ohren wie Wespen.

Er wollte fragen, ob sie die Schlacht gewonnen hätten. *Das müssen wir wohl, sonst würde mein Kopf auf irgendeinem Spieß stecken. Wenn ich lebe, haben wir gesiegt.* Er wusste nicht, was ihm mehr gefiel: der Sieg oder die Tatsache, dass er allein darauf gekommen war. Sein Verstand kehrte zurück, wenn auch langsam. Das war gut. Sein Verstand war alles, was er besaß.

Als er das nächste Mal erwachte, hatte man die Vorhänge zurückgezogen, und Podrick Payne stand mit einer Kerze vor ihm. Er sah, wie Tyrion die Augen aufschlug, und rannte davon. *Nein, geh nicht weg, hilf mir, hilf mir,* wollte er rufen, brachte jedoch nur ein leises Stöhnen hervor. *Ich habe keinen Mund.* Er griff sich unter Schmerzen ins Gesicht. Seine Finger fanden steifes Tuch, wo eigentlich Fleisch, Lippen und Zähne hätten sein sollen. Leinen. Die untere Hälfte seines Gesichts war fest verbunden, eine Maske aus hartem Gips mit Löchern zum Atmen und Essen.

Kurz darauf kam Pod zurück. Diesmal begleitete ihn ein Fremder, ein Maester mit Kette und Robe. »Mylord, Ihr müsst still liegen«, murmelte der Mann. »Ihr seid schwer verletzt. Seid Ihr durstig?«

Zur Antwort gelang ihm ein unbeholfenes Nicken. Der Maester schob einen geschwungenen Kupfertrichter durch das Loch über seinem Mund und schüttelte vorsichtig etwas in seine Kehle. Tyrion schluckte, ohne irgendetwas zu schmecken. Zu spät erkannte er, dass es sich um Mohnblumensaft handelte. Als ihm der Maester den Trichter aus dem Mund zog, versank er bereits wieder in tiefen Schlaf.

Diesmal träumte er, bei einem Fest zu sein, einem Siegesfest in einer großen Halle. Er saß auf einem Stuhl auf dem Podest, und Männer hoben die Kelche und priesen ihn als Helden. Marillion war da, der Sänger, der mit ihnen durch die Mondberge gereist war. Er spielte auf seiner Holzharfe und sang von den tapferen Taten des Gnoms. Sogar sein Vater lächelte beifällig. Als das Lied zu Ende war, erhob sich Jaime von seinem Platz, befahl Tyrion niederzuknien, legte ihm die Klinge seines goldenen Schwertes zuerst auf die eine und dann auf die andere Schulter und schlug ihn zum Ritter. Shae konnte es nicht erwarten, ihn zu umarmen. Sie nahm ihn bei der Hand, lachte, neckte ihn und nannte ihn ihren Riesen von Lannister.

Er erwachte in der Dunkelheit eines kalten, leeren Zimmers. Die Vorhänge waren wieder zugezogen. Irgendetwas war verkehrt, falsch herum, nur kam er nicht darauf, was. Er war wieder allein. Also warf er die Decken zurück und versuchte, sich aufzusetzen, doch der Schmerz war zu stark, und er gab bald keuchend auf. Das Gesicht war nicht einmal das Schlimmste. Die ganze rechte Seite schien nur aus Schmerzen zu bestehen, und das Gleiche galt für seine Brust, sobald er nur den Arm hob. *Was ist mit mir geschehen?* Sogar die Schlacht war inzwischen fast nur noch ein Traum, wenn er daran zurückdachte. *Ich bin wohl übler verwundet, als ich gedacht habe. Ser Mandon ...*

Die Erinnerung daran machte ihm Angst, doch Tyrion ließ sie nicht los und ließ seine Gedanken darum kreisen. *Er wollte mich wirklich umbringen. Dieser Teil war jedenfalls kein Traum. Er hätte mich in zwei Hälften gespalten, wäre Pod nicht ... Pod, wo ist Pod?*

Er biss die Zähne zusammen, packte den Bettvorhang und zog daran. Der Stoff löste sich vom Himmel des Betts und fiel herunter, halb in die Binsen, halb auf ihn. Allein bei dieser kleinen Anstrengung drehte sich ihm schon der Kopf. Der Raum wirbelte um ihn herum, die nackten Wände und die dunklen Schatten und das schmale Fenster. Er sah eine Truhe, die ihm gehörte, einen unordentlichen Haufen seiner Kleider, seine verbeulte Rüstung. *Das ist nicht mein Schlafzimmer,* erkannte er. *Nicht einmal im Turm der Hand bin ich.* Man hatte ihn verlegt. Sein Wutschrei war kaum ein ersticktes Stöhnen. *Sie haben mich zum Sterben hergebracht,* dachte er, während er den Kampf aufgab und abermals die Augen schloss. Das Zimmer war feucht und kalt, und er brannte vor Fieber.

Er träumte von einem schöneren Ort, einem gemütlichen kleinen Häuschen am Meer. Die Wände waren schief und voller Ritzen gewesen, und der Boden hatte nur aus gestampftem Lehm bestanden, doch es war stets warm gewesen, sogar wenn er das Feuer hatte ausgehen lassen. *Damit hat sie mich immer aufgezogen,* erinnerte er sich. *Ich habe nicht daran gedacht, Holz nachzulegen, das war doch immer die Aufgabe eines Dieners gewesen.* »Wir haben keine Diener«, hatte sie dann gesagt, und ich habe geantwortet: »Du hast doch mich, ich bin dein Diener«, und sie gab zurück: »Ein fauler Diener. Was macht man mit faulen Dienern auf Casterly Rock, Mylord?«, und er erwiderte: »Man küsst sie.« Daraufhin hatte sie immer gekichert. »Bestimmt nicht. Man verprügelt sie, wette ich«, hatte sie erwidert, doch er beharrte darauf: »Nein, man küsst sie, genau so.« Dann zeigte er es ihr. »Man küsst ihnen zuerst die Finger, jeden einzeln, dann die Handgelenke, ja, und die Innenseite ihrer Ellbogen. Dann werden die lustigen Ohren geküsst, denn alle unsere Diener haben lustige Ohren. Hör auf zu lachen! Als Nächstes werden die Wangen und die Nasen geküsst, und anschließend die süßen Brauen und das Haar und die Lippen und ... mhmmm ... der Mund ... so ...«

Sie hatten sich stundenlang geküsst und ganze Tage im Bett verbracht, den Wellen gelauscht und einander liebkost. Ihr Körper war das reinste Wunder für ihn, und seiner schien sie zu entzücken. Manchmal sang sie für ihn. *Ich liebte ein Mädchen, 's war blond wie der Sommer, mit Sonnenschein im Haar.* »Tyrion«, flüsterte sie, ehe sie des Nachts einschliefen. »Ich liebe deine Lippen. Ich liebe deine Stimme und die Wörter, die du zu mir sagst, und deine sanfte Art. Ich liebe dein Gesicht.«

»*Mein* Gesicht?«

»Ja. Ja. Ich liebe deine Hände und wie sie mich berühren. Dein Gemächt, ich liebe dein Gemächt, ich liebe es, es in mir zu fühlen.«

»Es liebt dich ebenfalls.«

»Ich liebe es, diesen Namen zu sagen. Tyrion Lannister. Er passt zu meinem. Nicht das Lannister. Tyrion und Tysha. Tysha und Tyrion. Tyrion. Mylord Tyrion ...«

Lügen, dachte er, *alles Täuschung, alles nur des Goldes wegen, sie war eine Hure, Jaimes Geschenk, Mylady von der Lüge.* Ihr Gesicht schien zu verblassen und löste sich hinter einem Schleier von Tränen auf, doch selbst nachdem sie verschwunden war, hörte er noch ihre leise, ferne Stimme, die seinen Namen rief: »... Mylord, hört Ihr mich? Mylord? Tyrion? Mylord? Mylord?«

Benommen vom Mohnblumensaft sah er ein weiches, rosafarbenes Gesicht über sich. Er war wieder in dem feuchten Zimmer mit dem zerrissenen Bettvorhang, und das Gesicht passte nicht, war nicht das ihre, war zu rund und hatte zudem einen fransigen braunen Bart. »Habt Ihr Durst, Mylord? Ich habe Euren Saft, Euren guten Saft. Ihr braucht Euch nicht zu wehren, nein, versucht nicht,

Euch zu bewegen, Ihr braucht Ruhe.« In der einen Hand hielt er den Kupfertrichter, in der anderen eine Flasche.

Als der Mann sich vorbeugte, schob Tyrion die Finger unter die Kette aus verschiedenen Metallen, fasste zu und zog. Der Maester ließ die Flasche fallen, und der Mohnblumensaft ergoss sich über die Bettdecke. Tyrion zerrte an der Kette, bis er spürte, dass sich die Glieder in den fetten Nacken des Mannes gruben. *»Nicht. Mehr«,* krächzte er heiser und war nicht sicher, ob er wirklich gesprochen hatte. Doch so musste es wohl gewesen sein, denn der Maester keuchte. »Lasst los, bitte, Mylord ... Ihr braucht Euren Saft, wegen der Schmerzen ... die Kette, bitte nicht, lasst los, nein ...«

Das rosafarbene Gesicht lief bereits violett an, als Tyrion losließ. Der Maester wich zurück und schnappte nach Luft. Der gerötete Hals zeigte tiefe weiße Abdrücke von der Kette. Die Augen waren weit aufgerissen. Tyrion hob die Hand zum Gesicht und machte eine reißende Bewegung über die harte Maske. Und wieder. Und wieder.

»Ihr ... Ihr wollt, dass ich den Verband entferne?«, fragte der Maester endlich. »Aber ich darf nicht ... das wäre ... nicht sehr weise, Mylord. Die Wunden sind noch nicht verheilt, und die Königin würde ...«

Bei der Erwähnung seiner Schwester knurrte Tyrion. *Dann gehörst du also zu ihr?* Er zeigte mit dem Finger auf den Maester und ballte dann die Hand zur Faust. Zermalmen, würgen, es war ein Versprechen. Schließlich tat der Narr, was er von ihm verlangt hatte.

»Ich ... Ich werde tun, was Mylord befehlen, aber ... das ist nicht sehr weise, Eure Wunden ...«

»Tut. Es.« Diesmal lauter.

Der Mann verneigte sich, ging aus dem Zimmer, und als er kurz darauf zurückkehrte, trug er ein langes Messer mit Sägezähnen, ein Becken mit Wasser, einen Stapel weicher Tücher und mehrere Fläschchen. Inzwischen hatte Tyrion es geschafft, sich ein wenig hochzuschieben, sodass er nun halb in sein Kissen gelehnt dasaß. Der Maester bat ihn, ganz still zu halten, und schob das Messer am

Kinn unter die Maske. *Ein kleines Abrutschen, und Cersei ist mich los,* dachte er. Er fühlte, wie die Klinge dicht über seiner Kehle durch das steife Leinen schnitt.

Glücklicherweise gehörte der Mann nicht zu den tapferen Verbündeten seiner Schwester. Einen Augenblick später spürte er kühle Luft auf seiner Wange. Es tat zwar auch weh, doch er versuchte, den Schmerz zu ignorieren. Der Maester legte den Verband, der noch mit Salbe verschmiert war, zur Seite. »Haltet bitte still, ich muss die Wunde waschen.« Seine Berührungen waren sanft, das Wasser war warm und lindernd. *Die Wunde,* dachte Tyrion und erinnerte sich an einen grellen silbernen Blitz, der ihn unterhalb der Augen getroffen hatte. »Dies wird ein wenig brennen«, warnte der Maester, nachdem er ein Tuch mit Wein befeuchtet hatte, der nach zerriebenen Kräuter roch. Es war mehr als ein wenig Brennen. Das Tuch zog eine Spur aus Feuer über sein Gesicht und stach ihm wie ein glühendes Schüreisen in die Nase. Tyrion krallte sich in die Laken und schnappte nach Luft, doch es gelang ihm, nicht zu schreien. Der Maester gluckte wie eine alte Henne. »Es wäre weiser gewesen, die Maske an Ort und Stelle zu belassen, bis das Fleisch verheilt ist, Mylord. Immerhin sieht es sauber aus, gut, gut. Als wir Euch in diesem Keller unter den Toten und Sterbenden gefunden haben, waren Eure Wunden verschmutzt. Eine Rippe habt Ihr auch gebrochen, das werdet Ihr sicherlich noch spüren, vermutlich von einem Morgenstern oder von einem Sturz, schwer zu sagen. Und im Arm steckte ein Pfeil, oben am Schultergelenk. Dort haben wir Zeichen von Wundbrand gefunden und ich fürchtete eine Zeit lang, ich müsste den Arm abnehmen, doch ich habe die Wunde mit kochendem Wein und Maden behandelt, und jetzt scheint sie offenbar sauber zu verheilen . . .«

»Name«, keuchte Tyrion. »Name.«

Der Maester blinzelte. »Wieso, Ihr seid Tyrion Lannister, Mylord. Der Bruder der Königin. Erinnert Ihr Euch an die Schlacht? Manchmal gibt es bei Kopfwunden –«

»*Euer* Name.« Seine Kehle war rau, seine Zunge hatte vergessen, wie man Wörter bildet.

»Ich bin Maester Ballabar.«

»Ballabar«, wiederholte Tyrion. »Bringt mir. Spiegel.«

»Mylord«, antwortete der Maester, »ich würde Euch nicht raten ... das wäre nicht weise, wenn Ihr ... Eure Wunden ...«

»Bringt ihn *her«*, musste er sagen. Sein Mund war steif und schmerzte, als hätte ihm ein Hieb die Lippe aufgeschlagen. »Und zu trinken. *Wein.* Keinen Mohn.«

Der Maester erhob sich mit rotem Gesicht und eilte davon. Er kehrte mit einer Karaffe bernsteinfarbenem Wein und einem kleinen Silberspiegel mit goldenem Schmuckrahmen zurück. Nachdem er sich auf die Bettkante gesetzt hatte, goss er einen Becher halb voll Wein und hielt ihn Tyrion an die geschwollenen Lippen. Kühl rann es dem die Kehle hinunter, obwohl er kaum etwas schmecken konnte. *»Mehr«,* sagte er, als der Becher leer war. Maester Ballabar schenkte erneut ein. Nach dem zweiten Becher fühlte sich Tyrion Lannister stark genug, sein Gesicht zu betrachten.

Er drehte den Spiegel um und wusste nicht, ob er lachen oder weinen sollte. Die Wunde war lang und schief; sie begann knapp unter seinem linken Auge und endete auf der rechten Seite seines Kinns. Drei Viertel seiner Nase fehlten, ebenso wie ein Stück der Lippe. Jemand hatte das aufgerissene Fleisch zusammengenäht, und die unbeholfenen Stiche konnte man entlang der roten, halb verheilten Narbe gut erkennen. *»Hübsch«,* krächzte er und warf den Spiegel zur Seite.

Jetzt erinnerte er sich. Die Brücke aus Schiffen, Ser Mandon Moore, eine Hand, ein Schwert, das auf sein Gesicht zufuhr. *Wenn ich den Kopf nicht zurückgezogen hätte, wäre mir von diesem Hieb der halbe Schädel abgeschlagen worden.* Jaime hatte immer gesagt, Ser Mandon sei der gefährlichste Mann der Königsgarde, weil seine toten leeren Augen seine Absichten nicht verrieten. *Ich hätte keinem von ihnen trauen dürfen.* Natürlich hatte er gewusst, dass Ser Meryn und Ser Boros auf der Seite seiner Schwester standen, und später auch Ser Osmund, doch er hatte nicht glauben mögen, dass sie gleichzeitig auch keine Ehre im Leib hatten. *Cersei muss sie bezahlt haben, damit ich aus der Schlacht nicht lebend zurückkehre. Warum sonst?*

Ich habe Ser Mandon meines Wissens nach nie ein Leid zugefügt. Tyrion berührte das geschwollene Fleisch mit seinen dicken Stummelfingern. *Noch ein Geschenk von meiner lieben Schwester.*

Der Maester stand neben ihm, fluchtbereit wie eine Gans. »Mylord, es ... vermutlich wird eine Narbe zurückbleiben ...«

»*Vermutlich?*« Er lachte schnaubend und zuckte vor Schmerz zusammen. Mit Sicherheit würde eine Narbe zurückbleiben. Vermutlich würde auch seine Nase in nächster Zeit nicht einfach nachwachsen. Gut, auch vorher war sein Gesicht kein hübscher Anblick gewesen. »Lehrt mich, nicht mit Äxten, zu spielen.« Sein Grinsen spannte die Haut. »Wo, sind wir? An, welchem Ort?« Das Sprechen tat weh, doch Tyrion hatte zu lange geschwiegen.

»Äh, Ihr seid in Maegors Bergfried, Mylord. In einer Kammer über dem Ballsaal der Königin. Ihre Gnaden wollten Euch in der Nähe wissen, damit sie selbst über Euch wachen kann.«

Ich wette, das hat sie auch getan. »Bringt mich zurück«, befahl Tyrion. »In mein eigenes Bett. In mein eigenes Zimmer.« *Wo ich von meinen eigenen Männern umgeben bin und meinen eigenen Maester habe, wenn ich einen finde, dem ich vertrauen kann.*

»Euer eigenes ... Mylord, das wird wohl kaum möglich sein. Die Rechte Hand des Königs hat sich in Euren früheren Gemächern niedergelassen.«

»Ich. Bin. Die Hand. Des Königs.« Das Sprechen erschöpfte ihn, und was er hörte, verwirrte ihn nur.

Maester Ballabar wirkte betrübt. »Nein, Mylord, ich ... Ihr wart verwundet, dem Tode nahe. Euer Hoher Vater hat diese Pflichten jetzt übernommen. Lord Tywin, er ...«

»*Hier?*«

»Seit dem Abend der Schlacht. Lord Tywin hat uns alle gerettet. Das gemeine Volk behauptet, es sei König Renlys Geist gewesen, aber weisere Männer kennen die Wahrheit. Es waren Euer Vater und Lord Tyrell, zusammen mit dem Ritter der Blumen und Lord Littlefinger. Sie sind durch die Asche geritten und dem Usurpator Stannis in den Rücken gefallen. Es war ein großer Sieg, und jetzt hat sich Lord Tywin im Turm der Hand niedergelassen, um Seiner Gnaden zu helfen, die Ordnung im Reich wieder herzustellen, die Götter mögen gepriesen sein.«

»Die Götter mögen gepriesen sein«, wiederholte Tyrion hohl. Sein verdammter Vater *und* der verdammte Littlefinger und *Renlys Geist?* »Ich möchte . . .« Er konnte dem rosigen Ballabar doch nicht sagen, er solle Shae holen. Wen konnte er schicken, dem er vertraute? Varys? Bronn? Ser Jacelyn? ». . . meinen Knappen«, beendete er den Satz. »Pod. Payne.« *Das war Pod auf der Brücke aus Schiffen. Der Junge hat mir das Leben gerettet.*

»Den Jungen? Diesen seltsamen Jungen?«

»Den seltsamen Jungen. Podrick. Payne. Geht. Schickt ihn.«

»Wie Ihr wünscht, Mylord.« Maester Ballabar eilte nickend hinaus. Tyrion spürte, wie ihn während des Wartens die Kräfte verließen. Er fragte sich, wie lange er wohl geschlafen hatte. *Cersei würde es gern sehen, wenn ich für immer schlafe, doch so entgegenkommend werde ich nicht sein.*

Podrick Payne betrat schüchtern das Zimmer. »Mylord?« Er kam zum Bett geschlichen. *Wie kann ein Junge, der in der Schlacht so tapfer war, in einem Krankenzimmer so ängstlich sein?*, fragte sich Tyrion. »Ich wollte bei Euch bleiben, aber der Maester hat mich fortgeschickt.«

»Jetzt schick du ihn fort. Hör mir zu. Reden ist schwer. Brauche Traumwein. *Traumwein.* Nicht Mohnblumensaft. Geh zu *Frenken,* nicht Ballabar. Sieh zu, wie er ihn mischt. Bring ihn her.« Pod warf verstohlen einen Blick auf Tyrions Gesicht und wandte sich sofort wieder ab. *Gut, das kann ich ihm nicht verdenken.* »Ich will«, fuhr er fort, »meine eigene. Wache. Bronn. Wo ist Bronn?«

»Er wurde zum Ritter geschlagen.«

Sogar das Stirnrunzeln schmerzte. »Such ihn. Bring ihn her.«

»Wie Ihr befehlt. Mylord. Bronn.«

Tyrion packte den Jungen am Arm. »Ser Mandon?«

Sein Knappe zuckte zusammen. »Ich w-wollte ihn nicht t-t-t-«

»*Töten?* Bist du sicher? *Er ist tot?*«

Der Junge trat verlegen von einem Bein auf das andere. »Ertrunken.«

»Gut. Erzähl nichts. Niemandem. Von ihm. Von mir. Nichts. *Gar nichts.*«

Als sein Knappe hinausging, waren Tyrions letzte Kräfte geschwunden. Er lehnte sich zurück und schloss die Augen. Vielleicht würde er wieder von Tysha träumen. *Wie ihr mein Gesicht wohl jetzt gefallen würde?* dachte er verbittert.

JON

Als Qhorin Halbhand ihm befahl, Holz für ein Feuer zu suchen, wusste er, dass das Ende nahte.

Es wird gut sein, ein wenig Wärme zu spüren, wenn auch nur für kurze Zeit, sagte er zu sich, während er kahle Zweige vom Stamm eines toten Baumes hackte. Ghost saß schweigend wie immer auf den Hinterpfoten und beobachtete ihn. *Wird er für mich heulen, wenn ich sterbe, so wie Brans Wolf geheult hat, als mein Bruder abgestürzt ist? Wird auch Shaggydog im fernen Winterfell heulen, oder Grey Wind und Nymeria, wo immer sie auch sind?*

Der Mond stieg hinter einem Berg auf, die Sonne versank hinter einem anderen, und Jon schlug Funken mit einem Feuerstein und seinem Dolch, bis endlich der erste Rauch erschien. Qhorin kam dazu und stand vor ihm, derweil die erste Flamme aus der Rinde und den toten trockenen Tannennadeln emporzüngelte. »So schüchtern wie ein Mädchen in der Hochzeitsnacht«, sagte der große Grenzer leise, »und fast ebenso blond. Manchmal vergisst man vollkommen, wie schön ein Feuer sein kann.«

Eigentlich war er nicht der Mann, der über Mädchen und Hochzeitsnächte sprach. Soweit Jon wusste, hatte Qhorin sein ganzes Leben in der Nachtwache verbracht. *Hat er jemals ein Mädchen geliebt oder sogar geheiratet?* Er konnte die Frage nicht aussprechen. Stattdessen fächerte er dem Feuer Luft zu. Schließlich knisterte es fröhlich, und er zog sich die steifen Handschuhe aus, wärmte sich die Hände, seufzte und fragte sich, ob sich ein Kuss jemals so gut anfühlen könnte. Die Wärme floss durch seine Finger wie geschmolzene Butter.

Halbhand ließ sich auf dem Boden nieder und setzte sich mit verschränkten Beinen ans Feuer. Das flackernde Licht spielte über sein hartes Gesicht. Nur sie beide waren von den fünf Grenzern geblieben, die aus dem Klagenden Pass in die blaugraue Wildnis der Frostfangs geflohen waren.

Zuerst hatte Jon die Hoffnung gehegt, dass Knappe Dalbridge die Wildlinge in dem Pass festhalten könnte. Aber dann hatten sie das Horn aus der Ferne gehört, und sie wussten, der Knappe war gefallen. Später entdeckten sie den Adler, der auf seinen großen blaugrauen Schwingen durch die Dämmerung schwebte, und Stonesnake nahm seinen Bogen zur Hand, doch war der Vogel außer Reichweite. Ebben spuckte aus und murmelte etwas Düsteres über Warge und Hautwandler vor sich hin.

An diesem Tag sahen sie den Adler noch zweimal, und sie hörten auch das Jagdhorn aus den Bergen hinter ihnen. Jedes Mal schien es ein wenig lauter zu sein, ein wenig näher. Bei Einbruch der Nacht hatte Halbhand Ebben befohlen, das Pferd des Knappen und sein eigenes zu nehmen und in aller Eile zu Mormont nach Osten zu reiten, den gleichen Weg zurück, auf dem sie gekommen waren. Die anderen würden die Verfolger ablenken. »Schickt Jon«, hatte Ebben gedrängt. »Er kann genauso schnell reiten wie ich.«

»Jon hat eine andere Rolle zu spielen.«

»Er ist noch ein halber Junge.«

»Nein«, entgegnete Qhorin, »er ist ein Mann der Nachtwache.«

Bei Mondaufgang hatte Ebben sie verlassen. Stonesnake ging ein Stück mit ihm nach Osten, kehrte dann um und verwischte seine Spuren, und die verbliebenen Drei brachen in Richtung Südwesten auf.

Danach vermischten sich Tag und Nacht miteinander. Die Männer schliefen im Sattel und hielten nur lange genug an, um die Pferde zu füttern und zu tränken, dann stiegen sie wieder auf. Über nackte Felsen ritten sie, durch düstere Kiefernwälder und alte Schneewehen, über eisige Bergrücken und durch seichte Flüsse, die keinen Namen hatten. Manchmal verwischten Qhorin oder Stonesnake ihre Spuren, doch das war eine vergebliche Mühe. Sie wurden beobachtet. In der Morgen und in der Abenddämmerung sahen sie den Adler zwischen den Gipfeln schweben, kaum so groß wie ein Punkt in der riesigen Weite des Himmels.

Sie stiegen gerade einen Hang zwischen zwei schneebedeckten Gipfeln hinunter, als eine Schattenkatze keine zehn Meter entfernt von ihrem Lager aufsprang und fauchte. Das Tier war mager und halb verhungert, doch bei seinem Anblick geriet Stonesnakes Stute in Panik; sie bäumte sich auf und rannte los, und ehe der Grenzer sie wieder im Griff hatte, war sie auf dem steilen Hang gestolpert und hatte sich ein Bein gebrochen.

Für Ghost gab es an diesem Tag ein Festmahl, und Qhorin bestand darauf, dass die Grenzer das Blut des Pferdes mit ihrer Hafergrütze vermischten, damit sie Kraft gewönnen. Beim Geschmack dieses Breis musste sich Jon beinahe übergeben, er zwang sich jedoch, ihn zu essen. Sie schnitten ein Dutzend Streifen aus dem rohen zähen Fleisch, auf dem sie während des Ritts herumkauten, und überließen den Rest den Schattenkatzen.

Die Frage, ob zwei Mann auf einem Pferd reiten sollten, stellte sich nicht. Stonesnake bot an, sich in einen Hinterhalt zu legen und die Verfolger zu überraschen, wenn sie kamen. Vielleicht konnte er ein paar von ihnen mit in die Hölle nehmen. Qhorin war dagegen. »Wenn es jemand aus der Nachtwache schaffen kann, allein und zu Fuß aus den Frostfangs herauszukommen, dann du, Bruder. Du kannst Berge überwinden, um die ein Pferd herumgehen muss. Mach dich zur Faust auf. Sag Mormont, was Jon gesehen hat, und auch, auf welche Weise er es gesehen hat. Sag ihm, die alten Mächte würden erwachen, dass er es mit Riesen und Wargen und Schlimmerem zu tun bekommt. Die Bäume haben wieder Augen, berichte ihm auch das.«

Er hat keine Chance, dachte Jon, während er Stonesnake nachblicke, der hinter einem schneebedeckten Hang verschwand wie ein kleiner schwarzer Käfer, der über eine geriffelte weiße Fläche läuft.

Jede Nacht schien es kälter zu werden, und einsamer dazu. Ghost blieb nicht immer bei ihnen, war jedoch nie weit entfernt. Selbst wenn sie nicht zusammen waren, spürte Jon seine Nähe. Darüber war er froh. Halbhand war nicht gerade besonders gesellig. Qhorins langer grauer Zopf schwang mit der Bewegung seines Pferdes langsam hin und her. Oft ritten sie stundenlang und sprachen kein einziges Wort, dann war nur das Scharren der Hufe auf dem Boden und das Klagen des Windes zu hören, der unaufhörlich durch die Berge blies. Wenn Jon schlief, träumte er nicht; nicht von Wölfen, nicht von seinen Brüdern. Überhaupt nicht. *Hier oben können nicht einmal Träume leben,* dachte er.

»Ist dein Schwert scharf, Jon Snow?«, fragte Qhorin Halbhand über das flackernde Feuer hinweg.

»Mein Schwert ist aus valyrischem Stahl. Der Alte Bär hat es mir geschenkt.«

»Erinnerst du dich noch an die Worte deines Gelübdes?«

»Ja.« Solche Worte vergaß man nicht. Einmal gesagt, konnte man sie niemals zurücknehmen. Sie veränderten das Leben für immer.

»Sprich sie zusammen mit mir, Jon Snow.«

»Wenn Ihr wollt.« Ihre Stimmen vermischten sich unter dem aufgehenden Mond zu einer Einzigen, während Ghost lauschte und sich die Berge als Zeugen anboten. »Die Nacht sinkt herab, und meine Wacht beginnt. Sie soll nicht enden vor meinem Tod. Ich will mir keine Frau nehmen, kein Land besitzen, keine Kinder zeugen. Ich will keine Kronen tragen und auch keinen Ruhm begehren. Ich will auf meinem Posten leben und sterben. Ich bin das Schwert in der Dunkelheit. Ich bin der Wächter auf den Mauern. Ich bin das Feuer, das gegen die Kälte brennt, das Licht, das den Morgen bringt, das Horn, das die Schläfer weckt, der Schild, der die Reiche der Menschen schützt. Ich widme mein Leben und meine Ehre der Nachtwache, in dieser Nacht und in allen Nächten, die da noch kommen werden.«

Nachdem sie geendet hatten, war kein Laut zu hören außer dem leisen Knistern der Flammen und dem fernen Säuseln des Windes. Jon ballte die verbrannten Finger zur Faust und öffnete sie wieder, bewahrte die Worte im Sinn und betete, dass ihm die Götter seines Vaters die Kraft geben mochten, tapfer zu sterben, wenn seine Stunde gekommen wäre. Lange konnte es nicht mehr dauern. Die Pferde waren am Ende. Qhorins Tier würde den nächsten Tag vermutlich nicht überstehen.

Inzwischen war das Holz heruntergebrannt, und die Wärme ließ nach. »Bald wird das Feuer erlöschen«, sagte Qhorin, »doch sollte die Mauer jemals fallen, werden alle Feuer ausgehen.«

Darauf wusste Jon nichts zu antworten. Er nickte.

»Vielleicht werden wir ihnen entkommen«, sagte der Grenzer. »Vielleicht auch nicht.«

»Ich fürchte mich nicht vor dem Tod.« Das war nur halb gelogen.

»Möglicherweise wird es nicht so leicht für dich werden, Jon.«

Er verstand nicht. »Was meint Ihr damit?«

»Wenn sie uns erwischen, musst du dich ergeben.«

»Ergeben?« Er blinzelte ungläubig. Die Wildlinge nahmen die Männer, die sie Krähen nannten, nicht gefangen. Sie töteten sie, es sei denn ... »Sie verschonen nur Eidbrüchige. Die, die sich ihnen anschließen, wie Mance Rayder.«

»Und wie dich.«

»Nein.« Er schüttelte den Kopf. »Niemals. Bestimmt nicht.«

»Doch. Ich befehle es dir.«

»Ihr *befehlt* es mir? Aber ...«

»Unsere Ehre bedeutet uns nicht mehr als das Leben, solange es um die Sicherheit des Reiches geht. Bist du ein Mann der Nachtwache?«

»Ja, aber –«

»Kein Aber, Jon Snow. Entweder bist du einer oder nicht.«

Jon richtete sich auf. »Ich bin ein Mann der Nachtwache.«

»Dann hör mir zu. Wenn wir angegriffen werden, wirst du dich ihnen anschließen, ganz so, wie dich das Wildlingsmädchen gedrängt hat. Sie werden vielleicht von dir verlangen, deinen Mantel zu zerschneiden, bestimmt wirst du einen Eid beim Grabe deines Vaters schwören und deine Brüder und den Lord Commander verfluchen müssen. Du wirst tun, was sie von dir verlangen ... doch im Herzen wirst du nicht vergessen, wer und was du bist. Reite mit ihnen, iss mit ihnen, kämpfe mit ihnen, solange es nötig ist. Und sei *wachsam.*«

»Weshalb?«

»Wenn ich das wüsste«, sagte Qhorin. »Dein Wolf hat ihr Lager im Tal des Milkwater gesehen. Was suchen sie an einem so öden, fernen Ort? Haben sie es schon gefunden? Das musst du in Erfahrung bringen, ehe du zu Lord Mormont und den Brüdern zurückkehrst. Diese Pflicht erlege ich dir auf, Jon Snow.«

»Ich werde tun, was Ihr sagt«, antwortete Jon widerwillig, »aber . . . Ihr werdet es ihnen sagen, nicht? Dem Alten Bären wenigstens? Ihr werdet ihm erzählen, dass ich mein Gelübde nicht gebrochen habe.«

Qhorin Halbhand blickte ihn über das Feuer hinweg an, wobei seine Augen in tiefen Schatten verschwanden. »Wenn ich ihn wieder treffe, werde ich es ihm sagen. Das schwöre ich.« Er deutete auf das Feuer. »Hol noch etwas Holz. Ich möchte es hell und warm haben.«

Jon ging los, schnitt weitere Zweige ab und brach jeden in der Mitte durch, ehe er ihn in die Flammen warf. Der Baum war schon seit langer Zeit tot, doch im Feuer schien er zu neuem Leben zu erwachen, denn in jedem Stück Holz steckten brennende Tänzer, die ihre glühenden gelben, roten und orangefarbenen Kleider herumwirbelten.

»Genug«, sagte Qhorin plötzlich. »Jetzt reiten wir los.«

»Reiten?« Jenseits des Feuers war es dunkel, und die Nacht war kalt. »Wohin?«

»Zurück.« Qhorin stieg noch einmal auf sein müdes Pferd. »Das Feuer wird sie herlocken, hoffe ich. Komm, Bruder.«

Jon zog sich die Handschuhe an und streifte die Kapuze über. Sogar die Pferde wollten das Feuer nicht verlassen. Die Sonne war schon lange untergegangen, und nur der kalte silberne Glanz des Halbmonds beleuchtete den heimtückischen Grund. Er wusste nicht, was Qhorin vorhatte, doch vielleicht war es eine Chance. Hoffentlich. *Ich will nicht den Eidbrüchigen spielen, auch nicht aus gutem Grund.*

Vorsichtig bewegten sie sich so leise voran, wie Mann und Pferd es nur konnten, ritten in ihren Spuren zurück, bis sie den Eingang einer schmalen Schlucht erreichten, wo ein eisiger kleiner Bach zwischen zwei Bergen hervorströmte. Jon erinnerte sich an die Stelle. Hier hatten sie vor Sonnenuntergang die Pferde getränkt.

»Das Wasser gefriert«, erklärte Qhorin, »sonst würden wir im Bachbett reiten. Aber wenn wir das Eis brechen, werden sie es bestimmt sehen. Halt dich dicht an der Steilwand. Nach einer halben Meile kommt eine Biegung, und dahinter sind wir gut versteckt.« Er lenkte sein Pferd in die Schlucht. Jon warf dem fernen Feuer einen letzten wehmütigen Blick zu und ritt ihm nach.

Je weiter sie kamen, desto enger rückten die Felsen zusammen. Die beiden Reiter folgten dem mondbeschienenen Band des Bachs zu seiner Quelle. Eiszapfen hingen am steinigen Ufer, doch unter der harten Kruste rauschte das Wasser.

Ein großes Felsgewirr blockierte dort, wo ein Überhang abgebrochen war, den Weg, doch die trittsicheren kleinen Pferde überwanden das Hindernis. Auf der anderen Seite machte der Weg eine scharfe Biegung, und der Bach führte sie zum Fuß eines hohen Wasserfalls. Die Luft war voller Dunst, wie vom Atem eines riesigen Tiers. Das herabstürzende Wasser glänzte silbern im Mondlicht. Jon blickte sich bestürzt um. Hier gibt es keinen Ausweg. Er und Qhorin könnten an den Felsen hochklettern, jedoch nur ohne die Pferde. Zu Fuß würden sie nicht weit kommen.

»Rasch jetzt«, befahl Halbhand. Der große Mann ritt auf seinem kleinen Pferd über die eisglatten Steine genau in den Vorhang aus Wasser und verschwand. Als er nicht wieder auftauchte, gab Jon seinem Tier die Sporen und folgte ihm. Das Pferd wollte scheuen. Das herabstürzende Wasser schlug mit gefrorenen Fäusten auf sie ein und die Kälte verschlug Jon den Atem.

Dann war er durch; nass und zitternd zwar, doch durch.

Die Lücke im Felsen war gerade groß genug, um einen Mann und ein Pferd durchzulassen, dahinter jedoch öffneten sich die Felswände, und der Boden bestand aus weichem Sand. Jon fühlte, wie die Wasserspritzer in seinem Bart gefroren. Ghost sprang mit einem wilden Satz durch den Wasserfall, schüttelte sein Fell und schnüffelte misstrauisch in die Dunkelheit hinein; dann hob er das Bein und markierte eine der Felswände. Qhorin war bereits abgestiegen. Jon tat es ihm nach. »Ihr kanntet diesen Ort.«

»Als ich in deinem Alter war, hörte ich einen Bruder erzählen, wie er eine Schattenkatze durch diesen Wasserfall verfolgt hat.« Er sattelte sein Pferd ab und strich ihm durch die zottelige Mähne. »Es gibt einen Weg mitten durch den Berg. Bei Tagesanbruch werden wir weiterziehen, wenn sie uns bis dahin nicht gefunden haben. Ich übernehme die erste Wache, Bruder.« Qhorin setzte sich in den Sand, lehnte sich an die Wand und war im Dämmerlicht der Höhle kaum mehr als ein schwarzer Schatten. Durch das Rauschen des Wassers hörte Jon das leise Klirren von Stahl, demnach hatte Halbhand sein Schwert gezogen.

Er zog seinen nassen Mantel aus; um mehr Kleidung abzulegen, war es jedoch zu kalt und feucht. Ghost streckte sich neben ihm aus und leckte seinen Handschuh ab, ehe er sich zum Schlafen zusammenrollte. Jon war dankbar für seine Wärme. Er fragte sich, ob das Feuer draußen wohl noch immer brannte oder ob es schon erloschen war. *Sollte die Mauer jemals fallen, werden alle Feuer ausgehen.* Der Mond schien durch den Wasservorhang herein und legte einen schimmernden hellen Streifen über den Sand, doch nach einer Weile verschwand auch dieser, und dann war es dunkel.

Endlich kam der Schlaf und mit ihm die Albträume. Er träumte von brennenden Burgen und toten Männern, die sich aus ihren Gräbern erhoben. Qhorin weckte ihn, als es noch dunkel war. Während Halbhand schlief, lehnte sich Jon an die Höhlenwand, lauschte dem Wasser und wartete auf die Morgendämmerung.

Bei Tagesanbruch kauten sie einen halb gefrorenen Streifen Pferdefleisch, dann sattelten sie die Pferde und legten ihre schwarzen Mäntel um. Während seiner Wache hatte Halbhand ein halbes Dutzend Fackeln angefertigt, aus Bündeln von trockenem Moos, das er in seinen Satteltaschen mitgebracht und mit Öl getränkt hatte. Die erste zündete er nun an und ging mit der hellen Flamme voraus in die Dunkelheit. Jon folgte ihm mit den Pferden. Der steinige Pfad wand sich, führte erst nach unten, dann nach oben und wieder nach unten, diesmal steiler. An manchen Stellen wurde er so eng, dass er den Pferden gut zureden musste, damit sie sich hindurchzwängten. *Wenn wir hier herauskommen, werden sie unsere Spur verloren haben,* redete er sich ein. *Nicht einmal ein Adler kann durch massiven Stein blicken. Sie werden uns verloren haben, und wir werden so schnell wir können zur Faust reiten, wo wir dem Alten Bären alles berichten werden, was wir wissen.*

Doch als sie Stunden später herauskamen, wartete der Adler bereits auf sie, hockte auf einem toten Baum hundert Meter hangaufwärts. Ghost jagte ihm über die Felsen nach, doch der Vogel flatterte mit den Flügeln und stieg in die Luft.

Qhorin presste die Lippen zusammen, während er seinem Flug mit den Augen folgte. »Dieser Platz ist wohl genauso gut wie jeder andere, um sich dem Feind zu stellen«, verkündete er. »Der Höhleneingang schützt uns von oben, und sie können nicht hinter uns gelangen, ohne durch den Berg zu gehen. Ist dein Schwert scharf, Jon Snow?«

»Ja«, antwortete er.

»Wir werden die Pferde füttern. Die armen Tiere haben uns treu gedient.«

Jon gab seinem Pferd den letzten Hafer und streichelte die zottelige Mähne, während Ghost ruhelos zwischen den Felsen umherlief. Jon zog seine Handschuhe fester und bewegte die verbrannten Finger. *Ich bin der Schild, der die Reiche der Menschen schützt.*

Ein Jagdhorn hallte durch die Berge, und einen Augenblick später hörte Jon das Bellen von Hunden. »Sie werden bald hier sein«, sagte Qhorin. »Behalt deinen Wolf bei dir.«

»Ghost, zu mir«, rief Jon. Widerwillig kam der Schattenwolf zu ihm und hielt dabei den Schwanz steif hinter sich ausgestreckt.

Kaum eine halbe Meile entfernt stürmten die Wildlinge über den Berggrat. Ihre Hunde rannten vor ihnen her, graubraune knurrende Tiere mit viel Wolfsblut in den Adern. Ghost fletschte die Zähne, und sein Nackenfell stellte sich auf. »Ruhig«, murmelte Jon. »Bleib hier.« Über sich hörte er das Flattern von Flügeln. Der Adler landete auf einem Felsvorsprung und kreischte triumphierend.

Die Jäger näherten sich vorsichtig, vielleicht, weil sie Pfeile befürchteten. Jon zählte vierzehn Mann und acht Hunde. Ihre langen runde Schilde waren aus Fellen gemacht, die über Korbgeflecht gespannt und mit Totenköpfen bemalt waren. Ungefähr die Hälfte von ihnen verbarg ihre Gesichter hinter einfachen Helmen aus Holz und Leder. An den Flanken der Gruppe legten Bogenschützen Pfeile auf, schossen sie jedoch nicht ab. Die Übrigen schienen mit Speeren und Keulen bewaffnet zu sein. Einer hatte eine schartige Steinaxt. An Rüstung trugen sie lediglich das, was sie von toten Grenzern oder bei Plünderungen erbeutet hatten. Wildlinge gruben weder nach Erz noch verhütteten sie es, und nördlich der Mauer gab es nur wenige Schmiede und noch weniger Schmieden.

Qhorin zog sein Langschwert. Die Geschichte, wie er sich selbst beigebracht hatte, mit der Linken zu fechten, nachdem er die Hälfte der Rechten eingebüßt hatte, gehörte untrennbar zu seiner Legende; es hieß, er könne jetzt besser mit dem Schwert umgehen als je zuvor. Jon stand Schulter an Schulter mit dem großen Grenzer und zog Longclaw aus der Scheide. Trotz der Kälte lief ihm der Schweiß in die Augen.

Zehn Meter vor dem Höhleneingang blieben die Jäger stehen. Ihr Anführer ritt allein vor auf einem Tier, das eher eine Ziege als ein Pferd zu sein schien, so wie es sicheren Fußes den unebenen Hang hinaufstieg. Während Mann und Pferd näher kamen, vernahm Jon ein Klappern; beide waren in Knochen gerüstet. In Kuhknochen, Schafsknochen, Knochen von Ziegen und Auerochsen und Elchen, in die großen haarigen Knochen von Mammuts ... und auch in menschliche Knochen.

»Rasselhemd«, rief Qhorin mit eisiger Höflichkeit hinunter.

»Für die Krähen bin ich der Lord der Knochen.« Der Helm des Mannes bestand aus dem zerbrochenen Schädel eines Riesen, und auf das Leder der Ärmel waren Bärenklauen genäht.

Qhorin schnaubte. »Ich sehe keinen Lord. Nur einen Hund in Hühnerknochen, die rasseln, wenn er reitet.«

Der Wildling zischte wütend, und sein Pferd bäumte sich auf. Er *rasselte* wirklich, Jon konnte es hören; die Knochen waren nur locker zusammengebunden, daher klackten und klapperten sie bei jeder Bewegung. »Bald werden es deine Knochen sein, die rasseln, Halbhand. Ich werde sie auskochen und mir eine Halsberge aus deinen Rippen machen. Deine Zähne werde ich zum Runenwerfen beschnitzen, und meine Hafergrütze werde ich aus deinem Schädel essen.«

»Wenn du meine Knochen willst, hol sie dir doch.«

Dazu war Rasselhemd allerdings offensichtlich nicht bereit. Hier in der Enge der Felsen, wo sich die schwarzen Brüder aufgestellt hatten, bedeutete zahlenmäßige Überlegenheit wenig; um sie aus der Höhle herauszuholen, konnten die Wildlinge nur jeweils zu zweit nebeneinander angreifen. Doch eine aus der Gruppe drängte ihr Pferd neben ihn, eine der kämpfenden Frauen, die bei den Wildlingen *Speerfrauen* hießen. »Wir sind vier und zehn gegen zwei Krähen, und dazu noch acht Hunde gegen euren Wolf«, rief sie. »Kämpft oder flieht, einerlei, ihr gehört uns.«

»Zeig's ihnen«, befahl Rasselhemd.

Die Frau griff in einen blutbefleckten Sack und zog ihre Trophäe heraus. Ebben war kahl wie ein Ei gewesen, deshalb musste sie den Kopf am Ohr fest halten. »Er ist tapfer gestorben«, sagte sie.

»Trotzdem ist er jetzt tot«, meinte Rasselhemd, »genauso wie ihr es bald sein werdet.« Er löste seine Streitaxt und schwang sie über dem Kopf. Aus gutem Stahl war sie, und beide Klingen glänzten gefährlich; Ebben war nicht der Mann gewesen, der seine Waffen vernachlässigte. Die anderen Wildlinge drängten nun ebenfalls vor und rief den Krähen höhnische Bemerkungen zu. Einige wählten Jon als Zielscheibe für ihren Spott aus. »Ist das dein Wolf, Junge?«, fragte ein hagerer Jugendlicher, der eine Schleuder hielt. »Noch vor Sonnenuntergang werde ich mir einen Mantel aus ihm gemacht haben.« Auf der anderen Seite öffnete eine zweite Speerfrau ihren zerrissenen Pelz und zeigte Jon ihre schwere weiße Brust. »Möchte der Kleine zu Mama kommen? Na los, saug ein bisschen, Junge.« Die Hunde bellten.

»Sie wollen uns zu einer Torheit verleiten.« Qhorin warf Jon einen langen Blick zu. »Vergiss deine Befehle nicht.«

»Vielleicht müssen wir die Krähen aufscheuchen«, brüllte Rasselhemd über den Lärm. »Schießt sie ab!«

»*Nein!*« Die Worte brachen aus Jon hervor, ehe die Bogenschützen schießen konnten. Rasch trat er vor. »Wir ergeben uns!«

Hinter sich hörte er Qhorin kalt sagen: »Sie haben mich gewarnt, dass Bastardblut feige ist. Wie ich sehe, ist es wirklich so. Lauf zu deinen neuen Herren, Feigling.«

Mit rotem Gesicht stieg Jon den Hang hinunter zu Rasselhemd. Der Wildling starrte ihn durch die Augenlöcher seines Helms an. »Das freie Volk hat keine Verwendung für Feiglinge.«

»Er ist kein Feigling.« Einer der Bogenschützen nahm den aus Schafshaut genähten Helm ab und schüttelte zotteliges rotes Haar. Es war eine Frau. »Dies ist der Bastard von Winterfell, der mich verschont hat. Lasst ihn am Leben.«

Jon sah Ygritte an. Ihm fehlten die Worte.

»Er soll sterben«, beharrte der Lord der Knochen. »Die schwarze Krähe ist ein verschlagener Vogel. Ich traue ihm nicht.«

Auf einem Felsen über ihnen breitete der Adler seine Schwingen aus und stieß einen schrillen Wutschrei aus.

»Der Adler hasst dich, Jon Snow«, sagte Ygritte. »Und nicht ohne Grund. Er war ein Mensch, bevor du ihn getötet hast.«

»Das wusste ich nicht«, sagte Jon ehrlich und versuchte sich das Gesicht des Mannes vorzustellen, den er im Pass erschlagen hatte. »Du hast mir versprochen, Mance würde mich aufnehmen.«

»Das wird er auch«, erklärte Ygritte.

»Mance ist nicht hier«, warf Rasselhemd ein. »Ragwyle, schlitz ihm den Bauch auf.«

Die große Speerfrau kniff die Augen zusammen. »Wenn die Krähe sich zum freien Volk gesellen will, soll sie ihre Tapferkeit beweisen und zeigen, dass sie es ehrlich meint.«

»Ich tue alles, was ihr wollt.« Die Worte fielen Jon schwer, doch er brachte sie über die Lippen.

Rasselhemds Knochenrüstung klapperte laut, als er lachte. »Dann töte Halbhand, Bastard.«

»Als ob er das könnte«, rief Qhorin. »Dreh dich um, Snow, und stirb.«

Und dann fuhr Qhorins Schwert schon auf ihn zu, und irgendwie schoss Longclaw in die Höhe und parierte den Hieb. Die Wucht hätte ihm die Bastardklinge fast aus der Hand gerissen, und er taumelte zurück. *Du wirst tun, was sie von dir verlangen.* Er packte sein Schwert mit beiden Händen und schlug auf Qhorin ein, doch der große Grenzer wischte den Hieb gelassen zur Seite. Hin und her ging es, die schwarzen Mäntel blähten sich, jugendliche Flinkheit stand gegen die Wilde von Qhorins Linker. Halbhands Schwert schien überall zugleich zu sein, kam von der einen und von der anderen Seite, brachte den Jungen immer wieder aus dem Gleichgewicht. Langsam wurden Jons Arme taub.

Selbst als Ghost sich in die Wade des Grenzers verbiss, blieb Qhorin trotzdem irgendwie auf den Beinen. Doch in diesem Augenblick öffnete sich seine Deckung. Jon stürzte vor und stach zu. Der Grenzer fuhr zurück, und einen Augenblick lang schien es, Jons Stich habe ihn überhaupt nicht berührt. Dann zeigte sich eine Kette roter Tränen am Hals des großen Mannes, hell wie ein rubinfarbenes Halsband, und das Blut spritzte hervor. Qhorin Halbhand fiel.

Blut tropfte auch von Ghosts Schnauze, doch nur die Spitze der Bastardklinge war befleckt. Jon zog den Schattenwolf von dem Sterbenden fort, kniete nieder und legte einen Arm um ihn. Das Licht in Qhorins Augen erlosch bereits. »... scharf«, sagte er und hob die verstümmelten Finger. Dann sank seine Hand herab, und er war tot.

Er hat es gewusst. Er hat gewusst, was sie von mir verlangen würden. Er dachte an Samwell Tarly, an Grenn und den Schwermütigen Edd, an Pyp und Toad auf Castle Black. Hatte er sie verloren, sie alle, so wie er Bran und Rickon und Robb verloren hatte? Wer war er jetzt? Und was?

»Hebt ihn auf.« Grobe Hände zerrten ihn auf die Beine. Jon leistete keinen Widerstand. »Hast du einen Namen?«

Ygritte antwortete für ihn. »Sein Name ist Jon Snow. Er ist von Eddard Starks Blut, von Winterfell.«

Ragwyle lachte. »Wer hätte gedacht, dass Qhorin Halbhand vom Bankert eines Lords erschlagen wird?«

»Tötet ihn.« Das kam von Rasselhemd, der noch immer auf seinem Pferd saß. Der Adler flog zu ihm und setzte sich kreischend auf den Knochenhelm.

»Er hat sich ergeben«, erinnerte Ygritte ihn.

»Ja, und seinen Bruder getötet«, sagte ein kleiner hässlicher Mann mit einem von Rost zerfressenen Eisenhelm.

Rasselhemd ritt heran, die Knochen klapperten. »Der Wolf hatte es für ihn getan. Es war nicht ehrlich. Der Tod von Halbhand gebührte mir.«

»Wir haben alle gesehen, wie begierig du warst, gegen ihn zu kämpfen«, spottete Ragwyle.

»Er ist ein Warg«, sagte der Lord der Knochen, »und eine Krähe. Ich mag ihn nicht.«

»Vielleicht ist er tatsächlich ein Warg«, wandte Ygritte ein, »aber das hat uns noch nie Angst gemacht.« Andere stimmten ihr laut zu. Durch die Augenlöcher des gelblichen Schädels starrte Rasselhemd sie böse an, am Ende fügte er sich allerdings zähneknirschend. *Sie sind wirklich ein freies Volk,* dachte Jon.

Qhorin Halbhand wurde an der Stelle verbrannt, wo er gefallen war, auf Tannennadeln, Buschwerk und abgebrochenen Zweigen. Ein Teil des Holzes war noch grün, deshalb brannte es schlecht, qualmte stark und schickte eine Rauchsäule gen Himmel. Hinterher erhob Rasselhemd Anspruch auf einige der verkohlten Knochen, während die anderen um die Habseligkeiten des Grenzers würfelten. Ygritte gewann seinen Mantel.

»Kehren wir durch den Klagenden Pass zurück?«, fragte Jon sie. Er wusste nicht, ob er und sein Pferd den Weg durch das Hochgebirge noch einmal schaffen würden.

»Nein«, antwortete sie. »Hinter uns ist nichts.« In dem Blick, den sie ihm zuwarf, lag Trauer. »Inzwischen ist Mance ein gutes Stück am Milkwater hinuntermarschiert und hält auf Eure Mauer zu.«

BRAN

Die Asche fiel wie weicher grauer Schnee.

Er tappte über trockene Nadeln und braune Blätter zum Rand des Waldes, wo die Kiefern nicht so dicht standen. Jenseits des offenen Feldes sah er die großen Stapel aus Menschenstein und die hohen Flammen. Der Wind wehte heiß herüber und trug den Geruch von Blut und verbranntem Fleisch heran, der so stark war, dass ihm der Geifer aus dem Maul lief.

Doch während ihn der eine Geruch anzog, waren andere eine Warnung. Er prüfte schnüffelnd den vorbeitreibenden Rauch. *Männer, viele Männer, viele Pferde, und Feuer, Feuer, Feuer.* Kein Geruch war gefährlicher, nicht einmal der des Eisens, aus dem Menschen ihre Krallen und ihre harte Haut machten. Der Rauch und die Asche trübten seine Augen, und im Himmel sah er eine große geflügelte Schlange, deren Brüllen ein Fluss aus Flammen war. Er fletschte die Zähne, doch ab da war die Schlange schon verschwunden. Hohes Feuer hinter den Mauern verschlang die Sterne.

Die ganze Nacht lang knisterten die Brände, und einmal ertönte ein lautes Brüllen und Krachen, bei dem die Erde unter seinen Füßen bebte. Hunde bellten und winselten, Pferde wieherten voller Schrecken. Ein Heulen gellte durch die Nacht; das Heulen des Menschenrudels, ängstliches Jammern und wildes Rufen, Lachen und Schreie. Kein Tier machte so viel Lärm wie Menschen. Er spitzte die Ohren und lauschte, und sein Bruder knurrte bei jedem Geräusch. Sie streiften unter den Bäumen umher, während der Wind Asche und Funken durch den Himmel wehte. Langsam begannen die Flammen zu verlöschen, und schließlich waren sie verschwunden. Die Sonne ging an diesem Morgen grau und rauchverhüllt auf.

Erst jetzt verließen sie den Wald und pirschten langsam über die

Felder. Sein Bruder lief neben ihm her, wurde gleichermaßen vom Geruch nach Blut und Tod angezogen. Schweigend liefen sie durch die Höhlen, die die Menschen aus Holz und Gras und Lehm gebaut hatten. Viele, viele waren verbrannt, viele, viele waren eingestürzt; andere standen noch so wie zuvor. Dennoch sahen oder witterten sie nirgends einen lebenden Menschen. Krähen bedeckten die Leichen und sprangen kreischend in die Luft, sobald er und sein Bruder sich näherten. Die wilden Hunde schlichen vor ihnen davon.

Unter den großen grauen Steilwänden starb ein Pferd, versuchte, sich auf ein gebrochenes Bein zu stellen und wieherte, als es wieder hinfiel. Sein Bruder umkreiste es, dann riss er dem Tier die Kehle auf, während es schwach um sich trat und die Augen verdrehte. Als er sich dem Kadaver nähern wollte, schnappte sein Bruder nach ihm und legte die Ohren an, und er schlug mit der Vorderpfote nach ihm und biss ihn ins Bein. Sie kämpften in Gras und Erde und gefallener Asche neben dem toten Pferd, bis sein Bruder sich mit eingeklemmtem Schwanz auf den Rücken wälzte und unterwarf. Ein kleiner Biss noch in die ungeschützte Kehle; dann fraß er und ließ seinen Bruder fressen und leckte ihm das Blut von seinem schwarzen Fell.

Der dunkle Ort zog ihn an, das Haus des Flüsterns, wo alle Menschen blind waren. Er fühlte seine kalten Finger. Der Steingeruch drang ihm wie ein Wispern in die Nase. Er wehrte sich gegen ihr Drängen. Die Dunkelheit mochte er nicht. Er war Wolf. Er war Jäger und Pirscher und Töter, und er gehörte zu seinen Brüdern und Schwestern in den tiefen Wäldern, wo er frei unter dem Sternenhimmel dahinlaufen konnte. Er hockte sich auf die Hinterpfoten, hob den Kopf und heulte. *Ich werde nicht gehen,* rief er. *Ich bin Wolf, ich werde nicht gehen.* Trotzdem wurde die Dunkelheit noch dichter, bis sie seine Augen bedeckte und seine Nase füllte und seine Ohren verstopfte, sodass er nicht mehr sehen oder riechen oder hören oder laufen konnte, und die grauen Wände waren verschwunden, das tote Pferd war verschwunden, sein Bruder war verschwunden, alles war still und schwarz und kalt und schwarz und tot und schwarz . . .

»Bran«, flüsterte eine Stimme. *»Bran, komm zurück. Komm jetzt zurück, Bran. Bran . . .«*

Er schloss das dritte Auge und öffnete die beiden anderen, die alten Zwei, die blinden Zwei. An dem dunklen Ort waren alle Menschen blind. Doch irgendetwas hielt ihn fest. Er fühlte Arme um sich herum, die tröstliche Wärme eines Körpers. Er hörte Hodor leise vor sich hinsingen: »Hodor, hodor, hodor.«

»Bran?« Das war Meeras Stimme. »Du hast um dich geschlagen und fürchterliche Geräusche gemacht. Was hast du gesehen?«

»Winterfell.« Seine Zunge fühlte sich fremd und dick an. *Eines Tages werde ich nicht mehr wissen, wie man spricht, wenn ich zurückkomme.* »Es war Winterfell. Alles hat gebrannt. Es hat nach Pferden und Stahl und Blut gerochen. Sie haben alle umgebracht, Meera.«

Er fühlte ihre Hand auf seinem Gesicht, als sie ihm das Haar zurückstrich. »Du bist ganz verschwitzt«, stellte sie fest. »Möchtest du etwas trinken?«

»Ja«, sagte er. Sie hielt ihm den Schlauch an die Lippen, und Bran schluckte so hastig, dass ihm das Wasser aus den Mundwinkeln rann. Er war immer so schwach und durstig, wenn er zurückkam. Und hungrig. Er erinnerte sich an das sterbende Pferd, an den Geschmack des Blutes, an den Geruch verbrannten Fleisches in der Morgenluft. »Wie lange?«

»Drei Tage«, antwortete Jojen. Der Junge war gerade erst herangeschlichen, oder er war die ganze Zeit da gewesen; in dieser blinden schwarzen Welt konnte Bran es nicht sagen. »Wir hatten Angst um dich.«

»Ich war bei Summer«, meinte Bran.

»Zu lange. Du wirst noch verhungern. Meera hat dir ein bisschen Wasser in den Rachen geträufelt, und wir haben dir Honig in den Mund gestrichen, aber das genügt nicht.«

»Ich habe gegessen«, erwiderte Bran. »Wir haben einen Elch gejagt und mussten eine Wildkatze vertreiben, die ihn stehlen wollte.« Die Katze war hell- und dunkelbraun gewesen und nur halb so groß wie die Schattenwölfe, dafür jedoch sehr wild. Er erinnerte sich noch an ihren Geruch und daran, wie sie gefaucht hatte.

»Der Wolf hat gefressen«, widersprach Jojen, »nicht du. Pass auf, Bran. Vergiss nicht, wer du bist.«

Er erinnerte sich allzu gut daran, wer er war; Bran der Knabe, Bran der Zerschmetterte. *Lieber Bran der Tierling.* War es ein Wunder, dass er sich in seinen Wolfsträumen wohler fühlte? Hier in der kalten Dunkelheit der Gruft hatte sich sein drittes Auge endlich geöffnet. Er konnte Summer erreichen, wann immer er wollte, und einmal hatte er sogar Ghost erreicht und zu Jon gesprochen. Obwohl er das vielleicht nur geträumt hatte. Er konnte nicht verstehen, warum Jojen jetzt immer versuchte, ihn zurückzuholen. Bran stemmte sich mit den Armen in eine sitzende Position. »Ich muss Osha sagen, was ich gesehen habe. Ist sie hier? Wohin ist sie gegangen?«

Die Wildlingsfrau antwortete: »Nirgendwohin, Mylord. Ich bin genug im Dunkeln herumgetappt.« Er hörte einen Fuß auf Stein scharren und drehte den Kopf in die Richtung, sah jedoch nichts. Er meinte sie riechen zu können, war sich jedoch nicht sicher. Sie alle rochen ähnlich, und er hatte nicht so eine feine Nase wie Summer, der sie unterscheiden konnte. »Letzte Nacht habe ich einem König auf den Fuß gepinkelt«, fuhr Osha fort. »Oder vielleicht auch heute Morgen, wer kann das schon sagen? Ich habe geschlafen, jetzt schlafe ich nicht.« Sie schliefen alle sehr viel, nicht nur Bran. Sonst gab es nichts zu tun. Schlafen und essen und wieder schlafen, und manchmal ein bisschen reden ... doch nicht viel, und immer im Flüsterton, das war sicherer. Osha wäre es lieber, wenn sie überhaupt nicht redeten, doch es war unmöglich, Rickon daran zu hindern, und Hodor davon abzuhalten, endlos »hodor, hodor, hodor«, vor sich hin zu murmeln.

»Osha«, sagte Bran, »ich habe Winterfell brennen sehen.« Zu seiner Linken konnte er Rickon leise atmen hören.

»Ein Traum«, meinte Osha.

»Ein Wolfstraum«, ergänzte Bran. »Ich konnte es auch *riechen.* Nichts riecht wie Feuer oder Blut.«

»Wessen Blut?«

»Menschen, Pferde, Hunde. Wir müssen nachsehen.«

»Diese dünne Haut ist die einzige, die ich habe«, entgegnete Osha. »Wenn dieser Krakenprinz mich erwischt, wird er mich auspeitschen, bis davon nur noch Streifen übrig sind.«

Meera fand im Dunkeln Brans Hand und drückte sie leicht. »Ich kann an deiner Stelle gehen, wenn du Angst hast.«

Bran hörte Finger an Leder herumfummeln, darauf folgte das Geräusch von Stahl, der auf einen Feuerstein geschlagen wurde. Noch einmal. Ein Funken flog, und Zunder fing Feuer. Osha blies vorsichtig. Eine lange helle Flamme reckte sich in die Höhe wie ein Mädchen auf Zehenspitzen. Oshas Gesicht schwebte darüber. Sie hielt die Flamme an eine Fackel. Bran musste blinzeln, als das Pech zu brennen begann und die Welt mit seinem orangefarbenen Licht erfüllte. Die Helligkeit weckte Rickon, der sich gähnend aufsetzte.

Durch die Schatten, die sich bewegten, sah es einen Moment lang aus, als würden die Toten sich ebenfalls erheben. Lyanna und Brandon, Lord Rickard Stark, Lord Edwyle, Lord Willam und sein Bruder Artos der Unversöhnliche, Lord Donnor und Lord Beron und Lord Rodwell, der einäugige Lord Jonnel, Lord Barth und Lord Brandon und Lord Cregan, der gegen den Drachenritter gekämpft hatte. Auf ihren Steinthronen saßen sie, mit Steinwölfen zu ihren Füßen. Hierher kamen sie, wenn alle Wärme ihre Leiber verlassen hatte; dies war die Halle der Toten, welche die Lebenden nur mit Furcht betraten.

Und im Eingang der leeren Grabnische, die auf Lord Eddard wartete, hockten die sechs Flüchtlinge unter der majestätischen Granitstatue, um ihren kleinen Vorrat aus Brot und Wasser und getrocknetem Fleisch herum. »Kaum noch etwas übrig«, murmelte Osha, während sie die Vorräte durchging. »Ich muss bald nach oben gehen und etwas zum Essen stehlen, sonst müssen wir noch Hodor auffressen.

»Hodor«, sagte Hodor und grinste sie an.

»Ist es draußen Tag oder Nacht?«, fragte sich Osha. »Ich habe alles Zeitgefühl verloren.«

»Tag«, sagte Bran, »aber es ist ganz dunkel vom Rauch.«

»Ist Mylord sicher?«

Er bewegte seinen zerschmetterten Körper nicht und streckte doch die Hand aus, und einen Augenblick lang sah er doppelt. Dort stand Osha mit der Fackel, und Meera und Jojen und Hodor und die doppelte Reihe hoher Granitsäulen und die längst toten Lords dahinter in der Dunkelheit . . . doch dort war auch Winterfell, grau und von Rauch eingehüllt, die schweren Eichentore waren verkohlt und auseinander gebrochen, von der Zugbrücke war nur ein Gewirr zerrissener Ketten und fehlender Bretter geblieben. Leichen schwammen im Wassergraben, Inseln für die Raben.

»Sicher«, verkündete er.

Osha brauchte einen Moment, bis sie das verdaut hatte. »Dann werde ich mal einen Blick riskieren. Ihr bleibt aber dicht hinter mir. Meera, hol Brans Korb.«

»Gehen wir nach Hause?«, fragte Rickon aufgeregt. »Ich will mein Pferd. Und Apfelkuchen und Butter und Honig und Shaggy. Gehen wir dorthin, wo Shaggydog ist?«

»Ja«, versprach Bran, »aber du musst ganz leise sein.«

Meera schnallte Hodor den Korb auf den Rücken, half, Bran hineinzusetzen, und schob seine gelähmten Beine durch die Löcher. Als sie aufbrachen, drehte er sich um und warf der Statue seines Vaters einen letzten Blick zu, und es erschien Bran, als sähe er Trauer in Lord Eddards Augen, als wollte er nicht, dass sie fortgingen. *Wir müssen,* dachte er, *es ist Zeit.*

Osha trug ihren langen Eichenspeer in der einen Hand und die Fackel in der anderen. Ein Schwert ohne Scheide hatte sie sich über den Rücken gehängt, eins der letzten, die Mikkens Zeichen trugen. Er hatte es für Lord Eddards Gruft geschmiedet, um seinen Geist zu beruhigen. Da Mikken jedoch ermordet worden war und die Eisenmänner die Waffenkammer bewachten, konnten sie gutem Stahl nicht widerstehen, selbst wenn sie ein Grab ausrauben mussten. Meera hatte Lord Rickards Klinge genommen und beschwerte sich nun, sie sei zu schwer. Brandon holte sich die Waffe seines Namensvetters, das Schwert des Onkels, den er nie kennen gelernt hatte. Er wusste, dass er im Falle eines Kampfes nur von wenig Nutzen sein würde, doch die Klinge fühlte sich trotzdem gut in seiner Hand an.

Dennoch war es nur ein Spiel, und das wusste Bran ebenso.

Ihre Schritte hallten durch die riesige Gruft. Die Schatten hinter ihnen verschluckten seinen Vater, während die Schatten vor ihnen zurückwichen und andere Statuen enthüllten; dies waren nicht nur Lords, sondern die alten Könige des Nordens. Auf der steinernen Stirn trugen sie Kronen. Torrhen Stark, der König Der Kniete. Edward der Frühlingskönig. Theon Stark, der Hungrige Wolf. Brandon der Brandschatzer und Brandon der Schiffsbauer, Jorah und Jonos, Brandon der Böse, Walton der Mondkönig, Edderion der Bräutigam, Eyron, Benjen der Süße und Benjen der Bittere, König Edrick Schneebart. Ihre Gesichter waren ernst und voller Stärke, und manche von ihnen hatten schreckliche Dinge getan, doch ein jeder war ein Stark, und Bran kannte ihre Geschichten. In der Gruft hatte er sich niemals gefürchtet; sie war ein Teil seines Zuhauses, ein Teil seiner Selbst, und er hatte immer gewusst, dass er eines Tages ebenfalls hier unten liegen würde.

Jetzt war er sich dessen nicht mehr so sicher. *Wenn ich nach oben gehe, werde ich dann jemals hierher zurückkehren? Wohin werde ich gehen, wenn ich sterbe?*

»Wartet«, sagte Osha, als sie an der steinernen Wendeltreppe ankamen, die nach unten zu den tieferen Ebenen mit den Königen noch älterer Zeit auf ihren dunklen Thronen und nach oben an die Oberfläche führte. Sie reichte Meera die Fackel. »Ich taste mich hinauf.« Eine Zeit lang hörten sie ihre Schritte, die immer leiser und leiser wurden, dann war es still. »Hodor«, sagte Hodor nervös.

Bran hatte sich hundertmal eingeredet, wie sehr er es hasste, sich hier unten in der Dunkelheit zu verstecken, wie sehr er sich nach der Sonne sehnte, danach, mit seinem Pferd durch Wind und Regen zu reiten. Doch jetzt, wo es so weit war, fürchtete er sich plötzlich. In der Finsternis hatte er sich sicher gefühlt; wenn man nicht einmal die Hand vor Augen sehen konnte, war es leicht zu glauben, dass einen auch kein Feind finden würde. Und die steinernen Lords hatten ihm Mut eingeflößt. Obwohl er sie nicht hatte erkennen können, wusste er doch stets, dass sie da waren.

Es schien eine Ewigkeit zu dauern, bis sie wieder etwas hörten. Bran hatte schon Angst, Osha sei etwas zugestoßen. Sein Bruder wurde quengelig. »Ich will *nach Hause*!«, sagte er laut. Hodor nickte und sagte: »Hodor!« Dann hörten sie endlich Schritte, und kurz darauf trat Osha ins Licht und zeigte eine grimmige Miene. »Irgendetwas blockiert die Tür. Ich kann sie nicht bewegen.«

»Hodor kann alles bewegen«, meinte Bran.

Die Stufen waren schmal, daher mussten sie einzeln hintereinander hinaufsteigen. Osha ging voran. Hinter ihr kam Hodor, und Bran zog den Kopf ein, damit er nicht an die Decke stieß. Meera folgte mit der Fackel, Jojen bildete den Schluss und führte Rickon an der Hand. Im Kreis ging es und immer im Kreis und nach oben, immer nach oben. Bran glaubte, Rauch zu riechen, doch der stammte vielleicht von der Fackel.

Die Tür zur Gruft war aus Eisenholz gemacht. Sie war alt und sehr schwer und schräg eingebaut. Nur eine Person konnte jeweils an sie heran. Osha versuchte es erneut, doch Bran sah, dass sich die Tür nicht rührte. »Hodor soll es versuchen.«

Zunächst mussten sie Bran aus dem Korb nehmen, damit er nicht zerquetscht würde. Meera setzte sich neben ihn auf die Stufen und legte ihm schützend einen Arm um die Schultern, während Osha und Hodor die Plätze tauschten. »Mach die Tür auf, Hodor«, befahl Bran dem Stallburschen.

Der Riese legte die Hände flach dagegen, drückte und grunzte. »Hodor?« Er schlug mit der Faust gegen das Holz, das sich immer noch nicht bewegte. »Hodor.«

»Lehn dich mit dem Rücken dagegen«, drängte ihn Bran. »Und drück mit den Beinen.«

Hodor drehte sich um und schob. Noch einmal. Und noch einmal. »Hodor!« Er setzte einen Fuß eine Stufe höher, sodass er gebückt unter der geneigten Tür stand und versuchte, sich aufzurichten. Diesmal ächzte und stöhnte das Holz. *»Hodor!«* Der andere Fuß kam auf die gleiche Stufe, Hodor spreizte die Beine, holte tief Luft und richtete sich auf. Sein Gesicht lief rot an, und die Adern an seinem Hals traten hervor.

»Hodor hodor hodor hodor hodor hodor HODOR!« Von oben war ein dumpfes Rumpeln zu hören. Dann plötzlich ruckte die Tür nach oben, ein wenig Tageslicht fiel durch den Spalt und blendete Bran

einen Augenblick lang. Auf ein erneutes Schieben folgte ein Geräusch, als würden Steine verrutschen, und dann war der Weg frei. Osha schob ihren Speer durch die Öffnung und schlüpfte hinaus, und Rickon zwängte sich zwischen Meeras Beinen hindurch und folgte ihr. Hodor drückte die Tür ganz auf und stieg nach oben. Die Reeds mussten Bran die letzten Stufen hinauftragen.

Der Himmel war hellgrau, und überall um sie herum war Rauch. Sie standen im Schatten des Ersten Bergfrieds oder dessen, was davon übrig geblieben war. Eine ganze Seite des Bauwerks war eingestürzt. Mauersteine und Steinfiguren lagen überall über den Hof verstreut. *Sie sind genau da gefallen, wo ich abgestürzt bin,* dachte Bran, als er es sah. Einige der Steinfiguren waren in so viele Stücke zerbrochen, dass er sich fragte, wie er seinen Sturz damals überhaupt hatte überleben können. In der Nähe pickten Krähen an einem Leichnam herum, der von Steinen zermalmt worden war, doch er lag mit dem Gesicht nach unten, und Bran konnte nicht erkennen, wer es war.

Der Erste Bergfried war seit vielen hundert Jahren nicht mehr benutzt worden, doch jetzt standen kaum mehr seine Grundmauern. Die Decken im Inneren waren verbrannt und mit ihnen alle Balken. Wo die Wand eingestürzt war, konnte man in die Zimmer blicken, sogar in den Abtritt. Dahinter jedoch stand die Turmruine noch immer und war nicht mehr zerstört als zuvor. Jojen Reed hustete wegen des Rauchs. »Bringt mich nach Hause!«, verlangte Rickon. »Ich will nach *Hause!*« Hodor stampfte im Kreis herum. »Hodor«, wimmerte er leise. Inmitten von Ruinen und Tod drängten sie sich aneinander.

»Wir haben genug Lärm gemacht, um einen Drachen zu wekken«, sagte Osha, »und trotzdem kommt niemand. Die Burg ist tot und ausgebrannt, genauso, wie Bran es geträumt hat, aber wir sollten lieber –« Plötzlich verstummte sie, weil sie hinter sich etwas gehört hatte, und wirbelte herum.

Zwei schlanke dunkle Schemen kamen hinter der Turmruine hervor und tappten langsam durch den Schutt. Rickon rief glücklich: *Shaggy!*«, und der schwarze Schattenwolf rannte auf ihn zu.

Summer näherte sich langsamer, rieb den Kopf an Brans Arm und leckte sein Gesicht.

»Wir sollten hier verschwinden«, sagte Jojen. »So viel Tote werden noch andere Wölfe außer Summer und Shaggydog anlocken, und nicht alle von ihnen werden auf vier Beinen laufen.«

»Ja«, stimmte Osha zu, »allerdings brauchen wir Vorräte, und vielleicht finden wir hier noch welche. Bleibt zusammen. Meera, nimm deinen Schild und deck uns den Rücken.«

Es dauerte den ganzen Morgen, bis sie den Rundgang durch die Burg hinter sich gebracht hatten. Die großen Granitmauern standen noch; sie waren hier und da vom Feuer verkohlt, ansonsten jedoch unversehrt. Im Innern hingegen gab es nur Tod und Zerstörung. Die Türen der Großen Halle waren verbrannt und rauchten, die Sparren der Decke hatten nachgegeben, und das ganze Dach war eingestürzt. Die grünen und gelben Scheiben des Glasgartens lagen in Scherben, die Bäume und Früchte und Blumen waren zerfetzt oder entwurzelt. Von den Stallungen, gebaut aus Holz und Stroh, waren nur Asche und Balken und tote Pferde geblieben. Bran dachte an seinen Dancer und hätte am liebsten geweint. Neben dem Bibliotheksturm dampfte ein kleiner Teich, und heißes Wasser lief aus einem Spalt an der Seite des Turms. Die Brücke zwischen Glockenturm und Rabenschlag war in den Hof gestürzt, und Maester Luwins Türmchen war verschwunden. Durch die schmalen Kellerfenster unter dem Großen Bergfried sahen sie schwachen roten Schein, und in einem der Lagerhäuser brannte es ebenfalls noch.

Osha rief immer wieder in den Rauch hinein, während sie ihre Runde drehten, doch niemand antwortete. Dann sahen sie einen Hund, der sich an einer Leiche zu schaffen machte und davonlief, als er die Schattenwölfe witterte; der Rest der Hunde war in den Zwingern umgekommen. Die Raben des Maesters erwiesen einigen der Toten ebenfalls die Ehre, während sich die Krähen von der Turmruine um die anderen bemühten. Bran erkannte Poxy Tim, obwohl ihn ein Axthieb mitten ins Gesicht getroffen hatte. Ein verkohlter Leichnam vor der Septe saß aufrecht da und hatte die Fäuste geballt, als wolle er jeden, der ihm zu nahe kam, schlagen.

»Wenn die Götter gut sind«, sagte Osha voller Zorn mit leiser Stimme, »werden die Anderen diejenigen holen, deren Werk dies ist.«

»Das war Theon«, erwiderte Bran düster.

»Nein. Sieh nur.« Sie deutete mit dem Speer über den Hof. »Da liegt einer seiner Eisenmänner. Und dort. Das ist Greyjoys Schlachtross, oder? Das Schwarze, in dem die Pfeile stecken.« Sie ging unter den Toten umher und runzelte die Stirn. »Hier, der Schwarze Lorren.« Er hatte so viele Wunden davongetragen, dass sein Bart jetzt rötlich braun wirkte. »Der hat ein paar in die Hölle mitgenommen, ohne Zweifel.« Osha drehte eine der anderen Leichen mit dem Fuß um. »Hier ist ein Wappen. Ein kleiner Mann, ganz in Rot.«

»Der gehäutete Mann von Dreadfort«, sagte Bran.

Summer heulte und schoss davon.

»Der Götterhain.« Meera Reed rannte dem Schattenwolf nach, wobei sie ihren Schild und ihren Froschspeer bereithielt. Die anderen folgten ihr und suchten sich einen Weg durch Rauch und Schutt. Unter den Bäumen war die Luft besser. Ein paar Kiefern am Rand des Wäldchens waren versengt, doch die feuchte Erde und das grüne Holz im Inneren hatten sich dem Feuer verweigert. »Lebendem Holz wohnt eine Kraft inne«, erklärte Jojen Reed, fast, als wisse er, dass Bran gerade darüber nachdachte, »eine Kraft, die ebenso stark ist wie Feuer.«

Neben dem schwarzen Tümpel, im Schutze des Herzbaums lag Maester Luwin auf dem Bauch am Boden. Eine Blutspur zog sich durch das feuchte Laub zu ihm. Summer stand vor ihm, und im ersten Moment dachte Bran, der Mann sei tot, doch als Meera seinen Hals berührte, stöhnte der Maester. »Hodor?«, sagte Hodor traurig. »Hodor?«

Sachte drehten sie den Maester auf den Rücken. Er hatte graue Augen und graues Haar, und früher war auch seine Robe grau gewesen, inzwischen war sie allerdings dort, wo das Blut hineingesickert war, schwarz. »Bran«, sagte er leise, als er ihn auf Hodors Rücken sitzen sah. »Und Rickon.« Er lächelte. »Die Götter sind gut. Ich wusste es ...«

»Was wusstet Ihr?«

»Die Beine, ich habe es geahnt ... die Kleider haben gepasst, aber die Muskeln der Beine ... armer Junge.« Er hustete, und Blut trat ihm über die Lippen. »Ihr seid ... im Wald verschwunden ... wie denn?«

»Wir sind gar nicht weggegangen«, erzählte Bran. »Nun ja, nur bis zum Waldrand, dann sind wir umgekehrt. Ich habe die Wölfe losgeschickt, damit sie eine Spur legen, und wir haben uns in Vaters Grab versteckt.«

»In der Gruft.« Luwin lachte leise, und blutiger Schaum bildete sich vor seinem Mund. Als der Maester versuchte, sich zu bewegen, keuchte er heftig vor Schmerz.

Tränen traten Bran in die Augen. Wenn jemand verletzt war, brachte man ihn zum Maester, doch was tat man, wenn der Maester verletzt war?

»Wir müssen eine Bahre bauen, damit wir ihn tragen können«, sagte Osha.

»Das wäre sinnlos«, erwiderte Luwin. »Ich sterbe.«

»Das *dürft* Ihr nicht«, widersprach Rickon zornig. »Nein, Ihr dürft nicht.« Neben ihm fletschte Shaggydog die Zähne und knurrte.

Der Maester lächelte. »Still, Kind, ich bin viel älter als Ihr. Ich darf ... sterben, wann ich will.«

»Hodor, runter«, befahl Bran. Hodor kniete neben dem Maester nieder.

»Hör zu«, wandte sich Luwin an Osha. »Die Prinzen ... Robbs Erben. Nicht ... nicht zusammen ... verstehst du?«

Die Wildlingsfrau stützte sich auf ihren Speer. »Ja. Sicherer, wenn sie getrennt sind. Aber wohin sollen wir sie bringen? Ich dachte an die Cerwyns ...«

Maester Luwin schüttelte den Kopf, und es war deutlich zu erkennen, wie viel Anstrengung ihn das kostete. »Cerwyns Junge ist tot. Ser Rodrik, Leobald Tallheart, Lady Hornwood ... alle ermordet. Deepwood ist gefallen, Moat Cailin auch, und bald auch Torrhen's Square. Eisenmänner an der Stony Shore. Und im Osten der Bastard von Bolton.«

»Wohin also?«, fragte Osha.

»White Harbor . . . die Umbers . . . ich weiß nicht . . . überall Krieg . . . jeder kämpft gegen seinen Nachbarn, und der Winter naht . . . solche Torheit, solch finsterer Wahnsinn . . .« Maester Luwin streckte die Hand aus, ergriff Brans Unterarm, und seine Finger packten mit der Kraft der Verzweiflung zu. »Ihr müsst jetzt stark sein. *Stark.*«

»Das werde ich«, antwortete Bran, obwohl es ihm schwer fiel. *Ser Rodrik und Maester Luwin getötet, alle, alle ermordet . . .*

»Gut«, sagte der Maester. »Guter Junge. Ganz Eures Vaters Sohn, Bran. Jetzt *geht.*«

Osha blickte zum Wehrholzbaum hinauf, zu dem roten Gesicht, das in den hellen Stamm geschnitzt war. »Und Euch überlassen wir den Göttern?«

»Ich bitte nur . . .« Der Maester schluckte. ». . . um etwas Wasser, und . . . einen zweiten Gefallen. Wenn du vielleicht . . .«

»Ja.« Sie wandte sich an Meera. »Nimm die Jungen mit.«

Jojen und Meera führten Rickon zwischen sich aus dem Götterhain. Hodor folgte ihnen. Niedrige Äste schlugen Bran ins Gesicht, und die Blätter wischten ihm die Tränen fort. Osha gesellte sich kurze Zeit später im Hof zu ihnen. Über Maester Luwin sagte sie nichts. »Hodor muss bei Bran bleiben, um ihn zu tragen«, sagte die Wildlingsfrau barsch. »Ich nehme Rickon mit.«

»Wir bleiben bei Bran«, meinte Jojen Reed.

»Ja, das habe ich mir schon gedacht.« Osha nickte. »Ich denke, ich werd's mal mit dem Osttor versuchen und ein Stück die Kingsroad hinunterziehen.«

»Dann gehen wir durchs Jägertor«, schlug Meera vor.

»Hodor«, sagte Hodor.

Zunächst machten sie bei der Küche Halt. Osha fand einige Laibe Brot, die noch essbar waren, und sogar ein kaltes gebratenes Huhn, das sie in zwei Hälften teilte. Meera entdeckte einen Topf Honig und einen großen Sack Äpfel. Draußen verabschiedeten sie sich voneinander. Rickon schluchzte und klammerte sich an Hodors Bein, bis Osha ihm einen Klaps mit ihrem Speer versetzte. Dann folgte er ihr sofort. Shaggydog schlich hinter den beiden her. Das Letzte, was

Bran von ihnen sah, war der Schwanz des Schattenwolfs, der hinter der Turmruine verschwand.

Das eiserne Fallgatter des Jägertores hatte sich in der Hitze verzogen und ließ sich nur wenig hochziehen. Sie mussten sich einer nach dem anderen unter den Spitzen hindurchzwängen.

»Gehen wir zu deinem Hohen Vater?«, fragte Bran, während sie die Zugbrücke zwischen den Mauern überquerten. »Nach Greywater Watch?«

Meera sah ihren Bruder erwartungsvoll an. »Unser Weg führt nach Norden«, verkündete Jojen.

Am Rande des Wolfswaldes drehte sich Bran in seinem Korb ein letztes Mal nach der Burg um, in der er sein gesamtes bisheriges Leben verbracht hatte. Ein paar Rauchschleier stiegen noch immer in den grauen Himmel, jedoch nicht mehr als an einem kalten Herbstnachmittag aus den Schornsteinen aufgestiegen wären. An manchen Schießscharten bemerkte er Rußflecke, und an der Außenmauer fehlte die eine oder andere Zinne. Dahinter ragten wie seit Hunderten von Jahren die Bergfriede und Türme auf, und man konnte kaum sehen, dass die Burg geplündert und ausgebrannt war. *Der Stein ist stark, die Wurzeln der Bäume reichen tief, und unter der Erde sitzen die Könige des Winters auf ihren Thronen.* Solange sie existierten, würde Winterfell weiter bestehen. Es war nicht tot, sondern nur gefallen. *So wie ich,* dachte er. *Ich bin auch nicht tot.*

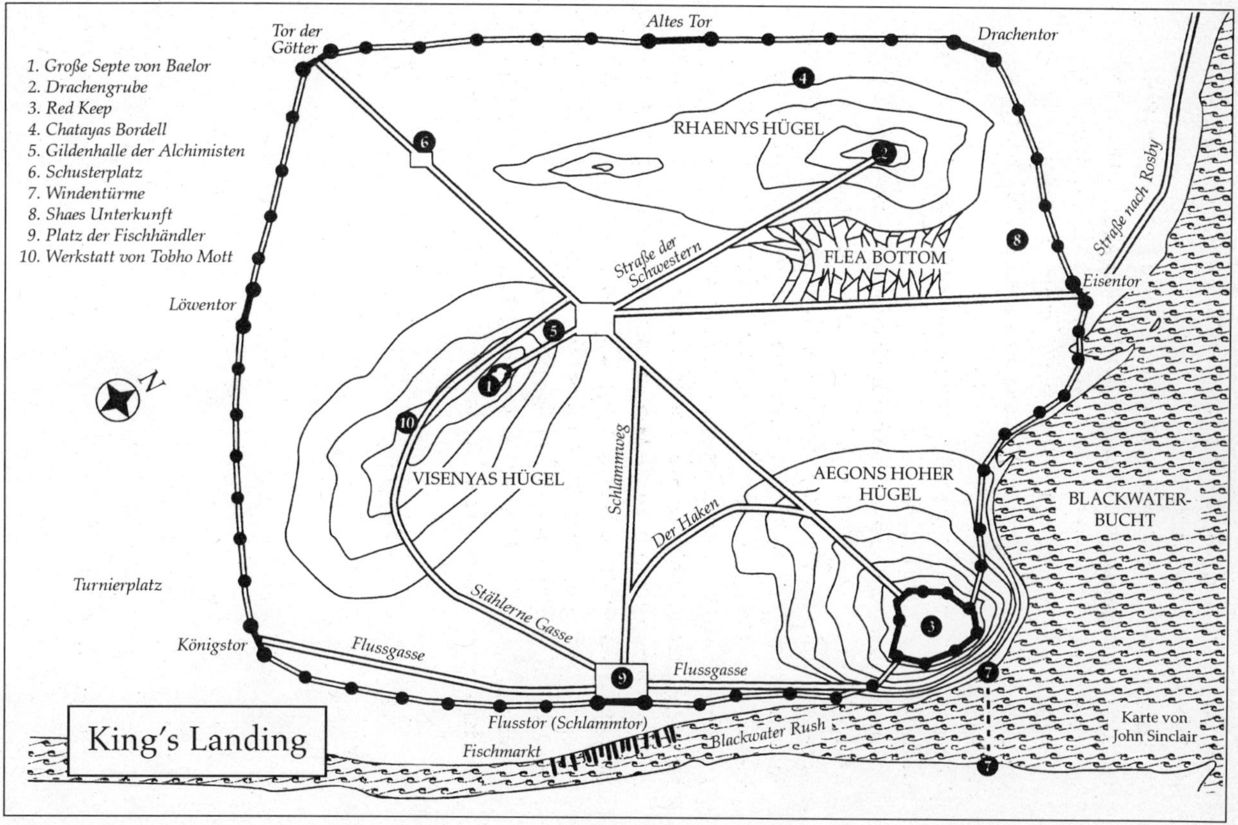
King's Landing
1. Große Septe von Baelor
2. Drachengrube
3. Red Keep
4. Chatayas Bordell
5. Gildenhalle der Alchimisten
6. Schusterplatz
7. Windentürme
8. Shaes Unterkunft
9. Platz der Fischhändler
10. Werkstatt von Tobho Mott
Tor der Götter
Altes Tor
Drachentor
Eisentor
Löwentor
Königstor
Flusstor (Schlammtor)
Straße nach Rosby
RHAENYS HÜGEL
FLEA BOTTOM
Straße der Schwestern
VISENYAS HÜGEL
AEGONS HOHER HÜGEL
Schlammweg
Der Haken
Stählerne Gasse
Flussgasse
Flussgasse
BLACKWATER-BUCHT
Blackwater Rush
Fischmarkt
Turnierplatz
N
Karte von John Sinclair

Anhang

Der König auf dem Eisernen Thron

Joffrey Baratheon, der Erste Seines Namens, ein dreizehnjähriger Junge, ältester Sohn von König Robert I. Baratheon und Königin Cersei aus dem Hause Lannister,
- seine Mutter, Königin Cersei, königliche Regentin und Beschützerin des Reiches,
- seine Schwester, Prinzessin Myrcella, ein neunjähriges Mädchen,
- sein Bruder, Prinz Tommen, ein achtjähriger Junge, Erbe des Eisernen Throns,
- seine Onkel väterlicherseits:
  - Stannis Baratheon, Lord von Dragonstone, der sich selbst zum König Stannis I. ernannt hat,
  - Renly Baratheon, Lord von Storm's End, der sich selbst zum König Renly I. ernannt hat,
- seine Onkel mütterlicherseits:
  - Ser Jaime Lannister, genannt »der Königsmörder«, Kommandant der Königsgarde, ein Gefangener auf Riverrun,
  - Tyrion Lannister, Vertreter der Rechten Hand des Königs,
    - Tyrions Knappe, Podrick Payne,
    - Tyrions Wachen und treu ergebene Gefolgsleute:
      - Bronn, ein Söldner mit schwarzem Haar und schwarzer Seele,
      - Shagga, Sohn des Dolf, von den Stone Crows,
      - Timett, Sohn des Timett, von den Burned Men,
      - Chella, Tochter des Cheyk, von den Black Ears,
      - Crawn, Sohn des Calor, von den Moon Brothers,
    - Tyrions Konkubine, Shae, eine Prostituierte, achtzehn,

- sein Kleiner Rat:
  - Grand Maester Pycelle,
  - Lord Petyr Baelish, genannt Littlefinger, Meister der Münze,
  - Lord Janos Slynt, Kommandant der Stadtwache von King's Landing (die »Goldröcke«),
  - Varys, ein Eunuch, genannt »die Spinne«, Meister der Flüsterer und Ohrenbläser,
- seine Königsgarde:
  - Ser Jaime Lannister, genannt »der Königsmörder«, Lord Commander, Gefangener auf Riverrun,
  - Sandor Clegane, genannt »der Bluthund«,
  - Ser Boros Blount,
  - Ser Meryn Trant,
  - Ser Arys Oakheart,
  - Ser Preston Greenfield,
  - Ser Mandon Moore,
- sein Hof und Gefolge:
  - Ser Ilyn Payne, des Königs Richter, ein Henker,
  - Vylarr, Hauptmann der Leibwache der Lannisters in King's Landing (die »Rotröcke«),
  - Ser Lancel Lannister, vormals Schildknappe König Roberts, seit kurzem zum Ritter geschlagen,
  - Tyrek Lannister, vormals Schildknappe König Roberts,
  - Ser Aron Santagar, Waffenmeister,
  - Ser Balon Swann, zweiter Sohn des Lords Gulian Swann von Stonehelm,
  - Lady Ermesande Hayford, ein Säugling,
  - Ser Dontos Hollard, genannt »der Rote«, ein Trunkenbold,
  - Jalabhar Xho, ein verbannter Prinz von den Summer Isles,
  - Moon Boy, ein Narr,
  - Lady Tanda Stokeworth,
    - Falyse, ihre ältere Tochter,
    - Lollys, ihre jüngere Tochter, eine Jungfer von dreiunddreißig Jahren,
  - Lord Gyles Rosby,

- Ser Horas Redwyne und sein Zwillingsbruder Ser Hobber Redwyne, Söhne der Lords von Arbor,
- Das Volk von King's Landing,
  - Die Stadtwache (die »Goldröcke«):
    - Janos Slynt, Lord von Harrenhal, Lord Commander,
      - Morros, sein ältester Sohn und Erbe,
    - Allar Deem, Slynts Oberster Sergeant,
    - Ser Jacelyn Bywater, genannt »Eisenhand«, Hauptmann des Flusstores,
  - Hallyne, der Pyromantiker, ein Weiser aus der Gilde der Alchimisten,
  - Chataya, Besitzerin eines teuren Bordells,
    - Alayaya, Dancy, Marei, einige ihrer Mädchen,
  - Tobho Mott, ein Meister der Waffenschmiedekunst,
  - Salloreon, ein Meister der Waffenschmiedekunst,
  - Eisenbauch, ein Schmied,
  - Lothar Brune, ein fahrender Ritter,
  - Ser Osmund Kettleback, ein heruntergekommener Ritter mit zweifelhaftem Ruf,
    - Osfryd und Osney Kettleback, seine Brüder,
  - Symon Silberzunge, ein Sänger.

König Joffreys Banner zeigt den gekrönten Hirsch der Baratheons, schwarz auf Gold, und den Löwen der Lannisters, golden auf Purpurrot.

Der König von der Meerenge

Stannis Baratheon, der Erste Seines Namens, der ältere der Brüder von König Robert, vormals Lord von Dragonstone, zweitgeborener Sohn von Lord Steffon Baratheon und Lady Cassana aus dem Hause Estermont,

- seine Gemahlin, Lady Selyse, aus dem Hause Florent,
  - Shireen, ihr einziges Kind, ein zehnjähriges Mädchen,
- seine Onkel und Vettern:
  - Ser Lomes Estermont, ein Onkel,
    - dessen Sohn Ser Andrew Estermont, ein Vetter,
- sein Hof und Gefolge:
  - Maester Cressen, Heilkundiger und Hauslehrer, ein alter Mann,
  - Maester Pylos, sein junger Nachfolger,
  - Septon Barre,
  - Ser Axell Florent, Kastellan von Dragonstone und Onkel von Königin Selyse,
  - Flickenfratz, ein Narr ohne Verstand,
  - Lady Melisandre von Asshai, genannt die Rote Frau, eine Priesterin des R'hllor, dem Herz des Feuers,
  - Ser Davos Seaworth, genannt der Zwiebelritter und gelegentlich Kurzhand, vormals Schmuggler und heute Kapitän der *Schwarze Betha,*
    - dessen Gemahlin Marya, die Tochter eines Zimmermanns,
    - ihre sieben Söhne:
      - Dale, Kapitän der *Lady Marya,*
      - Allard, Kapitän der *Gespenst,*
      - Matthos, Erster Offizier der *Schwarze Betha,*
      - Maric, Rudermeister der *Zorn,*

      - DEVAN, Knappe von König Stannis,
      - STANNIS, ein neunjähriger Knabe,
      - STEFFON, ein sechsjähriger Knabe,
   - BRYEN FARRING, Knappe von König Stannis,
- seine Vasallen und getreuen Ritter,
   - ARDRIAN CELTIGAR, Lord von Claw Isle, ein alter Mann,
   - MONFORD VELARYON, Lord der Gezeiten und Meister von Driftmark,
   - DURAM BAR EMMON, Lord von Sharp Point, ein vierzehnjähriger Knabe,
   - GUNCER SUNGLASS, Lord von Sweetport Sound,
   - SER HUBBARD RAMBTON,
   - SALLADHOR SAAN aus der Freien Stadt Lys, Prinz der Meerenge,
   - MOROSH VON MYR, ein Söldner-Admiral.

König Stannis hat sich das feurige Herz des Herrn des Lichts zum Banner gewählt; ein rotes Herz, umrahmt von orangefarbenen Flammen in hellgelbem Feld. Innerhalb des Herzens befindet sich der gekrönte Hirsch des Hauses Baratheon in Schwarz.

Der König in Highgarden

Renly Baratheon, der Erste Seines Namens, jüngerer Bruder König Roberts, vormals Lord von Storm's End, drittgeborener Sohn von Lord Steffon Baratheon und Lady Cassana aus dem Hause Estermont,

- seine junge Braut, Lady Margaery aus dem Hause Tyrell, ein Mädchen von fünfzehn Jahren,
- seine Onkel und Vettern:
  - Ser Elden Estermont, ein Onkel,
    - Ser Eldons Sohn, Ser Aemon Estermont, ein Vetter,
      - Ser Aemons Sohn, Ser Alyn Estermont,
- seine Vasallen:
  - Mace Tyrell, Lord von Highgarden und Rechte Hand des Königs,
  - Randyll Tarly, Lord von Horn Hill,
  - Mathis Rowan, Lord von Goldengrove,
  - Bryce Caron, Lord der Marschen,
  - Shyra Errol, Lady von Haystack Hill,
  - Arwyn Oakheart, Lady von Old Oak,
  - Alester Florent, Lord von Brightwater Keep,
  - Lord Selwyn Von Tarth, genannt der Abendstern,
  - Leyton Hightower, Lord vom Port,
  - Lord Steffon Varner,
- seine Regenbogengarde:
  - Ser Loras Tyrell, der Ritter der Blumen, Lord Commander,
  - Lord Bryce Caron, der Orange,
  - Ser Guyard Morrigen, der Grüne,
  - Ser Parmen Crane, der Purpurne,
  - Ser Robar Royce, der Rote,

- Ser Emmyn Cuy, der Gelbe,
- Brienne von Tarth, die Blaue, auch genannt Brienne die Schöne, Tochter von Lord Selwyn, dem Abendstern,

- seine Vasallen und getreuen Ritter:
  - Ser Cortnay Penrose, Kastellan von Storm's End,
    - Ser Cortnays Mündel, Edric Storm, ein Bastardsohn König Roberts mit Lady Delena aus dem Hause Florent,
  - Ser Donnel Swann, Erbe von Stonehelm,
  - Ser Jon Fossoway, von den Grünapfel-Fossoways,
  - Ser Bryan Fossoway, Ser Tanton Fossoway und Ser Edwyd Fossoway, von den Rotapfel-Fossoways,
  - Ser Colen von Greenpools,
  - Ser Mark Mullendore,
  - Red Ronnet, der Ritter von Griffin's Roost,
- sein Haushalt:
  - Maester Jurne, Berater, Heilkundiger und Hauslehrer.

König Renlys Wappen ist der gekrönte Hirsch des Hauses Baratheon von Storm's End, schwarz auf goldenem Feld, das gleiche Banner, welches sein Bruder König Robert führte.

Der König des Nordens

Robb Stark, Lord von Winterfell und König des Nordens, ältester Sohn von Eddard Stark, Lord von Winterfell, und Lady Catelyn aus dem Hause Tully, ein fünfzehnjähriger Junge,

- sein Schattenwolf Grey Wind,
- seine Mutter, Lady Catelyn, aus dem Hause Tully,
- seine Geschwister:
  - Prinzessin Sansa, ein zwölfjähriges Mädchen,
    - Sansas Schattenwolf {Lady} wurde auf Burg Darry getötet,
  - Prinzessin Arya, ein zehnjähriges Mädchen,
    - Aryas Schattenwolf Nymeria wurde vor einem Jahr vertrieben,
  - Prinz Brandon, genannt Bran, Erbe von Winterfell und dem Norden, ein achtjähriger Junge,
    - Brans Schattenwolf Summer,
  - Prinz Rickon, ein vierjähriger Junge,
    - Rickons Schattenwolf Shaggydog,
  - sein Halbbruder Jon Snow, ein Bastard von fünfzehn Jahren, Mann der Nachtwache,
    - Jons Schattenwolf Ghost,
- seine Onkel und Tanten:
  - {Brandon Stark}, Lord Eddards älterer Bruder, wurde auf Befehl von König Aerys II. Targaryen getötet,
  - {Lyanna Stark}, Lord Eddards jüngere Schwester, gestorben in den Bergen von Dorne,
  - Benjen Stark, Lord Eddards jüngerer Bruder, ein Mann der Nachtwache, wird jenseits der Mauer vermisst,
  - Lysa Arryn, Lady Catelyns jüngere Schwester, Witwe von {Lord Jon Arryn}, Lady der Eyrie,

– Ser Edmure Tully, Lady Catelyns jüngerer Bruder, Erbe von Riverrun,
– Ser Brynden Tully, genannt Blackfish, Lady Catelyns Onkel,
– seine getreuen Ritter und Kampfgefährten:
  – Theon Greyjoy, Lord Eddards Mündel, Erbe von Pyke und den Iron Islands,
  – Hallis Mollen, Hauptmann der Garde von Winterfell,
    – Jacks, Quent, Shadd, Gardisten unter Mollens Befehl,
  – Ser Wendel Manderly, zweiter Sohn des Lords von White Harbor,
  – Patrek Mallister, Erbe von Seagard,
  – Dacey Mormont, älteste Tochter von Lady Maege und Erbin von Bear Island,
  – Jon Umber, genannt der Smalljon,
  – Robin Flint, Ser Perwyn Frey, Lucas Blackwood,
  – sein Knappe, Olyvar Frey, achtzehn,
– der Haushalt in Riverrun:
  – Maester Vyman, Berater, Heilkundiger und Hauslehrer,
  – Ser Desmond Grell, Waffenmeister,
  – Ser Robin Ryger, Hauptmann der Wache,
  – Utherydes Wayn, Haushofmeister von Riverrun,
  – Rymund, der Reimer, ein Sänger,
– der Haushalt in Winterfell:
  – Maester Luwin, Berater, Heilkundiger und Hauslehrer,
  – Ser Rodrik Cassel, Waffenmeister,
    – Beth, seine junge Tochter,
  – Walder Frey, genannt Grosser Walder, ein Mündel von Lady Catelyn, acht Jahre alt,
  – Walder Frey, genannt Kleiner Walder, ein Mündel von Lady Catelyn, ebenfalls acht,
  – Septon Chayle, Hüter der Burgsepte und der Bibliothek,
  – Joseth, Pferdemeister,
    – Bandy und Shyra, seine Zwillingstöchter,
  – Farlen, Hundemeister,
    – Palla, ein Mädchen, das sich um die Hunde kümmert,

- Old Nan, eine Geschichtenerzählerin, einst Amme, heute bereits im hohen Alter,
  - Hodor, ihr Urenkel, ein einfältiger Stalljunge,
- Gage, der Koch,
  - Turnip, ein Küchenmädchen,
  - Osha, eine Wildlingsfrau, die im Wolfswald gefangen genommen wurde, dient als Küchenmädchen,
- Mikken, der Schmied,
- Hayhead, Skittrick, Poxy Tym, Bierbauch, Gardisten,
- Calon, Tom, Kinder der Gardisten,

- seine Vasallen und Kommandanten.
- (bei Robb in Riverrun:)
  - Jon Umber, genannt der Greatjon,
  - Rickard Karstark, Lord von Karhold,
  - Galbart Glover, aus Deepwood Motte,
  - Maege Mormont, Lady der Bear Islands,
  - Ser Stevron Frey, ältester Sohn von Lord Walder Frey und Erbe der Twins,
    - Ser Stevrons ältester Sohn, Ser Ryman Frey,
      - Ser Rymans Sohn, Black Walder Frey,
  - Martyn Rivers, ein Bastard von Lord Walder Frey,
- (bei Roose Boltons Heer nahe der Twins)
  - Roose Bolton, Lord von Dreadfort, Befehlshaber des Hauptteils des Nordheeres,
  - Robett Glover, aus Deepwood Motte,
  - Walder Frey, Lord vom Kreuzweg,
  - Ser Helman Tallheart, von Torrhens Square,
  - Ser Aenys Frey,
- (Gefangene von Lord Tywin Lannister):
  - Lord Medger Cerwyn,
  - Harrion Karstark, einziger verbliebener Sohn von Lord Rickard,
  - Ser Willis Manderly, Erbe von White Harbor,
  - Ser Jared Frey, Ser Hosteen Frey, Ser Danwell Frey und ihr Bastard-Halbbruder Ronel Rivers,

- (im Felde oder auf ihren Burgen):
  - Lyman Darry, ein achtjähriger Junge,
  - Shella Whent, Lady von Harrenhal, die von Lord Tywin Lannister ihrer Burg enteignet wurde,
  - Jason Mallister, Lord von Seagard,
  - Jonos Bracken, Lord von Stone Hedge,
  - Tytos Blackwood, Lord von Raventree,
  - Lord Karyl Vance,
  - Ser Marq Piper,
  - Ser Halmon Paege,
- seine Vasallen und Kastellane im Norden:
  - Wyman Manderly, Lord von White Harbor,
  - Howland Reed von Greywater Watch, ein Pfahlbaumann,
    - Howlands Tochter Meera, ein fünfzehnjähriges Mädchen,
    - Howlands Sohn Jojen, ein dreizehnjähriger Junge,
  - Lady Donella Hornwood, eine Witwe und trauernde Mutter,
  - Cley Cerwin, Lord Medgers Erbe, vierzehn,
  - Leobald Tallheart, jüngerer Bruder von Ser Helman, Kastellan auf Torrhens Square,
    - Leobalds Frau Berena aus dem Hause Hornwood,
    - Leobalds Sohn Brandon, ein vierzehnjähriger Junge,
    - Leobalds Sohn Beren, ein zehnjähriger Junge,
    - Ser Helmans Sohn Benfred, Erbe von Torrhens Square,
    - Ser Helmans Tochter Eddara, ein neunjähriges Mädchen,
  - Lady Sybelle, Gemahlin von Robett Glover, während seiner Abwesenheit Herrin von Deepwood Motte,
    - Robetts Sohn Gawen, drei, Erbe von Deepwood,
    - Robetts Tochter Erena, ein einjähriger Säugling,
    - Larence Snow, Bastardsohn des Lord Hornwood, zwölf Jahre, Mündel von Galbart Glover,
  - Mors Krähenfresser und Hother Hurentod aus dem Hause Umber, Onkel des Greatjon,
  - Lady Lyessa Flint, Mutter von Robin,
  - Ondrew Locke, Lord von Oldcastle, ein alter Mann.

Das Banner des Königs im Norden bleibt das Gleiche wie seit Tausenden von Jahren: der graue Schattenwolf der Starks von Winterfell, der über ein eisweißes Feld läuft.

Die Königin jenseits des Meeres

Daenerys Targaryen, genannt Daenerys Stormborn, Mutter der Drachen, *Khaleesi* der Dothraki, Erste Ihres Namens, einziges verbliebenes Kind von König Aerys II. Targaryen mit seiner Schwester/Gemahlin Königin Rhaella, mit vierzehn Jahren bereits Witwe,

- ihre jüngst geschlüpften Drachen Drogon, Viserion, Rhaegar,
- ihre Brüder:
  - {Rhaegar}, Prinz von Dragonstone und Erbe des Eisernen Thrones, getötet von König Robert am Trident,
    - {Rhaenys}, Rhaegars Tochter mit Elia von Dorne, ermordet während der Plünderung von King's Landing,
    - {Aegon}, Rhaegars Sohn mit Elia von Dorne, ermordet während der Plünderung von King's Landing,
  - {Viserys}, der sich selbst zum König Viserys ernannt hatte, der Dritte Seines Namens, genannt der Bettlerkönig, getötet in Vaes Dothrak von Khal Drogo,
  - ihr Gemahl, {Drogo}, *khal* der Dothraki, starb am Wundbrand,
    - {Rhaego}, totgeborener Sohn von Daenerys und Khal Drogo, von Mirri Maz Duur noch im Mutterleib ermordet,
- ihre Königinnengarde:
  - Ser Jorah Mormont, ein verbannter Ritter, einst Lord von Bear Island,
  - Jhogo, *ko* und Blutreiter, die Peitsche,
  - Aggo, *ko* und Blutreiter, der Bogen,
  - Rakharo, *ko* und Blutreiter, der *arakh,*
- ihre Dienerinnen:
  - Irri, ein Mädchen der Dothraki,
  - Jhiqui, ein Mädchen der Dothraki,
  - Doreah, eine Sklavin aus Lys, vormals eine Hure,

- die drei Sucher:
  - Xaro Xhoan Daxos, ein reicher Kaufmann aus Qarth,
  - Pyat Pree, ein Hexenmeister aus Qarth,
  - Quaithe, eine maskierte Schattenbinderin aus Asshai,
- Illyrio Mopatis, ein Magister aus der Freien Stadt Pentos, der die Heirat zwischen Daenerys und Khal Drogo arrangiert hat und sich mit Viserys verschwor, damit dieser den Eisernen Thron besteigen sollte.

Das Banner der Targaryens ist jenes von Aegon, dem Eroberer, der sechs der Sieben Königslande eroberte, seine Dynastie begründete und den Eisernen Thron aus den Schwertern seiner besiegten Feinde schmiedete: ein dreiköpfiger roter Drache in schwarzem Feld.

Weitere große und kleine Häuser

Haus Arryn

Haus Arryn unterstützt bei Ausbruch des Krieges keinen der Rivalen um den Eisernen Thron und widmet sich ganz dem Schutz der Eyrie und des Grünen Tals von Arryn. Das Wappen des Hauses zeigt Mond und Falke, weiß in himmelblauem Feld. Die Worte der Arryns lauten *Hoch Wie Die Ehre.*

Robert Arryn, Lord der Eyrie, Hüter des Grünen Tals, Wächter des Ostens, ein kränklicher Junge von acht Jahren,

- seine Mutter, Lady, Lisa aus dem Hause Tully, dritte Gemahlin und Witwe von {Lord Jon Arryn} – bis zu seinem Tode Rechte Hand des Königs –, und Schwester von Catelyn Stark,
- sein Haushalt:
  - Maester Colemon, Berater, Heiler und Lehrer,
  - Ser Marwyn Belmore, Hauptmann der Wache,
  - Lord Nestor Royce, Haushofmeister des Grünen Tals,
    - Lord Nestors Sohn Ser Albar,
    - Mya Stone, ein Bastardmädchen in seinen Diensten, leibliche Tochter von König Robert,
    - Mord, ein brutaler Kerkermeister,
- seine Vasallen:
  - Lord Yohn Royce, genannt Bronze Yohn,
    - Lord Yohns ältester Sohn Ser Andar,
    - Lord Yohns zweiter Sohn Ser Robar, der in Diensten von König Renly steht, Robar der Rote von der Regenbogenwache,
    - Lord Yohns jüngster Sohn {Ser Waymar}, ein Mann der Nachtwache, der jenseits der Mauer vermisst wird,

- Lord Nestor Royce, Bruder von Lord Yohn, Haushofmeister des Grünen Tales,
  - Lord Nestors Sohn und Erbe Ser Albar,
  - Lord Nestors Tochter Myranda,
- Ser Ilyn Corbray, ein Freier von Lady Lysa,
  - Mychel Redfort, sein Knappe,
- Lady Anya Waynwood,
  - Lady Anyas ältester Sohn und Erbe Ser Morton, ein Freier von Lady Lisa,
  - Lady Anyas zweiter Sohn Ser Donnel,
- Eon Hunter, Lord von Longbow Hall, ein alter Mann und Freier von Lady Lisa.

Haus Florent

Die Florents von Brightwater halten Highgarden die Treue und folgten den Tyrells darin, sich für König Renly zu erklären. Gleichzeitig sind sie jedoch auch in einem der anderen Lager vertreten, da Stannis' Gemahlin eine Florent ist und ihr Onkel auf Dragonstone den Titel des Kastellans trägt. Das Wappen des Hauses Florent zeigt einen Fuchskopf in einem Kreis aus Blumen.

Alester Florent, Lord von Brightwater,
- seine Gemahlin, Lady Melara aus dem Hause Crane,
- ihre Kinder:
  - Alekyne, Erbe von Brightwater,
  - Melessa, verheiratet mit Lord Randyll Tarly,
  - Rhea, verheiratet mit Lord Leyton Hightower,
- seine Geschwister:
  - Ser Axell, Kastellan von Dragonstone,
  - {Ser Ryam}, der bei einem Sturz vom Pferd starb,
    - Ser Ryams Tochter Königin Selyse, verheiratet mit König Stannis,
    - Ser Ryams ältester Sohn und Erbe, Ser Imry,
    - Ser Ryams zweiter Sohn, Ser Erren,
  - Ser Colin,
    - Colins Tochter Delena, verheiratet mit Ser Hosman Norcross,
      - Delenas Sohn Edric Storm, ein Bastard, der von König Robert gezeugt wurde,
      - Delenas Sohn Alester Norcross,
      - Delenas Sohn Renly Norcross,

  - Colins Sohn Maester Omer, in Diensten auf Old Oak,
  - Colins Sohn Merrell, ein Knappe,
- seine Schwester Rylene, verheiratet mit Ser Rychard Crane.

Haus Frey

Mächtig, wohlhabend und zahlreich sind die Freys, Gefolgsleute des Hauses Tully. Sie sind durch Eid an Riverrun gebunden, doch nicht immer erfüllten sie ihre Pflichten wirklich gewissenhaft. Als Robert Baratheon am Trident auf Rhaegar Targaryen stieß, erschienen die Freys erst, nachdem die Schlacht geschlagen war; von diesem Tag an nannte Lord Hoster Tully Lord Walder stets »den Späten Lord Frey«. Lord Frey stimmte erst zu, die Sache des Königs im Norden zu unterstützen, nachdem Robb sich seinerseits mit einem Verlöbnis einverstanden erklärte und versprach, nach dem Krieg eine seiner Töchter oder Enkelinnen zu ehelichen. Lord Walder hat bereits seinen einundneunzigsten Namenstag hinter sich, doch vermählte er sich jüngst mit seiner achten Frau, einem Mädchen, welches siebzig Jahre jünger ist als er. Es heißt von ihm, er sei der einzige Lord der Sieben Königslande, der eine Armee aufstellen kann, die allein seinen Lenden entsprungen ist.

Walder Frey, Lord vom Kreuzweg
- von seiner ersten Gemahlin {Lady Perra aus dem Hause Royce}:
  - Ser Stevron, Erbe der Twins,
    - aus der Ehe mit {Corenna Swann}, welche an Schwindsucht verschied,
    - Stevrons ältester Sohn, Ser Ryman,
      - Rymans Sohn Edwyn, vermählt mit Janyce Hunter,
        - Edwyns Tochter Walda, ein achtjähriges Mädchen,
    - Rymans Sohn Walder, genannt Schwarzer Walder,
    - Rymans Sohn Petyr, genannt Petyr Pimple,
      - vermählt mit Mylenda Caron,
        - Petyrs Tochter Perra, ein fünfjähriges Mädchen,

- aus der Ehe mit {Jeyne Lydden}, die bei einem Sturz vom Pferd starb,
- Stevrons Sohn AEGON, ein schwachsinniger Knabe, genannt GLÖCKCHEN,
- Stevrons Tochter {MAEGELLE}, die im Kindbett starb,
  - vermählt mit Ser Dafyn Vance,
  - Maegelles Tochter MARIANNE, eine junge Frau,
  - Maegelles Sohn WALDER VANCE, ein Knappe,
  - Maegelles Sohn PATRICK VANCE,
- aus der Ehe mit {Marsella Waynwood}, die im Kindbett starb,
- Stevrons Sohn WALTON, Witwer von Deana Hardyng,
  - Waltons Sohn STEFFON, genannt DER SÜSSE,
  - Waltons Tochter WALDA, genannt BLONDE WALDA,
  - Waltons Sohn BRYAN, ein Knappe,

– SER EMMON, vermählt mit Genna aus dem Hause Lannister,
- Emmons Sohn SER CLEOS, vermählt mit Jeyne Darry,
  - Cleos' Sohn TYWIN, ein elfjähriger Knappe,
  - Cleos' Sohn WILLEM, Page in Ashemark,
- Emmons Sohn SER LYONEL, vermählt mit Melesa Crakehall,
- Emmons Sohn TION, ein gefangener Knappe in Riverrun,
- Emmons Sohn WALDER, genannt ROTER WALDER, Page in Casterly Rock,

– SER AENYS, vermählt mit {Tyana Wylde}, die im Kindbett starb,
- Aenys' Sohn AEGON BLOODBORN, ein Gesetzloser,
- Aenys' Sohn RHAEGAR, vermählt mit Jeyne Beesbury,
  - Rhaegars Sohn ROBERT, dreizehn,
  - Rhaegars Tochter WALDA, ein zehnjähriges Mädchen, genannt WEISSE WALDA,
  - Rhaegars Sohn JONOS, ein achtjähriger Knabe,

– PERRIANE, vermählt mit Ser Leslyn Haigh,
- Perrianes Sohn, SER HARYS HAIGH,
  - Harys' Sohn, WALDER HAIGH, ein vierjähriger Junge,

– Perrianes Sohn SER DONNEL HAIGH,

– Perrianes Sohn ALYN HAIGH, ein Knappe,

– von seiner zweiten Gemahlin {Lady Cyrenna}, aus dem Hause Swann,
  – Ser Jared, ihr ältester Sohn, vermählt mit {Alys Frey},
    – Jareds Sohn Ser Tytos, vermählt mit Zhoe Blanetree,
      – Tytos' Tochter Zja, eine junge Frau von vierzehn,
      – Tytos' Sohn Zachery, ein zehnjähriger Junge, der in der Septe in Oldtown ausgebildet wird,
    – Jareds Tochter Kyra, vermählt mit Ser Garse Goodbrook,
      – Kyras Sohn Walder Goodbrook, neun,
      – Kyras Tochter Jeyne Goodbrook, sechs,
  – Septon Luceon, in Diensten der Großen Septe des Baelor in King's Landing,
– von seiner dritten Gemahlin {Lady Amarei} aus dem Hause Crakehall:
  – Ser Hosteen, ihr ältester Sohn, vermählt mit Bellena Hawick,
    – Hosteens Sohn Ser Arwood, vermählt mit Ryella Royce,
      – Arwoods Tochter Ryella, ein fünfjähriges Mädchen,
      – Arwoods Zwillingssöhne Androw und Alyn, drei,
  – Lady Lythene, vermählt mit Lord Lucias Vypren,
    – Lythenes Tochter Elyana, vermählt mit Ser Jon Wylde,
      – Elyanas Sohn Rickard Wylde, vier,
    – Lythenes Sohn Ser Damon Vypren,
  – Symond, vermählt mit Betharios von Braavos,
    – Symonds Sohn Alesander, ein Sänger,
    – Symonds Tochter Alyx, eine Jungfrau von siebzehn,
    – Symonds Sohn Bradamar, ein zehnjähriger Junge, der in Braavos von Oro Tendyris, einem reichen Kaufmann, als Mündel aufgezogen wird,
  – Ser Danwell, vermählt mit Wynafrei Whent,
    – {mehrere Tot- und Fehlgeburten},
    – Merrett, vermählt mit Mariya Darry,
      – Merretts Tochter Amarei, genannt Ami, eine sechzehnjährige Witwe, vermählt mit {Ser Pate vom Blauen Arm},
      – Merretts Tochter Walda, genannt Fette Walda, ein fünfzehnjähriges Mädchen,

    - Merretts Tochter MARISSA, dreizehn,
    - Merretts Sohn WALDER, genannt KLEINER WALDER, ein achtjähriger Junge, der auf Winterfell als Mündel von Lady Catelyn Stark aufgezogen wird,
  - {SER GEREMY}, ertrunken, vermählt mit Carolei Waynwood,
    - Geremys Sohn SANDOR, ein zwölfjähriger Junge, Knappe von Ser Donnel Waynwood,
    - Geremys Tochter CYNTHEA, ein neunjähriges Mädchen, Mündel von Lady Anya Waynwood,
  - SER RAYMUND, vermählt mit Beony Beesbury,
    - Raymunds Sohn ROBERT, sechzehn, in Ausbildung in der Citadel von Oldtown,
    - Raymunds Sohn MALWYN, fünfzehn, in Ausbildung zum Alchimisten in Lys,
    - Raymunds Zwillingstöchter SERRA und SARRA, junge Frauen im Alter von vierzehn,
    - Raymunds Tochter CERSEI, sechs, genannt KLEINE BIENE,
- von seiner vierten Gemahlin {LADY ALYSSA aus dem Hause Blackwood}:
  - LOTHAR, ihr ältester Sohn, genannt LAHMER LOTHAR, vermählt mit Leonella Lefford,
    - Lothars Tochter TYSANE, sieben,
    - Lothars Tochter WALDA, vier,
    - Lothars Tochter EMBERLEI, zwei,
  - SER JAMMOS, vermählt mit Sallei Paege,
    - Jammos' Sohn WALDER, genannt GROSSER WALDER, ein achtjähriger Junge, der auf Winterfell als Mündel von Lady Catelyn Stark aufgezogen wird,
    - Jammos' Zwillingssöhne DICKON und MATHIS, fünf,
- SER WHALEN, vermählt mit Sylwa Paege,
  - Whalens Sohn HOSTER, zwölf, Knappe von Ser Damon Paege,
  - Whalens Tochter MERIANNE, genannt MERRY, ein elfjähriges Mädchen,
- LADY MORYA, vermählt mit Ser Flement Brax,

- Moryas Sohn ROBERT BRAX, neun, Page auf Casterly Rock,
- Moryas Sohn WALDER BRAX, sechs,
- Moryas Sohn JON BRAX, ein Kind von drei Jahren,
- TYTA, genannt TYTA, DIE JUNGFER, eine Jungfer im Alter von neunundzwanzig Jahren,
- von seiner fünften Gemahlin {LADY SARYA aus dem Hause Whent}:
  - keine Nachkommenschaft,
- von seiner sechsten Gemahlin {LADY BETHANY aus dem Hause Rosby}:
  - SER PERWYN, ihr ältester Sohn,
  - SER BENFREY, vermählt mit Jyanna Frey, einer Kusine,
    - Benfreys Tochter DELLA, genannt TAUBE DELLA, drei,
    - Benfreys Sohn OSMUND, zwei,
  - MAESTER WILLAMEN, in Diensten auf Longbow Hall,
  - OLYVAR, ein Knappe in Diensten Robb Starks,
  - ROSLIN, eine junge Frau von sechzehn,
- von seiner siebten Gemahlin {LADY ANNARA aus dem Hause Farring):
  - ARWYN, eine junge Frau von vierzehn,
  - WENDEL, ihr ältester Sohn, dreizehn, als Page auf Seagard,
  - COLMAR, elf,
  - WALTYR, genannt TYR, ein zehnjähriger Junge,
  - ELMAR, Verlobter von Arya Stark, neun,
  - SHIREI, ein sechsjähriges Mädchen,
- von seiner achten Gemahlin LADY JOYEUSE aus dem Hause Erenford:
  - bislang keine Nachkommenschaft,
- Lord Walders leibliche Kinder von verschiedenen Müttern:
- WALDER RIVERS, genannt BASTARD WALDER,
  - Bastard Walders Sohn SER AEMON RIVERS,
  - Bastard Walders Tochter WALDA RIVERS,
- MAESTER MELWYS, in Diensten in Rosby,
- JEYNE RIVERS, MARTYN RIVERS, RYGER RIVERS, RONEL RIVERS, MELLARA RIVERS und andere.

Haus Greyjoy

Balon Greyjoy, der Lord der Iron Islands, führte einst eine Rebellion gegen den Eisernen Thron an, die von König Robert und Lord Eddard Stark niedergeschlagen wurde. Obwohl sein Sohn Theon, der in Winterfell aufwuchs, zu Robb Starks Gefolgsleuten gehörte und einer seiner engsten Freunde war, hat sich Lord Balon den Nordmannen nicht angeschlossen, als sie gen Süden ins Flussland marschierten.

Das Wappen der Greyjoys zeigt einen goldenen Kraken auf schwarzem Grund. Ihre Worte lauten: *Wir Säen Nicht.*

Balon Greyjoy, Lord der Iron Islands, König von Salz und Fels, Sohn des Seewinds, Lord Schnitter von Pyke, Kapitän der *Großer Krake,*

- seine Gemahlin Lady Alannys aus dem Hause Harlaw,
- ihre Kinder:
  - {Rodrik}, gefallen bei Seagard während Greyjoys Rebellion,
  - {Maron}, gefallen bei Pyke während Greyjoys Rebellion,
  - Asha, Kapitän der *Schwarzer Wind,*
  - Theon, ein Mündel von Lord Eddard Stark auf Winterfell,
- seine Brüder:
  - Euron, genannt Krähenauge, Kapitän der *Schweigen,* ein Gesetzloser, Pirat und Plünderer,
  - Victarion, Lord Kapitän der Eisernen Flotte, Meister der *Eiserner Sieg,*
  - Aeron, genannt Feuchthaar, ein Priester des Ertrunkenen Gottes,
- sein Haushalt auf Pyke:

- Dagmer, genannt Spaltkinn, Waffenmeister, Kapitän der *Gischttrinker*,
- Maester Wendamyr, Heilkundiger und Berater,
- Helya, Haushofmeisterin der Burg,

- Leute aus Lordsport:
  - Sigrin, ein Schiffsbauer,
- seine Vasallen:
  - Lord Botley von Lordsport,
  - Lord Wynch von Iron Holt,
  - Lord Harlaw von Harlaw,
  - Stonehouse von Old Wyk,
  - Drumm von Old Wyk,
  - Goodbrother von Old Wyk,
  - Goodbrother von Great Wyk,
  - Lord Merlyn von Great Wyk,
  - Sparr von Great Wyk,
  - Lord Blacktyde von Blacktyde,
  - Lord Saltcliffe von Saltcliffe,
  - Lord Sunderly von Saltcliffe.

Haus Lannister

Die Lannisters von Casterly Rock sind die bedeutendsten Gefolgsleute König Joffreys, um seinen Anspruch auf den Eisernen Thron zu unterstützen. Ihr Wappen zeigt den goldenen Löwen in rotem Feld. Die Worte der Lannisters lauten: *Hört Mich Brüllen!*

Tywin Lannister, Lord über Casterly Rock, Wächter des Westens, Schild von Lannisport und Rechte Hand des Königs, befehligt das Heer der Lannisters bei Harrenhal,

- seine Gemahlin {Lady Joanna}, eine Kusine, die im Kindbett verschied,
  - Ser Jaime, genannt »der Königsmörder«, Wächter des Ostens und Lord Commander der Königsgarde, Zwillingsbruder von Königin Cersei,
  - Königin Cersei, Witwe von König Robert, Zwillingsschwester von Jaime, Regentin und Beschützerin des Reiches,
  - Tyrion, genannt Gnom, ein Zwerg,
- seine Geschwister:
  - Ser Kevan, sein ältester Bruder,
    - Ser Kevans Gemahlin Dorna aus dem Hause Swyft,
    - Lady Dornas Vater Ser Harys Swyft,
    - ihre Kinder:
      - Ser Lancel, vormals Knappe von König Robert, nach dessen Tod zum Ritter geschlagen,
      - Willem, Zwillingsbruder von Martyn, Knappe, wurde im Flüsterwald gefangengenommen,
      - Martyn, Zwillingsbruder von Willem, Knappe,
      - Janei, ein zweijähriges Mädchen,
- Genna, seine Schwester, vermählt mit Ser Emmon Frey,

- Gennas Sohn Ser Cleos Frey, wurde im Flüsterwald gefangen genommen,
- Gennas Sohn Tion Frey, ein Knappe, wurde im Flüsterwald gefangen genommen,

- {Ser Tygett}, sein zweiter Bruder, starb an den Pocken,
  - Tygetts Witwe Darlessa aus dem Hause Marbrand,
  - Tygetts Sohn Tyrek, Knappe beim König,
- {Gerion}, sein jüngster Bruder, verschollen auf See,
  - seine uneheliche Tochter Joy, elf,
- sein Vetter Ser Stafford Lannister, Bruder der verstorbenen Lady Joanna,
  - Ser Staffords Töchter Cerenna und Myrielle,
  - Ser Staffords Sohn Ser Daven,
- Seine wichtigsten Ritter und Vasallen:
  - Ser Addam Marbrand, Erbe von Ashemark, Kommandant von Lord Tywins Vorreitern und Kundschaftern,
  - Ser Gregor Clegane, genannt »der reitende Berg«,
    - Polliver, Chiswyck, Raff der Liebling, Dunsen und der Kitzler, Soldaten in seinen Diensten,
  - Lord Leo Lefford
  - Ser Armory Lorch, Hauptmann des Nachschubs,
  - Lewys Lydden, Lord vom Deep Den,
  - Gawen Westerling, Lord von Crag, wurde im Flüsterwald gefangen genommen und wird in Seagard festgehalten,
  - Ser Robert Brax und sein Bruder Ser Flement Brax,
  - Ser Forley Prester vom Golden Tooth,
  - Vargo Hoat, aus der Freien Stadt Qohor, Hauptmann der Söldnerkompanie der Tapferen Kameraden,
  - Maester Creylen, sein Berater.

Haus Martell

Dorne war das letzte der Sieben Königslande, das dem Eisernen Thron die Lehnstreue schwor. Dem Blute, den Sitten und der Geschichte nach unterscheidet sich Dorne stark von den anderen Königslanden. Nach dem Ausbruch des Erbfolgekriegs hüllte sich der Prinz von Dorne in Schweigen und trat keiner der Parteien bei.

Das Banner der Martells zeigt eine rote Sonne, die von einem Speer durchbohrt wird. Ihre Worte lauten: *Ungebeugt, Ungezähmt, Ungebrochen!*

Doran Nymeros Martell, Lord von Sunspear, Prinz von Dorne,
- seine Gemahlin Mellario aus der Freien Stadt Norvos,
- ihre Kinder:
  - Prinzessin Arianne, älteste Tochter, Erbin von Sunspear,
  - Prinz Quentyn, ihr ältester Sohn,
  - Prinz Trystane, ihr jüngerer Sohn,
- seine Geschwister:
  - seine Schwester {Prinzessin Elia}, vermählt mit Prinz Rhaegar Targaryen, wurde während der Plünderung von King's Landing getötet,
    - Elias Tochter {Prinzessin Rhaenys}, ein junges Mädchen, wurde während der Plünderung von King's Landing ermordet,
    - Elias Sohn {Prinz Aegon}, ein Säugling, wurde während der Plünderung von King's Landing ermordet,
  - sein Bruder Prinz Oberyn, die Rote Natter,
- sein Haushalt:
  - Areo Hotah, ein Söldner aus Norvos, Hauptmann der Garde,
  - Maester Caleotte, Berater, Heilkundiger und Hauslehrer,

- seine Ritter und Vasallen:
  - EDRIC DAYNE, Lord von Starfall.

Zu den wichtigsten Häusern, die durch Eid an Sunspear gebunden sind, gehören Jordayne, Santagar, Allyrion, Toland, Yronwood, Wyl, Fowler und Dayne.

Haus Tyrell

Lord Tyrell von Highgarden unterstützte König Renly, nachdem dieser seine Tochter Margaery geheiratet hatte, und führte seine wichtigsten Vasallen für Renlys Sache in den Krieg. Das Wappen der Tyrell zeigte eine goldene Rose in grasgrünem Feld. Ihre Worte lauten: *Kräftig Wachsen.*

Mace Tyrell, Lord von Highgarden, Wächter des Südens, Hüter der Marschlande, Hochmarschall über die Weite und Rechte Hand des Königs,

- seine Gemahlin Lady Alerie aus dem Hause Hightower in Oldtown,
- ihre Kinder:
  - Willas, ihre ältester Sohn, Erbe von Highgarden,
  - Ser Garlan, genannt der Kavalier, ihr zweiter Sohn,
  - Ser Loras, der Ritter der Blumen, ihr jüngster Sohn, Lord Commander der Regenbogengarde,
  - Margaery, ihre fünfzehnjährige Tochter, die kürzlich mit Renly Baratheon vermählt wurde,
- seine verwitwete Mutter Lady Olenna aus dem Hause Redwyne, genannt die Dornenkönigin,
- seine Schwestern:
  - Mina, vermählt mit Paxter Redwyne, Lord von Arbor,
    - deren Kinder:
      - Ser Horas Redwyne, Zwillingsbruder von Hobber, verspottet als Horror,
      - Ser Hobber Redwyne, Zwillingsbruder von Horas, verspottet als Schlabber,
    - Desmera Redwyne, ein sechzehnjähriges Mädchen,

   - JANNA, vermählt mit Ser Jon Fossoway,
- seine Onkel:
   - GARTH, genannt der GROBE, Lord Seneschall von Highgarden,
      - seine unehelichen Söhne GARSE und GARRETT FLOWERS,
   - SER MORYN, Lord Commander der Stadtwache von Oldtown,
   - MAESTER GORMON, ein Gelehrter aus der Citadel,
- sein Haushalt:
   - MAESTER LOMYS, Berater, Heilkundiger und Hauslehrer,
   - IGON VYRWEL, Hauptmann der Garde,
   - SER VORTIMER CRANE, Waffenmeister.

Die Männer der Nachtwache

Die Nachtwache beschützt das Reich und ist verpflichtet, in Bürgerkriegen und bei Thronfolgestreitigkeiten keine Partei zu ergreifen. Traditionell ehren sie in Zeiten der Rebellion alle Könige und gehorchen keinem von ihnen.

Castle Black

Jeor Mormont, Lord Commander der Nachtwache, genannt der Alte Bär,
- sein Bursche und Knappe Jon Snow, der Bastard von Winterfell, genannt Lord Snow,
  - Jons Schattenwolf Ghost,
- Maester Aemon (Targaryen), Berater und Heilkundiger,
  - Samwell Tarly und Clydas, seine Burschen,
- Benjen Stark, Erster Grenzer, verschollen jenseits der Mauer,
  - Thoren Smallwood, Obergrenzer,
  - Jarmen Buckwell, Obergrenzer,
  - Ser Ottyn Wythers, Ser Aladale Wynch, Grenn, Pypar, Matthar, Elron, Lark, Männer von den Three Sisters, Grenzer,
- Othwell Yarwyck, Erster Baumeister,
  - Halder, Albett, Baumeister,
- Bowen Marsh, Lord Verwalter,
  - Chett, Verwalter und Hundemeister,
  - Eddison Tollett, genannt der Schwermütige Edd, ein mürrischer Knappe,
- Septon Celladar, ein trinkfreudiger Frömmler,

- Ser Endrew Tarth, Waffenmeister,
- Brüder auf Castle Black:
  - Donal Noye, einarmiger Waffenschmied,
  - Drei-finger Hobb, Koch,
  - Jeren, Rast, Cugen, Rekruten in Ausbildung,
  - Conwy, Gueren, »Wanderkrähen«, die Waisenjungen und Verbrecher für den Dienst an der Mauer rekrutieren,
  - Yoren, älteste »Wanderkrähe«,
  - Praed, Cutjack, Woth, Reysen, Qyle, Rekruten auf dem Weg zur Mauer,
  - Koss, Gerren, Dobber, Kurtz, Beisser, Rorge, Jaqen H'ghar, Verbrecher auf dem Weg zur Mauer,
  - Lommy Grünhand, Gendry, Tabber, Heisse Pastete, Arry, Waisenjungen auf dem Weg zur Mauer.

Eastwatch-by-the-Sea

Cotter Pyke, Kommandant von Eastwatch,
- Ser Alliser Thorne, Waffenmeister,
- Brüder in Eastwick:
- Daeron, Verwalter und Sänger.

Shadow Tower

Ser Denys Mallister, Kommandant von Shadow Tower,
- Qhorin, genannt Halbhand, ein Obergrenzer,
- Dalbridge, ein alternder Knappe und Obergrenzer,
- Ebben, Stonesnake, Grenzer.

Danksagung

Mehr Details, mehr Teufel.

Walter Jon Williams, Sage Walker, Melinda Snodgrass und Carl Keim waren die Engel, die mir bei diesem Buch halfen, die Teufel in Schach zu halten.

Des weiteren gilt mein Dank meinen geduldigen Lektoren und Verlegern: Anne Groell, Nita Taublib, Joy Chamberlain, Jane Johnson und Malcolm Edwards.

Und schließlich meine Verehrung für Parris, deren magischer Kaffee der Treibstoff für die Erbauung der Sieben Königslande wurde.